Yilin Classics

Детство • В людях • Мои университеты

童年·在人间·我的大学

[苏联] 高尔基 著

聂刚正 等 译

译林出版社

图书在版编目（CIP）数据

童年·在人间·我的大学／（苏）高尔基著；聂刚正等译．—南京：译林出版社，2019.6（2024.2重印）
（经典译林）
ISBN 978-7-5447-7578-6

Ⅰ.①童…　Ⅱ.①高…②聂…　Ⅲ.①长篇小说-小说集-苏联
Ⅳ.①I512.45

中国版本图书馆CIP数据核字（2018）第258767号

童年·在人间·我的大学　［苏联］高尔基／著　聂刚正　高厚娟　曹缦西　王志棣／译

责任编辑　冯一兵
装帧设计　陈天岷
校　　对　孙玉兰
责任印制　颜　亮

原文出版　Гослитиздат, 1980 г.
出版发行　译林出版社
地　　址　南京市湖南路1号A楼
邮　　箱　yilin@yilin.com
网　　址　www.yilin.com
市场热线　025-86633278
排　　版　南京展望文化发展有限公司
印　　刷　南京爱德印刷有限公司
开　　本　880毫米×1230毫米　1/32
印　　张　21.875
插　　页　4
版　　次　2019年6月第1版
印　　次　2024年2月第11次印刷
书　　号　ISBN 978-7-5447-7578-6
定　　价　49.00元

译 序

前苏联俄罗斯作家高尔基（一八六八—一九三六）原名阿列克谢·马克西莫维奇·彼什科夫，出生于普通的木匠家庭，幼年丧父，在小业主外祖父家度过童年。他十一岁踏上社会，独自谋生，饱尝人世间的辛酸，后来接受了具有民粹派观点的知识分子的影响，参加过秘密革命活动，并曾被捕。

高尔基是以浪漫主义的作家登上文坛的，一八九二年就开始发表作品，早期撰写的《马卡尔·楚德拉》、《伊则吉尔老婆子》、《鹰之歌》等作品中所塑造的形象都充满对战斗的渴望及用"自己燃烧的心为人们照亮前进道路"的献身精神和追求光明、视死如归的大无畏气概。高尔基认为文艺应当负有改造现实这一社会使命，他撰写现实主义的短篇小说，描述底层人民在黑暗腐败的沙皇专制统治下的苦难生活，揭露刚刚开始发展的资产阶级的残酷剥削和空虚的心灵，抨击品德低下的市侩化的知识分子，并努力思考生活的意义，探索新的生活道路。

高尔基在十九和二十世纪之交创作的长篇小说《福马·高尔杰耶夫》展示了资产阶级在俄国发展过程中的历史使命，揭露其丑恶本质，否定追逐私有财产、逃避斗争的道路，提出城市居民生活的意义这一主题。

高尔基从一九〇〇年开始撰写剧本，部分作品在思想和艺术上取得了巨大的成功，例如《小市民》和《在底层》。《小市民》中塑造了俄国文学作品中第一个以新的精神面貌出现的工人形象——火车司机尼尔，反映了小市民思想和无产阶级思想之间的冲突。《在底层》描写了生活在社会底层的流浪汉的悲惨遭遇，抨击压迫和摧残人的俄国社会制度，指出以无益的同情和美好的谎言去安慰人们是一种消极的人道主义，这种做法只会使人们安于现状，沉迷于幻想；一旦幻想破灭，人们将会陷入精神上的绝境。作者通过剧中人大声疾呼："人这个字听起来多么自豪！"，号召尊重人，赞美人，相信人具有解放自己的力量。在一九〇五年革命前夕，高尔基还撰写了以知识分子为题材的剧本：《避暑客》、《太阳的孩子们》、《野蛮人》等。一九〇六年高尔基写成剧本《敌人》，剧中的主人公已经不是个体，而是与资产阶级进行自觉斗争的、有共同奋斗目标的工人群体，显示了工人阶级觉悟的提高。这是一部具有重大意义的作品。

一九〇六年高尔基撰写了另一部重要作品，这就是长篇小说《母亲》。这部小说是以一九〇二年索尔莫沃工厂工人"五一"游行事件为背景，在一九〇五年革命经验的基础上写成的，书中不仅生动地塑造了为争取自身解放和追求美好生活而进行自觉斗争的无产阶级英雄人物形象巴维尔，还描述了俄罗斯社会底层的妇女代表——母亲尼洛夫娜从对生活的种种苦难逆来顺受、忍气吞声到走上革命道路的历程，反映了广大群众在革命年代发生的巨大变化。列宁在阅读了这部作品的手稿以后，充分肯定了它的现实意义，认为这是一部"十分及时的"作品。

一九〇五年革命失败后，高尔基曾一度接受了鲍格丹诺夫等人的造神论思想，其影响明显地表现在长篇小说《忏悔》中。列宁曾对这种观点提出了严肃的批评，指出"神的观念"是反动统治阶级用来束缚落后的工人和农民的锁链，在客观上起有麻痹人民的作用。此后，高尔基重又写出许多优秀作品，如《夏天》、《奥古洛夫镇》、《马特维·柯热米亚金的一生》以及《俄罗斯童话》、《意大利童话》等。

在十月革命前后，高尔基在《新生活报》上发表了一组以《不合时宜的思想》为总标题的政论文章，反映了他对革命的一些看法。高尔基不同意列宁关于十月革命的论断，反对十月武装起义，主张无产阶级与代表先进科学技术力量的知识分子结成联盟，用科技知识武装人民，为未来的革命创造条件。他还以革命过程中的某些缺点和阴暗现象为依据，指责革命。当时的苏联文学界曾认为《不合时宜的思想》是"叛逆"之作，是高尔基这一时期错误观点的集中表现;列宁也对他进行了严肃的批评。一九一八年八月社会革命党人谋杀列宁的事件使高尔基深受震动,而广大人民保卫十月革命和创造新生活的精神也使他深受鼓舞,从此他走上了与苏维埃政权密切合作的道路。在创作方面,他撰有长篇小说《阿尔塔莫诺夫家的事业》,指明社会主义革命的历史规律;史诗《克里姆·萨姆金的一生》则展现了俄国生活的广阔画卷,描绘了十月革命前几十年间思想上和社会上的斗争。三十年代高尔基著有反映垂死的资本主义和新生的社会主义之间剧烈冲突的剧本《耶戈尔·布雷乔夫等人》、《陀斯契加耶夫等人》等。除了上述作品以外,高尔基还著有多篇回忆录,其中有关列宁和托尔斯泰的回忆录具有独特的艺术风格和重要的文献价值。

《童年》(一九一二—一九一三)、《在人间》(一九一四)和《我的大学》(一九二二—一九二三)是高尔基著名的三部自传体小说,描写了作家童年、少年和青年时代的生活经历。《童年》反映小主人公阿廖沙在父亲去世以后,随母亲寄住在外祖父家中度过的岁月。其间,他得到外祖母的疼爱、呵护,受到外祖母所讲述的优美童话故事的熏陶,同时也亲眼目睹两个舅舅为争夺家产争吵打架以及在生活琐事中表现出来的自私、贪婪。这种现实生活中存在的善与恶,爱与恨已经在他幼小的心灵上留下了深刻的印象。小阿廖沙十一岁丧母,外祖父也破了产,他无法继续过寄人篱下的生活,便走上社会,独立谋生。他曾当过鞋店里的伙计,轮船上的洗碗工人,也曾在任绘图员的亲戚家里和圣像作坊里当过名曰“学徒”的小用人。无论在哪儿,他都不仅担负着一个孩童难以胜任的、苦役般的劳动,而且受尽屈辱,饱尝辛酸,切身体会到底层劳苦大众的奴隶般非人的生活,开始模糊地认识到沙皇专制制度的反动本质,进一步了解并更加痛恨包围着他的市侩生活,同时也发现了劳动人民具备纯朴善良、吃苦耐劳等优良品质。此时,书籍打开了他的眼界,为他展现了一个奇妙的新世界,诱使他渴望新的生活,对他的成长起有重大的作用。这一段生活经历就是第二部小说《在人间》的主要内容。《我的大学》则记述了高尔基在喀山时期的活动和成长,主要是民粹派思潮对他的影响以及带有革命情绪的大学生、青年秘密小组这所社会大学对他的启迪和教育，同时也就展示了十九世纪七十和八十年代俄国社会生活的画面。

从这个被真实记述下来的历程中，我们可以看出青少年时代的高尔基对小市民习气的深恶痛绝，对自由的热烈追求，对美好生活的强烈向往。在生活底层与劳苦大众的直接接触，深入社会、接受革命者思想的影响和如饥似渴地从书籍中汲取知识养料是使他得以成长的重要条件。

高尔基从幼年时代寄居在外祖父家中就开始接触小市民的生活。此后，在绘图员家里，在居住着各种不同人物的大杂院里，在他干过活的任何地方，这种保守、自私、贪婪、庸俗的习气处处可见。小市民的典型人物常常暴食暴饮，无病呻吟，彼此吵架揭短，用不堪入耳的脏话制造丑闻，传播谣言。“无耻的流言蜚语、恶意的诽谤组成一张肮脏的网子”，缠绕着大家，无人可以幸免，仿佛通过折磨别人来为自己寻找乐趣是“他们唯一可以不付任何代价的娱乐活动”，可以填补他们空虚无聊的灵魂，这实在也是一种人性的扭曲。处在这种氛围之中，小阿廖沙时时处处感到烦闷、压抑、窒息，简直无法忍受。高尔基在三部曲中花费大量笔墨，以极其辛辣的笔锋对他青少年时代感触甚深的市侩气息这一社会毒瘤加以深刻揭露，借此探索产生这种保守、落后心理特征的社会根源，指出小市民习气是滋生种种消极的、不抗恶的社会思潮的土壤。

“在人间”生活的岁月里，社会上各种各样的人：正直的厨师斯穆雷，热爱劳动的码头装卸工人，洗衣女工纳塔利娅，老匠人格里戈里乃至凶神恶煞般对待阿廖沙的绘图员家的婆媳俩都从不同方面帮助高尔基了解生活，认识生活，思考人生的意义。青少年时代的高尔基走向成熟的另一个老师是书籍。凡是读过三部曲的人都会对阿廖沙执着地渴望读书，自觉地认真读书的顽强精神留下深刻的印象，而在那个认为读书是“歪门邪道”，读书会诱人犯罪的小市民圈子里，阿廖沙为了实现读书的愿望所遭受的屈辱、欺凌简直令人难以置信。书籍扩大了阿廖沙的视野，丰富了他的思想，向他展现了越来越广阔的世界,使他争取美好生活的愿望更加强烈,为之奋斗的决心更加坚定。

总之,高尔基的自传体三部曲不仅描绘了十九世纪七十至八十年代俄国社会广阔的生活图景,而且“描写了作家从生活的底层攀上文化高峰、走向革命的道路,同时也反映了俄国一代劳动者在黑暗中寻找真理、追求光明的艰难曲折的历程”①;而高尔基“审察生活的能力,塑造人物性格的才能以及对于俄罗斯底层的无与伦比的知识,都是他赢得巨大声誉的重要因素”②。

宁　珊

① 《中国大百科全书》,外国文学第一卷,第三四〇页。

② 《简明不列颠百科全书》,第三卷,第二九二页。

CONTENTS · 目录

童　　年

聂刚正　高厚娟　译

给

我的

儿子

一

在一个晦暗而又狭窄的小屋里，父亲躺在窗下的地板上，他穿一身白衣裳，身子显得特别长；两只光脚丫子上的脚趾全都奇怪地叉开，那双令人感到亲切的手却温顺地搭在胸前，但也是扭曲的；他那双快乐的眼睛紧紧地闭着，就像上面盖着两枚圆的黑色的铜钱。善良的脸黝黑，只是那龇出的牙齿使我害怕。

母亲半光着身子，下身围着红裙，跪在地上，用那把我爱用来锯西瓜皮的梳子，把父亲长而又软的头发，一下一下地从额头往后脑勺梳着。母亲的声音低沉、嘶哑，不停地说着什么，她那双灰色的眼睛肿了起来，大滴大滴的泪水，仿佛融化了的水滴似的扑簌扑簌往下掉。

外祖母抓着我的手，她胖胖的体形，大脑袋，大眼睛，鼻子上的肌肉松弛，可笑地耷拉着。她穿一身黑衣服，整个儿人都软绵绵的，出奇地招人喜欢。外祖母也在哭，可哭得有点儿特别，似乎在陪哭，而且随着妈妈呜呜咽咽配合得挺合拍。她全身哆嗦，一只手扯动着我，另一只手推摇着父亲。我紧靠着外祖母，躲在她的身后，感到害怕，不自在。

我从来没见过大人哭，听不懂外婆不住地说的那些话：

“你和你爸告别吧，你可再也见不到他啦，他死了，亲爱的，他死得太早啦，不是时候啊……”

我前些时害过一场重病，刚刚下床。我清楚地记得，生病的时候，父亲快快活活地忙碌着照料我，可后来他突然不见了，外婆这个怪人来接替了他。

“你是从哪儿来的啊?”我问她。

她回答说:

“从上面[①],从尼日尼[②]来,可不是走来的,是搭船来的。水上不能走,小鬼!”

这真好玩,也弄不明白:她说“上面”,我家楼上是住着几个染了大胡子的波斯人,而地下室里住的是一个卖熟羊皮的黄皮肤的卡尔梅克老头。完全可以骑在栏杆上沿着楼梯从楼上往下滑,要是跌下来,可以就势翻个跟头,向下一滚。这事儿我清楚得很,这跟水有什么关系?全弄错了,乱七八糟得滑稽可笑。

“干吗喊我小鬼?”

“因为你乱嚷嚷。”她也笑着说。

外婆说起话来和蔼可亲、快快活活、流利自如。从第一天起我就和她成了好朋友,现在我真想她马上带我离开这间屋子。

母亲的样子使我感到压抑。她的眼泪和哀号在我心中引起了一种从未体验过的忐忑不安的感觉。我第一次看见她这样,而她从前一贯态度严厉,沉默寡言,平常她总是全身上下收拾得干净利落,头发梳得油光水滑。她个头又高又大,像一匹高头大马,她的身子骨硬朗结实,手劲大得吓人。但此刻,不知怎么的,她浑身浮肿得难看,衣衫凌乱不堪,全都撕得破破烂烂,过去整整齐齐梳理的头发,伏在头上像一顶光亮的帽子,现在一半头发散落在裸露的肩上,拖到脸上,而编成辫子的另一半头发,摇来晃去,不时地触到沉睡不醒的父亲的脸上。我早就站在房间里了,可她没有瞧我一眼,一边替父亲梳头,一边不停地痛哭流涕,有时被眼泪噎得喘不过气来。

几个穿黑衣服的庄稼汉和一个岗警往门里张望,岗警生气地喊道:

“快点收拾!”

窗户上用一块深色的大披巾蒙着,披巾被风吹得像帆似的鼓起来。从前有一次父亲带我坐小帆船玩,突然天上轰隆打了一个响雷。父亲笑了起

---

①② “从上面”(俄语 верху),文中意思是“从上游来”,小孩误会外祖母是从楼上来的;“从尼日尼来”(俄语 из Нижнего),尼日尼是尼日尼·诺夫哥罗德的简称,俄语尼日尼又是“下面”的意思。这里小孩误会外祖母又说“从楼下来的”。

来，牢牢地用两个膝盖夹住了我，大声喊道：

"不要紧，别怕，葱头儿！[1]"

母亲忽然费力地从地上爬了起来，随即又无力地倒下，仰面跌倒在地上，头发散乱一地。她紧紧闭住眼睛，苍白的脸发青了。她像父亲一样龇露出牙齿，用可怕的声音说：

"你们把门关上……阿历克谢——走开！"

外婆用力把我往外推，自己扑到门口，喊叫起来：

"亲爱的好心人啊，你们不要怕！请你们别动她，看在基督的面上，行行好，你们走开吧！这可不是霍乱病，她要生孩子啦，饶恕我吧，我的老天爷！"

我趁机躲到房间角落的一只大箱子后面，从那里看见母亲在地板上身子像陀螺似的扭着、哼着，牙齿咬得格格响，而外婆则在她的四周爬来爬去，亲切而快乐地说着：

"为了圣父和圣子！忍着点，瓦留莎[2]！圣母啊，保护神啊，保佑她吧！"

我怕极了，她们在父亲旁边折腾着，常常碰到他。她们哼呀、喊呀，而父亲却一动不动，还仿佛在笑。她们在地板上折腾了很长时间，母亲不止一次地站起身来，又跌倒下去。外婆几次从房间里冲出去，像抛出去的一个又大又软的黑皮球。后来，突然在黑暗中响起了婴儿的哭喊声。

"上帝啊，光荣属于你！"外婆说，"是个小子！"

外祖母点亮了蜡烛。

我大概在屋角里睡着了，以后的事一点儿都记不得了。

在我记忆中的第二个印象是——天下着雨，在墓地的一个僻静的角落，我站在又黏又滑的小土墩上向墓穴里看，人们把父亲的棺材放进去，坑底积了好多水，还有几只青蛙，有两只青蛙已经跳到了黄色的棺材盖上。

在墓旁站着的有我、外祖母，还有浑身淋得湿透了的岗警和两个手中拿着铁锹板着脸的庄稼汉。温暖的雨点像小玻璃珠似的不停地洒落在大家身上。

"埋吧。"岗警离开墓穴走到一边去，说道。

---

① 主人公阿历克谢的父亲昵爱地喊自己的儿子为 лук，俄语意思为"葱头"。

② 瓦尔瓦拉的昵称。

外祖母用头巾角捂住脸，两个庄稼汉弯下腰急忙铲土往墓坑里抛，坑底的水劈劈啪啪地响起来；那两只青蛙从棺材上跳下去，然后开始向坑壁上跳，可土块又把它们打落到坑底。

“走吧，廖尼亚[①]。”外婆抓住我的肩膀说。我轻轻地把肩从她的手下面挣开，不想离开。

“你真是个……上帝啊。”外婆抱怨了一句，不知是对我，还是对上帝，久久地站着，低着头不说话。墓穴已经填得和地一样平了，可外婆还是一直站在那儿。两个庄稼汉用铁锹在土上啪嗒啪嗒地拍打，发出很响的回声。这时，骤然刮起了风，把雨赶跑了，刮走了。外祖母牵着我的手，穿过黑压压的一片十字架领我向很远的教堂走去。

“你怎么不哭？”出了教堂的院墙后，她问我。“哪怕哭一下也行啊！”

“不想哭。”我说。

“嘿，不想，这就不应该了。”她轻声地说。

所有这一切都很奇怪：我从小就很少哭，只是在受了委屈后才哭，疼了不哭。父亲见我淌眼泪总是笑我，而母亲则是常常大声呵斥我：

“不许哭！”

后来我们坐一辆小马车在很宽很脏的大街上行驶，街的两旁是一幢幢深红色的房子，我问外祖母：

“那两只青蛙还能爬出来吗？”

“不，它们可爬不出来了。”她答道。上帝保佑它们。

无论父亲，或者母亲，从来没有这样多和这样亲切地提到主的名字。

几天以后，我、外祖母、母亲乘上了轮船，坐在一间小船舱里。我那刚出生的兄弟马克西姆死了，现在用白布裹着，上面扎着根红布条，放在舱角的桌子上。

我将就地坐在包袱和箱子上，向窗子外面看，船舱的窗子是圆的，向外突出，很像马的眼睛。窗玻璃外，浑浊、翻起泡沫的河水永无止境地流着。有时河水猛地冲上来，打到窗玻璃上。我吓得身不由己地跳到地上。

---

① 主人公阿历克谢的小名。

“别怕。”外婆说道，她用软绵绵的双手轻轻抱起我，又把我放到包袱上。

河面上空，飘着灰濛濛的湿雾；远处有个地方是一片黑黝黝的土地，过了会儿又逐渐消失在雾和水里。周围的一切都在晃动，只有母亲双手抱在脑袋后面，靠船壁站着，笔直地一动不动。她的面色阴暗、铁青，瞎子般地两眼紧闭，一直闷声不响，压根儿变成了另一个人，变成一个我未见过的不认识的人，甚至她身上穿的连衣裙我都没见过。

外婆不止一次地轻声对她说：

“瓦里娅[①]，你最好吃点什么吧，少吃一点儿，好吗？”

母亲仍然默不作声，还是一动不动。

外婆跟我说话时，轻声细语，和母亲说话的声音比较大，但不知为什么有点小心翼翼，仿佛有点胆怯，而且说得很少。我觉得似乎她惧怕母亲。我明白这一点，这一点也使我和外婆更加亲近了。

“萨拉托夫，”母亲出其不意大声生气地说，“水手在哪儿？”

她说的这句话十分奇怪，叫人听不懂：萨拉托夫，水手。

一个肩宽背厚、满头白发的人走进了船舱，他身穿蓝色衣服，带来了一个小匣子。外祖母接过了匣子，把弟弟的尸体放进去，整理了一下后，双手捧着匣子向舱门走去。但是，她身体太胖，只有侧着身子才能走过狭窄的舱门，站在门前，进退两难，使人好笑。

“唉，妈。”母亲喊了一声，从她手中夺过小棺材，两个人一起走了，舱里就剩下我一个，我仔细地打量着那个穿蓝衣服的庄稼汉。

“怎么，死了的是小弟弟吧？”他弯下身子对我说。

“你是谁？”

“水手。”

“而萨拉托夫又是谁呢？”

“是座城市。你瞧窗外，那就是萨拉托夫！”

船舱外，大地在慢慢地移动着，黑压压的陡峭的岸上雾气腾腾，很像一块刚从大圆面包上切下来的一大片热乎乎的面包。

---

① 瓦尔瓦拉的小名。

"外婆到哪儿去了?"

"埋外孙去了。"

"要把他埋到地里去吗?"

"那还用说,当然埋到地里去。"

我对水手讲述了几天前埋葬父亲时他们把几只活青蛙也埋进去的事。他抱起了我,把我紧紧贴在他身上,亲了我一下。

"唉,小兄弟,现在你还什么都不懂呢!"他说道,"那两只青蛙不必去可怜了,上帝保佑它们!你心疼心疼你母亲吧,她可真够伤心的!"

突然,我们头顶上呜呜地响起来,还长啸了一声。现在我知道了,这是轮船上在拉汽笛,所以没有害怕,但水手却急急忙忙把我放下,立刻向舱外奔去,口中说:

"该快点跑!"

我也想跑走。我走出了舱门。半明半暗的狭窄走道里,一个人也没有。离门不远的扶梯台阶上镶的铜条闪着光。我向上一看,只见很多人拿着包袱、行李,挎着背囊。显然,大家都在忙着下船,这就是说,我也该下船了。

但是,当我随着一群庄稼汉走到从船舷架到岸上的跳板前时,大家都对我喊了起来:

"这是谁的孩子?你是谁的孩子?"

"我不知道。"

好长时间,人们把我推来挤去,有人摇晃着我的身子,有人摸索我的身上。终于那个白头发的水手来了,他猛地抓住我,向大家解释说:

"他是从阿斯特拉罕来的,从船舱里跑出来的……"

他抱着我飞快地跑着把我送下船舱,塞到包袱上,临走前还伸出一个指头吓唬我:

"瞧我收拾你!"

头顶上的嘈杂声愈来愈轻了,轮船虽然还在颤动,但已经不在水上扑扑地发出响声了。有一堵湿漉漉的墙挡住了船舱的窗子,舱里立刻变得黑糊糊的,闷得我透不过气来,几个包袱好像也鼓胀起来,挤压住我,一切都叫我感到害怕和难过。也许,我就这样一个人永远被丢在空船上?

我走到舱门口。门打不开,铜把手转不动。我拿了一个装着牛奶的瓶子,使劲向把手上砸。瓶子打碎了,牛奶把我的两只脚泼得湿透了,灌满了靴子,门还是没砸开。我很伤心,便躺到包袱上轻声地哭起来,哭着哭着就带着眼泪睡着了。

当我醒来的时候,轮船又扑扑地响着、颤动着,船舱的窗子像太阳似的雪亮。外婆坐在我的身旁梳头。她皱着眉头,口中不停絮絮叨叨地说着什么。她的头发多得吓人,密密麻麻披满了她的双肩、胸口、两个膝盖,一直拖到地板上,乌油油的,泛出蓝色的光辉。她一只手从地板上将头发稍微撩起来悬空拿着,另一只手费劲地把没剩几根齿的木梳塞进厚厚的发绺里去;她的嘴唇紧撇着,乌黑的眼珠气呼呼地闪着光,在这一大堆头发里,她的脸变得小得滑稽可笑。

今天,她似乎很生气,但当我问起她头发为什么这么长时,她还是像昨天那样温柔地对我说:

“大概是上帝给我的惩罚吧,上帝说:你好好地去梳吧,这些该死的头发!年轻时我还常为这又长又密的狮子毛洋洋得意呢,现在老了,我可恨死它了!你睡吧!早着呢,太阳还刚刚露头……”

“我不想睡了!”

“好吧,那就别睡啦。”外婆立刻同意了。她一面编着辫子,一面不时地向沙发那边看看,妈妈脸朝上像绷紧的琴弦一样直挺挺地睡在沙发上。“你昨天怎么把奶瓶打碎了?你说话轻声点!”

外婆说起话来,有点像特别用心唱出来似的,娓娓动听,一句句话好似一簇簇鲜花,那么温馨,那么鲜明,那么生动,一下子就刻印在我的记忆里了。她笑的时候,那乌黑的像樱桃似的眼珠睁得圆圆的,迸发出一种难以形容的令人愉快的光芒,微笑时,快活地露出一排雪白的、坚固的牙齿,尽管黝黑的面颊上有不少皱纹,可整个面孔仍然显得年轻、有光泽。就是这松软的鼻子,两个肿胀的鼻孔和红鼻头,把一张脸全给搞糟了。她闻鼻烟,用的是一个镶有银饰的黑色鼻烟壶。外婆虽然外面穿着一身黑衣裳,但透过她的眼睛,从内心却闪耀出一种永不熄灭的、快乐的、温馨的光芒。她躬着脊背,几乎有点驼,身体很胖,可跑起路来却轻便灵活,活像一只大猫咪,浑身柔软得也像这种可爱的小动物。

在外婆没来之前,我仿佛一直躲缩在黑暗中睡觉,但自从她来了以后,就唤醒了我,将我领到了明亮的大千世界,把我身边的一切,连结成一根连绵不断的线,编织进五彩缤纷、灿烂的花边。外婆立刻成了我的终身朋友,成了我心灵上最亲近的、最了解我的和最珍贵的人,这是她那对世界的无私的爱充实了我,使我面对艰难的生活充满了坚强的力量。

四十年前的轮船行驶得很慢。我们在去尼日尼的路上走了很多天,至今最初那些充满了美的日子仍历历在目。

天气一直很晴朗。从清晨至傍晚我和外婆都待在甲板上,头上碧空如洗、万里无云,周围一片金秋,伏尔加河两岸景色如绣。浅棕黄色的轮船后面有一根很长的缆绳,拖着一艘大驳船,不紧不慢、懒洋洋地沿着蓝灰色的河水,溯流而上,轮船的外轮片打着水,通通、通通地发出沉重的回响。驳船灰濛濛的,宛似一只慢吞吞向前爬行的灰褐色的甲壳虫。伏尔加河上空,太阳不知不觉缓缓地向前移动,周围的一切,变化万千,每时每刻都是一番新景象:绿色的群山,犹如大地披着的华贵衣裳上层层叠叠松软的皱褶;沿河两岸,城市、村庄错落有致,宛然远方点缀的雕饰;金黄的秋日落叶顺水飘游。

“你瞧啊,多好啊!”外婆一会儿走到船这边,一会儿走到船那边,口中不住地说,她容光焕发、喜气洋洋,快乐地睁圆了双眼。

外婆常常看着河岸出了神,连我在她身边也忘了。她伫立在船边,两臂交叉在胸前,微笑不语,两眼却噙满了泪水。我拉拉她黑色印花布的裙子。

“怎么啦?”她身子猛地一抖。“我好像打盹做了个梦。”

“那你哭什么?”

“这个嘛,亲爱的,是高兴得哭,再说我年纪大了,”她微笑着说,“你知道,我可已经是个老太婆了,春春秋秋我已跨过了六十个年头了。”

她常常嗅一下鼻烟后,就开始给我讲一些稀奇古怪的故事:有善良的强盗,有虔诚、圣洁的人,还讲各种各样妖魔鬼怪。

讲故事时,她总是声音轻轻地、神秘地俯下身子对着我的脸,两个眼珠瞪得圆圆的,紧盯着我的眼睛,就像在不断地往我的心灵中灌注使我精神振奋的力量。她说话好像唱歌,愈说愈顺溜,听她说话使人产生一种无法形容的愉快。我听着听着,口中还不断地请求:

"再讲一个吧!"

"那就再讲以前讲过的那个故事吧:有个家神老儿,坐在炉子下边的空地方,他把一根面条儿刺进自己的脚底板,来回地摇晃着,叫苦连天地喊着:'哎哟,小老鼠啊,疼死啦,哎哟,大老鼠啊,我受不了啦!'"

外婆抬起一只脚,用两手抱住,悬空把脚摇来晃去,眼睛、鼻子、嘴巴滑稽地纠在一起,好像她自己脚痛。

围在我们身边的几个水手,都是满脸大胡子的、脾气好的庄稼汉,他们一面听,一面笑,对外婆母赞不绝口,也要求说:

"老太太,再讲一个什么吧!"

接着他们说:

"走吧,跟咱们一块儿去吃晚饭!"

吃晚饭时,他们请外祖母喝伏特加酒,请我吃西瓜、甜瓜;他们是偷偷请我吃的,因为船上有个跟船的人,他禁止人吃西瓜。如果有人吃,他就夺走,把瓜果扔到河里去。这个人的穿着像岗警,制服前面一排铜纽扣,整天醉醺醺的,船上的人都躲着他。

母亲很少上甲板,总是撇开我们一个人待在一边。她一直沉默寡言。母亲形体高大,端正挺直,脸膛发暗,面色铁青,浅色头发编成的辫子盘在头上,像戴着一顶又大又重的王冠。现在,我的脑海里还常常仿佛透过一层烟雾或者晶莹的云彩浮现出她那全身显得强健有力、坚定果断的高大形象。她那双和外婆一样的灰色的大眼睛,从云雾里远远地、冷冰冰地凝视着前方。

有一次,她严厉地说:

"妈妈,人家在笑话您呢!"

"上帝保佑!"外婆毫不在乎地回答说,"让他们去笑话吧,别客气,请便!"

我记得,外婆一看到尼日尼就孩子般地高兴。她拉着我的手,把我推到船边,高声说道:

"瞧,瞧,多好啊!这就是尼日尼,我的老天爷!你瞧,多好的地方呀,简直是神仙住的!你瞧那些教堂吧,就像在天上飞翔!"

外婆也央求我母亲来看,差点哭了出来:

“瓦留莎,你瞧一下吧,那是茶林,记得吗?也许你给忘啦!你高兴高兴吧!”

母亲皱着眉头苦着脸笑了笑。

轮船在美丽城市对面的河心里停泊了,河面上密密麻麻地挤满了大大小小的船只,帆樯如林,这时一条满载着人的大舢板划到船旁,用钩竿钩住轮船上放下去的跳板。接着,大舢板上的人一个接一个地上了轮船甲板。最前面,飞快地走着一个干瘪老头,他身穿一件黑长袍,长着一脸赤金似的棕红色大胡子,鹰钩鼻子和两只绿豆似的小眼睛。

“爸!”母亲深沉而响亮地喊了一声,猛地向他扑去。老人立刻抱住她的头,两只红通通的小手,连连抚摩着她的两颊,尖声喊道:

“怎么啦,傻丫头?啊……这就对了……唉,你们呀……”

不知怎么地,外婆像陀螺似的转着,一转眼就把所有的人拥抱和亲吻了个遍。她将我推到大家面前,急匆匆地说:

“喂,快点!这是米哈伊尔舅舅,这是雅科夫舅舅……纳塔利娅舅妈,这是两个表哥,都叫萨沙,表姐卡捷琳娜,这都是我们一家子人,你瞧,有多少啊!”

外公对她说:

“你身体还好吗,孩子他妈?”

他们亲吻了三次。

外祖父把我从一堆人中拉了出来,按住我的头问道:

“你是谁的孩子?”

“阿斯特拉罕的,从船舱里来的……”

“他说什么?”外祖父转身问母亲,没等母亲回答,他就推开我说:

“颧骨跟他父亲的一样……全都下船吧!”

我们上了岸,向斜坡上走去,斜坡是大块鹅卵石铺成的,两旁高高的边坡上,野草都已被践踏得枯萎不堪。

外祖父拉着母亲走在大家的前面。他的个头只达到母亲肩膀下面,步子又小又快,母亲看他时居高临下,走起路来仿佛随风飘浮。两个舅舅默不作声地跟在他们后面:米哈伊尔舅舅一头黑发,梳得又平又光,跟外祖父一样瘦小;雅可夫舅舅是拳曲的浅色头发。一起上坡的还有几个身穿鲜艳连衣裙的胖女人和六个孩子,六个孩子都比我大,文文静静地闷声不响。我跟外婆和身材矮小的纳塔利娅舅妈一起走。舅妈面色苍白,蓝眼睛,腆着大肚子,走走停停,气喘吁吁,低声地说:

“喔唷,走不动了!”

“他们干吗这么折腾你?”外婆生气地埋怨,“瞧,蠢到一家子去了!”

无论大人或者小孩,所有人我全都不喜欢,在他们中间,我感到自己是个外人,甚至连外婆也失去了前些日子的光辉,跟我生分些了。

特别使我不喜欢的是外祖父,我立刻感觉到了他对我有敌意,所以我特别注意他,对他既有戒心,又好奇。

我们爬到了坡顶。在坡的最上面,紧靠右面边坡的街口,有一座矮小的平房。平房墙上涂了一层灰红色的油漆,屋顶低低地扣压在墙上,窗户突在墙外。从外面看,我觉得房子似乎不小,可走进屋一看,几间很小的半明半暗的房间里显得拥挤不堪;像轮船到码头似的,到处是忙忙碌碌的、气冲冲的人,小孩像一群偷食的麻雀,窜来窜去,到处散发出一股从未闻过的刺鼻气味。

我不知不觉地走到院子里。院子也叫人不舒服:满院子都挂着各种各样大幅大幅湿漉漉的布,到处放着盛有浓浓的、五颜六色的水的大桶,桶里泡的也是那些乱七八糟的布。在院角一个几乎要倒塌的小披房内,炉子里的木柴烧得正旺,锅里什么东西煮沸了,咕嘟咕嘟地响,有个看不见的人在大声地说一些叫人奇怪的话:

“紫檀——品红——硫酸盐……”

二

从此，一种沉重的、光怪陆离的、难以形容的奇异生活开始了，并以快得惊人的速度向前奔流。那一段生活在我的脑海中重现，如同一个心地善良而且极为真实反映现实的天才在惟妙惟肖地讲述一个凄惨的童话。现在，在记忆中唤起我的过去，有时连我自己也难以置信，从前的一切竟会是这样。有很多事情我想争辩、否认，因为在那“愚蠢的一家子”的黑暗的生活里，残酷的事情实在太多了。

然而，真理高于怜悯。要知道，我不是在叙述自己个人的事，而是叙述我过去曾经生活过、而且今天普通的俄国人仍然在生活着的那种充满可怕印象的、令人窒息的狭窄环境。

外祖父的房子里，到处充满着极为紧张的气氛。所有的人都相互仇恨，这种互相敌视不仅毒化了大人，连孩子也积极地参与了。后来，从外祖母的口中我才得知，母亲回娘家来的那几天，恰恰碰到两个舅舅坚决要求他们的父亲分家。母亲出乎意料的回娘家，更加剧了他们分家的愿望，而且使问题更加尖锐化了。舅舅们生怕我母亲要她该拿的那份嫁妆，因为过去她违背外祖父的意愿“私奔”，那份嫁妆仍扣留在外祖父手里。两个舅舅认为，这份嫁妆应当由他们两人平分。此外，他们早就为谁到城里开作坊，谁去奥卡河对岸的库纳维诺村，撕破脸皮争吵不休了。

我们来后没几天，在厨房吃饭的时候就爆发了一场争吵：两个舅舅突然跳起来，身体探过桌子，冲着外公扯开嗓子大声吼叫，活像两条龇着牙、抖着毛的鬣狗在哀号，而外祖父则用勺子敲着饭桌，满脸涨得通红，公鸡打鸣似的喊叫起来：

“我把你们全赶出去讨饭！”

外婆难过得脸都变了样，说：

“全都给他们吧，老爷子，那样你反而省心，给他们吧！”

“呸，给我住嘴，都被你惯坏了！”外祖父翻起白眼喊叫。奇怪的是，他这么个干瘪老头，叫喊的声音却能把人的耳朵震聋。

母亲从桌旁站起，慢慢走到窗口，转过身去，背对着大家。

突然，米哈伊尔舅舅猛地挥手朝他弟弟脸上重重地揍了一拳，雅科夫舅舅哇哇嗥叫起来，反身揪住了他，两个人扭成一团在地板上打起滚来，不断发出撕打时呼哧呼哧的喘气声、哎唷哎唷的呼痛声和相互辱骂声。

孩子们全都吓哭了；怀着孩子的纳塔利娅舅母拼命地呼天喊地，我母亲两臂拥着把她拖到外面去了；整天乐呵呵的麻脸小保姆叶夫根尼娅把孩子们往厨房外面撵，椅子东倒西歪；宽肩膀的年轻帮工小茨冈[①]骑到米哈伊尔舅舅的脊背上，而格里戈里·伊凡诺维奇，那个秃头、大胡子、戴黑眼镜的师傅则无动于衷地用毛巾捆舅舅的两只手。

舅舅伸长了脖子，稀疏的黑胡子在地板上磨来蹭去，哼哧哼哧可怕地喘着气，而外公则围着桌子跑来跑去，悲伤地吼叫：

“还是亲兄弟呢，是亲骨肉啊！唉，你们这帮东西啊……”

他们一开始吵架，我就吓得跳到炉顶上[②]，又恐惧又惊奇地看着外婆从铜洗脸盆里兜水替雅科夫舅舅洗去被打破了的脸上流出的血；舅舅跺着脚哭，外婆声音沉痛地说：

“你们这些天地不容的东西啊，简直是野种，梦该醒啦！”

外祖父一面把撕破的衬衣拉到肩上，一面对她喊道：

“什么，老妖婆，这两个畜生不是你生的吗？”

雅科夫舅舅走了以后，外婆钻到屋角里去，令人惊心动魄地号啕大哭：

“圣母啊，求你让我的孩子们通点人性吧！”

外祖父站起来，侧身对着她，望着打翻的盘碗和淌满了水的桌子，轻

---

① 帮工伊万的绰号。

② 俄国式炕炉，里面可以烤东西，或烧煮，很大，在乡村，炉顶上可以睡人。

声说:

“孩子他妈,看着他们点儿,要不,他们会折磨瓦尔瓦拉的,恐怕……”

“够了,上帝保佑你!把衬衣脱下来,我替你缝上……”

外婆用手掌紧紧抱住外祖父的头,亲了亲他的前额;外祖父的个头比她小,只能将脸埋到她的肩膀里。

“看样子要分家了,他妈……”

“要分,他爸,该分啦!”

他们谈了很久;起初谈得还对劲,可后来外祖父开始用一只脚在地板上蹭来蹭去,好似斗架前的公鸡,用手指着吓唬外婆,背着人大声地说:

“我知道你,你更娇惯他们!可你那个米什卡①是个小滑头,而雅什卡②是个共济会员,他们会把我这点家当全都花天酒地败光的,他们只会大手大脚、糟蹋钱财……”

我在炉顶上笨手笨脚地翻了个身,不在意碰翻了熨斗。只听见熨斗顺着炉梯咕咚咕咚往下滚,最后扑通一声掉进了脏水盆。外祖父霍地一下跳上炉梯,把我拖下来,两眼盯住我的脸瞧,仿佛第一次看见我似的。

“是谁把你抱上炉顶的?是你妈妈吗?”

“我自己爬上去的。”

“撒谎。”

“没有撒谎,是我自己爬上去的,我吓坏了。”

他用手掌轻轻地拍了一下我的前额,把我用力一推。

“活像他父亲!滚开……”

我高兴地跑出了厨房。

我看得很清楚,外祖父的一对聪明锐利的绿眼睛总是紧盯着我,我很怕他。现在我还记得,那时我总想躲开他那双使我手足无措的火辣辣的眼睛。我觉得外祖父很坏,他对所有人说话都用嘲弄和侮辱人的口吻,故意挑逗人,拼命惹人生气。

---

① 米哈伊尔的昵称。

② 雅科夫的昵称。

"唉,你们这帮东西啊!"他常常唉声叹气地说,"啊"这个音拉得很长,一听到这声音就使我产生一种无聊的、要打寒噤的感觉。

在休息的时候,在喝晚茶的时候,当他和两个舅舅,以及帮工从作坊到厨房里来的时候,每个人都筋疲力尽,两只手被紫檀色染料染成红棕色,而且全被硫酸盐灼伤,头发用带子扎着,活像厨房角落里的那几个发暗的圣像。就在这个时刻最叫人提心吊胆,外祖父常常在我对面坐下,跟我谈话,这使他另外的那几个孙子很羡慕我,因为他和我谈的话总是比和他们谈得多。外祖父体形匀称,一副精明认真、机敏而又刻薄的样子。他那用丝线缝的小领口缎子背心虽已经磨得破旧不堪,印花布衬衫揉得满是皱纹,裤子膝盖上大块大块的补丁十分显眼,可是,比起他那两个穿西装上衣和护胸、脖子上围着三角绸巾的儿子来,仍然觉得他穿得更干净、漂亮。

来这里后没几天,外祖父就强迫我学习做祷告。其他几个孩子都比我大,全都已经跟圣母升天教堂里的执事①学认字去了。从家里的窗口,可以看见教堂金黄色的屋顶。

教我做祷告的是文静、胆小的纳塔利娅舅母,她有一张可爱的孩子般的脸,一对晶莹透亮的眼睛,我觉得,仿佛透过这对眼睛可以看见她脑袋后面的一切。

我很喜欢久久地向她那双眼睛里面看,不停地、眼睛一眨不眨地凝视着,她则眯缝起眼睛,脑袋转来转去,不断轻声地、几乎像耳语似的央求我:

"唉,你说呀,请你说:'我们的在天之父……'"

如果我问:"'雅科、热'②是什么?"她就胆怯地环顾周围,劝我说:

"你别问了,越问越糊涂!你就简单地跟我说:'我们的在天之父'……唉,说啊?"

这就使我想不通了,为什么越问越糊涂?"雅科、热"这个词暗含着什么意思,我故意想方设法地把这个词念走样:

"'雅科夫、热','雅、夫、科热'③……"

---

① 正教教会中职位最低的工作人员,做诵经、打钟等事。

② 古斯拉夫语(Яко же)"因为"的意思。

③ "雅科夫、热"——把"雅科"读成人名"雅科夫",把"热"读成语气词(же),俄语 Яков же 意思是"还是雅科夫";"雅、夫、科热"(я в коже),俄语意思是"我在皮子里"。

可是，急得脸发白的、似乎病得软弱无力的舅母仍然耐心地用那断断续续的声音纠正说：

“不对，你就简单地说：‘雅科·热’……”

但不论她本人，还是她说的那些话都不简单。这使我很着急，怎么也记不住祷词。

有一天，外祖父问我：

“喂，阿廖什卡①，今天你干了些什么？玩了吧？我看你脑门儿上有个疙瘩。挣一个疙瘩算什么大本领！‘我们的在天之父’背熟了没有？”

舅母轻声说：

“他的记性不好。”

外祖父冷冷一笑，快乐地微微抬起两道棕红色的眉毛。

“要真是这样，那就该揍！”

他又问我：

“你父亲揍过你吗？”

我不懂他说的什么，所以没有作声，母亲却接过去说：

“不，马克西姆从不打他，而且也不许我打他。”

“这倒是为什么呢？”

“他说，打是教育不好孩子的。”

“这个马克西姆，真是个大傻瓜，上帝原谅我骂这个死人！”外祖父一个字一个字气呼呼地说。

他说这句话使我很难受。他也觉察到了这一点。

“你干吗噘起嘴啊？瞧你……”

他抿了抿头上的夹有银白色的棕红头发，补充说：

“瞧吧，为了顶针那件事，星期六我可要抽萨什卡一顿。”

“什么叫‘抽②’啊？”我问。

大家都笑起来了，外祖父说：

---

① 阿列克谢的昵称。

② 俄语中有两个 пороть，是同音词。一解为：拆开；另一解为：抽打，鞭挞。文中主人公把两个 пороть 理解混淆了。

“你会看到的。”

我躲在一边暗自揣摩:外祖父说的这个“抽”,意思准是把别人送来的衣服上的缝线拆开抽掉,而“揍”和“打”显然是一回事。比如打马,打狗,打猫。在阿斯特拉罕,我亲眼见过岗警打波斯人,可我从来没见过这样打小孩,虽然在这里两个舅舅常用手指弹自己的孩子,有时弹脑门,有时弹后脑勺,孩子们对此却毫不在意,只轻轻地在弹疼的地方搔几下就行了。我不止一次地问他们:

“疼吧?”

他们总是勇敢地回答:

“不,一丁点儿也不疼!”

关于顶针那件事,闹得天翻地覆,我是知道的。晚上,从喝晚茶到晚饭前那段时间,两个舅舅和格里戈里师傅将染好的整幅料子缝成一捆一捆的,然后在每捆料子上扣一个硬纸标签。米哈伊尔舅舅想跟眼睛快瞎的格里戈里开个玩笑,叫九岁的侄儿把格里戈里师傅的顶针放在蜡烛上烧红。萨沙便用夹烛花的钳子夹住顶针,放在蜡烛上烧得通红,偷偷地放到格里戈里的手边,自己躲到炉子后面去,可是正巧这时外公来了,坐下来干活,顺手拿起烧红的顶针戴到自己的手指上。

我记得,当我跑进去看为什么厨房里闹哄哄的时候,外祖父正用被灼伤了的手指抓住一只耳朵,引人发笑地跳来蹦去,大叫道:

“这是谁干的事儿,你们这帮异教徒?”

米哈伊尔舅舅俯身向着桌子,用一个指头将顶针拨来拨去,并不住地向顶针吹气;格里戈里师傅若无其事地在缝,在他那又大又秃的脑袋上,黑影子不住地来回晃动;雅科夫舅舅跑进厨房,躲到炉角后面,悄悄地笑;外婆在礤床儿上擦鲜马铃薯。

“这是雅科夫的萨什卡干的。”米哈伊尔舅舅突然说。

“瞎说!”雅科夫大喝一声从炉后跳了出来。

他的儿子则在炉后角落里的什么地方哇哇地边哭边喊:

“爸爸,别信他。是他自己教我干的!”

两个舅舅又对骂起来。外祖父顿时气消了,把擦下来的马铃薯糊糊敷到灼伤的手指上,默不作声地拉着我走了。

所有的人都说米哈伊尔不好。自然，在喝茶的时候我问外祖父："要不要揍他和抽他？"

"当然要。"外祖父斜视了我一眼，狠狠地哼了两声。

米哈伊尔舅舅猛地拍了一下桌子，对母亲喊道：

"瓦尔瓦拉，管好你的崽子，要不我就拧掉他脑袋！"

母亲说：

"你试试看，敢动他一下……"

大家都不再开口了。

母亲说话时最善于用短句，不知怎么的，就像她用这些短句能拒人于千里之外，使对方变得微不足道。

我清楚地知道，他们全怕母亲，甚至连外公跟她说话都轻声轻气，不像对别人说话那样粗重。这使我很高兴，所以我常骄傲地在两个表哥面前夸耀：

"我母亲最厉害！"

他们从未表示过反对。

但是，星期六发生了一件事，那件事动摇了我对母亲的这种看法。

在星期六之前，我也犯了个错。

大人们能巧妙地使布料变色，这件事很使我着迷：他们把黄布浸泡在黑水里，布料便变成深蓝色——"宝蓝"；灰色料子放在棕红色的水里涮涮，布料就变成深红的——"波尔多酒红"。看上去很简单，就是不明白是怎么回事。

我想要自己动手染点什么，于是便把这个想法告诉了雅科夫舅舅的萨沙，他是个踏实认真的孩子。萨沙总是偎在大人的身边，跟所有的人都表示亲昵，无论对谁，随时想方设法为别人做事。大人都夸他听话，夸他聪明，就是外婆总不用正眼看他，并说：

"可真是个小马屁精！"

这个雅科夫的萨沙长得又瘦又黑，两只眼睛突在外面像龙虾，说起话来声音很小，急急促促，常常被话噎得上气不接下气。他总是鬼头鬼脑地东张西望，就像随时准备跑到哪儿去躲起来似的。平常他那一对褐色的瞳人儿一动不动，可一激动起来，就跟眼白一起直打颤。

我很讨厌他。而那个不惹人注意的、笨手笨脚的米哈伊尔舅舅的萨沙，我反而喜欢得多。他是个文静的孩子，眼神忧郁，脸上常挂着和蔼的笑容，很像他自己的母亲。他的牙齿长得十分难看，全都龇到嘴外面，上颚长着两排牙。他觉得这很好玩，经常把手指伸到嘴里，使劲摇晃后排牙齿，想拔掉。谁想要摸摸他的牙，他都顺从地让人摸。除此以外，在他身上我再没发现更多使我感兴趣的东西了。虽然家里到处是人，可他还是孤零零的，总爱一个人坐在半明半暗的屋角里，傍晚就坐在窗口。一声不响地和他待在一起是很愉快的：坐在窗旁，紧紧地靠着他，默默不语地整整一个小时坐在那里，眺望着黄昏绯红的天空，黑色的寒鸦围绕着圣母升天教堂的金色圆顶盘旋、上下翻腾，一会儿振翅九天，一会儿俯冲而下；骤然，渐渐昏暗的天空宛如被一张黑色的大网笼罩，慢慢向什么地方消失，随后留下了一片空虚。当你看到这一切的时候，你就什么也不想说，胸中充满了一种既舒服，又惆怅的感觉。

而雅科夫舅舅的萨沙却对所有的事情都能像大人那样滔滔不绝地讲得头头是道。当他得知我想干染匠的手艺后，就给我出主意，叫我从柜子里拿出一条节日用的桌布，把它染成蓝颜色。

“白的最容易着色，这我知道！”他十分认真地说。

我从柜里拖出一条很厚的桌布，抱着它跑到院子里，可是，我刚把桌布边放进盛“宝蓝”色水的大桶，小茨冈就不知从什么地方飞快地向我扑来，夺过桌布，用他那双大爪子似的宽手掌把它拧干，对刚才在过道里注视我干这件事的表哥则大喊：

“快去叫奶奶来！”

小茨冈像马上要大祸临头似的摇晃着黑发蓬松的头，对我说：

“嘿，为这桩事你可要挨一顿了！”

外婆跑来，哎唷哎唷地叫了起来，甚至哭出了声，口中还不住令人好笑地骂我：

“哎呀，你简直是个彼尔米亚克人①的捣蛋鬼，等着把你提起来扔到地

---

① 科米人的一部分，住原苏联北欧地区的科米苏维埃社会主义自治共和国南面的科米彼尔米亚克民族专区的科米彼尔米亚克人，讲彼尔姆语。

上吧！”

接着她便劝小茨冈：

“瓦里亚[1]，你可别告诉外公啊，这事儿我瞒着不说，想个法儿糊弄过去算了……”

万卡[2]一面用五颜六色的围裙把手擦干，一面担心地说：

“关我什么事啊？我不会说，只要萨舒特卡[3]不去告状！”

“我给他两个戈比。”外婆一边把我拉回屋，一边说。

星期六做晚祷前，不知是谁把我领到厨房里，厨房里漆黑，静谧无声。我记得，通过道和房间的两扇门都紧紧地关着，窗外是一片秋日傍晚的昏昏沉沉的雾，淅淅沥沥地下着小雨。小茨冈板着脸坐在黑洞洞的炉门前的那张宽板凳上，他的脸色一反往常。外公站在屋角的一个大盆旁边，正在从水桶里挑选长树条，用手量量尺寸，并在空中嗖嗖地挥来挥去，然后一根根地放好。外婆站在暗处，声音很响地嗅着鼻烟，唠唠叨叨地说：

“你还乐呢……这个小讨债鬼……”

雅科夫舅舅的萨沙坐在厨房中间的椅子上，用两个拳头不住地揉眼睛，说话的声音都变了，像老叫化子似的拖长了声音说：

“看在耶稣的面上饶了我吧……”

米哈伊尔舅舅的两个孩子，表哥和表姐肩并肩地像木头人儿似的站在椅子后面。

“抽一顿再饶你，”外公抓住长树条的一端，另一只手握住树条慢慢向另一端捋过去，说道，“喂，快把裤子脱下来！……”

他不动声色地说，但是，不论是外祖父说话的嗓音，还是萨莎惴惴不安坐在椅子上弄出的嘎吱嘎吱的响声，或者是外婆的两只脚蹭地发出的嚓嚓声——都打破不了那在厨房的一片昏暗中被烟熏得黑压压的天花板下令人难忘的死寂。

萨沙站起来，解开裤子，脱到膝盖，弯着腰，两手提着裤子，磕磕绊绊地

---

① 帮工伊万(绰号小茨冈)的小名。

② 伊万的昵称。

③ 萨沙的卑称。

向板凳走去。看他走路的样子，真令人心里又难过，又害怕，我的两条腿也索索发抖了。

只见萨沙乖乖地在长凳上趴下，万卡把他从胳肢窝捆到凳上，再用一条宽毛巾绑住他的脖子，然后俯下身子，用两只黑漆漆的手紧紧抓住萨沙的脚脖子，这时候我心里更加难受，更胆战心惊了。

“列克谢①，”外祖父叫了我一声，“走近点！……喂，听我在对谁讲话？嗯……你来瞧瞧，怎么抽……一下！……”

他手挥得不高，朝着萨沙的光身子啪地打了一下。萨沙号叫了一声。

“装相，”外祖父说，“这一下不疼！这一下才疼些呢！”

说着又打了一下，这次树条一落下，光身子顿时就像被火烙了似的鼓胀起一条红鲜鲜的道道，表哥放声哀号起来。

“味道不好吧？”外祖父问道，他的手均匀地一起一落。“你不喜欢这样？这是为了顶针！”

他的手一扬起，我胸中的五脏六腑全都跟着悬了上去；一落下，仿佛我整个人也跟着他的手坠了下来。

萨沙可怕的尖叫声十分刺耳，而且令人厌恶：

“我再不了……我不是已经告诉了桌布的事吗？我不是已经说了……”

外祖父却心平气和，就像念圣诗似的说：

“告密也不能证明自己没有罪！告密的人要先挨鞭子。现在这一下抽你是为桌布的事！”

外婆扑向我，紧紧搂住我，哭喊起来：

“我不把列克谢给你！决不给，你这恶魔！”

她用脚蹬门，高喊：

“瓦里娅，瓦尔瓦拉！……”

外祖父向她冲过去，撞倒她，把我从她怀中抢走，抱到长凳那边去。我在他手中拼命挣扎，揪他的红胡子，咬他的手指。他大声怒吼，紧紧夹住我，最后，把我向长凳上一扔，摔破了我的脸。到现在，我还记得他那野蛮的吼

---

① 阿列克谢的昵称。

叫声。

“捆起来！我要打死他！……”

我记得母亲那苍白的脸和瞪得滚圆的眼睛。她沿着长凳跑来跑去，声音嘶哑地哀求：

“爸爸，别打了！……把他交给我吧……”

外祖父把我一直抽到昏死过去，我病了好几天，整日脊背朝上趴在小房间的一张很暖和的大床上。房间里只有一扇窗子，屋角的神龛里放着许多圣像，神龛前点着一盏红殷殷的小长明灯。

卧病的那几天是我一生中意义重大的几天。在这几天中，想必我飞快地长大了，心中产生了一种特殊的感觉。从那时起，我总是怀着惴惴不安的心情去注视别人，好似有人把我心上的皮撕掉了，因此，我的心变得对任何精神上的屈辱和痛苦，无论是对自己的和对别人的，都难以忍受的敏感。

首先，外婆和母亲的争吵使我惕厉不安：房间本来就狭窄拥挤，体态庞大、穿着一身黑衣裳的外婆，冲向母亲，把她推到屋角的圣像面前，发狠地压低嗓音说：

“你干吗不把他抢过来，啊？”

“我吓坏了。”

“你这么大的个子，白长了！你不害臊，瓦尔瓦拉！我是个老太婆了，我还不怕呢！真不害臊！”

“别再跟我闹啦，好妈妈，我要吐了！”

“不，你不心疼他，你不可怜你那没爸的孤儿！”

母亲充满痛苦大声地说：

“我自己就做了一辈子孤儿！”

接着，她俩久久地坐在屋角的大箱子上痛哭，母亲说：

“要是没有阿列克谢，我早走了，走得远远的了！我不能在这个地狱里过日子，好妈妈，我过不下去啊！我恨透了……”

“你是我的亲骨肉，我的心肝。”外婆柔声细语地说。

这下我记住了：母亲并不是最厉害的；她和大家一样，也怕外祖父。是我妨碍了她离开这个她过不下去的家。这使我感到十分难过。过了不久，母亲真的从家里消失了。她到很远的什么地方作客去了。

不知怎么的，突然外公出现在我的面前，就像是从天花板上跳下来似的，他坐到床上，用那冷得像冰块似的手摸摸我的头，说道：

“你好啊，小太爷……你倒是答话呀，别生气了！……唉，怎么啦您……”

我真想踢他一脚，可动一下都疼。他那棕红色的头发和胡子仿佛比以前更红了，他的脑袋不安地摇晃着，两只发亮的眼睛在墙壁上寻找着什么。接着，他从口袋里掏出一块糖和山羊饼干、两个糖角、一个苹果和一串蓝葡萄干，把这些东西全都放在枕头上我的鼻子前面。

“你瞧，我给你带来了小礼物！”

他弯下腰来，亲了亲我的前额，然后开口说话了。说话时，一边用他那硬邦邦的小手轻轻地抚摩着我的头，他的手被染得苍黄，特别是弯曲得像鸟嘴似的指甲更黄得显眼。

“当时我对你是过分了点儿，小老弟。不过，那时候我火急了，你咬我，抓我，嘿，我也气极了！只是你多挨了几下并不倒霉，这都记在账上！你要知道：挨自家人、亲人的打——这不是屈辱，而是教训你！不要让别人打，自家人打不要紧！你以为我没挨过打？我挨的打啊，阿廖沙①，你连做恶梦都梦不到。我被人欺辱的啊，大概上帝自己看了也会哭的！结果是什么呢？我这个孤儿，一个叫化子母亲的儿子，熬到了头。我成了行会的头儿，管一帮子人。”

外祖父把干瘪匀称的身体向我身上一靠，便开始讲述自己童年时代过的那些日子，他的嗓音洪亮有力，虽然语气很沉重，但一字一句讲得轻捷流利。

他那绿莹莹的两眼激动得放出炯炯的光芒，金色的头发欢乐地竖起，高亢洪亮的嗓音变得粗壮起来，像吹喇叭似的直对着我的脸说：

“你是乘轮船来的，是蒸汽送你来的，而我在年轻时，是花力气沿着伏尔加河逆水背纤拉着大驳船来的。船在水里走，我在岸上行，打着赤脚，踩着山脚下锋利的碎石，就这样背着纤绳从日出走到深夜！烈日烤着后脑勺，脑

---

① 阿列克谢的小名。

袋里好似铁水在沸腾，可是人呢，还得把腰弯得低低的，浑身骨头格格地响——向前走呀，无尽头地向前走呀，路看不见了，眼睛被汗水淹没了，那心啊，在哭泣，泪水止不住地流，唉，阿廖沙，有苦向谁去诉啊！走呀，走呀，有时人从纤绳的背带里滑出来，一个狗吃屎，脸直冲着地栽下去——就连这样的事也乐意去干。干得真是筋疲力尽，一点儿力气也没有了，哪怕休息一会儿也好，即使咽了这口气也比这好啊！你瞧，在上帝的眼前，在我们慈悲的主——耶稣基督的眼前，我们过的是什么日子啊！……就这样，我沿着伏尔加母亲河一步一步地来回走了三趟：从辛比尔斯克到雷宾斯克，从萨拉托夫到这儿，还从阿斯特拉罕到马卡里耶夫、到集市，足有成千上万俄里！到第四个年头，我已当上了伏尔加河大驳船上的工长，我向船主证明了我的聪明才干……”

外祖父说着说着，在我眼前，他仿佛像一朵云彩似的迅速变大了，从一个干瘪的小老头变成了一个童话里的大力士，一个人拖着一条庞大的灰色驳船，顶着逆流向前……

有时，他从床上跳下来，使劲地摆动双手，学着纤夫怎么套着宽背带拉纤、做出怎么排水的样子给我看，口中还用男低音唱着什么歌，然后又像年轻人那样麻利地跳到床上。他整个儿人都变得使我惊讶，接着他说话的声音更加洪亮了：

“喃，阿廖沙，在靠岸的时候，在休息的时候可就是另一番情景了：夏天的傍晚，在日古里，在绿树成荫的山脚下的什么地方，我们常常生起很多篝火，篝火上熬着粥，每当一个受苦的纤夫领头唱起心爱的歌时，只要一唱开了头，一大群人就会全都突然大声唱起来——唱得简直叫人浑身打寒颤，似乎整个伏尔加河水也流得更快了——看样子，河水也恨不得像烈马那样竖起前蹄直立起来，一直冲上云霄！这时，各种各样的忧愁和痛苦，都像灰尘那样随风飘走了。人们常常唱得如醉如痴，连粥从锅子里溢出来都不知道。这时那个熬粥人的脑门就该挨长柄勺子敲几下了，想怎么玩都行，可不能忘了正事儿！”

有人往房门里探望，好几次叫外公出去，可我总是请求：

“别走！”

外公微笑着挥手把人撵开，说道：

“等一会儿,在外边等一下……”

他一直讲到晚上,临走时,还亲热地跟我告别,我这才晓得,外公并不凶,也不可怕。但是,我一想起他那样残酷地毒打我,就难受得流泪,我再也忘记不了这件事。

外公来看望我,打开了大家来看望我的大门,从早到晚都有人坐在我的床边,想方设法地逗我高兴,可我记得,他们并不每次都能使我快乐和开心。最常在我身边的要算外婆了,晚上还和我同睡在一张床上,但是,在这些日子里,我印象最深的是小茨冈。他方脸盘、宽胸脯,大脑袋上拳曲着头发。傍晚时他来到房间,身上过节似的穿着金黄色绸衬衣和波里斯绒裤,脚上穿的皮鞋就像拉手风琴似的咯吱咯吱作响。不仅他的头发闪闪发光,浓眉下两只快活的外斜视眼和那年轻的一撇乌黑的小胡子下露出的雪白的牙齿,也都闪闪发亮,金黄色的绸衬衫,柔和地映照着长明灯上的红光,仿佛在燃烧。

“你瞧瞧,”他一面说,一面捋起袖子,把光胳臂伸给我看,从手到肘弯布满了通红的伤疤,“你看,肿成什么样子了! 前几天肿得还要厉害呢,现在好多了!”他接着说:“你知道吗,当时你外祖父气炸了,我见他用树条死命抽你,就把这只臂膀放在树条下面去挡,我以为这样一挡,树条就会被折断,外公就会去拿另一根树条,而你的老外婆或你母亲就会趁机把你拖走! 嘿,谁知道,树条没有折断,因为它用水泡过,是软的! 不过,毕竟你少挨了些打,你瞧,我被打了多少? 我呀,小兄弟,我可机灵呢……”

他笑了起来,笑声像丝绸般的柔和和令人感到舒服。他又仔细地看着自己肿起的胳膊,笑着说:

“我多可怜你啊,喉咙简直哽咽得说不出话来了,我预感到要倒霉啦! 他一个劲儿地抽……”

他像马似的呼噜噜地打着响鼻,摇晃着脑袋,讲起外祖父的一件什么事,我马上觉得他和我亲近了,他像孩子般地单纯。

我对他说,我很爱他,他回答得简单而令人难以忘怀,他说:

“你知道,我也爱你,就为了这,因为爱你,我才甘心情愿忍痛挨打的! 难道我为别的什么人肯这样做吗? 我才不管呢……”

然后,他偷偷地教我,教我时还不住地向门外张望。

"下次再要抽你,你呢,你瞧,不要缩起来,不要把身子缩成一团,听到吗? 要是你缩起身子,就加倍地疼,相反,你要把身子放松地舒展开来,让身体软绵绵的,像一堆糨糊似的躺在那儿! 不要憋住气,要尽力吸气呼气,拼命地大叫,你要记住这个,这样好受一些!"

"难道还要抽我?"

"那还用说?"小茨冈若无其事地说,"当然啰,还会抽的! 说不定三天两头儿抽你一顿……"

"为什么?"

"你外公总是要挑刺儿的……"

接着他又不放心地教我说:

"要是他从上向下打,就是树条只是从上面直打到你身上,那你就一动不动地软绵绵地躺着,假如他打下来再往自己面前一抽,想抽掉你的皮,那你就顺势随着树条把身子往他那边就过去,懂吗? 这样疼得轻一些!"

他用那黑色的外斜眼朝我使了个眼色,说道:

"在这档子事上,我比警察分局的局长还精呢! 小兄弟,瞧我这身上的皮,结实得简直可以拿去缝手套!"

我看着他那快乐的脸,想起了外婆讲的伊凡王子和伊凡傻瓜的童话。

 三

身上的伤好了以后,我才明白,小茨冈在家里占有特殊地位:外公对他并没有像对他的两个儿子那样经常叫骂,而且即使叫骂,也没有那么凶,背地里谈起小茨冈来,他总是眯缝起眼睛、摇晃着脑袋说:

“这个伊万卡[①]啊，真该死，他那双手是金子做的，可真巧极了！你们记住我说的话，这孩子以后有出息！”

两个舅舅对小茨冈也很亲热，都跟他表示友好，从不戏弄他，可他们对格里戈里师傅就不一样了，几乎每天晚上都要对他恶作剧、侮辱他：不是把剪刀把子放在火上烧烫了，就是将钉子尖朝上扎在他椅子的坐垫上，再不然就是把一块块不同颜色的料子，整齐地叠在一起，偷偷放在半瞎的格里戈里手边，让他稀里糊涂地把五颜六色的料子缝到一捆里去，外公常因为这件事骂他。

有一天，吃过中饭以后，格里戈里在厨房里的高板床上睡觉，他们用洋红涂红了他的脸。他起来后就这样走来走去，很长时间就是这副既好笑又怕人的样子：在灰白胡子里仿佛有两个圆圆的眼镜似的红斑点在呆板地看着别人，涂得血红的长鼻子好像拖着一根死气沉沉的舌头。

他们想方设法翻新花样作弄他，而格里戈里师傅总是默默地忍受着，只是轻轻地咂咂嘴。每当他在要触到熨斗、剪刀、镊子或者顶针之前，都要先在手指上多蘸些唾沫试试。这几乎成了他的习惯，甚至在吃饭的时候，在拿刀叉之前，都要用唾沫把手指蘸湿，常引得孩子们发笑。当他被弄痛的时候，他的那张宽大的脸盘上就会出现一道道波浪似的皱纹，两道眉毛随着波浪抬高，从脑门上奇怪地滑过去，最终消失在那光秃秃的头顶上。

外祖父对他的两个儿子玩的这些把戏是什么态度我不记得了，但我记得外婆常握紧拳头喊着吓唬他们：

“你们这两个不要脸的东西，坏蛋！”

但是，两个舅舅在背后谈起小茨冈来，总是气呼呼的，带着嘲笑的口吻，说他不会干活，骂他是小偷、懒汉。

我问外婆，这是为什么。

外婆像平时一样，乐意而明白地向我解释说：

“你要知道，他们两个都想拉拢万纽什卡[②]，因为以后他们自己都要开染坊，所以现在他们相互在对方面前说万纽什卡的坏话，说他干活儿不行！

---

① 伊万的爱称。

② 帮工伊万的小名。

其实他们是在说瞎话，耍滑头。他们怕万纽什卡不到自己的作坊去干活，也怕他仍留在这里跟你外祖父干，而你外祖父的脾气倔，他很可能跟伊万卡另开一爿染坊。这么一来，对你的两个舅舅就不利了，懂了吗？”

她悄声笑了，说：

“这两个人尽要滑头，对老天爷也开玩笑，嘿，你外公看出了他们的诡计，有一次故意逗雅沙①和米沙②说：‘我要替伊万买张免役证，他就不会被抓去当兵了，我可少不了他！’你的两个舅舅听了这话，怄了一肚子气。他们不愿意买免役证，因为舍不得钱，免役证太贵了！”

现在我又和外婆像在轮船上一样成天生活在一起了，每天晚上睡觉之前她都给我讲故事，或者讲她自己所经历过的童话般的生活。而当她讲起家里的一些事情，比如讲她的儿子闹分家、外祖父要买新房子时，她总不时地笑笑，仿佛她是邻居，站得远远的，用冷冷的口吻，而不是家中占第二位的内当家。

我从外婆那儿知道，小茨冈是个弃儿：有一年初春的雨夜里，在家门口的板凳上拾到的。

“他就被放在长凳上，用围裙裹着，”外婆若有所思地、神秘地叙述，“孩子有气无力地吱吱叫，快不行了，冻僵了。”

“别人为什么要偷偷地把孩子扔掉啊？”

“妈妈没有奶水，没有东西喂孩子。她打听到什么地方不久前刚生了孩子，孩子又死了，便把自己的孩子悄悄地放到那儿。”

外婆沉默了一会儿，搔了搔头，叹着气，眼睛看着天花板，接着说：

“都是因为穷啊，阿廖沙，常常穷得没法说！一般人认为，没出嫁的姑娘绝对不许生孩子，这是丢脸的事！当时，外公想把万纽什卡送到警察局去，我就劝他说：‘我们把孩子留下来吧，这是上帝给我们送来的，送给我们这些死了孩子的人家的。’你要知道，我一共生了十八个孩子，要是全部活着，整整一条街十八家都是我的孩子！你瞧吧，我十四岁出嫁，十五岁就生了头胎，可是上帝爱上了我的亲骨肉，把我的孩子一个接一个地收了去当天使。

① 雅科夫的小名。

② 米哈伊尔的小名。

我可是又心疼,又高兴啊!"

她穿一件衬衣坐在床边,乌黑的头发披满了全身,庞大的身躯上毛茸茸的,真像不久前从塞尔加奇来的一个满脸大胡子的守林人牵到院子里来的那头大母熊,外婆在她那雪白、干净的胸口画着十字,整个身子轻轻地左右摇晃着,低声笑着说:

"上帝把好的带走了,给我留下的孩子全是孬的。我很喜欢伊万卡,我可真心疼你们这些小家伙!我们收留了他,给他行了洗礼,他这才活着,长得很好。最初我叫他茹克①,他发出的声音很特别,经常嗡嗡的、活像一只甲虫嗡嗡地叫着,在家里满屋子爬来爬去。孩子,你要爱他,他的心肠好,憨厚!"

我真爱伊万,他做的事常常使我惊奇得张口结舌。

每逢星期六,外祖父把一星期里表现不老实的孩子抽了一遍以后,就去做彻夜祈祷,这时厨房里便开始出现一个非言语所能形容的滑稽场面:小茨冈从火炉里捉几只黑蟑螂,麻利地用纸做一套马具,再用纸剪一个爬犁。很快四匹黑马就在刨得光滑滑、黄亮亮的桌子上拉来拉去,而伊万便用一根做松明用的细长的木柴吆喝着它们往前跑,兴奋地尖叫着:

"乘大马车去请大主教啦!"

他又在一只蟑螂背上贴一张小纸头,赶着它去追爬犁,并且解释说:

"乘车的人把口袋给忘了,这个修道士背着口袋在追!"

小茨冈又用线扣住一只蟑螂的脚,这只蟑螂向前爬时,像磕头似的向地上一点、一点……于是伊万卡拍手大叫:

"执事刚从酒馆里喝过酒,现在去做晚祷啦!"

他的几个小老鼠表演站起来用后腿走路,小老鼠后面拖着一根长长的尾巴,滑稽地眨巴着两颗黑珠子似的机灵的眼睛。他对这些小老鼠十分珍爱,把它们放在怀里,用嘴喂它们糖,和老鼠亲吻,十分自信地说:

"老鼠是聪明的家庭小动物,可爱、温顺,家神非常喜爱它们!谁喂养老鼠,家神爷爷就保佑谁……"

小茨冈还会用纸牌和钱玩魔术,叫喊的声音比所有孩子的声音响,几乎

---

① 茹克(俄语 жук 的发音,甲虫)。

和孩子没有什么两样。有一次，几个孩子跟他打扑克，他一连几次被打成“杜拉克”[①]，他一脸沮丧，委屈地鼓着嘴巴，甩手不玩了，事后鼻子呼哧呼哧大声抽着气向我发牢骚：

“我知道，他们串通一气！他们挤眉弄眼做暗号、在桌肚底下换牌，这哪叫打牌？捣鬼，我自己也会，不比他们差……”

他已经十九岁了，我们四个孩子的岁数加在一起也没有他大。

但特别使我难忘的是在节日的晚上，外祖父和米哈伊尔舅舅出去做客了，厨房里就剩下满头蓬松的鬈毛舅舅雅科夫，他总是带着吉他来。外婆沏好了茶，还准备了丰盛的下酒小菜和一瓶伏特加。酒瓶是绿色的，一俄升装，瓶底有精致逼真的、突出的玻璃红花；小茨冈穿上过节的衣服，陀螺似的里里外外地转来转去；格里戈里师傅侧着身子走进厨房，黑眼镜上反着光；小保姆叶夫根尼娅的麻脸通红，人矮胖得活像一个坛子，她的两只眼睛显出狡猾的神情，说起话来声音像吹喇叭。有时，圣母升天教堂的那个毛发很浓的执事，还有几个皮肤像狗鱼和江鳕似的又黑又滑的人也来参加晚祷。

所有的人都拼命地吃啊喝啊，吃喝得连喘气都困难，孩子们都分到糖果、甜食，每人还喝一杯甜的果子露酒，于是一种热烈而奇特的快乐气氛，像火燃烧似的渐渐炽烈起来了。

雅科夫舅舅倾心地调着吉他的琴弦，调好以后，总是说那句老话：

“怎么样，各位，我要开始了！”

他甩了一下自己的鬈发，向吉他弯下身子，像鹅似的伸长脖子。那张无忧无虑的圆脸慢慢变得昏昏欲睡；那原来灵活得令人捉摸不定的目光，现在，在弥漫的油雾中慢慢熄灭了。他轻轻地拨动琴弦，弹了一首扣人心弦、令人坐不住的曲子。

雅科夫弹的曲子使屋内的气氛紧张而宁静；仿佛有一条湍急的小溪发出潺潺的水声，从远处的什么地方奔流而来。它穿过地板和四壁，渗透出来，像波浪似的激荡着人的心灵，诱发出一种莫名的、既惆怅又不安的感觉。乐曲声，渐渐令人开始怜悯所有的人，怜悯自己，使大人仿佛也变成了小孩，大家都屏息静坐，一动不动，深深地陷入了沉思。

---

① “杜拉克”（俄语 дурак）是“傻瓜”的意思。

米哈伊尔的萨沙听得特别紧张。他的身子一直向舅舅那边探过去，眼睛盯着吉他，张着嘴巴，唇边的口水拖得好长。有时他听出了神，从椅子上跌下来，两手撑着地板，碰到这种情况，他就顺势坐在地上，仍然瞪圆了双眼，目不转睛地看着。

大家都听得如醉如痴，全都入了神；只有茶炊在轻声吟唱，但并不妨碍聆听吉他如怨如诉的琴声。两扇方形的小窗外面是一片漆黑的秋夜，间或有人轻轻地敲敲窗户。桌上两根脂油蜡烛上尖尖的、金晃晃的火苗，像两支梭标。

雅科夫舅舅愈来愈木然不动，似乎他整个人咬紧牙齿睡熟了，只有两只手单独活动着：弯曲成弧形的右手指在黑洞洞的声孔上几乎难以看清地颤动，就像一只小鸟一会儿轻盈地飞来飞去，一会儿拍打着翅膀；左手手指则在弦上用难以捕捉的速度飞快地来回移动。

他每干一杯酒后，几乎总是透过牙缝用一种难听的嗓音含糊不清地唱那首永无休止的歌子：

雅科夫假如是条狗，
我就从早到晚大声吼：
　　唉，我闷得难过！
　　唉，我憋得犯愁！
一个修女街上走，
乌鸦歇在围墙头。
　　唉，我闷得难过！
蛐蛐儿在炉子后面叫，
叫得蟑螂四处躲。
　　唉，我闷得难过！
一个叫化子晒脚布，
另一个叫化子就去偷。
　　唉，我闷得难过，
　　啊呀，我真憋得犯愁！

听这首歌，我受不了，每当舅舅唱到乞丐的时候，我总是感到难以忍受的忧郁，抑制不住地失声痛哭。

小茨冈和大家一样，全神贯注地在听，他把手指插进蓬乱的黑发，眼睛看着屋角，鼻子里不时发出呼哧呼哧的声音。有时他突然抱怨地感叹说：

"唉，要是我有一副好嗓子，我也能唱！"

外婆叹息着说道：

"够了，雅沙，你可把人的心都唱碎了！万尼亚特卡①，你就跳个舞吧……"

他们虽然并不每次都立刻答应外婆的要求，但常常在外婆提出要求以后，弹吉他的人突然用手掌向琴弦上一按，攥起拳头，好像把什么肉眼看不见的没有声响的东西用力往地上一摔，豪放地喊道：

"让忧愁和烦恼都去见鬼吧！万卡，开始吧！"

小茨冈把衬衫拉平整，打扮得整整齐齐，轻手轻脚仿佛踩着钉子似的走到厨房中间。他的晒得黝黑的两颊发红，腼腆地微笑着请求说：

"还是常跳的那个吧，雅科夫·瓦西里奇！"

吉他疯狂的旋律铿锵激越，舞步矫捷，靴声橐橐，桌上和橱里的碗碟被震得丁当作响，小茨冈在厨房中间像一团火似的炽烈，他一会儿伸开两臂像一只老鹰那样平稳地翱翔，脚步快得令人眼花缭乱；一会儿突然尖叫一声，往下一蹲，膝部弯着走，宛如一只金黄色的雨燕转来转去、折腾不安，身上闪闪发光的绸衬衣不住地颤动，犹如燃烧的火，好似熔化的钢，发出一道道光芒，把周围的一切照得雪亮。

小茨冈不知疲倦地纵情地跳啊，看样子如果打开大门，让他无拘无束地跳，他能就这样跳到大街上去，跳遍全城，不知会跳到什么地方去……

"起劲儿地跳吧！"雅科夫舅舅跺着脚叫喊。

他打着刺耳的唿哨，用令人激动的嗓音，大声喊叫地说了两句俏皮的顺口溜：

哎呀呀！要不是心疼这破草鞋，

---

① 伊万的小名。

我早就舍了老婆和小孩!

这种场面使桌旁的人禁不住地手舞足蹈起来,不时地有人大声吆喝,有人轻声尖叫,他们像被火燎似的激动得坐不住了;大胡子师傅格里戈里把自己的秃头拍得啪啪地响,嘴里不断地咕噜着什么。有一次他向我俯下身子,软绵绵的大胡子盖住了我的肩膀,嘴直对着我的耳朵,就像跟大人似的说:

"列克谢·马克西梅奇,要是你的父亲活着,要是他到这儿来,他会再点起一把火来!他可是个快乐的男子汉,逗人喜欢。你还记得他吗?"

"不记得了。"

"真不记得了?有时他跟外婆跳得……别忙,你等一等!"

他站起身来,看上去,他高高个头,面容疲惫,就像一尊神像。他走到外婆面前一鞠躬,用他那不寻常的低沉的嗓音请求说:

"阿库林娜·伊万诺夫娜,赏个光,跳一次吧!就像从前你跟马克西姆·萨瓦捷耶夫跳的那样。你就让大家高兴高兴吧!"

"说哪儿话,亲爱的,说哪儿话,格里戈里·伊万内奇先生?"外婆一边微微笑,一边往后缩着身子,说道,"我哪能跳舞呀!只能惹人笑话……"

但大家一个劲儿地要求她跳,她突然像年轻人似的站起来,整了整裙子,挺直了身子,昂起了她那堆满了头发的脑袋,在厨房里跳开了,口中还高喊着:

"你们笑吧,你们尽管笑吧!喂,雅沙,换一首曲子!"

雅科夫舅舅整个身体猛地向上一抬,挺起身子,微微闭起眼睛,开始弹得慢些了。这时,小茨冈停顿了一会儿,一下子跳到外婆跟前,蹲下来绕着外婆跳起两腿轮流向前伸的舞步;外婆则两手一摊,眉毛一扬,两只乌黑的眼睛眺望着远方,就像在空气中飘浮似的,缓缓地、无声无息地在地板上移动。我觉得她那样子很好玩,忍不住噗嗤一声笑了;格里戈里师傅伸出指头狠狠地吓唬了我一下,在场的大人全都用责备的目光向我这边看。

"伊万,别咯噔咯噔地跳了!"格里戈里微笑着说。小茨冈听从地跳到边上去,坐到门槛上,小保姆叶夫根尼娅捏起喉咙,低声悦耳地唱了起来:

从礼拜一到礼拜六,

闺女都把花边绣，
活儿做得累死人啊，
哎呀，日子实在没法过。

外婆不像在跳舞，而像在娓娓动听地讲一个什么故事。你瞧，她脚步轻移，若有所思，微微晃悠，手搭凉棚环顾四周，她那高大的身躯似乎犹豫不决地左右摇摆，两脚小心翼翼地探索着路。不知为什么她忽然一惊，站住不动，脸上的肌肉微微颤动，皱了一下眉头，但立刻云消雾散，脸上现出了慈祥的、和蔼可亲的笑容。有时她猛地身子向旁边一闪，像在给什么人让路，或用手把什么人引开；有时，她低下头，停住一动不动，像是在谛听，脸上的笑容却愈来愈甜美了；突然，她离开了停住不动的地方，旋风似的转舞起来，整个体态变得愈加匀称和优美，个子也显得更加高大了。这时，大家的视线可再也离不开她了，她这样的美，宛如一朵怒放的鲜花，就在这时刻，她奇迹般地恢复了青春的活力！

小保姆叶夫根尼娅又像吹喇叭似的呜呜唱起来：

礼拜天做完了日祷，
深更半夜还在跳。
姑娘最后才回家，
可惜啊，快乐的日子实在少！

外婆跳完了舞，回到茶炊旁原来的地方坐下，大家对她跳的舞赞口不绝，她却边整理头发边说：

"得啦，别再夸我了！你们哪见过真正的女跳舞好手！从前在我们巴拉赫诺有一个姑娘，我不记得她是哪家的闺女，叫什么名字了，别人看她跳舞，能乐得哭出来！只要一看她跳，你就会像过节一样的高兴，别的什么也不需要了！那时候，我还妒忌她呢，真是罪过！"

"歌手和跳舞好手是世上最棒的人！"小保姆叶夫根尼娅一本正经地

说，接着便唱起叙述大卫王[①]的歌，雅科夫舅舅则搂着小茨冈，对他说：

“你假使在小酒馆里跳舞，准能把全酒馆的人都跳得神魂颠倒！……”

“我多想有副好嗓子啊！”小茨冈怨恨自己说，“要是上帝赐我一副好嗓子，我就一连唱上十年，以后哪怕出家当修士也心甘情愿！”

大家都喝伏特加酒，格里戈里师傅喝得特别多。外婆一面一杯接一杯地给他倒酒，一面不住地警告他说：

“留神啊，格里莎[②]，喝多了眼睛会全瞎的！”

格里戈里庄重地回答：

“随它瞎吧！眼睛我已不再需要了，从前我什么都见过了……”

他一杯接一杯地喝，虽然未醉，但话已经越来越多，而且几乎每次都要提到我的父亲：

“他是个很有感情的男子汉，我的亲爱的朋友马克西姆·萨瓦捷伊奇……”

外婆叹息着随声附和说：

“是啊，他是上帝的孩子……”

所有这一切都使我入了迷，这一切又使我的神经处于紧张状态。由于这一切，一种无名的愁思悄悄地、永无休止地在我心里渗透、扩散。忧愁和快乐在人们的心里往往是并存的，几乎分割不开，它们常常不能捉摸和不可思议地在心灵里迅速相互交替着。

有一次，还未完全喝醉的雅科夫舅舅突然撕自己身上的衬衣，发狂地揪自己的鬈发，扯自己的稀疏的淡白色的胡子，拉自己的鼻子和耷拉下来的嘴唇。

“这算什么，这是怎么一回事啊？”他仰天哀号，满脸都是泪水。“这到底是为什么啊？”

他不断打自己的嘴巴、捶脑门和胸口，号啕痛哭：

“我是坏蛋，下流坯，狼心狗肺！”

---

① 大卫王系公元前十一世纪末至公元前约九五〇年的以色列犹太国国王。据圣经故事传说，大卫是宗教诗歌的作者和音乐家。

② 格里戈里的小名。

格里戈里大声吼叫：

“啊哈……对了，对了，就是！……”

外婆也醉醺醺的了，她抓住儿子的两只手，劝他说：

“够了，别再这样了，雅沙，上帝知道他要教训你什么！”

她喝了几杯酒后变得更好看了：那一对笑盈盈的乌黑的眼睛，不断地射出温暖大家心灵的光芒，她用头巾扇着烧得发红的脸庞，唱歌似的说：

“主啊，主啊！一切是多么美好啊！不，你们瞧，这一切真是不知道有多么的好哇！”

这是她心灵的呼喊，是她一生常挂在口边说的话。

一向无忧无虑的雅科夫舅舅的眼泪和呼号使我十分吃惊。我问外婆，为什么他这样痛哭，为什么这样打骂自己。

“什么你都想知道，”外婆一反往常，不乐意地说，“你等着吧，你烦这些事还早着呢……”

外婆这么一说就更加引起了我的好奇，我便到作坊去缠伊万，但他也不愿回答我，总是笑嘻嘻地斜眼看着格里戈里师傅，一面把我推出作坊，一面喊道：

“别再纠缠我啦，走开！再纠缠，瞧我把你放进染锅里，让你也染上颜色！”

格里戈里师傅站在砌有三口染锅的又宽又矮的炉子前，正在用一根根长的黑色搅棒在染锅里不时地搅拌几下，并将搅棒提起来，察看从棒端滴下来的染色水。炉火熊熊，在他那件花花绿绿的像神甫法衣似的皮围裙的下摆上，映出闪闪的光亮。三口染锅里的染水发出咕噜咕噜的响声，刺得人睁不开眼睛的浓烟似的蒸汽向门口徐徐散发，外面一阵阵干雪沿着院子的地面吹过。

格里戈里师傅浑浊通红的眼睛从眼镜底下瞅了我一眼，粗声地对伊万说：

“拿劈柴，难道没长眼睛？”

等小茨冈跑到院子里去搬劈柴的时候，格里戈里坐到一只装紫檀染料的大口袋上，打手势招呼我到他跟前。

“到这边来！”

他把我抱到他的腿上,温暖柔软的大胡子包住了我的半边脸,使我永远难忘地讲述着:

“你舅舅把他的老婆往死里打,最后把她折磨死了,现在他的良心受到责备,明白吗?你应该什么都懂,你要小心,不然,你也会死路一条!”

跟格里戈里在一起,就像跟外婆在一起一样,但我总感到有点害怕,觉得仿佛他从眼镜底下把一切都看透了似的。

“要问怎么打死他老婆的?”他不紧不慢地说,“是这样的:他躺下去和老婆睡觉,用被子把她连头都蒙上,紧紧地压住,拼命地打。你问他干吗打?他啊,大概连自己也不知道为什么。”

这时,伊万已经搬了一满抱劈柴回到了染锅旁,蹲在火旁烘手,格里戈里师傅并不介意他回来,仍然继续极有感染力地说道:

“也许是因为他老婆比他强才打她,他妒忌老婆。小兄弟,卡希林一家不喜欢好人,他们嫉妒好人,容不了人,把好人全都弄死了才称心。你去问问你外婆,他们是怎样把你父亲从世上撵走的。她会把实情全告诉你的,她不喜欢说假话,也不会说谎。你外婆像个圣人,虽然也喝酒、闻鼻烟。她好似圣徒带点傻气。你要紧紧抓住她不放……”

他推了我一下,我就到院子里去,心情又压抑,又害怕。万纽什卡在过道里赶上了我,按住我的头,对我低声耳语说:

“你别怕他,他是好人。你要直对着他的眼睛看他,他喜欢别人这样看他。”

一切都使我感到奇怪和焦躁不安。另一种样子的生活我没经历过,但我还模糊地记得,从前父亲和母亲不是这样生活:他们说话和这里不一样,娱乐也不同,无论是走路和坐着他们总是双双对对,肩并肩,紧紧依偎在一起。他们常常整晚整晚地长久地在一起说笑,坐在窗口高声唱歌,大街上的人聚拢在窗前看着他们。那些仰头向上看的人的一张张面孔,使我好笑地联想起饭后桌上放着的一个个尚未洗净的脏碟子。这里的人很少笑,即使笑也搞不清他们在笑什么,相反,相互大声叫嚷、相互威胁,或者躲在角落里窃窃私语则是常有的事。孩子们整天不哼不哈,连走路也蹑手蹑脚,谁也不去注意他们。他们就像尘土遭到雨打被牢牢地钉在土地上一样。在家里我觉得自己是个外人,这里的整个生活使我如坐针毡,忐忑不安,而且引起我阵阵疑团,迫使我紧张地注视着一切,每发生一件事我都追根究底,弄个明白。

我和伊万的友谊不断加深。外婆从日出到深夜都在忙家务,所以,我几乎整天在小茨冈身边转。每当外公打我的时候,他仍然把自己的手臂放在树条下面护着我,第二天他就把打肿了的手伸给我看,并向我发牢骚说:

"不行,这么做一点也不顶用!你并没有因为我挡就被打得轻一些,而我呢,瞧,打成了这样!我再不护你了,得啦,让你去挨吧!"

可到下一次我挨打的时候,他还是护我,又受一次无谓的疼痛。

"你不是说,不愿再这么做了吗?"

"原来我是不愿意的,可到时候我的手又伸进去挡了……不知怎么的,不知不觉就伸进去了……"

不久,我又听到小茨冈的一件事,这件事愈加使我对他感兴趣,更加喜欢他了。

每星期五,小茨冈都把一匹叫沙拉普的枣红色骟马套在一辆宽雪橇上,那匹骟马调皮捣蛋,爱吃甜食,是外婆的心肝宝贝。小茨冈出发时都穿上长仅及膝的短皮袄,戴一顶厚实的皮帽子,紧紧扎一根绿色的宽腰带,赶着雪橇到集市上去采购食物。有时,他去了很久还不回来,家里的人就焦急不安了,他们不断到窗口去,呵气把窗玻璃上的冰化掉,向窗外张望。

"还没来?"

"没有!"

最最焦急的是外婆。

"唉,"她对我的两个舅舅和外祖父说,"你们把我喜欢的人和马全给毁了!你们这些不要脸的东西,怎么不害臊?难道你们自己的东西还嫌少?哼,一大家子全是窝囊废,贪心不足,上帝要惩罚你们!"

外婆愁眉苦脸地唠叨着:

"好了,算了吧。这是最后一次了……"

有时,小茨冈直到中午才回来,舅舅和外公急急忙忙跑到院子里,外婆一面使劲地闻鼻烟,一面像一头大熊似的笨手笨脚地跟在他们后面走来走去,不知为什么她每到这个时候手脚就不灵便了。孩子们也奔出屋了,于是,出现了一幅快乐的卸车场景,大雪橇上满载着猪崽、已经宰杀好的鸡鸭家禽、鱼和大块大块的肉等等,花色品种,一应俱全。

“关照你要买的东西都买了吗?”外祖父斜着他那锐利的眼睛打量着装满东西的雪橇,问道。

“要买的全都买了。”伊万快乐地应答着,他在院子里不住地连蹦带跳,想使身子暖和些,手套拍得噼啪噼啪的响。

“不要拍手套,拍坏了要用钱去买。”外祖父凶狠狠地喊道。“找回的零钱呢?”

“钱全用完了。”

外祖父绕着雪橇慢慢地转圈子,轻声地说:

“你拉回来的东西好像又多了,不然的话,很可能是你没有花钱买的吧?我不希望你这样。”

他皱着眉,嘟着嘴,快步走了。

两个舅舅高兴地扑向雪橇,把鸡呀、鸭呀、鱼呀、鹅肫肝呀、小牛腿呀、大块大块的肉呀,一样样卸下雪橇,一面用手掂掂分量,一面吹起口哨,七嘴八舌地嚷着夸赞小茨冈:

“嗬,这小子真机灵,挑得多棒!”

米哈伊尔舅舅特别兴奋,脚上好像装了弹簧,在雪橇周围跳来跳去,像啄木鸟似的用鼻子凑近车上的每一样东西,嗅嗅这,闻闻那,馋涎欲滴地吧嗒着嘴唇,美滋滋地眯起他那灵活的眼睛;他长得和外祖父一样干瘦,但个头比外祖父高,全身黝黑,像一根烧焦的木柴。他把冻僵的手插在袖子里,详细地问小茨冈:

“我父亲给你多少钱?”

“五个卢布。”

“这车东西值十五个卢布。那你花了多少钱?”

“四卢布十戈比。”

“这么说,还有九十戈比上了你的腰包了。雅科夫,你看见他怎么攒钱了吧?”

雅科夫舅舅在严寒里只穿了一件衬衣,他站在那里对着寒冷的蓝天眨巴着眼睛,不时微微地笑笑。

“万卡,你就请我们喝半瓶伏特加吧。”他懒洋洋地说。

外婆一边卸马套，一边跟马谈心：

"怎么啦，我的乖孩子？怎么啦，我的小猫咪？想玩一会儿吗？去吧，玩一会儿去吧，你这上帝赐的开心宝贝！"

高大的沙拉普扬起颈上浓密的鬃毛，用它那雪白的牙齿蹭外婆的肩膀，扯外婆系在头发上的丝巾，快乐的眼睛不住地瞅着外婆，甩头抖掉挂在睫毛上的霜，低声嘶叫着。

"想吃小面包？"

外婆向沙拉普牙齿里塞进一大片咸面包，用自己的围裙兜在马嘴巴下等着，若有所思地看着沙拉普吃。

小茨冈也像一匹小马似的轻快地跳到外婆跟前。

"老妈妈，这匹骟马可真有劲，又这么聪明……"

"走开，不要在我面前拍马屁，耍滑头。"外婆跺着脚喊道。"你要晓得，今天我不喜欢你。"

外婆向我解释说，小茨冈在集市上买东西，与其说是买，不如说是偷。

"你外祖父给他五个卢布，他能只用三个卢布买，偷十个卢布的东西，"她不高兴地说，"他喜欢偷，这个淘气鬼！起初他试着干了一次，得了手，没事儿，回到家里大伙儿笑了一阵，还夸他干得不错，他就这么把偷当成了家常便饭。你外公年轻时吃足了苦，尝尽了穷的滋味，到老来变得贪心了，现在他把钱看得比亲骨肉还重，就喜欢白得人家的东西！而米哈伊尔和雅科夫呢……"

她挥了挥手，停了一会儿不作声，望着打开的鼻烟壶里面，唠唠叨叨地接着说：

"廖尼亚，世上的诸事万物就像花边，钩花边的又是个瞎眼婆娘，我们哪儿分得清那些花纹啊！万一伊万卡在偷的时候被人逮住，那就要被人往死里打……"

外婆又沉默了一会儿，轻声说：

"唉，我们的规矩一大堆，就是没道理好讲……"

第二天，我去求小茨冈，要他下次别再偷了。

"要不，他们会把你打死的……"

"他们抓不住我，我会溜掉的：我手脚多灵活啦，马也跑得快！"他微笑着说,但顿时又忧愁地皱起了眉。“我知道,偷东西不好,也危险。不过,这没什么,我觉得无聊,解解闷。钱嘛,我不想攒,你那两个舅舅,一个星期之内就把我口袋里的钱全都给骗光了。我也不可惜,你们全拿去吧!反正我肚子吃得饱饱的。”

他突然抓住我的两只手,轻轻地摇了几下。

“你虽然身子轻,长得又单薄,可骨头坚实,长大后肯定是个大力士,你知道怎么着,你要学弹吉他,去求你雅科夫舅舅,真的!你现在还小,又这么不走运!你人小,可脾气不小。你不喜欢你外公?

“我不知道。”

“我啊,除了老妈妈,卡希林一家子我全不喜欢,让魔鬼去爱他们吧!”

“也不喜欢我?”

“你不是卡希林家的人,你姓彼什科夫,是另一个血统,另一个家族……”

他猛地紧紧搂住我,几乎像呻吟一样喃喃地说:

“唉,要是我有一副好嗓子,嘿,老天啊!你知道,那该有多好!我要把所有人的心都唱得像火烧一样的滚烫……好了,去吧,小兄弟,该干活儿了……”

他把我放到地板上,塞了一把小钉子到自己嘴里,然后将一大幅浸湿了的黑布紧紧绷钉在一块很大的方木板上。

令人难以相信的是:过了不久,小茨冈突然死了。

事情是这样的:在院子的大门旁的院墙边上,斜靠着一个很大的橡木十字架,十字架的木头很粗,上面有好多疖疤。它靠在那里很久了。我刚到这里的头几天就看见了,那时候,它还比较新,黄黄的,但经一个秋天被雨打得漆黑,发出一股股浸染的橡木的苦味,在本来就拥挤而肮脏的院子里,十字架显得很碍事。

这个十字架是雅科夫舅舅买来准备安置在他妻子坟前的,他许下誓愿,要在她去世一周年的那天,亲自背着十字架到她墓前去。

这一天终于到了,是星期六,时值初冬,天气严寒,冷风刺骨,雪从屋顶上被纷纷吹落。全家人都到院子里,外祖父和外祖母早就带着三个孙子到墓地去做安灵弥撒了。因为我犯了什么错,把我一人留在家里。

两个舅舅穿着一色的黑短皮袄，两人把十字架从地上稍稍抬起，扛着十字架的两翼站起来；格里戈里师傅和另一个不认识的外人费力地抬起十字架下面沉重的粗端，放到小茨冈宽大的肩上；他踉跄了一下，立刻叉开两腿站住。

“吃得住吗？”格里戈里问。

“不知道，好像很重……”

米哈伊尔舅舅生气地叫嚷：

“把大门打开，瞎鬼！”

雅科夫舅舅却说：

“万卡，你不害臊，我们两个人的劲加起来都没有你的劲大！”

但是，格里戈里一面开门，一面特别关切地嘱咐伊万说：

“当心，别硬撑！上帝保佑你！”

“秃驴！”米哈伊尔舅舅上了大街后回头叫骂了一声。

院子里的人都冷冷地笑了笑，然后大声谈论起来，似乎大家对把十字架搬走都感到高兴。

格里戈里·伊万诺维奇牵着我的手到染房里，对我说：

“兴许今天你外公不会打你了，他今天的眼神和气……”

在染房里，他让我坐在一堆整理好准备染色的羊毛上，关心地把我用羊毛一直围到肩膀，然后闻了闻染锅里冒上来的汽，沉静地说：

“亲爱的孩子，我三十岁就认识你外公了，他干的事儿从头到尾我都看在眼里，早先我和他是要好的朋友，两人一起开始干这行当，一块儿出点子。你外公啊，他精明！现在他当上了老板，可我不会。不过，上帝比我们所有人都聪明：他只要微微一笑，绝顶聪明的人转眼就成了傻瓜蛋。你现在还不明白，人为什么那么说，为什么那么做，可你一定要把世上事全都弄明白。孤儿的日子难啊。你父亲马克西姆·萨瓦捷伊奇是个金不换的人，他什么都清楚，就为这一点你外公不喜欢他，不认你父亲……”

听别人讲好话总是愉快的，我一面听他叙说，一面看着。通红的炉火里，时时蹿出黄灿灿的火苗在闪耀、嬉戏，染锅上一团团乳白色云朵似的蒸汽不断冉冉升起，一直冒到房顶的斜木板上，积成一层瓦灰色的霜。透过房顶的一道道板缝，看到的天空像是一条条湛蓝的绦带。风静了，太阳在什么地方放出了光辉，整个院子充满了犹如纷纷飘落着玻璃似的灰尘。大街上，雪橇下的滑木在冰上擦出阵阵刺耳的吱吱声。蓝色的烟从屋顶的烟囱里袅袅升起，一缕缕淡淡的烟影在雪地上掠过，也像在絮絮地诉说着什么。

个子细长、瘦骨嶙峋的格里戈里师傅，蓄了一脸的大胡子，没戴帽子，耳朵显得特别大，真像一个善心的巫师。他一面搅着沸腾的染水，一面不断地教导我：

“对所有的人都要直对着他的眼睛看；哪怕有条狗向你扑过来，你也用正眼看着它，它见你这样，就往后退了……”

他的那副沉甸甸的眼镜，重重地压在他的鼻梁上，鼻尖和外婆的鼻尖一样，布满了青紫的血斑。

“别忙，等一等，出了什么事？”他突然说，一面谛听外面的动静，接着用一只脚关上炉门，蹭蹭三步两跳就跑到院子里。我也跟着他奔出了屋。

在厨房里，小茨冈仰面躺在地板中央，几道宽宽的光束从窗格射进屋里，一束光照在他的头上，另一束照在胸脯上，还有一束照在两只脚上。他的上额奇怪地发亮，双眉高高抬起，斜视眼一眨不眨地凝视着漆黑的天花板，发乌的双唇不停地哆嗦，吐出粉红色的泡沫，血从唇角两边流出，顺着两腮淌到颈子上，一直淌到地板上，鲜血像一条条浓稠的溪水，从他背下流淌出来。伊万的两条腿难看地伸着，显然他身上肥大的灯笼裤也被血浸得湿透了，裤子牢牢粘在地板上。地板长时间被沙粒冲刷得干净滑溜，在太阳光下闪闪发光。一条条溪水般的鲜血，穿过地板上的一道道光带，慢慢向门槛流去，血是那样的鲜，那样的亮。

小茨冈两臂直挺挺地躺在地上一动不动，只有十个手指在微微颤抖，在地板上抓挠，染上颜色的指甲在阳光下闪光。

小保姆叶夫根尼娅蹲下身子，把一支小蜡烛放进伊万的手里，但伊万拿不住，蜡烛倒在地上，烛芯浸在血泊里，火熄灭了。小保姆拾起蜡烛，用围裙角擦干净，又试着在他颤抖的手指里放稳蜡烛。厨房里的人交头接耳，窃窃私语，嘀嘀咕咕唧唧喳喳的声音此起彼伏，像风似的冲击着我，把我从门槛上推走，可是我紧紧抓住门把手不放。

“他绊了一下。”雅科夫舅舅的头不住地战栗，转来转去，用阴沉的嗓音叙述当时的情况。他脸色晦暗，萎靡不振，两眼无神，常常眨巴。

“他跌倒了，十字架压下去，砸在脊背上，幸亏我们赶紧扔掉十字架，不然我们也要变成残废。”

“是你们把他害死的。”格里戈里闷声闷气地说。

“就是的，又怎样呢……”

“你们！”

鲜血还在不断地流，门槛下已经积成了一洼血，已变得发黑，似乎还在往上涨。小茨冈口中泛着粉红色的泡沫，梦魇般地发出像牛哞哞叫的含混的声音，眼看愈来愈虚弱了，他的身子渐渐伸得越来越平，紧贴在地板上，仿佛要陷进地板里去似的。

“米哈伊尔骑马赶到教堂去叫父亲了，”雅科夫舅舅低声说道，“我便雇了一辆马车尽快把他拉回来……幸好我没有自己背十字架下面的大头，要不然就……”

小保姆再一次想使小茨冈的手抓住蜡烛，蜡烛油和眼泪一滴滴落在他的手掌上。

格里戈里粗声地说：

“你就把蜡烛放在他的头旁边，你这个楚瓦什①女人！”

“就那样。”

“把他的帽子脱下来！”

小保姆费劲地从伊万头上脱下帽子，伊万的后脑勺咚地一声碰在地板上。现在他的头歪向一边，血流得更多，但已经只从一个嘴角里往外流了。就这样拖了好长好长时间。开始时，我还一直在等着，指望小茨冈休息好后，起来，坐在地板上，吐口唾沫说：

“咳，好热啊……”

以前，每逢星期日吃过午饭，他一觉醒来后都是这样，但这次再也不起来，而且越来越虚弱了。阳光已经照不到他的身上，光线逐渐变短，只照到窗台上了。他全身发乌，手指已经不再颤动，唇上的泡沫也没有了。在他的天灵盖后面和两耳旁边点了三支蜡烛，摇曳不定的黄黄的烛火照着他那黑得发蓝的蓬松的头发，烛光反射的黄色光点在他黝黑的两颊上跳动，鹰喙般

---

① 现住在楚科奇民族专区的少数民族。

的鼻尖和粉红色的牙齿闪闪发亮。

小保姆跪在地上一面哭，一面低声地诉说着：

“你是我心爱的人儿，是逗人开心的小鹰……”

我又怕又冷，爬到桌肚里去躲在那儿。过了不久，外祖父脚步沉重地闯进了厨房，他身上穿着浣熊皮大衣，外婆穿着领子上有毛皮的宽大斗篷式的女外衣，还有米哈伊尔舅舅、孩子们和许多不认识的外人都跟了进来。

外祖父脱下皮大衣，摔到地上，大声叫骂：

“你们这些坏蛋！多好的一个小伙子白白被你们害死了！再过五六个年头，他可就是个无价宝了……”

衣服堆在地板上，挡住了我的视线，我看不到伊万了，我便爬了出来，无意碰到了外祖父的脚。他把我踢开，攥紧了通红的小拳头，狠狠地威吓舅舅：

“你们这两个恶狼！”

他在长凳上坐下，两手撑住凳子，忍泪哽咽不止，用尖溜溜的嗓音说：

“我知道，他是你们的眼中钉、肉中刺……唉，万纽舍奇卡①……你这个小傻瓜！没办法啦，啊？我是说，真没办法啦？马是人家的，缰绳烂掉了。孩子他妈，这几年上帝不喜欢我们了，啊？孩子他妈？”

外婆身子伏在地板上，两手不住地抚摩伊万的脸、头和胸口，直对着他的眼睛哈气，抓住他的两只手，不断地搓揉，把三根蜡烛全碰倒了。过了一会儿，她费力地站起来。她身上穿着发亮的黑色外衣，整个脸也变黑了，可怕地瞪圆了双眼，压低了声音骂：

“滚，你们这帮天地不容的该死的魔鬼！”

所有人，除了外祖父外，都拥出了厨房。

……小茨冈无声无息、无人思念地被埋葬了。

---

① 万纽舍奇卡是伊万的小名。

四

我躺在一张很宽的大床上，一床大被子把我严严实实地裹了四层，我听着外婆跪在那里向上帝祷告，一只手紧紧贴住胸口，一只手间或不紧不慢地画着十字。

外面天气酷寒，砭人肌骨；绿莹莹的月光透过窗玻璃上的冰花，将她那鼻子大大的、慈祥的面庞照得容光焕发，清晰可鉴，一双乌黑的眼睛犹如磷火似的闪闪发光。遮着外婆头发的丝巾好像经过锻造似的发亮；黑色的连衣裙微微颤动，似水般地从两肩顺着身体缓缓流淌下来，铺展在地板上。

外婆每次做完祈祷，都默默脱去衣服，整齐地叠好，放进屋角的箱子里，然后走到床前，这时，我就假装睡得很熟。

“得啦，别骗我了，小调皮鬼，你没睡，是吗？”她轻轻地说，“我是说，你没睡着，心肝宝贝，对吧？喂，让点被子给我盖！”

我想到接着她会怎么样，就忍不住笑了，于是她大声嚷起来：

“啊，你有意拿我这个老外婆开玩笑！”

她抓住被角麻利地用劲往自己身上一拉，把我光着身子抛到空中打了几个转，扑通一声，跌到软绵绵的绒毛褥子上，她哈哈大笑说：

“怎么啦，你这个小坏崽子，这下吃到苦头了吧？”

但有时她做祷告的时间很长，我真的睡着了，已经听不见她躺上床的声音了。

但凡她做祷告的时间长，总是那一天有伤心事，或者发生了吵嘴打架之类的事。听外婆祷告十分有趣，她把家里所有的事一件一件详详细细地说给上帝听。她胖大臃肿，跪在那儿像一个大土堆，起先声音很低，口中念念有词，说得很快，听不清楚，后来嗓音便变得低沉有力，絮絮叨叨地说：

“主啊，你是知道的，所有的人都想日子过得好一些。米哈伊尔呢，是老大，他该留在城里，叫他搬到河对面去，他觉得委屈。那儿他没住过，新来乍到的，不知会出什么事儿。孩子他爸呢，他比较喜欢雅科夫，对他娇惯的孩子偏心眼儿，这样不好吧？老头儿脾气倔，上帝啊，你开导开导他吧！”

她睁着一双闪亮的大眼睛，望着发暗的神像，给她的上帝出主意说：

“主啊，你就托个梦给他，让他明白，该怎么给孩子分家！”

外婆不断地画十字，磕头，宽大的前额在地板上碰出咚咚的声响，随后，又伸直身子，一本正经地说：

“你让瓦尔瓦拉有点欢乐吧！她什么地方得罪了你，惹恼了你啦？她有什么罪过比别人大？一个女人年纪轻轻身强力壮的，却成天在苦水里过日子，这是怎么回事啊！上帝啊，你不要忘记格里戈里，他的眼睛越来越看不清了。他眼睛一瞎，就得去讨饭，这多不好啊！他一辈子的精力全耗在老头子身上了，到头来难道老头子会拉他一把不成……啊，主啊，主啊……”

她久久地静默不语，虔诚地低下头垂着两手，仿佛睡熟了，冻僵了。

“还有什么呢？”她皱起眉毛，一边回忆，一边出声地说，“你救救所有的正教徒，宽恕他们吧！饶恕我这个该死的老傻瓜吧！原谅我，你明白，我犯罪不是我故意使坏，是因为我糊涂，我脑子笨啊。”

她深深叹了口气，亲切地、心满意足地说：

“亲爱的老天爷啊，你无所不知，你心如明镜啊。”

我非常喜欢外婆的上帝，他和外婆这么亲密、这么知心，所以我常常央求她：

“你给我说说上帝的事儿吧！”

外婆讲起上帝来，总是那么特别：声音轻轻的，一句话一句话声音拉得怪长。她眯起眼睛，而且一定要坐着讲。她每次都是先欠欠身子，坐下来，再把头巾披到头上，一讲就讲得很久很久，一直讲到别人睡着了为止：

“天堂里有一座小山岗，周围是一片绿草地，山岗上长着一片银白色的椴树，上帝就坐在那椴树荫下的一个蓝宝石镶成的宝座上。那椴树啊，一年四季鲜花盛开。在天堂里既没有冬天，也没有秋天，花儿永远不凋谢，就这么一个劲儿地争芳吐艳，使上帝的仆人幸福愉快。在上帝的身旁，有许多许多天使在飞翔，多得啊，就像一群群蜜蜂飞舞，就像雪花纷纷飘扬，就像成千上万的白鸽从天上俯冲飞到大地，然后又展翅从大地返回天上。它们把我们的一切，把人间的每一件事都报告上帝。那里面有你的、我的、外公的天使，上帝给我们每一个人都指派一个天使，他对所有人都是一样的平等。瞧，你的天使向上帝报告：列克谢向他的外公伸舌头装怪相了！于是上帝便吩咐说：好吧，让老头儿抽他一顿！就这样，天使把所有的事情，把每个人的情况都报告上帝，上帝对每件事、每个人都赏罚分明，谁该痛苦和不幸，谁该快乐和幸福。就这样，在上帝那儿所有这一切都安排得妥妥帖帖的。天使们尽情欢乐，他们扑棱着翅膀，不断地给上帝唱着赞美歌：'荣耀属于你，主啊，荣耀属于你！'而上帝怎样呢，亲爱的孩子，他只向天使们微笑，他是在说：'好啦，好啦！'"

外婆自己也摇晃着脑袋，微微含笑。

"你亲眼见过吗？"

"我没见过，可我知道！"她若有所思地回答。

每当她讲上帝、天堂、天使们的时候，她就变小、变温和了，她的脸也变年轻了，含着泪水的眼睛流露出暖人心灵的光芒。每次我都拿起她那像缎子一样光滑的沉甸甸的辫子，绕在自己脖子上，一动不动入神地听她讲那永远讲不完、听不厌的故事。

"上帝不能让人看到，谁看见上帝，谁的眼睛就会瞎。只有圣徒才能全神贯注地看他。天使我见过；当人的灵魂洁净的时候，他们才现身。有一次，我在教堂里做晨祷，祭坛上就有两个天使走动，天使的身体好似雪亮雪亮的雾，透过他们的身体可以看到后面一切，他们的翅膀好像薄薄的一层纱，还钩上了花边，收翅走动时触到地板。两个天使在神座的周围走来走去帮助老伊利亚神甫：伊利亚每当举起他那衰老颤抖的双手向上帝祈祷时，他们就扶托住他的胳膊肘。伊利亚年事已高，老态龙钟，眼睛已经瞎了，到处磕磕碰碰，过不久他就去世了。当时，我一看见天使，高兴得愣神儿了，心里难过起来，眼泪直向下滚。啊，多好啊！哦，廖尼卡，我的心肝宝贝，天上也好，人世间也好，只要在上帝身边，就什么都好，多好啊！……"

"难道我们这儿也好吗？"

外婆对自己画了个十字，回答说：

“感谢贤明的圣母，一切都好！”

她的回答可把我搞糊涂了：很难承认在这个家里一切都好，我觉得在这个家里日子越来越难过了。

有一天，我从米哈伊尔舅舅的房门旁走过，看见纳塔利娅舅母脸色煞白，一只手捂住胸口，在房间里来回转，喊叫的声音虽然不大，但听起来令人可怕：

“上帝啊，你把我收回去吧，把我带走吧……”

她对上帝祷告的话我听得懂，以后格里戈里师傅唠唠叨叨说的话我也懂，他常常说：

“我瞎了去讨饭也比在这儿强……”

我真想让他快点瞎，那时我就能求他，我牵着他给他带路，我们一起到处去要饭。我已经把我的想法对他说过，格里戈里师傅微微含笑回答说：

“好吧，让我们一起要饭去！我就在城里大街小巷到处吆喝：他就是行会头子瓦西里·卡希林的外孙，他女儿的儿子！那才有趣呢……”

我不止一次看见纳塔利娅舅母呆滞的眼睛下面有几个发青的肿块，脸色蜡黄，嘴唇浮肿。我问外婆：

“舅舅打她啦？”

外婆叹气答道：

“他偷偷地打，这个该死的要进地狱的东西！你外公不准他打，他就每天夜里打。他心狠手辣，而你舅母又偏偏胆小怕事，是个窝囊废。”

外婆越说越有劲，接着说：

“不过现在总算不像从前那么打得厉害了！眼下只是照着她的牙齿、耳朵上打一阵，揪揪她的辫子就算了。从前呀，你知道，每次都要恶毒地折磨她几个钟头！有一次，你外公打我，从复活节的第一天日祷起，一直打到晚上。打一阵，打累了，歇一会儿，再打。用拴马的缰绳打，想到什么就用什么打。”

“为什么打你？”

“记不得了。还有一次，他把我打得半死，五天五夜不给我吃饭，差点没死掉。要不，还要……”

这可使我惊奇得目瞪口呆了:外婆的块头要比外祖父的大一倍,我不相信,外祖父能制服得了她。

“难道他比你的劲大?”

“劲是没有我的大,可他的岁数比我大!另外,他是我的丈夫!上帝为了我,会降罪给他的,主嘱咐我要忍受下来……”

最令人觉得有趣和愉快的是看外婆擦圣像上的灰和弄干净法衣了。圣像画得富丽堂皇,神头上的光轮镶着珍珠、银子和宝石,她双手熟练地取下一幅圣像,含笑地看着它,深为感动地说:

“多可爱的脸儿啊!……”

她一面画十字,一面吻着圣像。

“瞧,落上灰尘了,被烟熏黑了,啊,你啊,万能的圣母啊,你是我永生永世不能离开的欢乐!你瞧,廖尼亚,我的心肝宝贝,画得多精致细巧啊,一尊尊像都那么小,可都画得清清楚楚分得开。这幅圣像叫‘十二节’,站在当中的就是至善圣母费奥多罗夫斯卡娅①,这幅圣像是‘勿哭我圣母’②……”

有时我觉得外婆摆弄圣像,就像受气的卡捷琳娜表姐摆弄洋娃娃一样,那么亲切,那么认真。

外婆还不止一次地看见过鬼,有时看到很多,有时只看到一个。

“有一天,在大斋③的时候,夜里,我路过鲁道夫家屋边,那夜的月亮光像牛奶一样白。突然,我看见屋顶的烟囱旁边,坐着一个鬼,它全身漆黑,头上有角,个头好大,浑身是毛,正对着烟囱口不住地嗅,鼻子还发出呼哧呼哧的声音。这个黑鬼一面闻着,尾巴还不住地在屋顶上磨蹭,发出沙沙的响声。我对着它画了个十字,念道:‘愿神兴起,使他的仇敌四散’④,它立刻轻轻地尖叫一声,从屋顶上一个倒栽葱滚到院子里去,无影无踪了!兴许那一

---

① 费奥多罗夫斯卡娅是俄国东正教著名圣徒之一。圣像上用文字记载着东正教十二个主要圣徒的纪念日,统称为“十二节。”

② 圣像名称。出自东正教教会赞美歌第九歌《大礼拜六》的第一句,描述圣母站在耶稣棺材旁的情景。

③ 大斋亦称“禁食”。基督教虔修方式之一。在规定的日子里,一天只一顿饭吃饱,其余仅吃半饱或更少。东正教对守大斋的要求较严。

④ 见《旧约全书·诗篇》第六十八篇第一行。

天鲁道夫家正在煮斋日禁吃的荤食,鬼在那里津津有味地闻肉香呢……”

我想象着小鬼从屋顶上滚下去的样子,忍不住笑了,她也笑了,说道:

“这些小鬼和孩子一模一样,爱淘气!有一天,我在洗澡间里洗衣服,一直洗到半夜了。忽然,炉子上的石板门①猛地向上一跳!从炉门里接二连三地拥出好多好多小鬼,一个比一个小,有的是红殷殷的,有的是碧碧绿的,有的黑油油的像蟑螂。我想跑到门口去,连路都堵死了。我被困在这群小鬼头当中,整个浴间挤得满满,连转个身都不行。它们往我脚下面钻,拉我、扯我,弄得我连画个十字都不能!这些小鬼头,身上都是毛茸茸的,软绵绵的,热乎乎的,活像小猫咪,只是都用后爪子站着走路。它们在地上打转转、捣蛋,龇着像老鼠一样的小牙齿嬉笑,一对对小眼睛绿莹莹的,头上的角刚刚冒出一点儿,像一个个小疙瘩似的鼓着,屁股后面撅着一根根好似小猪崽子的尾巴,哎哟,我的老天爷啊!我晕过去了!当我醒过来的时候,蜡烛快灭了,澡盆里的水也凉了,洗的东西扔得满地都是。嘿,你们这些鬼东西,再多些,一口气就把你们吹散了!”

我闭上眼睛,就看见外婆讲的那些毛茸茸的五颜六色的小鬼东西,从炉板缝里,从灰色的鹅卵石上,像一股浓稠的浊流不断地往外冒,向下涌,把小浴间塞得满满。它们还吹蜡烛,调皮地伸出粉红色的小舌头。这很好玩,但也很可怕。外婆摇晃着脑袋,有一会儿没说话,突然她又像着了火似的兴致勃勃地说:

“可不是吗,我还看见过该死的被诅咒的人。那也是在夜里,冬天,刮着暴风雪。我路过久科夫峡谷,你记得吗?就是我曾经告诉过你的那个山谷,那个雅科夫和米哈伊尔想把你父亲淹死在池塘的冰窟窿里的那个地方。就在那个峡谷里,我正往前走着,不小心一个跟头顺着小路摔到谷底,只听到满谷响起吱吱的口哨声和喊叫声。我一看,有一驾三匹黑马拉的大雪橇,飞快对着我冲过来。车夫是一个长得五大三粗的鬼,鬼头上戴着一顶红颜色的尖顶帽子,就像一根上头削尖的粗棍子竖在车座上。它伸出两手,握住铁链子做的缰绳赶马。可是,在山沟里没有雪橇可走的大路,这驾三套马的雪橇便飞似的直奔池塘,在云彩似的雪里隐没了。坐在雪橇上的全是鬼,它们

① 俄国蒸汽澡堂里炉子上有块石板,向石板上浇水以蒸发热汽。

打着唿哨，大喊大叫，挥舞着帽子。在这驾雪橇后面跟着七驾三套马的雪橇，拉得像去救火似的飞快。所有马都是一色的黑毛，所有这些马都是被父母诅咒的人变的。他们变成马，专门用来为鬼消遣取乐，那些鬼呢，就用他们去拉车，每夜赶着他们去参加各种各样的聚会，那次我见到的也许是魔鬼在办喜事呢……"

很难不相信外婆所讲的一切，因为她说得那么简单实在，那么令人心服。

外婆念的一些诗特别好听，譬如，有一首诗是讲圣母巡查人世上的苦难的，圣母训诫女强盗延加雷切娃"公爵夫人"不要殴打和抢劫俄罗斯人。有些诗是讲神人阿列克谢①的、讲战士伊万②的。还有聪明的瓦西里莎③、山羊神甫和上帝的教子的童话。有些故事和传说听起来令人可怕，例如，玛尔法夫人④的故事、绿林女头领乌斯达⑤的传说、罪孽深重的埃及女人玛丽娅⑥的传说和关于一个强盗母亲的悲哀故事等。外婆知道的童话、故事、传说和诗多得数不清。

外婆既不怕人和外祖父，也不怕鬼和一切邪恶，可就是对黑蟑螂怕得要命，哪怕黑蟑螂离她很远，她也感觉得到。她常常在夜里把我叫醒，悄悄地对我说：

"阿廖沙，亲爱的，有一只蟑螂在爬，你去把它踩死，看在基督的面上，行行好吧！"

我睡得懵懵懂懂的，点亮了蜡烛，在地板上爬来爬去搜索敌人，可我并不是一下子就能找到，而且常常找了好久都找不到。

"哪儿也没有，"我说道，而她则睡在床上，连头蒙在被子里，一下不敢

① 传说中人物。自小离家出走，住在荒漠中，甘愿为乞丐，后回到家乡，没有人认出他，因而受到很多屈辱。

② 公元四世纪的著名基督教徒。

③ 俄国民间神话故事中的女主人公。

④ 诺夫哥罗德城行政长官伊·安·博列茨基的遗孀。曾领导诺夫哥罗德贵族反对莫斯科。一四七八年伊凡三世将诺夫哥罗德并入莫斯科大公国后被放逐至尼日尼·诺夫哥罗德，并被迫剃度为尼。

⑤ 伏尔加河一带传说中的女英雄。

⑥ 传说中六世纪埃及的荡妇，后改邪归正。

动，声音几乎低得听不清地央求：

“唉呀，有啊！唉，你再找找，我求求你啦！它在那儿，我知道……”

不过，外婆从来没有说错过，我每次都在离床老远的什么地方找到一只蟑螂。

“打死了吧？这下好了，感谢上帝！也谢谢你……”

于是，她掀开头上的被子，轻松地笑着喘了口气。

倘若我没有找到那个小虫子，她就睡不着觉了。我感觉得到，在静谧深夜，只要有一丁点儿声音，她就浑身哆嗦，我听见她屏着呼吸，悄声说：

“它就在门槛旁边……爬到箱子底下去了……”

“你干吗怕蟑螂啊？”

她振振有词地说：

“我不明白，它们有什么用？到处爬啊爬的，这些黑漆漆的东西。上帝给所有的小虫子都下了任务：甲壳虫爬出来，是告诉人，屋里潮湿了；生了臭虫，说明墙上脏；虱子咬人，提醒人要生病了，一切都明明白白！而这些黑东西，它们身上附了什么妖精，派它们来是干什么的？”

有一天，外婆正跪在那儿专心致志地和上帝交谈，外祖父突然猛地推开门进了房间，嘶哑着嗓子说道：

“喂，孩子他妈，上帝看望咱家来了，着火啦！”

“你说什么，真的啊！”外婆大叫一声，从地板上跳起来，两个人脚步沉重地向前面昏暗的房间奔去。

“叶夫根尼娅，快把圣像拿下来！纳塔利娅，快给孩子们穿好衣裳！”外婆大声严厉地指挥，而外祖父却低声地哀泣：

“噫……噫……”

我跑到厨房里，面朝院子的窗户被火照得金光闪耀，火光映照的黄黄的斑点不断从地板上掠过；光着双脚的雅科夫舅舅一面穿靴子，一面不住在地板上跳，仿佛地板上的火光灼痛了他的脚掌，他喊道：

“啊哈，这是米什卡①放的火，放了火后他就跑啦！”

“呶，狗东西。”外婆骂道，用力把雅科夫向门口一推，他差一点跌倒。

---

① 米哈伊尔的昵称。

透过窗玻璃上的白霜看到，染坊屋顶上烧着了，染坊开着的门里面，一团团通红的火，像龙卷风似的在屋里翻滚、打旋。在静悄悄的夜空里，仿佛一朵朵火红的花正在不断地怒放，没有烟雾，只是在火焰的花朵的高空上，有一朵黑色的云彩随风飘荡，天边的一道银白色的天河仍清晰可见，雪被映照得闪出紫红的光。房屋的墙壁不住地颤动，摇晃，仿佛就要向炽烈的院角冲过去似的，那里火烧得正旺，就像孩子嬉戏一样正在劲头上，无数通红的火苗灌满了染坊墙上宽宽的缝隙，墙缝里露出一根根被烧红的、弯弯曲曲的钉子。干燥的屋顶上一块块熏黑了的木板，眨眼间就被仿佛金光灿灿的、红色的绦带弯弯曲曲地缠满了；陶土砌成的细细的烟囱，竖立在缠着绦带的木板中间冒着烟，发出刺耳的声音；还有一种像叩击窗玻璃发出的低低的噼啪声和像绸缎磨擦的簌簌声。火烧得愈来愈旺，整个染坊到处都是火焰，就像教堂里的圣像壁那样被装饰得金碧辉煌，令人抑制不住地被吸引过去。

我头上披了一件沉甸甸的短皮外衣，脚套在一双不知是谁的靴子里，趿拉趿拉地走进过道。谁知刚走到台阶上就被惊呆了，耀眼乱蹿的火苗使我眼睛发花，外祖父、格里戈里和舅舅声嘶力竭的喊叫声和失火时发出的劈里啪拉的爆裂声，震得我耳聋，外婆更把我吓坏了：她把一只空口袋披到头上，身子裹上披马的被子，直向火里冲去，口中喊道：

“硫酸盐，你们这批蠢货！硫酸盐会爆炸的……”

“格里戈里，拉住她！”外祖父吼叫着。“唉，这一下她完了……”

但是，不一会外婆从火里钻出来了，她浑身冒着烟，脑袋直打晃，躬着腰，两臂伸直，抱着有水桶大的一瓶浓硫酸出来了。

“他爸，把马牵出去！”她一面咳嗽，一面嘶哑着嗓子喊着。“你们快把我肩上的东西拿下来，我就要烧着了，难道没看见？……”

格里戈里扯下她披在肩上已经隐隐燃着的马被——马被成了两段——随后开始用铁锹把大块大块的雪，一锹一锹往染房门里抛；雅科夫舅舅手里拿着斧头，在他旁边跳来跳去；外祖父则在外婆旁边奔跑，把雪往她身上扔；外婆把浓硫酸瓶塞进了雪堆后，便奔到大门口，打开大门，不住地向跑进门来的人鞠躬，说道：

“街坊们，请你们帮帮保住仓库吧！眼看火就要烧到仓库、烧到干草棚了，不然我家要烧光，你们也会遭殃的！把仓库顶掀掉，干草都扔到园子里！雅科夫，别瞎转转，拿斧子、铁锹给大家！街坊爷儿们，帮帮忙一齐儿干吧，愿上帝保佑。”

看外婆忙这忙那，就像看失火一样有趣：她身子被火照得雪亮，她这个穿黑衣裳的人，似乎被火捉住了，受火指挥，满院子团团转。到处都有她，指挥你干这，安排他干那，什么事都逃不过她的眼睛。

突然沙拉普跑到院子里来了，抬起前蹄直立起来，一下子把外祖父腾空掀起。大火熏痛了它的两只大眼睛，眼睛里闪着红光。它前蹄撑地，呼噜噜打起响鼻，外祖父放开手中的缰绳，跳到一边，喊道：

“孩子他妈，拉住它！”

外婆奔到马腾起的前蹄下面，叉着两手站到它的前面。马如怨如诉地嘶叫起来，斜眼看着火焰，向外婆探过了身子。

“你别怕！”外婆一面拍着马的脖子，一面用低沉的声音说，随后拿起了缰绳。“我怎么会把你忘在这儿受这惊吓啊！哎咳，你啊，胆小得简直像只小老鼠……”

这只比她大三倍的“小老鼠”，顺从地跟在她身后向大门走去，一面打着响鼻，一面瞅着她红红的脸。

小保姆叶夫根尼娅把两个包得严严实实、呜呜哭着的孩子领出了屋，大声叫道：

“瓦西里·瓦西里奇，列克谢不见了……”

“快走，快走吧！”外公挥着手回答说。我不想被保姆带走，便躲到门口的台阶下面。

染坊的屋顶已经烧塌了，叉梁上一根根细椽子向天空撅起，冒着烟，就像烧红的炭，泛出金黄色的光。房子里不断地传出噼噼啪啪的爆炸声和呼啸声，仿佛一阵接一阵卷起绿色的、蓝色的和红色的旋风，一团团火喷到院子里，冲到人身上，人们就像聚在一堆巨大的篝火前面，不断地用铁锹向篝火里抛雪。在大火中，几口染锅里的染色水疯狂地沸腾，不断冒起一股股云团似的蒸汽和烟雾，院子里到处散发着各种怪味，刺得人眼睛流泪。我从台阶下钻出来，正好碰到外婆的脚。

“走开！”她大叫一声。“会被踩死的，走开……”

突然，一个头上戴着翘起鸟冠般铜帽子的人，骑着马闯进了院子。枣红色的马喷着白沫，骑马的人高举着鞭子，威风凛凛地吼道：

“闪开！”

马脖子上的小铃铛，丁零丁零地发出快活而急促的声响，马儿打扮得像过节似的漂亮。外婆把我向台阶上一推，狠狠地说：

“我刚才对谁说啦？走开！”

在这个时刻，不能不听她的话。我离开外婆走进厨房，仍然把脸贴到窗玻璃上向外看，但被一大堆黑压压的人群挡住，已经看不见火了，只看见一顶顶铜盔在冬天戴的黑色棉帽和有遮檐的便帽中间闪闪发亮。

火很快被扑灭，被浇熄了，被踩灭了，警察赶散了人群，外婆走进了厨房。

“这是谁？又是你？你还没有睡觉呀，害怕啦？别怕，已经没事儿了……”

她在我身边坐下，身子微微摇晃着，不再作声了。又回复到静静的、暗暗的夜，是多么的好，但那么好看的火灭了，我感到又有点可惜。

外祖父走进了屋，站在门槛旁，问道：

“是孩子他妈吗？”

“嗯，什么事？”

“烧伤了没有？”

“不要紧。”

外公擦着了硫磺火柴，火柴蓝盈盈的光照亮了他那沾满了烟油子的像黄鼠狼一样的脸，他看清了桌上的蜡烛，不紧不慢地坐到外婆的身边。

“去把脸洗洗干净也好啊，”外婆说道，其实她自己也是浑身烟墨，发出一股股刺鼻的烟味。

外祖父叹了口气说：

“上帝对你总是大慈大悲的，给了你大智大慧……”

他抚摩了一会儿她的肩膀，又咧嘴笑了笑补充说：

“虽然时间很短，只一个钟头，可总算给你了……”

外婆也淡淡一笑，想说些什么，但外祖父眉头一皱说：

“要跟格里戈里算账，这是他马虎闯的祸，这个蠢货不能干活儿了，活到头了！雅什卡坐在台阶上哭呢，这个傻小子……你最好去看看他吧……”

外婆把手放在脸前面，吹吹指头，站起来走了，外祖父瞧都不瞧我一眼，低声问道：

“失火你从头到尾都看见了吧？你看，外婆怎样啊？年纪已经这么大了，还那么机灵麻利，拼了老命了……可真是！嗳，你们啊……”

他躬下身子，好久没说话，然后站起来，用手指掐去烛花，又问我说：

“你害怕吗?”

“不怕。”

“没什么可怕的……”

他气呼呼地脱掉衬衣，向屋角里的洗脸盆走去，在阴暗的屋角，他跺了一下脚，大声说：

“失火，真糊涂透顶了！哪一家失火，就该把哪一家的人拖到广场上，用鞭子狠抽一顿；他是糊涂蛋，再不然就是小偷！就该这么办，这样，以后就再不会失火了！……去吧，睡觉去。干吗坐在这儿?”

我去睡觉了，可这一夜怎么也没睡着：我刚一躺到被子里，突然一阵像狼嚎似的可怕的号叫，将我从被子里赶了出来，我又奔到厨房里去。外祖父没穿衬衣，手里拿一支蜡烛站在厨房中间。烛火不住地颤动，他站着不动，两只脚在地板上不断地磨蹭，嘶哑着嗓子说：

“孩子他妈，雅科夫，这是怎么啦?”

我一下跳到炉顶上，躲到角落里，家里又像刚才失火时那样忙得乱糟糟的了。房里有节奏地传出一阵又一阵声嘶力竭的号叫声，而且声音愈来愈大，就像波浪似的冲击着天花板和墙壁。外祖父和舅舅发了疯似的跑来跑去，外婆不住地叫喊，赶他们到什么地方去，格里戈里劈里啪拉地往炉子里填木柴，往大铁罐里倒满水，脑袋一点一晃地在厨房里走来走去，活像阿斯特拉罕的骆驼。

“你倒是先生炉子啊!”外婆指挥说。

他急忙跑来找松明，一下子摸到了我的脚，惊吓地叫了起来：

“谁在这儿？嘿，你把我吓坏了！你到处乱跑，总是待在不该待的地方……”

“出了什么事儿啦?”

“你纳塔利娅舅母要生孩子了。”他平淡地说了一句，从炉炕跳到地板上。

我回忆起，我母亲生孩子时没有像她这样号叫。

格里戈里把大铁罐放在火里后，爬上炕炉到我身旁，从口袋里掏出一个陶制的烟袋给我看。他说：

“我开始抽烟了，为了眼睛！你外婆常劝我说：你闻鼻烟吧，可我想，最好还是抽烟……”

他耷拉着腿坐在炉边，向下瞧着微弱的烛火，他的耳朵和半边脸都是烟黑，肋旁的衬衣撕破了，从撕破处看见他胸上一道道宽宽的像桶箍似的肋骨。眼镜上打碎了一块玻璃，有小半块玻璃已经从镜框里掉了，透过眼镜的破洞可以看到红通通、湿漉漉的眼睛，好像一个伤口。他一面向烟袋锅子里装烟叶，一面侧耳听产妇的呻吟，口中像喝醉了酒似的前言不搭后语地嘟哝着：

“你外婆真烧伤得够呛，她怎么接生啊？瞧舅母受的这个折磨！他们全把她忘了；她啊，你要晓得，从失火一开始，她就痛得抽筋了，是吓的……瞧，女人生孩子多艰难，可娘儿们仍旧不受敬重！你记住，一定要敬重妇女，敬重妇女，也就是敬重母亲……”

后来，我打瞌睡了，但时时被纷乱的嘈杂声、砰砰的关门声，以及喝醉了酒的米哈伊尔舅舅的叫喊声惊醒。突然有几句奇怪的对话钻进了我的耳朵：

“要打开圣障的中门①……”

“给她喝长明灯的灯油和糖酒，再加上烟油子。半杯灯油、半杯糖酒，加一汤匙烟油子，掺和在一起给她喝……”

米哈伊尔舅舅死气白赖地央求：

“放我进去看看吧……”

他叉开两条腿坐在地板上，不住地向自己面前吐唾沫，两个手掌在地板上拍得啪嗒啪嗒响。待在炉子上热得实在受不了了，我便爬下来，谁知刚走到舅舅身边，他突然抓住我的一只脚，猛地一拉，我仰面一跤，后脑勺重重地

---

① 指教堂里通往经台的门。教徒们相信，只要神甫打开这扇门，孩子就可以顺利诞生。

碰在地板上。

“混蛋!”我骂了他一声。

他一下跳起来,像野兽一样咆哮如雷,揪住了我。我被他举得高高,只听他叫喊道:

“我把你摔死在炉子上! ……”

等我清醒过来的时候,我已在堂屋角落的圣像下,躺在外公的腿上了。外公看着天花板摇晃着我,声音低低地说:

“我们都有罪啊,谁也不能说自己没罪……”

外祖父头顶上方,长明灯光亮耀眼,堂屋中间的桌子上点着一支蜡烛,而透过窗户已经可以看见朦胧的冬日晨曦了。

外祖父俯身问我:

“你什么地方疼?”

我哪儿都痛,头上冒着湿漉漉的冷汗,身子感到沉沉的,但我什么都不想说。周围的一切令人奇怪:屋里的所有椅子上坐的几乎都是陌生人,一个身穿浅紫色袈裟的神甫,一个戴着眼镜穿军装的白发小老头儿,还有其他很多人。他们一个个都像泥塑木雕坐在椅子上一动不动,愣在那里似乎等着什么,听着很近的什么地方发出的哗啦哗啦的水声。门框旁站着雅科夫舅舅,他挺直了身子,两手放在背后。外祖父对他说道:

“真叫人没办法,你带这孩子去睡觉吧……”

舅舅用一个手指招呼我,踮起脚走到外婆房间的门口,当我爬上床的时候,他声音很低地说:

“你纳塔利娅舅母死了……”

这并不令我惊讶,她早已活得无声无息了,既不到厨房里来,又不见她吃饭。

“外婆在哪儿?”

“在那边。”舅舅挥了挥手回答了一声,仍然踮着一双光脚走了。

我躺在床上,环顾四周。有几张不知是谁的脸——毛发浓密的、白胡子的、像瞎子似的脸贴在窗玻璃上往屋里看。屋角的大箱子上,挂着外婆的衣裳,她的衣裳挂在那里我是知道的,但现在仿佛那儿躲着一个活人,他在等着谁。我把头藏到枕头里,只用一只眼睛看着门口;真想从绒毛褥子里跳出来跑走。我闷在大枕头里觉得很热,污浊难闻的气味令人喘不过气来。我想起了小茨冈临死时的情景,想起了几条溪水般的血在地板上流。我的脑袋里或者心里似乎有一个瘤在不断肿胀。我在这个家里所见到的一切,好似冬天的街上一队载重马车,缓缓地从我身上经过,重重地压过我的身体,把我碾得粉身碎骨……

门慢慢、慢慢地开了,外婆躬着腰几乎像爬似的慢慢走了进来,用肩轻轻掩上了门,背靠在门上,双手伸向长明灯蓝盈盈的灯火,轻轻地像孩子诉苦似的说:

“我的手,我的手疼死啦……”

五

快到春天的时候,舅舅分家了;雅科夫留在城里,米哈伊尔搬到河对岸去。外祖父在田野大街[①]买了一座挺招人喜欢的房子,楼下是石头砌成的小酒馆,楼上有一间舒适的小阁楼,屋后是一个小花园,从花园向下走就是峡谷,峡谷里密密麻麻长满了已经落了叶子的柳树条子。

“嗬,多少抽人用的树条子!”当我和外祖父沿着松软的、已经化冻的小路一面走,一面细细观看花园时,他快活地向我使了个眼色说道,“很快我就要开始教你认字了,这些树条正管用……”

整个一座房子里,住满了房客。外祖父只留了顶层的一个大房间用来给自己住和接待客人,外婆则带着我住在小阁楼上。阁楼的窗户朝着大街,

① 后改名为高尔基大街。

把身子探过窗台,每天晚上和每逢节日假期,都可以看见喝得醉醺醺的人从小酒馆里走出来,在大街上歪歪倒倒、跌跌撞撞地乱闯,有人大喊大叫,有人接二连三地摔跟头。有时,醉鬼就像口袋一样地被扔到大街上,他们爬起来又拼命向酒馆的门里挤。门被敲得梆梆响,不断地传出哗啦啦打碎玻璃的声音和滑轮发出的刺耳的尖叫声。有时打起架来了。从上面瞧着这一切,十分有趣。外祖父常常一早就到两个儿子的染坊,帮助他们安排活计去了,每次晚上回来都是精疲力竭,闷闷不乐,甚至气呼呼的。

外婆每天都是弄饭,做针线,在菜园或花园里刨土翻地,整天转来转去,活像一个被人用无形的鞭子抽着的大陀螺。她不时地闻闻鼻烟,有滋有味地打着喷嚏,一面擦着脸上的汗,一面说:

"你好,圣洁的世界啊,愿你长命百岁! 喂,你瞧,阿廖沙,我的心肝宝贝,这下我们安安稳稳地过日子了! 荣耀归圣母,不是一切都变得这么好了吗?"

可我并不觉得我们过得安稳。那些女房客不断在院子和屋子里乱哄哄地跑来跑去,女邻居们不是你来就是她去,然后又急急匆匆到什么地方去,总是为来迟了而唉声叹气。所有人都在准备干什么事,不断地有人喊外婆:

"阿库林娜·伊万诺夫娜!"

阿库林娜·伊万诺夫娜对所有的人都一样地以亲切的笑脸相迎,对每一个来人都殷勤地接待。她用大拇指把鼻烟塞进鼻孔,再用红格子手帕仔细地擦干净鼻子和手指,说道:

"要提防生虱子,我的太太,就要勤洗澡,要洗薄荷蒸汽浴;要是被虱子咬后长了癣,你就舀一汤匙最干净的鹅油,一茶匙升汞,三滴水银,放在小碟子里,用碎瓷片搅七下,搅匀后涂在身上! 要是用木勺或者骨头搅,水银就没用了,也不能用铜器和银器,不然的话,伤皮肤!"

有时,她想了好久,劝告说:

"老大娘,您老人家到佩乔雷[①]修道院去找苦行修士阿萨夫去吧,我回答不了您的问题。"

---

① 俄罗斯普斯科夫州的城市,一九四〇—一九四五年称佩采里。十五世纪中期即以普斯科夫-佩乔雷修道院闻名。

她为别人接生，帮人家排解家庭纠纷，为孩子们看病，给人背讲妇女念熟了就能“得到幸福”的《圣母的梦》[①]，还常常给别人的家务活儿出主意：

“黄瓜自己会告诉人，什么时候该腌了。如果黄瓜没有土腥味儿，或者什么其他的味儿都没有了，那你就腌吧。要使克瓦斯[②]的味儿浓、翻泡泡，就需要发酵。克瓦斯不能甜，所以您在克瓦斯里搁点儿葡萄干就行了，不然，您要放糖的话，一桶只要搁一丁点儿就行了。酸奶的做法有各种各样的：有多瑙河一带口味的、西班牙口味的，再不，还有高加索口味的……”

我整天在花园里、院子里跟在她身边转，跟她一起到女邻居家去串门。她在邻居家一坐就是几个小时，一边喝茶，一边不断地谈各种各样的事情。我仿佛长在她身上，和她连在一起了，现在我都不记得在我生平的这一段时期中，除了这位好动的、永不知疲倦做好事的老太太以外，我还见到过其他别的什么事情了。

有时，母亲不知从什么地方来了，样子又高傲，又严厉，一双冷冰冰的灰色眼睛，就像冬天的太阳似的看着一切，但每次只待一会儿，很快就消失不见了，没有留下可以使人回忆的东西。

有一次，我问外婆：

“你是女巫师吗？”

“咳，瞧你想得出！”她笑了笑，但立刻又若有所思地补充说：“我哪能啊，巫术是一门很难懂的学问。而我可是一个大字不识。你外公那才是个能断文识字的人呢，我嘛，圣母没有使我聪明起来。”

于是，她又向我揭开了她生活中的一个片断：

“你知道，我也是孤儿长大的。我的妈妈是个孤苦伶仃的没有田地的贫苦农民，又是个残疾人。她还在当闺女时，被一个地主老爷吓坏了。半夜里，她吓得从窗户里跳出来，把自己的肋巴骨跌断了，还碰伤了一个肩膀。打那以后，她的右手，那只最需要用的手就麻木不能动了，而我的妈妈当时是个出名的织花边的能手。这么一来，地主老爷们便不需要她了，他们解除了她的农奴身份，说：你想怎么过就怎么过去吧，可没有手怎么能活啊？她

① 教会诗。叙述圣母梦见她的儿子遇难并被钉在十字架上的情景。

② 一种用麦芽或面包屑制成的清凉饮料。

只好到处讨饭,求人做好事施舍一点,但在那时候,人过得比现在宽裕,心肠也比现在好,巴拉赫纳的那些招人喜欢的木匠和花边女工,看得出全是好人!秋冬两季我跟着她,跟着我妈妈在城里要饭。大天使加百利[①]把宝剑一挥,撵走了冬天,立刻春满大地,这时候,我们便继续向前走,眼睛看到哪儿就往哪儿走。我们到过穆罗姆[②],还到过尤里耶韦茨[③]。我们曾沿伏尔加河向上游走,沿着静静的奥卡河[④]走。春天和夏天在大地上流浪多好啊,大地那么让人感到亲切、舒服,遍地是天鹅绒般的草,至圣圣母在田野里撒满了鲜花,这时候你会感到非常快乐,心里自由自在,无拘无束!有时,妈妈半闭上她那蓝色的眼睛,把嗓子提得很高很高地唱起歌来。她唱歌时,虽然没有使什么劲儿,但声音清脆响亮,周围的一切仿佛都微微入睡,一动也不动,入神地听她的歌声。要饭的日子也挺美的啊!但我一过九岁,妈妈感到拖着我讨饭不好意思了,由于她怕难为情,便在巴拉赫纳[⑤]落了户。她颠颠颤颤地沿着一条条街,挨家挨户地要饭。节日里,她就在教堂门前的台阶上收集别人的施舍。而我就坐在家里学织花边。我拼命快学,想尽快能帮助妈妈,有时,有什么学不会,就哭鼻子。两年多一点,你瞧,我终于把这个活儿学会了,而且全城闻名。只要哪家要上好的花边,就会立刻找上门来请我:'喂,阿库利娅[⑥],你就晃晃你那小木杆儿[⑦]吧!'我有多高兴啊,像过节一样!当然,这不是我的手艺好,而是妈妈指点得好。她虽然只有一只手,自己不能动手织,但她会比画给我看。十个干活儿的抵不上一个好师傅。这时我有点儿托大了,对她说:'妈妈,你别到处去要饭了,现在我一个人就能养活你!'可她却对我说:'住口,你要知道,这是为了给你攒钱买嫁妆的。'过了不久,你外公突然出现了,他是个很引人注意的小伙子:才二十二岁,已经当上了驳船上的工长!他的母亲仔仔细细地把我打量了一番,最后选中了。

① 耶稣教传说中的大天使。他曾向圣母玛利亚预言耶稣即将诞生。

② 弗拉基米尔州的城市。

③ 伊万诺沃州的城市,伏尔加河港口。

④ 伏尔加河最大的右支流。

⑤ 俄罗斯城市,位于高尔基州,伏尔加河码头。

⑥ 阿库林娜的昵称。

⑦ 指织花边用的小木杆。意思是请你帮忙给我们织花边吧。

她看到,我会干活儿,又是个叫化子的女儿,就是说,我将来会老老实实,安安稳稳过日子的,行了……她母亲是烤面包的,是个恶心肠的女人,其实不该再提起这一点了,唉,我们干吗回忆坏人啊?上帝自己会看见他们的;上帝看见他们,魔鬼喜爱他们。”

外婆由衷地笑了,她的鼻子令人好笑地颤动着,两只眼睛闪烁着无言的光芒,不断地抚爱着我,这比任何言语更能清楚地表明一切。

我记得,在一个静悄悄的晚上,我和外婆在外祖父房间里喝茶。外祖父身体不好,光着上身坐在床上,肩上披了一条长毛巾,时时刻刻地擦虚汗,不断地喘息,说话声音嘶哑。他的绿色的眼睛发黑了,脸上浮肿,涨得通红,两片削尖的小耳朵,红得发紫。当他伸手去端茶碗时,手怪可怜地颤抖着。他变得温顺了,完全不像平时的模样。

“干吗不给我放点糖?”他像宠惯的小孩撒娇似的问外婆。外婆亲切但坚决地回答说:

“喝和了蜜的茶,这对你的身子好一些!”

他大口大口地把一碗热茶很快喝了下去,喝得上气不接下气,喉咙咕嘟咕嘟地响,他说:

“你看着我,别让我死掉!”

“别怕,我照看着呢。”

“就是呀,要是现在死了,简直就像压根儿没活过一样,一切都化成灰了!”

“你不要再说话了,安安静静地躺着。”

他闭上眼睛,咂吧着发乌的嘴唇,停了一会儿没说话,后来突然像被针扎似的浑身哆嗦起来,自言自语地说:

“雅什卡和米什卡该尽快娶个媳妇。兴许新媳妇再生孩子,母子俩能拴住他们,让他们老实点,啊?”

于是,他便一个一个地出声地回忆,城里哪些人家有已经到了结婚年龄的合适的姑娘。外婆一直不吭声,一杯接一杯地喝茶。这时,我坐在窗户旁,看着城市上空通红的晚霞,晚霞照得房子上的窗玻璃红光闪闪。外公不准我到院子和花园里去玩,因为我犯了个什么错。

花园里,有好几个金龟子在白桦树的四周嗡嗡地飞来飞去,隔壁院子里有一个箍桶匠正在丁丁冬冬地干活,附近什么地方有人在霍霍地磨刀。花园那边的谷地里,有一群野孩子在玩耍,在灌木丛里哄闹。这番情景强烈地引诱着我,禁不住想去玩,但一种黄昏的惆怅不断地涌上心头。

突然,外公从哪儿拿出一本新新的小书,把书往手掌上啪地一拍,精神抖擞地叫我:

"喂,你这个彼尔米亚克的小捣蛋鬼,到这儿来!坐下,你这个像卡尔梅克人①的高颧骨的小家伙,看见这个字母的样儿了吗?这个字母念——'啊兹'②。你念:'啊兹'!'布基'!'韦季'!这个字母念什么?"

"'布基'。"

"给你碰对了!这个呢?"

"'韦季'。"

"瞎说,'啊兹'!你注意,这念'格拉戈利'、'多布罗'、'叶斯季',这念什么?"

"'多布罗'。"

"又碰对了!这个呢?"

"'格拉戈利'。"

"对!还有这个呢?"

"'啊兹'。"

外婆插嘴说:

"孩子他爸,你就安安静静地躺着吧……"

"你别管,住嘴!这样对我反而好,要不然,脑子里乱七八糟地想,来吧,列克谢,快念!"他用那条烫人的、汗涔涔的胳膊搂着我的脖子,把小书放在我的鼻子下面,越过我的肩膀伸出一个手指,点着一个个字母教我念。他身上很热,发出一股像醋般的汗酸味和烤葱头的味儿。我被熏得几乎憋死,他却火冒三丈,嘶哑着嗓子对着我的耳朵喊:

---

① 住俄罗斯境内的蒙古族,其家乡在伏尔加河以西下游等地。

② "啊兹"是俄罗斯教会斯拉夫语字母 A 的名称读音。下文字母名称分别为:"布基"——Б、"韦季"——В、"格拉戈利"——Г、"多布罗"——Д、"叶斯季"——Е。

"'泽姆利亚'、'柳季'①!"

这些单词的意思我是知道的,但那些斯拉夫字母和单词的意思不相符:"з"——"泽姆利亚",意思是"大地",但却像一条弯曲的虫子,"г"——"格拉戈利"像驼着背的格里戈里师傅,"я"②——样子很像外婆和我两个人,而在外公身上,则具有字母表上所有字母共同的某种东西。他按字母表顺序考问了我好久,有时不按次序问我那些我未必记住的字母。他那狂热的劲头感染了我,我也冒汗了,拼命扯着嗓门大声地喊,把他逗笑了。他笑得抓住胸脯,不住地咳嗽,连书都弄皱了。他嘶哑着嗓子说:

"孩子他妈,你瞧,他也念出火来了,是吧?你这个阿斯特罕的小鬼,打摆子啦?干吗这么狂喊狂叫?干什么?

"你自己在喊嘛……"

我看着他和外婆,心里感到很快乐,外婆用胳膊肘撑着桌子,拳头支住腮帮,看着我们,轻声地笑着说:

"你们可真要把嗓子扯破了!……"

外祖父友好地向我解释:

"我这么喊是因为我身子不舒服,你干吗喊呀?"

他摇晃着汗淋淋的脑袋对外婆说:

"死去的纳塔利娅弄错了,她说他记性不好。谢天谢地,其实他的记性简直像马的记性那么好!来吧,翘鼻子,接着往下念!"

最后,他开玩笑地把我往床下一推。

"行了!拿着这本书。明天你要把整个字母表一字不错地念给我听,能念出来我给你一个五戈比硬币……"

当我伸手拿书的时候,他又把我拉到他怀里,忧郁地说:

"小兄弟啊,你母亲把你撇在这个人世上……"

外婆猛地一哆嗦,说:

"哎呀,孩子他爸,干吗你这么说呀?……"

---

①② "泽姆利亚"、"柳季"、"格拉戈利"和"亚",分别是斯拉夫语字母 з、л、г 和 я 的名称读音。而"泽姆利亚"(земля)俄语单词的意思是"大地","柳季"(люди)俄语单词的意思是"人们","格拉戈利"(глаголь)与俄国人名格里戈里 григорий 谐音,"亚"(я)俄语单词意思是"我";这里主人公把字母名称的读音误认为是俄语单词的意思。

“我本来是不想说的,可心里难过得不说不行啊……唉,多好的一个闺女,走错路啦……”

他猛地用劲把我推开。

“去吧,去玩吧！不许到外面去,就在院子和花园里玩……”

我正想到花园里去呢,一到花园,就有几个野孩子站在小山丘上,从谷地里向我扔石子,我也高兴地扔石子回敬他们。

“‘贝尔’来了!”他们一看见我,就急急忙忙地准备干仗,高喊:“揍他,剥他的皮!”

我不知道喊我“贝尔”是什么意思,况且给我起绰号我也不吃什么亏,倒是我单枪匹马来抵挡这么多人使我感到愉快,当看到你扔出的石头准确地击中了“敌人”,迫使他们落荒而逃,躲到灌木丛中去时,多么痛快啊。“交战”不是恶意的,结束战斗时双方都几乎没有一点感到委屈。

认字对我来说并不困难,外公对我愈来愈关心,揍我的次数也越来越少了,虽然按我的想法,应该打得比从前更多一些才对,因为我渐渐长大,胆子也比过去大了,触犯外祖父定的规矩和训示的次数,比从前多得多,而他只不过骂几句,扬起手来装着要打我的样子就算了。

我寻思,过去他打我大概都是没有必要的,有一天,我把这个想法对他说了。

他轻轻地把我的下巴向上一托,眨巴着眼睛,拖长了声音说:

“干——吗?”

他格格地笑了起来,说道:

“咳,你这个异教徒！你怎么能够算得出,你该被揍多少次呢？除了我,谁能知道？走开,快走!”

但刚说了这话,他又立刻抓住我的肩膀,探察我的眼睛,问道:

“你这是耍滑头,还是说老实话,啊?”

“不知道……”

“你不知道？好吧,那我就告诉你:要是你耍滑头,这倒反而好些,老老实实——那是蠢,懂吗？绵羊才蠢呢。记住！走吧,去玩吧……”

很快，我就能一个音节一个音节结结巴巴地读诗篇①了；这通常都是在喝了晚茶以后，每次我都要念一篇圣诗。

“布基—柳季—啊兹—拉—布拉；日维奥—捷—伊热—热—布拉热；纳什—耶尔—布拉任②，”我用一根小棒子一面在书页上指着字母来回移动，一面念着，由于枯燥无味，便问道：

“最幸福的人，这是指雅科夫舅舅吧？”

“看我敲你的后脑勺子，你会明白谁才是最幸福的人！”外祖父气呼呼地说，可我感觉得到，他生气只不过是习惯而已，是为了要我规规矩矩，不要乱说。

我几乎从来没有猜错，过了一会儿，外祖父果然忘了我刚才说的话，唠唠叨叨地说：

“在玩儿和唱歌上，他可以算上大卫王③，可干事儿，他却像押沙龙④那样恶毒！就只会编编歌子，花言巧语，开玩笑和逗乐子……唉，你们这帮东西！‘整天快活的蹦蹦跳跳地玩’能跳多远？真是，能跳得远吗？”

我不再往下念了，注意听着他讲，不时地看看他那忧郁的阴沉的脸。他的眼睛眯缝着，越过我看着什么地方，眼睛里流露出一种既忧愁又使人感到温暖的神情。我已经知道，此刻外祖父平常的那种冷酷的性格正在他的心中渐渐融化消失。他用他细细的手指在桌上的的笃笃地敲着，染上色的指甲闪闪地发光，两道金黄色的眉毛不住地颤动。

“外公！”

“干什么？”

“给我讲点儿什么吧！”

“你念吧，懒虫！”他就像刚睡醒似的用手指擦着眼睛，不满意地说，“你只爱听人讲故事，说笑话，就是不爱念圣诗……”

---

① 指圣经《旧约》中的诗篇。

② 布拉任（блажен）意为最幸福的人。

③ 大卫（一译“达味”）《圣经》故事人物。传为古希伯来统一王国第一任国王。少年时，自告奋勇同非利士人作战，击毙敌人歌利亚，后扫罗死，被拥为以色列王，建都耶路撒冷。相传《圣经·诗篇》中许多诗歌是他所写。

④ 押沙龙是大卫的儿子。叛父反大卫，自立为王，后兵败于约旦河东岸被杀。

但是,我怀疑外公自己就是这样:比起念圣诗来,他更喜欢讲故事,讲笑话。诗篇他几乎全都记得,他按自己许下的誓愿,每天晚上睡觉之前都大声地念一节赞美诗,就像教堂里的执事每天念日课经那样。

我一个劲儿竭力地央求他,老头儿的态度越来越温和了,最后终于对我让步了。

“嗯,好吧,就只讲一个!以后你念圣诗的时间长着呢,我可很快就要到上帝那儿去受审判了……”

他向古式安乐椅的兽毛绣花椅背上一靠,并再向椅背上靠得更紧一些,仰起头看着天花板,轻声而沉思地讲起他的那些陈年往事,讲起他的父亲,他说:

“有一天,有一伙强盗骑马来到巴拉赫纳来抢劫商人扎耶夫家。我的父亲拼命奔到钟楼去敲警钟,强盗追上了他,用马刀把他砍死,并把他的尸体从钟下面拖出来,抛下了钟楼。

“在那时候啊,我还是个很小的小孩子,这件事没有亲眼看见,现在也不记得了。我记事还是从看到法国人的时候开始的,那是一八一二年,我刚满十二岁。当时有三十来个俘虏被赶到我们巴拉赫纳来,一个个都显得个头很小,瘦得皮包骨头,身上穿的衣服各种各样儿的都有,比一伙儿讨饭化子还差。他们冻得直打哆嗦,有几个冻得站都站不住了。一些庄稼人想揍死他们,可是押送兵不让,接着警备队来过问这事了,他们把庄稼人赶回家去。后来还好,没发生什么事儿,大家都习惯了。这些俘虏是法国人,个个灵活机智。他们在这里甚至相当快活,有时还唱唱歌。一些官老爷常常从尼日尼乘三套马的马车来看俘虏。他们来了以后,有些人对那些法国人破口大骂,伸出拳头吓唬他们,甚至动手打,另一些人则用法国话跟他们亲切地交谈,给他们钱,送他们各种各样的用来防寒的衣帽鞋袜之类的小东西。还有一个年岁大的老爷两只手捂住脸哭起来了,他说:‘拿破仑这个恶棍可把法国人给坑死了!’你瞧,怎么样,俄国人心肠好,连俄国的老爷都可怜别的民族的人……”

外公闭上眼睛,用两个手掌慢慢向后把头发捋平,有一会儿没说话,他在细细地一点一点唤醒对往事的记忆,继续说:

“冬天,外面风雪交加,木头房子挡不住严寒的天气。那些法国人常常跑到我们家的小窗子下面敲玻璃窗找我母亲。他们一面喊,一面跳,因为我母亲是烤面包卖的,他们来找我母亲要热面包。我母亲不放他们进屋,就从窗口把面包递出去。法国人抓起面包就往怀里揣,刚出炉的滚烫的面包一下子就直接靠在光身子上,贴在胸口上,真弄不明白,他们怎么能受得了!不少法国人冻死了,他们的国家气候暖和,不习惯这么严寒的天气。我家菜园子的洗澡间里,住了两个法国人,是一个军官和他的勤务兵。勤务兵叫米朗。军官是个细高挑儿,骨瘦如柴,简直是皮包骨头,身上穿的是一件娘儿们穿的又宽又大的斗篷式的外衣,所以外衣只能到他的膝盖。他对人很和气,是个酒鬼。那时,我母亲偷偷地酿啤酒卖,他一买到酒,就唱着歌大喝一通。他学会了说我们的话,有时叽哩咕噜半对半不对地说:'你们这个地方不是白的,是黑的,凶恶的!'他俄语说得不好,但可以听懂。他这话说对了:我们上游地区气候是不讨人喜欢,伏尔加河下游比较暖和,而过了里海,似乎压根儿看不到雪了。这话是可信的:因为无论在福音书[①]里,还是在《使徒行传》[②]里,尤其是在《诗篇》里,都没有提到过下雪和冬天,而耶稣生活过的地方就在那里……我们读完圣诗,我就跟你读福音书。"

他又停住不说了,仿佛在打盹,实际上他正在想着什么,斜着眼睛看着窗外,整个人显得瘦小机智。

"您讲啊。"我轻声提醒他。

"哦,我讲,"他震颤了一下,又开始说,"就是说,法国人嘛!他们也是人,并不比我们这些有罪的人差。他们常常大声地喊我母亲:玛达玛、玛达玛……这就是喊:太太、夫人,而我的那位被称为太太、夫人的母亲,每天能从米面铺子里扛一袋五普特[③]重的面粉回家。她的力气大得不像个女人,我二十岁了,她还能揪住我的头发提起来晃上一阵,而且毫不费劲。要知道,二十岁的那年,我自己也挺棒了。那个勤务兵米朗·尼喜欢马,常常挨家挨户地打手势央求人家给一匹马让他刷洗刷洗!起先,大家担心他会故意伤害马——他是敌人嘛,后来大伙儿主动喊他:'米朗,咱们去刷马吧!'

① 基督教圣经中新约的前四章,内载耶稣基督的传记及基督教主要教义。

② 亦译《宗徒大事录》,《新约圣经》中的一卷。

③ 俄国重量单位,一普特等于一六·三八公斤。

他微微一笑,低下头,像牛似的跟着人后面走了。他的头发棕红,甚至可以说是通红的,大鼻子,厚嘴唇。他非常会照料马,还有一手惊人的给马治病的本领,后来在这儿,在尼日尼,他成了专门用土法给马治病的兽医,可过了些时,他疯了,被救火队员活活打死了。那个军官在交春的时候,由于长期受折磨,变得越来越虚弱,在春天的尼古拉节①那一天无声无息地死了:他坐在浴室的窗口,头伸到窗外,就像在默默地思虑着什么,死去了。我很可怜他,甚至还悄悄地为他伤心了一阵。他对我很温情,揪住我的两只耳朵,亲切地跟我讲他自己的一些什么事情,我虽听不懂,但心里觉得挺舒畅!人的亲情在市场上是买不到的,他本来想教我学他们的法国话,可我母亲不准我学。她甚至把我带到神甫那儿,神甫叫母亲揍我一顿,并且控告了那位军官。那时候,我的小兄弟,日子难过啊,你可没经受过,委屈和倒霉的事都是别人替你受了,你要记住这个!比方说,这种委屈和倒霉的事我就受过……"

天黑了,在朦胧的暮色中,外祖父奇怪地变大了,他的两只眼睛像猫眼一样闪闪发亮。他讲述所有的事,声音都是轻轻的,小心翼翼的,若有所思的,但一说到他自己,就十分热烈,说得很快,而且有点自我吹嘘。我不喜欢他谈自己,也不喜欢他不断地叫我这样,叫我那样,比如说:

"记住!这个你一定要记住!"

他讲的事情中,很多我不想记住,但是有些事,即使外祖父不叫我记,也像一根使人疼痛难忍的刺深深地扎在我的记忆里。他从来不给我讲童话故事,讲的都是过去的事情,我还发现,他不爱别人提问,正因为这样,我偏死死缠住他追根究底地问:

"那么什么人好些:法国人呢,还是俄国人?"

"嘿,这我哪能知道啊?你要知道,我从没见过法国人在他们自己家里是怎么过日子的。"他板着脸嘟哝了以后,又补充说:

"在自家的洞里连黄鼠狼也是好的……"

"那就是俄国人好,对吗?"

---

① 五月九日。

“好的坏的都有。到有了地主的时候，日子好过了些①。从前的人是被上着镣干活儿的，现在大家都自由了，可仍缺吃少穿的。当然，地主老爷们并不仁慈，他们更精明，这不是说所有的地主老爷都这样，要是有一个老爷心眼好，那可叫人看了心里也会高兴的！老爷也有另一个样儿的，有的是傻瓜，像口袋似的笨头笨脑，别人向袋子里装什么，他就拿什么。我们那儿麸皮很多。你一看，他长的是个人样儿，可再细细一看，给你装的尽是麸皮，麸皮里的面粉没有了，给吃掉了。我们要接受教训就好了，把头脑磨磨，可是没有真正好的磨刀石……”

“俄国人有劲吗？”

“有大力士，但问题不在力气大小，最要紧的是要机灵。人的力气再大，也大不过马。”

“那为什么法国人要打我们？”

“得啦，那是战争，是沙皇的事儿，我们弄不明白！”

但是，当我问拿破仑是什么样的人时，祖父的回答却令人难忘，他说：

“他是个剽悍烈性子的人，想征服全世界，然后让所有的人都过一样的生活，没有老爷，也没有当官的，就这么让你去过没有等级的生活！只是各人的名字不同，可权利大家都一样。信仰也只有一种。当然啰，这是愚蠢。只有虾子才没有区别呢，甚至鱼都各不相同：鲟鱼和鲶鱼不是一伙，小体鲟和鲱鱼不是朋友。这些拿破仑派，我们俄国也有过——拉辛·斯捷潘·季莫费耶夫②、普加奇·叶梅利扬·伊万诺夫②，那些人我以后再讲给你听……”

有时，外祖父把眼睛瞪得圆圆的，仿佛第一次发现我似的，久久且默默地打量着我。这使我很不自在。

他也从来没有跟我谈起我的父亲和我的母亲。

---

① 指俄国农奴制废除以后出现的地主所有制。

②② 主人公的外祖父说错了：前者全名为：斯捷潘·季莫费耶维奇·拉辛，是一六七〇—一六七一年俄国农民战争的领袖，顿河哥萨克，后被哥萨克上层出卖给沙皇政府，在莫斯科被杀害；后者为：叶梅利扬·伊万诺维奇·布加乔夫，是一七七三—一七七五年农民战争领袖，顿河哥萨克，一七七四年被阴谋分子出卖给沙皇当局，后在莫斯科沼泽广场被处死。两人实际上都不是什么拿破仑派。

外婆也常插进来参加我们的谈话,她常常静悄悄地坐到屋角,很长时间坐在那里不说话,看不见她人,忽然她用充满了柔情的声音插进来问道:

"孩子他爸,你还记得我和你到穆罗姆③朝圣去的情形吗?多好啊!这究竟是哪一年来着?……"

外祖父想了一下,详细地说了当时的情况:

"我不能准确地说是哪一年,不过我记得那是在霍乱病流行④以前,在满森林抓奥洛涅茨人⑤的那一年。"

"对了!那时我们还怕他们呢……"

"就是,就是。"

我追问奥洛涅茨人是谁,为什么他们在森林里跑来跑去,外祖父很不愿意地解释说:

"奥洛涅茨人是普通的庄稼人,他们是因为不愿做工而从官家、从工厂跑出来的。"

"那怎样抓他们呢?"

"嘿,怎么抓?就像小孩子捉迷藏那样:一些人跑,另一些人抓,到处找。一抓到他们,就用树条和皮鞭抽;还要把他们的鼻孔撕裂,在脑门儿上用火打上烙印做惩办的标记。"

"为什么?"

"要这么做嘛。这事儿弄不清楚,到底谁有罪:是逃跑的人有罪呢,还是抓人的人有罪,我们搞不清……"

"你还记得吗,孩子他爸,"外婆又说话了,"记得那场大火以后……"

外祖父对什么事都喜欢确切,他一丝不苟地问:

"你问的是哪一场大火?"

他们每次回忆过去的事,就忘了我在他们身边。两个人说话的声音轻

---

③ 俄国弗拉基米尔州城市。市内有十六世纪的科西玛和达米安教堂、十七世纪的圣三一修道院。

④ 一八四八年俄国霍乱流行。

⑤ 当时俄国北部奥洛涅茨省是旧仪式教派教徒的聚居地,那里的农民曾为反对做工而逃进森林。

轻的,你一句,我一句地那么和谐,有时简直就像在唱歌,但他们唱的全是些生病、失火、打人、死于非命、巧取豪夺的歌,还有些歌说的是疯疯癫癫的叫化子和爱发脾气的老爷、绅士,都是些听了叫人丧气的歌子。

“我们经历过多少事,看见过多少事啊!”外祖父低声地嘟哝着。

“难道我们过得不好?”外婆说,“你想想看,我生下瓦里娅以后的那个春天,我们过得多好啊!”

“那是在一八四八年,就是远征匈牙利①的那一年,干亲家②吉洪在给瓦里娅行洗礼仪式的第二天就被赶去打仗了……”

“就这么一去不回了。”外婆叹了一口气。

“是啊,就这么无影无踪了! 打那年起,上帝的恩惠,就像大水送木筏子似的流到我们家来。唉,瓦尔瓦拉……”

“嗳,算啦,何苦啊,孩子他爸……”

外祖父生气了,脸色阴沉起来。

“干吗算啦? 不论从哪方面说,几个孩子都不顺当。我的心血都用到哪儿去了? 我跟你心里想把孩子们安安稳稳地安置在柳条筐子里,上帝偏偏往我们手里塞了一个破筛子……”

他就像被火燎了似的大喊大叫,在屋里跑来跑去,近乎病态地哇哇乱叫,一会儿骂孩子,一会儿伸出瘦小的拳头威吓外婆。

“都是你一直宠他们,娇惯这几个小强盗,你简直是姑息养奸! 你这个老妖婆!”

他悲伤已极,哭得呼天抢地,声泪俱下,钻到屋角,对着圣像,抡起拳头,把他那干瘪的胸脯捶得咚咚响。喊道:

“主啊,难道我的罪孽比别人的大? 为什么这么惩罚我?”

他浑身颤抖,盈眶的泪珠里闪烁着委屈和愤恨的光。

外婆坐在黑暗的地方,默默地画着十字,然后小心翼翼地走到他的面前,劝他说:

---

① 匈牙利一八四八——一八四九年发生资产阶级革命。奥地利皇帝呼吁俄国沙皇派兵援助,一八四九年五月干涉军进入匈牙利。原文中说远征匈牙利是一八四八年,实际应为一八四九年。

② 小孩亲生父母对小孩教父及教母的称呼,或小孩教父、教母对小孩亲生父母的称呼。

“嗯,你干吗这样犯愁?上帝知道要做什么。比我们儿女好的人家有几个?孩子他爸,家家都一样:吵架、打架加上瞎忙乎。所有的父母都要用自己的眼泪来洗掉自己身上的罪孽,不只是你一个人……”

有时,外婆劝说的这番话能使外祖父心里平静一些,他不再哭骂,疲倦地倒到床上。这时,我和外婆便轻手轻脚地走开,到我们睡觉的阁楼上去。

但有一次,当外婆走到他跟前温存地劝他时,他猛地转过身去,挥起拳头啪的一声朝外婆的脸上打去。外婆急忙闪开,一只手捂住嘴唇,踉跄了几步才站稳了脚,仍然心平气和地轻声说:

“唉,你真是傻瓜……”

外婆在他脚旁吐了一口血水,他却“哇——哇——”拖长声音地号叫了两声,举起两只手:

“走开,我打死你!”

“你真是傻瓜。”外婆从门口走开时,又重复了一句,外祖父随后向她扑去,但她已经不慌不忙地跨过了门槛,随手把门一带,门从外祖父的脸旁掠过,砰的一声关上了。

“这个老畜生。”外祖父压低嗓音咬牙切齿地骂,他的脸气得像燃烧的煤块似的通红,手抓住门框,狠命地用指甲在门框上抓。

我不死不活地坐在暖炕[①]上,怎么也不相信我所见到的一切:这是外祖父第一次当着我的面打外婆。我的心情感到十分沉重和厌恶,我在外祖父身上发现了以前没有发现的某种品质,一种怎么也不能使人容忍的品质,它使我感到压抑。他一直站在那儿紧紧抓住门框,身子缩成一团,面色阴沉,好似蒙上了一层灰。

忽然,他走到房间中央,向地下一跪,因为没有跪稳,向前一倒,一只胳膊碰到地板,但马上又跪直了,两手捶胸说:

“啊,上帝啊……”

我像滑冰似的从暖炕的瓷砖上滑下来,向外面奔去。外婆嘴里含着水漱着口,在阁楼房间里走来走去。

“你疼吗?”我问。

---

① 俄式与炉子相连的可睡觉的炕。

她走到屋角，把水吐到脏水桶里，平和地回答：

“还好，牙齿没打坏，只是嘴唇破了。”

“他干吗打你？”

她看了看窗外，说道：

“他肚里有气。他年纪大了，难啊，什么事儿都不顺……你乖乖儿去睡吧，别想这事了……”

我还问了她另外一桩什么事，她一反常态，厉声地喊道：

“我不是对你说啦，叫你躺下睡觉？你怎么这样不听话……”

她坐在窗口，不住地嘣自己的嘴唇，直向手帕里吐血水。我一面脱衣裳，一面看着她：在她那黑色头影上面的窗外，星星在蔚蓝色的天空里闪烁。大街上静悄悄，房间里黑沉沉。

我躺下以后，她走到床前，轻轻地抚摩我的头，说道：

“你静静地睡吧，我下楼去看看他……你不要心疼我，心肝宝贝，你要知道，我自己大概也有错儿……你睡吧！”

外婆亲了我一下走了，我难过极了，一下子从宽大、柔软、温暖的床上跳了起来，走到窗口，望着楼下空无一人的大街，惆怅满腔，木然若失。

六

一场噩梦又开始了。有一天晚上，喝完晚茶以后，我跟外祖父刚坐下来念《诗篇》，外婆开始洗茶杯，突然雅科夫舅舅冲进了屋，他像往常一样，头发蓬乱得像一把坏扫帚。他没有和任何人打招呼，就把帽子往哪个屋角一摔，浑身颤抖，挥舞着胳膊，像放连珠炮似的说开了：

“爹,米什卡简直是故意捣乱! 他在我那儿吃中饭,灌足了酒后就大发酒疯,闹得实在不像话了:他摔盘子掼碗,把一件染好的客户的毛大衣撕成了碎片片,窗户被他打得七零八落,还欺侮我,污辱格里戈里。他要到这儿来,现在正在路上,嘴里不住地威胁人,狂喊:‘我要揪掉父亲的胡子,杀死他! 你们瞧着好了’……”

外祖父两手撑着桌子,慢慢地站起来,眉毛、鼻子可怕地纠到一起,活像一把斧子。

“孩子他妈,你听见啦?”他尖声喊道。“他成了什么样,啊? 居然来杀父亲了,喂,听见没有! 还是亲生的儿子呢! 啊,到时候啦! 到时候啦,孩子们……”

他在屋子里舒展着两个肩膀走了几步,走到门边,猛地使劲把沉重的门钩往挂锁环里一钩,转身对雅科夫说:

“你们不是一直想抢夺瓦尔瓦拉的嫁妆吗? 就拿去好了!”

外祖父握住拳头,将大拇指从食指与中指间伸出来①,放到我舅舅的鼻子下面。雅科夫舅舅委屈地跳到一边。

“爹,这关我什么事啊?”

“不关你的事? 我晓得你的心事!”

外婆没有说话,急急忙忙地把茶杯放到食橱里。

“我是赶来保护你的……”

“真的吗?”外祖父嘲讽地叫道,“这就太好啦! 谢谢我的乖孩子! 孩子他妈,给这条狐狸一件什么东西,给他一个火钩子,哪怕是个熨斗也行! 你呢,雅科夫·瓦西里耶夫,当你哥哥冲进来的时候,你就对准我的脑袋打……”

雅科夫舅舅两手插进衣袋,走到屋角去了。

“您既然不相信我……”

“要我相信你?”外祖父把脚一跺,大喊一声。“不,我宁愿相信所有的野兽,狗、刺猬我都会相信,相信你呀,要等一等呢! 我知道:是你把他灌醉了的,是你教他这么干的! 喂,现在你就来打吧! 随便你,打他,打我都

---

① 是一种表示嘲弄或轻蔑的手势。

行……”

外婆悄悄小声地对我说：

“你快跑到楼上去，在窗口望着大街，米哈伊尔舅舅一来，你就赶快跑下来告诉我！快去，快点……”

这时，恣意妄为的舅舅威吓要杀死外祖父虽然使我有点害怕，但是赋予我这样的重任又使我觉得骄傲。我把头伸到窗外，看着外面。宽阔的大街蒙着一层厚厚的尘土，尘土里露出一块块巨大的像肿瘤似的鹅卵石。大街向左延伸得很远，穿过谷地一直通到监狱广场。广场的黏土上有一座很牢固的灰色建筑，那座建筑物的四角都有哨楼，这是一座从前囚禁犯人的旧牢狱，牢狱里笼罩着一种能使人留下深刻印象的忧郁的美的气氛。大街向右，隔三座房子的那边，是一片宽阔的干草广场，广场与外界隔绝，周围砌有苦役连[①]的黄色囚室和乌灰色的消防瞭望塔。常常有一个救火队的瞭望哨在瞭望塔的塔楼上转来转去，活像一只被铁链锁着的狗。整个广场被山沟切成两段，沟底有一处有一汪碧绿的积水，再往右边，是久科夫臭水塘，就是外婆讲给我听的有一年两个舅舅想把我的父亲扔进冰窟窿淹死的那个臭水塘。几乎就在阁楼上窗户的正对面，是一条巷子，巷子两边是一排排各种各样的小房子，巷子尽头是臃肿低矮的三圣教堂。倘若直望过去，可以看见教堂的屋顶，犹如在花园的绿色波涛里，漂着一只只被浪颠得底朝天的小船。

我们这条街上的房屋，受多年漫长冬天暴风雪的磨损，受秋日无穷无尽雨水的冲刷，已经褪了色，屋顶上蒙了一层灰尘。房屋就像教堂门前台阶上的乞丐，紧紧挤在一起。屋子的窗户就像怀疑地睁大了的眼睛，和我一起在等待着什么人。街上的行人不多，他们像炉口前小平台上的那些沉思的蟑螂，正在不紧不慢地走动。街上的一阵阵闷热向我袭来，我还闻到一股我所讨厌的胡萝卜大葱馅饼的味道，我一闻到这种味道就心烦意乱，心情郁闷。

我感到烦闷无聊，不知怎么地感到特别烦闷，几乎忍受不了了，胸口犹如灌满了熔化了的滚热的铅水，铅水拼命地从里面向外涨，不断地膨胀，眼看要撑破我的胸部、我的肋骨了。我感到，仿佛我是一个气泡，被吹得鼓起来，在阁楼上的小房间里，在低得像棺材似的天花板下，被挤得转不过身来。

---

① 俄国十九世纪惩罚士兵的流放苦役连。

瞧,是他,是米哈伊尔舅舅,他从巷子那头,从一座灰色房屋的角落里露面了。他把帽檐低低地拉到耳朵上,两只耳朵被帽子压得撅起来,向两旁翘着。他穿着红褐色上衣,脚上是一双齐膝的满是尘土的马靴,一只手插在方格布的裤子口袋里,另一只手在揪自己的胡子。我看不见他的脸,但他站在那儿的姿势,像是准备一下子横跳过街,用两只乌黑的、长满了毛的手抓住外祖父的房子。这时我该跑下楼去告诉他们,舅舅来了,但我的身子怎么也不能离开窗户。我看见舅舅好像怕把自己的灰色靴子沾上尘土似的,蹑手蹑脚地穿过街来,听见他打开酒馆的门时发出的嘎吱的响声和哗啦啦玻璃的震动声。

我赶快跑下楼去敲外祖父的房门。

"谁敲门?"外祖父没开门,粗声问道,"是你,对吗?他进了酒馆了?行了,你走吧!"

"我一人在那儿害怕……"

我又上了楼,把头伸出了窗口。天渐渐黑了,街上的尘土似乎膨胀起来,显得更深更黑了。各家各户窗玻璃上映出的黄灿灿的灯光油腻腻的,对面的一座房子里正在奏着音乐,琴弦发出使人感到凄凉但很优美的旋律。酒馆里的人也在唱歌,门一打开,一种无精打采的、令人沮丧的歌声像水一般地流到街上。我知道,这是那个瞎了一只眼睛的乞丐尼基图什卡唱的,那个满脸胡子的老头,右面的眼睛像一块烧红的炭,而左眼则常紧紧地闭着。酒馆的门一关,他的歌声就像被斧头砍了似的,突然中断了。

外婆很羡慕这个老乞丐,每次听他唱歌时,都叹息着说:

"瞧,他有多幸福啊,他会唱这么好的诗歌,真唱得好极啦!"

有时,她邀他到院子里来唱,老乞丐拄着棍子坐在门廊台阶上,边唱边说,而外婆就坐在他旁边静静听着,还详细地向他问这问那。

"等一等,我问你,难道在梁赞①也有圣母?"

老乞丐声音低沉而确信地说:

"圣母无处不在,每个省份都有……"

使人朦胧欲睡的困倦无形地沿着大街到处流淌,它挤压着我的心灵和

---

① 俄罗斯城市,梁赞州行政中心,奥卡河码头。

眼睛。倘若此时此刻外婆来了，有多好啊！或者哪怕是外祖父来了也好。我的父亲究竟是怎样的一个人呢？为什么外祖父和两个舅舅都不喜欢他，而外婆、格里戈里和小保姆叶夫根尼娅却把他说得那么好？我的母亲现在在哪儿呢？

我想念母亲的次数愈来愈多了，常常把母亲想象成外婆给我讲的所有的童话和传说中的中心人物。母亲不愿住在自己家里，这一点使她的形象在我的想象中变得越来越高了。我觉得，仿佛她住在大路边上的那种可以停放旅客车辆马匹的客栈里，和那些劫富济贫的强盗们住在一起。也可能她住在森林里、洞穴内，当然也是和善良的强盗在一起，为他们烧饭，看守打家劫舍抢来的金银财宝。也许，她像延加雷切娃"公爵夫人"跟着圣母一起漫游大地那样，在数大地的珍宝，圣母就像劝诫"公爵夫人"那样地劝诫我的母亲：

贪得无厌的女奴啊，
你不必去搜罗整个大地上的
　　黄金和白银；
贪心不足的灵魂啊，
世上所有的财富都不能把你
　　的裸体遮掩。

母亲也用"公爵夫人"的话来回答圣母：

宽恕我，最神圣的圣母啊，
可怜我这有罪的灵魂吧。
我打家劫舍不是为了自己，
我是为了我那唯一的儿子！……"

圣母也像外婆一样慈爱，她会宽恕她，并且说：

唉，你啊，瓦丽尤什卡，

你是鞑靼的血缘后代，
嘿，你啊，你是基督的糟糕
教徒！
你去走自己的路吧……
路是你自己去走的，泪是你
自己要流的！
要去就去森林抢那莫尔多瓦①
人，
要去就去草原追那卡尔梅克②
人，
只是那些俄罗斯人，动他们
一下也不行！……

现在回忆这些童话，仿佛在梦中。楼下过道里、院子里的跺脚声、嘈杂声、吼叫声把我惊醒了，我向窗外探出身子，看见外祖父、雅科夫舅舅和酒馆里的跑堂——那个样子挺滑稽的车累米斯人，把米哈伊尔舅舅从酒馆的小门里拖到街上。舅舅死撑住不肯走，于是他们便打他的手、脊背和脖子，用脚踹他。最后他终于站起身来，飞似的拼命奔跑，隐没在大街的灰尘里了。只听见小门砰的一声关上了，当啷上了门闩，揉皱了的帽子从里面甩了出来，以后就再没声响了。

舅舅在尘土里躺了一会儿，慢慢爬起来，全身衣服撕得破破烂烂，满头乱发。他拣起一块鹅卵石，对准酒馆大门扔来，鹅卵石砸在大门上，只听到咚地一声响，就像砸在桶底上一样。酒馆里立刻拥出几个黑糊糊的人影，他们大叫大嚷，声嘶力竭地挥动着胳膊；许多人从房屋的窗口伸出头来观看，霎时间，一条街都活跃起来，哭声、叫声此起彼伏。所有这一切，也像童话那样引人入胜，但这种景象又令人感到不愉快，甚至有些使人害怕。

过了一会儿，突然一切都消失不见，寂然无声，无影无踪了。

---

① 俄罗斯少数民族，操莫尔多瓦语。

② 俄罗斯少数民族，自称哈尔姆格人，操卡尔梅克语。

……外婆弯着腰坐在门槛旁的箱子上，一动不动，无声无息。我站在她的面前，抚摩她那温暖的、软绵绵的、润湿的脸颊，但看得出，她没有感觉到我在抚摩她，嘴里忧郁地嘟哝着：

"主啊，难道你善良的智慧不够分给我、不够分给我的孩子了吗？主啊，宽恕我吧……"

我觉得，从第一年春天到第二年春天，在田野大街那座房子里外祖父住了虽不到一年，但在这段时间内，这所房子可真算得上名噪一时了。几乎每逢星期日都有一群野孩子跑来，聚拢到我家门口，高兴地向满街的人报告：

"卡希林家又打架啦！"

米哈伊尔舅舅通常都是晚上来，他整夜整夜地包围和监视我们的房子，使整个房子里的人都提心吊胆。有时他还带两三个库纳维诺的堕落的小市民来做他的帮手。他们偷偷地从山谷里钻进花园，在花园里肆无忌惮地发酒疯，把马林果和醋栗子树全都拔掉；有一天，他们捣毁浴室，把浴室里的所有东西能敲碎的全都敲碎：蒸浴床、长凳、烧水锅毁坏了，火炉被捣得七零八落，地板壁板被撬掉好几块，连门和门框都被拆散了。

外祖父气得面色发黑，成天一声不吭，站在窗口仔细地听着那些人捣毁他的财物，外婆则在院子里跑来跑去，黑暗中看不见她在什么地方，只听到她用恳求的口吻大声地喊：

"米沙，你这是在干什么，米沙！"

她得到的回答是从花园那边飞来一连串的卑鄙下流、不堪入耳的俄罗斯式的谩骂。那些污言秽语的含意，大概连这帮骂人的畜生自己的理智和感情都理解不了，接受不了。

在这个时刻，我不可能跟在外婆后面，可不和外婆在一起我又害怕，于是我便下楼到外祖父的房间里去，但是外祖父一看见我就迎头用嘶哑的嗓音骂道：

"滚，该死的东西！"

我又跑到顶层阁楼，从阁楼上的窗口倾听楼下的动静，注视花园和院子里黑暗中所发生的一切，眼睛一直盯着外婆，生怕有人打她。我大声喊叫外婆，她不来，而喝醉了酒的舅舅却听到了我喊叫的声音，就用粗野、下流的脏话破口大骂我的母亲。

有一天，就像在这样的晚上，外祖父身体不好，躺在床上，头上扎着一条毛巾，在枕头上翻来覆去，不断尖声诉苦地呻吟。

“你看，一辈子活着、作孽、攒钱置产，就该这个报应啊！要是不怕害臊，不怕丢脸，我早就去喊警察，明天就去找省长了……丢人现眼呀！竟然要警察来整治自己的孩子，这是什么父母啊？得啦，老头儿，你就躺着吧。”

他忽然把两只脚挪到地上，站起来摇摇晃晃地走到窗口，外婆急忙扶住他的胳膊：

“你到哪儿，到哪儿啊？”

“点灯！”他气喘吁吁，一面不住呼呼地吸着空气，一面命令外婆。

当外婆点燃了蜡烛后，他双手捧起烛台，就像士兵持枪那样放在胸前，对着窗外大声嘲弄地喊道：

“哎，米什卡，你这个专门黑夜里出来的贼坯，你是条癞皮疯狗！”

话音刚落，窗户上方的一块玻璃立刻哗啦啦被砸得粉碎，半块砖头砰地一声落在外婆旁边的桌子上。

“没打中！”外祖父嚎叫了一声，哈哈大笑，毋宁说是放声大哭起来。

外婆像抱我一样，双手一下子就把他抱起来，放在床上，一边数落着说：

“你怎么啦，你怎么啦，基督保佑你！你要知道，这么做，你有个三长两短，他要被送到西伯利亚去的。他这是在气头上，根本不懂这么做要被流放到西伯利亚去……”

外祖父两腿乱蹬，嘶哑着嗓子干嚎：

“让他来杀死我……”

窗外传来一阵阵像野兽发威似的吼叫声、跺脚声和抓墙的声音。我从桌上拿起砖头就向窗口跑去，外婆赶紧抓住我，使劲把我搡到屋角，恶狠狠地低声对我说：

“哎呀，你这个可恶的东西……”

还有一次，舅舅手里拿一根一头削尖的粗棍子，从院子里冲进了过道，站在黑色的门廊台阶上砸门，外公两只手抓着一根棍子站在门后等着他，在门后等他的还有两个房客，他们手里拿着当武器用的棍棒之类的东西，个头很高的酒馆老板娘手里拿着擀面杖，外婆则站在他们身后来回转，不住地央求他们：

“你们放我出去见见他，让我跟他说句话……”

外祖父向前伸出一条腿站在那儿，活像《猎熊图》上的那个手执猎矛的雄赳赳的农夫。当外婆跑到他跟前时，他一声不响地用胳膊肘和脚碰碰她。四个人站在那儿摆好了打的姿势，那副样子使人见了胆战心惊。他们头的上方墙上有一盏罩子灯，灯不太亮，灯光不断地抖动，若明若暗地照着他们的脑袋。我在阁楼的扶梯上看着这一切，真想把外婆拉走，带她到楼上来。

舅舅使劲地用那根棍子砸门，门在剧烈地颤动。门上的木板一块块往下掉，眼看就要从上面的铰链上脱落下来，下面的一个铰链已被砸开，不断发出叫人讨厌的轧轧声，外祖父也用像坏铰链响的那种难听的轧轧声对他的“战友”们说：

“请你们照他的胳膊打，照他的腿打，不要打他的脑袋瓜子……”

门旁边的墙上有一个小窗子，只能够把头伸进来。舅舅已经把窗玻璃打破了，窗户框上翘着很多玻璃碎片，窗外边黑洞洞的，活像一只被挖掉了眼珠的眼睛。

外婆扑到小窗口，把一只胳膊伸到院子那边，挥动着手喊道：

“米沙，看在基督的分上，行行好，走吧！他们会把你打成残废的，走吧！”

舅舅照着外婆的胳膊就是狠狠地一木棍。当时可以看见，有一个又粗又大的东西从窗子旁边擦过，打在外婆的胳膊上，接着外婆就无力地仰面倒到地上，但她仍喊了一句：

“米——沙，快跑……”

“啊，孩子他妈，怎么啦？”外祖父可怕地吼叫了一声。

门突然打开了，舅舅一下跳进了漆黑的门洞，但立刻又像一铲垃圾，从门廊里被抛了出去。

酒馆老板的妻子已经把外婆扶进了外祖父的房间，很快外祖父也回来了，阴沉着脸走到外婆跟前。

“伤到骨头了吗？”

“哎唷，大概骨头断了，”外婆没有睁开眼睛回答说，“你们把他怎样啦，把他怎样啦？”

“你别烦啦!”外祖父狠狠地喊了一声。“他是畜生,难道我也是畜生不成？把他绑起来了,躺在棚子里呢。我用冷水冲了他……嗬,真凶恶！这个东西像谁?”

外婆呻吟起来。

“我派人去找接骨婆了,你忍耐一会儿!”外祖父一面说,一面在她身边床上坐下。“这些孩子要把我跟你折磨死,孩子他妈,不到时候我俩就要被折磨死了!”

“你把所有的东西都给他们吧!”

“那瓦尔瓦拉呢?”

他们谈了很久:外婆说话声音很轻很轻,如怨如诉,外祖父说话的声音则大喊大叫,怒气冲天。

后来,来了一个小老太婆,她驼背,嘴巴大得一直到耳根,下巴不住地颤动,嘴像鱼一样张着,削尖的鼻子越过上嘴唇,好像在向嘴里探望着什么。看不见她的眼睛。她拄着拐棍探路,两只脚一步一步地向前挪,手上还提溜了一个发出响声的小包袱。

我以为这是外婆的死神到了,一下子跳到那个小老太婆面前,拼命地嚎哭狂喊起来:

“滚走!”

外祖父不管三七二十一,一把抓住我,不管我愿意不愿意,把我抱到阁楼上去了……

七

我很早就明白,外祖父有一个上帝,而外婆则有另一个上帝。

外婆常常醒了以后,坐在床上,久久地用梳子梳理她那令人惊讶的头发。头梳得一颤一颤的,每当她咬住牙,梳下一整绺又黑又长、像丝线一样的头发时,都生气地骂几句,为了不把我惊醒,声音总是轻轻的。

"该死的头发,你们得纠发病[①]啦,叫你们遭天打雷轰!……"

她好不容易梳通了头发,动作麻利地编成几根粗粗的辫子,匆忙地洗了脸,气呼呼地嗤着鼻子,还没冲洗掉那张宽大的、压皱了的脸庞上的被窝气,就站到圣像前面去祈祷了。其实这时她才能算是开始真正的早晨的梳洗,一站在圣像前,她整个人立刻变得容光焕发,精神抖擞。

外婆伸直她那有点驼的背,抬起头,亲切地望着喀山圣母的圆圆的脸,恭恭敬敬地在胸前画着大大的十字,热烈地、声音忽高忽低地祷告:

"万人赞誉的圣母啊,把你的恩惠赐给将来的日子吧,敬爱的圣母啊!"

她深深地一躬到地,然后慢慢地伸直身子,再一次地低声祷告,祷告得愈来愈热烈、愈感人。

"你是快乐的源泉,圣洁的美女,开花的苹果树!……"

她几乎每天早晨都能找到新的赞美圣母的词语,这就使我每天都聚精会神地倾听她的祈祷。

"我的纯洁的、上天的心灵啊!我的庇护神和保护神、金色的太阳,圣母

---

① 头发纠缠到一起的病症。

啊,保护我,别让我受邪恶的迷惑吧,别让任何人受欺侮,也别让我无缘无故地受欺侮吧!”

她那乌黑的眼睛里微微含笑,仿佛变年轻了,她沉重而缓慢地画着十字。

“耶稣基督,上帝的儿子啊,看在圣母的分上,你对我,对我这个有罪的女人发发慈悲吧……”

外婆的祈祷总是一种赞美耶稣、圣母及圣徒的颂歌,是发自内心的和朴质的颂扬。

早晨她祈祷的时间不长,因为她要烧茶炊。外祖父已经不雇保姆了,如果外婆没有按他规定的时间烧好茶,他就要生气地骂好久。

有时外祖父醒得比外婆早,他就爬上阁楼,如果碰到外婆在祈祷,他就蔑视地撇起两片发黑的薄嘴唇听一会儿外婆低声的祷告,然后在喝茶的时候唠叨开:

“你这个木头脑袋,我教过你多少次该怎么祷告了,可你还是嘟嘟囔囔地念你的那一套,真是异教徒!上帝怎么受得了你这样!”

“上帝明白,”外婆自信地回答,“无论对他说什么,他都一清二楚……”

“你这该死的楚瓦什女人!唉,你们这些东西……”

外婆的上帝整天和她在一起,甚至她和动物说话也离不开上帝。我明白,世上的一切,包括人、狗、鸟雀、蜜蜂和青草,都很容易和很温顺地服从这个上帝,他对大地上的一切都同样的仁慈,同样的亲近。

酒馆老板娘有一只猫,那只猫娇生惯养,吃东西十分刁钻,喜欢甜食,会对人献媚,身上的毛好似一团烟,头上有一个金色的圆顶,全院子的人都喜欢它。有一天,它从花园里拖来一只八哥儿;外婆把这只折磨得快死的鸟儿从它口中夺下来,责备猫说:

“你不怕上帝惩罚你啦,你这可恶的凶手!”

酒馆老板娘和扫院子的人听她说这话都笑了起来,但外婆愤怒地冲着他们喊道:

“你们以为畜生不懂上帝?所有的畜生懂得上帝不比你们差,你们这些人真心狠……”

她常常一面给那匹体肥膘厚无精打采的沙拉普上套,一面和它谈话:

"你这给上帝干活儿的,干吗这么闷闷不乐,啊?你有点老啦……"

马吁着长气,摇摇头。

但外婆提到上帝的次数毕竟没有外祖父提的次数多。我觉得外婆的上帝我懂得,也不可怕,但在外婆的上帝面前不能扯谎,说谎感到可耻。上帝在我心灵中唤起了一种无法抑制的羞耻心,所以我从来不对外婆撒谎。简直不能对这个仁慈的上帝隐瞒什么,似乎连想隐瞒的念头也没有产生过。

有一天,酒馆老板娘和外祖父吵了一阵架,把他和没有参加吵架的外婆也连带着一起骂了个狗血喷头,骂得很凶,甚至向她身上扔胡萝卜。

"咳,你真糊涂,我的太太。"外婆对她说话仍然心平气和。这可把我气坏了,决定报复一下那个恶婆娘。

我在脑子里琢磨了好久,用什么方法来狠狠地治一下那个红头发、双下巴、眼睛细得看不见的胖女人。

根据我对院子里的那些经常搞内讧的人的观察,我知道,他们为了出气相互报复的方法通常是:砍掉对方猫的尾巴,把狗毒死,打死公鸡和母鸡,或者夜里悄悄钻进对方的地窖,往腌大白菜和腌黄瓜的桶里浇煤油,放掉大圆桶里的饮料克瓦斯等等,但所有这些方法我都不喜欢,我要想出个什么更使她忘不了的、更厉害的方法来治治她。

点子终于想出来了,我暗中守候着,等那个老板娘下地窖,她一下去,我便立刻跑去把她头顶上的地窖顶盖关住,再锁上,然后在地窖上跳了一阵复仇舞,随手把钥匙扔到屋顶上去,接着便撒腿跑回厨房。那时,外婆正在厨房里做饭,她不明白为什么我高兴得手舞足蹈,但一旦她弄清楚原因以后,便在我屁股上打了一巴掌,把我拖到院子里,硬叫我爬上屋顶拿钥匙。她对这事的态度使我感到奇怪,我一声不响地上屋拿回了钥匙后,跑到院子角落里,从那儿看着外婆把"被俘"的老板娘放出地窖,她们亲亲热热地在院子里一边走一边笑。

"我啊,看我把你……"酒馆老板娘攥起胖得发圆的小拳头吓唬我,但那眼睛细得看不见的脸上却和善地微笑着。外婆一把抓住我的衣裳后领,带我到厨房里,问道:

"你干吗做这事儿?"

"她用胡萝卜扔你……"

“就是说，你是为了我才这么做的啰？原来是这样！以后再这样，我就把你这个没用的东西塞到炉子下面去喂老鼠，你就清醒了！你算什么保镖！你不过是个肥皂泡儿，不用碰就破了！瞧我告诉你外公，他不抽掉你的皮才怪呢！快到阁楼去读书吧……”

她一整天没有和我说话，晚上祈祷之前，她坐到床边，对我说了一些使我十分感动的永远忘不了的话：

“我对你说，廖恩卡，我的心肝宝贝，你要管住自己，不要过问大人的事情！大人都中了邪了，现在都在受上帝的考验，你还小，没有到时候呢，所以你怎么想就怎么去生活。你要等上帝来开你的心窍，指示你去干什么事，领你走上你该走的路。懂了吗？谁有什么错，这不关你的事。上帝会责备和惩罚他的。上帝管，不该我们管！”

她停了一会儿没说话，闻了闻鼻烟，眯缝起右眼，又补充了一句：

“不过，上帝大概自己也不总是有精力去弄清楚谁在什么地方犯罪。”

“难道上帝不是什么都能知道？”我惊奇地问，她轻轻地、忧伤地回答说：

“要是他什么都知道，那么很多做坏事人大概就不会去干了。看样子，他老人家从天上向地下看啊、看啊，看我们大家，但有时他又会号啕大哭地说：‘我亲爱的人们，你们是我的人啊！哦，我多么可怜你们！’”

外婆自己哭出了声，连脸上泪水也没擦，就站起来走到屋角去祈祷了。

从那时起，她的上帝就和我更亲近，我也更加理解她的上帝了。

外祖父在教训我时总是说上帝是无所不在、无所不知、无所不察的，他说上帝在所有的事情上都给予人们以仁慈的帮助，但是外祖父不像外婆那样祈祷。

早晨，在他到屋角圣像那里去之前，总先要漱洗好长时间，然后整整齐齐地穿好衣服，仔细地梳理他那棕红色的头发和胡子，对着镜子，拉平衬衫，把黑色的三角围巾掖进背心，然后好像怕惊动别人似的轻手轻脚悄悄地向圣像走去。他每次都在地板上有个像马眼睛一样的节疤那儿站住，先默默地站一会儿，垂下头，两只手臂像士兵一样顺着身子伸直，然后挺着笔直、细细的身体，一本正经地说：

“以圣父、圣母、圣灵的名义！”

这时，我觉得，仿佛在他说了这句话后，房间里显得特别静穆，连嗡嗡飞的苍蝇都小心翼翼。

他仰头伫立在圣像前，双肩稍稍抬起，头发竖立，金黄色的胡须水平地向两边翘起。他念祷词正确无误，吐词清晰，毫不含糊，像是在回答功课。

“审判官来也徒劳无益，每个人的行为仍将暴露[①]……”

他用拳头轻轻地、慢慢地捶着自己的胸口，执拗地请求：

“发现犯戒的人只有你一个，你转过脸去不要注意我的罪孽吧……”

外祖父念起《信经》[②]来，一字一句，清清楚楚：他的右腿一颤一颤，好像在给祈祷默默地打着拍子，整个身体紧张地向圣像探过去，个头似乎在慢慢地向上长，人变得愈来愈细，愈来愈瘦。他全身干干净净，整整齐齐，脸上充满期望的神情。

“你是亲爱的医生，请治好我多年来可怕的灵魂吧！我从心底里不断地发出痛苦的呻吟，发发慈悲吧，圣母啊！”

他绿色的眼睛里噙着泪水，高声呼喊：

“我的主啊，看在我信教的分上，用这来顶替我所做的事情的罪过吧，你也不要去追索证明我无罪的事情吧！”

这时，他开始不断地、动作急剧地画着十字，画十字时，他的头像爱觝人的山羊，向前一点一点的，嗓子里不断发出呜咽声和尖叫声。后来我去过几次犹太教堂才弄明白，外祖父是按照犹太人那样祈祷的。

桌上的茶炊早就噗噗地冒气了，满房间飘荡着热烘烘的乳渣馅的黑麦饼的香味，惹得我直想吃！外婆愁眉苦脸地倚在门框上，垂着两眼叹气。明亮舒适的阳光从花园里射到窗里，树上的露水像一粒粒珍珠闪着光芒，晨曦的空气散发出茴香、醋栗和正要成熟的苹果的诱人的香味，可外祖父仍在祷告，身子摇晃着，不断地尖声叫着：

“叫我心灵上可怕的火焰熄灭吧，因为我是个穷鬼，该死的坏蛋！”

他的所有的晨祷词和睡前的祷词我全都记得，不仅记得，而且每次他祷告时，我都紧张地注意听着外祖父有没有念错，有没有念漏了哪怕是一

---

① 东正教教徒早祷的始祷词。

② 东正教的正式祈祷文。

个字。

不过,这种情况极少发生,一旦有这种情况,就激起我一种幸灾乐祸的心情。

外祖父做完祈祷后,对我和外婆说:

“你们好啊!”

我们也向他鞠躬问好,最后围着桌子坐下。这时我便对外祖父说:

“今天你把‘足够’两个字给念漏了!”

“你乱说吧?”他既不安又不相信地问道。

“肯定漏掉了!应该是:‘但是我的信仰就足够代替一切’,可你没有说‘足够’。”

“这可真没办法了!”他带有愧色地眨巴着眼睛,激动地叫道。

这事过了以后,对我指出他念漏了字这件事,他总要找个什么碴儿苦苦地报复我一下,但眼前看到他那副窘态,我得意洋洋。

有一天,外婆开玩笑地说:

“孩子他爸,上帝听你的祷告,大概也会感到乏味的,你老是反反复复地念那老一套。”

“你干——吗说这话?”他拖长了声音恶狠狠地问,“你嘴里乱七八糟地说什么?”

“我是说,你从来没有向上帝献上一句掏心窝子话,我从来没听到过一句!”

外祖父脸涨得通红,浑身哆嗦,在椅子上一下跳了起来,拿起小碟子就往外婆头上扔,一边扔,一边吱吱哇哇,就像锯子锯到木头节疤似的尖叫:

“滚,你这老妖婆!”

他在向我说到上帝力大无边时,总是首先强调上帝这种力量的残酷无比。他说,如果人犯了罪,那就要被淹死,要是再犯罪,就得烧死,把他们的城市全都毁灭。有时上帝用饥饿、瘟疫来惩罚人,上帝总是用剑来统治人世,用皮鞭来对待犯罪的人。

“每个因为不服从而破坏上帝法规的人,都要受到苦难和死亡的惩罚!”他用很细的手指骨笃笃地敲着桌子,训诫我说。

我很难相信上帝那么残酷,怀疑这一切都是外祖父故意捏造出来的,他

不是为了要我恐惧上帝,而是为了要我怕他。于是我直言不讳地问他:

“你说这些是要我听你的话,对吗?”

他也直率地回答我说:

“嗯,当然是啦!你胆敢不听我的话?!”

“那外婆怎么不像你这样?”

“你别相信她,别信那个老糊涂!”他严厉地教训我,“她从年轻时起就蠢,她不识字,傻里傻气的。我要关照她,不准她跟你谈这些大事情!我问你,天使的级别有多少?”

我回答了他,并问道:

“这些官是什么人啊?”

“啊唷,看你乱扯到哪儿去了!”他微微一笑,眼睛避开,不看我,咬了一会儿嘴唇,不乐意地解释说:

“当官,这是人的事情,跟上帝没有关系!官实际上是吃法律的①,他们靠吃法律过日子。”

“法律是什么样的?”

“你问法律?法律就是风俗习惯。”老头儿越说越高兴、越说越有劲了,他那双显得很聪明的、能刺痛人的眼睛时时闪闪发光。“人们在一起生活,大家都同意说:‘就这样最好,我们就把这件事当做我们自己的风俗习惯吧。’于是我们就给这件事立下规矩,定成法律!比方说,几个小孩子准备做游戏,大家商量好怎么玩法,定个什么规矩,好了,大家约定的这个规矩就是法律!”

“那么当官的呢?”

“当官的就像调皮的孩子,他一来就把所有的法律全都给破坏了。”

“为什么?”

“得啦,这你不会明白的!”他严峻地皱起眉头说,接着又训诫我说:

“掌管人们所有事情的是上帝,人想干这件事,而上帝却叫你干那件事。人干的一切事情都不是一成不变的。上帝只要吹口气,一切就会化成灰烬,

---

① 这里外祖父把法律学家 законовед 说错了,说成 законоед 了。后者少了一个字母 в,俄语中无此字,但 закон 是“法律”,ед 是“吃”,所以他把法律学家说成是“吃法律”了。

变成尘土了。”

我对当官的发生兴趣有很多原因，所以继续追问：

“可雅科夫舅舅就这样唱：

“上帝的官，是光明的天使，
人间的官，是撒旦的狗腿子！”

外祖父用手掌把胡子向上捋起，塞到嘴里，闭上眼睛。他的两个腮帮不住地抖动着。我明白，他在暗暗地笑呢。

“真要把你跟雅什卡的脚绑在一起扔到河里去才好呢！”他说道，“这种歌他不该唱，你也不该听。这是那些该死的分裂派教徒开的玩笑，是分裂教派①想出来的，他们是异教徒。”

他陷入了沉思，视线越过我注视着什么地方，轻轻地拖长声音说：

“唉，你们这些东西……”

外祖父虽然把上帝可怕而高高地凌驾在人们的上面，但是他和外婆一样，自己干任何事情都要把上帝拉进来，不仅拉上帝，而且把无数的上帝的侍者——圣徒也拉来参与他的事情。外婆仿佛除了尼古拉、尤里、弗罗尔和拉夫尔以外，完全不知道其他圣徒，虽然他们也十分仁慈，对人也很亲近。他们走遍村庄、城市，过问人们的生活，具有人的一切特点。外祖父说的那些上帝的侍者几乎全是些苦难圣徒，他们打倒偶像，和罗马教皇争论，因此他们受拷问、受烙刑、被剥皮。

有时，外祖父也幻想说：

“主啊，帮助我卖掉这座破房子吧，哪怕有五百卢布赚头也行啊，能这样，我就向尼古拉圣徒做感恩祈祷！”

外婆笑眯眯地对我说：

“这么说，尼古拉要帮他这个老糊涂卖房子啦，看来尼古拉他老人家没有更好的事情可做了！”

---

① 指俄国旧礼仪派信徒的正式名称。一部分不承认一六五三——一六五六年尼康实行的教会改革的教徒从俄罗斯正教会中分立出来，成了官方正教会的反对派。

外祖父的教堂日历[1]我保存了很久，在那本教堂日历上，有他写的各种各样的手迹。顺便说一句，在约阿基姆节和安娜节的那页上，他用红墨水直体字写着："恩人帮我摆脱了灾难。"

我记得日历上所指的那场"灾难"：外公为了接济两个不走运的儿子，放起了高利贷，开始偷偷地收别人的东西做抵押，谁知，有人告了他的密。一天夜里，警察突然来搜查。这一下家里乱得一塌糊涂了，可后来一切平安无事。因为这件事，外祖父从夜里一直祷告到天亮，早晨他当着我的面在教堂日历上写下了这句话。

晚饭前，他和我一起念《诗篇》、日课经或者读叶夫列姆·西林[2]的大厚本的著作，吃过晚饭以后，他又站到圣像前去祈祷了。在夜晚的寂静中，久久地听到他那凄凉的忏悔词：

"我向你敬奉什么，报答你什么呢？你这万能的、永生的主宰啊……让我别再胡思乱想吧……上帝啊，保佑我不受有些人的欺负……为我这凡人的忌日流一点泪水吧……"

可是外婆却不止一次地说：

"哎呀，今天我可真累坏了！看样子不做祷告就得躺下睡了……"

外祖父常带我去教堂：每逢星期六去做彻夜祈祷，每逢假期节日去做晚祷。在教堂里，我也把人们向什么样的上帝祈祷区分开来：神甫和执事们是在向外祖父的上帝念祈祷文，而唱诗班却永远是在歌颂外婆的上帝。

当然，我现在所表达的只是在孩子眼中区分出了两个上帝。我记得，当时这种区分，将我的心灵令人忧虑地分裂为二，外祖父的上帝引起我的恐惧和恶感：他的上帝不爱任何人，只用严厉的目光注视着一切，他首先在人身上寻找和发现坏的、凶恶的、犯罪的东西。很清楚，外祖父的上帝不相信人，总是等待着人们向他忏悔，喜爱惩罚人。

在那些日子里，有关上帝的思想和感情曾是我心灵的主要食粮，是我生活中最美好的东西，而其他所有印象尽是些残酷、污秽之事，所有这些使我感到难受、气恼、委屈，从而激起我的憎恶和忧伤。上帝是我周围一切事物

---

① 教堂日历上有圣徒名字和宗教节日，按月份排列着十二圣徒像。

② 四世纪的神父，教会著作家，著有祈祷文，圣歌。

中最美好和最光明的，外婆的上帝是所有生物的最亲爱的朋友。当然，有一个问题不能不使我担忧，这就是：为什么外祖父看不见这位仁慈的上帝呢？

家里人不放我到大街上去玩，因为大街上的事对我刺激太大，形形色色的感受使我像喝醉了酒似的不能自制，几乎每次我都成为打架闹事的祸首。我没有要好的伙伴，邻居的那些男孩子都对我怀有敌意。我对他们喊我卡希林很不乐意，他们发现了这一点，反而相互喊得更厉害：

"坏蛋瘦老头儿卡希林的小外孙出来啦，你们瞧啊！"

"上，揍他！"

于是一场斗殴开始了。

论岁数，我比同年龄孩子的力气大，打架也很机灵，这一点连那些常常合伙打我一个的敌手们自己也承认，但是，即使这样，我仍常常受到整条街上孩子们的痛打。每次我回家，通常都是鼻子被打出了血，嘴唇被打破，脸上青一块、紫一块，浑身是土。

外婆看见我这副模样，常常被吓得惊惶失措，心疼地说：

"怎么啦，你这个小胡萝卜头儿，又打架啦？这是怎么回事，说啊！我从哪儿开始给你洗呢，先洗这只手，再洗那只手，挨个儿地洗吧……"

她给我洗了脸，一面在被打成青紫的伤痕上敷海绵、铜钱，用醋酸溶液做湿敷，一面劝我说：

"嗳，你干吗老打架啊？你在家里文文静静的，怎么一到街上就不像人啦！你真不害臊。看我告诉你外公，叫他不放你出去……"

虽然外公也看到我脸上的青紫块，但他从来没骂过我，只是喉咙里发出咯咯的声音，含混不清地说：

"又挂上奖章啦？我的武士阿尼卡①，不许你再跑到街上去了，听见了吗？"

如果大街上静悄悄的，大街对我就不那么有吸引力了，可是一听到孩子们快乐的喧嚷声，我就顾不上外祖父的禁令，从院子里溜出去了。脸上和身上的青紫块和伤痕并不使我气恼，倒是街上那些孩子们用来游戏解闷的恶作剧却一直使我激愤不已，他们残酷的恶作剧我太熟悉了，有时残忍到疯狂

---

① 俄罗斯古代民歌中的主人公，自恃英勇无敌，向死神挑战，结果自取灭亡。

的程度。每当他们挑逗狗或者公鸡咬架,残忍地虐待猫,追赶犹太人养的羊,侮弄喝醉酒的穷人或者凌辱那个像傻子似的外号叫“衣兜儿里装死人的伊戈沙”时,我就受不了。

那个伊戈沙长得又高又瘦,皮肤像被烟熏过似的漆黑,身上穿一件很重的老羊皮袄,在那变成铁锈色的皮包骨的脸上长满了硬毛。他弯着腰在街上蹒跚,奇怪地摇晃着身子,一声不吭,眼睛死死盯住自己脚前的地面。他那生着两只忧郁的小眼睛的、生铁铸成似的、死板的脸孔,引起我对他产生一种既畏怯又尊敬的心情。我觉得,似乎这个人正在做一件重要的事情,他在找寻什么,不应该妨碍他。

一群野孩子跟在他后面跑,向他的弓起的背脊掷石块。他很长时间似乎没有发觉孩子跟在身后,也没感到石头打在身上的疼痛,但最后他还是站住了,仰起头,用不断抽搐着的手扶正了头上的羊皮帽子,环顾四周,仿佛刚刚睡醒。

“衣兜儿里装死人的伊戈沙! 喂,伊戈沙,你去哪儿? 当心,你衣兜儿里有个死人!”那群野孩子对他喊道。

他一只手捂住衣兜,接着很快地弯下腰,用另一只手从地上拾石头、小木橛子、干土疙瘩,一面笨拙地挥起瘦长的手臂假装要扔的姿势,一面嘟嘟哝哝地骂着。他骂来骂去总是同样的那三句脏话。在这方面,野孩子们骂人的语汇比他多得多。有时,他在孩子们后面一跛一跛地追,长长的老羊皮袄不住地绊脚,使他跑不起来,终于跪倒在地,两只像干树枝似的手臂撑着地。野孩子们便使劲地用石块砸他的两肋和背脊,最为所欲为的孩子跑到他跟前,向他头上撒一把土后就急忙走开。

大街上另一个令我更加难以忍受的印象也许就是格里戈里·伊万诺维奇师傅了。他已经全瞎了,走大街串小巷讨饭。他个子高高的,外表端端正正令人起敬,一句话也不说。一个不起眼的小老太婆搀着他的手,站在别人的窗下,一面用眼睛不断地往旁边什么地方看着,一面用尖细的嗓子拖长了声音哀求:

“看在基督的分上,行行好吧,给点儿瞎子,给点穷苦的残废人吧!”

格里戈里一直默默无言。他脸上戴的黑眼镜直对着房子的墙壁和窗户,直对着向他迎面走去的人的脸。他抬起一只被完全染上颜色的手,不时轻轻地抚摩着自己的大胡子，紧闭着嘴唇。我常看见他，但是从未听见过从他紧闭的双唇中发出一点声音，这个老人的沉默痛苦地压抑着我。我简直不能走到他跟前，也从未走近他，相反，远远看见他，我就跑回家告诉外婆：

"格里戈里在街上呢！"

"真的啊？"外婆又不安又怜悯地叫道。

"瞧，这怎么办呢？拿去，快跑，把这给他！"

我粗鲁并生气地拒绝了她。于是她便自己跑到门外去给格里戈里，而且和他站在人行道上谈了好一会儿话。格里戈里一直淡淡地笑着，胡子不住地抖动，但自己很少讲话，要讲也是只语片言。

有时外婆强邀他到厨房里坐坐，喝杯茶，吃点东西。有一次，他问我在哪儿？外婆喊我去，可我跑走，躲到柴堆里去了。我简直不能走近他。在他面前，我感到很不好意思，我知道，外婆很过意不去。我和外婆谈到格里戈里只有一次：那是她把格里戈里送到门外以后，在院子里低着头，悄悄地边走边哭。我走到她的身边，拉住她的手。

"你干吗每次都躲开他？"外婆悄声问我。"他喜欢你，他可是个好人哪……"

"为什么外公不养他？"我问道。

"外公吗？"

她站住脚，把我紧紧搂在怀里，几乎是耳语地预言说：

"你记住我的话，上帝为这个人以后要狠狠惩罚我们的！一定要惩罚的……"

外婆没有说错：大约十年以后，外婆那时已经永远地安息了①，外祖父自己也成了一无所有的叫化子，在城里大街上整天疯疯癫癫，到处要饭②。他站在别人的窗下，可怜巴巴地哀求：

"我的好心的大师傅啊，给我一块小馅饼吧，行行好给我一块馅饼吧！唉，你们这些东西……"

他从前的一切，剩下来的就只有这句辛酸的、单调的、刺激人心的话了。

---

① 作者的外祖母死于一八八七年二月十六日，终年七十岁。

② 作者的外祖父在他外祖母死后两个半月也去世了，终年八十岁。

“唉，你们这些东西……”

除了伊戈沙和格里戈里·伊万诺维奇以外，使我感到压抑和使我在街上待不住的，就是那个放荡无耻的女人沃罗尼哈了。每逢节日她就来了。她人高马大，每次都是披头散发，醉得摇摇晃晃。她走路的步态很特别，仿佛不是在移动脚步，而是脚不着地，像一团黑云似的在飘，嘴里浪声浪气地唱着下流猥亵的小调。街上遇到她的人都躲着她，避到房子的门后、墙角或小铺子里去。她一出现，就像风扫大街似的，人都吹得不见了。她的脸儿乎是青的，肿胀得像猪尿泡，灰色的大眼睛又可怕又可笑地瞪着。有时，她又号啕大哭，边哭边喊：

“我心爱的小乖乖，你们在哪儿？”

我问外婆这是怎么回事？

“你不该知道！”她忧郁地回答，但仍然简短地讲给我听：原来这女人有一个丈夫，是个当官的，叫沃罗诺夫，他想当更大的官，便把妻子卖给了自己的上司。那个上司把她带到了什么地方，她两年没有住在自己家里。当她回到家里时，她的一男一女两个孩子已经死了，丈夫因为赌钱输掉了公款而坐了牢。这个女人便开始以酒浇愁，到处游荡、胡闹。每到节日晚上，警察局都把她抓走……

其实，待在家里还是比在大街上好。特别是吃午饭以后那段时间最美好，这时外祖父到雅科夫舅舅的染坊去了，外婆坐在窗旁给我讲有趣的童话和故事，讲有关我父亲的事。

她把从猫嘴里夺下的那只八哥儿折断了的翅膀剪掉，在它腿上被咬断的地方巧妙地固定上一块小木条当做脚。治好了这只鸟儿以后，外婆便教它说话。她常常像一头性情温和的大动物似的，整整一个钟头站在挂在窗框上的鸟笼前，用低沉有力的嗓音，反复地教那只像煤炭般乌黑的、善于模仿人说话的鸟儿：

“喂，你求我：给小八哥儿一点饭！”

八哥儿斜着头，用一只像幽默家的灵活的圆眼睛看着她，用腿上的小木条不断地笃笃地敲打着笼子的薄底，伸长了脖子学黄莺啼啭，滑稽地模仿松鸦和布谷鸟叫，还拼命喵呜喵呜学猫叫和模仿狗叫，就是学不会人说的话。

“你别调皮！”外婆一本正经地对它说，“你说：给小八哥儿一点饭！”

那只爱模仿别人的长羽毛的“黑猴子”震耳地叫了一句像外婆教它的话，老太太高兴地笑了，从手指上给鸟儿一点它要的饭，说道：

“我知道你这个调皮鬼，你假装不会说，其实你能说，全会说！”

外婆真的教会八哥儿说话了：过了些时，八哥儿能很清楚地叫着要饭吃，远远地看见外婆，就拖长声音叫出有点像“你——好”的声音。

起先，鸟笼挂在外祖父的房间里，但不久外祖父就把它赶到我们阁楼上来了。因为八哥儿不仅学会了模仿外公说的话，而且当外祖父一字一句地念祷词时，八哥儿从笼子里伸出它那蜡黄的鼻子，像吹口哨嘘人似的叫着：

“啾——啾——啾——咿呖，突——咿呖，叽——咿——呖，啾——呜呜！”

这使外祖父很气恼，有一天，他中断了祈祷，把脚一跺，狂怒地喊叫起来：

“把它赶走，这个魔鬼，我要杀掉它！”

家里有很多有趣的好玩的事情，但有时候还是有一种无法驱除的苦闷折磨着我。仿佛我全身流满了一种令人难以忍受的沉重的东西，长久地困在黑暗的深渊里，既看不见，也听不到，更没有任何喜怒哀乐，好似一个瞎子和半死不活的人……

八

外祖父出人意料地把房子卖给了酒馆老板，在缆绳街上另买了一座。这条街虽然没铺路面，杂草丛生，但是既清洁又安静，街一直通到田野，两边是一幢接一幢涂得五光十色的小房子。

新房子比以前住的那幢漂亮、可爱。房屋正面涂着一层令人感到温暖亲切和宁静舒适的深红色，三个窗户上的天蓝色的护窗板和阁楼上带栅栏的单扇遮窗鲜亮耀眼，茂密的榆树和椴树的优美的浓荫从左面遮掩着屋顶，院子和花园里有很多舒适僻静的角落，好像有意安排用来捉迷藏的。花园特别好，虽然不大，但草木茂盛，绿树成荫；虽然杂乱，但在花园里令人愉快。花园的一个角落里，有一间像玩具似的小浴室，另一角是一个很大很深的坑，坑里长满了野蒿，野蒿里撅出好几根烧焦了的粗木头，那是过去烧毁的澡堂子留下的残迹。花园左面是奥夫相尼科夫上校的马厩的围墙，右面是贝特连格家的房子。花园深处和卖牛奶的女人彼得罗夫娜的宅地相毗连，那个彼得罗夫娜是一个皮肤发红的胖女人，说话声音很大，整天嘀嘀呱呱像个铃铛。她家的房子像地下室似的比地低一层，里面又阴暗，又破旧，四壁长了厚厚的一层青苔。屋子的两个窗户像一双眼睛，不声不响地看着野外。野外沟深壑陡，远处有一片仿佛青色浓云似的森林。有许多士兵整天在野外行走、跑步，刺刀在秋日的斜晖里闪烁着白光。

整座房子里住满了我从未见过的人：一个鞑靼军人和他的妻子住在前面。他的妻子长得又小又胖，从早到晚叽哩呱啦、嘻嘻哈哈，成天抱着一把装饰得十分豪华的吉他弹个不停，她常常引吭高歌一首充满激情的歌曲：

仅仅有爱，我并不欢畅，
还该追求你另一个理想。
你要有本领实现你的愿望！
就在这条正确的道路上，
等待你的是立功受奖。
啊——多么迷人的军功章！

那个军人也很胖，长得像皮球。他坐在窗口，鼓着发青的脸，高兴地瞪着那双仿佛棕红色的眼睛，一个劲儿地抽着烟斗，咳嗽的声音很奇怪，像狗叫一样：

“呜汪，呜汪——呜汪汪……”

在地窖和马厩上有一间温暖的小披房，披房里住着两个马车夫，一个是身材矮小、头发斑白的彼得伯伯,另一个是他的哑巴侄儿斯乔帕,他是个结实强壮胖墩墩的小伙子,脸像一个紫铜的托盘。小屋里还住着一个整天愁眉苦脸的高个子鞑靼人瓦列伊,他是个勤务兵。这些人以前我都没见过,他们身上有很多我不熟悉的东西。

但是,特别吸引我注意而且欲罢不能的是一个大家都唤他为“好事儿”的搭伙房客。他租的是后院厨房旁边的一个房间,那房间很长,有两扇窗子,一扇朝花园,一扇对着院子。

这个房客身材瘦削,背有点驼,白皙的脸上留了两撇小黑胡子,一对慈祥的眼睛从眼镜里望着人。他很少说话,很不引人注目,每当请他吃饭或喝茶的时候,他总是回答:

“好事儿。”

外婆人前人后都这样喊他。

“廖恩卡,你去喊‘好事儿’来喝茶!‘好事儿’你怎么吃得这样少啊?”

他房间里堆满和塞满了装着什么东西的箱子和我不认识的民用字母①印的厚本书。到处是盛着各种颜色液体的瓶子、铜块、铁块和铅条。从早到晚,他穿着红褐色的皮上衣和灰色格子的长裤,全身沾满了不知什么颜料,发出一阵刺鼻的怪味。他头发蓬乱,不修边幅,做起事来笨手笨脚。他有时熔化铅,焊接什么铜的小东西;他常常把什么东西放在小天平上称来称去,嘴里还咕哝咕哝不知说些什么;他有时手指被烧痛了,急急忙忙地往手指上吹气;他每次走向挂在墙上的图纸,都是磕磕绊绊,然后擦干净眼镜戴上,向图纸伸出他那又尖又直、白得出奇的鼻子,鼻子几乎要碰到图纸,简直不像是看,而像在闻。他有时走到房间当中或者窗旁突然站住,久久地站在那里闭起眼睛,仰起脸,一声不吭,像一尊泥塑木雕。

我常常爬到他屋子对面的板棚顶上,隔着院子从开着的窗口观察他的一举一动。我看见桌上的酒精灯冒出的蓝莹莹的火焰和他那暗暗的身影;看见他在被翻得破破烂烂的练习本上写着什么,他的眼镜像薄冰似的泛着冷冷的青光。这个人所做的一切,仿佛有种神秘的魔力激起我难以克制的

① 俄国从彼得一世起用来代替教会斯拉夫字母的俄罗斯民用字母。主人公原先学的是教会斯拉夫字母,所以这里说他不认识“民用字母”。

好奇,把我一连几个钟头紧紧地拴在屋顶上。

有时,他站在像个方框子般的窗户里,背着双手,直对着我爬在上面的板棚屋顶看,但他似乎没有看见我,这使我很生气。突然,他又急忙离开窗口走到桌子那边,深深地躬下腰,在桌上翻来翻去地找什么。

我心里想,如果他有钱,穿戴得好,我可能怕他,可是他很穷:衬衣领子又皱又脏,从外衣领口上翘出来,长裤上到处斑斑点点,还打了许多补丁,两只光脚上穿的是一双破鞋。外婆对穷人很怜悯,而外公对穷人很蔑视,从两个老人的态度上我不知不觉地确信穷人既不可怕,也不危险。

院子里谁也不喜欢这个“好事儿”,谈论他时都带着嘲笑的口吻:那个整天快快活活的军人妻子管他叫“白粉鼻子”,彼得伯伯称他为药剂师和巫师,外祖父叫他魔法师、共济会员①。

“他在干什么?”我问外婆。她厉声回答说:

“不关你的事,你就别问,你要懂事……”

有一天,我鼓足了勇气,走到他的窗口,强作镇静地问:

“你在干什么?”

他震颤了一下,眼睛从眼镜架子上面端详了我好久,然后向我伸出布满伤口和烧伤的疤痕的手,说道:

“你爬进来吧……”

他不叫我从门口进去,而是要我从窗口爬进他的房间,就这一点更加提高了他在我心目中的形象。他坐到箱子上,让我坐在他的面前,先把我稍稍挪开一点,然后又把我向他面前拉近一些,最后才轻声问我:

“你是谁家的孩子?”

这句话问得很奇怪:每天四次在厨房里吃饭喝茶,我可都是坐在他旁边的呀!我回答说:

“我是这里房东的外孙……”

“啊哈,对了。”他仔细地看着他的一个手指说道,说过后又不讲话了。

这时,我认为需要向他解释一下:

---

① 共济会是世界上最大的秘密团体,旨在传授并执行其秘密互助纲领。一般说来,在使用拉丁语族语言的各国中,共济会吸引着自由思想家及反对教权的人士。

“我不姓卡希林,我姓彼什科夫……”

“你姓彼什科夫?”他不相信地重复了一句。“好事儿。”

他轻轻推开我,站起来,一面走向桌子,一面说:

“好吧,你乖乖地坐着……”

我在那儿坐了好久好久,看他锉铜块。铜块用老虎钳夹住,金黄色的锉屑纷纷落在垫在老虎钳下面的马粪纸上。只见他把锉下的铜屑掬在掌心里,撒到一个又厚又肥大的杯子里,再从一个罐子里弄出一点像盐一样的白色粉末,添加到铜屑里去,然后再从一个黑瓶子里倒出一点什么水,浇在杯子里,于是只听见杯子里嗞嗞地响起来,并开始冒烟,一股刺鼻的气味直冲向我的鼻子,我猛咳起来,咳得直晃脑袋,可那位巫师却夸耀地问我:

“气味不好闻吧?”

“真难闻!”

“就是,就是呀!小兄弟,这就太好啦!”

“这有什么可夸耀的!”我心里想,于是我一本正经地说:

“如果气味难闻,那就是不好呗……”

“是吗?”他向我使了个眼色,激动地叫道。“哎呀,小兄弟,这可不一定!你会玩打拐子①吗?”

“你是说玩羊拐子?”

“叫打羊拐子,对吗?”

“我会玩。”

“我替你做一个灌铅的羊拐子,灌了铅的羊拐子才好呢,一打就中,你想不想要?”

“要。”

“那你就拿一个羊拐子来吧。”

他手里拿着冒烟的杯子又向我走来,一面走,一面用一只眼睛瞟着杯子里,走到我面前说道:

“我替你做好灌铅的羊拐子,你以后就别再到我这儿来,好吗?”

---

① 儿童玩的一种游戏,用一块羊蹄腕骨或其他动物的蹄骨向远处的另一块扔去,中者为胜。

他这么一说，可把我气坏了。我说：

“你就是不给我做，我也永远不来了……”

我气鼓鼓地离开他的屋子跑到花园里。外公正在那儿忙着用粪肥培苹果树根。当时正值秋天，落叶时节早就开始了。

“喂，你来剪马林果的枯枝。”外祖父把剪刀递给我说。

我问外祖父：

“‘好事儿’整天在搞什么？”

“他在破坏我的房子，”外祖父生气地回答，“把地板烧成洞，墙纸弄得污七八糟，撕得破破烂烂。我要对他说，叫他搬走。”

“就该这样。”我同意说，便开始动手剪马林果上的枯枝。

不过，我这样表示同意外祖父赶他走，未免过急了。

秋日多雨，每逢秋雨连绵的晚上，如果外祖父外出，外婆常常在厨房里安排非常有趣的聚会，请所有的房客和附近的住户来喝茶，被邀的人中有两个车夫和勤务兵，能说会道爱热闹的彼得罗夫娜常来，有时连那个快活的女房客也来参加，“好事儿”每次来都像木头似的竖在屋角的炉子旁边，默不作声，一动不动。哑巴斯乔帕和鞑靼勤务兵瓦列伊常在一起玩牌，瓦列伊不时地用纸牌拍拍哑巴的大鼻子，说道：

“哎——鬼东西！”

彼得伯伯常常带来一大块白面包和一大瓦罐果酱，他先把面包切成一片一片的，再在面包片上厚厚地抹上一层果酱，然后用手掌捧着这些美味可口的抹有马林果酱的面包片，分送给大家，并深深地一鞠躬，说道：

“请您赏光尝尝吧！”他亲切地请求说，而当别人从他手中拿走面包片后，他则细心地查看自己乌黑的手掌，如果发现手上漏下一滴果酱，就伸出舌头舔掉。

那位使人开心的太太彼得罗夫娜带来的常常是一瓶樱桃果子露，还有核桃和糖果。于是丰盛的宴会便开始了，那是外婆最喜爱的娱乐。

就在“好事儿”那次“贿赂”我，叫我不要再到他房间去以后不久，外婆就安排了一次这样的晚会。秋雨连绵，整天滴滴答答下个不停，秋风瑟瑟，如怨如诉。低矮的树枝被风刮得在墙上擦来擦去，发出刷刷的响声。厨房里温暖、舒适，大家坐在一起，靠得很近，不知为什么，这时所有的人都显得特别亲切、安详，而外婆则极其慷慨地讲了很多故事，一个比一个讲得好听。

她坐在炉边，两条腿撑在炉阶上，俯身对着大家讲故事，一盏小铁皮灯照亮了大家的脸。每次她兴致一来，就爬到炕炉上，而且向大家解释：

“我要坐在高些的地方讲，在高处讲，我能看清大家，大家也听得清楚一点！”

我就坐在外婆的脚边宽宽的炉阶上，几乎就在“好事儿”的头顶上方。外婆讲的是关于战士伊万和隐士米隆的故事，用的语言生动明快、节奏分明、铿锵有力、通顺流畅。

有个凶恶的督军戈尔将，
他灵魂肮脏，铁石心肠，
亵渎真理，残害百姓，
像躲在树洞里的枭，心狠手辣如豺狼。
有个隐居的老人叫米龙，
他举止安详，品德高尚，
为世人捍卫真理，他勇敢无双，
最恨他的人就是那个戈尔将。
督军唤来忠实的奴仆，
他就是勇敢的战士叫伊万。
“伊万科，快去杀死那老头儿，
叫那傲慢的米龙一命身亡！
你去砍下他的头颅，
提着他灰白的胡子来见我，
狗在等他的脑袋当犒赏！”
　　伊凡领了军令便出发，
　　走在路上苦思量，
　　“不是我自己要杀人，而是命令难违抗，
　　也许上帝赐我的命运就这样。”
伊凡来到隐士处，
锋利的宝剑襟下藏，

弯身打躬问声好：
“正直的老人啊，你老一向可安康？
上帝怎么保佑你，最近过得怎么样？”
　　未卜先知的老人微微笑，
机智善辩地对他讲：
　　“算了吧，伊万努什卡，
上帝执掌善和恶，
上帝万事都知详！
你的来意我知道，
你未将真情对我讲！”
　　伊万顿时愧难当，
可上司的命令又难违抗。
他猛地抽出鞘里的剑，
用宽大的衣襟把剑擦亮。
　　“我本想不让你看到剑，
叫你糊里糊涂把命丧。
现在你向上帝祈祷吧，
为了你，为了我，为了全人类，
在我砍下你的头颅前，
让你最后一次求上苍……”
　　米龙老人先将双膝跪在地，
　　再起身走到小橡树旁，
　　橡树对他深深一鞠躬。
　　老人含着微笑把话讲：
　　“哎哟，伊万啊，为全人类祈祷的事儿大，
你要等待的时间太久长！
不如立刻挥剑杀死我，
免得你筋疲力尽等身旁！”
　　伊凡眉毛一竖怒气生，
　　他夸下海口不自量：

“不,君子一言,快马一鞭!
你祷告吧,等上一百年也不算长!”
　　老人从清晨祈祷到深夜,
再从深夜祷告到早上。
春去夏来秋风劲吹,
秋去冬来又普照春光。
米龙的祈祷年复一年,
小橡树已长得凌云万丈,
橡树的果实长成了密林,
那圣者的祈祷仍和当初一样!
　　直到今日他们还是那副模样。
　　老人低声向上帝边哭边讲,
　　求上帝帮助受苦的人们,
　　求圣母保佑大家快乐安康。
那伊万上好的戎装早化灰烬,
作战的盔甲也都腐朽烂光。
手中的利剑已锈蚀成土,
但他仍然呆立在老人身旁。
寒冬盛暑他赤身露体地站在那里,
烈日无情地煎烤,
但不晒干他的臭皮囊,
蚊虫不吸干他的鲜血,
只咬得他遍体鳞伤,
他饱受豺狼、熊罴的惊吓,
暴风雪、严寒使他痛苦难当,
但他就是不能立即死亡。
他动也不能动,话也不能讲。
瞧吧,这是多么可怕的惩罚:
罚他不该听从恶人的命令,
罚他不该去做替罪羊!

而那老人在今天这吉祥的时刻里，
还在为我们这些罪人向上帝祈祷，
祷词像清澈的河水，源源不断地汇入海洋！

外婆一开始讲故事，我就发现，不知是什么使"好事儿"激动起来：他的两只手很奇怪，一抽一抽的，眼镜一会儿摘下来，一会儿戴上去，两只胳膊随着外婆那富于旋律的音乐般的语言，有节奏地挥动着，脑袋跟着一点一点的。他有时摸摸眼睛，用手指使劲地按按，不断地迅速用手掌擦擦前额和脸颊，仿佛满头满脸出了大汗。倘若听故事的人中有谁动弹了一下，咳了一声，或者脚跟咯地一下碰出了响声，这位搭伙的房客就会立刻愤怒地制止他，并发出拖长了的声音：

"嘘——嘘！"

外婆一讲完故事，"好事儿"便发疯似的跳了起来，两臂乱舞，不知怎么的，还很不自然地打起了转儿，嘴里嘟嘟囔囔地说：

"你们知道，这实在太美啦，应该把它记录下来，无论如何得记下来！这简直真实极了，太恰如其分了，我们的……"

现在看得很清楚，他在哭，涕泗滂沱，泪如泉涌，整个眼睛都浸在泪水里。他忽然这样，令人感到奇怪，也引起大家对他的怜悯。他在厨房里跑来跑去，笨拙而滑稽地一跳一跳。他手里拿着眼镜想戴上去，可是眼镜在自己的鼻子前面老是晃来晃去，怎么也不能将眼镜脚挂到耳朵上。彼得伯伯微微含笑看着他，大家局促不安，沉默不语，不知所措。外婆急忙说：

"您就记录下来吧，有什么好说的，这不是坏事。这样的故事，我知道得可多着呢……"

"不，就要这个！这是地地道道的俄罗斯的。"房客激动地大声喊起来，这时，突然他在厨房中间站住，挥动着右手，眼镜在左手里不住地颤动，大声说了起来。他说了很久，说得激昂慷慨，一边尖叫，一边跺着脚，常常重复同样的一句话：

"不能人云亦云，照着别人的葫芦画自己的瓢，是啊，是啊！"

后来不知为什么，忽然他失音说不出话来了，他看了看大家，低下头，悄悄地、抱歉似的走了。大家面带微笑，尴尬地你看看我，我看看你，外婆则移身到炕炉深处看不见的地方,痛苦地叹息着。

彼得罗夫娜用手掌擦着她那红红的厚嘴唇,问道:

“他好像生气了吧?”

“没生气,”彼得伯伯回答说,“他就这个样儿……”

外婆爬下炕炉,默不作声地烧茶炊,彼得伯伯不紧不慢地说:

“大人先生们全是这个样儿,好耍性子!”瓦列伊阴沉地嘟哝了一句:

“光棍都怪!”

大家全笑了,但彼得伯伯却拖长了声音说:

“已经淌眼泪了。看得出,以前那么大的狗鱼也常上钩,可如今连小鲤鱼也很难看见啦……”

我感到寂寞无聊,一种忧郁苦闷的情绪压抑着我的心。“好事儿”的表现使我惊讶,但心里又很可怜他,当时他那泪如泉涌的眼睛现在还历历在目。

当天,他没有在家过夜,第二天午饭后才悄悄地、无精打采地回来,明显的一副狼狈样。

“昨天我吵闹你们了,”他对外婆抱歉地说,“我就像个孩子,您没生气吧?”

“生什么气啊?”

“瞧,我不是插嘴说了许多话吗?”

“您谁也没有得罪啊……”

当时,我感到外婆怕他,说话时不看他的脸,而且和平时不一样,声音很轻很轻。

“好事儿”走到她紧跟前,惊人直爽地说:

“您瞧见没有,我永远是孤零零的一个人,什么亲人朋友都没有!一个人一直沉默啊,沉默啊,老是憋在心里,一旦心里突然激动起来,就忍不住爆发了……即使面前是一块石头、一根木头,我也要对它说话……”

外婆身子挪开他一点,说道:

“那你就结婚吧……”

“唉!”他苦着脸激动地叫了一声,挥了挥手走了。

外婆神色阴郁地看了看他的背影,吸了一下鼻烟,然后严厉地教训我说：

“你要注意，别老在他身边转来转去；上帝才知道他是个什么人……”

可我恰恰相反，又一次被他吸引住了。

我发现，当他说：“孤零零的一个人”时，他的脸色变了，像在责难自己。这句话中的含意有某种东西我能理解，它触动了我的心弦，于是我又去找他了。

我从院子里向他房间的窗户探望，屋里空无一人，简直像贮藏室，到处是随手乱放的各种各样无用的东西，这些东西也像房间主人那样，尽是些对一般人毫无用处的和稀奇古怪的物件。我去花园，在花园的那个坑里看见了他。他弯着腰，两手放在脑袋后面，肘部支撑在膝盖上。挺别扭地坐在烧焦了的木桩上。木头上粘满了土竖在那里，上端烧成的炭发亮，木桩四周的蒿子、荨麻、牛蒡俱已枯萎。他别扭地坐在那儿的模样，更加引起别人对他的同情。

他很长时间没有发觉我，那一双像猫头鹰看不清东西似的眼睛望着近旁的什么地方，然后突然仿佛很恼火地问道：

“你是找我吗？”

“不是。”

“那来干什么？”

“没干什么。”

他摘下眼镜，用一方布满了红、黑斑点的手帕擦干净镜片，说道：

“好吧，你爬过来吧！”

当我坐到他身边以后，他紧紧地搂住我的双肩。

“你坐着。我们就这样坐着不说话，好吗？瞧，就是这样……你脾气犟吗？”

“犟。”

“好事儿！”

我们就这样默默无言地坐了很久。傍晚静悄悄的，气候温和，这是晴和初秋的一个使人感到忧郁的黄昏，四周的花草树木虽然仍在开着五色缤纷的花，但显然已经逐渐褪色，时刻都在变得暗淡，愈来愈失去光泽。土地已经耗尽了自己饱含的夏日的气息，现在仅散发出阴冷潮湿的空气，但空气却分外清澈、洁净。在映着绯红晚霞的天空里,成群结队的寒鸦闪烁着翅膀,纷飞忙碌,勾起人忧愁的思绪。真是万籁俱寂,悄然无声,每发出一点声音,无论是鸟雀的微微动弹,或簌簌的一片落叶,都仿佛听到一声巨响,使人不寒而栗,但冷颤一过,又恢复安然宁静的心态。恬静拥抱着大地,恬静充溢着心田。

在这样的时刻,往往产生一种特别纯真轻松的思绪,但这种思绪很敏感,很微妙,像蛛网那样透明,难以用语言表达。它们好似天上的流星,突然爆发而又瞬间消逝;仿佛对某件事的忧思,不断灼痛着人的心灵,既抚慰它又折磨它。这时,心灵便在沸腾、熔化,在塑成自己一生的心灵模式,于是,心灵的面貌也就形成了。

我紧紧依偎在这位房客温暖的身边,和他一起透过苹果树的发黑的枯枝,眺望着布满红霞的天空,注视着飞来飞去忙碌着的白腰朱顶雀,有几只红额金丝雀在啄破干枯的牛蒡籽实的外壳,啄食果实里的酸涩的瓤儿。我们还看见一团团毛茸茸的、边上泛着红色霞光的灰蓝色云彩,从田野那边不断缓缓地绵亘伸展;云彩下面,一群群乌鸦正在费力地扑动翅膀飞归坟场那儿的鸟巢。一切都十分美好,而且又很特别,我感到对他产生了一种不同寻常的理解和亲近。

有时,他深深地叹了口气,问我:

“小兄弟,舒服吗?真惬意啊!不感到潮湿,也不觉得冷吧?”

可当天空变得暗淡无光的时候,周围的一切似乎都膨胀起来,变得既潮湿、又阴暗了。他便说:

“好啦,够了!我们走吧……”

走到花园篱笆门旁,他站住了,轻声说:

“你的外婆真好,哦,多美的大地啊!”

他闭起双眼,含着微笑,低声而清楚地念道:

……这是多么可怕的惩罚:
罚他不该听从恶人的命令,
罚他不该去做替罪羊!

"小兄弟，你要记住这些话，要牢牢地记住！"

他一面不时地把我轻轻推着向前走，一面问我：

"你会写字吗？"

"不会。"

"你要学会写字。学会以后，你就把外婆讲的故事都记下来，小兄弟，这很有用……"

我们成了朋友。从那天起，只要我想去，就去"好事儿"那儿，坐到一口装破烂东西的箱子上，不受任何限制地注视他熔铅、烧铜，把铁皮烧红后，放在小铁砧子上，用装着漂亮把手的小锤锻打；看他用长木锉、各式各样的铁锉锉东西，用金刚砂磨，或者用锯条细得像线一样的锯子锯东西。他经常把一些小物件放在非常灵敏的铜制天平上称，将五颜六色的液体倒入又厚又白的杯子，看它们冒烟，满屋弥漫着刺鼻的气味，然后他皱着眉头，捧着大厚本子书查看，不断地咬着通红的嘴唇，发出像牛哞哞叫的含混的声音，或者拖长嘶哑的嗓音低声唱：

"啊，沙朗的玫瑰呀……"

"你在做什么？"

"做一件东西，小兄弟……"

"什么东西？"

"哦——哦，你要知道，我不能说得使你一下子就明白的……"

"外公说，你可能在造假钱……"

"你外公是这么说的吗？ 呣……嘿，他这是在扯淡！ 钱，小兄弟，那是微不足道的事情……"

"那么，没钱，用什么去买面包呢？"

"嗯……对了，买面包要用钱，这没错儿……"

"对吧？ 买牛肉也要钱……"

"买牛肉也要……"

他极其亲切地低声笑着，就像挠小猫咪一样，挠我的耳朵痒痒，说道：

"我怎么也辩不过你，小兄弟，我被你问住了；我们最好别再讲话了吧……”

有时他停下工作，坐到我的身边，于是我们久久地望着窗外，观看雨滴像播种似的洒落在屋顶上，洒落在长满了野草的院子里，花园里的苹果树叶正在渐渐凋零。“好事儿”说话虽然很少，只有一两句，但却至关重要，比如，他常常要我注意看什么，有时甚至不说话，只轻轻地碰碰我，或者使个眼色示意。

虽然我并没有看见院子里有什么特别的东西，但是由于他用臂肘碰碰我，或者简短的一两句话，眼里看到的一切仿佛就有了特别的含意，一切便都深深地印在心坎里了。譬如，院子里跑来一只猫，在水洼前站住了，水洼的水光亮如镜，它看着自己的倒影，抬起柔软的前爪，像是想打一下水里的影子。这时，“好事儿”便低声说：

“猫儿既骄傲又多疑……”

那只好斗的发红的金黄色大公鸡，一下子飞上了花园的篱笆，刚刚站稳，抖了一抖翅膀，险些摔下来。它似乎受了屈辱，伸长颈子怒气冲冲地咕喔咕喔地叫起来。

“这位将军妄自尊大，可笨了点儿……”

笨手笨脚的瓦列伊来到了花园，他像一匹老马，迈着沉重的脚步在泥泞里蹒跚。他鼓着高颧骨的脸孔，仰起头，微微眯缝起眼睛望着天空，一道秋日的白光直射到他的胸膛上，制服上的铜扣闪闪发光。这个鞑靼勤务兵站定了，用弯曲的手指摸摸纽扣。

“他像得到了一枚奖章，正在欣赏呢……”

我很快对“好事儿”产生了深深的依恋，无论是在委屈伤心的日子，还是在欢乐高兴的时刻，都少不了和他在一起。虽然他自己沉默寡言，但从不禁止我说我想到的一切，而外祖父一听我说话，就总是严厉地呵斥我，粗暴地叫我住口：

“别废话，耍什么贫嘴！”

外婆自己的事情已经整天忙得不可开交，不再听别人说什么，也不参与别人的事情了。

“好事儿”总是聚精会神听我喋喋不休地胡扯。他常常带着微笑对我说：

“嗬,小兄弟,不是这样吧,这是你自己想出来的……”

他简短的几句意见或评语,总是非常及时,十分必要,他仿佛能看透我心里和脑子里所想的一切。有些废话和错话我还未说出口,他就发现了,一旦发现,他亲切的三言两语就将我想说的念头打消了,他说:

“小兄弟,你乱说……”

我常故意试试他那有魔力的本领:有时我瞎编一个什么事情,就像从前真有其事的那样说给他听,可他刚刚听了几句,就否定地摇着头说:

“喂,小兄弟,你又在乱编了……”

“那为什么你知道我是编的呢?”

“小兄弟,我能看出来……”

外婆到干草广场去挑水,常把我也带去。有一天,我们看见有五个小市民打一个乡下人,他们把那个乡下人摔倒在地上,就像几条狗一样,拼命撕咬。外婆一见,立刻扔掉扁担上的水桶,挥舞着扁担向那几个小市民奔去,同时对我喊了一声:

“跑开!”

但我吓慌了,反而跟在外婆的后面,拾起地下的鹅卵石和石子向小市民扔去,外婆勇敢地用扁担捣他们,敲他们的肩膀和脑袋。这时又来了一些人,他们也参加进来打那帮小市民,终于使坏蛋逃跑了。外婆开始替那个被毒打的农民洗血迹,那人的脸被那帮坏蛋踩得血肉模糊,直到现在那张脸仿佛仍在我的眼前,使我一想起就觉得恶心。那人用肮脏的手指捂住自己被撕烂的鼻孔,不住地哀号、咳嗽,从他的一个手指上不断地冒出鲜血,溅到外婆的脸上和胸口,外婆浑身颤抖,也在不住地叫喊。

我一回家,便跑到那位房客的房间里去找他,把刚才发生的事一五一十地讲给他听,他立刻停下工作,站在我的面前,像举马刀似的举起手中长长的锉刀,从眼镜后面凝神而严厉地看着我,然后突然打断了我的话,不同寻常威严地说:

“好极了,一切就应该这样!太好了!”

我被刚才看到的一切震惊得全身发抖,顾不上对他说的这两句话表示惊奇,仍然滔滔不绝地继续往下说,但他抱住我在屋里走来走去,结结巴巴地说起话来:

“够了,不要再讲下去了!小兄弟,你该讲的已经全讲了,明白吗?你全说了!”

我闭了嘴,心里有点委屈,但想了一下,才非常惊讶地明白,他对我说得有理,确实我全说了,他叫我不要再讲下去正是时候。

“你啊,小兄弟,不要老想这些事情,一直记住这些事情不好!”他说。

有时候他出乎意料地对我说一句话,那句话一生都留在我的记忆中。比如,我常对他讲述我的打架对手克柳什尼科夫,他是新大街上的好斗的能手,一个胖墩墩、头很大的男孩,打架时我怎么也打不赢他,他也赢不了我。“好事儿”仔细听完了我的伤心事儿后,说道:

“这是小事一桩。你的这点力气,形不成威力!真正的威力在于动作要快,越快力量越大,懂了吗?”

下星期日,我试了试出拳快一些,果然很轻松地打败了克柳什尼科夫。这件事使我以后更加重视这位房客所讲的话。

“任何事物都应该学会抓住它。你懂吗?学会抓住它——这很不容易啊!”

我一点也不懂,但情不自禁地记住了诸如此类的话。我记住这些话就是因为在这些普普通通的话里包含着某种令人难以理解的奥秘:抓住石头、抓住一块面包、抓住茶杯、抓住锤子,做这些根本不需要去学嘛!

可是,在这座房子里,大家却愈来愈不喜欢“好事儿”了,连那个快活女房客所宠爱的猫咪也不爬上他的膝盖,而其他所有人的膝盖它都爬,即使“好事儿”亲切地唤它,它也不去。为此我打那只猫,揪它的耳朵,为了劝猫咪不要怕这个人,我差点没哭出来。

“我衣服上有酸味儿,所以猫不到我跟前来。”他解释说。可我知道,所有的人,甚至连外婆都不这样解释,他们敌视他,这是多么不公平,多么令人难受!

“你干吗老是惹是生非地待在他那儿?”外婆生气地问我。“当心,他会教你干什么坏事儿的……”

外祖父真像红毛黄鼠狼,我去这位房客那里的事渐渐被他知道了,打那以后,每次去了以后,他都要狠狠地揍我一顿。当然,我从不对“好事儿”说家里人不准我和他交往的事,但坦率地对他讲了院子里其他人对他的态度。

我说：

“外婆怕你，她说你是个巫师，外公也说你是个魔法师，说你是上帝的敌人，对人有危险……”

他甩甩头，仿佛赶走苍蝇似的，微笑使他那刷白的脸上泛起红晕。看到他的微笑，我的心反而感到憋闷，眼睛发青。

“小兄弟，我已经看出来了！”他轻声说。“这件事，小兄弟，叫你伤脑筋，是吗？”

“是的。”

“是伤脑筋啊，小兄弟……”

终于，他被迫搬走了。

有一天喝了早茶以后，我到他那儿，看见他坐在地板上正在把自己的东西整齐地放进箱子，嘴里轻声地唱着“沙朗的玫瑰”那支歌。

“喂，再见了，小兄弟，我马上要搬走了。”

“为什么？”

他定睛看了我一眼，说道：

“难道你不知道？你妈妈要住这屋……”

“这是谁说的？”

“你外公……”

“他撒谎！”

“好事儿”拉住我的手，把我拉到他的身边。我坐到地板上后，他悄声说：

“你别生气，小兄弟，我以为这事你知道，但是不告诉我的呢，这真不好，我以为……”

我感到很伤心，不知为什么有点抱怨他。

“你听我说啊，”他微微含笑，几乎耳语似的对我说，“你记得我对你说过，你不要再来我这儿吗？”

我点了点头。

“当时你生我气了，是吗？”

“是的……”

“小兄弟，我是不愿意惹你生气的，可你要明白，我早就知道：如果你跟我做了朋友,你家的人就会骂你。”

他就像是和我同年龄的小孩子那样跟我讲话;我听了他的那几句话,高兴极了,甚至觉得,仿佛我早在当初就理解他似的,于是我对他说:

“这我早就明白了!”

“嗳,就是! 是这样,小兄弟! 正是这样,亲爱的……”

这时,我心里难受极了。

“为什么他们谁也不喜欢你?”

他搂住我,把我紧紧贴在他怀里,眨了眨眼睛说道:

“我是另一种人,和他们不一样,懂吗? 就是因为这个。我不是这种……”

我拉住他的袖子,不知说什么才好,也不会说。

“你别生气。”他重复说了一句,又对着我的耳朵轻声加了一句:“也不要哭……”

可他自己的眼泪却从雾濛濛的眼镜下面不断往外流。

然后,又像往常一样,我俩久久地、默默地坐在一起,间或简短地交谈几句。

晚上他走了,走前他亲切地和大家告别,紧紧地拥抱了我。我追到大门外,看见车轮在泥土冻结得坎坷不平的路上转动,他坐在大车上不住地颠簸着。“好事儿”一走,外婆便立刻去洗刷弄脏了的房间,我故意来来回回地从这个角落走到那个角落,使她碍手碍脚地不好做事。

“走开!”她一碰到我的身上便大声叫喊。

“你们干吗要撵他走?”

“我看你再说一句!”

“你们全是糊涂蛋。”我说。

她用湿抹布啪嗒啪嗒地拍打我,喊道:

“你发疯啦,淘气鬼!”

“我不是说你,我是说其他人都是糊涂蛋。”我更正说,可这样说她还是没有消气。

吃晚饭时,外祖父说:

“好了,谢天谢地! 不然,我一看见他,心里就像插把刀子似的。嘿,非把他赶走不可!”

我恨得故意把汤勺弄断,为此又挨了一顿打。

我和他的友谊就这样结束了,他是我在自己亲爱的国土上所结识的无数最优秀人物中的第一个人……

九

青年时代,我把自己想象成蜂房,而各种各样平凡的、默默无闻的人,犹如蜜蜂将蜜源源不断储入蜂房那样,各尽所能、毫无保留地将生活知识和思想传授给我,丰富着我的心灵。这种蜂蜜常常夹杂着污垢,含有苦味,但无论是什么样的知识,归根结底还是蜜。

自“好事儿”搬走以后,那个老车夫彼得伯伯和我成了朋友。他长得和外祖父一样瘦削,身上收拾得干净利落,但他的个头比外祖父矮,整个儿比他小一套,看上去就像是故意为了逗笑而装扮成小老头儿的半大孩子。他的脸好似细藤筛子,整个脸孔由密密麻麻很细的皮肤皱褶编成,在那皱褶中间,有一双灵活的逗人发笑的眼睛,眼珠活像鸟笼里跳上跳下的黄雀,在发黄的眼白里骨碌骨碌地转。他那瓦灰色的头发拳曲着,胡子像蔓藤,一圈圈地绕在嘴边。他抽烟斗,冒出的烟和他的头发一样颜色,也是一圈一圈地飘浮在空气里,连说话都绕圈圈,咬文嚼字,用了很多俏皮话。他说话的嗓音好似蜜蜂发出嗡嗡的声音,听起来仿佛很亲切,可我总感到他对所有的人都持嘲讽的态度:

“头几年,伯爵夫人塔季扬,那位亲爱的列克谢夫娜吩咐说:‘你去干铁匠活儿吧!’过了些时,又命令我:‘去给花匠帮忙!’去就去吧,只不过——

天生是个乡巴佬,在哪儿都不讨好！过了一阵子她又说:‘你啊,彼得鲁什卡,你该去捕鱼!’反正对我来说,哪儿都一样,我就去打鱼……可是,我刚对那一行上了瘾,就又和鱼儿说,谢谢,再见了！这次她叫我到城里来当马车夫,缴代役租①。好吧,有什么好说的,赶马车也行,以后还会怎么摆弄我呢？以后啊,那位伯爵夫人还没来得及吩咐我改行,农奴就解放了;我身边就剩下一匹马,现在它就算是我的伯爵夫人了。”

那是一匹老马,好像它原本是白马,有一次一个吃醉酒的拙劣画家,用乌七八糟的颜料在它身上乱涂,而且一涂就涂个没完。马腿已经脱了臼,全身像是用一块块破布缝起来似的,瘦得像骷髅似的马头悲哀地垂着,马眼浑浊无光,磨破的衰老马皮上,青筋突出,松弛地套在躯体上。彼得伯伯对它总是客客气气,从不打它,管它叫“丹尼卡”。

有一天,外祖父对彼得伯伯说:

“你为什么给牲口起一个基督教的名字?”

“怎么也不可能,瓦西里·瓦西里耶夫,怎么也不可能,尊敬的先生！基督教里没有丹尼卡这样的名字,只有塔季扬娜!”

彼得伯伯也识字,《圣经》方面的知识很丰富。他和外祖父经常为圣徒中谁最神圣而争论不休,他们对古代有罪的人谴责得一个比一个严厉,特别对大卫王的儿子押沙龙大张挞伐。有时候他们的争论纯属语法性质的差异,外公把“作孽、犯法、欺骗”三个词的词尾都加“霍姆”,而彼得伯伯却断定词尾应该是“沙”。

“我认为是这回事,你偏认为是另一回事!”外祖父急得冒火了,脸涨得通红,有意嘲弄地学他读:“瓦沙、希沙!”

而彼得伯伯则一面烟雾腾腾地抽着烟,一面挖苦地问道:

“可你的那么多‘霍姆’有哪点好？那些‘霍姆’对上帝一点儿也不好！也许上帝一边听你的祈祷,一边想:任你祷告千万遍,还是不值一文钱!”

“滚开,列克谢!”外祖父火冒三丈,绿眼珠直闪光。

---

① 地主派农奴出去干活,每年向他们收一定数量的货币和产品。俄国的实物代役租由一八六一年二月十九日的法令宣布取消。货币代役租对临时义务农民一直保留到一八八三年以前。

彼得伯伯很爱整洁，每次走过院子，都要把路上的木片、碎瓦片、骨头一脚踢开，一面踢，一面追上去，喊道：

“多余的东西，碍人走路！”

他爱说话，看样子挺和善，快快活活，但有时两眼布满血丝，目光浑浊，像死人似的呆滞不动，常常坐在哪个阴暗的角落里，弯起身子缩成一团，阴沉着脸，像他的哑巴侄儿那样，一声不吭。

“你怎么啦，彼得伯伯？”

“走开。”他声音低沉而严厉地说。

我们街上的一座房子里，搬来了一位脑门上长着个疙瘩的老爷，他有个非常怪的癖好：每逢节假期，他总坐在窗口用鸟枪的霰弹打狗、猫、鸡和乌鸦，看见他不喜欢的行人，也对着射击。有一次，他的霰弹的细铅砂子射中了“好事儿”的腰部，虽然霰弹没有射穿他的皮上衣，但在他的衣袋里发现了几颗小霰弹，我记得，我们的那位搭伙的房客透过眼镜，细细地一一查看了那些灰蓝色的铅砂。外祖父劝他去告状，可“好事儿”把小霰弹向厨房角落一扔，说道：

“不值得。”

另一次，外祖父的腿上被那位射手打进了几粒小霰弹。外祖父气坏了，向民事调停官递了诉状，并开始在街上召集受害人和证人，可是那位老爷突然不见踪影了。

每次，一听到街上枪响，彼得伯伯只要在家都会立刻把他那过节才戴的、已经晒褪了色的宽檐帽子戴到瓦灰色的头发上，匆匆忙忙跑出大门。到了大街上后，便两臂藏在背后长衫下面，把长衫向上顶起，像屁股上长了个公鸡尾巴。他挺着肚子，大摇大摆地沿着人行道从那位射手面前走过。他走了一趟，返身再走，来来回回地走。我们全院子的人都站在大门口，那个军官老爷伸过发青的脸孔，从窗子里向外看，他妻子的头也从他脸的上方伸了出来，连我们院子右面的贝特连格家也出来几个人看，只有左面邻居奥夫相尼科夫上校家的灰色房子里仍然静悄悄的，没有一个人出来。

有时，彼得伯伯来回逛得毫无效果，看来那位猎手不承认他是野禽野兽，不值得一射，但有时双筒枪突然连响两下：

“砰……砰……”

彼得伯伯并不加快脚步，仍然一摇一摆地走到我们面前，显出一副心满意足的神态，说道：

“这次打着下襟了!”

有一次，霰弹打进了他的肩膀和颈子，外婆一面用针替他把霰弹往外挑，一面婉言责备彼得伯伯说：

“你干吗纵容那个野蛮的家伙？万一他把你的眼珠子打出来就糟了!”

“不——怎么也不可能，阿库琳娜·伊万娜，”彼得拖长声音轻蔑地说道。

“那你干吗要任他胡作非为呢?”

“我哪里是任他胡作非为？我故意想逗弄逗弄那位老爷……”

他仔细地看着手掌上的一粒粒挑出的霰弹，说道：

“他算个什么射手啊！我从前的那个主人塔季扬·列克谢耶夫娜伯爵夫人，更换丈夫就像调换听差的一样。她手下有个临时充当丈夫职务的人，名字叫马蒙特·伊里奇，是个军人，好家伙，枪法可真准！老太太，您知道，他只用单颗儿的子弹打，不用别的子弹！他叫傻子伊格纳什卡站在好远的地方，大概离他四十步，在傻子腰带上系一个瓶子，瓶子就吊在他的两条腿中间，伊格纳什卡把两腿叉开，呵呵地傻笑着。只见马蒙特·伊里奇操起盒子枪——啪地一响！瓶子啪一声碎了。只有一次，不知是牛虻，还是什么东西，咬了伊格纳什卡一口，他动了一下，子弹打到他膝上了，正好打在膝盖骨上！找了个医生来，马上把他的腿砍下来了事，断腿给埋了！……”

“傻子呢?”

“他没事儿。傻瓜不论手和脚都不需要，单凭他那傻样儿就能填饱肚子。无论什么人都喜欢傻子，因为傻子不会得罪人。俗话说，‘是官儿就会管人，是傻瓜就不会欺人’……”

彼得伯伯的叙述并未使外婆惊奇，像这种事她自己知道何止几十个，不过我倒感到很不愉快，我问彼得：

“那个老爷会打死人吗?”

“怎么不会？会的。他们自己还常常你打死我、我打死你呢。有一天，塔季扬·列克谢耶夫娜家里来了一个枪骑兵，忽然他和马蒙特抬起杠来，马上两个人各拿一支手枪到公园里去，在公园池塘边的一条小路上，这位枪骑兵啪的一枪,正打中马蒙特的肝脏！结果,马蒙特被送到乡村墓地,而那位枪骑兵被流放到高加索。瞧,他们两个人就这么都完事儿啦！这是说,他们自己人还打死自己人呢！何况农民和其他人,那简直就没什么好说的了！现在他们对人也许特别不留情,因为那些人已经不是他们自己的农奴了。从前打死了多少还有点儿心疼,毕竟是自己的财产嘛!"

"嘿,就是那时候也不太心疼。"外婆说道。

彼得伯伯同意地说：

"这话也对;虽是自己的财产,可不值几个钱……"

彼得伯伯对我很亲切,跟我说话比对大人说话温和,也不避开我的目光,但在他身上总还有某种东西我不喜欢。他常请大家吃心爱的果酱,但每次在我的那片面包上抹的果酱总要比给别人的厚,有时他还从城里给我带来麦芽糖饼干、罂粟饼,每次和我谈心总是一本正经的,声音低低的。

"乖孩子,以后长大了干什么啊？去当兵,还是去当官?"

"去当兵。"

"这很好。眼下当兵也不苦了。当神甫也不错,不时地自言自语地忏悔几句'上帝饶恕我吧',就完事儿啦！当神甫甚至比当兵更轻松些,当渔夫那就更轻松了,打鱼根本不要什么学问,只要习惯就行了……"

最有趣的是他形容捉鱼了:他有声有色地叙述鱼儿怎么在鱼饵周围游来游去,形容鲈鱼、雅罗鱼、鳊鱼上了钩以后怎样挣扎的情景。

"你外公打你的时候,你生气吧,"他安慰我说,"其实,乖孩子,你怎么也不该生气,打你是为了教训你,这种打,不过是管管孩子！你瞧瞧我的那位塔季扬·列克谢耶夫娜太太吧,嗬,她打人可出了名啦！为了打人,她专门养了一个打手,名字叫赫里斯托福尔,这家伙打人可算是个行家,有时邻近庄园的地主老爷们特地来向伯爵夫人借他去帮忙,他们说:塔季扬·列克谢耶夫娜太太,您放赫里斯托福尔去把我家的那个佣人揍一顿吧！于是,她就放他去了。"

他无动于衷地、详尽地讲述打人的情景:伯爵夫人身穿白色的细纱连衣裙,头上扎着一块轻盈的天蓝色头巾,坐在圆柱门廊廊檐下的一张小安乐椅上,赫里斯托福尔就当着她的面用鞭子抽打农妇和农夫。

"好孩子,这个赫里斯托福尔虽是梁赞人,可很像是茨冈或者乌克兰人,上嘴唇的两撇小胡子一直长到耳朵根，那一张凶脸铁青，下巴的胡子刮得精光。不知他是真的没有人性，还是为了避免别人向他问长问短，常常装傻。有时他在厨房里倒满一杯水，捉苍蝇，要不，就捉蟑螂或捉甲虫，然后用树枝把那些小虫按到水里，按很久很久，一直到淹死为止。再不然，就从自己后脖领子里捉虱子，捉到后再把它淹死。”

诸如此类的故事，我本来就很熟悉了，很多是以前从外婆和外祖父口中听到的，故事虽然各式各样，但它们都奇怪地相似：每个故事里都有人遭受虐待和折磨，或者受别人挖苦、嘲弄和压迫。因此我有点厌烦，不想再听这样的故事了，于是请求马车夫说：

“再讲一个别的吧！”

他先紧紧闭住双唇，脸部的皱纹全部聚到嘴角，然后嘴巴一张，皱纹又抬到了眼角，同意地说：

“好吧，你这个贪心的孩子，就再讲个别的。我们家有个厨师……”

“哪家？”

“塔季扬·列克谢耶夫娜家。”

“为什么你叫她塔季扬？难道她是男的[①]？”

彼得伯伯尖声笑了。

“当然是女的，她是伯爵夫人，可是她嘴唇上有小胡子。黑黑的，她是黑皮肤的德国种，是类似黑人的一个小民族。那么——这个厨师呢，乖孩子，这故事才好笑呢……”

“好笑的事儿是那个厨师把一个有鱼、肉、白菜的大馅饼做坏了，伯爵夫人就逼着他把那块大馅饼马上全都吃下去。他全吃下去后就闹肚子了。”

我生气地说：

“这一点儿不好笑！”

“那什么才好笑呢？你说吧！”

“我不知道……”

“那你就别开口！”

---

① 俄国妇女的名字后面多为阴性词尾 a 或 я，例如此处应为塔季扬娜（Татияна）；而文中的塔季扬（Татиян）俄语词尾是辅音，一般是男人的名字。

于是,他又胡编一些枯燥无味、乱七八糟的东西。

逢年过节,我的两个表哥常来作客,米哈伊尔舅舅的儿子萨沙还是那副懒洋洋、愁眉苦脸的样子,而雅科夫舅舅的萨沙则做事认真仔细,非常懂事。有一天,我们三个人在房顶上,从这家到那家,再从那家到另一家,看见贝特连格院子里有一个身穿绿色毛皮常礼服的老爷,坐在墙边的一堆木柴上逗几只小狗玩,他那又小又黄的秃头上没戴帽子。一个表哥提议偷他一只小狗,立刻一个巧妙的偷窃计划拟定出来了:两个表哥马上就跑到贝特连格家朝街的院宅门口,我在房顶上吓唬那个老爷,他一被吓跑,两个表哥就设法钻进他家的院子去抓狗。

"怎么吓唬他呢?"

一个表哥提议说:

"你向他的秃头上吐一口痰!"

在人头上吐口痰有多大罪过? 我不知多少次听见,而且亲眼看见有人做的坏事比这事坏得多呢。当然,我不折不扣地执行了我所担负的任务。

谁知,一口痰掀起了轩然大波,家中吵闹得不亦乐乎,贝特连格家男男女女一大帮子人到我们院子里来兴师问罪,挑头儿的是一个长得挺漂亮的年轻军官。因为在我闯祸时,两个表哥还在大街上不声不响地玩着,他们一点儿不知道我已经搞了这个恶作剧,因此外公只把我一个人揍了一顿。这样,贝特连格院子的所有住户才大大消了一口气。

挨了打后,我躺在厨房的那张有一人高的宽板床上,彼得伯伯穿得像过节似的高高兴兴地爬上了我的床。

"你真机灵,乖孩子,竟想出这样的主意来!"他对我用耳语说,"对这只老山羊就该这样唾他;就这样唾他,唾那帮人! 用石头揍他霉烂的脑袋瓜子才好呢!"

我眼前又浮现出那位老爷圆圆的、没毛的、像小孩一般的脸,我记得,他像小狗崽子一样,委屈地轻声尖叫着,不住地用两只小手擦他发黄的秃头。我本来感到十分内疚,恨死了两个表哥,但当我睁眼看清了马车夫的那张布满皱纹的脸后,立刻忘记了一切:因为那张脸令人可怕而且可恶地颤动着,活像外祖父揍我时的脸。

"走开!"我一面用手和脚把彼得推开,一面高声喊道。

他哧哧地笑了起来，使了个眼色爬下了板床。

打那时起，我再不愿意和他交谈了，我开始回避他，与此同时，开始用怀疑的目光注视着马车夫的一举一动，模糊地期待着什么事情的发生。

在向那个老爷头上吐痰的事儿发生后不久，又发生了一件事。寂静无声的奥夫相尼科夫的家，很久以来一直吸引着我的注意力，我总感到，仿佛在这幢灰色的房子里，过着一种特别的、神秘的、童话般的生活。

而贝特连格家却从早到晚热热闹闹，快快活活，里面有很多漂亮的夫人、太太、军官、大学生进进出出，屋里不断地传出笑声、喊叫声、歌声和音乐声。宅院的整个外貌也敞亮、鲜明，看起来使人高兴。窗玻璃擦得雪亮，窗户里各式各样的红花绿叶，交相辉映，鲜艳夺目。可外公不喜欢这一家。

“异教徒，不信神的人。”他在谈论这一家所有人时这样评论，对这一家的妇女，外公总是用脏话称呼她们。有一次彼得伯伯把那些脏话的意思解释给我听，他用的字眼也不堪入耳，而且有点幸灾乐祸。

奥夫相尼科夫一家的严肃、沉默、不苟言笑却使外祖父肃然起敬。

这个宅子虽是平房，但高屋建瓴，一直伸到院子里。整个院子覆盖着草坪，清洁、僻静。院子中间有一口井，井上有两根小柱子支撑着一个小井棚。房屋就像想躲开大街似的，离街有一段距离。屋子的三个窄窄的仿佛窟窿似的拱形窗户，离地面高高的。窗上的玻璃若明若暗，受到阳光的照耀，映出五光十色的彩虹。宅院大门口的旁边是一个仓库，仓库的正面和宅屋一模一样，也有三个窗子，不过窗子是假的——三块贴脸板安装在灰色的仓库墙上，在贴脸板上用白漆画上窗框和窗扇。这三个像瞎子般的窗户很难看，整个仓库仿佛再一次地向人暗示，这幢宅子想隐蔽起来，想过与世隔绝、不引人注意的生活。在整个宅院里，在空荡荡的马厩和仅有一扇门的光溜溜的空板棚里，充满了一种平静的、不知是屈辱还是傲世的气氛。

有时，院子里有个高高的微跛的老头走动，他的头发和下巴上的胡须都剃得溜光，只在上唇留了两撇雪白的胡子，像松针似的向两边翘着。有时还看见一个满脸络腮胡子、鹰钩鼻子的老头儿，他从马厩里牵出一匹灰色的马，这匹马脸长、胸窄、腿细，走到院子里对四周的所有东西，头都是一点一点的，就像谦恭的修女。跛脚老头用手掌响亮地拍打着马，吹着口哨，出声地吁着气，然后马又被牵回，藏到黑洞洞的马厩里去了。我仿佛感到，这个老头儿想离开这幢房子,但是又不能够,因为他被施用了魔法走不出大门了。

院子里,几乎每天从中午到晚上都有三个小男孩在玩耍。他们穿着一样儿的灰色上衣和长裤,戴一样儿的小帽子,三个人一模一样;圆圆的小脸,灰色眼睛,我只能从个子高矮来分辨他们。

我从围墙缝里观察他们,他们从未发现我,可我倒希望他们发觉我。我喜欢他们那么有趣、快乐、和睦地玩我没有见过的各种游戏,喜欢他们身上穿的衣裳,喜欢他们相互关心,特别使我喜欢的是两个哥哥对小弟弟——那个长得挺滑稽的、活泼机敏的小不点儿的态度。倘若他跌跤了,两个哥哥就会笑起来,但并不像通常一些人对栽跟头的人那样幸灾乐祸地笑,而是马上就去帮助小弟弟爬起来,如果他跌脏了手或膝盖,他们就用牛蒡叶子、手帕擦净他的手指和裤子,那个二哥还好心地对他说:

"瞧你这笨样儿……"

他们从不你骂我,我骂你,也不相互欺骗,三个人都很机灵、有劲、不知疲倦。

有一次,我爬到树上,向他们打了个口哨。他们一听到口哨就都站住了,然后不慌不忙地聚到一起,不时地看看我,开始悄悄地商量。我一想,他们一定要用石子扔我,便赶快下来,拾了好多石子,把几个口袋都塞满,停了一会儿又爬到树上,可他们已到离我很远的院子角落里去玩了。很明显,他们已把我忘了。这使我惘然若失,但我也不想先开仗。过了一会儿,有人在通风的小窗口喊他们:

"孩子们,快回家吧!"

他们像三只小鹅,听话地、不紧不慢地走了。

我好多次坐在围墙上面的树杈上,期待着他们喊我去跟他们一起玩,可他们从来没喊过,但是,我思想上已经跟他们一起玩了,有时入了神,情不自禁地大声叫着笑了起来。这时,他们三个人便一起看看我,悄悄地在说着什么,我十分难为情,便爬下树了。

有一次,他们玩起了捉迷藏游戏,轮到老二找人,他跑到仓库拐角里,两只手老老实实地蒙住眼睛站在那儿,一点儿不偷看。哥哥和弟弟跑去藏起来。哥哥跑得很快,机敏地躲进放在仓库遮檐下的一架宽雪橇里,而那个小弟弟慌了神,可笑地围着井旁跑来跑去,找不到可以藏自己的地方。

“一,”哥哥喊道,“二……”

小弟弟急了,猛地一下跳到井栏上,抓住井绳,把两只脚伸进空吊桶,只听见吊桶在井栏壁上咚咚响地轻轻碰了几下,人就不见了。

我惊呆了,眼看着上足了油的辘轳一点声音也没有飞快地旋转着,但是我很快就明白将会发生什么事情,一纵身便跳进了他们的院子,喊道:

“掉到井里啦!……”

老二和我同时跑到井栏边,他紧紧抓住井绳,猛向上拉,他的两只手被绳磨得像火烧似的受不了,我及时地上去截住了井绳,就在这当口,他们的大哥也跑到井边,帮助我把吊桶往上拉,他说:

“请轻一点!”

我们很快将小弟弟拉上来了,他也吓坏了:鲜血从右手手指上直往下滴,颈子上的皮擦伤了好大一块,从脚到腰都湿透了,脸色苍白得发青,但一面打着寒噤,一面还在笑。他睁大了眼睛笑着,拖长了声音说:

“我怎——怎么掉——掉下——去啦……”

“你发疯了,就这回事儿。”他的二哥搂着他,用手帕擦他脸上的血,老大愁眉不展地说:

“我们回家吧,反正瞒不住了……”

“你们会挨打吗?”我问。

老大点了点头,然后向我伸出手,说道:

“你跑得真快!”

听了他的称赞,我很高兴,还没来得及握住他的手,他就对二弟说:

“我们走吧,他要感冒了!我们就说他摔倒了,掉下井的事不要说!”

“对,不要说,”小弟弟打着寒噤同意说,“我是跌到水洼里的,对吧?”

三兄弟走了。

这一切发生得这么快,我看了看,甚至刚才我从上面跳到院子里来的那根树杈还在晃动呢,有一片黄叶子正从上面落下来。

兄弟三人将近一个星期没出来,后来出来玩时,说笑声比以前大些了,老大看见我在树上,亲切地向我喊道:

“下来,到我们这儿来!”

我们钻进仓库遮檐下的那架旧雪橇里，相互打量着，交谈了很久。

“你们挨打了吗?”我问。

“打了。”老大回答说。

很难使人相信，他们这样的孩子，也和我一样挨打，我为他们抱屈。

“干吗你要捉鸟?”小弟弟问道。

“鸟儿叫得可好听呢。”

“不，你别捉鸟，让它们想怎么飞就怎么飞吧……”

“好吧，我以后不捉了!”

“只是在不捉之前，你要先捉一只送给我。”

“送给你，那你要什么样的鸟?”

“要快乐会叫的鸟儿，放在笼子里。”

“就是说，你要黄雀。”

“猫会把它吃掉的，”老二说，“再说，爸爸也不准养。”

大哥也同意二弟的意见：

“不会准的……”

“你们有母亲吗?”

“没有。”大哥哥说，但老二改正说：

“有，只是她是另外一个妈妈，不是生我们的妈妈，我们自己的妈妈没有了，她死了。”

“另一个妈妈叫继母。”我说。老大点点头说：

“对。”

兄弟三个陷入了沉思，变得忧郁起来。

我从外婆讲的一些童话里知道继母是怎么一回事，所以我懂得，为什么他们沉思不语。他们一个模样，紧紧地依偎在一起，真像三只小鸡。我顿时想起了童话故事中的那个用蒙骗手段占据亲娘地位的妖婆后母，便告诉他们说：

“亲娘会回来的，你们等着吧!”

老大耸耸肩说：

“如果她已经死了呢? 不会回来的……”

果真不会回来? 老天啊，有不少人死了多少次，甚至已被人剁成一块一块的了,还每次都能复活,只要向他们身上喷生命之水就行了。以前多少次死,都不是真死,不是上帝的意旨,而是中了巫师和妖婆作的法!

我开始激动地把外婆讲的那些故事说给他们听,开始时,老大一直微微含笑,后来轻声说道:

“这我们知道,这是童话……”

他的两个弟弟一声不响地听着,小弟弟绷着脸,紧闭双唇,二弟弟一个臂肘撑着膝盖,向我探过身,另一只胳臂勾住小弟弟的脖子。

已经很晚了,映着晚霞的云彩挂在屋顶上,这时,我们旁边出现了那个留两撇白胡子的老头,他穿着栗色的像神甫穿的长袍,头上戴了顶毛茸茸的皮帽子。

“他是什么人?”他指着我问道。

大孩子站起来,用头向外祖父的院宅点了一下说:

“他是那个院子的……”

“是谁叫他来的?”

三个孩子立刻不声不响地爬出雪橇,回家去了,这情景又使我想起了三只驯服的小鹅。

老头紧紧抓住我的肩膀,押着我从院子里向大门口走去。我被吓得直想哭,但他步子又大又快,我还没来得及哭出来,已经到街上了,他在大门上的便门口站住,指着我吓唬说:

“看你再敢到我这儿来!”

我火了,说道:

“我根本不是来找你的,老鬼!”

他立刻伸出他的长臂膀又抓住了我,拉着我沿着人行道向前走,一面走,一面问我,他的问话像一把锤子敲我头似的使我发昏:

“你的外祖父在家吗?”

我真倒霉,偏偏外祖父在家。外祖父站到气势汹汹的老头儿面前,仰起头,胡子向前翘起,看着老头儿那毫无表情、圆得像二枚二戈比铜币似的眼睛,急忙说:

“他妈妈出远门了,我又是个忙人,没有人看管他,务必请您原谅,上校!”

上校两脚一碰喀嚓一声，震得满屋响，身体笔直像木头似的一个向后转，走了。过了一会儿，我被扔到院子里，躺在彼得伯伯的大车上。

“又碰到倒霉的事儿了吧，乖孩子？”他一面卸马，一面问。“为什么挨打了？”

我把为什么挨打的事对他说了，他突然发火了，恶狠狠地低声说：

“你干吗和他们交朋友？他们是小少爷、小毒蛇，瞧你为他们被打成这样子！现在你自己去照样儿也把他们狠狠揍一顿！”

他在我耳边絮絮叨叨地说了半天，我因挨打正憋住一肚子火，起先他说的话还能引起我的共鸣，可他那布满皱纹的脸不住地颤动，愈来愈使我厌恶，而且我想到那三个孩子也要被打一顿，可他们兄弟三人对我并没有犯什么过错。

“不要打他们，他们是好孩子，你尽瞎说。”我说。

他看了看我，出其不意地大叫一声：

“给我从大车上滚开！”

“你是傻瓜！”我从大车上跳下来，也向他大声喊。

他满院子跑来跑去追我，可就是捉不到，一面跑，一面喊，连声音都变了：

“我是傻瓜？我瞎说？看我把你……”

外婆走到厨房门口，我一下子钻进她的怀里，彼得向她告起状来：

“这小家伙搞得我活不下去啦！我的岁数比他大五倍，他竟骂我娘，什么话都骂出来……还骂我是骗子……”

每当有人当着我的面撒谎，我都会惊讶得茫然失措，张口结舌。这时，我真心慌意乱，不知怎么办才好了，但外婆却果断地说：

“嘿，彼得，你确实是瞎说，他不会骂你这么难听的话的！”

要是外公，他就会相信这个车夫说的谎话了。

从那天起，我们之间就开始了一场无言而恶意的暗斗：他竭力装着仿佛无意地撞我一下，用马缰绳把我碰痛，有时放走我的鸟，有一次他把我养的鸟儿喂猫，还找各种借口在外祖父那儿告我的状，而且每次总是添油加醋地乱说。我愈来愈感到他跟我一样，是个不懂事的孩子，只不过表面上扮成个老头样子罢了。我偷偷拆散他的草鞋，不显眼地捻松和稍微弄伤他绑树皮鞋的绳子,让彼得一穿鞋绳子就断。有一次我在他帽子里撒了好多胡椒面儿,硬叫他整整打了一个钟头喷嚏。总之,我想方设法尽可能地报复他。每逢节假日,他整天整天机警地注视着我的一举一动,不止一次当场捉住我和那三个小少爷交往这类犯禁的事,一捉住就去向外祖父告状。

我与三个小少爷仍然继续交往,而且越来越觉得愉快。在外祖父的院墙和奥夫相尼科夫家围墙之间有一条僻静的小巷,那里有几棵榆树、椴树和茂密的接骨木丛。我就在这接骨木丛下面的围墙脚上掏了一个半圆的小窟窿,他们兄弟三人轮流或者每次两个人到窟窿跟前,我们蹲着或跪在那里悄声交谈。他们三个人里总有一个人望风,生怕万一上校出其不意地碰见我们。

他们叙述自己过着枯燥沉闷的生活,连我听了心里也十分难过。他们还讲我替他们捉的那几只小鸟饲养得怎样,讲他们的童年,但关于他们的后母和父亲的情况却只字不提,至少我不记得他们是否说过这些。最经常的是他们直率地要我讲童话故事,我就认认真真地把外婆讲的那些故事复述给他们听,如果有什么忘了,便请他们稍等一下,立刻跑去找外婆,问她我忘记的情节。这使外婆很开心。

我对他们讲了很多关于我外婆的事。有一天那个大孩子深深叹了口气说:

“大概所有的外婆都很好,我们从前也有个好外婆……”

他常常这样忧郁地说:过去我常常觉得,就像在大地上过了一百年,而不只是活了十一年。我记得,他的手掌窄窄的,手指很细,整个身子显得单薄、柔弱,一双眼睛虽然亮晶晶的,可温和柔顺,好像教堂的长明灯的柔和的火光。他的两个弟弟也挺讨人喜欢,非常容易使人对他们产生信任感,使人总想为他们做些使他们愉快的事情,但是,我还是比较喜欢他们的哥哥。

我专心专意地和他们谈心,常常连彼得伯伯走到面前都没有发觉,他一见我们就拉长了声音大叫一声,把我们赶散:

“又——在——一起啦?”

我发现,彼得忧郁地呆滞在那里一动也不动的病发作的次数越来越多了,我甚至能事先判定他干活回来时的心情:他回来通常都是不紧不慢地打开大门,大门的铰链似乎懒洋洋地吱呀——发出一声长音。一旦他的心情不好，就只听见铰链嘎地一声，声音短促，好像“啊”地喊了一声疼。

他的哑巴侄儿去乡下结婚了；彼得一个人住在马厩里的一个又窄又暗又脏、像狗窝一样的陋室里，陋室只有一个很小的窗子，里面充满了发霉的皮革、焦油、汗和烟草混杂在一起的气味，我怕闻这味儿，从来不进他住的地方。现在他睡觉时不把灯吹灭，外祖父很不高兴。

“彼得，你当心烧了我房子！”

“绝对不会，你放心吧！夜里我把灯放在盛水的碗里。”他目光避开外祖父，回答说。

现在，不知为什么他跟任何人说话眼睛都向旁边看，他已很久不参加晚上外婆安排的聚会，也不请大家吃果酱面包了。他的脸瘦得皮包骨，皱纹更深了，走路摇摇晃晃，两只脚一划一划的，像个病人。

有一天，不是假日，下了一夜大雪，一早我就和外祖父在院子里铲雪。突然小门的门闩鼻不同寻常地一响，一个警察走进了院子，他用背挡住门，动动灰色的粗手指招呼外祖父过去。外祖父走到他面前时，他弯下腰，把长鼻子脸伸向外祖父，好像要啄外祖父的脑门。他轻声讲了几句话，外祖父急忙回答说：

“在这里！什么时候？让我好好想想……”

忽然，他使人好笑地往上一跳，叫道：

“上帝保佑，真的？”

“小声些。”警察严厉说。

外祖父看看周围，看见了我，说道：

“收起铲子，回家去！”

我躲到屋角后，只见他们向马车夫的那个“狗窝”走去，警察摘下右手的手套，在左手掌上拍打着，说道：

“他——懂得很，扔掉了马，自己藏了起来，你瞧……”

我跑到厨房，外婆正在微微摇晃着满是面粉的脑袋，在发面盆里揉面准备烤面包，我把看见和听到的一切，一五一十都告诉了她。外婆听后，平静地说：

“大概他偷了什么东西了……你去玩吧，不关你的事！”

我三步两跳地又跑到院子里，只见外祖父站在院子的小门旁，脱下便

帽,看着天空,在胸前画十字。他怒容满面,毛发竖起,一条腿不住地哆嗦:

“我不是说过了吗,滚回屋去!”他把脚一跺,对我大声呵斥。

他也跟在我后面回来了,一进厨房就喊:

“你到这儿来,孩子他妈!”

他们到隔壁房间小声谈了好久,当外婆回到厨房时,我明白,肯定是出了什么可怕的事情了。

“你为什么吓成这样?”

“别多嘴,知道吗?”她轻声回答。

家里整天都令人很不自在,充满了恐怖气氛。外祖父和外婆时时提心吊胆地交换眼色,说话总是悄悄地,只三言两语,我听不懂,这就越发加剧了家里的惊恐气氛。

“孩子他妈,你给我到处都点上长明灯。”外祖父一面咳嗽,一面嘱咐外婆。

我们勉强吃了午饭,但吃得急急匆匆,就像在等待着有谁来我们家。外祖父疲惫地鼓着腮帮,喉咙里发出咯咯的声音,嘟哝说:

“魔鬼比人厉害!看上去仿佛挺虔诚,还是教徒呢,可现在,你瞧怎么办吧,啊?”

外婆不住地叹气。

这银白混沌的冬日消逝得十分缓慢,漫长得令人困倦,加之家里的气氛越发使人感到不安和难以忍受。

傍晚前来了一个警察,不是第一次来的那个,而是另一个。这是个红头发的胖子,他坐在厨房的长凳上,头向前一点一点地打盹,断断续续地小声打着鼾。外婆问他说:

“这事儿是怎么查出来的?”

他停了一会儿才用低沉有力的声音回答:

“我们什么都查得出,你放心吧!”

我记得,我坐在窗旁,把一枚古铜币含在嘴里使它变热,然后把它放在窗玻璃上，竭力想使铜币上的打败毒蛇的胜者格奥尔吉[①]的像印在窗玻璃的冰花上。

突然，过道里传出了喧哗声，门啪地一声打开了，彼得罗夫娜从门口向里面震耳欲聋地大喊：

“你们快去看呀，看你们后院里是什么？”

她一看见岗警就又往过道里奔，但岗警抓住了她的裙子，也吃惊地大叫：

“站住，你是什么人？去看什么？”

她在门坎上一绊，摔倒在地，跪在那儿大喊大叫起来，声泪俱下，上气不接下气地说：

“我去挤牛奶，看见卡希林家花园里有个像靴子样的东西，真的。”

外祖父顿时暴跳如雷地大叫大喊：

“胡说，你这混账东西！你不可能看见花园里的任何东西，围墙那么高，墙上又没缝，你撒谎！我们家什么也没有！”

“老天爷啊！”彼得罗夫娜放声哀号，一只手抓住头，另一只手伸向外祖父。“对了，老天爷啊，我是说谎！我走着，突然看见有脚印通向你们家围墙，有一块地方的雪被压实了，我再向围墙那边一看，看见他躺在地上……”

“谁——”

这一声喊得长得可怕，以致他喊的是什么话一点也听不清，但顿时所有的人就像失去了理智，你推我挤地拥出厨房，向花园奔去。大家在坑里，在松软的雪地上发现了彼得伯伯。只见他脊背靠着烧焦的木桩，头耷拉在胸前。他的右耳下面，有一道很深的鲜红的口子，像个嘴巴，有几片发青的东西，像牙齿一样从血口子里翘到外面。我吓得半合上眼睛，透过睫毛，看见彼得膝盖上有一把我认识的马具刀，刀旁是他的右手，发黑的手指弯曲着。左臂甩在一边，埋在雪里。马车夫身子下面的雪，表面上和边上已经融化了，他那瘦小的躯体深深地陷进柔软发亮的绒毛般的雪里，更像个小孩了。

---

① 据传说，胜者格奥尔吉为基督教圣徒，他曾创造奇迹，战胜毒龙、毒蛇，受到人们崇拜。公元三〇三—三〇四年罗马皇帝戴克里先开始迫害基督教徒时被杀害。沙皇俄国曾将他手持长矛战胜毒龙的形象铸造在铜币上。

他右面的雪地上,有一个红殷殷的奇怪的花纹,花纹像一只小鸟;左面的雪没有人碰过,平平的,闪着耀眼的光芒。他的脑袋恭顺地垂着,下巴抵住胸口,弄乱了浓密拳曲的胡须。赤裸的胸脯上,几道通红的血流已经凝结,血迹上有一个大的铜十字架。院子里七嘴八舌,闹哄哄的,令人头晕。彼得罗夫娜不断吱吱哇哇地叫嚷,警察喊叫着,打发瓦列伊到哪儿去干什么事,外祖父嚷道:

"不要把雪上的脚印踩掉!"

但是,他忽然皱起眉头,瞧着自己脚下的地,一本正经大声地对警察说:

"老总,你怎么喊也白费劲!这事儿是上帝的意旨,由上帝来裁判,可你却乱七八糟地瞎搅和,唉,你们这帮人啊!"

大家顿时不再作声了,都目不转睛地凝视着死者,叹息着,画着十字。

有几个不认识的人从院子跑到花园,他们刚才从彼得罗夫娜那边翻围墙过来时摔了跤,不住地哼哼哧哧,但总还算安静,可外祖父转脸看了看四周以后,绝望地叫嚷起来:

"街坊们,你们怎么把马林树苗糟塌成这样,你们难道不觉得害臊!"

外婆拉了我的手,哽咽着领我回屋……

"他干了什么啦?"我问道。外婆回答说:

"你不是看见了吗……"

整个晚上,一直到深夜,厨房和厨房隔壁的房间里都挤满了外人。他们不断地大声叫喊,警察在发号施令,还有个像教堂里的助祭似的人,一面写着什么,一面像鸭子叫似的问:

"嘎克,嘎克?"①

外婆请大家在厨房里喝茶,有个麻脸、留小胡子的胖子坐在桌旁,他吱吱哇哇地叙述着:

"他的真正的姓名、父称不知道,只查出他是耶拉吉马人。那个哑巴侄儿,压根儿不哑,他全招供了。还有另一个人也招供了,这个案子里一共三个人。很早很早以前他们抢劫过教堂,这是他们的拿手好戏……"

---

① 此处为俄语中"Как? Как?"(怎么啦?怎么啦?)的译音。作者描写助祭发音重浊,像鸭叫的嘎嘎声。

“啊，我的上帝。”彼得罗夫娜叹息着，她满脸通红，泪流满面。

我躺在宽板床上，望着下面，我觉得厨房里所有的人，似乎都变得又矮、又胖、又可怕。

十

有一天，是星期六，一清早我就到彼得罗夫娜的菜园子里去捉灰雀，可那些挺着红肚子的灰雀爱摆架子，就是不进我的圈套；它们弄姿作态，在镶银似的雪面冰层上贪玩地走来走去，间或跳上被霜暖暖裹着的灌木丛的树枝，悠悠地晃荡着，树枝上星星点点地洒落下蓝莹莹的雪花，像一朵朵开着的鲜花。景色如此之美，即使捉不到鸟儿也不让人懊恼。我这个猎人并不狂热，喜爱捕猎的过程往往甚于喜爱捕猎的结果。我爱观察小鸟怎样生活，爱想有关它们的一切。

独自一人坐在雪野的边缘上，在天寒地冻毫无干扰的静谧中，谛听着小鸟啾啾的叫声，远远的什么地方，一驾过路的三套马车上的小铃铛——这俄罗斯冬季的百灵鸟，唱着歌儿像飞似的驶去……这是多么美妙啊！

在雪地里，我突然打了个寒颤，感到耳朵冻得很疼，便收了捕鸟器和鸟笼，翻过围墙到外祖父的花园，回家去了。只见宅院朝街的大门开着，一个身躯高大的庄稼汉正牵着一驾套着三匹马的有篷的大雪橇，从院子里往外走，出汗的马身上像冒烟似的雾气腾腾，庄稼汉快活地吹着口哨。这时，我的心扑通跳了一下。

“拉谁来啦？”

他转过脸，手放眉头遮着光看了我一眼，跳到赶车的座位上说道：

“神甫!”

嗯,这跟我不相干,倘若是送神甫来的,那大概是来找那些房客的。

“驾!走吧,我的小鸡儿。”庄稼汉抽动着缰绳,吹起口哨,吆喝起来,寂静中顿时充满了快乐的气氛,三匹马猛地往前一拉,一齐向田野奔去。我看了看雪橇的背影,关上大门,可我一跨进厨房,隔壁房间里就传出了母亲有力的嗓音,只听她一字一句清清楚楚地说:

“现在怎么办,要杀死我吗?”

我连衣服都没脱,扔下鸟笼就跳到过道里,一头撞在外祖父身上。外祖父抓住我的肩膀,用粗暴的目光狠狠瞪了我一眼,似乎好不容易咽下一个什么东西似的强捺住怒火,嘶哑嗓子说道:

“你母亲来了,去吧!等一等……”他抓着我的肩膀摇晃了一下,我险些没跌倒,接着他又把我向房门里一推说道:“去吧,去吧……”

我一头撞在包着毡子和漆布的门上,因为冷和激动,两手不住地颤抖,半天才找到门把手,终于轻轻地打开门,站在门槛上发怔。

“这就是他啊,”母亲说道,“老天,长这么大啦!怎么啦,还没认出我?看你们给他怎么穿的,嘿,真不像样……瞧他的耳朵冻得都发白了!好妈妈,请你给我点鹅油,快点……”

她站在屋子中间,俯身向着我,脱去我身上的衣服,把我当球似的转来转去。她那巨大的身躯上穿着一件既暖和又柔软的红连衣裙,又宽又大,像庄稼汉穿的长襟外衣,连衣裙上一排黑色的大衣扣,从肩上斜着一直到下摆。我从未见过这种衣裳。

我觉得她的脸比从前小了,又小又白,眼睛却变大了,比以前陷得深,头发更加金光闪闪。她替我脱衣服,把衣服扔到门槛旁,厌恶地撇起深红色的嘴唇,不断地用命令的口吻说着:

“你怎么不说话?开心吗?嘿,衬衫太脏了……”

然后她用鹅油替我按摩两只耳朵,虽有点痛,但从她身上不断散发出一种清新的、好闻的气息,这股气息减轻了我的疼痛。我紧紧偎在她身上,探察着她的眼睛,激动得说不出话来。透过她说话的声音,我又听到外婆低沉的、不高兴的声音:

“他不再听话啦,成了脱缰的野马,连他外公也不怕……唉,瓦里娅,瓦里娅……"

"好啦,好妈妈,别老埋怨啦,会好的!"

周围的一切,与母亲相比,都显得又小又可怜,而且显得衰老和陈旧,连我也感到自己像外祖父,是个小老头了。她用两膝紧紧地夹住我,沉重而温暖的手抚摩着我的头发,说道:

"该理发了。也到上学的时候了。你想学习吗?"

"我已学会念书了。"

"还要再学一些。你知道不,你长得多结实啊?"

她一面摆弄着我玩儿,一面呵呵地笑着。笑声使我的心里温暖无比。

外祖父进了屋,他板着铁灰色的脸,毛发竖立,两眼通红。母亲用手推开我,大声问道:

"好爸爸,到底怎么样?要我走吗?"

外祖父在窗旁站定,用指甲在窗玻璃上划着,好半天不开口,屋内的气氛紧张极了,使人心惊肉跳。我每到这种紧张的时刻,就似乎全身都长了眼睛和耳朵,胸部奇怪地发胀,想大叫一通。

"列克谢,滚出去。"外祖父低沉地说。

"为什么?"母亲问,又伸手把我揽在怀里。

"你哪儿也不要去,我不准你去……"

母亲站起来就像房间里飘过一朵红色的云彩,站在外祖父身后。

"好爸爸,您听我说……"

他转过身来对她尖叫了一声:

"住嘴!"

"好啦,我可不许您对我大喊大叫。"母亲轻声说道。

外婆从沙发上站起来,伸出手指着母亲狠狠地说:

"瓦尔瓦娜!"

外祖父坐到椅子上,开始嘟嘟哝哝地说:

"你等一等,我是你的什么人?啊?这是什么话?"

突然他又咆哮起来,连声音都变了:

“你丢尽了我的脸，瓦丽卡[①]……”

“你走开。”外婆命令我。我怀着抑郁的心情走到厨房里，爬上炉炕，久久听着他们在隔壁房间里的谈话：一会儿三个人一齐说话，相互打断对方的话头，一会儿又都闷声不响，好像全睡着了。他们谈到母亲生的一个小孩的事，母亲把那个孩子送给了什么人，但弄不明白，外公为什么生气：是气母亲没经过他同意就生孩子呢，还是气母亲没有把孩子带到他这儿来？

后来，外祖父走进厨房，头发蓬乱，脸气得像猪肝一样赤红，神色疲惫，外婆跟在他的后面，用上衣的下摆擦着脸上的泪水。外祖父坐到长凳上，弯下腰两手撑着凳子，咬着发灰的嘴唇，浑身哆嗦，外婆在他面前跪下，低声但竭力地求他说：

“孩子他爸，看在基督的分上，你就原谅她吧，原谅她吧！不用说像我们这样的人家会有这种事儿，难道那些老爷、有钱的商人家就没有这种事儿啦？她是女人啊，你瞧，长得又这么漂亮！算了吧，原谅她吧，要知道，无论什么人都不能一点儿不犯戒……”

外祖父身子向后一仰，靠在墙上，看着她的脸，撇起嘴巴苦笑，哽咽着埋怨说：

“嗯，是啊，那还用说！那又怎么办呢？你什么人不原谅啊，所有的人你都饶恕，嗯，是的吧，唉，你们这帮人啊……”

他向外婆俯下身子，抓住她的两肩，摇晃她，很快地低声絮语说：

“可是上帝对什么人也不饶恕，不是吗？我眼看要入土了，可在我们最后的日子里，上帝还在惩罚我们，既不能得到安宁，也没有欢乐，永远不会有！你记住我的话！我们还要当叫化子饿死，非当叫化子不可！”

外婆抓住他的手，坐到他的身边，悄悄地轻声地笑了。

“这没什么了不得的！当叫化子有什么可怕的？嘿，讨饭就讨饭呗！你听着，到时候你在家里待着，我去要饭，不要紧，人家会给我的，我们准会吃得饱饱的！你什么都别想啦！”

外祖父突然苦笑了一下，像山羊似的扭过脖子，钩住外婆颈脖，紧偎着她，显得又瘦小又憔悴，悲咽地说：

---

① 瓦尔瓦娜的昵称。

“唉，傻婆子，你这有福气的傻瓜，我最后的一个亲人！你真是傻得什么都无所谓，什么都不抱怨，你什么都不明白啊！为了他们，难道我和你不是辛辛苦苦干了一辈子，难道我没有为了他们作过孽，唉，他们现在哪怕，哪怕有一点点……”

这时，我再也忍不住了，我泣涕如雨，从炉炕上跳下来，扑到他俩身边号啕大哭起来。我这是快乐的哭，他们从来说得没有这样动人，这也是为他们悲痛而哭，还因为母亲从远方回家了而哭，是为他们能平等地接纳我，和他们一起哭而哭。外公外婆两人拥抱我，紧紧地搂住我，真是哭得泪如雨下，外祖父对着我的耳朵和眼睛低声说：

“唉，淘气鬼，你也在这儿！你母亲回家了，现在你跟她去吧，外公这个老鬼，太凶啦，现在不要他了，好吗？外婆这个人啊，太娇惯孩子，放纵人，也不要她，好吗？唉，你们这帮人啊……”

他两手一摊，丢开我和外婆，愤然大声说：

“全都走开了，都一心一意要到别的地方去，真是什么都不顺心……喂，你去叫住她，好不好！快点，你倒是快啊……”

外婆立刻从厨房里出去了，而他则低下头，对着屋角说：

“无上仁慈的主啊，你瞧，你全都看见了！”

他用拳头重重地把胸捶得咚咚响。我最不喜欢他这样，总之，我不喜欢他和上帝说话的样子，仿佛他总是在上帝面前表白自己似的。

母亲来了，由于她身上的红连衣裙，厨房里变得更亮了。她坐在桌旁的长凳上，外祖父和外婆坐在她的两边，她的又宽又大的袖子搭在他们两人的肩上，轻声地、严肃地叙述着什么，外公外婆一声不响地听着她讲，不打断她。现在他们老两口仿佛成了小孩子，她是他们的母亲。

我由于刚才过度激动，在宽板床上睡熟了。

晚上，两个老人穿上了节日的盛装去做晚祷。外祖父穿的是行会会长的制服，上身是浣熊皮的大衣，下面的裤脚不塞在靴筒里，外婆快快活活地朝着外祖父方向挤了挤眼睛，并向我母亲使了个眼色说：

“瞧你父亲那副模样，打扮得真像一只干净利落的小山羊！”

母亲快乐地笑了。

当我和她单独在房间里时，她坐到沙发上，盘起腿，用手拍拍自己的旁

边,对我说:

“到我这儿来!嗯,告诉我,你过得怎样啊?不好,是吗?”

“不知道。”

“外公常打你?”

“现在已打得不太多了。”

“真的吗?现在你随便给我说些什么吧,好吗?”

关于外公的事我不愿说,我便开始说在这个房间里原来住了一个很好的人,但谁也不喜欢他,外祖父不肯把房子租给他。看得出,母亲不喜欢听这件事,她说:

“那么,还有什么呢?”

我又讲了隔壁三个小孩的事,讲了上校把我赶出了他的院子,她紧紧地抱住了我。

“就这些乱七八糟的事儿啊……”

她忽然沉默起来,微微眯缝上眼睛,看着地板,不断地摇头。我问:

“外祖父为什么生你的气?”

“我对不起他。”

“假如你把那个小孩给他带来呢?……”

她猛地把身子向后一仰,脸上现出阴郁的神色,咬住嘴唇,接着把我搂得紧紧的,突然哈哈大笑起来。

“哎哟,你啊,真是个小怪物!这事儿不该你问,听见吗?别说,连想都别想!”

她轻声讲了很久,很严肃,但我听不懂,然后她站起来,开始走来走去,用指头敲着下巴,两道浓密的眉毛不住地动。

桌上点着的脂油烛淌油了,烛光在镜子里映出的肮脏黑影在地板上爬来爬去,屋角神像前点的那盏神灯微微发光,结冰的窗户在月亮的映照下,泛出一片银色。母亲环顾周围,就像在空无一物的四壁和天花板上寻觅着什么。

“你什么时候睡觉?”

“还要等会儿。”

“难怪,你白天睡过了。”她想起了这事,叹息了一声。

"你想走?"

"走到哪儿?"她用手托起我的下巴反问我,她盯着我的脸看了很久很久,我的眼睛里涌出了泪水。

"你这是怎么啦?"

"颈子痛。"

其实我的心也很悲痛,我马上感到她将不会住在这个家里,她要走了……

"你长大后会像你的父亲。"她一面说,一面把门前的擦脚垫踢到一边。"外婆跟你讲起过他吗?"

"讲过。"

"外婆很喜欢马克西姆,非常喜欢!他也喜欢外婆……"

"我知道。"

母亲看了看蜡烛,皱了皱眉,把蜡烛吹灭了,说道:

"这样好些!"

确实,这样房间里的空气清新些了,地板上再没有肮脏黑影晃来晃去了,只有几个蓝莹莹的光点,窗玻璃上显现出黄灿灿的火花。

"你前些时住在哪儿的?"

她仿佛又忆起已忘却了很久的过去,说了几个城市的名字,在房间里无声无息地转来转去,像一只老鹰在盘旋。

"你这些衣裳是在哪儿买的?"

"我自己缝的。我什么都是自己做的。"

我很愉快,她不像家里其他人,但很少说话,这使我心里很难受,如果我不问她,她就一直不开口。

后来她又挨着我坐到沙发上,我们便默默地坐着,紧紧地依偎在一起,一直到两位老人回家。他们满身散发着蜡烛和神香的气味,神情肃穆而和蔼。

吃晚饭时,像过节一样,大家都循规蹈矩地坐在桌旁,很少说话,要说话也小心翼翼,仿佛怕吵醒谁的易醒的好梦。

过了不久,母亲开始精神抖擞地教我认俄罗斯民用字母。她买了几本小书,其中有一本《国语》,我花几天工夫才学会阅读民用字母印的书,母亲立刻就让我把一首诗记熟。就为这我们之间搞得很不开心。

这首诗是这样的：

大路笔直，大路宽广，
上帝赐你那么多的地方。
斧子铁锹没有把你铲平，
马蹄踏在你又厚又软的尘土上。

我念时总把"地方"这个词里念错一个音节，意思就成了"普通"，把"铲平"念错两个音节，结果就成了"砍伐"，而"马蹄"在语法上应念第三格，我却念成第二格①。

"哎，你动脑子想想，"母亲训斥我，"怎么念'普通'呢？你这个怪物！念'地——方'，懂吗？"

我懂，可一出口，还是念成'普通'，连我自己都感到奇怪。

她动火了，说我头脑不清，太犟，我听了这话很难过，我确实是认认真真的，努力想把这首该死的诗记牢，在心里默读时一点也不错，可一读出声来，准错。我真恨死这几句老是念不准的诗了，一气愤，便故意把字念得不像样子，将发音差不多的词乱七八糟地凑成一行。念着这些根本不能表达任何意思的像施巫术时念咒语似的诗，我十分得意。

但是，就因为这顽皮受了母亲狠狠一顿教训：有一天，顺利地上完课以后，母亲问我诗背熟了没有，谁知我不由自主地溜了嘴，念念有词地咕哝起来：

"大路、两只角、奶渣、不贵，
马蹄、神甫、洗衣盆……②"

---

① 诗中三个词分别应为：простора、ровняли 和 копыту，而主人公却读成：простого、рубили 和 колыта。

② 以上两行字都是俄语中发音相近的词。

等我意识到时已经迟了:母亲双手撑住桌子,站了起来,一字一顿地说:

“这是怎么一回事?”

“我不知道。”我吓傻了,说道。

“不行,究竟是怎么回事?”

“就是这样。”

“什么就是这样?”

“好玩。”

“站到墙角去。”

“为什么?”

她压低了声音严厉地说:

“去站墙角!”

“站什么墙角?”

她不回答,一直盯着我的脸看,这下我真手足无措了,不明白她要我干什么。圣像下的那个墙角里有一张小圆桌,桌上的花瓶里插着虽已干枯但仍有浓郁香味的花草,在前面的那个墙角里放了一口箱子,箱子上盖着毯子,屋后的那个墙角被床占着,没有第四个墙角,门框紧靠墙边。

“我不知道,你要我干什么。”我真感到再也无法理解母亲了,说道。

她低下头,沉默了一会儿,轻轻擦擦前额和脸颊,然后问道:

“外公罚你站过墙角吗?”

“什么时候?”

“一般地说,随便什么时候!”她大叫一声,重重地拍了两下桌子。

“不。我不记得。”

“你知道,站墙角——这是一种处罚吗?”

“不,为什么这样处罚呢?”

她叹了一口气。

“唉!——你到这儿来。”

我走到她面前,问她:

“你为什么对我大喊大叫啊?”

“那你为什么故意乱七八糟地背诗?”

我尽我所能地向她解释说,我一闭上眼,诗就全部记得,就像印在脑子里似的,可是一念,其他词就从嘴巴里出来了。

“你有没有装假?”

我回答说:“没有。”但马上一想:“也许我是装的吧?”突然,我不慌不忙地把那首诗背了一遍,背得完全正确。这使我自己大吃一惊,也使自己无地自容。

我感到,我的脸突然涨得像肿起来似的,耳朵充满了血,变得好重,脑袋里嗡嗡地响得难受。站在母亲面前,我害臊得像发烧一般,透过眼泪,看见母亲紧闭嘴唇,皱起眉头,脸色显得忧伤黯然。

“这到底是怎么啦?”她问道,连声音都变了。“就是说,你是假装的啰?”

“我不知道。我本不想……”

“你这人真难弄,”她低下头说道,“去吧!”

她开始要我背越来越多的诗,而面对这些四平八稳的诗句,我的记忆力却愈来愈不管用,我难以克制地想把这些诗改头换面,配上一些其他词,使它变个样,而且这种愿望越来越强烈。其实我要这么做非常容易,头脑里那些毫不相干的词蜂拥而至,转瞬就和书上应该用的词搞混了。常常整整一个诗行我似乎都视而不见,不论怎么拼命地抓住不放,都看不见,记不住。有一首很凄凉的,仿佛是维亚泽姆斯基公爵①的诗,使我十分苦恼:

无论是黄昏,还是清晨,
那众多的孤儿和鳏寡老人,
以基督的名义哀求施舍,

而下一诗句:

---

① 彼·安·维亚泽姆斯基(一七九二——一八七八),公爵,俄国诗人,文艺评论家,彼得堡科学院院士。其公民抒情诗接近十二月党人的浪漫主义诗歌,五十年代起,诗的内容主要是反对革命,维护君主制度。

他们挨户行乞，悲声阵阵①

这一句我背时准会漏掉。母亲气愤地告诉外祖父，说我是玩花样。外祖父阴郁地说：

“他是顽皮！他的记性好得很，祷词记得比我牢。他说记不住是撒谎，他的记忆力就像石头，刻上去就再也抹不掉了！你要常抽抽他！”

外婆也常揭发我：

“他童话记得，歌也记得，诗不就是歌吗？”

他们说得全对，连我自己都觉得是我的过错。但我一拿起诗来读，一些不相干的词就像蟑螂似的，不知从什么地方爬了出来，它们也一队队地排成了行：

就在我家大门口，
好多孤儿和老头，
伸手讨饭哀声求，
讨来的全给彼得罗夫娜，
卖出钱去买黄牛，
还能在山沟里喝老酒。

夜里，我和外婆躺在宽板床上，我一遍又一遍令人厌烦地把我从书本上学的和我自己编的，全都背给外婆听；她听了有时忍不住哈哈大笑，但更经常的是数落我。

“瞧，你知道的，你不是会嘛！可你不该嘲笑乞丐，上帝保佑他们！基督就当过乞丐，凡是圣人都当过……”

我低声咕哝着说：

乞丐我不爱，

① 这是另一个俄国诗人伊·萨·尼斯丁（一八二四——一八六一）的一首诗《乞丐》中的一句。

外公我也不爱，
我该怎么做？
主啊，原谅我！
外公尽找碴儿，
狠狠把我打……

“你说什么话，烂掉你的舌头！”外婆生气了。“要是你外祖父听见你这些话会怎样？”

“就让他听见好了！”

“你真不应该淘气，惹你母亲生气！你不让她生气，她就已经够难受的了。”外婆若有所思地、温和地劝我。

“她为什么难受？”

“别问啦，听见吗？你不懂……”

“我知道，是外公对她……”

“住嘴！我让你住嘴！”

我过得很不愉快，常常体验到一种近乎悲观绝望的感情，但不知为什么我又想掩饰这种感情，于是故意装得满不在乎，仍然调皮捣蛋。母亲给我上的课愈来愈多，越来越不懂，算术我倒不费劲就学会了，可使我受不了的是作文，文法我一点不懂。但最使我压抑的，是我看见并感觉到母亲生活在外祖父家里心情总是很沉重。她整日愁眉苦脸，总是用像外人的目光看着大家，她能久久地坐在朝花园的那个窗口，沉默不语，整个人显得十分憔悴。刚来的那几天，动作敏捷，精神焕发，可现在，她的眼睛下面现出了两个黑斑似的阴影，常常一连几天不梳洗，就这样披头散发地走来走去，身上的连衣裙皱皱巴巴，短上衣的纽扣也不扣。这副模样使她挺难看，我看了心里很难过。我心目中的她应当永远干干净净、漂漂亮亮、望之俨然，应当比谁都强！

给我上课时，她那一对深陷的眼睛常常越过我凝视着墙壁、窗户，向我提问时，声音显得十分疲惫，有时忘了回答我的问题，而且动不动就对我发火，大喊大叫，这使我很委屈。母亲嘛，应当比所有的人都公正，童话中的母亲都是这样的。

有时我问她：

“你跟我们在一起不高兴吗?”

她生气地回答:

“你做你自己的事。”

我还发觉,似乎外祖父正在准备做一件使外婆和母亲害怕的事情。他常常在母亲房间里,锁上门,只听见他在屋里一会儿长吁短叹,一会儿尖声号叫,就像那个歪肋的牧人尼卡诺尔在吹我最讨厌听的木头笛子一样。有一次他们在屋里谈话时,突然听到母亲一声大叫,震得整座房子都听见:

“这不行,办不到!”

砰的一声,门关上了,外祖父哀号起来。

这事发生在晚上,外婆坐在厨房里的桌旁替外祖父缝衬衣,嘴里自言自语地咕哝着什么。听到关门声,她侧耳听了听,说道:

“她到房客那儿去了,啊,上帝啊!”

忽然,外祖父一下子跳进了厨房,跑到外婆面前,照着她的头就是一巴掌,然后甩着打疼了的手,撕破了嗓子喊道:

“不该说的别乱说,你这爱唠叨的老妖婆!”

“你这个老傻瓜,”外婆整了整被打歪了的头巾,仍然心平气和地说,“我就不开口,那又怎样呢!反正平时你的那些想当然的主意,只要我知道了,我就告诉她……”

他猛地扑向外婆,拳头像雨点似的打在外婆的大脑袋上。她既不挡他的拳头,也不推开他,说:

“好,你打吧,你打吧,你这疯子!喏,我让你打!”

我拿起宽木板床上的枕头、被子和炕炉上的靴子向他们扔去,暴怒中的外祖父没注意我扔他们,外婆跌倒在地,他就用脚踢外婆的头。最后他绊了一下,也摔倒了,碰翻了一桶水。他跳起来,气冲冲地吐着唾沫,狠狠向四面看了一眼,跑到自己住的顶楼去了。外婆从地上爬起来,哼着坐到长凳上,开始整理被弄乱的头发。我从宽板床上跳下来,她生气地对我说:

“把枕头和其他东西全都放在炕炉上去!你也想得出,扔枕头!关你什么事?那个老鬼竟发这么大的脾气,真是疯子!”

突然她哎哟喊了一声,皱起眉,低下头喊我:

“你来看看,这儿怎么疼啊?”

我掰开她那厚厚的头发一看，原来是一根发针深深地扎进了她的头皮，我把它拔出来，接着又找到一根，我的手指已吓得麻木了。

“我去把妈妈叫来吧，我怕！”

外婆摇摇手说：

“你怎么啦？我看你敢去喊！她没听到，没看见，就谢谢上帝了，你还要去叫，简直叫人没办法！你还不走开！”

她开始用那织花边的灵巧的手指在自己黑油油的浓密的头发里摸寻。我鼓足勇气，又帮她从头皮里拔出两根已经弯了的粗发针：

“你疼吗？”

“不要紧，明天我烧澡堂，洗洗就好了。”

她温和地央求我说：

“你啊，心肝宝贝，别告诉妈妈说他打我了，听见吗？就是没这件事，他们父女俩的火气就够大的了。你不要告诉你妈妈，好吗？”

“我不告诉她。”

“那好，你可要记住了！来，我们马上把东西全收拾好。我的脸没打破吧？好，这样我们悄悄地搞好，人不知，鬼不觉的……”

她动手擦干地板，我发自内心地说：

“你真像圣徒，别人这样折磨你，你还说不要紧！”

“你怎么说蠢话？我像圣徒……你这想法打哪儿来的？”

她在地上爬来爬去地擦地板，口中絮絮叨叨地说了好久，我坐在炉炕的小台阶上，冥思苦想怎样替外婆报复一下外祖父。

我第一次亲眼看见他这样疯狂和可怕地打外婆。在昏暗中，外祖父烧得发红的脸孔和扬起的棕红色的头发，似乎仍在我的眼前显现；一种屈辱感在我心中难以忍受地翻腾。我真恨自己想不出一个好办法来为外婆报仇。

但是，两天以后，我为一件什么事走进外祖父住的顶楼，看见他坐在地板上，面前放了一个打开的大匣子，他正在整理匣子里的文件。椅子上放着他心爱的教堂日历，那是十二张厚厚的灰色的纸，纸上按每个月里的日子列成方格，每个格子里则印着那一天所有圣徒的画像。外祖父非常珍惜这些圣徒像。我看见这些圣像的机会很少，只有在当他因为什么事对我感到满意的时候才让我看。每当我仔细看那些紧紧排在一起的、可爱的、灰色的小人像时，心中总产生一种特殊的感觉。其中有些圣徒，例如基里克和乌莉塔、受苦受难的瓦尔瓦拉、潘苔雷蒙和其他许多圣徒的生平我是知道的，我特别喜爱神人阿列克谢的令人感伤的传记和叙述他的那些美妙的诗。外婆常常动人地背这些诗给我听。往往有这种情况，当你看了几百个这样的人以后，你就会稍稍地聊以自慰，因为受苦的人自古有之。

但是，现在我决定把这些教堂日历剪成碎片，于是趁外祖父到窗口去看印有几只鹰的文件的时候，我就抓起几张飞快地跑下楼去，从外婆的桌子抽屉里拿出剪刀，爬上宽板床，动手剪掉那些圣徒的头。我剪掉了一排人头以后，又对这些圣像怜惜起来，于是我便开始沿着方格的线剪，但还没来得及把第二排剪下来，外祖父就来了，他站在小台阶上问道：

"谁让你拿走十二圣徒像的？"

他一看见板床上撒满了剪下的方块纸，抓起几张放到眼前看看，丢掉后又抓几张看，他的下巴突然变弯曲了，胡子气得一翘一翘，呼吸急促，甚至把手中的方块纸吹落到地板上。

"你干了什么？"他终于大喝一声，一把抓住我的脚往自己身边拉，我猛地腾空从宽板床上翻了下去，幸亏外婆用手接住了我，外祖父不住地用拳头捶外婆和我，刺耳地大叫：

"我要打死你们！……"

这时，母亲来了，我钻到炉旁的屋角里，她用身子挡住我，抓住并推开外祖父在她脸前挥舞的两只手，说道：

"真不像样子，干吗这样？冷静一下！……"

外祖父一下子躺倒在窗下的长凳上，悲号起来：

"杀人啦！你们所有的人全都反对我啊，啊——"

"你怎么不害臊？"母亲闷声闷气地说。"干吗您老是要装疯卖傻？"

外祖父狂喊乱叫，两只脚啪啪地跺着板凳，胡须可笑地翘向天花板，两眼紧闭。我也感觉到他在我母亲面前感到惭愧，确实他在装腔作势，所以闭住眼睛。

"我替您把这些方块块纸贴到白棉布上，比原先的好，而且比纸牢。"母亲一一细看那几页圣像和已剪下的纸片，一面说道：

"您瞧，全揉皱了，压出褶子了，还有的给搞破了……"

她跟外祖父说话时的神情和口吻，就像在课上我不懂的时候她跟我说话一样。这时，外公突然爬起来，认乎其真地整了整衬衣和背心，咳出了一口痰后，说道：

“今天你就给我贴好！我马上去把另外几张也拿来……”

他向门走去，但走到门口时转过身来，用弯曲的手指指着我说：

“不过得抽他一顿！”

“是该打，”母亲表示同意，又俯下身子对我说：“你为什么要这么干？”

“我故意这么干的。让他不要打外婆，要不，我还要剪掉他的胡子……”

外婆正在脱被撕破的上衣，摇着头责备我说：

“你不是答应过不说的！”

她向地上啐了一口唾沫，说：

“叫你的舌头肿得动也不能动、卷也不能卷才好呢！”

母亲瞧了瞧外婆，在厨房里走了一会儿，又走到我面前。

“他什么时候打外婆的？”

“你啊，瓦尔瓦拉，你怎么好意思问这件事，这与你有什么相干？”外婆生气地说。

母亲拥抱了她，说道：

“啊，好妈妈，你是我最亲爱的好妈妈……”

“这就是所谓的好妈妈，给我走开……”

她俩对看了一眼，不再说话，分开了：因为这时外祖父正在过道里橐橐地跺着脚呢。

母亲刚回来几天，就和那个军人的妻子——爱说爱笑的女房客交上了朋友，几乎每天晚上都到前院子去，贝特连格家的那些美貌的小姐、军官也常去那儿。外祖父很不高兴，在厨房吃晚饭的时候，不止一次地举起汤匙发狠，气呼呼地咕哝说：

“这些该死的家伙，又聚会了！从现在起到明天早晨就别想睡着了。”

过了不久，他就要那几家房客让出房子。房客一搬走，他就不知从哪儿拖来两大车各种各样的家具，分放在前院的几个房间里，并用大挂锁锁上门。

“我们不需要房客,我要自己请客!”

果然,每逢节日,家里都有客人来:常来的有外婆的妹妹马特廖娜·伊万诺夫娜,她是个爱喊爱叫的洗衣婆,大鼻子,穿有条纹的绸连衣裙,扎金黄色的头巾。常和她一起来的还有她的两个儿子,一个叫瓦西里,是个绘图员,长头发,心地善良,性格开朗;另一个穿得像花花公子似的儿子叫维克托,他生就一张马脸,狭长的脸上撒满了雀斑,人还在过道里脱着套鞋,就像木偶戏中装疯卖傻逗人笑的小丑彼得鲁什卡那样尖着嗓门低声唱起了:

安德烈爸爸,安德烈爸爸……

这使我十分惊奇,也很害怕。

雅科夫舅舅也常来,而且总随身带着吉他,有时他的雪橇上还带来一个独眼、秃头钟表匠,钟表匠身穿长长的黑色礼服,态度安详,待人温和,像一个修士。他总坐在屋角,头歪向一边,面带笑容,古怪地用一个手指戳在他那剃得光光的双下巴上支撑住整个脑袋。他的面色黑黝黝的,那只唯一的眼睛看所有人不知为什么都特别凝神。这个人难得说话,要开口也常常重复同样的一句话:

“一样、一样,不难为您了,先生……”

当第一眼看见他时,我突然想起了过去看见过的一个人:很久以前,那还是住在新大街的时候,有一天,门外远远响起了令人不安的鼓声。一辆黑色的高大的马车,沿着从监狱通向广场的大街驶过,大车旁围满了士兵和人群,大车凳子上坐着一个中等身材的人,他头戴圆呢帽,胸前挂着一块黑底白字的牌子,那个人低着头,好像在念牌子上的字,全身不住地摇晃着,镣铐不时地发出当啷声。所以当母亲对钟表匠说:“这就是我的儿子”的时候,我吓得连忙将两手藏在背后,直向后退躲开他。

“不难为您了,”他说话时,把嘴巴可怕地歪向耳根,一把抓住我的裤带,把我拉到他身边,又轻又快地使我就地转了个圈,放开我后,称赞说:

“不错,孩子挺结实……”

我躲进屋角的一张皮圈椅里,圈椅很大,我可以躺在上面,外公常常自吹,说这是格鲁吉亚王公的宝座。我坐在这宝座上看着大人们的枯燥无味的应酬，观察着那个钟表匠古怪而令人怀疑地变化着的脸。他那油光光、胖乎乎的脸仿佛正在融化，在流油。他一笑，两片厚嘴唇就会歪到右腮帮，而小小的鼻子就像碟子里的一只饺子，跟着滑过去。两只撅出的大耳朵很奇怪：居然能动，一会儿跟着那只有视力的眼睛的眉毛向上翘起，一会儿随着眉毛往下耷拉，向颧骨靠拢。看起来，只要他想，说不定能用两只耳朵，像用两只手掌似的，捂住自己的鼻子。有时他叹了口气，伸出那黑乎乎圆滚滚像小捣槌似的舌头，灵巧地在嘴边画个圆圈，舔舔那油腻的厚嘴唇。不过，他的面部表情和动作，我并不觉得可笑，只是说不出的惊讶，迫使我目不转睛地盯住他看。

他们喝的茶里加上罗姆酒①，这种酒有一股烧焦的葱叶味；喝外婆酿的各种果子酒：有金黄色的，有焦油般黑色的，有绿色的；还吃味道浓馥的酸奶、包罂粟花籽的蜜饼。大家吃得身上冒汗，大声地喘气，齐声夸奖外婆做得好。吃饱喝足以后，个个满面通红，挺着肚子，一本正经地坐在自己的椅子上，懒洋洋地邀请雅科夫舅舅弹个曲子。

雅科夫俯身抱着吉他，叮叮咚咚地弹了起来，随着乐曲他惹人厌烦地唱道：

> 哎，能怎么活，你就快乐地活，
> 把全城吵它个天翻地覆——
> 面对着喀山的小姐们，
> 你详详细细地对她们说……

我觉得这支歌非常伤感，外婆说：

“雅沙，你弹个别的曲子吧，弹个好点的，行吗？莫特里娅②，你还记得以前常唱的那些歌儿吗？”

洗衣婆一边整着窸窣作响的连衣裙，一边振振有词地说：

“如今啊，我的老太太，那些歌儿不时兴啦……”

---

① 罗姆酒是一种用甘蔗制成的烈性酒。

② 洗衣婆马特廖娜的昵称。

舅舅微微眯缝起眼睛看着外婆,仿佛她坐在很远的地方,仍然固执地弹那些令人不快的曲调,唱那些喋喋不休的歌词。

外祖父背着大家和钟表匠秘密交谈,他用手指向钟表匠比画着什么,而钟表匠则微微抬起眉头,向母亲那边看,不住地点着头,他那油光水滑的面孔捉摸不定地变幻着。

母亲总是坐在外祖母妹妹的两个儿子——谢尔盖耶夫兄弟中间,她正在与瓦西里悄声、严肃地交谈。瓦西里叹息着,说:

"是啊,这倒是必须考虑的……"

而维克托则笑容满面,两脚擦着地面,突然尖声尖气地唱道:

安德烈爸爸,安德烈爸爸……

大家瞠目结舌,一起看着他,洗衣婆得意洋洋地解释说:

"这是他从戏园子里学来的,那儿就是这么唱的……"

这样枯燥无聊、令人压抑的晚会举行了两三次以后,有一个白天,那天是星期日,刚做完午祷,钟表匠就来了。我正坐在母亲房间里帮她把小玻璃珠穿到破了的刺绣上,房门突然打开了一点,外婆把头伸进房间,面色惊惶,压低了声音说了一句:"瓦里娅,他来了!"就立刻消失了。

母亲一动也不动,一点不惊慌失措,门又打开了,外祖父站到门口,摆威风地说:

"瓦尔瓦拉,穿好衣服,去吧!"

母亲既不站起来,也不看他,问道:

"去哪儿?"

"上帝保佑,去吧!别争了。他这人脾气好,在钟表行业里,他是把好手,对列克谢来说,是个好父亲……"

外祖父说话不同寻常地一本正经,不住地用手掌抚摩自己的两肋,两肘哆嗦着。他把手臂弯到背后去,似乎他的两只手要向前伸,而他竭力不让它们伸出来。

母亲心平气和地打断了他的话,说道:

"我对你说,这是绝对办不到的……"

外祖父向她跨了一步，伸出双手，像眼瞎了似的，弯着腰，愤怒得竖起毛发，嘶哑地喊道：

“去！不然我就拖你去，抓住你的辫子拖……”

“要拖？”母亲站起来问道，她的脸变得煞白，眼睛可怕地缩小了，只见她飞快地扒下自己身上的上衣、裙子，身上只剩一件衬衣，走到外祖父面前说：“你拖吧！”

外祖父龇起牙，竖起拳头威吓她：

“瓦尔瓦拉，穿上衣服！”

母亲用手推开他，抓住门把手，说道：

“走啊，我们走啊！”

“我诅咒你。”外祖父低声说。

“我不怕。你怎么不走？”

她打开房门，可外祖父一把抓住她衬衣的下襟，跪在地上，低声说：

“瓦尔瓦拉，你这魔鬼，你要毁掉自己的！别丢脸……”

他低声悲哀地哭诉起来：

“孩子她妈啊，孩子她妈……”

这时，外婆已经把母亲挡住了，就像赶鸡似的向她挥着手，把母亲赶进了房门，不满地透过牙缝说道：

“瓦丽卡，你这傻丫头，你怎么啦？进去吧，也不怕害臊！”

她把母亲推进了房间，用门钩把门挂上，再向外祖父弯下身来，一只手把他往上拉，另一只手指着他发狠地说：

“哼，你这个老鬼，怎么这样糊涂！”

外婆让他坐在沙发上，外祖父扑通一声就像破布娃娃似的倒下去，张着嘴，晃起脑袋。外婆对母亲大叫一声：

“穿衣裳，你！”

母亲从地板上拾起连衣裙，说道：

“我不见他，听见了吗？”

外婆把我从沙发上推开，说：

“去舀一勺水来，快点！”

她说话声音虽然很轻，几乎是耳语，心平气和，但那么威严。我跑到过道里，在前屋恨得一步一步重重地跺着脚，只听见房间里传出母亲低沉的声音：

“明天我就走！”

我走进厨房，坐到窗口，昏昏沉沉就像做梦一样。

外祖父在哀怨、呜咽，外婆不住地唠叨，后来听到砰的一声门关上了，屋内立刻悄然无声，静得令人可怕。我突然想起刚才外婆要我来干什么的了，便舀了一铜勺水，走进过道，正好碰见钟表匠从前屋出来，他垂着头，一只手摸着毛皮帽子，喉咙里不断发出嘎嘎的像鸭子叫的声音。外婆两只手放在肚子上，朝他的后背鞠着躬，轻声说道：

“您自己也知道，强扭的瓜是不甜的……”

他在门廊的门槛上一绊，一下子就跳到院子里。外婆在胸前画了个十字，浑身哆嗦起来，不知是在无声地哭，还是暗暗地笑。

“你怎么啦？”我跑到她面前问道。

她一把夺过我手中的铜勺，水泼到了我的脚上，喊道：

“你刚才到哪儿去舀水了？关上门！”

她到母亲的房间里去了。我又跑进厨房，听她俩在一起长吁短叹，不住地哼哧哼哧，咕咕哝哝，似乎在吃力地抬很重的东西。

天气晴朗，冬日的斜阳透过结有冰花的两扇玻璃窗射进房间，照在预备开饭的桌子上，锡制的器皿和盛着棕红色克瓦斯和伏特加的两只长颈玻璃瓶闪出暗淡的光。伏特加酒是外祖父喝的，瓶里浸有郭公草和金丝桃，所以呈深绿色。从窗玻璃已经化冻的地方，可以看见屋顶上耀眼的积雪，围墙的柱子上和椋鸟笼[①]上闪闪发光，好似戴着银白色的帽子。阳光穿过挂在窗框上的一排鸟笼，我养的鸟儿在笼子里嬉戏：已养驯了的快活的黄雀吱吱啾啾，红腹灰雀戛然长鸣，还有那只红额金丝雀在抑扬婉转地歌唱。但是，这欢快的银装素裹又晴和爽朗的日子非但不能使人愉快，反而显得多余，一切都没有必要。我想把鸟全放了，便取下鸟笼。这时外婆跑进了房间，两手拍打着自己的腰，直向炕炉奔去，骂道：

“哎呀，这些该死的鬼东西，一口气把你们吹掉才好！唉，你这个阿库林

① 人在树上或杆子上安装状如小木匣的笼子，给椋鸟（或欧椋鸟）住。

娜,真是老糊涂啦……”

她从炉子里掏出一个大馅饼,用手指敲了敲烤得焦硬的表皮,恶狠狠地啐了一口说:

“嘿,焦了,硬得像石头！竟烤成了这样,真糟糕！嗨,这帮魔鬼,恨不能把你们全都撕成碎片！你这个猫头鹰,干吗这么瞪眼？我把你们全当破盆破罐打碎了才称心！”

她气得哭出来了,噘起嘴,把大馅饼翻过来、覆过去,手指在馅饼干硬的外壳上敲着,大滴的眼泪吧嗒吧嗒地落在馅饼上。

外祖父和母亲走进了厨房,外婆把馅饼砰的一声扔到桌上,桌上的几个盘子被震得跳了起来。

“你们瞧,就是因为你们,烤成了这个样,叫你们不得好死！”

母亲现在情绪很好,已经不生气了,她搂住外婆,劝她不要抱怨。外公无精打采、筋疲力尽,坐到桌旁,把餐巾系在颈上,阳光照得他眯缝着肿起的眼睛,嘟嘟囔囔地说:

“算了吧,不要紧！以前吃的全都是好馅饼。上帝有点吝啬,几分钟就把多少年的账全算清了……他从不承认付利息。你坐下吧,瓦里娅……将就吃吧！”

他像精神失常了,吃饭时滔滔不绝地谈上帝,谈渎神的亚哈①,还谈当父亲的艰难等等,外婆生气地阻止他再说下去:

“你就吃饭吧,瞧你说什么！”

母亲明亮的眼睛闪闪放光,开着玩笑。

“怎么,刚才吓坏了吧?”她碰了碰我,问道。

其实,当时我并不十分害怕,现在我倒感觉不自在了,不明白是怎么回事。

他们吃饭又像平常过节时那样了,吃了很久,时间长得令人不耐烦,而且吃得很多,仿佛半小时前相互大喊大叫准备打架,激动得涕泗涟涟呼天抢地的不是他们。在某种程度上,我已不相信他们刚才那样是严肃认真的,有点觉得他们哭似乎是家常便饭。他们流泪,大声叫骂,相互折磨,常常一碰

---

① 《圣经》上记载的一位以色列王,他背叛祖宗的信仰,做了许多有罪的、违背教义的事。

就暴跳，但旋即烟消云散。这种现象，我已习以为常，越来越不使我震惊，越来越不能激动我的心了。

很久以后，我才明白，俄罗斯人，因为穷困和生活内容贫乏，一般都像孩童似的喜爱用痛苦来解闷，用痛苦来消遣，极少因为自己是不幸的人而羞愧。

在无穷无尽的日常生活中，痛苦就是过节，失火就是娱乐，在好端端的脸上加个伤疤也成了点缀……

十一

这事发生以后，母亲立刻变得更坚强了，她腰杆挺得笔直，成了一家之主，而外祖父反而变成无足轻重的人了，整天心事重重，沉默寡言，简直不像原来的他。

他几乎足不出户，总是孤独地一个人坐在阁楼里读一本神秘的书《我父亲的札记》。这本书他一直锁在一个小匣子里。我不止一次看见，他在把书拿出来之前，都先洗手。那本书短短的，但很厚，棕红色的硬皮封面。在有些发青的扉页前，俨然写着几个已经退色的花体字：怀着感激之情衷心赠给尊敬的瓦西里·卡希林留念，落款的姓很怪，最末的一个字母像是画成了一只飞鸟。每次外祖父小心翼翼地翻开沉甸甸的硬封面，总戴上银丝边老花眼镜，为了看清签字，鼻子动了好久才对好光。我不止一次地问过他，这是什么书？他敛容回答说：

“这你不需要知道。你等着，我死后，作为遗产送给你。那件浣熊皮外套也留给你。”

从那时起，他跟母亲说话，比以前温和，而且也少得多了。母亲说话，他都注意倾听，就像彼得伯伯那样，眼睛里不时地微微闪光。常常嘴里嘟嘟囔囔，不耐烦地挥手将我撵开。

他的几只箱子里装满了奇装异服：花缎裙子，妇女穿的旧式的缎子坎肩，银丝装饰的绸萨拉凡①，过去已婚妇女节日戴的缀有珍珠的双角帽子和盾形头饰，绣着各色各样五颜六色花朵的帽子和三角巾，用珠子、钱币或彩色宝石等串成的沉甸甸的莫尔多瓦项圈和各种宝石项链等等。他把这些东西全都抱到母亲的房间里，所有椅子和桌子上都摆得满满的，母亲一件件、一样样地欣赏，外祖父说：

"我们过去穿的衣服，比现在丰富多彩！衣服也比现在多，生活虽没有现在讲究，但过得和睦。那个时代过去了，一去不复返了！你试试，穿上戴上看看怎样……"

有一次，母亲到隔壁房间去，过了一会工夫从那房间走出来，身上穿了件蓝底绣有金丝的萨拉凡，头戴一顶缀珍珠的双角帽，向外祖父一欠身，问道：

"这样行吗，父亲大人？"

只听见外祖父喉咙里咯地一声，不知怎么地，整个人顿时容光焕发。他绕着母亲走了一圈，摊开双手，手指颤动，像说梦话似的含含糊糊地说道：

"嗨，瓦尔瓦拉，要是你有大把大把的钱，倘若周围跟你交往的都是些好人，该有多好啊！……"

现在母亲住前屋的两个房间，房间里常宾朋满座，最常来的是马克西莫夫两兄弟：一个叫彼得，是个军官，身强力壮的美男子，蓄着浅色的大胡子，蔚蓝色的眼睛，我曾对那个人啐了一口，骂他是老贵族，过后外祖父为此当着他的面揍了我一顿。另一个叫叶甫根尼，他个头高，腿很细，面色苍白，黑色的尖胡子。他的一对大眼睛活像两只大李子，总穿一件浅绿色的制服，制服上有一排金黄色的纽扣，狭狭的肩章上用金线绣着一排花体的缩写字。他常麻利地把头一甩，将挂在又高又滑的脑门上的长波浪头发甩到后面，脸上挂着宽厚的笑容，声音低沉地叙述什么。他每次讲话开头都先婉转地取

---

① 萨拉凡是俄罗斯妇女穿的肥大的无袖长衣。

悦对方说：

“您知道吗，我是这样想的……”

母亲眯起双眼，面带微笑听着，有时打断他的话说：

“您还是个孩子，叶甫根尼·瓦西里耶维奇，请您原谅……”

那位军官用宽厚的手掌拍着膝部叫道：

“确实是个孩子……”

圣诞节的那些天过得热火朝天，几乎每天晚上母亲的房间里都聚满了穿戴漂亮的客人，她自己也打扮得鲜艳夺目——往往是屋里最好看的人，常和客人们一起出去。

每次当她和一群穿得花枝招展、五光十色的客人走出大门以后，整座房子就仿佛沉入了地下，到处悄然无声，孤寂得可怕。外婆像老母鸡似的在两个房间里游来游去，把弄乱的东西收拾整齐，外祖父则背靠着炕炉的瓷砖，自言自语地说：

“嘿，好吧，好……让我们瞧瞧，能乱成什么样……”

圣诞节后，母亲送我和米哈伊尔舅舅的儿子萨沙去上学。萨沙的父亲又结婚了，后母一过门就讨厌继子，开始打他。由于外婆坚持，外祖父把萨沙领到自己身边。我们上了近一个月的学，在学校所教我的所有的功课里，我仅仅记得，如果别人问我“你姓什么？”时，不能简单地回答“彼什科夫”，而应当回答：

“我姓彼什科夫。”

也不能对老师说：

“小子，你别嚷嚷，我不怕你……”

从一开始，我就讨厌学校了，可我的表哥却没上几天课就对学校很满意，不费难就找到了朋友，但有一天上课时，他睡着了，在梦中可怕地大声喊了起来：

“我不了……”

被叫醒后，他向老师要求出去一下，为此被大家狠狠地嘲笑了一番。第二天上学，当我们下坡走向干草广场的山谷时，萨沙停下对我说：

“你去吧，我不去了！我还不如去玩玩呢。”

他蹲下身子，用心地把书包埋进雪里后就走了。那是一月的晴朗天气，银白色的阳光普照大地。我羡慕起表哥来了,但仍然克制自己的惰性去上学,因为我不想使母亲伤心。当然,萨沙埋在雪里的书包不见了。第二天,他不去上学就名正言顺了,到第三天他逃学被外祖父知道了。

这下我们两个人受到了“审讯”:外祖父、外婆、母亲坐在厨房的桌子后面,详细地查问了我们。现在我还记得,萨沙回答外祖父的问题非常滑稽:

“究竟你为什么不去学校上课?”

萨沙用温顺的目光直视着外祖父的脸,不慌不忙地回答说:

“我忘了学校在哪儿了。”

“忘了?”

“是的,我找了又找……”

“你不会跟着列克谢走吗？他记得!”

“我找不到列克谢了。”

“找不到列克谢了?”

“是的。”

“这是怎么回事?”

萨沙想了想,叹了口气说:

“刮暴风雪,什么也看不见。”

大家都笑了,这几天根本没刮风,天气晴朗。萨沙也忍不住地笑了笑,外祖父龇起牙,挖苦地问道:

“你怎么不拉住他的手,拉住他的腰带?”

“我原来是拉着的,可被风刮得拉不住了。”萨沙解释说。

他懒懒地、失望地说着这些我听了很不自在的、不攻自破的笨拙的谎言,同时我又很惊奇,他的脾气竟这样执拗。

为此,我们两个人都挨了一顿打。家里专门雇了一个人每天送我们去上学。那个老头儿过去当过救火队员,断了一只胳臂。他负责盯住萨沙上学,不准他乱跑,但这也不管用,就在第二天,表哥一走到山谷就突然弯下腰来,脱下一只毡靴远远扔出去,接着又脱掉另一只,抛向另一个方向,脚上只剩下一双袜子,向广场奔去。小老头哇哇直喊,小跑着去拾靴子,然后惊魂未定地把我领回家去。

外祖父、外婆和我的母亲整整一天跑遍了全城的大街小巷,寻觅逃走的人，直到傍晚才在修道院旁边的奇尔科夫小酒馆里找到萨沙，原来他正在那儿跳舞给大家看呢。他们坐车把他带回家，甚至都没打他，这孩子桀骜不驯的性子把他们吓得惶恐不安。他和我躺在宽板床上，脚翘得高高的，磨蹭着天花板，他悄悄地说：

“后娘不爱我，父亲不爱我，爷爷也不爱我，干吗我还要和他们一起过？我这就去问奶奶，强盗住哪儿，我去投奔他们，到时候你们就会知道……要不，我们一起跑，好吗？”

我不想和他一起跑，因为那时候我有自己的目标，我想当一名军官，脸上蓄起浅色大胡子，为达到这个目标，我必须学习。当我把这个计划讲给表哥听时，他想了想，表示同意，说道：

“这也很好。你将来当军官的时候，我已经是强盗头儿了。那时你需要捉我，不是你杀死我，就是我杀死你，或者谁俘虏谁。不过，我不杀你。”

“我也不杀你。”

在这问题上，我们就这样说定了。

外婆来了，她爬上炕炉，向我们看了看，说道：

“说什么啦，这两只小耗子？唉，这两个孤苦伶仃的孩子！”

她可怜了我们一阵后，开始骂萨沙的后母，骂那个小酒馆老板的女儿——肥胖的娜杰日达了。接着她又骂所有的后母、继父，顺便她还讲了一个故事：有一个贤明的隐居修士名叫约纳，他父亲是乌格里奇人，是在别洛耶湖上打鱼的渔夫。约纳在少年时期，曾和后母打官司请求神来裁判：

年轻的妻子丧尽了天良，
灌满了丈夫烈性的酒浆，
还给他喝了迷魂药汤。
昏迷的丈夫被送上了小船，
橡木小船像棺材一样；
婆娘拿起了槭木船桨，
亲自划船到别洛耶湖的中央，
就在那黑洞洞有漩涡的地方，
妖婆干出了可耻的勾当：

只见她弯下身子用力一晃，
轻盈的小舟底儿朝上；
丈夫像铁锚沉入了湖底，
她却急忙游到岸上。
到岸就往地下一躺，
恶毒的婆娘放声号丧：
　　她故作不幸，装模作样，
　　善良的人们轻易地上当，
　　替她流泪，陪她悲伤：
　　“啊，你这年轻的遗孀！
　　女人最大的不幸，降你身上，
　　可我们的生命由上帝执掌，
　　是万能的上帝赐我们死亡！”
只有那继子约努什科，
他不相信那流泪的后娘，
他把手儿放到继母的胸前，
态度温和地对她言讲：
　　“啊，你，我的灾星，我的后娘，
　　你是黑夜之鸟，恶毒的心肠，
　　我不信你流出的眼泪：
　　因为你快乐的心儿，咚咚直响！
　　让我们诉诸万能的上帝，
　　去问那所有的神灵上苍：
　　请谁拿出锋利的宝刀，
　　把刀抛向圣洁的天上，
　　倘若你是真心——
　　　　宝刀将我杀死，
　　倘若我说得对——
　　　　宝刀落到你的身上！”
后母抬头把他打量，

两眼迸出狠毒的凶光,
她猛然起立站定了身子,
面对约纳论短争长:
　　“咳,你这畜生失去了理智,
　　你这早产的弃儿丧心病狂,
　　你的想法怎么这样荒唐?
　　你怎能够这样信口雌黄?”
人们察颜观色,静听他们争论,
觉察到事情异乎寻常。
众人神色颓唐,苦思冥想,
窃窃私语,互相商量。
一位年迈的渔夫终于出场,
他先向众人躬身致意,
最后的决定,由他宣讲:
　　“善良的人们请听端详,
　　请把那宝刀放我手上,
　　我将宝刀抛向天空,
　　谁有罪过,让刀落在谁的身上!”
老人接过快刀一把,
钢刀像鸟儿在白发的上空飞翔,
那是老人将它抛上了高高的天空,
等啊,等啊,就是不见刀落地上。
众人脱帽紧紧聚拢,
向清澈的天穹,举首仰望,
钢刀仍在空中游荡,不知它将落向何方!
鲜红的霞光映得湖水如炽烈的火焰,
后母冷冷一笑,满脸放出红光,
只见宝刀像只飞燕直落地面,
一下插进了后母的胸膛。
　　善良的人们纷纷俯身下拜,

祝祷万能的上帝，灵验的上苍：
“主啊，你公正无比，无上荣光！”
渔夫老人拉起了约努什科的手，
领他到遥远的穷乡僻壤，
到清澈的凯尔仁查河畔的隐修院，
在那看不见的基杰查城的近旁……①

次日，我一觉醒来，全身都是红色斑疹，出天花了。家人让我睡在后楼阁上，我有很长一段时间躺在那里，什么也看不见，手脚全用宽绷带紧紧地绑住，日日夜夜地被光怪陆离的噩梦折磨着，其中有一个噩梦差点送了我的命。只有外婆常来用匙子像喂小小孩似的给我喂饭，给我没完没了地讲以前从未听过的童话。后来，我已渐渐好了，手脚已经松绑，但为了防止我在脸上抓痒，手指头全用绷带裹着，像戴了一双无指手套。有一天晚上，外婆不知因为什么，该来的时候还没有来，这使我十分惊慌，后来我似乎突然看见外婆脸朝下两手叉开，趴在阁楼门外积满灰尘的木板上，脖子上像彼得伯伯那样被割断了一半。在灰蒙蒙的暮色里，我还似乎看见一只好大的猫，贪婪地瞪大了碧绿的眼睛，慢慢逼近外婆。

我猛地从床上跳下来，用脚蹬，又用肩膀撞，把窗框打掉，跳进了院子，冲到雪堆里。那天晚上，母亲在她房间里招待客人，谁也没有听见我打破玻璃和弄坏窗框的声音，我在雪里躺了很长时间，幸好没有一处摔伤，只是一只胳膊脱了臼，身上不少地方被玻璃划破，两条腿冻坏了。我躺在床上三个月左右，腿完全不听使唤，只能躺在床上用耳朵听。家里越来越热闹，我听到楼下乒乒乓乓的开门关门声和很多人进进出出的走路声。

令人烦闷的暴风雪刮得屋顶沙沙作响，寒风在阁楼的门外游荡，烟囱呜呜的叫声犹如送葬的哀歌，火炉的风门发出刺耳的颤抖的声音，白昼乌鸦苦呀苦呀地叫着，夜深人静时，从旷野传来凄楚的狼嗥——在这种音乐的伴奏下，我的心在成长。后来，胆怯的春天睁开那明亮的三月春晖的眸子，偷偷

① 在坦波夫省鲍里索格列布斯克市科留潘诺夫卡村，我曾听到过这一传说的另一种说法：从天上落下来的刀杀死的是诽谤后母的继子。——作者

地、羞答答地，但又一天比一天亲切地向窗里窥视，屋顶和阁楼上叫春的猫儿呜啊呜啊地号叫，春的簌簌沙沙的声息，透过墙壁传进了屋里——屋檐下滴水结成的晶莹的冰溜断落了，融雪一块一块地从屋脊上滑下来，马车上叮当作响的铃声比冬天更多了。

外婆常来；她说话的时候，口中越来越多地散发出酒味，而且酒味越来越浓，后来她索性带来一个白颜色的大壶，藏在我的床下，向我挤着眼说：

"心肝宝贝，你不要告诉外祖父那个家神爷！"

"你为什么喝酒？"

"别吭声！你长大后就知道了……！"

她从壶嘴吮吸了一会儿酒，用袖子擦干嘴唇，甜蜜蜜地笑着问道：

"好吧，我的小少爷，昨天我到底讲什么来着？"

"讲我父亲。"

"讲到哪儿啦？"

我提醒了她后，她便滔滔不绝像小河流水一样，连贯流畅地讲了很久很久。

关于我父亲的情况，是她主动对我说的。有一天她来到我的身旁，看出来她没有喝酒，但神色忧郁而疲惫，说道：

"我梦见你父亲了，他在走路，仿佛是在野外，手里拿着一根胡桃木的棍子，不时轻轻地吹着口哨，一条花狗跟在他的身后跑着，狗舌头不住地颤动。不知为什么，我现在常常梦见马克西姆·萨瓦杰维奇，仿佛他的可怜的灵魂在到处漂泊，没有安宁……"

一连几个晚上她讲的都是我父亲过去的事情。父亲的故事像她讲的其他所有的故事一样使我感到有趣。

我父亲是一个军官的儿子。我祖父在当军官前也当过兵，可当军官后因虐待下属被流放到西伯利亚，我的父亲就出生在西伯利亚的一个什么地方。当时生活艰苦，他很小就常从家里逃跑。有一次，我爷爷带着狗在森林里像捉兔子似的满处找他，还有一次，祖父捉住他以后，狠狠地打他，幸亏邻居把他抱走藏了起来。

"小孩总得挨打吗？"我问道。外婆平静地回答说：

"总要挨打的。"

我的祖母很早就去世了，我父亲满九岁时，我爷爷也去世了。父亲的教父是个木匠，他把我父亲带回家去，替他登记加入了彼尔姆城[1]的行会，并且开始把自己的手艺教给他，但我父亲又从他教父那儿逃跑了，到集市上给瞎子带路。他十六岁那年来到尼日尼，到科尔钦的轮船上，在当木匠的包工头手下干活。二十岁他已是一名手艺高超的细木匠、家具蒙面匠和装潢匠了。他工作的作坊在铁匠街上，紧靠外祖父的房子。

“真是围墙不高人胆大，”外婆笑眯眯地说，“有一天，我和瓦里娅正在花园里采马林果，突然他，就是你父亲，‘通’地一声从围墙跳了过来，嗬，我吓坏了！我看到从苹果树丛里走出一个身强力壮的小伙子，身穿白衬衫、波里斯绒裤子，但光着脚，没戴帽子，用一根细皮条扎着长发。他突然求婚来了！这个人以前我见过，他常从窗前走过。我一看见他，心里就想：真是个棒小子！当他走近时，我便问他：‘哎，小伙子，你怎么有路不走啊？’谁知他扑通一下跪在我面前，说道：‘阿库林娜·伊万诺夫娜，瞧我整个人、整个灵魂都跪在你面前了，瓦里娅也在这里，看在上帝分上，你帮帮我们吧，我们想结婚。’我一下子愣住了，舌头也不听使唤了。抬头一看，你母亲，这小滑头，她正躲在苹果树后面，满脸通红，比马林果还要红，正在向你父亲打手势呢，可她眼睛里已噙满泪水了。我说：‘嘿，叫你们遭电打雷轰，你们怎么想得出？瓦尔瓦拉，你怎么了，疯了怎么的？还有你，小伙子，你想想吧：鸡子能攀上凤凰？’那时候你外公财大气粗，还没给孩子们分家，有四幢房子，又有钱，又出名。在这不久前，因为他九年连任行会会长，奖了他一顶饰有金银绦带的帽子和制服，当时他可傲慢呢！该说的我全说了，自己吓得直哆嗦，但看他们俩脸色忧郁得发暗，心里又可怜他们。这时你父亲说：‘瓦西里·瓦西里耶维奇绝不会甘心情愿把瓦里娅嫁给我，这我是知道的，所以我要偷偷地娶她，只是恳求你帮助我们。’嘿，竟要我帮这个忙！我甚至抡起手来打了他一下，他连动都没动一下，他说：‘哪怕你用石头我也让你砸，但还是求你帮帮我们，反正我不达目的誓不罢休！’这时瓦尔瓦拉也走上前来，把手搭在你父亲肩上，说道：‘你告诉妈妈，我们早在五月份就已经结婚了，现在只不过需要举行一次婚礼！’我顿时天旋地转，猛地摔晕过去。老天爷呀！”

---

① 俄国彼尔姆州的一个城市。

外婆笑得浑身发抖，接着嗅了一下鼻烟，擦去笑出的眼泪，愉悦地叹息了一声，继续讲下去：

"你现在还不能明白结婚是怎么回事，更不懂什么是举行婚礼，不过你要知道，如若一个姑娘，没有举行婚礼就生孩子，那就是件见不得人的丑事了！你记住，你长大以后，可别撮弄姑娘干这种事，不然你就作了大孽，姑娘会受一辈子罪的。生孩子不合法，是私生子，你可要记住了，千万当心！你跟女人过日子，就要怜惜女人，要真心实意地爱她们，不能胡作非为，我对你讲的全是金玉良言！"

她陷入了沉思，坐在椅子上晃着身子，后来猝然一抖，又接着说起来：

"嗬，到底怎么办呢？我敲马克西姆的脑门子，揪瓦尔瓦拉的辫子，马克西姆冷静地对我说：'打不能解决问题！'瓦尔瓦拉也说：'你先想想该怎么做才好，然后再打也不迟！'我问你父亲：'你有钱吗？'他说：'以前有钱，可后来我用那些钱给瓦里娅买了一只戒指。''你还有多少，三个卢布吧？'他说：'不，将近一百个卢布呢！'那时候的钱值钱，东西便宜，我瞧着他们俩，打量着你的母亲和父亲，心里想：这两个孩子，真是一对小傻瓜！你母亲说：'为了不让你们看见，我把那只戒指藏到地板下面了，可以把戒指卖掉嘛！'唉，完全是小孩子！不管怎么说，我们还是商量定了：他们的婚礼定在一个星期以后，要我亲自去和神甫商量安排。尽管这样，我仍然号啕大哭，心惊肉跳，生怕你外公知道，就连瓦里娅也提心吊胆的。后来，终于安排好了！

"但是，你父亲有一个仇人，他是个工匠，是个坏家伙，你父母的事他早就看出来了，一直暗中盯着他们。那天，我把我唯一的可爱的女儿尽可能地打扮漂亮一些，领着她走出大门。在街角有一辆三套马车等在那儿，女儿上了车，马克西姆打了个口哨，马车就走了！我含着眼泪走回家，这时，突然那个坏蛋迎面走来。那个下流坯说道：'我这个人心眼好，不想扰乱他们的婚礼，只不过，阿库林娜·伊万诺夫娜，为了这你得给我五十卢布！'我身上没钱，我不喜欢钱，从不攒钱，瞧我当时真糊涂，对他说：'我没有钱，也不给你钱！'他说：'你答应给我就行了！'我问：'我怎么能答应，我以后从哪儿弄到钱啊？'他说：'嘿，从你男人那儿偷点还费难吗？'我真笨，当时我要跟他谈一会儿话，拖住他也好啊，可我却对着他的鬼脸啐了一口，就走我的路了！谁知他抢先跑到我前面，进了院子就要无赖！"

外婆闭上眼睛,含笑说道:

“甚至现在一回想起干的这些事就觉得可怕!你外公气得暴跳如雷,像野兽似的咆哮起来,这不是拿他开玩笑吗?他常常一面打量着瓦尔瓦拉,一面夸口说:‘我要把她嫁给一个贵族,嫁给一个老爷!现在竟是这么个贵族,竟是这样的老爷!至圣圣母比我们清楚谁和谁般配。你外公像被火燎似的在院子里跑来跑去,喊来了雅科夫和米哈伊尔,约了那个麻脸工匠,还有马车夫克里姆。我看见你外公还带了一个像古代兵器似的短柄链锤,就是在一根细皮带上扣了个秤砣,米哈伊尔拿了火枪。我们家的那几匹马都是好马,性子烈,四轮轻便马车跑得又快,我一想,不好,他们会被赶上的!就在这时候,瓦尔瓦拉的保护天使指点了我,我立刻拿起小刀,偷偷地把连接车辕和马颈套包的皮环割破了一点,我想,皮环在路上兴许能断掉!果然是这样:车辕在半路上脱落了,险些把你外祖父、米哈伊尔、克里姆砸死;就这样,他们被耽搁了一些时间,等他们把车整好,快马加鞭赶到教堂时,瓦里娅和马克西姆已站在教堂门前的台阶上,婚礼已经举行过了,啊,荣耀归于主!

“我们那帮人上去就打马克西姆。嗬,他可是身强力壮的小伙子,力气出奇地大!一下子就把米哈伊尔从台阶上扔了下去,你舅舅的胳膊脱了臼,克里姆也被碰伤了,你外公和雅科夫以及那个工匠害怕了。

“可是,你父亲虽然怒气冲天,仍然没有失去理智,他对你外公说:‘把铁锤扔掉,别对着我晃荡,我不喜欢打架,我要的是上帝赐给我的,谁也不能夺走,我也不需要你任何其他的东西。’他们从他身边退了回去,你外公上了马车,喊道:‘瓦尔瓦拉,现在就永别了,你不是我的女儿,你活也好,饿死也好,我不想再见到你。’你外公回家以后,我任他打,任他骂,我只哼哼,死活不作声:我想,一切都会过去的,反正生米已经煮成熟饭了!后来他对我说:‘喂,阿库林娜,你给我注意了,你已经再没女儿了,我不准你再认她,记住!’我有我的想法:这个红毛鬼,随你吹得再多,恨是冰,见热就化!”

我聚精会神又贪婪地听外婆讲。在她讲的故事里有些地方使我惊奇:外祖父形容母亲的婚礼和外婆说的完全两样,外公说:他是反对这桩婚姻的,他们在教堂举行婚礼后,他没有允许母亲回家。按外祖父的说法,母亲的婚礼不是秘密举行的,他去了教堂。我不想问外婆他们两个人谁说得对。因为外婆讲的故事动听,我更爱听。她讲的时候,身子一直晃悠着,就像坐在小船上荡漾。倘若讲到痛苦和可怕的情节时，就摇晃得厉害起来，双手向前伸出，仿佛在空气里要抓住什么似的。她常常半合上眼睛，在她脸颊的皱纹里掩藏着一种好似盲人的慈祥的笑容，浓密的眉毛微微有点颤动。这种宛似盲人的对一切都逆来顺受的慈祥，有时触动着我的心灵，有时真想要外婆讲一些言词激烈的话，或者高声大喊大叫。

“最初，有两个星期，连我也不知道瓦里娅和马克西姆住在什么地方，后来瓦里娅打发了一个挺可爱机灵的孩子来告诉了我。我等到星期六，装着去做彻夜祈祷，亲自去他们那儿！他们住得很远，在忙坡街的一个小厢房里。整个院子里杂草丛生、垃圾成堆，住满了各行各业的工匠，吵吵嚷嚷，可他们对这却毫不在意，简直像一对小猫咪，小两口过得快快活活，成天唧唧哝哝，哼哼唱唱，打闹着玩。我把能带的全给他们带去了：茶叶、糖、各种杂粮、果酱、面粉、干蘑菇、钱——不记得多少钱了，是从你外祖父那里慢慢偷来积聚起来的。你知道，只要不为自己，偷也不要紧！你父亲却什么也不肯收，他觉得伤了自尊心。他说，我难道是叫化子？瓦尔瓦拉也随声附和说：咳，妈妈，你干吗要这样？……我数落了他们几句，我说：‘傻瓜，我是你什么人，我是你的丈母娘，我是你什么人，傻丫头，我是你的亲娘！难道就可以让我生气啦？要知道，母亲在人间受气，圣母在天上就会痛哭！马克西姆听我说了这番话，猛地把我抱了起来在房间里打转转，还跳起了舞，他那力气可大呢，简直像只大狗熊！而这时瓦丽卡这丫头像只孔雀，仪态万方、步履从容地在房间里走来走去，就像在夸耀刚买来的洋娃娃那样夸耀自己的丈夫。她不断扑闪着眼睛，一本正经地唠叨着家务事，仿佛就是个管家婆，看她那样子真笑死人了！喝茶时，她端出了奶渣饼，饼硬得就是狼也要把牙齿啃断，奶渣做得就像大砂粒儿，不黏在一起，全是散的！

“他们就这样过了好长时间，直到你快要生下来的时候，你外公这个家神，还是不闻不问，一声不吭，真倔！我时常偷偷去看望他们，他知道，可装着不知道。家里不准任何人说一句关于瓦里娅的事，大家都绝口不提，我也不哼不哈，可我心里有数，父亲的心肠不会永远那么硬的。果然有一天，我朝思暮想的那个时刻到来了——那是一个漆黑的夜，外面狂风呼啸，大雪纷飞，就像有好多只狗熊要向窗子里爬，烟囱吹得呜呜叫，好似大鬼小鬼都挣脱了锁链。我和你外公躺在床上，怎么也睡不着。我说，在这样的夜里，穷人的日子不好过,谁要是心里不安那就更难过了! 突然你外公问:‘他们过得怎么样?’我说:‘还好,听说过得挺不错。’他说:‘你知道我问的是谁?’我说:‘你问的是女儿瓦尔瓦拉,是女婿马克西姆。’‘你怎么猜到我问的是他们?’我说:‘够了,孩子他爸,不要再闹别扭了,收起你那套把戏吧,嗳,你那套把戏有谁受得了?’你外公叹着气说:‘你们这帮鬼东西,你们这些愚昧无知的鬼东西!’接着他又探问:‘有人说,他是个大混蛋,’他这是说你父亲,‘果真是个混蛋?’我说‘自己不愿干活,靠别人养的人才是混蛋呢,你瞧瞧你的儿子雅科夫和米哈伊尔吧,不正是两个靠人养的混蛋? 家里是谁干活,谁挣钱? 是你。他们帮了你多大的忙?’他听了这话后,顿时骂起我来了,骂我是混蛋,说我可恶,下贱,替他们拉皮条,现在我都记不得他是怎么骂的了! 我一声不吭。他说:‘你怎么能被一个来历不明、不知道他是怎样的人骗了呢?’我仍然不作声。等他骂累了,我说:‘你去看看他们过得怎样也好啊,他们过得挺好的。’他说:‘那就太给他们面子了,让他们自己来吧……’我一听他这话,高兴得哭了出来。平时他喜欢玩我的头发,这时松手放开我的头发,喃喃地说:‘别哭了,傻瓜,难道我没有心肝?’我们的外公啊,他从前真是很好很好的人,可自从他异想天开地认为世上再没有比他更聪明的人以后,就变得又凶又蠢了。

“有一天,是圣日,也就是四旬斋前最后一个星期日,你母亲和父亲来了。小夫妻俩高高大大,穿得整齐清洁。马克西姆站到你外公的面前,外公只齐到他的肩膀,你父亲说道:‘瓦西里·瓦西里耶维奇,看在上帝的分上,请别认为我来是要嫁妆的,不,我是来向我妻子的父亲表示敬意的。’这几句话你外公听了很高兴,他微笑着说:‘咳,你这傻大个儿,小强盗! 别胡闹啦! 搬来和我一起住吧!’马克西姆皱起眉头说:‘这事就要看瓦里娅的想法了,我反正怎么都行!’他们之间马上开始你一句我一句谁也不让谁地磨起牙来了! 我不住地向你父亲使眼色,用脚在桌肚里碰他,可怎么也不管用,他仍然一个劲儿地按自己的想法说! 你父亲那双眼睛可漂亮呢:晶莹透亮,一看就叫人高兴。两道乌眉,有时他把眉头一皱,眼睛就藏到眉毛下面去,脸上露出刚毅倔强的神色。这时候,除了我,谁的话他也不听。我爱他,大大胜过爱我自己亲生的两个儿子,他知道这,他也爱我! 有时候他紧紧偎着我,拥抱我,再不然就是把我一抱,在屋里来回转。他说:‘你是我真正的母亲,你就像生我养我的大地,我爱你胜过爱瓦尔瓦拉!'这时候,你母亲,那个欢天喜地的调皮鬼,就猛地向他扑过去,大声喊起来:'你这个彼尔米亚克捣蛋鬼,你怎么能说这种话?'我们三个人就这样闹着玩。我们过得可快活呢,我的心肝宝贝!他跳舞也是绝无仅有的,会唱很多好歌,是从瞎子那儿学来的,瞎子唱歌可是顶呱呱的,歌手比不上他们!

"那时,他和你母亲住在花园里的一间小厢房里,你就是在那儿生的。生的时候正好是中午,你父亲回来吃中饭,你迎接他。一见儿子,瞧他高兴得那样子,真像发狂似的,疯得简直把你母亲累得精疲力竭,仿佛他一点儿不明白生孩子有多难,有多苦!他把我放到自己肩上,扛着我穿过院子去向你外公报喜,告诉他添了个外孙。你外公听了甚至笑起来,他说:'嘿,马克西姆,你真是个怪物!'

"可是你的两个舅舅不喜欢他,因为你父亲从不喝酒,加上他的嘴不饶人,主意多,有时异想天开地玩鬼花样。为了这,你的两个舅舅让他吃了苦头!有一天,是大斋期,刮起了大风,突然整个房子上发出了单调的声音,呜呜地响得可怕,大家被这莫名其妙的怪声搞糊涂了,惊呆了,出鬼啦?你外公吓傻了,立刻吩咐屋里屋外所有地方全点上灯,急得团团转,大喊大叫:'快做祷告!'这时,响声忽然停了,大家就更怕得魂不附体了。雅科夫舅舅一下子猜到了,他说:'这一定是马克西姆搞的鬼!'后来,你父亲自己承认了,是他把各式各样的玻璃瓶安放在天窗口,风一吹到瓶口便发出呜呜的怪声,瓶子大小不一样,声音也不一样。外祖父吓唬他说:'马克西姆,当心,你要再玩这些把戏,就把你送到西伯利亚,让你永远回不来!'

"有一年冬天,冷得特别厉害,野外的狼开始光顾城里,今天咬死你家的狗,明天惊了他家的马,有时把喝醉酒的看门人吃掉,闹得人心惶惶,鸡犬不宁!你父亲拿了一支猎枪,穿上滑雪板,深更半夜跑到旷野里。你瞧吧,一次就拖回来一条狼,有时打两只。他剥下狼皮,把狼头掏成空壳,眼洞里装两只玻璃球,活像只真狼!你舅舅米哈伊尔有一次去过道那边解手,突然直往回跑,头发竖起,两眼发直,喉咙像塞了团棉花,一句话也说不出来。他连裤带也没系,裤子掉下来,绊住脚,摔了个跟头,轻声哆哆嗦嗦地说:'狼!'大伙儿随手操起能拿到的棍棒,带着灯扑向过道,一看,哎呀,真有一只狼从过道的大柜子里伸出头来!不过无论用棍子打,还是向它放枪,它都无所谓,一动不动!仔细一瞧,原来是一张狼皮加一个空脑袋壳子,前面的两只狼爪子用钉子钉在柜子边上!为此,你外祖父对马克西姆大大动了一次肝火!你舅舅雅科夫也跟你父亲一起恶作剧:马克西姆用马粪纸粘成一个狼头的模样,有鼻子、眼睛、嘴巴,再贴上麻絮当狼毛,然后戴着它,和雅科夫一起满街乱窜,把两个可怕的狼脸伸到人家的窗子里,看到的人当然害怕,吓得狂喊乱叫。一到夜里,他们就蒙上床单去吓唬神甫,把神甫吓得奔到岗棚子里,岗警也害怕,便拼命喊救命。这样的恶作剧他们玩了很多,怎么也管不住他们。我不止一次地对他们说:'别再胡闹了。'瓦里娅劝他们,他们也不听,仍然惹是生非!马克西姆笑着说:'那些人碰到这么一点小玩意儿就吓破了胆,拼命地逃,看他们的样子,真滑稽可笑极了!'你去试试,哪能说得服他!

"他因为一心玩这套把戏险些送了命:你的舅舅米哈伊尔就像外公,心眼儿窄,爱记仇,他暗暗打算弄死你父亲。有一年刚入冬,马克西姆、你的两个舅舅,还有一个教堂的执事四个人做客回家——顺便说一句,后来那个执事因为打死了车夫被教堂开除了——他们把马克西姆从驿站街骗到久科夫水塘,说是再滑一会儿冰,就像小孩子那样站在冰上滑。他们诓骗他到冰上,把他推下了冰窟窿,这件事我以前曾经给你讲过的……"

"为什么舅舅这么坏?"

"他们不是坏,"外婆嗅着鼻烟,安详地说,"他们只不过是愚蠢!米什卡既刁滑又愚蠢,雅科夫还马马虎虎,是个傻里傻气的男人……嘿,你父亲被他们推到水里以后,又划出水面,两手抓住冰窟窿的边,他们就踩他的手,十个手指都被他们的靴后跟踩烂了。幸好你父亲没喝酒,头脑清醒得很,而他们却喝得醉醺醺的。他好像有上帝保佑似的,在冰下面挺直了身子,待在冰窟窿中间,脸朝上喘气,你两个舅舅够不到他,便用小冰块砸他的头,砸了一会儿便走了,他们说,他自己会淹死的!等他们走后,你父亲爬了上来,上岸后就跑到警察局。你知道,警察局就在那儿,就在广场上。警察分局局长认识他,我们全家人他都认识,他问你父亲:'这事是怎么发生的?'"

外婆画着十字,感激地说道:

"主啊,你让马克西姆·萨瓦捷伊奇和你的虔诚的教徒们安息吧,他值得这样!你知道,他瞒过了这件事,没把事情的经过告诉警察局。他说:'我喝多了,无意间走到了池塘的冰上,摔进了冰窟窿。警察分局局长说:'不对,你没喝酒!'在分局里不知过了多少时间,他们给你父亲用酒搓擦整个身子,换上干衣服,再用大皮袄裹起来,然后用车子送他回家。分局局长亲自带来两个人护送他回来。他到家时,雅什卡和米什卡还没回来呢,他们跑到大大小小的酒馆去散布你爸爸妈妈的谣言去了。我和你母亲看到马克西姆时,他人已经变了形了。他浑身上下红得发紫,十个指头血肉模糊,不住地往外渗血,两边太阳穴上像是有积雪,可是不化,原来是鬓角白了。

"瓦尔瓦拉一见马克西姆那副模样,大叫:'他们把你怎么啦?'那位分局局长习惯对什么事都用鼻子嗅嗅,刨根问底,听你母亲这么一说,便仔细追问起来;哎哟,我预感到要出事了,这不是好兆头!我便要瓦里娅先缠住警官,自己趁机悄悄问马克西穆什卡①:'出了什么事?'他低声向我说:'你先去迎住雅科夫和米哈伊尔,教他们说:他们是在驿站街和我分手的,分手后他们就到圣母节大街去了,叫他们说我是拐弯向纺纱巷走的!记住,别说错了,不然他们就要吃警察局的苦了。'我立刻找到你外公,对他说:'你快去跟那个警察磨磨牙,拖住他,我到大门口去等两个儿子,告诉他们,大祸临头了。'你外公一面穿衣服,一面发抖,嘟嘟哝哝地说:'我早就知道,这是意料中的事!'你外祖父全是瞎说,其实他什么都不知道!嘿,总算等到了,我迎上去就给这两个不要脸的小子几个嘴巴,米什卡吓得马上清醒了,雅申卡②那个宝贝醉得舌头都短了,可嘴里还嘟嘟囔囔地说:'我什么也不知道,全是米哈伊尔干的,他是老大!'我们好说歹说才使警察局长不再追问,那位警察先生可是个好人啊!他说:'哼,你们注意,要是你家再出什么坏事,我会知道是谁犯的罪!'说完这话他就走了。你外祖父走到马克西姆面前对他说:'咳,谢谢你,要是别人遇到你这种情况,绝不会这么做的,这事我心里有数!还有你,我的女儿,我也谢谢你,你带到娘家来的是个好人!'要知道,你外公这个人过去就这样,他高兴的时候,说得挺在理的,可后来变蠢了,昏头昏脑就像心窍给堵住了似的。屋里就剩下我们三个人,马克西姆·萨瓦捷伊奇哭了,开始好像说胡话似的问我:'他们为什么要害死我啊,我对他们做

---

① 马克西姆的小名。

② 雅科夫的小名。

了什么坏事啦？妈妈，为什么？'他不喊我'妈'，像孩子一样喊我'妈妈'，他那性格也像个小孩子。他不断地问：'为什么？'我号啕大哭，除了这，我还能说什么呢？我生的孩子，怎么我也心疼他们！这时，你母亲把上衣的扣子全都揪掉了，披头散发、衣衫不整地坐在那里，像刚打过架，大发雷霆地吼叫：'我们搬走，马克西姆！兄弟反成了仇敌，就算我怕他们好了，我们搬走！'我大声责备她说：'你就别火上加油了，就这样房子已经要烧着了！'你外公立刻命令那两个混蛋来赔罪，请求原谅。你母亲向米什卡猛扑上去噼噼啪啪狠刷他的嘴巴，骂道：'这就是原谅！'你父亲抱怨他们说：'兄弟啊，你们怎么能这样？要知道，你们这样会把我搞成残废的，没有手还做个什么手艺人啊？行了，不论怎么说，好歹我们已经和解了。'你父亲病了一段时间，躺了约莫七个星期，偶尔对我说：'妈妈，跟我们一起到别的城市去吧，住在这里闷得慌！'过了不久他就到阿斯特拉罕去了。夏天皇帝要到那里巡视，你父亲承建凯旋门。他们是搭开春后的第一班轮船走的。他们要离开，我就像掉了魂似的，你父亲也很悲伤，不住地劝我，我真恨不得也跟他一起去阿斯特拉罕。瓦尔瓦拉高兴得不得了，她甚至不愿掩盖自己快乐的心情，真不怕难为情……他们就这样走了。好，全讲完了……"

外婆咕嘟喝了一口酒，嗅了嗅鼻烟，隔一会儿若有所思地看看窗外瓦灰色的天空，说道：

"说真的，你父亲虽然不是我的亲骨肉，可我们是一个心眼儿……"

有时，她正讲着故事，外祖父走了进来，仰起他那黄鼠狼似的脸，用尖削的鼻子嗅嗅空气，疑心地打量着外婆，听着她讲，嘴里咕哝说：

"尽是胡说，尽是胡说……"

忽然他冷不防地问：

"列克谢，外婆常在这儿喝酒吗？"

"没有。"

"撒谎，我从你眼睛里就看出来了。"

外公终于犹豫不决地走了。外婆向他背后挤挤眼睛，说了句俏皮话：

"老爷子再诈，我老婆子也不怕……"

有一天，他站在房间当中，眼看着地板，轻声问道：

"孩子他妈！"

“哎,喊我干吗?”

“那事儿你知道不?”

“知道。”

“你怎么想的?”

“这是命啊,孩子他爸!记得吗,你不是一直想寻找个贵族吗?”

“就是啊。”

“这不是找到了。”

“穷光蛋。”

“咳,那是她自己的事!”

外祖父走了。我预感到出了什么不好的事情,便问外婆:

“你们刚才讲的是什么?”

“什么你全要知道,”她一面替我揉着不能动的两条腿,一面埋怨我说,“你从小就把什么都打听完了,到老就没什么好问的了……”说着便摇晃着脑袋笑起来了。

“唉,老爷子,老爷子,你在上帝的眼里只不过是一粒小小的灰尘!廖恩卡①,这事你就别问啦!你外公的家业要毁了!他借给一个贵族老爷有一大笔钱,好几千卢布,可那个贵族老爷破产了……”

她面带笑容沉思起来,很长时间坐在那儿不说话,宽大的脸上渐渐现出皱纹,慢慢变得忧郁阴暗起来。

“你在想什么?”

“我在想讲什么给你听,”外婆身子猝然一抖,说道,“对,我就给你讲讲叶夫斯季格涅伊,好吗?好,我现在就讲:

> 有个书记官叫叶夫斯季格涅伊,
> 自以为世上最聪明的人就是他,
> 神甫和贵族大臣当然不在话下,
> 就是那最老的猎狗也不如他!

---

① 阿列克谢的昵称。

他自吹就是那西林神鸟,①
走路像火鸡,妄自尊大,
左邻右舍都被他训遍,
不称心这,不满意那。
瞧了瞧教堂——太低!
瞧了瞧街道——太狭!
苹果熟了,他说不红!
太阳升起,他说早啦!
别人无论给他看什么
他都说——"

外婆鼓起嘴巴,瞪大眼睛,慈祥的脸上装出又蠢又可笑的神情,用懒洋洋的声音接着说:

"这玩意儿我是拿手好戏,
别人做的东西全比我做得差。
不过我的事情太多,应接不暇。"

她面带笑容停了一会儿,轻悄悄地接着说:

深夜几个小鬼到他身边说:
"书记官,你在这儿不称心吗?
走吧,和我们一起去地狱,
那里的炭火烧得顶呱呱!"
聪明的书记官还没来得及戴帽子,
小鬼们就伸出爪子将他抓。
拖的拖,拉的拉,
又打号子,又胳肢他。

---

① 俄罗斯古传说中头和胸是女人的神鸟。

还有两个小鬼往他肩上跨，
到了地狱就把他向烈火上一架。
“叶夫斯季格涅尤什卡①，
　　这儿舒服吧？”
书记官被烤得焦头烂额，
但仍眼看四面手一叉，
目空一切地把话答：
“咳，你们这儿的煤气味儿可真大！”

外婆用那懒洋洋的浑厚的嗓音讲完了这个寓言，又恢复成了往常的神情，轻声笑着给我解释说：

“叶夫斯季格涅伊死不认输，自以为是，就像我们外公一样，是个犟种！好了，睡吧，到时候了……”

母亲很少到阁楼上来看我，即使来，和我也待不了一会儿，总是急急匆匆地说几句就走了。她打扮得愈来愈漂亮，穿得越来越好看了。但是她和外婆一样，我总觉得她心里有一件瞒着我的事情，我常有这样的感觉，常在脑子里琢磨和揣测着。

外婆的故事越来越不能使我像从前那样着迷了，连她讲父亲的往事都不能安抚我心中隐隐的，然而却日益增长的担忧和焦急。

“为什么父亲的灵魂会不安啊？”我问外婆。

“这怎么知道呢？”她微微闭起眼睛说道，“这是上帝的事，老天爷管的事，我们可不知道……”

夜深人静，我常常睡不着觉，透过窗户看着星星在蓝色的天空慢慢地飘浮。我脑子里不断臆想出许多凄惨的故事，这些故事中的人物主要是父亲，他总是孤零零的一个人拄着棍子向什么地方走去，后面跟着一条毛茸茸的狗……

① 叶夫斯季格涅伊的爱称。

十二

有一天傍晚我睡着了,醒来后感觉到我的腿有点能动了,便从床上把脚放到地上。这时腿又不能动弹了,不过我心里陡然有了信心,我的腿完好无损,以后还能走路。这简直太好了,我高兴得叫了起来,试着站起来将整个身子的重量放在两条腿上,谁知一下摔倒在地。但我立刻向门口爬去,顺着楼梯向下,脑子里想象着大家在楼下突然看见我时惊讶的情景。

现在我已不记得当时我是怎么爬到母亲房间的了,我坐在外婆膝上,外婆面前站着几个我不认识的人,一个干瘪的脸色发绿的老太婆正在气势汹汹地说话,她的嗓音压倒了所有人的声音,只听她说:

"用马林汤[①]灌他,再用被子把他连头蒙住……"

老太婆全身都是绿的:衣裙、帽子是绿色的,连那张眼睛下长了个疣的脸,甚至疣上的一小撮毛,像草一样,也是绿的。她撇着下嘴唇,翘起上嘴唇,龇着满口发绿的牙齿,用一只戴着黑色的钩花的无指手套的手,放在眼睛上遮着光看着我。

"这是谁啊?"我胆怯地问。外祖父不高兴地回答说:

"她算是你奶奶呢……"

母亲淡淡一笑,把叶夫根尼·马克西莫维奇向我前面推了推,说道:

"这是你父亲……"

接着她很快地说了几句话,我听不懂她说的是什么,马克西莫夫稍稍眯

---

① 即悬钩子,冲剂可以发汗。

缝上眼睛,俯身向我,说道:

“我要送给你画画的颜料。”

房间里雪亮,屋角的桌上的银质枝形烛台上点着五支蜡烛,中间供着外祖父心爱的圣像“忽哭我圣母”,圣像法衣上的珠子在烛光中忽亮忽暗,圣像头上金色光轮的深红贵榴石光芒四射。黑糊糊窗户外面站着几个人,他们不声不响;从屋里向外看,只见一张张模模糊糊的圆圆的脸像煎饼似的贴在玻璃上,鼻子都压扁了。我觉得周围的一切在向什么地方浮动,在旋转,那个全身是绿的老太婆一面用冰冷的手指摸我的耳朵后面,一面说道:

“一定要,一定要……”

“他晕过去了。”外婆说了一句,她抱起我向门口走去。

实际上我没有晕过去,只不过闭上了眼睛。当她吃力地抱着我上楼梯的时候,我问她:

“你为什么以前不把这事讲给我听?……”

“够了,你别说了!……”

“你们都是骗子……”

外婆把我放到床上,自己累得一头倒在枕头上,浑身哆嗦,哭出了声,她哭得两肩都颤动起来,抽抽噎噎嘟囔地说:

“你要哭就哭吧……”

我不想哭。阁楼上又暗又冷,我颤抖着。床摇晃得发出吱吱嘎嘎的声响,那个绿色的老太婆仿佛还在我的眼前。我假装睡着,外婆便下楼去了。

一连过了几天空虚的日子,无聊得就像一股细水单调地无声无息地淌过去了。母亲订婚以后便到外地去了,家里冷清得令人难受。

有一天早晨,外祖父手里拿了一把凿子走进了屋。他走到窗前开始把冬天封住窗框的油灰剔下来。外婆端来了一盆水,带了抹布来,外祖父悄声问她:

“怎样,老婆子?”

“什么怎样啊?”

“你高兴了,是吧?”

外婆就像在楼梯上回答我似的回答他说:

“够了,你别说了!”

这几句简单的对话具有特别的含义，在这几句话后面隐藏着一件重大的、令人忧愁的，毋需说出来大家都已清楚的事。

外祖父仔细起出窗框，拿到外面，外婆把窗子全部敞开。花园里的椋鸟在高声鸣叫，麻雀儿唧唧喳喳，已经解冻的大地散发出的醉人清香充溢满屋，炕炉上的发青的瓷砖似乎难为情地发白了——看着这些瓷砖都觉得有点冷。我从床上爬到地板上。

"不要光脚丫在地上走。"外婆说道。

"我要到花园里去。"

"那儿地还没干呢，再等两天吧！"

我不愿听她的话，甚至看见大人就不愉快。

花园里，小草已经长出了嫩绿的尖叶，苹果树上的幼芽已经长大，有的花蕾已经绽开，彼得罗夫娜家小屋顶上的青苔已经令人愉快地发绿了。到处莺歌燕舞，鸟儿成群，随处可以听到快乐的声响，一股股清新的芳香浓郁的气息，使人感到一种愉快的眩晕。在彼得伯伯抹脖子的那个坑里，被雪压断的棕红色的野蒿东倒西歪，凌乱不堪。看见这个坑就叫人沮丧，坑里没有一点春的气息，那些失火未烧尽的黑木段仍然哀伤地发亮，我觉得这个坑简直是多余的，刺激人的神经。我气愤得恨不能把坑里的野蒿全部拔掉，踩烂，清除那些破砖烂瓦、黑木段，把坑里所有乱七八糟的垃圾和废物打扫得一干二净，在坑里给自己安置一个清洁的小窝，夏天我就一个人住在这里，避开大人。想着，想着，我就动手干了起来。这一干，马上就使我忘了家中所发生的一切，忘得干干净净，而且时间很长。虽然家里的事仍然使我感到十分气恼和难受，但随着日子一天天地过去，越来越引不起我的注意了。

"你干吗老是绷着脸？"有时外婆问我，有时母亲也问我，她们问得我很不自在，因为我并不是生她们的气，只不过是家里发生的一切都和我格格不入罢了。在我们吃午饭、喝晚茶和吃晚饭的时候，那个绿色的老太婆常常在座，桌旁活像撅着一根旧篱笆上发出腐烂气味的木桩。她的两只眼睛仿佛是用看不见的线缝在脸上似的，眼珠儿转得很灵活，似乎眼看就要从皮包骨头的眼坑里滚出来。那双眼睛好像什么都能看见，什么都能发现。当她说到上帝的时候，眼睛就向天花板上翻，一谈到家务事，眼皮就耷拉到腮帮子上。她的眉毛就像用麸皮粘上去的。她的裸露的大牙能咬断她塞到嘴里的一切，而且一点声音也没有。她弄姿作态地蜷曲起手，翘起小指头，咀嚼时耳朵旁边一对圆骨头滚来滚去，耳朵跟着一动一动，连疣上的一小撮绿毛也像爬似的、在干净得令人厌恶的蜡黄的皱皮上微微蠕动。她浑身上下干净得和她的儿子一样，甚至碰他们母子一下都觉得不好意思，甚至是大逆不道的事。刚来的那几天，有一次她想把自己那只死人般的手伸向我的嘴唇，手上散发出一股喀山的黄肥皂的味儿，我扭身逃跑了。

她常常对她儿子说：

“这孩子一定要好好教育，懂吗，叶尼亚[1]？”

她儿子顺从地低着头，皱起眉头一声不响。他在这绿色老太婆面前总是皱着眉。

我恨死那个老太婆和她的儿子，真是恨入骨髓了。这种难以忍受的心情使我挨了很多次的打。有一次在吃午饭的时候，老太婆可怕地瞪起眼睛说：

“哎呀，阿廖申卡，你为什么吃得这么快？为什么这样大块大块地狼吞虎咽啊！亲爱的，你要噎住的！”

我立刻从嘴巴里掏出一块来，重新把它插在叉子上，递到她面前说：

“要是你舍不得，就拿去吧……”

母亲把我从桌旁拉走，我被屈辱地赶到了阁楼上。外婆来了，她捂住自己的嘴巴哈哈大笑说：

“啊，我的老天爷啊！哈，你真调皮，耶稣保佑你……”

我不喜欢她把嘴捂住，便避开她跑了。我爬到屋顶上，在烟囱旁坐了很久。真的，我非常想捣蛋，对所有人我都恶言恶语，要想克制住这种愿望很难。有一次，我在我未来的继父和新奶奶坐的椅子上涂满了樱桃树的胶，两个人都被粘住了，好笑极了。外祖父狠揍了我一顿以后，母亲来到我住的阁楼上。她把我拉到面前，用两个膝盖紧紧夹住我，说道：

“你听我说，为什么你总要任着性子干？你可知道，这么干我心里有多难过，我会倒霉的！”

她热泪盈眶，把我的头紧紧贴在她的脸颊上，这使我心里特别沉重，不

---

① 叶夫根尼的小名。

如她狠狠地打我一顿反好受些！我说我以后再也不得罪马克西莫夫家的人了，永远不了，只要她不哭。

“对，对了，”她轻声说，“别胡闹了！我们很快就要举行婚礼了，然后就去莫斯科，然后再回来，你就和我住在一起。叶夫根尼·瓦西里耶维奇是个很善良又聪明的人，你会和他相处得好的。你将到学校去学习，然后当一名大学生，就像他现在这样，然后做医生。你想干什么？有学问的人能干想干的事。好了，去吧，去玩吧……”

对她一个接一个摆的这一连串的“然后”，我觉得仿佛是向下面什么地方延伸的一架梯子。这架梯子通到黑暗的深渊，使母亲离开得越来越远，去过孤寂的生活，所以它并不使我高兴。我很想对母亲说：

“请你别嫁人吧，我能养活你！”

然而这句话我没有说出口。从前，母亲总是激起我对她很多很多亲切的思念，但是这些思念从来没有决心说出来。

我在花园里的那项工作进行得十分顺利：我用手拔，用柴刀砍，清除了坑里的野蒿，在坑的四周泥土塌落的地方，用碎砖破瓦填平围实，还用那些砖头瓦砾砌了一个宽大的坐位，大得甚至可以躺在上面睡觉。此外，我又收集了许多彩色玻璃和破碗碎瓷，用黏土把它们砌进碎砖破瓦的缝隙里，太阳一照进土坑，这些碎片就立刻闪耀出光彩夺目像彩虹般的光环，像在教堂里一样。

“想的主意真不赖！”有一天外公仔细地打量着我的工程说道，“只是你没把野蒿根刨掉，以后还会戳你的！去拿把铁锹来，我来帮你把土再翻一遍！”

我拿来了一把铁锹，他向手掌上吐了口唾沫，喉咙里咯咯响了几声，用脚把铁锹深深地蹬进肥沃的土里。

“把蒿子根拣出来扔掉！以后我替你在这儿种一些向日葵和锦葵，长起来才好呢！真好……”

突然，他抓着铁锹弯下身去，一声不响地发愣。我走到他面前仔细一看，只见从他那小小的像狗一样的眼睛里，不断流出的一小滴一小滴的眼泪落到了土里。

“你怎么啦？”我问他。

他全身抖动了一下，用手掌擦去脸上的泪水，茫然地看了我一眼。

"我出汗了！你瞧，多少蚯蚓！"

接着他又挖起土来了，他突然说：

"你这小窝白造了！白费力，小兄弟。这房子我很快就要卖掉了。大概要交秋的时候我就卖掉它。要钱用，给你母亲办嫁妆。就这样，让她能过上好日子，上帝保佑她……"

他抛下铁锹，挥了挥手，到浴室后的花园角落去了，那里有他的小温房。于是我便开始翻土，谁知刚翻就被锹弄伤了脚趾。

脚伤了，母亲去教堂举行婚礼，我没能去送，只能走到大门口看着她挽着马克西莫夫的胳膊，低着头，小心翼翼地踏着人行道上的砖头和从砖缝里冒出来的青草，仿佛她脚下踩的是铁钉尖。

婚礼举行得很冷清。他们从教堂回来后，闷闷不乐地喝茶。母亲换去了礼服，到自己卧室去收拾箱子，继父坐在我的身旁，说道：

"我答应过送你画图画的颜料，但这城里没有好的卖，而我自己用的颜料又不能给你，我以后从莫斯科买来寄给你……"

"我用颜料干什么呢？"

"你不爱画画吗？"

"我不会画。"

"那我给你寄别的东西吧。"

这时母亲来了。她说：

"你知道，我们很快就会回来。你父亲要参加考试，考过试，毕业后就回来……"

他们像跟大人说话似的和我交谈，这倒使我很愉快，但当我听到已经长了胡子的人还在学习时，感到很奇怪。就问：

"你现在学习什么？"

"学土地测量。"

我懒得再问土地测量是怎么回事了。家里孤寂无聊，只能觉察到一种像动物擦毛发出的极轻微的沙沙声，我真想黑夜快点到来。外祖父背脊紧倚着炕炉，微眯上眼睛看着窗外。绿色老太婆一面帮母亲收拾东西，一面不断地唠叨，唉声叹气，而外婆中午就喝醉了酒。家里人怕她丢脸，送她到阁楼上，把她锁在里面。

母亲是次日清晨走的，临别时她拥抱了我，轻轻把我从地上抱起，用一种我从未见过的目光探察我的眼睛，亲吻着我说：

“别了……”

“你对他说，要听我的话。”外祖父眼睛看着朝霞尚未退去的天空，阴郁地说。

“要听外公的话。”母亲在我胸前画了十字说道。我一直等她讲一些别的什么话，所以很生外祖父的气，就是他给打搅了。

他们坐上了四轮双座敞篷的轻便马车，母亲的衣裳下摆被什么东西挂住了，她气呼呼地拉了很久。

“你帮着拉一下，难道没看见？”外祖父对我说道，他不知道这时我已经难过得不能帮母亲拉了。

马克西莫夫急急匆匆地把自己穿着蓝裤子的两条长腿在马车上摆好，外婆把几个包袱塞到他手上，他就把包袱都堆在自己的腿上，用下巴抵住包袱，胆怯地皱起苍白的脸，拖长了声音说：

“行——啦，够——多啦……”

绿色的老太婆和她当军官的大儿子坐上了另一辆敞篷马车，她坐在那里一动不动，像画的一样，那个大儿子则用军刀柄挠着自己的胡子，一个接一个地打着呵欠。

“就是说，您要去打仗啰？”外祖父问道。

“肯定要去。”

“好事。土耳其人该打[①]……”

他们走了。母亲几次回头，挥动着头巾，外婆一只手撑着墙，另一只手在空中向她摇晃着，老泪横流。外祖父也用手指从眼睛里挤出几滴泪水，结结巴巴地咕哝着：

“不会有……好结果的……在那儿……不会有的……”

我坐在石墩子上，望着两辆马车在路上颠颠簸簸地走远了，眼看马车在街角转弯以后，我的胸口似乎什么东西啪的一下合上，紧紧地被关住了。

---

① 指一八七七至一八七八年俄国为巩固自己在巴尔干半岛的影响而发动的那次战争。

这时天色还很早,家家户户的百叶窗还虚掩着,街上空空荡荡,我从未见过大街上这样空旷沉寂。远处有个牧人在惹人厌烦地吹着笛子。

“我们回去喝早茶吧,”外祖父抓住我的肩膀说道,“看来,你命里注定跟我住在一起,你这条小鱼离不了我这洼水,你就使劲儿到我水里来游吧!”

从早到晚我和外祖父闷声不响地在花园里忙。他翻松田畦,把马林枝扎紧,刮去苹果树干上的苔藓,捻死毛毛虫,我仍然忙着建造和装饰我的那个小窝。外祖父把烧焦的木头上端砍去,将一根根细棍子插到土坑四周,我就把笼子里养的小鸟分别挂在木棍子头上,用干蒿草扎成密密的篱笆,还在那宽大的椅子上搭了个凉棚用来挡太阳和露水,我那个小窝简直舒服极了。

外祖父说:

“你学着自己把自己安排得尽量好一些,对你很有好处。”

他说的这话我十分重视和珍惜。有时他躺在我那用草皮铺成的“宝座”上,从容不迫慢吞吞地开导我,一字一句仿佛是费了好大劲才从嘴里挤出来似的。

“现在你要离开你母亲独自一个人生活了。她以后还要生孩子,她对那些孩子比对你亲。如今你外婆又喝起酒来了。”

他很久没有说话,似乎在留心听什么,然后又不乐意地脱口说出一些令人心情沉重的话语:

“这是她第二次酗酒了,米哈伊尔要去当兵的时候,她猛喝起酒来。那个老糊涂劝我去替他买张免役证。我想,也许他当了兵后能变了个人……唉,你们啊……我是快要死了。就是说,以后就剩下你一个人了,要自己照顾自己,自己的生活花费靠自个儿挣,懂吗?嗯,就是这样。你要学着自己独立干工作,不要听别人摆布!要平平静静安安稳稳地过日子,可是要坚强!什么人的话都要听,但做的时候,要想想怎么做对自己最有利……”

整整一个夏天,当然除了刮风下雨,我都在花园里度过,温暖的夜里,我甚至就在花园里躺在外婆送给我的一条羊毛毡上睡觉。外婆自己也常在花园里过夜,她抱来干草,铺在我的“床”旁,躺下来,久久地给我讲些什么。她在讲的过程中,常常打断自己的话头,出其不意地插上一两句:

“你瞧,又落下了一颗星星!这是什么人的纯洁的魂灵儿忧闷不安,思念大地母亲了!就是说,现在什么地方有个好人出生了。”

或者她指着星星对我说：

“一颗新的星星升上天了，瞧啊！多鲜艳多明亮啊！哦，美妙的天空啊，你是上帝的绚丽的法衣……”

外祖父嘟哝说：

“你们要受凉的，一对傻瓜，这样要生病的，要不然会中风，或者小偷钻进来把你们掐死……”

有时候，太阳一下山，宽阔的天空仿佛涌流出几条火红的河。火红的河一烧尽，金黄色的灰烬便洒落到花园里天鹅绒般的绿茵上，接着你就感到周围的一切逐渐变暗，慢慢扩展膨胀，整个大地沉浸在温暖的朦胧中。吸足了阳光的叶子低垂着，青草弯向地面，愈来愈变得柔和松软，静悄悄地呼吸着各种亲切得宛似音乐的气息，而这时音乐也从远处，从旷野里缓缓飘浮过来：军营里正在吹晚点名号。夜正在降临。随着夜的到来，一种强烈的、清新的、宛如慈母爱抚似的感情渐渐注入人的心田。静谧犹如温馨的、毛茸茸的手温柔地抚慰着我的心，记忆中需要忘记的一切，白天里沾染的所有腐蚀人心灵的灰尘正在被荡涤干净。仰面躺在那里，注视着灿烂的群星在炽烈地燃烧，使天空永无止境地深邃下去。那深邃的天穹愈来愈高，让人不断地发现新的星星，似乎感觉到它在将你从大地上轻轻托起，这种感受多么令人陶醉！多么奇怪，不知是整个大地缩小到和你一样了呢，还是你自己奇迹般地变大了。你在扩展，熔化、和周围的一切汇成了一体。一切逐渐变得更暗、更静了，但是，似乎到处都延伸着灵敏的琴弦，弦上发出的每一个音符——或是小鸟在梦中歌唱，或是刺猬窸窣跑过，或是人声突然轻微响起——无论什么声音，都因为周围那种令人觉得极为敏感的亲切的寂静而特别显得比白天响亮。

响起了一会儿手风琴声，传来了一阵女人的笑声，军刀碰到人行道砖头上的声响和狗突然的一声尖叫，所有这些都令人厌烦，犹如日落黄昏时的最后的落叶。

常有些夜晚，突然从旷野和街上传来了醉鬼的叫声，或有人踏着沉重的脚步橐橐地跑过去，这些我都习以为常，引不起我的注意。

外婆久久地不睡觉，双手放在脑后躺着，稍带点激动地讲述着什么，根本不关心我是否在听她讲。她很善于选择讲那些使夜变得更有意思、更美的童话。

在她那一句一句有节奏的讲述中，我不知不觉地睡着了，清晨和小鸟一起醒来。阳光直接照在脸上，暖洋洋的，早晨的空气无声无息地飘动，露珠从苹果树的叶子上不时地掉落下来，润湿的青草上的反光愈来愈亮，像水晶似的清澈晶莹，青草上缓缓冒起一层薄纱似的蒸汽。淡紫色的天空上，阳光宛如扇子般地向外扩展，天空愈来愈蓝。云雀在目力难及的高空婉转地歌唱。所有这一切赏心悦目的色彩和音响，宛似露水缓缓沁入我的心脾，使我产生一种恬静的喜悦，激起我想快点起来做点什么事情，引发我和周围一切有生命的东西友爱地一起生活的愿望。

这是我一生中最最平静，感受最多和剖析自己内心世界最多的一段时光，正是这一个夏天，我对自己力量的自信在内心形成并巩固了。我变孤僻了，有点离群了。我常听见奥夫相尼科夫家孩子们的呼喊声，但我不为所动，不到他们那儿去，即使我的表兄弟来了，也丝毫引不起我的高兴，他们来只能引起我的担心，怕他们破坏了我在花园里的小安乐窝，那是我平生第一件靠我独自力量完成的事业。

外祖父的话再也引不起我的兴趣了，他说话愈来愈枯燥无味，唠唠叨叨和唉声叹气。他开始常常和外婆吵嘴斗气，把外婆从家里赶出去。外婆不是去雅科夫舅舅那儿，便到米哈伊尔舅舅家。有时她干脆一连几天不回家，外公便自己忙饭吃，手被烫了就大喊大叫，破口大骂，摔碗掼盆，显然逐渐变得贪婪了。

有时他到我的窝棚里来，舒舒服服地朝草皮上一坐，久久地盯着我看，一声不响，出其不意地问我说：

“你为什么不说话?”

“不为什么。干什么要说话?”

他开始教导我了：

“我们不是老爷。没有人教我们，什么事都得自己弄明白。你看，那些书是为别人写的，学堂也是为别人盖的，我们什么都赶不上趟。一切都得自己去干……”

每当他陷入沉思时，就显得憔悴不堪，一动不动，像哑巴一样，简直有点怕人。

秋天，他把房子卖了，在卖屋前不久，一天吃早茶的时候，他突然阴沉、果断地向外婆宣布说：

“喂，孩子他妈，我以前一直养着你，实在养够了！现在你自己挣钱养活自己吧。”

外婆对他的这两句话泰然自若，好像早就知道他要讲这话似的，只不过一直等他说出来罢了。她不紧不慢地掏出鼻烟壶，填了点鼻烟到她那海绵似的鼻子里，说道：

“好吧，既然这么说，那就这么办吧……”

外祖父在山脚尽头一所旧房子的地下室租了两间小屋，当我们搬到那两间屋里去的时候，外婆拿起一只系有长带子的旧草鞋，将它扔到炕炉下面[①]，蹲下来，开始唤家神[②]说：

“家神爷，你是一家之主，给你雪橇，你乘上它和我们一起到新家去，去保佑我们家新的幸福吧！”

外祖父从院子里向窗里看了一眼，喊道：

“等着，我给你送去，你这异教徒！你试试再给我丢脸……”

“哎哟，孩子他爸，你小心，要招祸啊。”她认真地警告说，可外祖父火冒三丈，不准她把家神请过去。

外祖父两三天里就把家具和各种零星杂物陆续卖给了几个收破烂的鞑靼人，卖的时候，他们讨价还价，相互咒骂，外婆从窗户里看着外面，一会儿哭，一会儿笑，压低声音说：

“拉走吧！毁掉算了……”

我也不住地想哭，舍不得我的花园，我那窝棚。

我们搬家时用两部大车拉东西，我坐在一辆车的家具什物中间，那辆车颠簸得非常厉害，好像过一会儿就要把我摔下车去似的。

以后，大约有两年时间我一直在这种不断要把我颠簸到什么地方去的感觉中度过，直到母亲去世。

外祖父搬到地下室后不久母亲就回来了，她面色苍白，瘦了，眼睛显得

---

① 俄罗斯式火炉下面有一空处。

② 迷信观念，类似中国旧时的灶神或灶君、灶爷、灶王爷等。

更大,眼里闪烁着感情深厚的惊异的光。不知为什么,她看什么都仔细地端详,仿佛第一次看见她的父亲、母亲和我,而且看时一言不发,而继父则一个劲儿地在屋里踱来踱去,轻轻地吹着口哨,不时地咳嗽几声,两只手背在后面,不住地动弹着玩自己的手指。

"老天哪,你长得好快啊!"母亲用滚热的手掌紧紧捂着我的脸颊对我说。她穿得不好看,是一件宽大的棕红色的连衣裙,肚子鼓起来。

继父向我伸出了一只手,说道:

"你好啊,小兄弟!你怎样啊,好吗?"

他嗅了嗅空气,说道:

"嗳,知道吗,你们这儿太潮湿了!"

他俩仿佛刚才跑了很长时间,精疲力竭,满面倦容,衣服上全是皱褶,还有磨破的地方。他们什么也不需要,只想躺下休息休息。

在一起喝茶时,大家兴味索然,外公看着窗外的雨洗涤着窗玻璃,问道:

"这么说,全烧光了?"

"全烧光了,"继父肯定地说,"我们人好不容易才逃出来……"

"是这样。水火无情啊。"

母亲紧靠外婆的肩,附着她的耳朵低声说些什么,外婆眯着眼睛,就像被光线刺得睁不开似的。一切显得更加沉闷无聊了。

外祖父突然大声地说起话来,语气挖苦但心平气和:

"叶夫根尼·瓦西里耶夫先生,我听到传闻说,压根儿没有失火,只不过是你打牌把家当输了个精光罢了……"

屋里突然哑然无声了,像在地窖里一样,只听见烧开的茶炊发出噗噗的声响和雨珠拍打在玻璃上的声音,过了一会儿,母亲说话了:

"爸……"

"喊什么啊——爸啊爸的,"外祖父震耳欲聋地大声喊叫起来,"还有什么好说的?我不是对你说过,三十岁不能嫁二十岁的人吗?你活该,你瞧,他长得多清秀啊!好一个贵族公子哥儿,是吗?怎么啦,小女儿?"

四个人一起喊了起来,叫得最响的是继父。我跑到过道里,坐在柴堆上,真是惊得呆若木鸡了。母亲似乎换了个人,完全不像从前的她了。我在屋里还不太觉得,可在这儿,在昏暗中,脑海里立刻清楚地浮现出了她从前的模样。

后来,记不清为什么我住进了索莫夫镇[1]的一所房子。房子里的东西都不是从家里带去的,四壁没有糊墙纸,墙是由一根根原木排列起来的,原木中间的隙缝里用麻丝填塞,麻丝里有很多蟑螂。母亲和继父住两个房间,窗户朝街,我和外婆住在厨房里,只有一个天窗。工厂的一根根乌黑的烟囱,就像俄罗斯表示嘲弄或轻蔑时握住拳头从食指与中指间伸出来的拇指,从屋顶向天空翘着,冒起一圈圈的浓烟。冬天的风把烟刮得到处都是,使全镇烟雾弥漫,我们冰冷的房间里总是充满浓浓的糊焦味。每天一早,汽笛就像狼一样地嚎叫:

"噢呜,噢呜,噢呜——"

倘若站到凳子上,可以从窗户上端的玻璃越过房顶看见被灯照亮的工厂大门。敞开的大门就像一个老叫化子张着没牙的黑洞洞的嘴巴,密密麻麻的小人儿成群结队地向里面爬。中午时分,又是一阵汽笛声,工厂撇开乌黑的嘴唇,张开了黑魆魆的深洞,令人作呕地吐出了被反复咀嚼过的工人,他们像一股污浊的黑流淌到街上。风刮着白色的毛茸茸的雪沿街疾驰,追赶着人群,并把他们抛到各自的家中。村镇上很难见到天。落满煤烟子的屋顶、雪堆的上空日复一日地低垂地覆盖着另一层灰蒙蒙的平顶,它紧紧束缚人们的想象力,那忧郁的千篇一律的色调使人眼睛发花。

每天晚上,工厂上空有一种浑浊的、发红的反光在晃荡,照亮了烟囱顶端,似乎一根根烟囱不是由地面向天空矗立,而是从烟云里由上向下降落,一面降落,一面吞吐着红色的火光,哀号着,吼叫着。这一切看在眼里令人厌烦和恶心,一种使人难以忍受的无聊啃啮着人的心灵。外婆当厨娘,每天做饭,拖地板,劈柴,挑水,从早到晚忙个不停,躺下睡觉时已经筋疲力尽,不住地哼哧哼哧、唉声叹气了。有时她烧好了饭,套上短棉袄,高高地掖起裙子,准备到城里去,说道:

"去看看老头子在那儿过得怎样……"

"把我带去!"

---

① 一八七六年底至一八七八年初,高尔基的继父在索莫夫工厂当职员,他和继父、母亲、外祖母住在一起。

“你要冻坏的，瞧多大的风雪！”

每次去城里，她要在雪夜里在被人们遗忘的路上走七俄里。母亲怀着孩子，脸色蜡黄，怕冷地用一条灰色的有穗子的破烂披巾裹着身子。我恨那条破披巾，因为它使母亲高大匀称的身材变了形。我恨那像尾巴似的穗子，想扯掉它们。我恨那所房子，恨那个工厂和村镇。母亲穿着一双已经走了样的毡靴走来走去，不住地咳嗽，震动着难看的大肚子，她那灰蓝的眼睛里显露出冷漠气忿的神情，经常盯着空无一物的墙壁，就像目光被粘到墙上了。有时，她整整一个钟头看着窗外的大街，那条街就像颌骨，一些牙齿老得发黑，东倒西歪，另一些牙已经掉落，新牙镶得十分难看，大得和颌骨很不相称。

“干吗我们要住在这儿呀？”我问道。母亲回答说：

“唉，你别问了……”

她很少和我讲话，要说也是命令我：

“你去一趟，给我……去把……拿来。”等等。

家里人很少让我上街，因为我每次到街上去都被一些野孩子打得鼻青眼肿回来。打架是我的爱好和唯一的快乐与享受，我常常忘情地打，要打就打个痛快。母亲用皮带抽我，可惩罚更刺激了我，下次和那些孩子打得更狂暴，母亲便更厉害地惩罚我。有一次我警告母亲说，如果她还打我，我就咬她的手，逃到荒野地里，在那里冻死，她一听，吃惊地推开我，在屋里转了一圈，累得气喘吁吁地说：

“这小野兽！”

在我心灵中，那生气盎然却又忐忑不安的称之为爱的情感所构成的色彩斑斓的虹退色了，而那对一切愈来愈频繁地喷发出无法抑制的恼恨的蓝色火焰，一种难以忍受的愤懑和在这灰色的、死气沉沉的无聊环境中的孤独感，却在心中隐隐燃烧。

继父对我极端苛刻，不和母亲说话，老是吹口哨，咳嗽，午饭后久久地站在镜子前，经心地用松明细棒剔他那参差不齐的牙齿。他越来越多地跟母亲吵嘴，生气地用“您”来称呼她。他用这个“您”称呼我母亲使我怒不可遏。吵架时他总是严严关上厨房的门，不愿我听到他骂的话，但我仍仔细听，仍然听见他那低沉的声音。

有一天,他突然跺脚大喊一声:

“都是您这个难看可笑的大肚子,弄得我连客人都不能请,您简直是头蠢牛!”

我大为骇然,简直像受了奇耻大辱,身子在宽床板上猛然向上一跳,头撞到了天花板,重重地把自己的舌头咬出了血。

每逢星期六,都有几十个工人来找继父卖粮条,这些粮条是工厂当钱发给工人的,他们可以凭这些粮条在工厂开的小铺子里去换取粮食。继父做粮条倒手买卖,用半价收进。他就在厨房里接待那些工人,大模大样地坐在桌旁,阴沉起脸,拿着粮条说道:

“一个半卢布。”

“叶夫根尼·瓦西里耶夫,你难道不怕上帝……”

“一个半卢布。”

这种荒谬的黑暗生活没有持续多久,在母亲生孩子之前,我被送到外祖父那里。那时他已搬到库纳维诺了,在一所两层楼房子里租了一个狭窄的、带有俄式火炉的房间,房间里有两扇朝院子的窗户。这所房子坐落在沙土街上,从这条街往下到小山丘,便是纳波尔教堂墓地的院墙。

“怎么啦?”外祖父迎着我说道,尖叫着笑起来了。“俗话说,‘再心爱的朋友也比不上亲娘’,如今看来我们要说,‘不是比不上亲娘,而是比不上老鬼外公’啦!唉,你们啊……”

我还没来得及仔细看看这新地方,外婆和母亲就带着孩子来了。继父因为掠夺工人被赶出了工厂,但他去了什么地方一趟,马上受聘去火车站当售票员了。

过了很多天空虚无聊的日子,我又被送到母亲那儿,住在一幢石头房子的地下室里。母亲随即将我送去上学,从上学的第一天起,学校就引起我的厌恶。

上学时,我穿的是母亲的矮勒皮鞋,用外婆的上衣改缝的旧大衣,黄衬衣和撒腿裤子。这一身打扮立刻引起了同学们的嘲笑,由于我穿的是黄衬衣,便得了个绰号叫“方块”①。不过我和男孩子很快就和睦相处了,可教师

---

① 俄国囚服背上缝作标记用的红色或黄色的方块布。

和神甫不喜欢我。

教师是脸色蜡黄的秃头，鼻子经常流血。他每次走进教室时，鼻孔里都塞着棉花，坐到桌子后面，齉着鼻子问我们的功课。他问着问着，突然话说到半截就不说了，拉出鼻孔里的棉花，摇晃着脑袋翻来覆去地仔细看。他的脸盘扁平，黄铜般的颜色，萎靡不振，皱纹里仿佛布满了像铜绿似的东西，一对完全多余的呆板无神的眼睛，使那张脸显得特别丑陋。就是这对眼睛经常讨厌地盯住我的脸看，使得我总想用手掌把两颊擦干净。

我在一班第一排坐了几天，课桌几乎紧靠着教师的桌子，这简直令人难以忍受，仿佛除了我以外，他谁也看不见，老是齉着鼻子说：

"彼斯科夫①，换一件衬衫！彼斯科——夫，脚不要在地上磨蹭！彼斯科夫，你鞋子里又流出了一汪水了！"

为此，我狠狠地搞了一次恶作剧报复他：有一天，我找到半个冰冻西瓜，掏空里面的瓤儿，用细绳系在过道门的滑轮上。门开着时，西瓜随着滑轮拉到上面，教师来上课，随手一关门，西瓜皮就落下来，正好套在他的秃头上。事后，门房带着教师的字条把我送回家，我为这次淘气所付的代价是受了一场皮肉之苦。

另一次，我在他桌子抽屉里撒了许多鼻烟，上课时他接二连三地打起喷嚏来，无法停止，不得不到教室外面去，最后不得不要他女婿来替自己代课。他女婿是个军官，强迫全班学生唱《愿上帝保佑沙皇》和《啊，自由啊，我的自由》。谁唱错了，他就用尺子敲谁的脑袋，不知怎么的，敲得特别响，令人好笑，但不痛。

神学课教师是个年轻漂亮、头发蓬松的神甫，他不喜欢我是因为我没有《创世纪》，还因为我滑稽地模仿他说话的神情、语调和姿态。

他一进教室第一件事就是问我：

"彼什科夫，你书带来了没有？对了，书？"

我回答说：

"没有。没有带来。对了。"

"什么'对了'？"

---

① 彼什科夫是高尔基的姓，教师说不清楚，将"什"读成了"斯"。

“没有。”

“好吧,你就回家吧! 对了,回家。因为我不想教你。对了。不想教你。”

这并不使我伤心,我离开学校,一直到放学之前都在镇上的几条肮脏的街上闲逛,细细地察看镇上的喧闹的生活。

这位神甫有一张端庄文雅基督式的脸,亲切的女人似的眼睛和一双碰到一切都亲切温柔的小手。每样东西,无论书、尺、羽笔,他去拿的动作,都惊人地轻柔优美、温文尔雅,似乎他拿的是有生命的脆弱的东西。十分钟爱它,唯恐不小心把它碰坏似的,可是他对孩子们却不那么亲切和蔼,不过孩子们仍然喜欢他。

尽管我学习得还算不错,但不久仍然通知我说,由于我的行为不端要把我赶出学校。我十分懊丧,一场极为不快的波澜威胁着我:因为最近母亲变得越来越容易动怒,打我的次数越来越多了。

但是,救星来了——突然学校里来了一个叫赫里桑夫[①]的主教,在我记忆中他是驼背。

这位身材矮小的主教,穿着一件肥大的黑袍,在桌后坐下,从袖子里抽出双手,说道:

“我的孩子们,让我们交谈交谈吧!”教室里顿时感到温暖如春,气氛活跃起来,似乎微微飘来了一阵从未体验过的令人愉快的轻风。

继许多同学之后,我也被叫到他的桌前,他认真地问我:

“你几岁啦? 才这么大啊? 小弟弟,你长得这样高啊,是吗? 你常常站在外面让雨浇的,对吧?”

他把一只瘦瘦的、留着又长又尖指甲的手放在桌上,另一只手捏着稀疏的小胡子,慈祥的眼睛一直凝视着我的脸,提议说:

“喏,你给我讲讲《创世纪》里你喜欢的一段,好吗?”

当我告诉他我没有书,没有学《创世纪》时,他扶了一下头上戴的高筒

---

① 赫里桑夫是著名的三卷本著作《古代世界的宗教》、论文《埃及的轮回》和政论《论婚姻和妇女》的作者。这篇政论我年轻时曾经读过,给我留下了深刻的印象。论文标题我可能写得不对。论文是刊载在七十年代的某一本神学杂志上的。——作者

帽子，问道：

“这是怎么回事？要知道，这是一定要学的！那也许你知道一些什么别的，从前听到过的？《诗篇》你知道吗？这很好！会念祷词吗？嗬，你瞧吧！那么说《使徒传》你也会啰？还能念圣诗吗？哦，你是我的学识渊博的学生。”

我们的那位神甫满脸通红，气喘吁吁地来了，主教在他面前画了十字，做了祝福，正当他要数说我的时候，主教举起了一只手，说道：

“请等一等……喂，你讲讲上帝的仆人阿历克谢，好吗？”

“这是极好的诗，小弟弟，是吗？”当我忘了哪一行诗，稍稍停顿一下时，他说道，“你还会什么？……大卫王的故事，会吗？我很想听听！”

我发现，他确实在听，是真喜欢诗的。他问了我很久，后来突然停住，很快地向我打听：

“你以前学《诗篇》是谁教的？是慈祥的外公？是很凶狠的吗？难道是这样？那你一定很顽皮！”

我窘得说不下去了，但还是说了声：“是的。”教师和神甫一齐啰里啰唆地说了我一大堆坏话，证明我应该认错，主教垂下眼睛听他们数落我，然后叹了口气说道：

“你听到他们都说你什么了吗？嗯，到我跟前来！”

他把一只发出檀香木气味的手放在我的头上，问道：

“你为什么要这样顽皮呢？”

“学习很枯燥。”

“枯燥？小弟弟，你这话说得就有点不对了。倘若你真的觉得学习枯燥，那你就学不好了，可是老师们都证明你学得不错。就是说，还有点别的什么原因。”

他从怀里掏出一本小笔记簿，边写边说：

“彼什科夫·阿历克谢，就这样。晦，小弟弟，你还是要克制自己，不要顽皮得太过分！稍微顽皮点儿——可以，顽皮得太厉害了，就叫人讨厌！孩子们，我说得对吗？”

大家齐声地回答：

“对。”

"你们自己不大顽皮,对吗?"

"不,我们也很顽皮!很顽皮!"

主教往椅背上一闪,将我紧紧拥在怀里,惊奇地说了几句话,说得大家——包括教师和神甫在内——都笑了,他说:

"这事儿真怪,我的小弟弟们,要知道,我在你们这年龄的时候,也是个头号淘气鬼!为什么会这样,小弟弟们,啊?"

孩子们笑着,他详细地问了大家很多问题,十分巧妙地使大家七嘴八舌地辩论,教室内快乐的气氛愈来愈浓了。最后他终于站起来说:

"顽皮鬼们,和你们在一起很愉快,可我该走了!"

他举起一只手,把大袖子捋到肩膀,挥起胳膊,在每个人胸前画个大十字,祝福说:

"以圣父圣子圣灵的名义,祝福你们去为最美好的事业效劳。再见了。"

大家高喊:

"再见了,大主教!您要再来。"

他戴着那高筒帽子向我们点了点头,说道:

"我来,我来!我给你们带书来!"

他从容地走出教室,对教师说:

"放他们回家吧!"

他牵着我的手走进过道,在过道里俯下身子悄声对我说:

"那你要克制自己一些,好吗?我理解你为什么要淘气!好,再见吧,小弟弟!"

我十分激动,仿佛胸中有一种非常特别的感情在沸腾,甚至教师放走了全班同学,只留下我一个,说我现在应该表现得比水还要安稳,比小草还要顺从,我都会认真地心甘情愿地听完他的话。

神甫一边穿着皮衣,一边拖长了低沉的声音和蔼地说:

"从今以后,你应该来上我的课!对了。应该上课。但你要安安静静地坐着!对了。安安静静的。"

我在学校里的事情刚搞顺当,可在家里却闹出了一件糟糕透顶的事——我偷了母亲的一个卢布,但这不是我预先策划好的犯罪。有一天晚上,母亲出门到什么地方去,留下我在家看小孩。由于枯燥无聊,我便翻看继父的一本书——大仲马的《医生札记》[1]。书页中夹有两张钞票,一张十卢布的,一张一卢布的。书我看不懂,便合上它,但转而一想,一个卢布不仅可以买到《创世纪》,说不定还能再买一本讲鲁滨逊的书。在这不久以前,我在学校里得知有这样一本书。那天很冷,课间休息时我在给几个小男孩讲童话故事,突然其中一个孩子鄙薄地说:

"又是童话,胡说八道,不好听,瞧,鲁滨逊,那可是真人真事!"

还有几个看过鲁滨逊的男孩,他们都夸这本书好,我很气恼,外婆的童话故事他们竟不喜欢,于是我决定要看一遍写鲁滨逊的书,以便我也能说:"那才是胡说八道!"

第二天,我带了一本《创世纪》、两本破破烂烂的安徒生童话集、三磅白面包和一磅香肠到学校去。在弗拉基米尔教堂的菜园旁边的一间昏暗的小铺子里,有一本薄薄的黄封面的书,第一页上印着一个身裹兽皮、头戴尖顶椭圆形的毛皮帽、满脸大胡子的人,单这身打扮就使我不喜欢了,童话书上印的图画,连人的外表都令人觉得可爱,尽管书已被翻得破烂不堪。

在课间大休息时[2],我和孩子们分享了面包和香肠,接着便开始读异常优美的童话《夜莺》,这个童话立刻抓住了大家的心。

"在中国,所有的居民都是中国人,连皇帝本人也是中国人。"我清楚地记得,这句话以其质朴无华的语言、令人快乐和微笑着的音乐韵律和包含的惊人美好的内容,顿时就使我感到极为愉悦和惊愕。

《夜莺》我没能在学校里读完,因为时间不够,回家时,母亲正站在炉口前的小平台旁,手里拿着煎锅活柄在煎鸡蛋,她用一种很怪的压低了的声音问道:

"你拿了一个卢布?"

"拿了。瞧,买的书……"

她用煎锅柄狠打了我一顿,两本安徒生童话则被她没收了去,藏到什么

---

① 法国作家大仲马(一八〇二——一八七〇)的著作,原名为《约瑟·巴尔萨莫》,俄译本为《医生札记》。

② 课间大休息时间一般为二十至三十分钟。

地方,我一直没能找到,这比打我更使我伤心。

我几天没有去上学,在这段时间里,大概继父把我的“功绩”讲给他的同事听了,那些同事又把这事告诉了自己的孩子,其中有一个孩子将这事传到学校里。当我上学的时候,同学就用给我起的新绰号迎接我,喊我小偷。这绰号既简短又明了,但不正确:因为我并没有隐瞒那一个卢布是我拿的。我试图向大家解释清楚,他们不相信我,于是我便跑回家告诉母亲说我不去上学了。

母亲又怀孕了,她脸色苍白,失常的眼神里充满了痛苦。她在喂小弟弟萨沙,眼睛看着我,嘴巴就像鱼似的张着。

“你撒谎,”她低声说,“谁也不会知道你拿了家里一个卢布。”

“你去问好了。”

“是你自己说走嘴了。哞,你说,是不是你自己?你当心,明天我亲自去问,是谁把这事传到学校去的!”

我说出了那个同学的名字。她愁眉苦脸,潸潸泪下了。

我离开母亲回到厨房,躺到自己床上——床铺在炕炉后面箱子上——躺着听母亲在房间里哀号:

“我的天哪,我的天哪……”

被烤热了的沾满油污的抹布散发出一阵阵难闻的气味,熏得我再也躺不住了,我便起来到院子里去,但母亲大声喝住了我:

“你到哪儿去?去哪儿?到我这里来!……”

后来我们坐在地板上,萨沙躺在母亲的膝盖上,抓着她连衣裙上的纽扣,头一点一点的,说:

“纽纽,就是扣扣。”

我紧紧依偎在母亲的身边,她搂住我说道:

“我们是穷人,我们每一个戈比,每一个戈比……”

她那滚热的胳膊紧抱住我,总是有些什么话没有全说出来。

“真是个坏蛋……坏蛋!”冷不防她说出了这句话,这句话我已听她说过一次。

萨沙学着重复说:

“‘忽’蛋!”

这个小孩挺怪：长得不匀称，大头，总是用那双非常好看的蓝眼睛看着一切，脸上带着温顺的微笑，似乎在期待着什么。他很早很早就开始牙牙学语了。他从来不哭，一直处于恬静的快乐的状态中。他的体格较弱，刚刚学爬，一看见我就高兴，伸出两手要我抱，喜欢用他那软绵绵的小手指搓揉我的耳朵，不知为什么，他的小手指上总是散发出一股紫罗兰的香味。后来他出人意外地死了，没有生病就死了。他早晨还好好的，像平时一样，文文静静地高高兴兴地玩，可是傍晚时分，在教堂敲响晚祷前的钟时，已经躺在桌上了。他是在又一个孩子尼古拉出世后不久死的。

母亲允诺我要做的事，她全做了。因此我在学校里的事已得到圆满的解决，一切正常，但是，我又被扔到外祖父那里去了。

有一天吃晚茶的时候，我从院子里进厨房听见母亲声嘶力竭地喊：

"叶夫根尼，我求你了，求求你了……"

"愚——蠢！"继父说。

"可我知道，你是到她那儿去！"

"去又怎么样？"

他们两人沉默了几秒钟，母亲一面咳嗽一面说：

"你这个坏蛋太恶毒……"

我听见，似乎他重重地打了母亲，我奔进屋，看见母亲被打得摔倒在地上，脊背和两肘撑着椅子，胸口向上凸起，仰着脸，口中不断发出呼哧呼哧的声音，眼睛里可怕地闪着光，而继父打扮得干干净净，穿着新制服，正在用他的长腿踢母亲的胸口。我抓起桌上的骨柄镶银刀——那是我父亲去世后留下的唯一的东西，是用来切面包的——我抓起刀就用尽全身的力气向继父的腰上刺去。

幸好母亲及时把马克西莫夫往旁边一推，刀从腰旁滑过，但把他的制服划开一个大口子，只划破了他的皮。只听到继父啊呀一声大叫，捂住腰部从房间里奔了出去，母亲抓起我，稍稍举起，一声怒吼把我向地板上一摔。继父从院子里跑回来，抢走了我的刀。

天已经很晚，他仍然出去了。母亲到炕炉后来找我，小心翼翼地轻搂着我，亲我，哭着说道：

"原谅我，是我不好！唉，亲爱的，你怎么能这样呢？怎么能动刀子？"

我说了完全发自内心的，而且我完全懂得的话，我对她说，我杀死继父，然后我也杀死自己。我想，这一点我能做到，无论怎么样我都要试试。甚至现在，仿佛那条穿着有一道鲜明镶边裤子的长腿还在眼前，它似乎还在我眼前来回晃动，用脚尖踢女人的胸脯。

在回忆野蛮的俄罗斯生活中的这些像铅一般沉重的令人厌恶的丑事时，我时刻反问自己："值不值得提起这些卑鄙龌龊的事情呢？"每一次我都怀着重新恢复起来的信心回答自己："值得"。"因为这是长久存在的丑恶的真实。这种丑恶至今尚未死亡。这是一定要从根上认识的真实，只有这样才能从记忆中，从人的心灵中，从我们沉重的、可耻的生活中，把它从根上彻底铲除。

还有另一个迫使我描写这些丑恶的真实的积极原因是：这些丑事尽管令人厌恶，虽然使我们压抑，把无数美好的灵魂压扁至死，然而整个俄罗斯人的心灵仍然是那样健康和朝气蓬勃，他们正在不断地战胜那些丑恶，而且一定能战胜它们。

我们的生活是令人惊讶不已的，这不仅因为我们生活中这层孳生出形形色色畜生般的坏蛋的土壤是如此肥沃和多产，而且还因为新鲜的、健康和富有创造性的事物，仍然透过这层土壤发芽，成长。善良，人所固有的善良，在不断地生长，它在唤醒坚不可摧的渴望，向往着光明的人的生活的复苏。

十三

我又住在外祖父那里了。

"怎么啦，你这小强盗？"他用手敲着桌子迎面对我说，"哼，现在我不想再养着你了,让你外婆养你吧!"

"我养就我养,"外婆说道,"你以为这是什么大不了的难题!"

"那你就养他吧!"外祖父大叫一声,但立刻又平静地向我解释说:

"我和她完全分开过,现在我们什么都是各过各的……"

外婆坐在窗下麻利地织着花边,织花边的小木杆欢快地发出撞击声,像小枕头似的插针包上密密麻麻插满了铜针,在阳光照耀下闪闪发亮,活像一只金色的小刺猬。连外婆自己也像是铜铸的,还是老样子,一点没变!可外祖父人更干瘪了,满脸皱纹,棕红色的头发已变灰白,昔日的那种泰然自若、满不在乎的举止已变得心急火燎、手忙脚乱。他那两只绿眼睛总是怀疑地看这看那。外婆嘲笑地把她和外祖父分家的情形讲给我听:外祖父把所有的坛坛罐罐、锅碗瓢盆都分给她,说道:

"这是你的,你别想再向我要什么了!"

然后,他把外婆所有的旧式衣服、物件、宽大斗篷式的狐皮大衣等全都拿走,卖了七百卢布,卖的钱交给他的教子——一个卖水果的犹太人去放债生利息。外祖父简直像得了吝啬症,吝啬得失去了羞耻心。他竟跑遍了老朋友、过去行会里的同事和富商的家,向他们诉苦,说被自己的孩子搞破了产,向他们哭穷,要钱。他利用别人对他的尊敬,得了大把大把的钞票,他拿一张钞票在外婆鼻子下面晃来晃去,就像小孩子似的吹牛皮。

"傻瓜,看见啦?人家连百分之一也不会给你!"

他把集聚起来的钱一部分交给他的新朋友——一个镇上人都喊他为"细长条儿"的瘦高个儿的秃头毛皮匠——去生利息,一部分钱借给"细长条儿"的妹妹——小铺子老板娘,一个大块头、红脸蛋、褐眼睛、娇滴滴、甜蜜蜜,像糖稀似的婆娘。

家里一切都分得一清二楚:一天是外婆出钱买食品做饭,第二天是外祖父买食物和面包,每轮到外祖父出钱时,伙食就差些。外婆总是买好肉,而他买的都是下水,什么肝啦、肺啦、牛肚子之类的内脏①。茶叶和糖都是各人自己保管,但在一个茶炊里烧茶。每到烧茶时,外祖父都慌忙说:

"别忙,等一下,我看看你放多少茶叶!"

---

① 俄国人一般不吃或很少吃猪、牛的内脏,内脏的价格便宜。

他把茶叶倒在自己手掌上,一片一片细细地数,说道:

“你的茶叶比我的小,那我该少放些,我的茶叶大,茶汁浓。”

他非常注意,要外婆把他的茶杯也倒满,给他的茶也要同样浓,两个茶杯里的茶要一样多。

“最后一杯了,要不要喝完?”在茶壶快倒完茶之前外婆问道:

外祖父向茶壶里看了看,说:

“好吧,最后一杯也喝掉!”

甚至圣像前长明灯里的油也是各买各的,共同生活了五十年之后竟能做出这种事!

看到外祖父玩的这些把戏,我感到又好笑又恶心,而外婆仅仅觉得好笑。

“你啊,算了吧,别说啦!”外婆安慰我,“这是怎么回事呢? 老头儿老了,越老越糊涂啦! 他已经八十了,活像八十年倒过来了! 让他糊涂去吧,你看谁倒霉? 我能挣到钱饳咱祖孙两个的口,别怕!”

我也开始挣钱了:每逢节假日,一早我就拿起口袋,挨家挨户、串街走巷地去捡牛骨头、破布、废纸、废铜烂铁。收破烂的人收购一普特破布废纸给我二十戈比,废铁也是这价钱,一普特骨头十戈比或八戈比。平时我在放学以后干这事,每星期六,我能卖各种废品得三十或五十戈比,运气好还能多卖些。外婆接过我的钱,急忙塞到裙子口袋里,垂下眼睛连连夸奖我说:

“谢谢你,心肝宝贝! 我和你能养活自己,养活我们自己,对吗? 真是了不起的事儿啊!”

有一次,我偷偷地看见她把我交给她的五十戈比放在手掌上,看看戈比,默默地哭着,一滴浑浊的泪水挂在她的那有许多小孔眼的像浮石似的鼻头上。

比拾破烂挣钱更多的营生是到奥卡河岸边的木栈或者在集市季节后去彼斯基岛上偷木头和薄木板。人们在岛上用破旧木料搭起临时木板房做铁器买卖,集市季节一过,临时木板房就拆了,那些细杆和薄木板都堆成一垛一垛的放在岛上,几乎一直要放到第二年春汛。一块好薄板,小市民房主给五十戈比,每天可以偷两三块,但一定要在天气不好的时候,暴风雪或大雨逼着那些看守躲到屋里去的时候才能偷到手。

我们几个要好的小孩结成了一伙:一个莫尔多瓦女叫化子的小儿子,叫桑卡;维亚希尔,是个非常可爱的小孩,性格温顺,总是安安静静、乐呵呵的;一个没有父母的科斯特罗马,那是个鬈毛的、骨瘦如柴且生有一对又大又黑眼睛的男孩,十三岁那年,因为偷了一对鸽子被送到少年犯教养院,在那里上吊死了;另一个是鞑靼孩子哈比,十二岁的大力士,浑厚、善良;扁鼻子亚济,看墓兼掘坟穴工人的儿子,八岁上下,成天像鱼一样的闷声不响,经常受癫痫病的折磨;岁数最大的寡妇裁缝的儿子格里什卡·丘尔卡,他遇事审慎而且公正,非常喜欢和人斗拳。大家都是一条街上的孩子。

在这镇上偷窃已经成风,几乎成为半饥半饱小市民维持生活的唯一手段,算不上犯罪。一个半月的集市贸易所挣的钱,不够一年的生活,连很多受人尊敬的小业主也在河上捞外快——捞被汛水泛滥冲来的木柴和原木。他们用平底小木船搞零星货运,但主要还是偷大货驳上的东西,一般他们是在伏尔加和奥卡河上“做手脚”,凡是放不稳、扎不牢的东西,他们都盯住不放,偷了就走。每逢节假日,大人们就大言不惭地炫耀自己如何得手,而小孩们便在旁边听着、学着。

春天,在集市即将开始的最忙的时候,每天傍晚,村镇的每条街上满是喝得醉醺醺的工匠、车夫和各行各业的工人,村镇上的小孩经常搜他们的腰包,这是合法的活计,孩子们无所顾忌地当着大人的面干这事儿。

他们偷窃木匠的工具,偷窃载人马车车夫的木板子,偷窃出租运货马车车夫的轮轴和大车木轴下面的衬铁,但我们这伙孩子不干这种勾当。有一天,丘尔卡坚决声明说:

“我不去偷东西,我妈不许我干这种事。”

“干这种事我害怕!”哈比说。

科斯特罗马对偷东西的小孩有一种厌恶感,他说“小偷”这两个字时声音特别重,一看见其他孩子掠夺醉汉,他就去把他们赶走,如果他逮住一个小孩,就狠狠揍他一顿。这个大眼睛、忧郁的孩子认为自己已经长大成人,走路的姿态很特别,摇摇摆摆,就像那些使用抓钩的装卸工人走路,说起话来竭力装成粗嗓门,成天寡言少语,显出一副胸有成竹、少年老成的样子。维亚希尔则相信——偷是做坏事。

但是,从彼斯基岛上拖薄木板和细木杆,我们并不认为是做坏事,干这事谁也不怕。大家想出许多方法，使我们干这活儿时能顺利而轻松。晚上天黑或者刮风下雨，维亚希尔和亚济从河湾沿着漫出的潮湿的冰走到彼斯基岛上，他们两人大摇大摆堂而皇之地走，竭力引开看守人的注意力，我们四个人便神不知鬼不觉一个一个分散地钻进去。被维亚希尔和亚济惊扰的那些看守人，一直注意着他们两个人的行动，我们则在预先约好的木材堆旁边集合，各人选好自己要拖走的薄板或木杆，趁腿快的伙伴故意逗那些看守盯着他们追的时候，立刻往回跑。我们每人后面拿一根绳子，绳头上扣着一个拧弯了的大铁钉，紧紧钩住木板或木杆，拖着它们在雪或冰上跑，看守人几乎没有一次发觉我们，即使发觉了，也追不到我们。卖了那些东西以后，我们把卖的钱分成六份，每个小兄弟能得到五戈比，有时可得七戈比。

我们原可以用这钱饱饱地吃上一天，但是不行。如果维亚希尔一天不给他母亲带回去一什卡利克①或半瓶伏特加酒，她就要揍他；科斯特罗马把钱积聚起来，他想攒钱养鸽子；丘尔卡的母亲生病，他拼命想挣钱，愈多愈好；哈比也不肯花钱，他是他舅舅带到这里来的，但舅舅来尼日尼后不久就淹死了，他打算到他出生的城市去，可又忘了这个城市的名字，只记得它在卡马河边，离伏尔加河不远。

不知为什么，那座城十分惹我们发笑，我们便编了一个顺口溜，唱着逗那个斜巴眼的鞑靼小孩：

卡马河边一城堡，
问在哪里不知道！
手也摸不着，
脚也走不到！

起先哈比生我们的气，但有一次，那个外号叫“鸽子”的维亚希尔②也像鸽子叫那样柔声细语地对他说：

“你怎么啦？难道能对伙伴生气吗？”

---

① 旧俄量酒单位，约合〇．〇六升。

② 维亚希尔（Вяхирь）俄语意思是：斑尾林鸽。

小鞑靼不好意思了，后来自己也唱起了“卡马河边一城堡”。

其实，比起偷木板来，我们更喜欢的是拾破布和骨头。春天干这事儿特别有趣。雪化了，下了几场雨后，空无人迹的集市上用石块铺砌的街道被冲洗得干干净净。就在那里，在集市场地的水沟里常常可以收集到很多钉子和废铁，不少次我们还拾到钱，拾到铜币和银币，但为了商贩的看守不把我们撵走，不夺走我们装破烂的袋子，我们就得付给他们两戈比铜币，或者一个劲儿地哈腰行礼央求他们。总之，我们要想挣一点钱实在不容易，但大家和睦相处，虽然有时也斗几句嘴，但我记得，我们之间从未打过架。

万一我们之间发生了什么不愉快的事，维亚希尔就是我们的和事佬，他总善于在适当的时候对我们说几句很有特别含义的话，话语简单明了，说得大家目瞪口呆，感到难为情。他说出那些话连他自己也感到惊奇。亚济常搞恶作剧，维亚希尔既不生气也不害怕，所有的坏事他都认为不该去做，都被他从容自若但令人信服地否定了，他说：

“喂，这又何必去做呢？”他问道，于是我们便清楚地发觉——没有必要干这事！

他称自己的母亲为“我那莫尔多瓦女人”，他这样说并没使我们发笑。

“昨天我那莫尔多瓦女人又喝得烂醉回家了！”他那圆溜溜的、金色的眼睛里闪着光，兴高采烈地叙述着。“她砰的一声推开门，朝门槛上一坐便唱啊，唱啊，真像只老母鸡！”

干什么事都认真的丘尔卡问道：

“她唱什么？”

维亚希尔用手掌轻轻拍打着膝盖，尖声尖气地模仿着他母亲唱歌：

呵，只听门外笃笃响，
那是年轻的放羊郎，
他用手杖敲门窗，
我们奔到大街上！
只见牧人鲍里卡，
芦笛一吹呜呜响，
红红的晚霞布满天，

全村老少入梦乡！

他会唱很多这样生动的歌子，而且唱得十分顺溜。

“真的，”他接着说，“她就这样坐在门槛上睡着了，门也关不上，屋里弄得冷极了，我直打哆嗦，差点冻僵了，拖她吧，我又拖不动。今天早上我对她说：‘你怎么醉得这么厉害？’她竟然说：‘没关系，忍着点儿，我活不多久了！’”

丘尔卡认真地证实说：

“她浑身浮肿，是快要死了。”

“你可怜她，是吗？”我问维亚希尔。

“当然啰，那还用说！”维亚希尔对我的问话很惊讶。他说：“她是我的好妈妈……”

我们都知道，虽然那个莫尔多瓦女人平时对维亚希尔举手就打，但他还是相信她是好人，甚至有时我们不走运没弄到钱，丘尔卡仍然建议说：

“我们每人凑一个戈比给维亚希尔的母亲去买酒吧，要不然她又要打他了！”

我们这一伙孩子里，识字的只有两人——丘尔卡和我。维亚希尔非常羡慕我们，他揪住自己尖尖的老鼠耳朵柔声细气地说：

“等我葬了我那莫尔多瓦女人后，也去上学。我要跪在老师面前央求他收我。我毕业后去大主教那儿当花匠，不然就直接到沙皇那里去！……”

春天，莫尔多瓦女人和一个募化建寺院基金的老头儿，连同一瓶酒，一起被倒塌的木柴垛压伤了，那女人被人送到了医院。一本正经的丘尔卡对维亚希尔说道：

“走吧，住到我家去，我妈妈能教会你认字……”

过了不久，维亚希尔就仰起头念店铺的招牌了：

“货杂店……”

丘尔卡纠正说：

“杂货店，你这怪人！”

“我看见，可那些母字会跑来跑去的。”

“又错了，是字母！”

“它们活蹦乱跳的，有人念它们，高兴着呢！”

维亚希尔对花草树木非常珍爱，爱得使我们大家感到好笑和惊讶。

这个村镇上的房子零零落落地分布在沙地上，很少植物，只在有些人家的院子的什么地方，孤零零地生出几棵苍白瘦弱的白柳，歪歪扭扭的接骨树丛，此外还有一点灰蒙蒙、干巴巴的草茎胆怯地藏在围墙下面。如果有谁坐到那些草茎上，维亚希尔就生气地咕哝说：

“干吗你们要糟蹋草啊？坐到旁边沙土上不是一样吗？”

有他在旁边，谁都不好意思折一支白柳，揪下正在开花的接骨树枝或者弄断奥卡河畔一根柳条，万一有人这么做了，他总是耸起双肩两手一摊，惊讶地说：

“你们为什么老要毁坏树啊？真是见鬼了！”

看他这种吃惊的神情，大家都很难为情。

每逢星期六，我们都搞一次快乐的游戏，为了这次游戏通常我们要准备整整一个星期。我们满街收集破草鞋，把它们堆在僻静的角落里。星期六傍晚，当一群群鞑靼制钩工人从码头上回家的时候，我们就在十字路上的什么地方摆好阵势，开始向他们扔破草鞋。开始时，他们常常被激怒，跟在我们后面追，破口大骂，但很快他们自己也开始喜欢玩这个游戏了。他们晓得每逢星期六要有一场草鞋战，便也用大量草鞋武装起来走上战场。不仅如此，他们还窥视我们藏军火的地点，不止一次偷了我们的破草鞋，我们埋怨他们说：

“哪有这样玩法的啊！”

于是他们又把破草鞋分一半给我们，重新战斗。通常他们的阵地在空旷的地方，我们则尖声喊着围住他们一面飞跑，一面向他们扔草鞋，他们也大声吼叫，每当我们中有谁在奔跑中被他们准确扔在脚前的草鞋绊倒，一头栽到沙子里，跌了个狗吃屎时，他们便震耳欲聋地哈哈大笑。

草鞋战常常进行得很久，有时一直玩到天黑，集聚了镇上的很多小市民，他们从各个角落里观战，嘀嘀咕咕，但不打扰我们。沾满尘土的灰色的草鞋像乌鸦似的满天飞，有时我们有人被打得很痛，但快乐的心情压过了疼痛和委屈。

鞑靼人兴高采烈得不亚于我们。结束战斗后我们常和他们一起去他们合伙办的伙房，他们请我们吃甜马肉，还有一种用蔬菜做的味道特别的汤粥。晚饭以后，一起就着夹有奶油核桃的甜点心，喝浓浓的砖茶。我们很喜欢这些身材高大的鞑靼人，他们像经过精心挑选出来的清一色的大力士，身上有一种孩子似的毫不隐讳的东西，特别使我叹服的是他们对人毫无恶意，有着不可动摇的善良禀性和互相关心、认真干活的态度。

他们都极其爱笑，能笑得上气不接下气憋出眼泪来。他们中有一个卡西莫夫人，是个弯鼻子、有神仙般力气的汉子，有一天他把一口有二十七普特[①]重的大钟从驳船上弄到岸上很远的地方，他笑着，高声打着号子喊：

"哟——哟！说空话呀——是草包哟，说空话呀——不值钱啰，那金币呀——也扯淡哟！"

有一次，他把维亚希尔托在自己手掌上，举得高高的，说道：

"瞧，你住在哪儿了，在天上！"

碰到刮风下雨，我们就集聚在亚济家，他父亲住在墓地的看坟小屋里，我们就在那里聚会。他父亲全身骨骼都变形了，长胳膊，衣服又破又脏，他那很小的头和黝黑的脸上，毛发肮脏不堪，一绺绺地长出来，像灌木丛一样。脑袋活像干枯的带刺状花序的牛蒡，细长颈子像花茎。他甜蜜蜜地眯缝着有些枯黄的眼睛，像说绕口令似的很快咕哝说：

"老天别让我睡不着觉！噢嗬！"

我们买一点茶叶、糖和几小块面包，此外一定给亚济的父亲带一点儿伏特加酒，丘尔卡常常严厉地命令他：

"糟糕的男人，去生茶炊！"

那糟糕的男子汉便微微笑着去生白铁茶炊了，我们趁等茶喝的时候，讨论自己的事，他在旁边给我们出主意说：

"你们注意，后天特鲁索夫家办四十忌日[②]要大办宴席，那儿有你们要捡的骨头！"

"特鲁索夫家的女厨娘也收集骨头呢。"万事通的丘尔卡提醒说。

维亚希尔望着窗外的墓地，遐想地说：

---

① 约四四二公斤。

② 俄国风俗，人死后第四十天的追荐仪式。

“很快我们就能到森林里去了,啊,多美的森林啊!”

亚济总是闷声不响地用忧郁的眼睛注视着大家,他还默默地把自己的玩具——从垃圾箱里捡到的木头小兵、断了腿的马、破铜片、纽扣拿出来给我们看。

他父亲把各式各样的碗、杯子放在桌上,端上茶炊,科斯特罗马坐下来分别给大家倒茶。亚济的父亲喝完了给他的伏特加后,便爬到炕炉顶上,从上面伸出细长颈子,用猫头鹰似的眼睛,仔细看我们每一个人,咕哝说:

“嗯! 真要死了,好像你们都不是孩子了吧,啊? 嘿,你们这些贼,老天别让我睡不着!”

维亚希尔对他说:

“我们根本不是贼!”

“好吧,那就是贼娃儿……”

如果亚济的父亲使我们厌烦了,丘尔卡就生气地大声喝住他:

“别烦人了,你这糟糕的男人!”

这个人一数说起哪家有人生病、镇上谁快死了时,我、维亚希尔和丘尔卡就非常讨厌。他说这些时,津津有味,毫无同情心,发现我们对他说的话不高兴,还故意地逗弄我们,撩拨我们生气:

“啊哈,你们这些小魔鬼,害怕啦? 我说的是真的,真的! 有个胖子就快死了。唉,好长时间他才能烂掉!”

大家阻止他,他仍喋喋不休地说:

“要知道,你们也是要死的,在污水坑里活不了多久啦!”

“嗯,我们本来是要死的。”维亚希尔说。“收我们去当天使……”

“收你——们?”亚济的父亲吃惊得倒吸了口气。“你是说——收你们?去当天使?”

他哈哈大笑,又撩逗我们,讲了很多关于死人的令人恶心的事。

但是,有时这个人突然用压低了的声音轻声细语地讲起了一些令人不解的怪事。

“孩子们,你们等会儿走,听我说吧! 就在前三天,埋葬了一个婆娘。孩子们,我打听到她的过去了,她是一个怎样的女人呢?”

他讲的差不多全是女人的事,一讲起来就满口脏话,但在他的讲述中总含有一种疑问的、如怨如诉的成分，仿佛在邀请我们和他一起思考。我们入神地听他讲述。他虽然不善言辞，讲得前言不搭后语，而且常常被自己的问话打断，但是听他讲了以后，我们的脑海里总留下了一些令人忐忑不安的片断，譬如：

“有人问她：‘是谁放的火’她说：‘我放的火！’‘你糊涂了，怎么会这样，那天夜里你不在家，你生病躺在医院里呢！’‘是我放的火！’她为什么要这样说？嘤，老天别让我睡不着……”

村镇上每一个经他手埋葬在这凄凉的、光秃秃的墓地沙土里的居民，他几乎都知道他们的生平。他仿佛在我们面前打开了每家每户的大门，我们走进了各家，看见了人们怎么生活，感觉到某种严肃的重要的东西。好像他能讲一整夜，一直讲到第二天早上，但是一当小屋的窗外变暗，暮色降临，丘尔卡就从桌旁站起来，说道：

“我要回家了，要不，妈妈会担心的。谁和我一起走？”

大家都要走，亚济把我们送到栅栏边，插上大门，把他阴郁、瘦削的脸紧贴在格栅上，声音低沉地说：

“别了！”

我们也对他喊道：“别了！”每次把他一个人留在墓地里，我们总觉得很不自在。有一次，科斯特罗马回头看了一下，说道：

“也许我们明天一觉醒来，他已经死了。”

“亚济过得比谁都苦。”丘尔卡常常说，而维亚希尔总是反驳他说：

“我们过得根本不苦……”

依我看，我们过得并不苦，相反，我倒很喜欢这种在街头上自由自在的生活，这些小伙伴我也很喜欢，他们常激起我一种强烈的感情，心里觉得不平静，总想为他们做点好事。

谁知，我在学校里的处境又困难起来了。同学们嘲笑我，喊我拾破烂的，叫花子。有一天吵架以后，他们告到老师那里，说我身上散发出一股臭水坑味儿，不能和我坐在一起。现在我还记得，告这样的状，对我的侮辱实在太大了，在这以后，我去上学感到多么地为难。这是出于恶意杜撰出来的诬告，因为每天早晨上学之前，我都拼命地洗干净，从来不穿捡破烂时穿的那身衣服。

不过,最终我还是通过了三年级的考试,得了一本《福音书》、一本硬封面的《克雷洛夫寓言》,一本没有封面、书名我看不懂的叫《摩根蜃景》[①]的小书,学校还给我颁发了奖状。当我把这些奖品带回家的时候,外祖父高兴极了,动感情地说,所有这些他都要保存好,说他要把书锁到自己的小匣子里去。外婆已经生病躺了好几天,身边没有钱了,外祖父一会儿唉声叹气,一会儿尖声叫道:

"你把我喝光吃净,只剩骨头了,唉,你们啊……"

我把几本奖给我的书拿到小铺子里,卖了五十五戈比,把钱全交给了外婆,又在那张奖状上题了些字,把奖状弄脏了,然后交给外祖父。他没有打开奖状,所以没有发现我乱涂的字,小心翼翼地收藏起来。

我摆脱了学校以后,又开始上街头挣钱过日子了。现在比前些时更好了,正当春光明媚的季节,能挣的钱很多。每逢星期日一清早,我们这一伙儿就去野外,到小松树林里,很晚才回到村镇,虽然很累,但非常愉快,彼此感到更亲密无间了。

但好景不长。这种生活没继续多久,继父被解雇了。被解雇后他人又不知去向,母亲只好带了小弟弟尼古拉搬到外祖父家,我便担负起小保姆的责任。外婆进城住在一个富商家,她去刺绣那盖在祭坛棺材模型上并有基督棺中遗体像的罩布。

成天隐忍不言、憔悴不堪的母亲,行走蹒跚,看任何东西的眼神都是可怕的。小弟弟患有瘰疬病,脚踝溃烂,虚弱得连大声哭都不能,饿了只能颤抖着呻吟,吃饱了就打瞌睡,微睡中还奇怪地吁着气,像小猫儿似的轻轻打呼噜。

外祖父仔细地抚摸他,说道:

"要好好地喂他,不过我的饲料已经不够喂养你们所有的人了……"

母亲坐在床角上,嗄哑地叹了口气说道:

"他只要吃一丁点儿……"

"这个一丁点儿,那个一丁点儿,合起来就不是一点儿了……"

---

① 摩根蜃景(意 fata morgana),海市蜃楼的一种。地中海一些国家(意大利、埃及等)可见到的一种蜃景:在地平线上出现的复杂而迅速变幻的映象。

他挥了一下手,转身对我说:

“要把尼古拉抱到露天里去晒晒太阳,用沙土把他围起来……”

我用口袋分几次拖来一些洁净的干沙土,在窗户下面的太阳地里堆成一堆,按外公指示把弟弟围埋在沙里,一直围到脖子,小家伙坐在沙土中很高兴,甜甜地眯着眼睛向我闪着光,他那双眼睛与众不同,没有眼白,只有一对蔚蓝色的眼珠,眼珠周围是一道雪亮的小圈圈。

我立刻就对小弟弟产生了依依不舍之情,我感到,仿佛我想什么,他全懂得。我就在窗下躺在他旁边的沙土上,外祖父尖溜溜的嗓音从窗里传出来:

“死并不费难,你要有本事活下去才行!”

母亲不住地咳嗽起来……

小家伙把两只小手从沙土里拔出来,摇晃着他的白色的小头,把手伸向我。他的头发很稀,有点斑白,脸蛋像个小老头儿,一脸聪明样。

倘若鸡子、猫咪向我们走近,科利亚[①]便久久地注视它们,然后再看看我,脸上露出一丝微笑。他的微笑使我有点难为情,是不是小弟弟已经觉察出我和他在一起感到有点无聊,想丢下他到街上去?

院子既小又拥挤不堪,而且很肮脏。从大门口起,有一排用带树皮的毛板搭成的小板棚、柴屋、地窖,然后转过弯去,最末是间澡堂。棚顶上放满了小船的碎块、劈材、木板、碎木片——所有这些都是小市民们在流冰期和春汛时从奥卡河上打捞来的。整个院子乱七八糟地堆满了各种各样的木柴;这些在水里泡透了的木柴发了霉,放在太阳下晒,散发出一股股霉味。

旁边是一家小牲畜屠宰场,几乎每天早晨那里都传出小牛哞哞地喊、绵羊咩咩地叫的声音,血腥味很浓,有时我感觉到一阵阵腥味,就像有一张透明的血红色的网在布满尘埃的空气中晃荡。

每当传来牲口被斧背猛击两角之间发出震耳欲聋的吼叫声时,科利亚就微微眯起眼睛,鼓起嘴巴,也许是想学牲口叫的声音,但结果只吹出了一口气:

“呼……”

---

① 尼古拉的小名。

中午，外祖父将头伸到窗外，喊道：

“吃饭啦！”

他把小孩抱在自己的腿上，亲自喂他——先将马铃薯、面包放在自己嘴里嚼一会儿，然后用弯曲的指头塞进科利亚的小嘴里，把小弟弟的两片薄嘴唇和尖尖的下巴搞得一塌糊涂。外祖父喂了一点以后，微微掀起孩子的小衬衣，用一个手指轻轻按按他鼓起的小肚子，自言自语地说：

“够不够？要不要再喂点？难道还要给点儿？”

从门旁昏暗的屋角里传来了母亲的声音：

“您不是看见，他还在用手够面包吗？”

“这小孩真笨！他都不知道他要吃多少……”

于是他又向科利亚嘴里塞嚼烂的东西。看他这样喂孩子，我羞耻到极点，觉得喉咙下面一阵阵窒息和作呕。

“好，够了！”外祖父终于说，“抱去吧，给他母亲。”

我抱起科利亚，他哼着，身子探向桌子。母亲迎着我呼哧呼哧地站起来，伸出两只干枯无肉的胳膊，身子又细又长，活像一棵被折光了树枝的细云杉。

她已完全麻木了，像哑巴一样，极少再听到她用那激动得沸腾的声音讲一句话了。有时，她整天躺在屋角沉默不语，像快死的样子。我当然感觉到，而且也确实知道她是不久于人世了，加上外祖父当时极为频繁地、惹人厌烦地谈论死，特别是晚上，外面已经天黑，一股热乎乎油腻腻像熟羊皮散发出的腐烂气味钻进窗户的时候，他谈死谈得最起劲。

外祖父的床放在屋前角，几乎就在圣像下面。他头冲着圣像和小窗睡，躺上床后还在黑暗里喋喋不休地咕哝说：

“瞧吧，大限到了。我们有什么脸去见上帝啊？我们说什么？一辈子忙忙碌碌，虽然做了一点事……到头来又怎样呢？”

我睡在炕炉和窗子当中的地板上，这地方不够我的身长，只好把两只脚伸到炕炉下面的空处，常有蟑螂爬在脚上使我发痒。在这角落里我亲眼见到不少次令人幸灾乐祸的事：外祖父在做饭时，炉叉和火钩头常把窗玻璃捣碎。令人好笑和奇怪的是，他这样聪明的人竟然想不到把火叉截短一段。

有一次，汤罐里什么东西烧过头了，他手忙脚乱没了主意，用炉叉将瓦罐猛然往外一拉,火叉头把窗框上的横木捣落下来,打碎了两块玻璃,把在炉门前的小平台上的汤罐打翻并撞成碎块。这使老头儿伤心得坐到地板上大哭起来。

"老天爷呀,老天爷呀……"

白天趁他出去,我拿了把切面包的刀,将火叉砍掉四分之三,可外祖父看见我干这事又骂开了:

"该死的小鬼头,该用锯子锯下来,要用锯子!锯下来的一头可以做根擀面杖,可以卖掉,你这鬼小子!"

他挥着双手跑到过道里。母亲说:

"他的事你别管……"

母亲是八月里的一个星期日约莫中午时分去世的[①]。去世前继父刚从外地回来,他又在什么地方找到事了。外婆和科利亚已搬到他那儿去,住在车站附近一套清洁的房子里,过几天母亲也将搬去。

在母亲去世的那天早晨,她轻声对我说,说话的声音比平时清晰和轻松:

"你到叶夫根尼·瓦西里耶维奇那儿去一趟,对他说,我请他来!"

她从床上欠起身子,一只手撑着墙坐起来,又补充了一句:

"快跑!"

我觉得,她仿佛在微笑,在她眼里闪现出一种从未见过的神情。我去时,继父正在做日祷,外婆叫我到犹太女老板的小店去买烟,恰巧没有现成的鼻烟,要现磨,我只好在老板娘那里等,磨好后才买了送给外婆。

当我回到外祖父家的时候,母亲正坐在桌旁,穿上干干净净的雪青色的连衣裙,头发梳得很好看,像从前一样仪态万方。

"你好些了吗?"我不知为什么,有点胆怯地问。

她神情可怕地看着我,使我胆战心惊,说道:

"你过来!你又到哪儿闲逛去了,啊?"

我还没来得及回答,她就一把抓住我的头发,另一只手拿起用锯条做的又长又韧的刀子,一连用刀面狠狠地打了我几下——刀从她手中滑落到

① 高尔基的母亲于一八七九年八月五日死于肺结核病,时年三十五岁。

地上。

“拾起来,给我……”

我拾起了刀,扔在桌上,母亲推开我,我坐到炕炉的小台阶上,惊惶地注意着她。

她从椅子上站起来,慢慢地移动着身子到她的角落里,躺到床上,开始用手帕擦脸上的虚汗。她的手已经不听使唤,有两次落到脸旁的枕头上,手帕在枕头上擦过。

“给我水……”

我从桶里舀了一碗水,她费了很大力才微微抬起头,呷了一点点水,重重地叹了口气,冰冷的手推开了我的手。然后,她看了一眼屋角里的圣像,又把目光移到我身上,颤动着双唇,仿佛苦笑了一下,长长的睫毛慢慢地垂下,合上了眼睛。她的两肘紧紧地贴住两肋,手指轻微地颤抖着,两手慢慢挪动到胸口,向喉咙移近。阴影在她的脸上慢慢散布开来,逐渐扩展到整个脸,蜡黄的皮肤渐渐绷紧,鼻子变尖了。她的嘴惊异地张着,但已经听不见呼吸声了。

我端着碗站在母亲床边,看着她的身体渐渐僵直,脸渐渐变灰,不知过了多久多久。

外祖父进屋了,我对他说:

“母亲死了……”

他看了看床上。

“你胡说什么?”

他走到炉前,开始从炉里取出馅饼,把炉门和烤盘弄得乒乒乓乓震耳响。我知道母亲已经去世了,希望他也知道。

这时继父来了,他身穿帆布上衣,戴着白色的大檐制帽。他不声不响地拿起椅子,放到母亲的床边,突然他把椅子通地一声往地板上重重一扔,像吹铜喇叭似的大喊一声:

“她死啦,你们看……”

外祖父瞪大了眼睛,手里拎着炉门,像睁眼瞎子似的磕磕绊绊,悄悄从炕炉边走开。

当人们向母亲的棺木上撒干沙土的时候,外婆像瞎子一样,摸索着向坟堆中间走去，一头撞在十字架上，碰破了脸。亚济的父亲将她领到小屋里，在外婆洗脸的时候，他低声安慰了我几句：

“唉，你啊，老天别让我睡不着觉，你干吗这样啊？人生在世，就这么回事……外婆，我说得对吗？富也好，穷也罢，最后大家都得进棺材，是不是这样，外婆？”

他向窗外一瞧，突然从小屋里跳了出去，但立刻又和维亚希尔一起回到屋里，喜气洋洋地说道：

“你瞧瞧，”他拿着一个坏了的马刺递给我看，说道：“瞧，这是什么东西！这是我和维亚希尔送给你的。瞧，这小圈圈儿，看见啦？准是哥萨克戴的，给弄丢了……我以前想给维亚希尔两戈比把这玩意儿买下来的……”

“你为什么撒谎！”维亚希尔低声但生气地说，可亚济的父亲在我面前跳来跳去，向他挤眉弄眼地说：

“维亚希尔啊，你干吗啦？真是够厉害的！好吧，不是我，这是他送你的，是他……”

外婆洗好了脸，用头巾包住浮肿发青的脸，喊我回家。我不肯回去，因为我知道在家里追悼亡灵酬客宴上他们又要喝酒了，说不定还要大吵一场。米哈伊尔舅舅在教堂里就长长地吁着气对雅科夫说：

“今天我们要喝个痛快，好吗？”

维亚希尔竭力想逗我笑：他把马刺的小圈圈像戴手饰似的挂到下巴上，伸出舌头够它，亚济的父亲故意哈哈大笑，高声叫道：

“你瞧，瞧啊，他在干什么！”可是，当看到无论什么都不能使我高兴时，亚济父亲严肃认真地说：“好了，你脑子清醒清醒吧！我们都要死的，就连鸟儿也是要死的。你听我说：我把你母亲坟上铺满草皮，要不要？我们现在就到墓地去——你、维亚希尔、我；我的桑卡也和我们一起去。我们先铲草皮，然后再把坟铺好——这样做再好不过了。”

这倒使我很高兴，于是我们便到墓地去了。

葬了母亲后，过了几天，外祖父对我说：

“喂，列克谢，你不是奖章，不能总挂在我的脖子上，这不是你待的地方，去吧，你到人间去挣钱餬口吧……”

于是，我去了人间。

在　人　间

曹缦西　译

一

我踏上社会,来到了人间,在市内主干道上一家时式鞋店当小伙计。

我的老板矮墩墩、胖乎乎的,棕褐色的脸膛,皮肤粗糙,牙齿发绿,一双眼睛呈土色,看上去像个瞎子。为了证实他确实是个瞎子,我扮了个鬼脸。

“不要做怪样。”他的声音低低的,但却很严厉。

这双浑浊的眼睛居然看见我了,我心中感到不快。我无法相信这双眼睛能够看见东西。做鬼脸的事儿,也许是老板猜到的?

“我已说过,不要做怪样。”他的声音更低沉了,厚厚的嘴唇几乎没有翕动。

“不要挠手。”他那干巴巴的嗓音慢慢向我这边传来。“你要牢牢记住,你是在城里主干道上的头等商店里做事!小伙计往门口一站,就得像一尊塑像……”

我不知道塑像是什么,我也不能不挠手,因为我的两只手,直到胳膊肘那儿,长满了红斑、烂疮,疥癣虫咬得我奇痒难熬。

“你在家里是干什么的?”老板仔细看着我的两只手,问道。

我讲了过去的情况。他晃动着紧贴一头灰色头发的圆脑袋,鄙夷地说:

“捡破烂,这比讨饭还不如,比偷东西还差劲。”

我不无得意地声明道:

“我也偷过东西。”

听了我的答话,他把两只手往斜面办公桌上一按,就像猫伸出两只前爪那样,一对空虚的眼睛惊恐地盯着我的脸,压低了嗓音狠狠地说:

“什——么？你怎么还偷过东西？”

我把过去的事情解释了一遍。[①]

“好吧，我们就把这当做不值一提的小事。不过，如果你在我这儿偷皮鞋，或者偷钱，我就要把你送去蹲监牢，一直蹲到你长大成人。”

他讲话时平心静气，我却吓坏了，更加不喜欢他了。

除了老板，在店里做生意的还有我的表哥，雅科夫舅舅的儿子萨沙和大伙计。大伙计是一个脸色红润，很会使手段招徕顾客的精明人。萨沙穿着红褐色的小礼服，衬着胸衣，带着领结，裤腿散开着。他很高傲，从不把我放在眼里。

外祖父领我来见老板的时候，他关照萨沙要他帮助我，教我做事。萨沙煞有介事地皱起眉头，抢先提出了条件：

“那得让他听我的！”

外祖父把一只手放在我的头上，硬将我的脖子按了下来：

“你要听他的话，不论是年龄，还是职位，他都比你大……”

萨沙瞪大双眼，强调地对我说：

“你要记住爷爷说的话！”

于是，从第一天起，他就开始充分利用这种高我一等的地位。

“卡希林，别瞪眼珠子。”老板提醒他说。

“老板，我没有。”萨沙低下头答道。但是老板没有就此罢休：

“别皱眉头，顾客会以为你是一头公羊……”

大伙计露出谦卑的笑容，老板难看地龇牙咧嘴，萨沙的脸涨得通红，躲到柜台后面去了。

我不喜欢这些话，许多字眼的意思我都听不明白。有时我觉得，这些人说的是另外一种语言。

每当女顾客走进店堂，老板便从口袋里伸出一只手来，捻着小胡子，脸上堆起甜蜜蜜的笑容。这种媚笑将他的两颊挤出一道道皱纹，两只眼睛看上去却依然像个瞎子。大伙计挺直身子，双臂紧贴身体两侧，两只手掌却五指张开，毕恭毕敬地悬在空中。萨沙忐忑不安，不停地眨巴着眼睛，尽力要

---

① 见高尔基著的《童年》。

把这双鼓暴眼掩盖起来。我站在门边,偷偷地挠着双手,用心观看做买卖的规矩。

大伙计跪在女顾客面前,滑稽地张开手指,为她量脚的尺寸。他的手颤颤抖抖,触及到女顾客的脚时小心翼翼,仿佛害怕将它弄断似的,其实,这只脚胖嘟嘟的,就像一只瓶口倒置、瓶肩倾斜的酒瓶。

一次,有位太太缩起身子,不住地抖动着脚,说:

"哎呀,您弄得我好痒哟……"

"太太,这是出于礼貌。"大伙计赶紧竭力地分辩道。

看着他对待女顾客那股故作亲热的纠缠劲儿真叫人忍俊不禁。为了避免笑出声来,我便转过身去,面对店门的玻璃。可是,一种强烈的欲望支配着我,非常想看他做生意时的模样:大伙计的手段逗得我开心极了。当时,我暗自想道:我永远学不会如此恭顺地张开手指,如此灵巧地把鞋子穿在别人的脚上。

每当来了顾客,老板常常离开店堂,躲进柜台后面的小房间里,并把萨沙也叫了过去,让大伙计和女顾客单独待在那儿。有一次,大伙计在触摸了一位棕红头发女士的脚以后,将这只手的几个手指头撮在一起,放在嘴边吻了一下。

"哎呀,"女士惊叹道,"您真是个调皮鬼!"

大伙计又鼓起腮帮,发出很响的亲吻声:

"啧!"

我顿时笑得前仰后合,生怕跌倒,便抓住了店门的把手。店门被拉开了,我的头撞了上去,玻璃被撞得掉了下来。大伙计恨得对我直跺脚,老板用他手上那只镶着宝石的大金戒指不停地砸我的脑袋,萨沙也想撕我的耳朵。晚上,在我们回家的路上,萨沙严厉地教训我说:

"你开这样的玩笑,会被人家赶走的!真不知道,这有什么好笑的?"

他又告诉我,只要大伙计能够讨得太太们的欢心,生意就会兴隆起来。

"即便太太们不需要新鞋,只是为了看一眼这个招人喜欢的小伙子,她们也会来多买一双的。可是你呢,连这都不明白!真够替你操心的……"

我心中升起一股怨气,愤愤不平,因为谁也没有为我操过心,尤其是他。

每天早晨,病病歪歪、脾气暴躁的女厨娘总是比叫醒萨沙早一个小时让我起床。我要替老板一家人、大伙计和萨沙刷鞋掸衣，还要生好茶炊，给所有的炉子添送木柴，清洗送午饭用的提盒。到了店里，我要扫地掸灰，准备茶点，给顾客送货，回家取饭。在我干这些活的时候，守门的任务就由萨沙担任，他觉得这有损他的尊严，总是骂我说：

“笨蛋！还要人家替你干活……”

我感到这儿的日子憋闷难受，寂寞乏味。我习惯独立不羁的生活，过惯了从早到晚待在库纳温满是沙土的大街上、浑浊的奥卡河的河岸上，待在田野里和树林中的生活。我思念外祖母，想念我的伙伴们，这儿连一个可以说话的人都没有，而生活又向我展示了它那虚假、丑陋的真实面目，令我恼怒气愤。

女顾客什么都不买就走了——这是常有的事情。遇到这种情况，他们三个人就会感到自己受了侮弄。老板收起甜蜜蜜的笑容，发号施令：

“卡希林，把货收起来！”

接着，他就骂开了：

“哼，这头猪，拱到这儿来了！这傻娘儿们在家闲得无聊，就出来逛逛商店遛遛大街。她要是我的老婆，看我不……”

他的老婆身材干瘪，长着一对黑眼睛和一个大鼻子。她对待老板像对待佣人一样，动辄就跺脚发威，大吼大叫。

在用毕恭毕敬的深度鞠躬和殷勤动听的话语送走熟悉的女顾客以后，他们往往就不知廉耻地用种种脏话对她们评头论足。当时，我真想跑出去，追上女顾客，把这些闲言碎语统统告诉她。

当然，我知道，人们在背后相互评头论足并不足为怪，但这些人对所有的人都说三道四，而且讲话特别可恶，仿佛有人认可他们是最优秀分子，并且指派他们来做整个世界的审判官。虽然他们心里对许多人非常羡慕，但他们从来不讲一句好话，而且能挑出每一个人的毛病。

一天，店里来了一位年轻的女士，她的脸颊红扑扑的，眼睛炯炯有神，身披镶有黑皮领的天鹅绒斗篷——毛茸茸的领子把她的脸庞映衬得格外俏丽。她把斗篷从肩上脱了下来，扔到萨沙的手上。这时，她显得更加妩媚多姿：蓝灰色的绸衣紧紧裹住她窈窕的身体，耳坠的钻石闪闪发光。她使我想起了美丽的瓦西里萨①,而且我深信她就是省长的太太。她受到特别恭敬的接待,那三人犹如面对一团火焰,在她面前低头哈腰,大气不喘,用尽奉承谄媚之词。他们像着了魔似的,在商店里跑来跑去。橱窗的玻璃上掠过他们的身影,仿佛周围的一切已经着火,正在熔化,马上就会变成另一副模样。

这位女士很快挑中了一双贵重的皮鞋,离开了商店。这时,老板咂了咂嘴,打了个唿哨,说道:

"一条母——狗……"

"简而言之,女戏子一个。"大伙计蔑视地说。

于是,他们开始谈论起她的情夫,议论她那花天酒地的生活。

吃过午饭,老板到店堂后面的小房间去睡觉,我便打开他的金表,往机芯内倒了几滴醋。后来,我非常高兴地看见他睡醒以后,手里拿着那块表走进店堂,莫名其妙地嘟囔道:

"怎么回事?这表突然冒汗了!还从来没有过呢,居然会冒汗!该不是不祥之兆吧?"

尽管店里的杂事很多,家里的活儿也不少,但我仿佛在令人难以忍受的忧闷中沉沉昏睡。我要做出什么事情,才能让他们把我赶出店门呢?——这个念头越来越经常出现在我的脑海。

身披雪花的人们默默地从商店门前闪过,仿佛他们是在为谁出殡,要把死者送去墓地,但因姗姗来迟没有赶上,于是行色匆匆要追上那口棺木。马车颠颠簸簸,费力地爬过雪堆;商店后面有一座教堂,教堂的钟楼上每天都响起单调凄凉的钟声——大斋节到了。钟声像枕头一样敲打着脑袋,当然不痛,但却让人头脑迟钝,耳朵发聋。

有一次,我正在店门旁边的院子里拆卸刚刚收到的货箱,教堂的看门人走到我的跟前。他是个歪肩膀的小老头,浑身软绵绵,简直就是用破布裹制而成的。衣服褴褛不堪,仿佛被一群野狗撕咬过一样。

"你,上帝的人呀,给我偷一双套靴吧,行吗?"他说。

我没有回答。他在空箱子上面坐了下来,打了个呵欠,在嘴上画了个十字,又说:

---

① 俄罗斯民间童话故事中的人物,是一个极其美丽的公主。

“你就偷一双吧,咹?”

“不能偷东西。”我郑重地对他说。

“可是大家都在偷。你该尊重老人!”

他和我周围的人完全不同,这使我感到愉快。我感觉到,他满有把握地认为我会去偷的,于是就同意从通风窗口递给他一双套靴。

“这就好。”他平静地说,并没有喜形于色。“你不会骗人吧?是的,是的,我看得出来,你不会骗人的……”

他默默地坐了一会儿,用靴底来回蹭着潮湿的脏雪,接着点燃了用陶土制成的烟斗。突然,他吓唬我说:

“要是我骗你呢?我拿到这双靴子就去向你的老板告发,说这双靴子是你卖给我的,只要半个卢布,那怎么办?咹?这双靴子起码值两个卢布,可你只要了半个?钱都拿去买糖果、礼物了,咹?”

我怔怔地看着他,仿佛他说的这一切已成事实,而他却盯着自己的靴子,带着浓重的鼻音,还在轻轻地说着,并不时喷出淡蓝色的烟雾:

“假如这件事是老板指使我干的,他说:你去给我摸摸这小子的底,看他敢不敢偷东西,那怎么办?”

“我不给你套靴了。”我气呼呼地说。

“既然已经答应了,那你现在就不能不给了!”

他抓起我的一只手,把我拉到身边,用冰凉的手指敲着我的额头,悠悠地继续说道:

“你怎么能够莫名其妙地就——呶,拿去吧!?”

“是你自己要的嘛。”

“我要的东西会很多很多!我要你去抢劫教堂,你怎么办?去抢吗?怎么能这样轻信别人呢?嗨,你呀,小傻瓜……”

他把我推开,站了起来。

“偷来的套靴我不要。我又不是老爷,不穿套靴。我只不过是和你开个玩笑……因为你憨厚老实,等到复活节,我就放你到钟楼上去,你在那儿敲敲钟,看看市容……”

“我熟悉这个城市。”

“从钟楼上看下去更加漂亮……”

他把靴尖埋进雪地里，慢悠悠地向教堂的拐角处走了过去。我看着他的背影，闷闷不乐，忐忑不安，心中想道：这个小老头儿真的是开玩笑呢？还是被老板派来试探我的？我已经不敢走进店堂了。

萨沙跳进院子，大声吼道：

“你在那儿磨蹭什么鬼名堂！”

我突然火冒三丈，举起火钳就想打他。

我知道萨沙和大伙计都经常偷老板的东西。他们往往把一双皮鞋或便鞋先藏在炉子的烟囱里，然后再放在大衣的袖子里带出店外。我不喜欢干这种勾当，而且感到害怕，因为我牢牢记着老板的威胁。

“你偷东西？”我问萨沙。

“不是我，是大伙计，”他声色俱厉地向我解释，“我只是给他当个帮手。他说：你帮我干！我就不得不干，否则，他准要找我的麻烦。老板！他自己以前也是伙计，什么都心中有数。你给我闭上嘴，别乱说。”

他一面说，一面对着镜子整理领结，那手指张开的动作和大伙计的动作一样，滑稽而不自然。他总是念念不忘凌驾在我之上的地位和可以主宰我的权势，常常扯开低沉的嗓门儿对我吼叫；在对我发号施令时，总向前伸出一只手，做出一副推挡的姿势。我的个子比他高，力气比他大，但骨瘦如柴，举止笨拙，可他长得结结实实，浑身是肉，油头肥耳。他身穿制服，裤腿散开着，在我的心目中很有气派，体面庄重，但他身上总有一种令人不愉快的、可笑的东西。萨沙最恨厨娘。这个厨娘也真是个怪人，弄不清楚，她究竟是善人还是恶鬼。

“在这个世界上，我最喜欢干仗。”她那黑黑的眼睛睁得大大的，热情洋溢。“只要是干仗，我都喜欢。公鸡斗，狗厮咬，男人打架，我都一样地喜欢！”

如果院子里有公鸡或者鸽子斗起来，她就会放下手上的活儿，站在窗口，仿佛成了聋哑人，对周围的一切无动于衷，只是全神贯注地观看，直到这场厮杀结束。每到晚上，她就对我和萨沙说：

“这两个孩子，尽傻坐着，还不如打仗呢？”

萨沙生气了：

“傻娘儿们，我可不是你的什么孩子，我是二伙计！”

“哟,这我倒没看出来。只要还没有娶媳妇,在我看来就是个孩子。”

“傻娘儿们,笨脑瓜子……”

“魔鬼倒是聪明,可就是讨不到上帝的欢心。”

她的一些谚语特别惹萨沙恼火。萨沙挖苦她,可她只是轻蔑地斜着眼睛看看萨沙,回敬道:

“你呀,臭蟑螂,上帝真不该让你生下来!”

萨沙不止一次怂恿我在她睡熟的时候往她的脸上抹黑鞋油或者烟油子,往她的枕头里扎一些大头针或者采用其他方法和她“开开玩笑”,但是,我怕这个厨娘,再说她睡觉不沉,常常醒来。她一醒来,就会点上灯,坐在床上,对着墙角出神。有时,她会绕过炉子,走到我面前,把我叫醒,声音嘶哑地请求说:

“我睡不着,列克谢卡,心里总是害怕什么,你和我说说话吧。”

我睡意朦胧地对她说着话,她却一言不发地坐在那儿摇晃着身体。我仿佛嗅到从她热乎乎的身上散发出来的蜡和神香的气味,仿佛她快要死去。也许,她这就脸朝下一头栽倒在地板上死去。我吓得提高了自己的嗓音,可她制止我说:

“嗤!轻点!要不那帮畜生醒来会对你乱加猜疑,说你是我的姘头……”

她坐在我的身边时,总是保持一个姿势:弯着腰,将两只手掌插在膝盖之间,用尖尖的骨头紧紧夹住。她的胸脯平平的,透过厚厚的麻布衬衫依然隐约可辨她身上的一根根肋骨,就像干裂的大桶上的一道道紧箍。她静静地坐着,良久默默无语,随后又突然低声嘟囔:

“还是死了好啊,心里老是这么难受……”

或者像在询问别人:

“我这已活到头了,是不是?”

“睡吧!”她打断了我的话头,挺起身子。接着,她那灰蒙蒙的身影便悄无声息地消失在厨房的昏暗之中。

“巫婆!”萨沙在背后总是这样称呼她。

我对他说:

“那你当着她的面叫啊!”

“你以为我不敢？”

但他顿时又皱起眉头，说：

“不，我可不会当面这样叫她，也许她真的是个巫婆呢……”

她不把任何人放在眼里，总是拉长着脸，气呼呼的，对我也无一丝一毫的宽容，早晨六点就来揪我的脚，大声嚷道：

“别睡懒觉！拖木柴去！烧水！削土豆！……”

萨沙醒了，抱怨地说：

“你吼什么？我要向老板告状，简直没法睡觉……”

她在厨房里迅速地来回移动着她那把干瘦的老骨头，因失眠而发红的眼睛向萨沙射出怒火：

“呸，上帝真不该让你生下来！我要是做了你的后妈，一定得好好治治你。”

“死鬼。”萨沙骂道。在去商店的路上，萨沙怂恿我说：“要想办法把她赶走。要偷偷地在所有的东西里都加点盐，如果所有的菜都太咸了，就会把她赶走的。倒煤油也行！你干吗这副心不在焉的样子？”

“那你怎么不去干？”

“胆小鬼！”

厨娘就死在我们面前：她弯下身去提茶炊，突然好像有人往她胸口推了一把，她便跌坐在地下，随后一句话没说就两手平伸，歪身倒了下去，嘴里吐出鲜血。

我俩当时就知道她已死了，但是吓得说不出话来，只是呆呆地看着她。最后，萨沙飞步逃离了厨房；我呢，不知所措，便倚在窗口的亮处。老板来了。他焦急不安地蹲下来，用一只手指摸摸厨娘的脸，说：

“真的，她是死了……这是怎么回事？”

他开始对着安放在墙角的神灵尼古拉的小圣像画十字。祈祷以后，他又对过道那边喊道：

“卡希林，快去，报告警察。”

警察来了。他转悠了一阵，收了茶水钱，走了。过了一会儿，警察又来了，并带来一个马车夫。他们抓住厨娘的双脚和头，把她抬了出去。老板娘从过道里向外张望了一下，吩咐我说：

“去把地板洗干净。”

老板则说：

“还好，她死在傍晚……”

我不明白这好在哪儿。晚上，准备躺下睡觉时，萨沙一反常态，用十分温和的口吻对我说：

“你可别熄灯哪。”

“你害怕？”

他拉上被子，把头裹住，躺在那儿，久久没有吭声。夜，静悄悄的，仿佛它在聆听什么，期待什么似的。而我觉得，钟声马上就要响起，于是，城里所有的人顿时会奔跑、叫喊，沉浸在极度的恐慌之中。

萨沙从被子里探出头来，露出了鼻子，轻轻地提议道：

“我们睡到灶台上去，睡在一起，好吗？”

“灶台上太热。”

他沉默了一会儿，又说：

“她是怎么回事，说死就死了，咹？真是个巫婆……我睡不着……”

“我也睡不着。”

萨沙开始给我讲死人的故事，说死人会从坟墓里走出来，深更半夜在城里徘徊游荡，寻找他们过去的住处，寻找仍然活着的亲人的住处。

“死人只记得城市，”他轻轻地说，“至于街道和房屋，他们可就记不得了……”

周围的一切变得更加静谧，仿佛也更加昏暗。萨沙微微抬起头，问道：

“你想不想看看我的箱子？”

我早就想知道他在箱子里藏了什么东西。平时，萨沙总用一把挂锁锁住箱子，而在打开时，又总是特别小心谨慎。如果我想往箱子里瞟上一眼，他就会粗声粗气地问：

“你想干吗？咹？”

我表示愿意后，他就从床上坐了起来，没有将两只脚放下来落在地板上，然后换成命令的口吻要我将箱子搬到床上，放在他的脚头。他的钥匙和十字架一起系在他脖子上套着的线带上，贴身挂着。他向厨房里各个昏暗的角落张望了一下，庄重地皱起眉头，打开锁，又往箱盖上吹了吹气，仿佛箱盖烫手似的,最后才稍稍抬起箱盖,从里面掏出几套衬衣。

箱子里有一半地方放的是药盒,五颜六色的茶叶包装纸、鞋油盒子和沙丁鱼罐头盒。

“这是什么?”

“马上就能看见……”

他用两条腿围住箱子,欠下身来,嘴里轻轻哼道:

“上帝……”

我期待看到玩具。我从未有过玩具,平时装出一副对玩具根本不感兴趣的模样,实际上对拥有玩具的人确存羡慕之心。像萨沙这样的体面人居然也有玩具,这使我大为高兴。虽然他感到害臊,把玩具藏了起来,但我觉得,这种害臊的心理是可以理解的。

萨沙打开第一只盒子,从里面拿出一副眼镜框架,戴在自己的鼻梁上,威严地看着我,说:

“上面没有镜片,这毫无关系,就是这种眼镜!”

“让我看看!”

“你戴这种眼镜不合适,这是给深色眼睛的人戴的,可你的眼睛是浅色的。”他向我解释说,并学着老板的样子,满意地咯了一声,但立即又惊慌地往厨房里到处看看。

在装鞋油的盒子里放着许多各种不同的纽扣,他得意地告诉我:

“这些纽扣都是我从街上捡来的!我自己捡的。已经有三十七颗了……”

第三个盒子里装着大号的铜别针,也是从街上捡来的;还有铁靴掌,磨损了的,断裂的,也有完好的;此外就是一些皮鞋和便鞋上的扣环,一只铜制的门把手,一个破手杖顶端的骨制镶头,一把姑娘用的头梳,一本名为《圆梦和占卜》的书以及许多类似的宝贝。

在我捡破烂、拾骨头的时候,像这种不值钱的东西用一个月的时间,不费吹灰之力便能捡到十倍之多。看了萨沙的这些东西,我感到失望、困惑,还有对他的令人揪心的怜悯。可他呢,细细地观看着每一件东西,用手指爱抚这些物品,厚厚的嘴唇一本正经地噘起来,突出的眼睛里流露出感动、关切的神情,但那副眼镜却把他那稚气的脸变得滑稽可笑。

“你干吗要这些东西?”

他从眼镜框子里匆匆瞟我一眼,用发声不稳的童高音问我:

“要不要我送你一点东西?”

“不要,我不要……”

显然,我的拒绝和对他的宝物表现出来的无所谓态度惹得他不高兴了。他沉默了一会儿,又轻轻地建议说:

“去拿块毛巾来,我们把这些东西都擦一擦,瞧,全都沾上灰了……”

萨沙把所有的东西都擦净放好,然后钻进被窝,面对墙壁躺了下来。下雨了,雨水从屋檐上滴滴答答地落下,风敲打着窗户。

萨沙仍然面朝墙壁,对我说:

“等着吧,等园子里干一些,我给你看一样东西,你准会吓得叫起来!”

我铺床睡觉,没有答话。

又过了一会儿,他突然跳了起来,用双手在墙上抓来蹭去,令人毛骨悚然地说道:

“我怕……上帝,我怕呀!上帝,发发慈悲吧!这究竟是怎么回事啊?”

我顿时也吓得说不出话来。我仿佛觉得,厨娘就站在朝着院子的窗口边,背对着我,低着头,额头顶在窗玻璃上,就像她生前观看公鸡斗架时的模样。

萨沙双手在墙上抓来蹭去,双脚乱蹬,哇哇地哭个不停。我费了好大的劲儿,就像走在滚烫的煤炭上,头也不回地走过厨房,在他身边躺了下来。

我俩哭得精疲力竭,最后睡着了。

几天以后正赶上过节,店里的生意只做了半天,中午在家里吃完午饭以后,等老板和老板娘饭后躺下休息时,萨沙神秘兮兮地对我说:

“跟我走!”

我猜到马上就要看到那个准会让我惊叫起来的东西了。

我们来到了花园。在两排房子之间窄窄的泥路上长着十来棵老菩提树,粗壮的树干上覆盖着绿绵绒般的青苔,黑色的树枝光秃秃的,死气沉沉,树枝间连一个乌鸦窝都没有。一棵棵大树犹如墓地上的一座座石碑。除了菩提树,花园里一无所有,没有灌木丛,也没有花草。路上的泥土已被踩实,黑油油的像是一块铁板,上面铺盖着去年留下的枯萎的树叶,在那些没有树叶的地方也长着一块块青苔,犹如覆盖在死水上面的浮萍。

萨沙来到屋角,走近临街的篱笆,瞪大眼睛,看了看邻居家幽暗的窗户,在一棵大菩提树下站住了。他蹲了下来,伸手扒开一堆树叶——粗大的树根露了出来,旁边有两块砖头,深深埋在泥土里。萨沙稍稍提起这两块砖头,下面露出一小块盖屋顶用的铁皮,铁皮的下面是一块四方形的木板,最后,在我的面前终于出现了一个伸进树根底下的大洞。

萨沙擦燃一根火柴,然后点着了蜡烛头,把蜡烛头送进洞内,对我说:

"你来看!可别害怕……"

显然,他自己倒很害怕:手上的蜡烛头颤抖着。他脸色煞白,嘴巴难看地张开着,两眼开始湿润。他轻轻地将一只空着的手放到背后。他的恐惧传染给了我,我十分小心地往树根下面的深处看了看,树根就是这个地洞的拱顶。萨沙在地洞里点燃三根烛火,这使洞内呈现一片蓝光。这个地洞很大,其深度相当于一只水桶,但比水桶更宽敞,两侧严严密密地镶着各种颜色的玻璃碎片和茶具的瓷碎片。中央有一个隆起的土台,上面铺着红布,红布上面停放着一口裱着锡箔纸的小棺木,好像是锦缎罩子的一小块碎料盖住了棺木的一半,从这块棺罩的下面露出一只麻雀灰色的细爪和尖嘴的脑袋。棺木的后面是高高的读经台,读经台上放着一个铜制的贴身十字架,在读经台的四周点着三支烛头,蜡烛插在烛台里,烛台外面裹着银色和金色的糖纸。

烛火的火苗向洞口倾斜过来,洞内死气沉沉地闪烁着五颜六色的光点、光斑。蜡烛的气味,温热的腐烂味和泥土味一起向我脸上扑来,我眼花缭乱,眼前金星直冒。这一切压抑着我,令我惊愕不已,反倒驱散了心中的恐惧。

"好吗?"萨沙问。

"这是干吗?"

"小教堂呗,"他解释道,"像不像?"

"不知道。"

"这只麻雀就当做死人!说不定它能变成圣尸呢,因为它是无辜受害的苦难圣徒……"

"你捡到这只麻雀时,它已经死了吗?"

“没有。它飞进了堆房，我用帽子将它盖住，把它闷死了。”

“干吗要这样？”

“不干吗……”

他看了看我的眼睛，又问：

“好吗？”

“不好。”

听了我的回答，他向洞口弯下身去，动作迅速地盖上木板、铁皮，又把砖头埋进泥里，然后站起身来，拍打着膝盖上的泥土，厉声问道：

“你为什么不喜欢？”

“我可怜那只麻雀。”

他盯着我，眼睛一动不动，活像个瞎子，又往我胸口推了一把，吼道：

“笨蛋！你这是因为嫉妒才说不喜欢。难道你在卡纳特纳亚街上的那座花园里做过比这更好的东西吗？”

我想起了自己的凉亭，斩钉截铁地答道：

“当然，就是比这个好！”

萨沙脱掉他那件小礼服，卷起袖子，往手心啐了口唾沫，提议说：

“既然是这样，那我们就来干仗！”

我没有心思打架，只觉得沉闷无聊，人也就没精打采了。我看着表哥那张恶狠狠的面孔，心里很不自在。

他却向我扑了上来，用头猛撞我的胸口，把我撞倒在地，骑在我的身上，大声叫道：

“要活还是要死？”

但是我的力气比他大，而且当时怒不可遏，于是，不一会儿，他就脸朝下趴在地上，伸出两只手抱住脑袋，呼哧呼哧直喘气了。我吓了一跳，动手去拉他起来，可他又甩胳膊又蹬腿，不让我去碰他，这使我更加害怕。我走到一边，不知该怎么办。他微微抬起头，说：

“你以为你赢了吗？我就这么躺着，等老板家的人过来，让他们看见。然后，我就告你的状，这样，他们会把你赶走的！”

他破口大骂，不停地威胁我，惹得我火冒三丈。我跑到地洞那儿，掏出那两块砖头，把棺木和麻雀一起扔到篱笆外面的大街上，又把洞内的东西统统挖了出来,用脚踩碎。

“给点厉害你瞧瞧,看见了吧?”

萨沙对我这种粗暴行为的反应令人费解:他坐在地上,微微张着嘴,皱着眉毛,盯着我的一举一动,却一言不发。等我做完这一切以后,他不慌不忙地站起来,抖抖身上的泥土,把小礼服往肩上一披,冷静而凶狠地说:

“这会带来什么后果,现在你就等着瞧吧,不会等太久的!这一切我恰恰是为你而做的,这是魔法!明白吗?”

我顿时跌坐在地,仿佛被他的话击中了,一股凉气浸透全身。他却头也不回地走了,这种镇定自若的神情令我更加沮丧。

我打定主意第二天就逃离这座城市,躲开老板,躲开萨沙和他的魔法,躲开这种乏味而愚蠢的生活。

第二天早晨,新来的厨娘把我叫醒,她又大声嚷了起来:

“我的老天爷!你的脸上是怎么回事啊?……”

“魔法开始显灵了!”我忧郁地想道。

厨娘却哈哈大笑,笑声爽朗而富有吸引力,我也不由自主地笑了。往她的镜子里一照,原来我的脸上涂满了厚厚的烟油。

“这是萨沙干的?”

“那还会是我干的!”厨娘笑着叫道。

我开始刷鞋,刚把手伸进鞋里,一枚大头针扎进了我的手指。

“这就是所谓的魔法!”

所有的靴子里都有大头针和缝衣针,而且安放得十分巧妙,总能扎进我的手心。于是,我舀了一勺冷水,带着发泄的快感,把它浇在还在熟睡或者是故意装睡的魔法师的头上。

不过,我的心情依然很糟糕:我的眼前总是浮现出装着麻雀的棺木、拳曲的灰色小爪子和可怜兮兮向上翘起的蜡黄的鸟嘴,而周围是不停闪烁的五颜六色的火星,仿佛是一条彩虹意欲喷泻光芒,却总也难以如愿。棺木不断变大,鸟爪也在变大,向前伸展,抖动起来,渐渐恢复了生命。

我决定当天晚上就离开这儿。但是,午饭前,我在煤油炉上用饭盒热菜汤时,因为脑子里想着别的事情,居然把汤烧开了;在我把火弄熄时,又把菜汤泼翻在手上。于是,我被送进了医院。

至今我仍然记得噩梦般令人窒息的医院生活:那儿空空荡荡,摇摇晃晃,一片黄色。一些灰色的和穿着白色殓衣的身影盲目地来回蠕动,发出咕噜咕噜的响声和哼哼唧唧的呻吟声。有个高个子拄着拐杖来回走动,他的两道眉毛就像两撇小胡子。他不停地摇晃着那把黑色的大胡子,吹着口哨,发威似的吼叫着:

"我要向主教大人告发!"

病床就像棺木;病人们躺在那儿,鼻子向上,就像死麻雀。黄色的墙壁摇晃不定,天花板凸起,像船帆那样呈现弧形,地板上下起伏,时而将一排排病床推拢在一起,时而又将它们分开。一切都不可靠,令人胆战心惊。窗外,一根根树枝犹如一根根打人的树条,向上竖着,还有人在摇晃着它们。

一个有着棕红色头发,瘦骨嶙峋的像个死人似的病人在门口跳跳蹦蹦,不时伸出短短的手臂拉拉自己身上的白色殓衣,尖着嗓子叫道:

"我不要这些疯子!"

拄拐杖的人对他大吼一声:

"向主教大人告发……"

外祖父、外祖母以及所有的人都说医院里总是把人药死,因而我认为我的这条小命也完了。一个戴着眼镜,也穿着白色殓衣的妇女走到我的跟前,在我床头的黑板上写了几个字——粉笔断了,粉笔的碎屑撒落在我的头上。

"你叫什么名字?"她问我。

"不叫什么。"

"你总得有个名字?"

"没有。"

"你别胡闹,不然会挨鞭子的!"

不用她说,本来我就知道,他们准会用鞭子抽我,因此我干脆就不搭理她了。她像猫那样鼻子里哼了一声,又像猫那样悄无声息地走了。

有两盏灯点起来了。昏黄的灯光挂在天花板下面,活像被人丢失的两只眼睛。灯火挂在那儿不停地摆动,竭力想靠在一起。亮光照得人头晕目眩,令人讨厌。

墙角里有个人说:

"我们来打牌吧?"

“我的一只手没有了,怎么打啊?”

“呵,他们砍掉了你的一只手?”

我立即意识到,被割掉手就是因为打牌的缘故。在他们把我药死之前,不知还会怎样折腾我呢?

我的手撕裂般地灼痛,仿佛有人要拽出里面的骨头。我又怕又疼,轻轻地哭了起来。为了不让别人看见我的眼泪,我闭上了眼睛。可是,眼泪偏又撑开了眼皮,沿着两鬓流淌,滴进了双耳。

夜来临了,所有的人都躺倒在病床上,缩进灰色的被子里。周围的一切随着时间分分秒秒的流逝,变得越来越静,只是墙角里有个人在嘟囔着:

“不会有任何结果的,他是个废物,她也是个下贱货……”

真想给外祖母写封信,让她到这儿来,乘我还活着,把我从医院里悄悄带出去。可是我又没法写:两只手不听使唤,再说也没有纸笔。应当试一试,看看能不能从这儿溜走?

夜越来越死一般地沉寂,仿佛将永远存在,再也不会消逝。我轻轻地将两只脚落在地板上,又走到门口。门半开着——我看见走廊里的灯光下,一个人坐在长条木椅上,竖起他那刺猬般灰白色的脑袋,还散发着烟气,一对凹进去的黑眼睛正看着我。我来不及躲藏。

“谁在那儿瞎逛?到这儿来!”

他的声音并不可怕,十分轻柔。我走到他的跟前,看着他的圆脸。他满脸都是短短的胡茬,头发则长一些,向四面八方胡乱翘着,形成一道银色光环围着脑袋。这人的腰带上挂着一串钥匙,如果他的胡子和头发再长一些,他就像是圣徒彼得了。

“你这是把手给烫了吧?干吗夜里出来瞎逛?这是什么规矩?”

他把很多烟喷在我的胸口和脸上,用一只温暖的胳膊搂住我的脖子,把我拉到身边。

“害怕吗?”

“害怕!”

“在这儿,起初人人都感到害怕,其实没什么可怕的。特别是和我在一起,更不用怕,我从来不让别人受欺侮……想抽烟吗?也好,那就别抽,你还小呢,抽烟嫌早点儿,再过两年吧……你的爹妈在哪儿呢?爹妈都不在啦!

呶,不在也罢,没有爹妈我们照样生活,只是不能做胆小鬼!你明白吗?"

我已经好久没有遇见能够如此纯朴而友好,用通俗易懂的话语和我交谈的人了,听着他讲话,我感到难以言表的愉快。

当他把我领到我的病床旁时,我请求道:

"陪我坐一会儿吧。"

"可以。"他同意了。

"你是什么人?"

"我?当兵的,一个地地道道的兵,高加索的兵。我打过仗。怎么能不打仗呢?当兵的活着就是为了打仗嘛。我和匈牙利人打过,和切尔克斯人打过,和波兰人打过——和什么人都打过。打仗,兄弟,这种胡闹可真厉——害呀!"

我闭上了眼睛。过了一会儿,当我睁开眼睛时,在当兵的位置上却坐着穿了件深色外衣的外祖母,而当兵的站在外祖母身旁,说:

"大概,这些人全都死了吧,是不是?"

阳光在病房里嬉戏,一会儿把病房里的一切都镀上金色,一会儿又藏匿起来,然后重又将明亮的光线洒在所有人的身上,简直就是一个调皮的孩子。

外祖母向我弯下身来,问道:

"怎么样,亲爱的?伤得不轻吧?我对他,那个红头发的魔鬼说……"

"我现在就去把一切手续办妥。"当兵的说着就走了。外祖母擦去脸上的泪水,说:

"他是我们那儿的兵,巴拉洪人……"

我一直以为这是梦境,所以没有说话。大夫来了,替我在烫伤处作了包扎处理。然后,我就和外祖母一起坐上了马车,行驶在城里的街道上。外祖母说:

"我们家的那个老爷子,简直是疯了,贪婪、吝啬得要命,看着都叫人恶心!对了,不久前一个制毛皮的工匠赫雷斯特从他的圣经书里偷走了一张一百卢布的钞票,还是他新交的朋友呢,为这件事闹腾得可厉害啦,唉,真没法说!"

阳光灿烂,白云朵朵,犹如一只只小鸟遨游在天空。我们的马车行驶在伏尔加河冰面上用木板铺成的小道上。冰块发出低沉的声响，不停地膨胀，河水在木板的挤压下扑腾扑腾作响。市场那边肉红色大教堂的拱顶上，几个金色的十字架熠熠闪光。迎面走来一个宽脸膛的村妇，她的手中抱着一大捧柔滑如缎的柳枝。春天来啦，复活节快到了！

我的心像一只小云雀那样颤动起来。

"我非常非常爱你，外婆！"

我的话并未使她感到惊讶，她用平静的口吻对我说：

"因为我是你的亲人呀。我可以毫不夸口地说，外人也都喜欢我。这都得感谢你呀，圣母！"

她面带微笑，又补充说：

"瞧吧，圣母就要高兴了，她的儿子要复活了！可是瓦留莎，我的女儿……"

外祖母沉默了……

二

外祖父是在院子里遇见我的，当时他正跪在那儿用斧头削一个木楔。他举起斧头，仿佛打算用这把斧头砍我的脑袋似的，然后又摘下帽子，讥讽地说：

"您好，尊贵的圣人，大老爷！您老退休啦？ 呶，现在您老可以随心所欲地过好日子啦，是吧？ 哼，你们哪……"

"得了，得了，我们知道。"外祖母匆匆说道，不耐烦地对他挥了挥手，走进房间，煮上茶炊，向我诉说：

“你的外祖父呀，现在可完全破产啦。他把所有的钱统统借给了他的教子尼古拉，放钱生息，可借条呢，大概从来也没有向他要过。真不知道他们到底搞的什么把戏，反正他是破产了，那些钱全没了。这一切都是因为我们没有接济穷人，没有可怜遭难的人，那上帝呀，就对我们有想法了：我究竟为什么还要给卡希林家好处呢？他这么想了，也就把一切都收回去了……”

外祖母回头看了看，又说：

“可我一直尽力多多少少讨得上帝的欢心，希望上帝别把老头子折磨得太厉害。现在我到了晚上就把自己用劳动挣来的钱去施舍别人。喏，如果你愿意，那我们今天就去，我这儿有钱……”

外祖父进来了，他眯缝起眼睛，问道：

“你们打算吃东西了吗？”

“又不是吃你的，”外祖母说，“如果你想吃，那就坐下来和我们一起吃吧，也够你吃的。”

他在桌旁坐下，轻轻地说：

“给我来点儿……”

房间里的东西仍是老样子，原封未动，只有以前母亲占有的那个角落空着，显得十分凄凉。此外，在外祖父床头上方的墙上挂着一张纸，上面用很大的印刷体写着：

> 唯有救世主耶稣永世长存！愿你神圣的名字在我生活中的每时每刻都将与我同在！

“这是谁写的？”

外祖父没有回答。外祖母迟疑了片刻，笑着说：

“这张纸头值一百个卢布呢！”

“这不关你的事！”外祖父叫道，“我要把所有的东西统统分送给外人！”

“你现在没东西可送啦。当初有东西可送的时候，你也没送过。”外祖母心平气和地说。

“闭上你的嘴！”外祖父尖叫一声。

这里的一切都井然有序，一切都和以前一样。

在屋角的大木箱上面有一只放衬衣的筐篮,科利亚[①]就睡在里面。这时他醒了,正往外面看呢。眼皮下面,细长的蓝眼睛只开了一条缝,依稀可见。他变得更加苍白、孱弱,更加消瘦了。他没有认出我来,默默地转过头去,又闭上了眼睛。

在街上,我听到了许多悲惨的消息:维亚希里死了,他是在受难周出水痘死的;哈比到城里过日子去了;亚济的两条腿不行了,他不出来玩儿。告诉我这些情况以后,黑眼睛的科斯特罗马气呼呼地说:

"我们这帮小男孩也死得太快啦!"

"不就死了一个维亚希里吗?"

"反正一个样,谁离开了这条街,那也就等于死了。这些人哪,你刚和他们交上朋友,混熟了,要不就被送去做工,要不就死了。现在在你们院子里,就是切斯诺科夫家来了新房客,是叶夫谢延科一家。他们家的小伙子纽什卡还行,挺机灵的。他有两个姐妹,一个年龄还小,另一个是瘸子,撑着一根拐杖走路,长得挺漂亮。"

想了想,他又补充说道:

"兄弟,我和丘尔卡都爱上她啦。我们总是吵架!"

"和她吵架?"

"干吗和她吵架呀?我们自己吵呗。和她吵架,那倒是不常有的事情!"

我当然知道大小伙子,乃至男人都会搞恋爱,也知道这个字眼粗俗的含意。一阵不快掠过我的心头,我为科斯特罗马感到痛苦,看着他那笨手笨脚的样子和气呼呼的黑眼睛,感到很不自在。

就在当天晚上我见到了这个瘸腿姑娘:她到院子里去,在下台阶的时候,失手把拐杖弄掉了。她伸出两只透明的手抓住栏杆的细木条,毫无办法地站在台阶上,瘦削、体弱。我想捡起拐杖,但缠着绷带的手不听使唤。我折腾了好长时间,心中十分懊恼,而她站在比我高的地方,轻轻地笑了:

"你的两只手怎么啦?"

"给烫伤了。"

---

① 高尔基的母亲和他的继父生的第二个孩子,体弱多病。

“你瞧我,是个瘸子。你住在这个院子里吗?在医院里住了很长时间吗?我在医院里住了好长好长时间呢!”

她叹了口气,又强调地说:

“真是太长啦!”

她穿一件白底淡蓝色马掌形花的连衣裙。连衣裙已经旧了,但干干净净,清清爽爽。头发梳得光溜溜的,一条粗粗的短辫子垂在胸前。她的眼睛大大的,神色严峻,但在这眸子的深处闪烁着蔚蓝色的火花,使她那瘦削的、长着一只尖鼻子的脸蛋富有生气。她愉快地笑着,但并未讨得我的喜欢。她的整个病态的身影仿佛在提示大家:

“请别碰我!”

我的伙伴们怎么会爱上她呢?

“我早就瘸了。”她津津乐道地说着,仿佛值得自豪。“这是女邻居对我施了魔法,她和我妈妈吵了架,就对我施魔法,来和我妈妈作对……医院里可怕吗?”

“嗯……”

我和她在一起很不舒服,便抽身进了房间。

半夜里,外祖母轻声柔气地将我喊醒:

“我们走吧,好不好?去为别人做点好事,手上的烫伤就会很快长好的……”

她牵着我的手,像领着一个瞎子,在夜色中行走。夜漆黑一片,潮气逼人,风儿不停地刮着,仿佛是河水在湍急地流淌,而冰凉的沙子总是粘在脚上。外祖母小心翼翼地走近一家家小市民简陋小屋黑洞洞的窗前,在身上画三个十字,把一个五戈比的硬币和三个小甜面包放在每家的窗台上,重又画上一个十字,抬头望着没有星光的夜空,轻轻地说道:

“至高无上的圣母啊,帮帮人们吧!在你面前人人都是罪人,圣母!”

我们离家越远,周围越是空旷,也越死气沉沉。漆黑的夜空犹如无底深渊,月亮和星星躲得无影无踪,仿佛永远不会再现。不知从哪儿蹿出来一条狗,停在我们面前汪汪叫了起来,两只眼睛在黑暗中闪闪发光。我害怕地紧紧贴在外祖母的身边。

“不用害怕,”她说,“它不过就是一条狗嘛。这个时候魔鬼是不会出来的,已经太晚了,公鸡都叫过啦。”

她抱起狗来,抚摩着它的身体,用商量的口吻说:

“可爱的小狗啊,你可别吓着我的小孙孙!”

小狗在我的脚边磨来蹭去,于是,我们就带着它一同走了。外祖母已经来到第十二户人家的窗前,在窗台上留下了“悄悄的施舍”。天色开始破晓,一幢幢灰色的房屋逐渐从阴暗中显露出来,纳波利纳亚教堂那白得像砂糖似的钟楼耸立起来,墓地四周砖砌围墙的孔洞也清晰可辨,犹如一张破旧的芦席。

“我这个老婆子走累啦,”外祖母说,“该回家去啦!明天,那些女人们醒过来,就会发现,圣母给她们的孩子们送来一点点东西了。既然样样都缺,那这一点点也管用啊!呵,阿廖沙,老百姓的日子过得苦哇,没有人把他们放在心上。

富人的心中没有上帝,
也不担心可怕审判的来临;
穷人不是他的朋友,
也不是他的兄弟,
搜刮钱财才是他生活的意义,
走进地狱,
这些钱财统统都成灰烬!

“就是这么回事!过日子要人人相互关照,而上帝关照大家!我真高兴,你又和我在一起了……”

我的内心宁静而欢快,模模糊糊地感到自己懂得了某种永世难忘的东西。小狗在我身边晃悠,它的毛是棕红色的,长着一副狐狸般的脸和一双善良、满含愧色的眼睛。

“这条狗以后留在我们家吗?”

“有什么不可以呢?要是它愿意,就让它留下吧。现在来给它吃一只甜面包,我这儿还剩两只呢。我们就在这条凳子上坐下来吧,我觉得有点累了……”

我们在一户人家大门边的长凳上坐下，狗在我们的脚边趴了下来，啃着那只干面包。外祖母又说："这儿住着一个犹太女人，她那儿有九个孩子，一个比一个小。我问她，莫谢夫娜，这日子你可怎么过呀？她说：我带着孩子和上帝一起过呗，不和他过还怎么过呀？"

我靠在外祖母暖和和的身上，睡着了。

生活重又向前流逝，飞快而充实。印象的洪流每天都给我的心灵带来某种新的感觉，令我陶醉，令我震惊，令我气恼，也迫使我沉思。

很快我也想方设法让自己能够尽量常常见到那个瘸腿姑娘，和她说上几句话或者默默地坐在她的身边——就在大门旁的长凳上——只要和她在一起，即便默默不语也令人心情愉快。她总是清清爽爽，干干净净，像一只柳莺鸟，讲起顿河地区哥萨克的生活又十分动听诱人。她曾在那儿的叔叔家住了很长时间，叔叔是那儿榨油厂里的一名机械工。后来，她那当钳工的父亲迁到了下诺夫哥罗德来了。

"我还有一个叔叔，二叔，他在沙皇跟前当过差。"

每逢节日的傍晚，整条街的人都倾巢而出，来到"大门外面"。小伙子和姑娘们到墓地去跳圆环舞，男人们分散到各个小酒馆里去喝酒，街上只剩下女人和孩子。女人们干脆坐在自家大门旁边的沙土上，或者坐在长凳上，论长道短，搬弄是非，拌嘴争斗，吵闹不休。孩子们开始玩游戏：打棒球、击木棒和打马兹洛球。当母亲的看着孩子们玩儿，给那些灵巧机智的加油喝彩，碰到笨手笨脚的角色，便讥讽地嘲笑几句。大人的观战和关注激励了我们这些小家伙，使所有的游戏都变得特别活跃，充满了狂热的竞争。虽然我们三个人——科斯特罗马、丘尔卡和我——对游戏都十分投入，但仍然一会儿这个人，一会儿那个人跑到瘸腿姑娘的面前，向她炫耀几句：

"柳德米拉，瞧见了吗？你看，我把五根木棒统统都打出去了。①"

她温柔地笑着，频频点头。

以前，不论玩什么游戏，我们三个人都竭力抱成一团，站在一边，可现在我发现，丘尔卡和科斯特罗马总是分开，各占一方，千方百计地比试各自的

① 指击木棒游戏，即用木棒把对方摆在方圈内的木棒击出圈外。

本领和力气，常常闹到打架、流泪的地步。有一次，他们真是打疯了，以致大人不得不出来干涉，往两个仇人身上泼水，就像对付两只狗一样。

柳德米拉坐在长凳上，用那只健康的脚不停地跺着地面，当打架的双方扭打着滚到她的面前时，她就用拐杖将他们推开，胆战心惊地喊道：

“别再打啦！”

她的脸色惨白，白里透青，双眼失去了热情的光泽，眼珠向上翻滚，就像歇斯底里发作的病人。

有一次，在和丘尔卡玩击棒游戏时，科斯特罗马输了一局，他觉得丢了面子，便躲到食品杂货店燕麦柜台的后面，蹲在那儿，默默地哭了。他的那副模样真让人感到可怕：他咬紧牙关，颧骨高高突出，瘦骨嶙峋的面孔木无表情，神色忧郁的黑眼睛里滚出一颗颗沉重的大泪珠。我刚开始安慰他，他就哽哽咽咽，轻轻地说：

“等着吧……我要用砖头砸碎他的脑袋……让他等着瞧吧！”

丘尔卡翘起鼻子，变得傲慢了。他在街上走来走去，就像一个快要结婚的小伙子，歪戴着帽子，双手插在口袋里。他学会从牙齿缝里啐出唾沫，一副神气十足的模样。他还许诺说：

“我很快就会抽烟了，已经试过两回，不过，呛得我直想吐。”

这一切都令我感到不快，我知道，我正在失去这个伙伴。我还认为，都怪柳德米拉，是她造成了这种局面。

有一天晚上，我正在院子里收拾捡来的骨头、破布和各种各样的破烂，柳德米拉甩动着右手，摇摇晃晃地走到我的跟前。

“你好。”她说，并点了三次头。“科斯特罗马常和你在一起吗？”

“是的。”

“那丘尔卡呢？”

“丘尔卡现在不和我们好了。这都怪你，他们都爱上了你，所以就打架……”

她的脸红了，但还是讥讽地回敬道：

“岂有此理！我有什么过错？”

“那你干吗要让他们爱上你？”

“我又没请他们爱我！”她气呼呼地说。一面走开，一面又补充说道：

"这真是蠢事一桩！我比他们大，我都十四了，比自己大的姑娘是不能爱的。"

"你懂什么呀！"我想气她，便叫了起来：

"瞧那个女掌柜，赫列斯托夫的姐姐，都已经是老女人了，还和小伙子们勾三搭四呢！"

"你才什么都不懂呢，"她急忙说道，声音里带着哭腔，一双可爱的眼睛炯炯发光，显得十分美丽，"那个女掌柜是个放荡女人，难道我也是这种人吗？我还小，我是不能碰也不能拧的，什么都不可以……你应该先读一遍《堪察加女人》这本小说的第二卷，然后再来说话！"

她呜咽着走了。我不由得对她产生了怜悯之情：在她的话语中包含着某种我尚不明白的真理。我的伙伴们干吗要拧她呢？还说是爱她呢……

第二天，我想弥补对柳德米拉所犯的过错，便用二戈比铜币买了一点"麦芽糖"，当时我已知道，她喜欢这种糖果。

"想吃吗？"

她装出生气的样子，说：

"走开，我不和你好。"

但她又立即将糖接了过去，对我说：

"哪怕用一张纸包一包也好啊，瞧你的两只手，多脏。"

"我已经洗过了，但就是洗不干净。"

她伸出一只干燥，滚热的手抓起我的手看了看：

"你把手搞得不成样子了……"

"那你的手指头上还刺了好多眼呢……"

"这是针尖扎的，我要做很多的针线活……"

过了几分钟，她回头看了看，对我提议说：

"哎，我们躲到一个地方去一起读《堪察加女人》，好不好？"

为了找到一个可以躲藏的地方，我们花费了很长时间，但哪儿都不方便。最后我们决定最好还是钻到澡堂里的更衣室里去：那儿光线不足，但可以坐在窗口，这个窗口对着一个肮脏的角落，而这个角落又处在堆房和邻近屠宰场的当中，平时很少有人走到这个地方来。

于是，她就侧身坐在窗前，把一条有病的腿搁在长凳上，另一条健康的腿就落在地板上。她坐在那儿,把破旧的小书捧在面前,挡住了自己的脸,兴奋地念出许多晦涩难懂、枯燥乏味的字眼。不过,我也十分亢奋。我坐在地板上,看着她那双神色严峻的眼睛犹如两粒淡蓝色的火星在书页上移动,有时被泪水湿润,姑娘的嗓音也颤抖起来,快速地读出一串莫名其妙组合在一起的、我不熟悉的字眼。然而,我抓住这些陌生的字眼,将它们的次序颠来倒去,竭力想用这些字眼编成诗句。这个念头和做法使我彻底无法理解书中所讲述的内容了。

小狗坐在我的膝盖上打盹。我给它取了个名字——风,因为这只狗长得毛茸茸的,身子长,跑得又快,吠叫的声音犹如秋天烟囱里的风声。

“你在听吗?”柳德米拉问我。

我默默地点头。那些乱七八糟的字眼对我的刺激越来越大,我的心里更加骚动不安,将这些字眼重新加以排列,使其犹如诗歌一般的愿望也愈加强烈。在诗歌中,每个字都是有生命的,犹如天上的星星闪闪发光。

天黑了。柳德米拉放下拿着书本的那只变得苍白的手,问道:

“写得真好,是不是? 这下你懂了吧……”

从这天晚上开始,我们经常在澡堂的更衣室里。柳德米拉很快就丢开《堪察加女人》,不再读它了,这正符合我的心意。我无法向她回答,这本没完没了的书里面究竟讲的是什么。我说这是一本没完没了的书,这是因为在我们开始读的第二卷后面,还有第三卷,而且柳德米拉告诉我,后面还有第四卷呢。

在阴雨的日子里,如果这天恰好又不是该烧澡堂的星期六,我们待在这里感到特别舒心。

外面下着大雨,不会有人走出家门,跑到我们这个阴暗的角落里来。柳德米拉很怕我们被人家“撞见”。

“你知道,那时人家会怎么想吗?”她轻轻地问我。

我知道,因此也很担心被别人“撞见”。我们一连几小时地坐在那儿,东拉西扯,有时我给她讲外祖母的那些故事,而柳德米拉则给我讲述梅德韦季察河一带哥萨克的生活。

“呵,那儿可好啦!”她感叹道。“这儿算什么鬼地方? 只有要饭化子才该住在这儿……”

我打定主意,长大以后一定要到梅德韦季察河上去看看。

很快我们就不需要这个更衣室了,因为柳德米拉的母亲在一个制皮工匠那儿找到了工作,每天清早便离开家门,她的妹妹在学校上学,哥哥在瓷砖厂做工。到了阴雨的日子,我就来到柳德米拉家里,帮她做饭,收拾房间和厨房。她笑道:

"我和你过得就像一对小夫妻,就是不睡在一起。我们甚至过得比小夫妻更好,那些做丈夫的,通常是不帮妻子干活的……"

如果我有钱,我就买一点糖果。我们一起喝茶,然后用冷水将茶炊冲凉,以免被柳德米拉那喜欢大叫大嚷的母亲发现我们烧过茶炊了。有时,外祖母也到我们这儿来,一面编织花边或绣花,一面讲美妙动听的故事;在外祖父外出进城的时候,柳德米拉就悄悄溜到我们这儿来,于是,我们就毫无顾忌地饱餐一顿。

外祖母说:

"呵,我们的日子过得多美啊! 自己挣来的钱,想怎么花就怎么花。"

她很赞同我和柳德米拉的友好交往。

"小男孩和小姑娘交朋友,这是一件好事,只是不可以胡闹……"

接着,她用最朴实的话语向我们解释什么是"胡闹"。她的语言美丽而高尚,于是我深深地理解到,在花儿还未绽放的时候是不应该去招惹的,否则,这些含苞欲放的花朵既不会散发香味,也不能结出果实。

我们没有"胡闹"的欲望,但这也不妨碍我和柳德米拉谈论这个禁忌的话题,当然,这只是在非谈不可的时候,因为以其粗俗的形式表示出来的两性关系过于频繁、惹人讨厌地扑入我们的眼帘,让我们倍加愤恨。

柳德米拉的父亲是一个四十岁左右的美男子,长着一头鬈发,留着小胡子,常常得意洋洋地扬起那两道浓眉。他出奇地沉默寡言,在我的记忆中就没有听见他说过话。在爱抚孩子们的时候,他只是像哑巴似的发出一种含混不清的声音,就连打老婆时,他也一声不吭。

每逢节日的傍晚,他就穿上浅蓝色的衬衫,波里斯绒的灯笼裤和擦得锃亮的靴子,把手风琴的皮带挎在肩上,背着手风琴走出家门,站在门边,犹如在阵地上"站岗"的士兵。顿时,从我们大门前经过的"大游逛"便开始了:姑娘嫂子们像一群小鸭子一个接一个地走过,有的人从睫毛下面对叶夫谢延科偷偷瞟上几眼，有的肆无忌惮地用贪婪的眼神盯着他，而他呢，站在那儿，突出下嘴唇，一双黑眼睛以挑逗的目光打量着所有走过的女人。这种无声的眉目传情和女人从男人身边缓缓走过时那种听任摆布的姿态都包含着某种极其低下的、令人不快的东西，仿佛只要这个男人眨眨眼睛，发出命令似的暗示一下，这些女人中的任何一个都会像被打死的人一样，顿时就乖乖地当街躺倒在肮脏的沙地上。

“这头公羊又出去招摇了，不要脸的东西！”柳德米拉的母亲轻声抱怨道。她又瘦又高，长长的脸总是脏兮兮的。患伤寒以后，头发剪得很短，看上去，她就像是一把用了很久的扫帚。

柳德米拉坐在她的身边，不停地询问着什么，努力使她分神，不再去注意街上发生的事情，但总是徒劳无益。

“别烦我，讨厌鬼，倒霉的残废！”母亲心神不定地眨巴着眼睛，嘟囔着，她那双蒙古人般细长的眼睛放出奇异的光彩，目光呆滞，一旦盯在什么地方，就再也不会动了。

“你别生气，好妈妈，反正生气也没用。”柳德米拉说。“你看，粗席铺的那个女人打扮得多漂亮啊！”

“要是没有你们三个，我会打扮得更漂亮呢！是你们把我活生生地吃了，把我给毁了。”母亲不留情面地，仿佛含着眼泪答道，两只眼睛盯着高大肥胖的粗席铺里的寡妇。

粗席铺里的寡妇犹如一幢小屋，她的胸脯像门廊一样向前突出。她的脸红扑扑的，戴在头上的一条绿头巾把脸裹得四四方方，就像玻璃上正好映着阳光时的一扇天窗。

叶夫谢延科把手风琴移至胸前，拉开了。手风琴上有许多琴键，琴声有一股不可抗拒的力量，令人心旷神怡。整条街上的孩子们蜂拥而来，纷纷扑倒在手风琴手的脚边，带着迷醉的神情坐定在沙土地上。

“等着瞧吧，人家会把你的脑袋给拧下来的。”叶夫谢延科的妻子对他狠狠地说。

叶夫谢延科一声不吭地对她瞟了一眼。

粗席铺里的寡妇像一尊大石头在不远的地方坐下，坐在赫列斯托夫铺子里的长凳上，她把头歪靠在肩膀上，激情满怀地听着，脸上红扑扑的。

野外,在墓地的后面,晚霞一片绯红。街道犹如一条河流,只见穿戴鲜艳的粗大身影在不停地浮动,孩子们像风一般地东流西窜,暖洋洋的空气温柔而令人心醉。被晒了一天的沙土散发出某种刺鼻的气味;屠宰场里那种油腻腻的、甜兮兮的味道特别明显,这是血腥味;从皮革工人居住的院子里传来又咸又辣的毛皮味。女人的谈话声,男人醉醺醺的怒吼声,孩子们清脆的叫喊声,低音手风琴的乐曲声——这一切汇成低沉的嘈杂声,它是孜孜不倦创造事物的大地发出的强有力的叹息。这一切都是粗俗的,毫无掩饰的,它使人们产生一种强烈的感觉,相信眼前这种不知廉耻、动物般的阴暗生活是无可非议的。阴暗生活在炫耀自身力量的同时,也在忧郁地、紧张地寻求宣泄这股力量的出路。

在一片嘈杂声中,有时,某些特别可怕的字眼会送进人的心里,铭刻在记忆中,永远难以抹去:

"不能大家一哄而上,同时打一个人,要轮流上阵才好……"

"如果我们自己不怜惜自己,那还有谁怜惜我们……"

"上帝生下女人,就是供人取笑的吧? ……"

夜来临了,空气比较清新,喧嚣声渐渐平息,一幢幢木头房子笼罩在阴影之中,膨胀起来,变大了。孩子们被各自的家人拖回家去睡觉,有些孩子就躺在篱笆下面,躺在母亲的脚边或膝盖上睡着了。孩子们到了晚上就会变得更听话,更乖巧。叶夫谢延科人不知鬼不觉地消失了,好像溶化了似的;粗席铺里的寡妇也不见了,低沉的手风琴声在远处,在墓地后面的某个地方响着。柳德米拉的母亲坐在长凳上,佝偻着身子,拱起后背,像只猫似的。我的外祖母到邻居家去喝茶。这个女邻居是个接生婆和做拉皮条生意的,生得高大粗壮,有一个扁平的鼻子,在像男人一样平整的胸脯上挂着一枚金质奖章,上面刻有"见义勇为"四个大字。整条街上的人都怕她,认为她是一个巫婆。人们传说,她曾经在一场大火中,把一个中尉的三个孩子和他那生病的妻子从火中救了出来。

我的外祖母和她是很好的朋友,在街上相遇时,她俩还在很远的地方就会相互微笑致意,而且笑容特别灿烂。

科斯特罗马、柳德米拉和我坐在大门旁边的长凳上。丘尔卡邀柳德米拉的哥哥出来比武,他们相互搂抱在一起,不停地在沙土地上跺脚,扬起一股股尘土。

“快住手吧!”柳德米拉胆怯地请求道。

科斯特罗马斜着一双黑眼睛看着柳德米拉,讲起打猎人加里宁的事情。加里宁是一个白发小老头,长着一双狡黠的眼睛,在方圆几十里他可算是臭名昭著。不久前他死了,但是大家没有把他埋在墓地里的沙土中,而是将他的棺木放在地面上,放在其他坟墓的旁边。他的棺木是黑色的,支架很高,棺材盖子上有用白漆涂成的画饰,画的是一个十字架、一根长矛、一根长杖和两根骨头。

每天晚上,天刚刚黑下来,老头儿就从棺材里爬出来,在墓地里东游西逛,不停地寻找着什么,直至公鸡啼叫方才罢休。

“别讲吓人的事情!”柳德米拉请求道。

“放开我!”丘尔卡喊道,从柳德米拉哥哥的怀抱中挣脱出来,以嘲讽的口吻对科斯特罗马说:“你胡扯什么呀?我亲眼看见棺材已被埋在土里了,不过上面还是空的,以后要立一块墓碑……至于说死人出来游荡,这是那些喝醉酒的铁匠胡编出来的……”

科斯特罗马看都不看他一眼,生气地冲着他说:

“既然是这样,那你到墓地里去睡上一夜!”

他们开始争吵起来,柳德米拉厌烦地摇了摇头,问道:

“妈妈,死人夜里会爬出来吗?”

“会爬出来的。”她的母亲重复了一句,仿佛这是从远处传来的回音。

店铺老板娘的儿子瓦廖克来了,他是一个胖胖的小伙子,二十岁左右,两颊绯红。听见我们的争论以后,他说:

“你们三个人当中谁能躺在棺材上睡到天亮,我就给他一枚二十戈比的硬币和十支纸烟,但如果有人胆小不干了,我就要揪他的耳朵,想揪多少次就揪多少次。干不干?”

我们都很尴尬,谁也没有答腔。柳德米拉的母亲说:

“真是瞎胡闹!怎么能撺掇小孩子去干这种事情呢……”

“你给一个卢布,我就去!”丘尔卡阴沉着脸,提出了要求。

科斯特罗马立即反唇相讥:

“那人家只给二十戈比呢,你就做胆小鬼啦!”他又对瓦廖克说:“你就给他一个卢布，反正他不会去的，吹吹牛皮而已……"

"好吧，给你一个卢布！"

丘尔卡从地上站了起来，一句话也不说，不慌不忙地紧挨着围墙边儿走了。科斯特罗马将几只指头塞在嘴里，对着他的背影尖声打了个唿哨，而柳德米拉忐忑不安地说：

"哎，上帝啊，真是吹牛大王……这算什么名堂！"

"你们可差得远啰，胆小鬼！"瓦廖克讥讽地说，"还自封为我们街上的头等勇士呢，原来是几只小猫……"

他的奚落令人十分气恼。我们不喜欢这个养得肥肥的小伙子，他总是教唆孩子们去恶作剧，向他们传播有关姑娘和女人们的肮脏下流的流言蜚语，教孩子们去捉弄她们。孩子们听了他的话，每次都大吃苦头。不知为什么，他恨我的狗，常向它扔石头，有一次还在狗吃的面包里放了一枚缝衣针。

但是，看到丘尔卡离开时那副佝偻着身子，又羞又愧的模样，更让人心里难受。

我对瓦廖克说：

"你把一个卢布给我，我去……"

他一面嘲笑我，吓唬我，一面将一个卢布交给叶夫谢延科太太，但是叶夫谢延科太太声色俱厉地说：

"我不管，我不拿你的钱！"

说着，她气呼呼地走了。柳德米拉也不敢接下这张钞票。见此情景，瓦廖克对我们更加百般嘲讽。我已经打算不要他的钱就到墓地里去。这时外祖母来了，当她知道了这件事情之后，收下了卢布，胸有成竹地对我说：

"穿上大衣，再带上一条被子，到了早晨天会变冷的……"

外祖母的话使我的心头充满希望：在我身上不会发生任何可怕的事情。

瓦廖克提出了条件，要我在棺材盖上躺着或者坐着直到天亮，不论发生什么情况，哪怕加里宁老头儿要从棺材里爬出来，弄得棺材摇摇晃晃，我也不能从棺材上下来。如果我跳到地上，那就算是我输了。

"你可得小心，"瓦廖克警告我说，"我会整夜都看住你！"

在我动身到墓地去之前，外祖母在我胸前画了十字，叮嘱我说：

"如果你恍恍惚惚看到什么东西，千万别动，只要做一件事：向圣母祷告……”

我走得很快，希望这一切赶紧开始，尽快结束。送我去墓地的有瓦廖克、科斯特罗马和另外几个小伙子。

在翻越砖砌的围墙时，我被被子缠住绊了一下，跌倒在地，但我立即跳起来站稳，仿佛是被沙土弹起来似的。围墙外面响起哈哈大笑的声音。我的心紧缩起来，背上透过一阵令人不快的寒气。

我终于跌跌绊绊走到了黑色棺材跟前。棺材的一边已被沙土埋没，另一边，那又短又粗的支架还露在外边，仿佛有人试图抬起这口棺材，结果把它推歪了。我在棺材盖的边沿上坐下，坐在棺材的脚头，向四周张望：高低不平的墓地上竖满了灰色的十字架，夜幕延伸开来，覆盖在坟墓上，抱住长满扎人硬草的坟头。有些地方，又瘦又细的小白桦挺拔地矗立在十字架之间，仿佛迷了路，再也走不出去了，而相互交叉的白桦树枝把分散的坟墓连成一片。在花花斑斑的树枝阴影中伸出一根根草茎，这种灰色的硬草才是最惹人害怕的！教堂犹如高高的雪堆刺入天空，仿佛熔化般的光晕模糊的月亮在静止不动的云彩中间闪着亮光。

亚济的父亲——“没出息的爷们”——懒洋洋地敲打着看守台的钟，每当他拉钟绳的时候，这根绳子总会与屋顶的铁皮发生摩擦，发出哀怨的吱吱声，然后才会响起小钟干巴巴的当当声，这钟声短促而沉闷。

“上帝啊，可别睡不着觉啊。”我不由想起了这个看守人的口头禅。

真让人毛骨悚然。不知为什么，我感到闷热，浑身冒汗，其实，夜里是十分凉爽的。如果加里宁老头儿要从坟墓里爬出来，我来得及跑到看守台那儿去吗？

我对墓地的情况了如指掌，以前和亚济以及其他伙伴曾无数次在这些坟墓中间玩耍。我的母亲就葬在那儿，离教堂不远的地方……

周围的一切还没有完全沉寂下来，从镇子里不时传来阵阵笑声和断断续续的歌声。在山岗上，在正开工的铁路采砂场上，或者是在卡特佐夫卡村的某个地方，手风琴时有时无地吱吱响着。围墙外面有人在走动，还唱着小调，这是永远喝得醉醺醺的铁匠米亚乔夫，我是从歌声中听出来的：

我们的亲妈妈，

就算有过失，罪孽也不大，
她只爱我们的老爸，
其他人都不放在心上……

听见这些喧闹生活的最后几声气息真让人感到愉快。但是，钟声每敲过一遍，周围便又静寂几分。静寂不断蔓延，犹如顺着牧场流淌的河水，淹没了一切，遮盖了一切。灵魂在这儿无边无际、深不可测的空旷中游荡，犹如点燃在黑暗中的一根火柴，熔化在这大海般浩瀚的空旷之中，消失了，熄灭了，没有留下任何痕迹，而存在于空旷之中的只有高不可攀、闪闪发光的星星，地面上的一切都消失殆尽，死气沉沉，仿佛已经没有存在的必要。

我蜷起双腿，裹紧被子，坐在棺材盖上，面朝教堂。我的身子一动，棺材盖便会吱呀作响，棺材下面的沙土也会发出响声。

不知什么东西掉在我身后的地面上，一次、两次，接着又是一块砖头落在附近——真是吓人！但我立即意识到这是瓦廖卡和他那一伙人从围墙外面扔进来的，他们故意要吓唬吓唬我，可是因为近处还有别人，我的心里反倒变得舒坦些了。

我不由自主地想起了母亲……有一次我学着抽烟，她就要打我。我说：

“别碰我，我已经够难受的了，恶心得直想吐……”

我还是受到了惩罚，挨打以后，我坐在炉子后面，妈妈对外祖母说：

“这个孩子无情无义，不懂得疼爱别人……”

听见她的这番话，我感到十分委屈。母亲责罚我的时候，我对她有一种怜悯之情，为她害臊，因为她的责罚很少是公正的，罪有应得的。

总的说来，生活中令人气恼的事情很多。就拿围墙外面的这些人来说吧，他们明明知道我一个人待在墓地里已经心惊肉跳了，可他们还要火上浇油，再来吓唬我。干吗要这样呢？

我真想对他们大吼一声：

“见你们的鬼去吧！”

但这种做法是危险的，谁知道鬼听见这句话会怎么想呢？也许，鬼就待在附近不远的地方吧。

在砂土中有许多云母石的碎片，它们沐浴在月光中，幽幽闪亮，这使我想起有一次我躺在木筏上漂流在奥卡河上的情景:我看着河水,突然,一条小鳊鱼跳出水面,几乎扑在我的脸上,接着,它翻转身体,平躺在水面上,那样子就像人的半边脸颊。后来,它用那只像鸟眼一样圆溜溜的眼睛看了看我,一个猛子扎下去,像一片落下的槭树叶,摇摇晃晃地游进了水的深处。

我的记忆力越来越紧张地活动着,将生活中的各种往事再现在面前,仿佛它要以此制止我那不停地制造着可怕景象的想象。

一只刺猬滚了过来,坚硬的小爪子踩在砂土上发出了响声,它的模样像家神爷:小小的,毛蓬蓬的。

我想起,外祖母曾蹲在炉膛前面,喃喃地说道:

“善心的家神爷啊,把蟑螂带走吧……”

远处,在我无法看到的那座城市的上空已显出鱼肚白色,拂晓的寒气冻得我两颊发紧,两只眼睛困得睁不开来。我索性把身子缩成一团躺了下来,又用被子将头蒙上:是福不是祸,是祸躲不过,随它去吧!

是外祖母把我喊醒的,她就站在我的身边,一边拽被子,一边说:

“起来!没把你冻坏吧?怎么样,可怕吗?”

“可怕。不过,你别告诉别人,别告诉我的伙伴们。”

“干吗不告诉他们?”她惊讶地说,“如果不可怕,哪还有什么值得夸口的呢……”

我们走回家去。在路上,外祖母亲切地对我说:

“什么事都应当亲自试一试,我的宝贝心肝。样样事情都得自己知道才行……自己不肯学,那别人也是教不会的……”

傍晚时分,我已经成为整条大街上的“英雄”,大家都问我:

“莫非你就不害怕吗?”

等我回答说“害怕”以后,他们便摇晃着脑袋,感叹地说:

“就是嘛!这下你可知道了吧?”

店铺老板娘却蛮有把握地大声宣称:

“这么看来,说加里宁老头从棺材里爬出来,全是胡扯。如果他以前常常从棺材里爬出来,这回他还能怕小孩子吗?那他早就把这个孩子扔在墓地,不知扔哪儿去了呢。”

柳德米拉带着惊讶的神情温情脉脉地看着我。看得出来,就连外祖父对我也十分满意，他的脸上一直挂着得意的微笑。只有丘尔卡苦着脸说：

“对他来说，这还不是小事一桩，他的外祖母就是女巫嘛！”

三

我的弟弟科利亚走了，就像一颗小星星在朝露升起时悄无声息地熄灭了。外祖母带着他和我住在小板棚里，就睡在铺着乱七八糟破布条的柴堆上。一墙之隔便是房东家的鸡窝，这墙是用毛板拼成的，上面留有许多缝隙。从傍晚时分起，我们就能听见饱食一日的鸡群临睡前拍打着翅膀，咯咯咯地叫个不停；清晨，一只大嗓门的金色公鸡又会把我们啼醒。

“哎，真该把你撕成碎片！”外祖母嘟囔着，醒来了。

我已经不睡了，正在仔细观看透过板棚的缝隙照在我床上的阳光，光柱中飞舞着一些银色的灰尘——这些小灰粒就像编成童话故事的词语。柴堆里，老鼠发出窸窸窣窣的声响，翅膀上带有黑色圆点的红色甲虫跑来跑去。

有时，为了躲开鸡粪令人窒息的气味，我就走出板棚，爬到板棚顶上观察这幢房子里的人醒来时的情景。他们的眼睛还未睁开，身材粗壮，仿佛是在睡梦中膨胀起来的。

瞧，船夫费尔马诺夫，这个忧郁的酒鬼，他那头发又多又密的脑袋从窗户里伸了出来，一双浮肿的眼睛只剩下两条细缝。他看着太阳，嘴里不停地哼哼唧唧，活像一头野猪；外祖父也走到院子里来了，他一面用双手抚平那稀疏的棕红色短发，一面匆匆走进澡堂去用冷水冲凉。房东家爱说闲话的厨娘长着一只瘦尖的鼻子，满脸密密麻麻的雀斑，像是一只杜鹃；房东本人则像一只肥肥的老鸽子——这里所有的人都使人联想起飞禽走兽。

早晨如此美好,如此灿烂,但是我却有点忧郁,真想跑到空旷无人的田野里去,因为我已经知道,像往常一样,这些人会糟蹋这欢快的日子的。

有一天,我躺在屋顶上,外祖母把我叫去,用头往她的床上点了点,轻轻地说:

“科利亚死了……”

科利亚的头已经从红布枕头上滑落下来,他躺在一块毡子上,光着身子,浑身发青,衬衫一直撩到颈子那儿,露出了隆起的肚子和长满脓疮的歪腿,两只手奇怪地垫在腰间,仿佛他想把自己抬起来似的。他的头稍稍歪向一边。

“谢天谢地,他走了,”外祖母一边梳头,一边说,“他活着有什么意思,这个小残废人儿?”

我的外祖父像跳舞似的,一顿一跺地走了过来,他小心翼翼地用一根手指头碰了碰科利亚闭着的眼睛。外祖母生气地说:

“你的手还没有洗,干吗要去碰他?”

外祖父嘟嘟囔囔地说:

“是啊,他被生了下来……活在这个世界上,吃饭……到头来什么也不是……”

“你去清醒清醒吧。”外祖母拦住了他的话头。

他茫然地对外祖母瞟了一眼,向院子里走去,嘴里说道:

“我可没钱来办丧事,你想怎么办就怎么办吧……”

“呸,你呀,真是个不幸的家伙!”

我离开了家,一直到傍晚才回来。

科利亚的葬礼是第二天早晨举行的。我没有到教堂里去,那儿做弥撒的时候,我一直带着狗和亚济的父亲一起坐在母亲的坟墓旁边。母亲的坟墓已经被掘开了,亚济的父亲对掘墓要价不高,他不停地对我表白这一点:

“我这只是因为给熟人办事,要不,得要一个卢布呢……”

我看着黄色的土坑,那儿冒出阵阵难闻的气味。我看见坑底的一侧有些黑色发潮的木板。只要我稍稍一动,墓坑周围堆起的沙土就会向下倾泻,细细的流沙一直落到坑底,在两侧留下道道皱褶。我故意不停地动弹,想让沙土掩没坑底。

“别调皮。”亚济的父亲抽了几口烟,对我说。

外祖母双手捧着白色的小棺木走了过来,“没出息的爷们”跳进坑内,接过棺木,把它安放在黑色木板的旁边,又从坑内跳了出来,开始用双脚和铲子将沙土往坑里填埋,他的烟斗像教堂里用的手提香炉,不停地冒着烟气。我的外祖父和外祖母也默默地帮着他干。既没有牧师,也没有穷人,在这十字架林立的世界里只有我们四个人。

外祖母在把钱交给看守人时,用责备的口气说道:

“你呀,还是惊动了瓦里娅的棺材……”

“有什么办法呢?就这样我还占用了别人家的地呢。这没关系!”

外祖母弯下身去,扑倒在坟前的地上,先是呜呜咽咽,接着恸哭一场,然后起身离开了坟地。外祖父拉下帽檐,遮住眼睛,又拽拽破旧的上衣,跟在了她的身后。

“种子播在了没耕过的地里。”他突然冒出一句,向前跑开,就像一只在地里跑动的乌鸦。

我问外祖母:

“他怎么啦?”

“随他去吧!他有他的想法。”外祖母回答我说。

天气很热,外祖母走得很吃力,她的脚常常陷进热乎乎的沙土里。她不时停下来,用手帕擦去脸上的汗水。

我鼓了鼓勇气,向外祖母问道:

“坟墓里面那黑糊糊的东西就是母亲的棺材?”

“是呀,”外祖母气呼呼地说,“都怪那个蠢货……一年还不到呢,可瓦里娅已经烂掉了!这都是因为沙土的缘故,沙土渗水,如果是粘土,那就好多了……”

“所有的人都会烂掉吗?”

“都会烂掉,只有圣人除外……”

“那你就不会烂掉!”

她停住脚步,扶正我头上的帽子,严肃地劝告我说:

“别想这些,不应该想,知道吗?”

不过,我心里仍在琢磨:

"死亡多么让人难受,多么令人讨厌啊,真是糟糕透顶的事情!"

我的心情坏极了。

当我们回到家时,外祖父已经准备好茶炊,摆好饭桌了。

"我们来喝茶吧,天太热了,"外祖父说,"我可是用我的茶叶沏的,给大家喝的。"

他走到外祖母跟前,拍了拍她的肩膀,说:

"怎么样,老太婆,不错吧?"

外祖母挥了挥手,说:

"哪还用说!"

"对嘛,对嘛!上帝发怒了,惩罚我们了,把我们身上掉下的肉一块一块地剥走了……要是全家人都活得结结实实,像手上的指头那样就好了……"

外祖父已经很久没有这样带着温情,以平和的口吻说话了。我听着他的话语,期盼着这个老人能平息我内心的委屈,帮助我忘却那黄色的土坑和土坑底里那黑黑潮潮的木块。

外祖母却严厉地打断了他的话头:

"闭上你的嘴吧,老头子!这些话你说了一辈子啦,可让谁过得轻松些了呢?你这一生都在折磨别人,就像铁锈腐蚀铁块那样……"

外祖父清清嗓子,看了看外祖母,不吭声了。

晚上,在大门旁,我带着郁闷的心情向柳德米拉讲述了早晨我所看到的一切,但这一切并未给她留下鲜明的印象。

"做个孤儿倒更好些。如果我的父亲和母亲都死了,我就把妹妹交给我的哥哥,我自己就到修道院去过一辈子。我还有什么其他的出路呢?我不能嫁人,我是个瘸子,又不能当女工,再说,瘸子生下的孩子还是瘸子……"

她和我们这条街上所有的娘儿们一样,讲得头头是道。也许,就是从这天晚上开始,我对她失去了兴趣。此外,生活也做出了这样的安排:我和她见面的机会越来越少了。

在弟弟去世几天以后,外祖父对我说:

"今天早点躺下睡觉,明天一大早我就把你叫醒,我们到林子里去砍柴……"

“那我也去搂草。”外祖母说。

这片云杉和白桦树林坐落在距离村镇三俄里左右的沼泽地上，里面有许多枯枝断树。林子的一端伸展至奥卡河边，另一端则与通往莫斯科的公路相连，并在公路的另一边继续延伸下去。林子里长满柔软的刺毛草，而高高耸立在上的是浓荫如盖的松林，俗称“萨维洛夫马鬃”。

这一片林区是属于舒瓦洛夫伯爵的财产，保护得很差。库那维诺的小市民将它视为己有，常在这儿捡断枝，砍枯树，遇上机会，连活的树也不放过。每年秋天，为了备柴过冬，总有数十人带上斧子，腰里系着绳索整装深入林区。

清晨，我们三人已经走在露水晶莹的绿色原野上。在我的左边，在奥卡河的对岸，在佳特洛夫山区棕红色山坡的上空，在白色的下诺夫哥罗德城的上方，在一片翠绿的山岗之中，在教堂金色的圆顶之间，俄罗斯的太阳正懒洋洋地冉冉升起。和风从平静而又混浊的奥卡河面吹拂过来，轻轻的，毫无生气；被露水压得沉甸甸的毛茛来回摇摆，紫色的风铃草悄悄地弯向地面，五彩缤纷的蜡菊干瘪地挺立在贫瘠的草土上，那盛开鲜红色星状花朵的是“夜美人”石竹。

树林像千军万马，黑压压地向我们迎面而来。枝叶繁茂的云杉犹如一只只张开翅膀的大鸟，匀称的白桦就是亭亭玉立的少女。沼泽里散发的酸臭味在田野上弥漫。我的狗与我并排走着，伸出粉红色的舌头，不时停下来东闻西嗅，又纳闷地摇摇它那狐狸般的脑袋。

外祖父身穿外祖母的短上衣，戴一顶没有帽檐的旧帽子，眯着眼睛，不知为什么，脸上还挂着微笑。他小心翼翼地迈动着细瘦的双腿，仿佛想偷偷溜进林子似的。外祖母穿着深蓝色的上衣，黑裙子，头上裹着白色的头巾，走得稳健而敏捷，要想赶上她的步伐真不容易。

树林越近，外祖父显得越活跃。他不时用鼻子深深地吸气，又清清嗓子，讲起话来。起初他讲得断断续续，不大清楚；后来仿佛陶醉了，讲得兴致勃勃，十分动听：

“树林就是上帝的花园。没有人在树林里播过种子，全靠神风，也就是从上帝口中吐出来的仙气……年轻的时候，我常去日古利，那时我当拉船的纤夫……哎，列克谢，我经历过的事情你不会有机会去见识、去经历啦！奥卡河一带好大一片树林啊，从卡西莫夫一直到穆罗姆。在伏尔加河的那边也是树林，一直延伸到乌拉尔，真是这样！简直无法估量，大得出奇啊……”

外祖母斜起眼睛看着他，不时对我眨眨眼睛。外祖父呢，他在坑坑洼洼的地上走得跌跌绊绊，一面却滔滔不绝地吐出一串串略显干巴的字眼。这些字眼从此深深印在我的记忆之中。

“有一次，我们把装着油的两头尖的平底大木帆船从萨拉托夫往马卡里那边拖，要送到集市上去。我们有个东家派来管事的，叫基里洛，是普列赫人，而船上的工长是卡西莫夫城的一个鞑靼人，好像叫阿萨夫……船行驶到日古利时，遇上了高空风，迎面直刮。我们被搅得精疲力竭，两腿发僵，身子也摇摇晃晃了。于是，我们便上岸去煮稀饭。陆地上正是五月天气，伏尔加河呢，像是汪洋大海，河面上层层浪花，就像成千上万只天鹅，一起向里海游去。春天的日古利群山一片翠绿，山顶蹿上了天，而天上，朵朵白云就像在草地上吃草的羊群，太阳向地面泻下了金色的光。我们歇着，欣赏风景，个个都变得和善了，相处得可好呢。河面上刮着北风，冷飕飕的；岸上又暖和，又有花草的香味！傍晚，我们的基里洛，这个已经上了年纪、待人严厉的人，站了起来，摘下帽子，突然说道：‘喂，伙计们，往后，我既不是你们的头儿，也不是你们的佣人，你们自己管自己吧，我要进林子里去！’我们大家都怔住了，这是怎么回事？我们可不能没有一个对东家负责的人哪！没有头头会一事无成！别说这是伏尔加河，即便在直道上也会迷失方向的。人哪，是疯狂的野兽，什么事儿干不出来？我们大家都吓坏了。可他打定主意要走，说：‘我不想再过这样的日子，当你们的牧羊人，我要到森林里去！’我们当中有些人本来想揍他一顿，再把他捆起来；可另外一些人为他着想，喊道：‘别打！’那个当工长的鞑靼人也叫了起来：‘我也走！’真是糟糕透顶！这个鞑靼人已经走过两趟船，东家还没付给他工钱，这第三趟也走完了一半，在当时这可是一大笔钱呀！我们吵啊，闹啊，一直折腾到深夜。夜里，有七个人离开了我们，剩下的人记不清楚是十六个还是十四个了。瞧，这就是树林惹的祸呀！”

“他们是去当强盗吗？”

“也许是当强盗，也许是去隐居，当时大家不大搞得清楚这些事情……”

外祖母在自己胸前画了一个十字：

“至高无上的圣母啊！只要想到人的境况，你就会怜悯起所有的人来了。”

“所有的人天生想法都一样：什么也不管，魔鬼往哪儿拖，你就往哪儿去……”

我们沿着潮湿的小路，在沼泽地的草丛和枯瘦的小云杉之间走进树林。我觉得，像从普列赫来的基里洛那样，走进林子，永远待在那儿，是一件十分美好的事情。在树林里没有爱说三道四的人，没有争斗和酗酒；在树林里能使人忘却外祖父那令人讨厌的贪婪和用砂土堆砌的母亲的坟墓，忘却那些难以承受的苦闷，压抑人的心灵、令人感到窒息的一切。

到了一块干燥的地方，外祖母说：

“该吃点东西了，我们坐下来吧！”

在她的篮子里装有黑麦面包、绿葱、黄瓜、盐和用一块破布包着的奶渣。外祖父不好意思地看着这些东西，眨眨眼睛：

“我可什么吃的东西都没有带，哎，圣母呀……”

“这些东西够我们大家吃的……”

我们坐在那儿，倚靠着古铜色适于作桅杆的松树树干。空气里弥漫着树脂的清香，从旷野里飘来阵阵清风，木贼草摇摇晃晃。外祖母用一只黝黑的手一面拔草，一面向我讲述金丝桃、小杨梅、车前草的药用特性和蕨、黏性的柳兰、沾满灰尘的千屈菜的神秘效力。

外祖父在那儿把已被摧折的枯树劈碎，我应该将劈碎的木柴堆放在一起，但我却悄悄地跟在外祖母后面走进了树林的深处。外祖母不慌不忙地在粗壮的树干之间转悠，就像在水里扎猛子似的，不停地向铺满针叶的地面弯下腰去，一面走，一面自言自语：

“蘑菇这么早就出来了，今年的蘑菇不会多啦！上帝啊，你为穷人着想得太少啦，对于穷人来说，蘑菇就是好菜啊！”

我默不作声地跟在她的身后，小心翼翼，尽量不让她发现我，因为我不愿意打扰她与上帝、与小草、与青蛙的交谈……

但她还是看见我了：

“从外祖父那儿溜走啦？”

说着,她又向黑色的土地弯下身去。地面上花草繁茂,仿佛披着一件华丽的、有花饰的御袍。外祖母给我讲了一个故事:有一次,上帝对人类大发雷霆,让洪水泛滥,淹没了大地上的一切生物。

"可是上帝那最最可爱的母亲早就将所有的种子都收集在篮子里,并且藏了起来。事后,她请求太阳:你把大地从东到西,从南到北统统晒干吧,为此,人们会为你永唱赞歌!太阳把土地晒干了,于是她将藏起来的种子洒向了大地。上帝一看:大地重又出现了生命:青草、牲口、人……他问:是谁违背我的意志,做出这种事来?此时,她向上帝说出一切,而上帝本人实际上也不希望大地是荒芜空荡的,于是,他对母亲说:你做了一件好事。"

我很喜欢这个故事,但我感到惊讶,便一本正经地说:

"真是这样吗?上帝的母亲是在洪水泛滥以后过了很久才出世的。"

这回轮到外祖母感到惊讶了:

"这是谁告诉你的?"

"学校里的书上就是这么写的……"

外祖母放心了,她劝告我说:

"别信那些话,忘掉那些书本:所有的书哪,都是瞎说八道!"

说着,她轻轻地、十分开心地笑了起来:

"真亏他们想得出来,这些傻瓜蛋!上帝是有的,可是上帝没有母亲,真是笑话!那上帝是谁生出来的?"

"我不知道。"

"这倒真不错!居然学出了'我不知道'!"

"牧师说,上帝的母亲是约阿基姆和安娜生的。"

外祖母已经生气了,她站在我的对面,严厉地盯着我的眼睛说:

"那就是指玛丽亚·雅科夫列夫娜?如果你还有这样的想法,我好歹要把你揍上一顿!"

过了片刻,她又向我解释道:

"圣母本来就有,她来得最早!上帝是由她生的,后来……"

"那耶稣是怎么回事呢?"

外祖母困窘地闭上双眼,没有说话。

"耶稣……是啊,是啊,是啊?"

我看出来我胜利了。我让外祖母在神的世界的秘密中不知所措，晕头转向了。为此，我并不感到快乐。

我们继续走向森林的深处，来到一块洒有几缕金色阳光、蓝幽幽的地方。在这片温暖、舒适的树林中悄悄地发出某种不同一般的声响，带着梦幻的色彩，又能激发起人的幻想。交嘴雀叫声吱吱，云雀啼声脆脆，杜鹃笑声咕咕，黄莺儿啼啭，苍头燕雀充满妒意的歌声连连不断，而松雀这种怪鸟的啼叫声中蕴含着沉思。碧绿的青蛙在人的脚边跳来蹦去，一条游蛇躺在两棵树根之间，高昂着金色的头，正窥伺着这些青蛙呢。一只松鼠啃着什么东西，发出喀嚓喀嚓的响声，它那毛茸茸的尾毛在松树的枝梢上闪来闪去。当你看到的东西已经多得令人难以置信，那时就想看更多的东西，继续向前走去。

在松树树干之间常常出现透明、轻盈的薄雾，犹如巨人的身影，随后又消失在一片浓重的苍翠之间，透过这片苍翠可以看见缀着朵朵银白色云彩的蔚蓝的天空。脚下的青苔像一块厚实的地毯，上面绣有一丛丛越桔和干枯的红莓苔子；石生悬钩子犹如滴滴鲜血在青草丛中红得耀眼，野生蘑菇浓重的香味令人馋涎欲滴。

“至高无上的圣母，人间灿烂的光辉啊！”外祖母一面叹息，一面祷告。

外祖母在树林里简直就是万物之主，周围所有事物对她来说都十分亲切。她迈着熊一般蹒跚的步伐，把一切都看在眼中，不停地说着赞美和感激的话语，仿佛有一股暖流从她身上泻出，传遍树林。每当看见被她踩平了的青苔重又舒展开，竖立起来的情景，我总是感到特别愉快。

我走着，想着：做个强盗也挺好，去抢劫那些贪婪的人，富人，再把抢来的东西接济穷人，让所有的人都能吃饱肚子，快快乐乐，不再相互妒忌，不再像恶狗那样相互撕咬。如果能够走到外祖母的上帝、外祖母的圣母那儿，告诉他们人世间生活的全部真情——人们生活得很糟糕，人们还很不像样、让人痛心地把人埋葬在坏透了的沙土之中，那也很不错。总的说来，在这个世界上，令人揪心的事情实在太多了，而这些事情完全是不必要的。如果圣母相信我说的一切，那就请她赋予我智慧，让我能够对一切重作安排，安排得更好一些。但愿人们能够信任我，听我的话，我一定要设法找到使生活变得美好一些的方法！我现在还小，但这没有关系，当初圣贤们都听从耶稣的时候,他只不过比我大一岁嘛……

有一次,我想入非非,迷迷糊糊地跌进一个深坑,树枝戳伤了我的腰,后脑勺的头皮也撕破了。我坐在洞底那像树脂一样黏糊糊、冷冰冰的烂泥中,羞愧难当,因为我知道我自己是爬不上去的,但叫喊外祖母,惊动她老人家,我又不好意思。不过,我还是叫她了。

外祖母赶紧将我拖了上来,在胸前画了一个十字,说:

"感谢上帝!幸亏这是一个空的熊穴,如果熊主人就蹲在那儿,可怎么得了呀?"

她笑着,笑着,又哭了起来。接着,她把我领到小溪旁边,为我洗净伤口,贴上几片能够止疼的树叶,又撕一块她的衬衫当绷带缠上,再将我带到铁路线旁的岗棚里去。我当时十分衰弱,已经没有力气走回家了。

以后,我几乎每天都恳求外祖母:

"我们到树林里去吧!"

外祖母总是乐意地接受我的要求,我们就这样度过了整个夏天,直至深秋,在林子里采集药草、野果、蘑菇和胡桃,外祖母把采集来的东西卖了出去,以此糊口。

"寄生虫!"外祖父切齿乱叫,其实,我们根本没有吃他的面包。

树林使我在心底产生了一种宁静感和舒适感,处于这种感觉之中,我的所有痛苦统统消失,一切的不快也被忘却。此外,我的感官变得特别警觉:听觉和视觉越来越敏锐,记忆力加强,脑中贮存的印象也愈加深刻。

外祖母也越发引起我的惊叹。我已经习惯于把她置于众人之上,认为她是世上最善良、最有智慧的人,而她也不断地巩固我的这一信念。有一天傍晚,我们采集了许多白蘑菇以后,在回家的路上,来到一片林中空地,外祖母坐下来歇歇脚,我则绕到树后,看看是否还有蘑菇。

突然,我听见了她的说话声,抬头一看:她坐在小路上,若无其事地摘去蘑菇的根蒂,而在她旁边站着一条拖着舌头、身子细长、可筋肉强壮的灰毛狗。

"你走开,走开吧!"外祖母说,"走吧,但愿你与上帝同在。"

此前不久,我的狗被瓦廖克毒死了,因此我很想收留这条新来的狗。我跑到小路上,这条狗却奇怪地拱起身子,没有转动颈脖,只用那对饥饿的眼睛射出的绿光看了我一眼,夹起尾巴窜到树林里去了。它那副威严的姿态不像是狗。我打了一声唿哨,它就拼命奔进灌木丛中。

“看到了吧?”外祖母面带微笑地问道。“起先我看错了,还以为是条狗呢。再一看呀,那牙齿是狼的牙,脖子也是狼的脖子!我真是吓坏了,就对它说:喂,如果你是一只狼,那你就走开吧!幸好夏天狼的性子要温顺些……”

外祖母在树林里从来没有迷失过方向,总能准确无误地找到回家的路。根据青草的气味,她就能知道在这个地方应当有什么样的蘑菇,而在另外的地方又有什么样的蘑菇,并且常常考问我:

“松乳菇喜欢什么树?你怎么把能吃的红蘑菇和有毒的红蘑菇区分开来?什么蘑菇喜欢蕨?”

看到树上不明显的爪痕,外祖母就能告诉我哪儿有松鼠洞。我就爬上树,掏空松鼠的巢穴,从中拿出松鼠留着过冬的榛子,有时一个松鼠窝里存放的榛子能有十俄磅左右呢。

有一次我正在掏松鼠窝的时候,一个猎人将二十七颗打田鹬用的散弹打进了我身体的右侧,外祖母用针挑出了十一颗,其余的散弹留在我的皮肤内,藏了多年,一颗一颗渐渐地脱落。

我能忍住疼痛,外祖母对此十分高兴:

“好小子,”她夸奖我说,“有一股忍劲,将来就会有本事!”

每次,当外祖母将卖蘑菇、卖榛子的钱攒起来,有了一笔小小的积蓄时,她就将这些钱分别送到各家的窗台上,做“悄悄的施舍”,而她自己呢,即使是在过节的日子里,也都穿着破旧的、打着补钉的衣服。

“你穿得连叫化子都不如,真是给我丢脸。”外祖父埋怨道。

“没关系,我不是你的女儿,我又不是一个等着出嫁的年轻姑娘……”

他们的争吵越来越频繁。

“我的罪孽并不比别人大,”外祖父气恼地嚷道,“可我受的惩罚比别人重!”

外祖母逗弄他说:

“什么人该受什么样的惩罚,鬼是知道的。”

就剩下外祖母和我时,她对我说:

"我那老头儿可怕鬼呢！瞧他走得多快呀，就是因为心里惧怕……唉，可怜的人哪……"

过了一个夏天，我长得十分壮实，也在树林里野惯了，对同龄人的生活失去了兴趣，对柳德米拉也不再关心，我觉得她虽然是一个聪明的姑娘，但十分乏味……

一天，外祖父从城里回来，浑身湿得透透的，那时正是秋雨绵绵的日子。他站在门坎边，像麻雀那样，抖落掉身上的雨水，得意洋洋地说：

"喂，游手好闲的家伙，明天收拾一下上路吧！"

"又去哪儿？"外祖母没好气地问道。

"到你的妹妹马特廖娜那儿去，是到她的儿子那儿……"

"哎，老头子，亏你想得出来这个坏主意！"

"住嘴！傻婆娘！说不定他们能教会他当个绘图员呢。"

外祖母低下了头，没有说话。

晚上，我把我要进城，将在那儿生活的消息告诉了柳德米拉。

"家里很快也要把我送到城里去，"她心事重重地说，"爸爸想把我这条腿完全锯掉。没有这条腿，我的身体就会好了。"

这一夏天她消瘦了许多，脸色略显发青，眼睛变大了。

"你怕吗？"我问。

"怕。"她说着，不出声地哭泣起来。

我找不出安慰她的话语，因为我自己也害怕城里的生活。我们紧挨在一起，闷闷不乐，默默无言地坐了很久。

如果是夏天，我就能劝外祖母出去讨饭，就像她还是小姑娘时曾经做过的那样；我们也可以带上柳德米拉，我可以用小车推她……

可是，那时是秋天，街上刮着潮湿的风，天空堆满厚厚的云层，大地显出道道的皱褶，变得泥泞又愁惨……

四

我又来到城里，住在一幢白色的两层楼房里。这幢楼房犹如一口供许多人公用的棺材。楼房虽是新盖的，却给人一种既营养不良，又肥胖肿胀的感觉，活像一个发了横财以后顿时大吃大喝从而患了肥胖症的叫化子。楼房的侧面对着街道，每层楼有八扇窗户，而在应当是楼房正面的那一边每层四扇窗户。底层窗户的前面是一条通道，朝向院子，而楼上的窗户越过篱笆则面对一座洗衣女工的小屋和一块肮脏的凹地。

这儿没有街道，就是说，没有符合我对街道这一概念所理解的那种街道。在楼房的前面伸展出一片肮脏的凹地，上面有两处地方被窄窄的堤坝截断。凹地的左边靠近惩罚士兵的苦役连，他们都把垃圾倒入凹地里，因此在凹地的底部是一摊暗绿色的、黏稠的淤泥；右边，在凹地的尽头处是淤泥很多的兹韦兹金池塘，里面冒出阵阵酸臭气；正对这所房子的地方恰恰是凹地的中央，半边堆满垃圾，长满荨麻、牛蒡、酸模，而神甫多里梅东特·波克罗夫斯基在另一半边辟出一个花园，花园里有一座用薄板钉成，涂上绿漆的小亭子。如果往这个小亭子上投掷石头，那木板条就会卡嚓卡嚓地折断。

这个地方实在让人感到乏味透顶，又脏得极不像话。秋天还会毫不留情地毁坏这片堆满垃圾的黏土，将它变成棕红色焦油般的东西，常常紧紧粘住行人的双脚。我还从未见过，在这么一块不大的地方居然会有如此之多的污泥。我已经习惯于田野和森林的洁净，因而，城市的这个角落引起我满腹的愁思。

在凹地的后面是一片灰色的、年久失修的围墙，而在远处，在这片围墙当中,我看见了一所棕红色的小房子,去年冬天,我在店里当学徒时就住在那儿。这所房子竟然近在眼前,这使我内心更加压抑。我干吗还必须住到这条街上来呢?

我认识我的老板,他以前常到我的母亲那儿去做客,当时还带着他的弟弟。他的弟弟总是可笑地将重音落在第二个“爸”字上,尖声叫道:

“安德烈爸爸,安德烈爸爸。”

他们弟兄俩还和以前一样:长着鹰钩鼻子,留着一头长发的哥哥招人喜欢,看上去心地善良;弟弟维克托仍然是那张马脸,仍然是满脸雀斑。他们的母亲是我的外祖母的妹妹,动辄就大发脾气,又叫又嚷。哥哥已经结婚,他的妻子白白胖胖的,就像一只白面包。她有着一双大眼睛,颜色很深。

最初几天里,她大概对我说过两次:

“我送过你的母亲一件缎子斗篷,还缀有玻璃珠子呢……”

不知为什么,我真不愿意相信她给我的母亲送过礼物,而我的母亲也接受了她的礼物。当她再一次向我提起这件斗篷时,我便建议她说:

“已经送了,那你就别再挂在嘴上说啦。”

她吃惊地从我身边跳开:

“什——么? 你在和谁说话?”

她的脸上红一块,紫一块的,眼睛瞪得滚圆,大声叫她的丈夫。

她的丈夫走进厨房,手上拿着圆规,一只耳朵后面夹着一支铅笔。听完妻子的叙述,他对我说:

“你对她和所有的人都要称呼‘您’,放肆的话是不该说的!”

接着,他又不耐烦地对妻子说:

“你别用这些琐碎的小事来烦我!”

“什么? 这是琐碎小事? 如果你的亲戚……”

“什么亲戚,见鬼去吧!”老板大声叫道,跑走了。

这些人居然是外祖母的亲戚,这也使我心里不快活。根据我的观察,亲戚之间的关系比与外人的关系更糟,因为他们比外人更加了解彼此的短处和笑话,造谣中伤愈加恶毒,争吵和打架更是家常便饭了。

我喜欢上了老板。他常常姿态优美地甩甩头发,把头发掘在耳朵后面。我总觉得他在某些方面像“好事儿”。他常常发出由衷的笑声,灰色的眼睛和善而亲切,鹰钩鼻子旁边有几道可笑的皱纹。

“你们别再吵架啦,母鸡畜生!”他对妻子和母亲说,温和地微笑着,露出一口细小而密实的牙齿。

婆婆和儿媳天天吵架。她们吵架时快言快语,轻松自如,这使我十分惊讶。清晨,她俩就蓬头散发,敞胸露怀地在各个房间里跑来奔去,活像家里着了火似的。她们从早到晚忙忙碌碌,只有吃午饭、喝午后茶和吃晚饭的时候才坐在桌边稍事休息。她们总是猛吃猛喝,折腾到昏昏沉沉筋疲力尽的地步才肯罢休。午饭时的话题就是吃,还不时懒洋洋地抢白几句,作为大吵大闹的前奏。不论婆婆准备什么饭菜,儿媳必定会说:

“我妈妈可不是这样烧的。”

“不这样烧,那就肯定会不如这个菜好吃。”

“不,比这个好!”

“啾,那你到你妈妈那儿去呀。”

“我可是这儿的女主人!”

“那我算什么人?”

老板出面干涉了:

“别吵啦,母鸡畜生!你们是怎么回事?发疯啦?”

这个家里的一切都难以名状地奇怪而可笑:从厨房到饭厅的过道必须穿过这套住宅里仅有的一个小厕所,茶炊和食品都要经过这个厕所端进饭厅,于是,这个厕所便成了取笑的对象,常常也是引起令人捧腹的误会的根源。往小厕所的水槽里灌水是我的职责。我睡觉的地方是厨房,一头对着厕所,另一头挨近门边,这扇门通到正门的门廊。这样,我的头被厨房里的炉子烤得发热,而两条腿又要经受从门廊里刮来的风。我躺下来睡觉时,总要把门前所有的擦脚垫子拿来盖在自己的腿上。

大厅里,窗户之间的墙上挂着两面镜子,金色镜框里贴着几张《田园》杂志赠送的画片,还有两张牌桌和十二张维也纳式的椅子,显得空旷而沉闷。小客厅里塞满了花花绿绿的软包装家具,几个用以陈列嫁妆、银器和茶具的玻璃橱。这里有三盏装饰灯,一盏比一盏大。卧室里没有窗户,昏昏暗暗,除了一张宽大的床以外,还放着一些箱子、立柜,里面散发出烟叶和波斯产除虫菊粉的气味。这三个房间总是空着,可主人们一起挤在小小的饭厅里,相互碍手碍脚。八点钟,刚喝完早茶,老板和弟弟就将折叠桌打开,在上面铺上几张白纸,放上一盒盒制图仪器,几支铅笔和几个装着绘图墨水的小碟,开始干活:一人占用桌子的一端,另一人在他的对面,桌子摇摇晃晃的。这张桌子占满了整个饭厅,因此当保姆和老板娘从儿童室里出来时,她们总要碰到桌角。

"你们别在这儿逛来逛去的!"维克托叫道。

老板娘委屈地请求丈夫说:

"瓦夏,你让他别对我这样大吼大叫!"

"那你别碰桌子嘛。"老板和颜悦色地劝说道。

"我怀孕了,这儿又这么挤……"

"好吧,那我们就到大厅里去干活。"

但是老板娘又气得叫了起来:

"上帝啊,哪有在大厅里干活的?"

老太婆马特廖娜·伊万诺夫娜那张恶狠狠的、被炉火映红的脸从厕所的门里伸了进来,她叫道:

"瓦夏,你瞧瞧,你在干活,可是她霸占了四个房间还下不了崽子。真是小地方的大贵族,土老帽,笨脑瓜!……"

维克托发出挖苦的笑声。老板大声说道:

"别再说啦!"

但是儿媳却连珠炮似的向婆婆射去一串极其歹毒的恶言秽语,然后瘫倒在椅子上,呻吟道:

"我要走啦!我要死啦!"

"别妨碍我干活,见你们的鬼去吧!"老板气得脸色惨白,大声吼道,"这儿简直就是疯人院!我把脊梁都要累断了,还不是为了你们?为了养活你们!唉,这些母鸡畜生……"

起初,这些吵闹让我感到害怕。有一次,老板娘抓起餐桌上用的刀子,跑进厕所,紧锁上两边的门,然后发出令人撕心裂肺的嚎叫声,我真是吓坏了。一时间,家里安静下来。接着,老板用双手扶住厕所的门,弯下身子,对我说:

"爬上来,砸碎玻璃,把门钩挑开!"

我很快地跳到他的背上，砸破门上方的玻璃。当我弯下身子以后，老板娘拼命用刀柄敲打我的脑袋，但我还是把门打开了。于是老板和老板娘厮打着，他把她拖进饭厅，夺下了她手中的刀子。当我在厨房里坐下，揉着挨了打的脑袋时，我很快意识到这场苦头是白吃的：刀子很钝，用它切面包都很费劲，而要割开皮肤，那是绝对不可能的；我也无需爬到老板的背上，只要站在椅子上，我就能砸碎玻璃；再说，大人去挑开门钩更加方便，因为他们的手长。自从这件事情之后，家里的争吵再也不会引起我的惊慌了。

老板和他的兄弟在教堂合唱队里唱歌。干活时，他们常常轻轻哼唱起来，哥哥用那男中音唱道：

心爱姑娘的戒指
被我掉进了海里……

弟弟用男高音接着唱道：

随着丢失的戒指，
我把人间的幸福埋葬。

从儿童室里传来老板娘轻轻的，但却威严的声音：

“你们发疯啦？孩子在睡觉呢……”

或者说：

“你呀，瓦夏，已经是结过婚的人啦，不必再去唱什么姑娘了。唱这个干吗呢？再说马上就要敲钟开始彻夜祈祷了……”

“好吧，那我们就来唱唱教堂歌曲……”

不过，老板娘又开导他们说，教堂歌曲不挑选地方随便乱唱是不合适的，更何况这儿还有一个……她煞有介事地用手指指厕所的小门。

“真该换一套房子，要不，鬼知道算什么名堂！”老板说。

他也常常说应当换一张桌子，然而，这些话已经讲了三年。

听到老板一家人对别人的议论，我总会想起鞋店——那儿也是这样议论别人的。我清楚地意识到，老板家的人也把自己看做全城最优秀的分子，他们最了解标准的行为准则，于是，便以这些我不明白的准则作为依据，毫不留情、十分恶毒地对所有的人评头论足，横加评判。这种举动引起我对老板家的行为准则的极端厌烦和不满，对我来说，违反这些规则反倒给我带来一种满足感。

我需要干的活儿很多。女仆的事儿都落在我的身上：每逢星期三擦洗厨房的地板，擦净茶炊和铜器；每逢星期六擦洗所有房间的地板和两道楼梯。我要为炉子劈柴、送柴，洗餐具，拣菜，陪老板娘逛市场，提着盛放着所购物品的篮子跟在她的后面。我还要跑小铺子，跑药房。

我的顶头上司就是外祖母的妹妹，一个整天嚷嚷喳喳，怒气冲冲的老太婆。她起得很早，总在六点钟左右，匆匆忙忙漱洗完毕，就穿着一件衬衫跪在圣像面前，久久向上帝诉苦，抱怨自己的生活，抱怨孩子们，抱怨她的儿媳妇。

"上帝啊！"她把捏成一撮的手指头送到脑门上，带着哭腔喊道。"上帝啊，我什么都不求，什么都不要，只请你让我歇歇吧，天主啊，用你的力量让我心神安宁吧！"

她的哀号声把我惊醒了。醒来以后，我从被子下面看着她，心惊胆战地听着她那热烈的祈祷。秋天的晨光穿过厨房里的窗子，透过蒙着雨水的玻璃照射进来，矇矇眬眬，模模糊糊；在凉嗖嗖的昏暗之中，一个灰色的身影在地板上摇来晃去，激动不安地挥舞着一只胳膊；她那小小的脑袋上戴着一条破旧的头巾，稀疏的浅色头发从头巾下面挂下来，披在她的肩膀和脖子上；头巾不停地从头上滑落下来，老太婆一面急忙用左手手指将它拉好，一面嘟囔着：

"唉，这个该死的！"

她抡起胳膊拍打一下脑门，再拍打一下肚子和双肩，用沙哑的声音低低说道：

"惩罚我的儿媳妇，上帝啊，替我惩罚她吧，把我所受的所有、所有的委屈，都算在她的账上吧。你还要打开我儿子的眼睛，让他看透这个女人，还要让他关心维克托鲁什卡！上帝啊，帮帮维克托鲁什卡吧，把你的恩惠赐给他吧……"

维克托鲁什卡就睡在厨房里，躺在一张高板床上。母亲的哀怨声将他吵醒，他睡意朦胧地喊道：

"妈妈呀，又是你一大清早在那儿乱嚷嚷！这简直要人的命！"

"得了，得了，睡你的吧。"老太婆负疚地低声说道。有一两分钟她默默无言地摇晃着身子，但随后又歹毒地喊了起来："让子弹打进他们的骨头，还要让他们死无葬身之地，上帝啊……"

如此可怕的咒语就连我的外祖父在祈祷时也没有说过。

做完祈祷，她就要把我叫醒：

"起来，还要睡懒觉？你可不是到这儿来睡懒觉的！……去把茶炊烧上，把劈柴搬来。昨天晚上没把引火柴准备好吧？哼！"

我竭尽全力很快做好一切事情，只求不要听见老太婆那惹人心烦的低声斥骂。但是，要想使她称心满意，这是绝对不可能的。她像冬天里的暴风雪那样在厨房里奔来跑去，难听地低声嘟囔着：

"轻点儿，死鬼！你要是把维克托鲁什卡吵醒，我就揍你一顿！快点去小铺子……"

平时他们喝早茶，要买两俄磅的面包，还要为年轻的女主人花两个戈比买半戈比一个的小面包。每次我把面包买回来时，婆媳俩都用怀疑的目光审视面包，再用手去掂掂分量，然后问道：

"没有给添头？没有？那好，把嘴巴张开！"接着便洋洋得意地大声喊道，"你把添头吃掉了，瞧，牙齿缝里还有面包屑呢！"

……我乐意干活。我喜欢清除房子里的污垢，拖洗地板、擦拭铜制的餐具、火炉通风口和门的把手。我不止一次听见婆媳俩在和睦相处时对我的议论：

"挺勤快的。"

"干活真卖力气。"

"就是太喜欢抢嘴。"

"那还用说，妈呀，是谁把他教出来的嘛！"

这两个女人想方设法教训我，要我尊重她们，但我认为她们神经不太正常，不喜欢她们，不听她们那一套，和她们说话时总是以牙还牙。年轻的女主人大概发现她的一些话引起了我强烈的反感，于是越来越频繁地提醒我说：

“你应当记住,你是从一个叫化子的家庭里出来的！我给你的母亲送过一件缎子斗篷,还缀有玻璃珠子呢!”

有一次,我回敬她道:

“怎么,为了这件斗篷我得把身上的皮剥下来还给你?”

“老天爷,他连杀人放火的事都干得出来!”女主人惊恐地叫了起来。

我真是丈二和尚——摸不着头脑:这与杀人放火有什么关系?

婆媳俩动辄就到老板面前告我的状,于是老板就声色俱厉地对我说:

“你呀,兄弟,在我这儿可得当心!”

不过,有一次,他也心平气和地对他的妻子和母亲说:

“你们也不是好东西！把这个小孩当牲口使唤,换了别人早跑了,要不就累死了……”

这番话把婆媳俩气得声泪俱下。他的妻子跺着脚,发狂似的喊道:

“怎么能当着他的面说这种话,你这个长头发的傻瓜蛋？你说了这番话,以后我在他眼中还算个什么？我还怀着身孕呢。”

他的母亲哭哭啼啼地数落着:

“求上帝饶恕你吧,瓦西里,你得记住我的话,你要把这个孩子惯坏的。”

在她们气冲冲地走了以后,老板对我严厉地说:

“你看,小鬼东西,为了你,家里吵成什么样？要是我再把你打发到你的外公那儿去,你就得还是做个捡破烂的。”

我忍受不了这种欺侮,回答他说:

“做个捡破烂的也比在你们这儿强！说是收我当学徒,哪教我什么啦?就是倒污水……”

老板一把抓住我的头发,不过不疼,他是很小心的,他盯着我的眼睛惊奇地说:

“你倒真厉害啊！不过,兄弟,这可不行,这可不行啊……”

我以为这下他们一定会把我赶走了。可是,过了一天,老板走进厨房,手里拿着卷成筒形的一张厚纸,还有铅笔、三角板和直尺。

“擦刀子的事情干完以后你就来画这个!”

纸上是一幢两层楼房的正面图,楼房有许多窗户和雕塑装饰。

“给你这个圆规。你用圆规量出所有线条的长短,再依样画在纸上。先在线的两头点两个点,用尺子将两个点连接起来,再用铅笔顺着尺子从这个点到那个点画上一条直线。先画横线,这就是水平线;然后竖着画,那就是垂直线。干吧!”

我为能干这种洁净的工作并且开始学习感到十分高兴。但是,看着这张纸头和各种文具,我内心战战兢兢,仍然一窍不通。

不过,我还是立即把手洗干净,坐下来学习画画了。我在纸上画上了所有的水平线,检查一遍,挺不错!只是多画了三条。在画完所有的垂直线之后,我惊讶地发现,楼房的样子变得荒谬难看了:窗户都移到了隔墙的位置上,其中有一扇已经移到墙的外面,悬在空中,与楼房为邻了;正门的走廊也上升到空中,与二楼的高度相齐;房檐搬到屋脊的中间,天窗则安在烟囱的顶端。

我几乎流下眼泪,久久地注视着这些无法挽回的奇迹,试图弄个明白,究竟怎么会搞成这副模样。但是,我弄不明白,于是决定借助幻想来扭转这个局面:我在楼房正面所有的房檐和屋脊上都画上乌鸦、鸽子和麻雀,在窗前面的地面上则画了一些长着罗圈腿的人,手上打着伞,但雨伞并不能完全掩盖他们的生理缺陷,随后,我在整个画面上画上一道道斜线。我就拿着这幅作品去交给老师。

老板的两道眉毛扬得高高的,他用手指把头发揉得蓬蓬松松,脸色阴沉地质问我:

“你这是画的什么玩意儿?”

“正在下雨,”我解释说,“下雨的时候,所有的楼房看上去都是歪歪斜斜的,因为雨本身总是斜着下来的。鸟儿,这些都是鸟儿,它们躲在房檐上,下雨的时候,都是这样的。这里是大家在跑回家去。瞧,这个太太摔倒了,而这个是卖柠檬的小贩……”

“真太难为你了。”老板说着,哈哈大笑起来。他笑得对着桌子弯下了身子,头发在桌上的纸上扫来扫去。他大声叫道:“哎哟,真该把你撕成碎片,你这个麻雀畜生!”

女主人挺着小木桶似的大肚子走过来了。她看了看我的杰作,对丈夫说道:

“你该揍他一顿!”

可老板平和地说:

“没关系。我自己在开头画的时候也不比他强……”

他用红铅笔标出楼房正面图上不准确的地方,又给了我一张纸:

“再画一次!一直画下去,直到画得像个样子了……”

我的第二稿已经有了进步,只是一扇窗户落在正门的位置上了。但是我不喜欢让这所房子空着,就把各式各样的住户搬了进去:窗前坐着手里摇着扇子的太太们;陪伴她们的男人吸着纸烟。其中有一人没有吸烟,他用拇指抵住鼻子,向所有的人扇动其余四指以示轻蔑;门廊旁停着一辆出租马车,还有一条狗趴在那里。

“你怎么又乱画一气?”老板生气地问。

我向他解释,房子里没有人会很寂寞。可他还是骂我了:

“让这些东西统统见鬼去吧!你要想学,就得好好学!而这个——简直是胡闹……”

我终于画出一幅与原图相像的楼房正面图。老板见了非常喜欢:

“瞧,你能画得不错嘛!照这样下去,大概不用多久,我们就能让你也成行家了……”

接着,他又交给我一项任务:

“你画一幅住宅的平面图:怎样安排房间,门、窗安在哪儿,桌子又放在哪儿,我不给你任何提示,你自己去想吧!”

我回到厨房,开始动脑筋了:从哪儿下手呢?

然而,我对绘图艺术的学习也就到此结束了。

老太婆走到我的面前,恶狠狠地问:

“你想画图?”

她一把揪住我的头发,使劲将我的脸往桌面上撞去,把我的鼻子和嘴唇都撞破了。她跳来跳去,撕碎了我的图纸,扔掉了桌子上的文具,然后把双手叉在腰间,得意洋洋地叫道:

“哼,让你画!不,这可办不到!让一个外人在这儿工作,却把唯一的兄弟,自己的亲骨肉扔在一旁不管?”

老板跑了过来,他的妻子也慢慢走了过来,于是,一场疯狂的闹剧开场

了:他们三个人你推我搡,相互啐着、骂着、大哭小叫。最后,两个女人哭着走开了,老板则对我说:

“你暂且丢开这些,别学了。你自己也看见了,闹到什么地步了!”

我很可怜老板,他总是那样无精打采,任人摆布,老是让那婆媳俩的大呼小叫搅得头昏脑涨。

我以前就知道老太婆不想让我学习,总是故意捣蛋。每次我在坐下来画图之前,总要先问问她:

“没别的事要做了吗?”

她板着脸回答我说:

“有事我会叫你。现在死到那桌子后面去胡闹吧。”

不一会儿,她就会差遣我到什么地方去一趟,或者说:

“那前廊的楼梯你是怎么扫的?角落里都是垃圾,灰尘!去扫一下……”

我去一看,根本没有灰尘。

“你还和我顶嘴?”她又叫嚷道。

有一次她把克瓦斯泼在我所有的图纸上;另一次打翻在图纸上的是圣像面前的油灯。她搞起恶作剧来就像是个小孩,显出幼稚的狡黠,又像孩子一样不善掩饰自己的狡黠。不论过去,还是后来,我从未见过任何一个人像她那样容易大动肝火,动辄就大发脾气;也没有任何人像她那样对所有的人和所有的事都牢骚满腹。一般说来,人都是喜欢抱怨的,可是她抱怨起来特别津津乐道,仿佛在唱歌似的。

她对儿子的爱简直就是一种疯狂,其强烈程度既使我感到可笑,又令我生畏,我只能用“狂暴”这个字眼来表达这股爱的力量。她常常在晨祷以后,踩在炉子的小踏蹬上,把双肘倚在高板床边沿的木板上,热切地低声说道:

“我的上帝的宠儿,我的亲亲爱爱的、纯洁的、钻石般宝贵的心肝,天使的轻盈的羽毛!他还睡着,孩子,那就睡吧,但愿你的心里做一个快乐的美梦,让你梦见你的新娘,头号的特大美人,公主,家财万贯的姑娘,商人的女儿!让你的仇人还没出生就已死去,让你的朋友长命百岁,让年轻的姑娘们成群结队地跟在你的身后,就像一群母鸭追逐一只公鸭。”

我忍不住要笑:维克托是一个粗鲁的懒汉,活像一只啄木鸟——也是那样花里胡哨,也长着一个大鼻子,也是那么执拗而迟钝。

母亲的低语声有时会将儿子吵醒,于是,他就睡意朦胧地嘟囔道:

"您滚到魔鬼那儿去吧,妈,您把唾沫星子都喷到我脸上来了!……真没法活!"

有时,她顺从地从踏蹬上下来,一面笑着说:

"好,睡吧,睡吧……你这个粗鲁的家伙!"

不过,也常常有这样的情况:她的双腿打战,扑通一声跌倒在炉边。她张大着嘴,仿佛舌头被烫着似的喘着粗气,唉声叹气地吐出一串辛辣的话语:

"什——么?你这是要把母亲打发到魔鬼那儿去,狗崽子?啊呀,你是我半夜里干的丑事,你是一根该诅咒的刺,是魔鬼把你扎进了我的心里,巴不得你在出生之前就烂掉才好!"

她说的全是脏话,是街头醉汉的话语,听起来真让人揪心。

她睡觉的时间很少,也睡得不踏实,夜里能从炉炕上跳起来几次,靠近我躺到长沙发上,将我叫醒。

"您怎么啦?"

"别说话,"她在胸前画着十字,轻声说道,两眼盯着黑暗中的某个东西。"上帝啊……先知伊里亚呀……受苦受难的圣徒瓦尔瓦拉……保佑我别突然死掉……"

她的手颤抖着点燃了一支蜡烛,她那长着一只大鼻子的圆脸绷得紧紧的,灰色的眼睛惊恐地眨巴着,仔细盯着在昏暗中显得变了形的东西。这个厨房本来很大,但塞满了橱柜,到了夜里就显得小了。月光静静地洒在厨房里的地上,圣像前长明灯的火苗摇曳不定;墙上的刀子像一根根冰柱闪着寒光,架子上放着一些平底煎锅,犹如一张张没长眼睛的人脸。

老太婆小心翼翼地从炉坑上爬下来,就像从河岸上走入水中。她赤着双脚,吧哒吧哒地走到墙角。墙角的泔水桶上方挂着一只带两个耳朵的悬壶洗手器,活像一个被砍下来的头颅。那儿还放着一只盛着清水的木桶。

她喝着水,不时被水呛住,又深深叹气。接着,她透过玻璃上淡蓝色的霜花,看着窗外,口中轻轻念叨:

“可怜可怜我吧，上帝呀，可怜可怜我吧。”

有时，她吹灭蜡烛，双膝跪下，委屈地喃喃低语：

“有谁爱我呀，上帝，有谁需要我？”

她又爬上炉炕，对着烟囱的小门画了一个十字，再摸摸风门是否严实。烟黑弄脏了她的手，为此她又痛骂几句，接着就立即睡着了，仿佛有一股看不见的力量将她置于死地。每当我受了她的欺侮，心中就会暗暗想道：真可惜外祖父没有娶她做老婆，否则，她可真够他受的！不过，她也不会有好日子过。她常常欺侮我。然而，有时她那浮肿得像团棉花的脸上也会显出忧郁的神情，眼中泪水汪汪，极其诚恳地对我说：

“你以为我心中轻松吗？我生下这些孩子，一把屎一把尿的，把他们养大成人，可落得个什么结果？在他们这儿当厨娘，我心里会好受吗？儿子带来个外面的婆娘，有了这个婆娘，他就抛开自己的亲骨肉了，这样做好吗？唉？”

“不好。”我真诚地答道。

“是不是？就是这样嘛……”

接着，她就不知害臊地议论起她的儿媳：

“我和她一起在澡堂里洗过澡，见过她的身子。她有什么值得他迷恋呢？这样的人也能称得上美人儿?！……”

关于男女之间的事情她总是讲得不堪入耳。起初，这些肮脏的话语令我十分厌恶，但很快我就能够饶有兴趣地注意听她讲述了，因为我感到在这些话语中也包含着某种沉重的真理。

“女人是一股魔力，就连上帝本人也被她骗过。真是这样！”她絮絮叨叨地说着，不时用手掌拍拍桌子。“就是因为这个夏娃，所有的人都得进地狱。真是这样！”

关于女人的魔力她能讲得滔滔不绝，而我总是觉得她是想用这番话来吓唬什么人。我特别记住的一句话是：夏娃把上帝都骗了。

在我们院子里的侧面还有一幢房子，大小与我们的楼房一样。两幢楼房里住着八户人家，其中四户是军官，还有一户是团队里的神甫。整个院子里到处是勤务兵、传令兵，常去这些人家的还有洗衣女工、女仆、厨娘。各家厨房里都常常有种种风流韵事，演出不少丑剧，哭哭闹闹，争吵谩骂，乃至拳脚相加。当兵的自相斗殴,也和挖土工人、房东家的工人打架。女人挨打是常有的事儿。院子里常年累月充满着一种气氛,这就是放荡荒淫——身体健康的小伙子们兽性的、压抑不住的饥渴。这种生活充满残酷的肉欲、毫无意义的折磨和胜利者卑劣的吹嘘。我的老板家在吃午饭、喝晚茶、吃晚饭的时候,对这种生活总要给予详尽的、恬不知耻的议论。老太婆永远知道院子里发生的所有事情,讲述起来总是眉飞色舞,幸灾乐祸。

年轻的女主人默默地听着这些故事,张开红红的嘴唇露出了笑容;维克托则纵声大笑。老板皱起眉头,说:

"别说了,妈……"

"上帝啊,我连话都不能说啦!"老太婆抱怨道。

维克托怂恿她说:

"说吧,妈,不必拘束!这儿都是自家人嘛……"

大儿子对待母亲既厌恶,又怜悯,他总是避免与母亲单独待在一起。只要母子俩单独待在一起,母亲就会不停地抱怨媳妇的不是,并且一定会向他要钱。儿子会匆忙地往她手里塞上一个卢布,三个卢布或者几个银币。

"妈,您用不着要钱,我倒不是舍不得,而是您用不着。"

"我要钱是用来施舍给叫化子的,再说,去教堂、买蜡烛也得用钱……"

"得了吧,哪来什么叫化子!您最终会把维克托惯坏的。"

"你不爱你的兄弟,这是你的一大罪恶啊!"

他对她摆摆手,走了。

维克托对待母亲的态度十分粗暴,常常对她讥讽嘲弄。他很贪食,总是觉得饥肠辘辘。每到星期天烤油饼的时候,他的母亲总要藏起来几个,放在瓦罐里,再把瓦罐放在我睡的床下面。做完弥撒回来,维克托就会拿出这只瓦罐,嘴里还嘟囔着:

"就不能多留几个,老家伙!"

"你就快点吃吧,别让人家看见……"

"我偏要告诉人家你是怎么给我偷油饼的,真是木头!"

有一次,我拿出瓦罐,吃了两个油饼,维克托为这件事将我毒打了一顿。他不喜欢我,就像我不喜欢他一样。他常常嘲弄我,逼着我一天为他擦三次皮靴,而在高板床上躺下睡觉时,他会将木板条移开,从缝隙里向下吐唾沫,总想吐在我的头上。

大概是为了模仿爱说“母鸡畜生”的哥哥，维克托也常使用一些口头禅，但是他的口头禅荒唐透顶，而且毫无意义。

“妈——向后向右转！——我的袜子在哪儿呢？”

他常常提出各种愚蠢的问题，令我十分厌烦：

“阿廖什卡，你回答我：为什么写的时候是“蓝蓝的”，说起来却是“难难的”？为什么要说‘大钟’，不说‘踢安东’？为什么是‘靠大树’，而不是‘在哪哭？’”

他们所有人的说话我都不喜欢。我受过外祖母和外祖父优美语言的教育，起初难以理解这样一些用不能搭配的词组成的词组，例如：

“滑稽得可怕”，“真想吃到死为止”，“快乐得吓人”。我觉得，滑稽的事情不会是可怕的，快乐的事情不会吓人，而人们无一例外都要吃到死的那一天才为止。

我问他们：

“难道能够这样说吗？”

他们却骂道：

“你算什么东西，还想教别人！瞧不把你的耳朵给揪下来……”

但是，我觉得“把耳朵揪下来”的说法也是不对的，能够被揪下来的是青草、鲜花和核桃。

他们试图向我证明耳朵也是可以揪的，但这种做法，并没有将我说服，于是，我得意地说：

“反正耳朵没有被揪下来！”

周围尽是残忍的恶作剧和肮脏的无耻行径，比起拥有许多妓院和无数“街头”女郎的库那维诺的那些街道，还要多得难以计数。在库那维诺透过卑劣行径和胡作非为总还让人感觉到存在某种能够解释这种胡作非为和卑劣行径不可避免的原因，这就是半饥半饱的艰难生活和沉重的劳动。可在这里，人们饱食终日，生活轻松，他们没有沉重的劳动，只有那种不可理喻的、毫无必要的无谓忙乱和尘世的空虚；在这里，一种具有腐蚀性的、令人恼怒的愁闷笼罩着一切。

我在这儿生活得并不舒心，每当外祖母到我这儿来做客时，我的自我感觉更加糟糕。她往往从后门进来，走进厨房，对着圣像在自己胸前画个十字，然后深深弯下腰去，对她的妹妹鞠躬行礼。正是这深深的一躬犹如沉重的负担使我抬不起头来，感到十分憋闷。

“呵，是你呀，阿库林娜。”我的女主人接待外祖母的态度漫不经心，冷冷淡淡。

我都认不出我的外祖母了，她居然谦恭地抿着嘴唇，脸上的表情与平时迥然不同；她静悄悄地在门边的条凳上坐下，就坐在泔水桶的旁边，仿佛犯了什么过错似的默不作声，只是低低地温顺地回答妹妹提出的问题。

这使我十分难受，于是，我生气地说：

“你这是坐在哪儿呀？”

外祖母对我亲切地使一个眼色，威严地说：

“不用你说话，在这儿你不是主人！”

“不该他管的事，他总要管，就是打他、骂他，也还是改不掉。”老太婆又开始抱怨了。

她还不止一次地以幸灾乐祸的口气询问我的外祖母：

“怎么，阿库林娜，你还在靠讨饭过日子？”

“是不幸……”

“要是能够不顾廉耻，那所有的一切都不是不幸……”

“听说基督也讨过饭……”

“这都是那些蠢货说的，是异教徒说的，你这个老傻瓜居然还会相信！基督不是叫化子，他是上帝的儿子，经书上说了，他将来到世上荣耀地审判活人和死人。他连死人也要审判的，你得记住！哪怕烧成灰，你也躲不开他，我的大娘……他会替我惩罚你和瓦西里的，因为你们骄傲，以前你们有钱的时候，我求过你们帮忙……”

“我可是尽心尽力帮助过你。”外祖母冷静地说。“可上帝却惩罚了我们，你知道……”

“你们做得还不够！太少啦……”

这个当妹妹的转动着她那条锯子般锋利的、不知疲倦的舌头久久地责难、啃咬我的外祖母。我听着她那恶狠狠的尖叫声，心情郁闷地感到困惑不解：外祖母怎么能够忍受这一切？而且我不喜欢处在这种时刻的外祖母。

年轻的女主人慢慢走出房间,客气地对外祖母点点头:

“到饭厅里来吧,没关系,来吧!”

老太婆对着外祖母的身影叫道:

“把脚擦擦干净。俗话说,云杉木造的村庄,只配建在沼泽地上!”

我的老板见到外祖母十分高兴:

“啊,聪明绝顶的阿库林娜,日子过得怎么样?卡希林小老头儿还活着吧?”

外祖母对他露出了微笑,这是发自她的内心的笑容。

“你还是弯着腰在那儿干活?”

“不停地干活!就像一个囚犯。”

外祖母和他交谈时既亲切又愉快,但像是一个长者。有时,老板会想起我的母亲:

“是啊,瓦尔瓦拉·瓦西里耶夫娜……她是个多好的女人啊,简直像勇士,是不是?”

老板的妻子对着外祖母插话道:

“您还记得,我给她送过一件斗篷吗?黑缎子的,还缀着小玻璃珠呢。”

“当然记得……”

“那是一件很好的斗篷呢……”

“是啊,”老板喃喃地说,“斗篷,斗篷,而生活就是骗局!”

“你在说什么呀?”他的妻子不解地问道。

“我?随便说说……快活的日子就要过去,好人啊,就要离开了……”

“真不明白,你这是什么意思?”年轻的女主人不安地说。

然后她们领着外祖母去看看新生的婴儿。我正在收拾桌上用过的茶具,老板低低地带着沉思的口吻对我说:

“她是个好老太太,你的外祖母……”

我很感激他能说出这句话来。当我和外祖母单独待在一起时,我带着内心的痛苦对她说:

“你干吗要到这儿来呢?你来干吗?你应当看得出来,他们是些什么样的人……”

“是啊,阿廖沙,一切我都看在眼里。”她看着我回答说,美丽无比的脸上露出了善良的笑容。顿时,我觉得难为情了:不用说,她什么都看在眼里,什么都知道,她也知道此时此刻我内心的想法。

她小心地回头看看是否有人过来,然后搂着我,亲热地说:

“如果你不在这里,我才不会来呢。他们和我有什么相干?可是外祖父病了,我忙着照顾他,没有干活,手头没有钱了……再说,我的儿子米哈伊尔把萨沙赶出来了,我还得供萨沙吃喝。他们答应过一年给你付六个卢布的工钱,所以我就想,或许他们会给一些?哪怕一个卢布,你在这儿不是已经待了将近半年了吗……”她又凑在我的耳边悄悄地说:“他们关照我要教训你、骂你、说你什么人的话都不听。你呀,我的心肝宝贝,就待在他们这儿,熬上两年,把翅膀长长硬!熬上两年,咹?”

我答应外祖母再熬两年,但这十分艰难。这是一种乞丐般的、无聊乏味的、整天为了吃喝而无谓忙碌的生活,这种生活使我感到压抑,我仿佛生活在梦幻之中。

有时,我不由自主地会产生一个念头——应当逃跑。然而,当时正值可恶的冬天,每天夜里暴风雪呼啸不止,寒风在阁楼里来回穿梭,房梁被严寒冻得卡吱作响。你能往哪儿跑呢?

他们不准我出去游玩,其实我也没有可供游玩的时间:冬天的日子很短,在繁琐、忙碌的家务事中时间消逝得极快,想抓也抓不住。

但是我必须去教堂,每逢星期六要去做彻夜祈祷,每逢过节还要参加晚祷。

我喜欢待在教堂里。我喜欢站在比较宽敞,光线更加暗淡的墙角的某个地方,从远处注视圣像壁。圣像壁仿佛熔化在无数的烛光之中,像一股股金灿灿的水流,倾泻至讲经台的灰色石板上;黝暗的圣像身影微微晃动,装饰在通向祭坛正门上面的金色花边欢快地飘扬,蜡烛的火苗悬吊在淡蓝色的空气中,犹如一只只金色的蜜蜂,而妇人和少女的头就像一朵朵鲜花。

周围的一切与唱诗班的合唱十分和谐地融为一体,一切都如同神话中的生活那般神奇,整座教堂仿佛是一个摇篮,缓缓地摇晃,在像树脂般浓重的、幽暗的空虚中摇晃。

有时我会觉得,教堂深深地沉入了湖水之中,避开了大地,意欲过一种特别的、与周围世界完全不同的生活。也许,我的这种感觉来自外祖母讲过的一个有关基捷日城的故事。当我随着周围的一切摇晃得昏昏欲睡的时候，当我被唱诗班的歌声、轻轻的祈祷声和人们的叹息声催入梦乡的时候，我常常默默重复这个韵律和谐的，忧郁的故事：

该死的鞑靼带着千军万马，
　　可恶地蜂拥而至，
　　包围了亲爱的基捷日，
　　就在那晨祷的美好时光。
　　啊，我的上帝，天主，
　　还有至高无上的圣母！
保佑你们的奴隶吧，
　　让他们做完祈祷，
　　让他们听完神圣的经书！
阻止鞑靼人吧，
别让神圣的教堂受到亵渎，
别让我们的妻女受到玷污，
　　别让小小的孩童送上杂耍场，
　　别让年老的长者横死暴亡！
天主耶和华听见啦，
圣母也听见啦，
他们听见了人们的悲叹，
听见了基督教徒的哀怨。
　　天主耶和华
命令光明的大天使米哈伊洛：
　　“米哈伊洛，去吧，
　　震撼基捷日城下的土地，
　　把这座城市沉入湖里，
　　让人们在那儿祈祷，
　　永不停歇，永无倦意；
从晨祷做到夜祷，

做遍教堂的所有圣事；
让他们虔诚地祈祷，
世世代代，永远永远。”

在那些年代里，我的脑子里装满了外祖母的诗歌，就像蜂房里满是蜂蜜一样。似乎我也是用外祖母诗歌的形式来进行思考的。

在教堂里我从不祈祷，我不便在外祖母的上帝面前重复外祖父气呼呼的祷词和凄怆的赞美诗。我相信外祖母的上帝不可能喜欢这些，犹如我也不喜欢这些一样。再说，这些东西都已经印在纸上，那么，上帝和所有有文化的人一样，都已经背下来了。

因此，在教堂里，当我的心由于某种原因被快适的悲哀抽紧的时候，在由于白天所受的小小委屈而感到揪心、烦心的时候，我就用心编写自己的祈祷词；只要想起我那令人不快的命运，怨诉的词句便会无需思索，自然而然地迸发出来：

上帝啊，真是烦闷透顶，
求求你让我快快长大，
我已没有生活的耐心，
一心想死，求上帝饶恕，图个清静。
学手艺没有任何名堂，
马特廖娜真是一个鬼婆娘，
对我大吼大叫，像狼一样，
这样的日子真是雪上加霜！

至今我仍然记得我自己的许多“祈祷词”。这些童年时代的杰作像一道道深深的伤疤印在我的心上，而这些伤疤往往是终生难以愈合的。

在教堂里我感到十分舒心。在教堂里，就像在森林里、在田野上一样，我能得到休息。小小的心灵已经饱受种种欺凌，受到恶毒、粗暴的生活的玷污，如今却在模糊、激昂的幻想中洗刷干净。

但是，只有在冰天雪地的三九严寒，或者暴风雪在城里疯狂呼啸的时候我才去教堂。在这种时刻,天空似乎已经冰封,风将天空雾化成堆堆雪云,而覆盖在雪堆下面的大地也已冻结,仿佛再也不会苏醒,永远不会重现生机。

在寂静无风的夜晚,我更喜欢到城里去溜达,从一条街道转到另一条街道,潜入最最荒凉的角落。常常会出现这样的感觉:走啊,走啊,仿佛是插上了翅膀在飞翔。我独自一人,犹如天上的月亮,唯有自己的影子在身前爬动,遮盖住雪地上的点点亮光,不时滑稽可笑地撞在路旁的小石柱上,撞在篱笆上。守夜的更夫走在马路当中,手里拿着梆子,穿着沉沉的皮袄。走在他旁边的是一条簌簌发抖的狗。

这个笨拙的更夫就像是一个又窄又长的狗窝。这个狗窝出了院子,在街上走动着,谁也不知道它要到哪儿去,而那条伤心的狗只好跟在它的身后。

偶尔,我也会碰上一群兴高采烈的小姐和她们的男伴。我想,原来他们也会溜掉,不愿在教堂里做彻夜祈祷。

有时,从灯火通明的窗户的通风口里,有一些特别的气味流向清新的空气。这是一种淡淡的从未闻过的气味,它标志着这儿过着另一种我不知晓的生活。于是,我站在窗下,嗅着这种气味,仔细地倾听,暗暗猜想:这是一种什么样的生活?这幢房子里的住户是些什么人?在做彻夜祈祷的时候,他们却谈笑风生,弹奏着一些特别的乐器,铜丝琴弦的响声从通风口里低沉地流淌出来。

特别使我发生兴趣的是一幢低矮的平房,它坐落在人烟稀少的吉洪诺夫斯卡亚街和马丁诺夫斯卡亚街两条街道的拐角。我在谢肉节前夕,冰雪开始融解的一个月夜偶然来到这个地方。我听到一种不同寻常的声响,它随着暖融融的热气从窗子的正方形通风口里飘散到外面,仿佛是一个身强力壮、心地善良的人闭着嘴唇哼曲子,听不见歌词,但我感到歌的曲调非常熟悉,而且明白易懂,尽管琴弦的声音不时讨厌地打断歌的节奏,影响了听的效果。我在路旁的小石柱上坐下,猜到有人在拉小提琴,这种小提琴具有神奇的力量,又让人难以忍受,因为听着它的声响几乎让人感到痛苦。有时,乐曲的声音如此壮烈,仿佛整幢房子都在颤抖,窗上的玻璃也在吱轧作响。屋檐上滴着水珠,我的眼中也流下了泪水。

守夜的更夫悄无声息地走了过来，把我从小石柱上推开，问道：

“你待在这儿干什么？”

“听音乐。”我解释道。

“听什么音乐，亏你想得出来！走开……”

我飞快地绕着街区跑了一圈，又重新回到窗口下面，但里面的人已经停止演奏小提琴了，从通风口里喷射出欢声笑语。这种气氛与那忧郁的音乐如此南辕北辙，仿佛听见那乐曲仅是梦境。

从此以后，几乎每个星期六我都跑到那幢房子跟前。但是只有一次，那是在春天，我又听见了大提琴的声音，演奏几乎一直持续到深更半夜。那天回到家里，我被狠狠揍了一顿。

在冬天的星空下，沿着城里寂静无人街道的夜间溜达使我大长见识。我故意选择那些离市中心较远的街道，因为在中心地带路灯很多，容易被老板家的熟人看见，那样，老板家就会知道，我没有去做彻夜祈祷，而是偷偷溜出去游玩了；那些醉汉、警察和“街头”女郎也挺碍事。在那些远处的街道上，只要窗子上没有结冰，或者没有挂上窗帘，我就能从底层的窗户看见里面的情形。

这些窗户向我展示了形形色色的画面。我见过祈祷、接吻、打架、玩牌、焦虑而无声的交谈。犹如一个戈比就能看一次的“拉洋片”中的图景一样，展现在我面前的是无声的、冷漠呆板的生活。

有一次，我看见两个女人坐在地下室里的桌子旁边，一个很年轻，另一个年长一些。在她们对面坐着留了长发的中学生，他不时挥动着一只胳膊，在给她们读书。年轻的女子严峻地紧锁眉头，向后仰靠在椅背上听着；那个瘦瘦的，头发蓬松的年长妇女突然用双手捂住脸，双肩颤抖起来。中学生丢开了书本。年轻的女子跳起来，跑出去了。这时，中学生跪倒在那头发蓬松的女人面前，吻她的手。

在另一个窗口，我看见一个身材魁梧，留着大胡子的男人让一个穿着红色短上衣的女人坐在他的膝盖上，像哄孩子那样，将她摇来摇去。他的嘴巴张着，眼睛瞪得圆圆的，显然在唱着什么。她笑得浑身发抖，晃动着双腿，身子向后仰去。他将她扶着坐正，又开始唱起来。她又笑了。我看着他们，久久没有离开。后来我意识到他们准备这样玩乐一夜，就走掉了。

许许多多类似的画面永远留在我的脑海之中。当时,我常常看得入了迷而耽误了回家,这就引起了老板家的怀疑,他们查问我:

“你去的是哪个教堂?今天是哪个神父当班?”

城里所有的神父他们都认识,他们也知道,什么时候应当念什么经书。一切的一切他们都清楚,因此,他们很容易揭穿我的谎言。

婆媳两人崇拜我的外祖父的怒气冲冲的上帝,这个上帝要求信徒怀着畏惧的心理去接近他。两个女人常把上帝的名字挂在嘴边,就在争吵谩骂的时候,她们也常常相互威胁:

“上帝!上帝会惩罚你的,他会让你抽风,让你弯腰驼背,你这个不要脸的!……”

在斋戒期第一周的星期日,老太婆烤油饼,可是油饼都被她烤糊了。老太婆被炉火映得满脸通红,气冲冲地叫道:

“哎,见你们的鬼去吧……”

她嗅了一下锅子,突然大惊失色,把平底煎锅的活动把手扔在地上,哀叫道:

“老天爷,平底锅上有荤油,这可是禁忌的呀!在斋戒的星期一我没有把煎锅烧干净,上………帝呀!”

她跪了下来,含着眼泪央求道:

“上帝——老天爷呀,宽恕我,我真该死,看在你曾受苦受难的分上,宽恕我吧!不要惩罚我这个糊涂老婆子,上帝……”

她把烤好的油饼扔去喂狗了,又把平底煎锅洗净。从此,她的儿媳在争吵时就会责难婆婆:

“您在斋戒期还用荤油锅子烤饼……”

她们把她们的上帝引进所有的家庭琐事之中,引进她们渺小生活的角角落落。这样,那种贫乏的生活才获得了表面上的意义,显得煞有其事,仿佛她们时时刻刻都在为至高无上的神力服务。这种将上帝扯进鸡毛蒜皮之类无谓小事的做法对我是一种精神上的压抑,我总是不由自主地回头向各个角落里张望,感到自己处于某个人的无形的监视之下。到了夜间,恐惧感犹如团团冷气包围着我。这种恐惧感来自厨房的一个角落,那儿,在一些幽暗的神像前面点着一盏永不熄灭的小油灯。

在圣像架的旁边是一扇大窗子，中间由一根竖杆隔成两个窗框。这扇窗户外面是一方深不可测的，暗蓝色的天空，似乎这幢房子，这个厨房，还有我，所有的一切都吊在这块天空的边沿上，只要剧烈地震动一下，一切都会坠落，掉进蔚蓝的冰冷的窟窿里，再在死一般的寂静之中，悄无声息地越过一个个星座，飞向不可知的远处，就像被抛入水中下沉的石子被淹没了一样。我久久地、一动不动地躺着，不敢翻身，等待着可怕的生命的终结。

我已记不起来是怎样治好这种恐惧症的，但我很快就将它摆脱了。当然，在这件事情上，外祖母善良的上帝帮助了我。我想，在那个时候我已经体会到一个简单的真理：我没有干过任何坏事，既然没有过错，就不能惩罚我，否则是毫无道理的，至于别人的过错，那不能由我来负责。

在做日祷的时候，我也常常溜出去游玩，尤其是在春天。春天以它那不可征服的魅力让我无法待在教堂里。如果他们再给我一枚两戈比的铜币去买蜡烛，那就彻底把我毁了：我会买上一些羊拐子，在整个日祷时间里一直不停地玩着打拐子，并且必定误了回家。有一次，我竟然把一个十戈比的银币输得精光，这银币是给我去参加追荐亡魂的祷告和买圣饼用的，结果我只好在执事①将一个盘子从神台上撤下的时候，从那里面拿了一块别人的圣饼。

我特别爱玩，对一些游戏迷恋到着魔的程度。我相当灵活，又有力气，因此很快在附近几条街上得到一个美名：打拐子、玩球、击木棒的能手。

大斋节期间他们要我斋戒，即按教堂规定的时间吃素食，做祈祷，准备去忏悔和受圣餐，于是，我就到我们的邻居多里梅东特·波克罗夫斯基神父那儿去做忏悔。我觉得这个神父十分严厉，而我个人对他又犯有许多过错：用石头砸坏了他家花园里的凉亭，和他的几个孩子作对打架。总的说来，他能指出我的许多引起他不满的种种罪过，这使我非常难堪，因此，当我站在简陋的教堂里等待上前忏悔的时候，心儿忐忑不安地怦怦乱跳。

多里梅东特神父见到我时，用温厚而带抱怨的口气喊道：

“哎，是邻居……好，你跪下吧！你有什么罪过？”

他把一块沉甸甸的天鹅绒压在我的头上，蜡烛和神香的气味熏得我感

---

① 正教教会中最低级的工作人员，做诵经、打钟等事。

到憋闷,难以开口说话,也不想说话。

“你听大人的话吗?”

“不听。”

“你说——我是罪人!”

我自己也感到十分意外,我竟然冒出一句:

“我偷过圣饼。”

“这是怎么回事?在哪儿偷的?”神父沉吟片刻,从从容容地问道。

“在三圣者教堂,圣母教堂,还有尼古拉教堂……”

“瞧——瞧,所有的教堂都偷遍了!这很不好,孩子,这是罪过,你明白吗?”

“明白。”

“那你说——我是罪人!真是荒唐。你偷圣饼是因为想吃吗?”

“有时是吃掉了,有时是因为玩打拐子把钱输掉了,又必须带圣饼回家,我就只好偷……”

多里梅东特神色疲惫,含混不清地低声嘟囔起来,接着又对我提了几个问题,突然,他严厉地问道:

“你读过地下出版的书吗?”

我当然听不懂他的问题,于是反问道:

“什么书?”

“你读过禁书吗?”

“没有,一本都没读过……”

“你的罪过被宽恕了……起来吧!”

我惊讶地看看神父的脸,那张脸显得若有所思,慈祥和善。我觉得很不自在,内心有愧:老板家打发我来做忏悔的时候,对我大吹特吹,把忏悔形容得可怕极了,他们要我必须老老实实地坦白我的所有过错。

“我往你们家的凉亭里扔过石块。”我声明说。

神父抬起头,说:

“这也很不好!走吧……”

“还砸过狗……”

“下一个!”多里梅东特神父从我的身旁看过去,叫道。

我带着一种受骗上当的感觉走了,内心十分气恼:我本来以为忏悔十分可怕,因而内心极其紧张,结果却并不可怕,甚至索然无味!只有一个问题引起了我的兴趣,那就是我从未读过的那些书。我想起了在地下室里为两个女人读书的中学生,想起了“好事儿”——他也有许多黑书,厚厚的,里面有一些看不懂的插图。

第二天,他们给我一枚十五戈比的银币,打发我去领圣餐。这年的复活节来得很晚,积雪早已融化,街上干了,到处尘土飞扬:这是一个阳光明媚,令人情趣盎然的日子。

在教堂围墙旁边,一大帮工人正在玩打拐子,赌得如痴如醉。我断定完全赶得上去领圣餐,于是要求这些玩打拐子的人说:

“带我一个!”

“要想来玩先得拿出一个戈比。”一个满脸麻子,长着棕红色头发的人高傲地说。

我用同样高傲的口气答道:

“我在左边第二对底下押三个戈比。”

“把钱放下去。”

赌博就这样开始了。

我把十五戈比的银币换成小钱,在长长的“赌池”内那对羊拐子下面放了三个戈比:谁把这对羊拐子打出去,这三个戈比就归他了;如果没有打中,他就得给我三个戈比。我很走运,有两个人瞄准了我的赌注,但他们都没有击中。我从大人手中,从地道的男子汉手中赢了六个戈比,这使我士气大增……

但是,有一个参加赌博的人说:

“看住他,伙计们,别让他拿着赢到的钱跑了……”

听见这话,我觉得受到了侮辱,于是像击铃鼓那样,冲动地宣布:

“在左边最边上的一双拐子下面押九个戈比!”

然而,这并没有引起参赌者的特别兴趣,只有一个年龄与我相仿的小男孩叫了起来,提醒他们说:

“当心点,他是个有好运气的人,是兹韦兹金池塘那边的绘图员,我认识他。”

一个瘦瘦的工人,从身上散发的气味可以判断他是搞毛皮的,以挖苦的口气说:

“呵,是个鬼不点,好——吧……”

他拿起灌了铅的羊拐子瞄准一下,准确无误地击中了我的赌注。他弯下身来,问我道:

“要哭鼻子了吧?”

我回答说:

“右边最边上的那对羊拐子,三个戈比!”

“我照样吃掉。”毛皮工人夸口道,但是他输了。

在赌池里连续下注不能超过三次,于是我就去打别人的赌注,大约又赢了四个戈比。当再次轮到我下赌注的时候,我一连押了三次,结果把钱统统输光。真是凑巧,恰好此时日祷已经结束,钟声响起,人们纷纷走出教堂。

“你娶媳妇了吗?”毛皮工人问我,并想揪住我的头发,但是我挣脱出来,跑了。

我追上一个穿着节日盛装的小伙子,客气地打听着:

“您领圣餐了吗?”

“是啊,干吗要问这个?”他用怀疑的目光审视着我,答道。

我请他告诉我领圣餐的经过,神父说了些什么,还有在领圣餐的时候我该做些什么。

小伙子一本正经地皱紧了眉头,可怕地吼叫起来:

“你玩昏了头,连领圣餐都耽误了,异教徒!哼,我什么也不会告诉你,让你的父亲剥你的皮!”

我跑回家去,断定他们马上就会盘问我,并且一定会知道我没有去领圣餐。

但是老太婆对我表示祝贺以后,只问了一件事情:

“香火钱,你付给执事多少?”

“五个戈比。”我不假思索地说。

“只要给他三个戈比就够了,那两个戈比可以自己留下来嘛,笨脑瓜子!”

……春天来了,大自然每天都换上新装,一天更比一天鲜亮、明媚。刚刚破土而出的青草和碧绿的白桦散发出醉人的清香,春天的气息让你按捺不住地想仰面躺在温暖的土地上,在原野里聆听百灵鸟的啼鸣。可是我却在收拾冬天的衣服,帮他们将衣服塞进箱子;还要研碎烟叶,清扫家具上的灰尘,从早到晚摆弄这些令人不快的,我根本就不需要的东西。

空闲的时间我也穷极无聊。我们这条街上空空荡荡,毫无生气,稍远的地方又不准我去。院子里住着一些动辄就发脾气、一脸倦容的挖土工人和衣衫褴褛的厨娘、洗衣女工。每天晚上,他们男盗女娼,过着畜生般的日子,这令我十分厌恶,极端不快,真恨不得变成瞎子,图个清静。

我常常带一把剪刀和各色彩纸跑到阁楼上去,将彩纸剪成不同的网状花纹的图案,用来装饰房梁——好歹这也能帮助我消愁解闷。我心神不定,渴望离开这里,到一个新的地方,那儿的人们较少睡觉,不大吵架,不会用抱怨、诉苦纠缠上帝,也不常常气势汹汹地责骂欺侮别人。

……复活节的星期六那天,能够显灵的弗拉基米尔圣母像从奥兰斯基修道院被抬进了城里。圣母像将在城里停放至六月中旬,并且挨家挨户地走遍每一个教民的家庭。

在一个普通日子的早晨,圣母像来到了我的老板家。我正在擦拭铜器皿,突然听见年轻的女主人在房间里惊恐地叫了起来:

"快把正门打开,奥兰斯基的圣母像抬来啦!"

我急忙奔下楼去——身上脏兮兮的,手上满是油污和砖灰——把门打开了。年轻的修士站在门外,一只手提着一盏灯,另一只手提着手提香炉。他小声地埋怨说:

"你们都在睡大觉呢?快来帮忙……"

两个市民抬着沉甸甸的神龛沿着狭窄的楼梯走了进来,我用两只脏手和一个肩膀撑着神龛的边缘,为他们助力。几个身体笨重的修士跟在后面,用低沉的嗓音有气无力地唱道:

"至高无上的圣母啊,为我们向上帝祈祷吧……"

我的心头一阵悲哀,深信不疑地想道:

"我浑身肮脏就去抬圣母像,她一定会对我生气,我的两只手要烂掉了……"

在安放圣像的地方放着两张椅子,上面铺着洁净的桌布。圣母像就放在椅子上面,两边站着两个修士,扶着神龛。这两个修士年轻,像天使般美貌:眼睛明亮,满脸喜气,头发浓密蓬松。

祈祷开始了。

“呵,万民称颂的圣母啊。”一个身材魁梧的牧师带头高声唱道,并不停地用一只通红的手指抚摩藏在浓密头发中的肥厚的耳垂。

“至高无上的圣母啊,怜恤我——们。”修士们随声懒洋洋地唱道。

我爱圣母。按照外祖母的说法,世上所有的鲜花,所有的快乐——一切美好有益的东西都是圣母带来的,因为她想安慰贫穷的人们。到了应该怀着敬意亲吻圣母的手时,我没有注意大人们的做法,便心儿怦怦乱跳地上前吻了圣母像的脸颊和嘴唇。

一只强有力的手将我推到了门槛那边的角落里。修士们是怎样抬着圣母像离开这里的,我已没有任何印象,但我清楚地记得,老板一家人团团围住坐在地板上的我,极其惊恐而忧虑地议论着:在我身上将会降临什么样的灾难?

“应当找神父谈一谈,他有学问。”老板说着,又善意地责骂我道:

“乡巴佬,你怎么就不明白圣母的嘴唇是亲不得的?你还……还在学校念过书呢……”

一连几天我都怀着在劫难逃的心情等待着:究竟会发生什么事情?我用脏手抓过神龛,又大逆不道地亲吻了圣母——这一切不会轻易就过去的,不会放过我的。

但是,看来圣母宽恕了我在无意之中出自诚挚的爱戴而犯下的罪过。或是因为她的惩罚过轻,而我又常常受到善良人们的惩罚,因而我根本就没有感觉。

有时,为了气一气老太婆,我就用伤心的口吻对她说:

“看来圣母把惩罚我的事情给忘了……”

“你就等着吧,”老太婆恶毒地说,“咱们走着瞧……”

……在用剪成各种图案的玫瑰色茶叶包装纸、锡箔纸、树叶以及各种各样的东西装饰阁楼房梁的时候,我会像卡尔梅克人赶路时那样,用教堂歌曲的曲调,唱出我心中的一切:

我在阁楼里坐下，
把剪刀拿在手上，
剪纸，剪纸，
　　不停地剪啊，
我无知无识，烦闷死啦！
如果我是一条狗，
想去哪儿，早就逃走；
可现在人人对我小叫大吼：
坐好，淘气鬼，别开口，
只有闭上你的嘴，
才能不头破血流。

老太婆看着我的作品，微微笑着，连连摇头：

“你该照这样把厨房也打扮一下。……”

有一天，老板来到阁楼，仔细观看了我的杰作，叹了口气说：

“你真有意思，彼什科夫，见你的鬼……也许，将来你会成为一个魔术师？恐怕连你自己也没有料到……”

他给了我一枚很大的、尼古拉一世时代的五戈比银币。

我用细细的铁丝弯成爪形，将银币套起来，挂在我的那些五花八门的作品中间最显眼的地方，犹如一枚奖章。

但是，过了一天，奖章就不翼而飞，连铁丝爪子也无影无踪。我知道，是老太婆将它偷走了！

五

到了春天，我终于还是跑了。这天早晨，我到小店铺去买喝茶时要吃的面包。到了小店里，店铺老板当着我的面继续和他的老婆吵架，又用一个磅秤上的砝码砸了她的脑门，而她才跑到街上，就倒在那儿了。顿时，一大群人围了上来，把女人抬上四轮马车，送她去医院。我也跟在马车后面跑着，后来，不知不觉就来到了伏尔加河的堤岸上，手里还捏着一枚二十戈比的硬币。

春日融融，温暖宜人。伏尔加河水上涨，水面辽阔。大地上热热闹闹，一片繁华景象，自由自在。可我呢，在这之前所过的日子就像是地窖里的一只小老鼠。于是，我决定再也不回到老板家里去，也不到库那维诺去找外祖母：我没有信守诺言，没有脸面见她，再说外祖父还会对我幸灾乐祸。

我在伏尔加河岸上闲逛了两三天，在好心肠的装卸工人那儿吃饭，和他们一起在码头上过夜。后来，有个码头工人对我说：

"你呀，孩子，我看，不能这样闲逛！到'善良'号上去试试吧，那儿要一个洗盘子的……"

我去了。轮船餐厅的领班个子高高的，留着大胡子，戴一顶黑色缎子的无檐帽。他那对混浊的眼睛透过眼镜看了看我，轻轻地说：

"月薪两个卢布。你的身份证。"

我没有身份证。领班想了想，提议说：

"把你的母亲叫来。"

我立即奔到外祖母那儿。外祖母赞同我的做法，并且劝说外祖父到手工业管理局去为我办领身份证,她自己则和我一起到轮船上来了。

"好,"领班对我们扫了一眼,说,"走吧。"

他把我领到轮船的船尾,那儿有一位身材魁梧,穿着白上衣,戴着白帽子的厨师坐在一张小桌子后面慢慢地喝茶,同时吸着一支粗粗的烟卷。领班把我推到他的面前:

"洗盘子的。"

说完,他拔腿就走了。厨子在鼻子里哼了一声,竖起他的黑色的小胡子,对着领班的背影说:

"什么鬼东西您都雇来,只要价钱便宜……"

他气呼呼地扬起有着一头剪得短短的黑发的大脑袋,瞪着黑色的眼睛,紧张而不自然地挺起身体,绷着脸,用刺耳的声音叫道:

"你是干什么的?"

我很不喜欢这个人,虽然他戴着白帽子,穿着白衣服,但看上去仍然脏兮兮的。他的手指头上长着毫毛,大耳朵里也竖着长毛。

"我想吃东西。"我对他说。

他眨了眨眼睛,突然露出欢畅的笑容,脸上凶狠的表情顿时一扫而光,只见肉鼓鼓的、红扑扑的脸颊上的皱褶一波一波地向耳边退去,露出一口大大的马牙,小胡子柔软地耷拉下来。此时,他真像一个心地善良的胖老太太。

他把他的茶杯里的剩茶倒在船外,斟上新茶,又把一只没有动过的法式长圆白面包和一大段香肠推到我的面前。

"吃吧! 爹妈有吗? 会不会偷东西? 嗅,别担心,这儿的人都是贼,会把你教会的!"

他讲起话来就像骂人。他那胡子刮得干干净净只留下青色须根的大脸庞上,在鼻子周围覆盖着红色血管交织的密网,肥大的、红通通的鼻头挂在小胡子上面,下嘴唇沉甸甸的,令人厌恶地耷拉下来,嘴角叼着一根冒着烟的烟卷。看样子,他刚从澡堂里出来,身上还散发着蒸浴用的桦条帚和胡椒酒的气味,两鬓和脖颈上满是汗珠,亮晶晶的。

等我吃饱喝足以后,他塞给我一张一个卢布的钞票。

"去吧,给自己买两件带前襟的围裙。站住,还是我去买吧!"

他整了整帽子，像头熊那样，沉重地晃动着身体，两只脚在甲板上拖着，走了。

……深夜。明亮的月光缓缓地离开轮船，移向左边的牧场。这条古老的、烟囱上画着白色条纹的棕红色轮船用它的叶轮从从容容地、摇摇晃晃地拍打着银白色的水面，笼罩在黑暗之中的河岸悄悄地迎着轮船靠拢过来，在水面上投下了阴影。河岸上农村木屋的窗户里射出红色的灯光，村子里歌声荡漾——姑娘们跳着圆环舞，歌声中那一句句的"啊咿——溜哩"听起来就像是祷告词中用以赞美上帝的"哈利路亚"……

轮船后面拖着一根长长的缆绳，曳着一条驳船，驳船也是棕红色的。沿着驳船的甲板覆盖着一层铁丝网，下面装着被判永久流放和服苦役的囚犯。驳船的船头上站着一名哨兵，亮晃晃的刺刀看上去像是一支蜡烛。深蓝色的天空中，细小的星星也像一支支蜡烛，闪闪发光。驳船悄无声息，沐浴在一片月光之中。在黑色铁丝网的下面，一些灰色的圆点隐约可辨——这是囚犯们在眺望伏尔加河。河水在呜咽，既像啜泣，又像怯怯的笑声。周围的一切都弥漫着教堂的气氛，就连那散发出来的浓重的油脂气味也和教堂里一样。

我看着那条驳船，想起了我的童年时代，想起了从阿斯特拉罕到下诺夫哥罗德的旅程，想起了母亲铁青的脸色，想起了外祖母，是她把我引进虽然十分艰难，但也饶有趣味的生活，把我推向人间。每当我想起外祖母，所有的不快和委屈都离我而去，世界顿时变了样，一切都变得比较富有情趣，比较令人愉悦，而人也变得比较善良，比较可爱了……

美丽的夜色令我激动得几乎热泪盈眶。令我不安的还有这条驳船：它就像是一口棺木，而且在这水域辽阔的河面上，在温暖夜色的令人沉思的静谧之中完全是多余之物。不平整的河岸轮廓时而上升，时而下降，给人一种惊恐不安，却又是愉快的感觉。我真想做一个善良的、为人们所需要的人。

我们这条轮船上的乘客十分特别，所有的人，不论男女老少，在我看来都没有什么区别。我们的轮船行驶速度缓慢，着急办事的人都乘邮船，而到我们这儿来的都是性格平和的、无事可做的闲人。他们从早到晚喝酒、用餐，弄脏许多盘碟、刀叉、汤勺。我的工作就是洗盘碟，擦刀叉，从早晨六点差不多一直忙到深更半夜。白天，从二点至六点，晚上，从十点到半夜，我的活儿要少一些——在这些时候，乘客们要歇一歇，不再吃了，只喝茶、喝啤酒和伏特加。在这几个钟点内，餐厅里的佣工，他们统统是我的上司，都无事可做。厨师斯穆雷，他的助手雅科夫·伊万内奇，厨房里的洗碗工马克西姆和在甲板上侍候乘客的堂倌谢尔盖一起坐在抽水机旁边的一张桌子后面喝茶。谢尔盖是个驼背，颧骨很高，满脸麻子，眼睛里露出淫荡的目光。雅科夫·伊万内奇讲着各种各样的脏事丑闻，不时发出哭一般的笑声，露出一口发绿的烂牙。谢尔盖笑得将一张蛤蟆嘴裂到了耳朵根。脸色阴沉的马克西姆默默无语地看着他们，那对颜色难以辨认的眼睛里露出严厉的神情。

"亚细亚人！莫尔多瓦人！"有时，厨师头目斯穆雷大声嚷道。

我不喜欢这群人。胖胖的、已经秃顶的雅科夫·伊万内奇光讲女人，而且话语总是脏得让人不堪入耳。他的脸上毫无生气，长着一些蓝灰色的斑点，脸的一边有一颗疣子，疣子上面还长着一撮棕红色的毫毛，他把这些毫毛拧在一起，变成一根针的模样。每当船上来了随和而活泼的女乘客，他就会在她身边转来转去，显得特别诚惶诚恐，简直就像一个叫花子，和她说起话来既甜得发腻，又可怜巴巴，嘴唇上冒出像肥皂泡一样的唾沫，而他不时伸出令人嫌恶的舌头飞快地将它舔掉。不知为什么，我总觉得刽子手就是这副肥头肥脑的样子。

"要学会勾引女人上火。"他向谢尔盖和马克西姆传授说。谢尔盖和马克西姆专心致志地听着，腮帮子鼓鼓的，满脸通红。

"亚细亚人，"斯穆雷厌恶地大吼一声，沉重地立起身来，命令我说："彼什科夫，走！"

到了他住的舱房，他塞给我一本皮封面的小书，自己在靠近冷藏室墙壁的一张床上躺下。

"念吧！"

我在一只装通心粉的箱子上坐了下来，认真地读道：

"'满天星斗的日全蚀就是指与上天最方便的联络，他们摆脱了无知和恶习才赢得了这种联络'……"

斯穆雷点上烟卷，喷出一口烟，嘟囔道：

"这帮骆驼！写的什么玩意儿……"

"'坦露左胸标志着问心无愧'……"

“是谁坦露左胸？”

“书上没有说。”

“那就指的是女人……嗨，这班淫棍。”

他闭着眼睛躺在那儿，两只手枕在脑袋下面。纸烟贴着嘴角，只剩下一星星烟火。他用舌头把纸烟拨正，深深吸了一口，胸膛里发出了咝咝的响声，接着，他那宽大的脸庞就被淹没在烟雾之中了。有时我以为他睡着了，就不再念下去，而是将这本该死的书看来看去——这本书使我讨厌到几乎作呕的程度。

但是，只听他又用沙哑的声音说：

“念！”

“主教大人答道：你看着办吧，我的亲爱的修道士休韦良……”

“是谢韦良……”

“书上写的是休韦良……”

“是吗？真是见鬼！书后面有诗，你就从那儿开始大声念吧……”

于是，我大声念道：

> 存心窥探我们事业的门外汉们：
> 你们的弱眼永远无法发现！
> 就连想听懂修道士歌唱也是白费心机。

“等等，”斯穆雷说，“这可不能算是诗！把书拿来……”

他生气地翻了翻这些厚厚的、蓝色的书页，就把书塞到褥垫下面去了。

“再拿一本……”

我真倒霉，因为在他那包着铁皮的黑色箱子里装着许多书，什么《奥米尔训导》、《炮兵纪要》、《谢坚加利勋爵书信集》、《论臭虫之危害及灭虫方法，附防止臭虫感染的措施》。有些书缺头少尾。有时，厨师要我一本一本地挑，报出所有的书名。我念着，而他气恼地嘟囔道：

“胡编乱造，一群无赖……就好像他们打你的耳光，可是为什么要打你，简直就弄不清楚。什么格尔瓦西！我要他，那个格尔瓦西去见鬼！还有什么‘日全蚀’……”

那些稀奇古怪的字眼、不熟悉的名字令人讨厌地总在我的脑海中盘旋,搔得我的舌头发痒,不由自主地时时刻刻想反复念诵,也许,在反复多次大声朗读之后就能弄懂它们的意思吧?窗子外面,河水永不疲倦地歌唱着,拍溅着。真想离开这儿,跑到船尾上去。那儿,水手和司炉工人聚集在一堆堆的货箱中间,他们和乘客打牌赢钱,唱着歌儿,讲述有趣的故事。和他们坐在一起真让人心情舒畅:你可以听着明白易懂的朴素话语,眺望卡马河岸和如铜弦一般挺拔的松树,眺望春汛以后留下了一片片水洼的草场,这些小水洼犹如一块块破碎的镜片,里面映着蓝天。我们的轮船已经与陆地分开,离它远去,然而,在倦意绵绵的白天的寂静之中,从岸上传来了发自看不见的钟楼里的钟声,不由得令人联想起那儿必定有村庄,那儿必定有人家。一条形似大面包的渔船在水浪上颠簸,接着在岸边显出一个小村庄,一群男孩在水中嬉戏,一个穿红色衬衫的汉子走在黄色的沙道上。从河里远远望去,一切都显得十分可爱,一切都像玩具一般小得可笑,五彩缤纷。我真想对着河岸高声大喊,送去亲切、温柔的话语。不仅送给岸上的人,也送给驳船上的人。

这只棕红色的驳船对我有着很大的吸引力,我能够待上整整一个小时,目不转睛地注视着这条驳船那圆圆的船头如何劈开混浊的河水。轮船拖着驳船犹如拖着一头黑猪。缆绳不时软绵绵地耷拉下来,拍打着河水,然后重又绷直,拽紧驳船的船头,洒下无数的水珠。我很想看见那些像野兽一样被关在铁笼子里的人的脸。在彼尔姆市,当他们被押解上岸时,我沿着驳船的踏板拼命挤了过去。几十个灰色的人影从我身边走过,发出很响的脚步声,脚镣上的链子也丁当做响,沉重的背包压弯了他们的腰。他们当中有男有女,有老有少,有漂亮的,也有丑陋的,但他们和所有的人完全一样,只是装束不同,头发剃得怪模怪样罢了。当然,这些人是强盗。不过,外祖母讲起强盗来说过许许多多的好话呢。

斯穆雷比其他人更像凶狠的强盗,他忧郁地看着驳船,抱怨道:

“上帝,可别遭到这样的命运!”

有一次,我问他:

“这是为什么呢,你只是烧烧煮煮,人家却在杀人抢劫?”

“我不是烧烧煮煮,而是配制饭菜。烧烧煮煮是娘儿们干的事。”他笑着说。沉吟片刻,他又补充说道:“人与人之间的差别就在于愚蠢的程度不同。有的人比较聪明,有的人不太聪明,还有的人就是十足的傻瓜了。要想变得聪明,就必须读正书、妖法书和——那里还有些什么书?各种各样的书都得读,这样才能找到正书……”

他常常开导我说:

“你要读书!要是看不懂,就读它七遍;要是读上七遍还看不明白,那就读十二遍……”

斯穆雷对待船上所有的人都很生硬,带着嫌弃的神情撇着下嘴唇,竖起他的小胡子,说起话来就像是往人家身上扔石块,就连对沉默寡言的餐厅领班也不例外。不过他对我态度却很温和,关怀备至。然而,在这种关切的态度中有着某种令我稍稍害怕的东西,有时,我觉得他和外祖母的妹妹一样,似乎有点疯疯傻傻。

有时,他对我说:

“等会儿再念……”

于是,他闭上眼睛,久久地躺在那儿,鼻子里轻轻打鼾。他的大肚子微微地上下起伏,像死人那样交叉着放在胸前的、被烫伤的、毛茸茸的手指头不停地动弹,仿佛在用无形的织针编织着一只无形的袜子。

突然,他又开始埋怨了:

“就是这样。呶,给你一点智慧,你就去过你的日子吧!上帝给人智慧是很吝啬的,而且有多有少。如果人人都是一样的聪明,那就好了,可不是那么回事……有的人明白事理,有的人不明白事理,还有的人根本就不想去弄明白,唉!”

他常常费力地搜索字眼,讲述他当兵生涯中的故事。这些故事的涵义无法琢磨,令我感到索然无味,再说,他并不是从头讲起,而是想到哪儿,说到哪儿。

“团长把那个当兵的叫来了,问他:中尉对你讲了些什么?于是当兵的就把情况统统地照实说了——当兵的必须老老实实说真话嘛。中尉看着他,就像看一堵墙似的,后来转过身去,低下了头。是啊……”

厨师气恼地喷了一口烟,又嘟囔道:

“我怎么知道什么话该说,什么话不该说?后来中尉被判了罪,关进了城堡,他的妈妈说……哎,我的上帝!我真是一窍都不通呀……"

天气很热,周围的一切都在轻轻地晃动,嗡嗡作响。河水拍打着舱房的铁板,轮船的转轮轰隆轰隆地响。河水像一条宽宽的带子从舷窗旁流过。远处,长条形草场的边沿清晰可见,还有一些高大挺拔的树木。我的听觉已经习惯了所有的声响,反倒觉得周围静悄悄的,尽管有一名水手还在船头上凄凉地号叫着:

"七——啊,七——啊……"

无心参与任何事情,不想听别人讲话,不想干活,只想找一个没有厨房里那种油腻腻、热乎乎气味的阴凉地方,坐在那儿,半睡半醒地注视着这种安静而疲乏的生活如何沿着水面滑逝。

"你念哪!"厨师生气地命令道。

就连在舱房服务的侍者也都害怕斯穆雷。看来,那个性格温顺,少言寡语,像一条鲈鱼似的餐厅领班也怕他。

"喂,你这条瘟猪!"他对餐厅里的仆役吼道,"过来,贼骨头!亚细亚人……日全蚀……"

水手和司炉工人对他既尊敬又巴结,因为他常常把煮过肉汤的肉拿给他们,详细询问他们的村子和家里的情况。满身油污,熏上黑烟,来自白俄罗斯的司炉工人在轮船上被看做是下等人,大家都叫他们"白佬",并常常逗弄他们:

"白佬,白捞,肥白捞……"

遇上这种场合,斯穆雷就会竖起小胡子,涨红了脸,对司炉工人吼道:

"你怎么能让别人讥笑你,草包!给那个臭俄罗斯人一个嘴巴!"

有一次水手长,一个相貌堂堂,心如蛇蝎的大汉,对他说:

"白佬和乌克兰佬是一路货色!"

斯穆雷一手抓住他的衣领,一手抓住他的腰带,把他举到空中,一面左右摇晃,一面问道:

"要我把你摔个稀巴烂吗?"

轮船上的人常常争吵,有时吵到拳脚相加的程度,但是,从未有人打过斯穆雷——他力大无比,超过常人。此外,船长的太太还常常与他亲热地交谈。船长的太太长得又高又壮,有着一副男人般的脸,头发梳理得又平又光,像个小男孩一样。

斯穆雷的酒瘾极大，但从来没有醉过。他从早晨就开始喝酒，一瓶伏特加四次就喝光，然后不停地灌啤酒，一直灌到晚上。他的脸渐渐变成褐色，一对深色的眼睛睁得大大的，充满惊讶的神情。

傍晚,他常常在抽水机上坐下,身躯庞大,一身白衣。然后一连几个小时默默无言地坐着,阴沉地眺望流水的远方。在这个时刻,大家都特别怕他,我却对他怀有一种怜悯之情。

雅科夫·伊万内奇从厨房里走了出来,浑身是汗,满脸通红。他站在那儿,搔了搔光秃秃的头顶,然后挥了一下手,又走了,或者,他远远地抛来一句:

“鲟鱼死了……”

“哦,那就拿它做杂拌汤吧……”

“万一客人要订个鱼汤或者清蒸鱼呢?”

“做杂拌汤去吧,会有人吃的。”

有时,我壮起胆子走到他的跟前,他艰难地将目光移到我的身上:

“有什么事?”

“没什么事。”

“好……”

有一次,也是在这种时刻,我忍不住还是问他了:

“您干吗要让大家都怕您呢,其实,您不是一个好心人吗?”

出乎我的意料,他没有大动肝火:

“我只有对你才是一个好心人。”

他又立即纯朴而沉吟地补充说:

“哎,其实真是这样,我对所有的人都好心对待,只不过没有表露出来罢了。不能在人家面前表露出来,不然他们就会狠狠地整你。好马被人骑,好人被人欺呀……他们会把你活活踩死。去,给我拿啤酒来……”

他一杯接一杯地将一瓶啤酒喝光,舔舔小胡子,又说:

“等你这只小鸟再长大些,我会教给你许多东西。我有东西告诉别人,我不是傻瓜……你要读书,凡是该有的书里面一定会有,书里可不是废话,蠢话！喝啤酒吗?”

“我不喜欢。”

“好,那你就别喝。喝醉酒真是痛苦,伏特加是祸害。如果我成了有钱人,我就要把你送去读书。没有学问的人就好比是一头牛,就是给它套上车轭,就是杀了它,吃它的肉,它也只会摇摇尾巴……”

船长太太给了他一本果戈理的书。我把《可怕的复仇》读了一遍,我很喜欢这部作品,可斯穆雷气呼呼地叫了起来:

“胡编乱造!我知道,她还有别的书……”

他从我手上夺走了那本书,又从船长太太那儿要来一本,沉着脸吩咐我说:

“念《塔拉斯》……它的全名是什么[1]?你把它找出来。她说这篇东西好……是谁觉得好?是她,也许我觉得不好呢。她把头发都剪了,真是!她怎么不索性连耳朵也剪掉呢?”

当塔拉斯向奥斯塔普挑战,要与他决出胜负时,斯穆雷发出了低沉有力的笑声:

“这就对啦!有什么了不起?你有学问,可我有的是力气!他们真会写啊,这帮骆驼……”

他听得十分出神,不时又不满地说:

“哎,胡说八道!不可能把人从肩膀一直砍到屁股,不可能!也不可能用长矛把人挑起来,长矛会断的!我本人就当过兵嘛……”

安德烈的背叛令他十分憎恶:

“他是一个卑鄙小人,是不是?就为了个娘儿们!呸……”

当读到塔拉斯打死了自己的儿子,斯穆雷把双腿从吊床上放了下来,两只手撑住床板,弯下身子,哭了起来。泪水沿着他的脸颊缓缓淌下,滴在甲板上。他呼哧呼哧地喘息着,喃喃说道:

“啊,我的上帝……我的上帝……”

突然,他对我吼叫起来:

“念下去呀,鬼东西。”

他又哭了。当读到奥斯塔普在临死之前大声喊道:“爸爸,你听见了

---

① 此处指俄国作家果戈理的中篇小说《塔拉斯·布尔巴》。

吗?”斯穆雷哭得更加厉害,更加伤心了。

“都完了,”斯穆雷抽抽搭搭地说,“都完了！这就是结尾吗？哎,真该死！不过,他们都是了不起的人,这个塔拉斯活得像个人样,是不是？真——的,这才是真正的人啊……”

他从我的手中将书拿了过去,仔细地看了又看,眼泪扑簌簌地掉在书的封面上。

“真是一本好书！读这样的书简直就像过节!”

后来我们又读了《艾凡赫》①。斯穆雷非常喜欢理查德·普兰达盖奈特。

“这才是真正的皇帝!”他神色庄重地说。我却觉得这本书枯燥无味。

一般说来,我们的兴趣爱好各不相同。我醉心于《汤姆·琼斯的故事》,就是《捡来的孩子汤姆·琼斯的身世》的旧译本,可斯穆雷却不满地说:

“蠢事！这个汤姆关我屁事？我要这个汤姆干吗？应该还有别的书……”

有一次我对他说,我知道还有另外一种书,是地下的书,叫禁书,这些书只能夜里躲在地下室里读。

他瞪大了眼睛,小胡子也翘了起来:

“什么？你胡说什么呀?”

“我没有胡说,在行忏悔礼的时候,神父问过我有没有读过禁书。在这之前,我亲眼看见过别人读过这种书,还哭呢……”

斯穆雷阴沉地看着我的脸,问道:

“谁哭?”

“听读书的一个太太,另一个女人都吓得逃掉了……”

“醒醒吧,你在说胡话呢。”斯穆雷说着,慢慢地闭上了眼睛。沉默片刻,他又喃喃说道:

“当然,总归在哪里会有……一种秘密的东西,没有是不可能的……我呢,已经不是那种岁数了,再说性格也不合适……唉,不过呢……”

---

① 英国作家司各特(一七七一——一八三二)的长篇历史小说,旧译《撒克逊劫后英雄略》。

他可以如此娓娓动听地讲上整整一个小时。

不知不觉我已养成了读书的习惯,总是乐意捧起书来。书本中所讲述的一切与现实生活不同,令人欢愉,而现实生活则变得越来越沉重了。

同样迷恋读书的斯穆雷越来越常常打断我的工作:

“彼什科夫,走,读书去。”

“我还有好多餐具没有洗呢。”

“马克西姆会洗的。”

他不由分说地逼迫高我一等的洗碗工去干我的活儿,于是,此人怀恨在心,常常把杯子打碎。餐厅领班口气温和地警告我说:

“小心我把你从轮船上赶走。”

有一次,马克西姆故意把几个茶杯放在盛着脏水和残茶的盆里,我将水泼到船外,几只杯子也跟着飞出去了。

“这得怪我!”斯穆雷对餐厅领班说,“记在我的账上。”

餐厅里的佣工开始皱起眉头来看我了,他们对我说:

“嗨,你呀,真是个书虫!你凭什么在拿钱?”

于是,他们尽量增添我的工作,故意把盘碟搞脏。我知道,这样下去我是不会有好下场的。果真如此。

一天傍晚,有位满脸通红的太太和一个戴着黄色头巾,穿着粉红色上衣的姑娘在一个小码头上了我们的轮船,她们两个都喝醉了,太太笑容满面,逢人就鞠躬致意,说起话来,“奥”的口音很重,就像教堂里的助祭。

“请原谅,亲人们,我稍微喝了一点!起先判我有罪,后来又判我无罪,这样,我因为高兴就喝上了……”

姑娘也是笑嘻嘻的,用混浊的眼睛看着大家,不停地推那个女人:

“你走呀,疯子,走呀,你知道……”

她们在二等舱房附近安顿下来,正好对着雅科夫·伊万内奇和谢尔盖睡觉的舱房。女人很快就消失不见,不知去了哪儿;谢尔盖便坐到姑娘跟前,贪婪地大大咧开了他的那张蛤蟆嘴。

夜里,我干完了活儿,正准备在桌子上躺下睡觉,这时,谢尔盖走到我的跟前,抓住我的手,说:

“走,我们给你成亲……”

他喝醉了。我竭力想把手挣脱开来,可是他打我:

“走——!”

马克西姆跑来了,他也是醉醺醺的。他们两人一起把我从甲板上,经过熟睡的乘客身旁,往他们的舱房拖去。但是,在舱房的门外站着斯穆雷。在门里边,抓着门框的是雅科夫·伊万内奇,而那个姑娘用两只拳头捶打着他的后背,用带着醉意的嗓音喊道:

“放我走……”

斯穆雷把我从谢尔盖和马克西姆的手中拉了出来,又抓住他俩的头发,使劲让他们的头相互碰撞,然后再往外一推——他们两人都栽倒了。

“亚细亚人!”他对雅科夫·伊万内奇骂道,砰的一声对着雅科夫的鼻子关上了门,又推着我,大声喊道:

“滚开!”

我跑到船尾上去了。夜空阴沉沉的,河水黑黝黝。船尾两条灰色的水波翻腾着,分别奔向看不见的两岸,驳船就夹在这两条水波之间被轮船拖着向前驰去。时而左边,时而右边显现出斑斑点点的红色灯火,这些灯光不能照亮任何东西,接着又在河岸的急转弯处悄然消失。此后,一切变得更加黑暗,更加令人难受。

厨师走了过来,在我身旁坐下,重重地叹了口气,点起了烟卷。

“他们拖你是去找这个女人!哎,这班混蛋!我听见他们怎么商量着要害你……”

“您把她从他们那儿抢过来了吗?”

“抢她?”他用一句粗话骂了那个姑娘,又沉痛地继续说道:“这儿所有的人统统不是好东西。这只轮船比村子更加糟糕。你在村子里住过吗?”

“没有。”

“村子——简直糟透了!尤其是冬天……”

他把烟头扔到船舷外边,沉默片刻,重又说道:

“你在这群瘟猪中间会被毁掉的,我真可怜你,小鬼头。我也可怜所有的人。有时我不知道该怎么办才好……甚至想跪下来问问他们:狗崽子,你们都在干些什么?咳?难道你们都瞎了眼吗?骆驼……”

轮船鸣起了长长的汽笛声,缆绳在河面上拍打了一下;信号灯的灯光在浓重的夜色中亮了起来,摇摇曳曳,指明着码头所在的地方;又有一些灯光穿过黑暗显露出来。

“这里是醉松林,”厨师低低说道,“还有一条河叫醉河。以前有个管理员,姓皮扬科夫,就是醉汉的意思,还有个书记员的姓是扎皮沃欣,就是喝酒……我到岸上去走一趟……”

身材粗壮的卡马女人和姑娘们用长长的驭架从岸上拖来了木柴,宽宽的背带压在肩上,她们弯着腰,双脚像跳舞似的,迈着平稳有力的步伐,一对一对地走到锅炉房的底舱跟前,把半俄丈长的劈柴扔进黑洞洞的深坑,一边用清脆的嗓音叫道:

“倒啊!”

每当她们来送木柴的时候,水手们就摸她们的乳房,捏她们的大腿。女人们大呼小叫,向男人身上啐唾沫;在回去的时候,她们挥动着驭架,左打右挡,躲开那些掐掐捏捏,推推搡搡。这种情况我在每一次航程中都能见到几十次:在装运木柴的每一个码头上都是如此。

我觉得我已经老了,仿佛在这条轮船上已经生活了多年,对船上在明天、一周以后、秋天以及明年可能发生的事情样样心中有数,一清二楚。

天已破晓。在码头上方满是沙土的陡壁上现出高大茂密的松树林。运送木柴的女人走进山里,向林子走去,她们笑着,唱着,不时低低呼叫几声。背上扛着的驭架,使她们像是一群士兵。

我真想哭,泪水在我的胸中激荡,我的心仿佛在泪水中煎熬:这真是痛彻肺腑。

但是,流泪是可耻的,于是我就帮水手布利亚欣擦洗甲板。

这个布利亚欣通常并不为人注意,浑身上下显得霉乎乎的,整日无精打采。他总是藏在某个角落里,在那儿眨巴着他的一对小眼睛。

“其实我并不姓布利亚欣,而是……这是因为,你知道,我的母亲过的是放荡的日子。有个姐姐,这样嘛,姐姐也一样。大概,她俩命该如此。命运这个东西,老弟,对我们所有的人来说就像铁锚一样:你想开步走,可就是不行,得等一等……”

这时,他一边用墩布沙沙地擦着甲板,一边轻轻地对我说:

“他们怎么欺侮女人的,你不都看见啦?就是这么回事!即便是一块湿木头，如果总是用火烤它，那它还不是也得烧起来！我不喜欢这一套，老弟，不喜欢。如果我生下来是个女人，那我宁可跳到黑水涡里去淹死，我以神圣基督的名义向你担保……本来就没什么自由，可他们还要用火烤你！我告诉你，那些主张阉割的教徒可不是傻瓜蛋。阉割派教徒——你听说过吗？他们都是聪明人，想得非常正确：抛弃所有微不足道的小事，专心专意侍奉上帝，清心寡欲……”

这时，船长的太太撩起裙摆，跨过一个个水洼，从我们身边走过。她一贯起得很早。高挑的个子，匀称的身材，还有那纯朴、明朗的面容……真想跟着她跑过去，诚心诚意地请求她：

“给我们讲点什么吧，说吧！……”

轮船缓缓地驶离了码头。布利亚欣在胸前画了个十字，说：

“我们又动身啦……”

六

在萨拉普尔码头马克西姆离开了轮船，他没有和任何人告别，一声不吭地走了，神色庄重、平静。那个快活的女人也笑呵呵地跟在他的身后下了船，在她的身后就是那个姑娘，没精打采，眼睛浮肿。谢尔盖则久久地跪在船长室前面，不停地吻房门的门板，还用额头撞门，大声求饶：

“宽恕我吧，这不是我的过错！是马克西姆干的……”

水手们、餐厅里的仆役，甚至某些乘客都知道他在说谎，但还是用鼓励的口气怂恿他道：

“求吧，求吧，他会宽恕你的！”

船长赶他滚开，还对他踹了一脚，踹得谢尔盖仰面跌倒在地，但最后还是宽恕了他。于是，谢尔盖立即在甲板上跑来跑去，端着盘子到处送茶，像狗那样带着谄媚的神情注视着人们的眼睛。

他们从岸上雇来了一个维亚特卡的小兵替代马克西姆。这个小兵骨瘦如柴，长着小小的脑袋和棕红色的眼睛。厨师的帮手立即打发他去杀鸡。小兵只杀死了两只鸡，其余的鸡都跑到了甲板上，四处乱窜。乘客们一起动手捉鸡，结果有三只鸡飞到船外去了。这时，小兵往厨房旁边的柴垛上一坐，大声哭了起来。

“你干吗，傻瓜？”斯穆雷惊讶地问道，“难道当兵的还能哭吗？”

“我们连队不参加打仗。”小兵轻轻答道。

这可把他给毁了。半个小时以后，轮船上所有的人都对他发出嘲弄的哈哈笑声，他们走到小兵的面前，两眼盯着他的脸，问道：

“就是这个人？”

然后，他们发出带有侮辱性的、荒诞的笑声，直笑得前仰后合，浑身发颤。

起初，小兵对这些人和他们的嘲笑没有在意，他用旧花布衬衫的袖子擦拭脸上的泪水，仿佛要把这些泪水藏进袖子里去似的。但很快他那对棕红色的小眼睛射出愤怒的火焰，用维亚特卡人喜鹊般快言快语的腔调说道：

“你们干吗瞪着眼珠子看我？哼，真想把你们一个个撕成碎片……”

他的举动将观众逗得更加开心，他们开始用手指头捅他，拽他的衬衫，拉他的围裙，像逗弄小山羊似的捉弄他，一直把他折腾到吃午饭的时候。吃过午饭以后，不知是谁在木头勺子的柄上套上一块挤干的柠檬，又把木勺系在小兵背后围裙的带子上。这样，小兵一走动，木勺便在他的身后荡来荡去，大家见了哄堂大笑，而他却不明白人们发笑的原因，像一只被抓住的小耗子似的，到处乱窜。

斯穆雷注视着他，一声不吭，神色严峻，他的脸变得像女人一样了。

我可怜这个小兵，于是问厨师：

“可以把木勺的事情告诉他吗？”

他默默地点了点头。

我把人们发笑的原因告诉了小兵。他很快就摸到了木勺，把它扯了下来，扔在地上，又用脚踩破。接着，他就用两只手揪住我的头发。我们打起来了，在场的人将我们团团围住，这使他们感到莫大的满足。

斯穆雷推开那些看热闹的人，又把我们两人分开，他先揪了我的耳朵，然后又揪住小兵的一只耳朵。看见这个被厨师的手揪住的小人儿摇晃着脑袋，两脚乱蹬，周围的人歇斯底里地狂叫，吹口哨，跺脚，恨不得笑破了肚皮。

“冲啊，卫戍兵！用脑袋撞厨师的肚子！”

这群人野蛮的取乐方法令我气愤，我真想扑到他们身上，用木柴棍揍他们肮脏的脑袋。

斯穆雷把小兵放开了。他把两手别在背后，竖起唇髭，可怕地露出两排牙齿，像一头野猪似的，径直向围观的人群走去。

“各就各位——齐步走！亚细亚人……”

小兵又向我扑了过来，但是斯穆雷用一只胳膊就把他挟起来，拎到抽水机那边，开始摇动抽水机柄，用冷水冲洗小兵的脑袋，同时转动着他那孱弱的身体，就像转动一个用破布烂棉花做成的娃娃。

水手们、水手长、副船长都跑来了，人群重又聚拢。比大家高出一头的餐厅领班也站在那儿，他和平时一样，神态安详，默默无语。

小兵在厨房旁边的柴垛上坐下，伸出发抖的双手脱掉靴子，然后开始拧干他的包脚布。其实他的包脚布是干的，倒是从他稀疏的头发上不断有水珠滴落下来，这又惹得大家哄堂大笑。

“不管怎么说，”他用又细又高的嗓音说道，“我一定要打死那个男孩！”

斯穆雷扶住我的一个肩膀，对副船长说了几句话。水手们哄散了看热闹的人。大家都走了以后，厨师问那个士兵：

“到底该拿你怎么办呢？”

小兵看着我，眼中露出粗野的神情，浑身莫名其妙地抽搐着，一声不响。

“立——正，乱喊乱叫的人！”斯穆雷说。

小兵答道：

“就不，这又不是在连队里。”

我看见厨师感到尴尬了，他那鼓起的双颊软绵绵地垂了下来。他吐了一口唾沫，领着我走了。我呆头呆脑地跟在他的身后，不时回头看看那个小兵。斯穆雷困惑地小声嘟囔道：

“哎呀，有什么了不起的，咹？瞧他那样儿……”

谢尔盖赶上我们，不知为什么，他用耳语说道：

“他要拿刀抹脖子！”

“在哪儿？”斯穆雷大叫一声，撒腿就跑。

小兵站在仆役住的舱房门口，两手握着一把大刀。这把大刀是用来剁鸡头、劈引火木柴的，刀刃很钝，已经有了许多缺口，像锯子一样。舱房前面站着一群人，看着这个头发湿漉漉的可笑的小人儿：他那翘鼻子的脸像肉冻似的发颤，他的嘴疲乏地咧开，嘴唇在跳动。他含混不清地叫道：

“害人精……害——人精……”

我跳到一个什么东西上面，越过人们的头顶去看他们的面孔：他们笑眯眯的，嘻嘻哈哈，相互交流着：

“瞧，你瞧……”

那个小兵抽出一只枯瘦的、孩子般的小手，想把掉出来的衬衫塞进裤腰里面。这时，站在我身旁的一个文雅端庄的男人叹了口气，说：

“已经打算去死了，还在整理自己的裤子……”

围观的人群发出更响的笑声。显然，没有人相信小兵真会抹脖子，我也不相信。斯穆雷朝小兵瞟了一眼，便挺起肚子，推开众人，不停地说：

“滚开，傻瓜！”

他一下子把许多人都称做傻瓜，对一大群人来说，这是再合适不过了。他对他们叫道：

“各就各位，傻瓜！”

这也十分滑稽可笑，但又显得完全正确：从今天早晨开始，所有的人同时成为一个大傻瓜了。

驱散了围观的人群，他走到小兵面前，伸出一只手：

“把刀子给我……”

“给你就给你。”小兵说着，用刀刃对着厨师将刀子递了过来。厨师将刀子塞给我，把小兵推进了船舱。

“躺下睡觉。你这是怎么回事？咹？”

小兵在床上坐下，一声不吭。

“让他给你拿点吃的东西来，还有伏特加。你喝伏特加吗？”

“稍微喝一点……”

“你给我当心点，不要碰他，不是他在捉弄你，听见吗？我对你说，不是他……”

“他们干吗要折磨我？”小兵轻轻地问道。

斯穆雷没有立即做出回答，过了片刻才神色忧郁地答道：

“哎，我怎么能知道呢？”

在和我一起走回厨房的路上，斯穆雷嘟嘟囔囔地说：

“嗯……是啊，他们缠住这个可怜的小人儿不放！那个场面你瞧见了，不是吗？一点都不错，老弟，人能把人逼得发疯，真能逼疯的……只要他们像臭虫一样叮上你，那就完啦！臭虫算得了什么！他们比臭虫狠多啦……”

我给小兵送去了面包、肉和伏特加。他坐在床上，前后摇晃着身体，轻轻地抽抽嗒嗒地哭泣，就像个娘儿们。我把盘子放在小桌上，说：

“吃吧……”

“把门关上。”

“关上门，屋里太黑啦。”

“关上，不然他们又会闯进来……”

我走了。这个小兵不招人喜欢，不能激起我对他的同情和怜悯。这让我感到心里不自在，因为外祖母曾经多少次教导我说：

“要怜悯别人，大家都很不幸，大家都很艰难……”

“送去啦？”厨师问我，“呶，他在那儿怎么样？”

“在哭呢。”

“这个……草包，他哪像个当兵的？”

“我对他就是不可怜。”

“是吗？你想说什么？”

“应当怜悯别人……”

斯穆雷抓住我的一只手，把我拉到他的身边，谆谆教导我说：

“逼着自己去可怜别人是办不到的，再说装假也不合适，明白吗？你可不要养成习惯去做婆婆妈妈的事情，要有主心骨……”

接着，他又将我推开，忧郁地补充说道：

“这儿不是你待的地方！喏，抽根烟吧……”

乘客们的所作所为深深刺激了我，令我心力交瘁。他们想方设法糟蹋那个小兵，在斯穆雷揪住他的耳朵的时候，竟然能够开怀大笑，这使我感受到某种难以名状的屈辱和压抑。他们怎么会喜欢这种令人憎恶，又让人可怜的事情呢？这种事情有什么值得他们发笑，逗得他们如此开心呢？

现在，他们又在甲板上的天篷下面坐的坐着，躺的躺着，喝酒，吃菜，玩牌，观看河上的风景，平和地、风度翩翩地交谈着，仿佛一个小时之前吹口哨、起哄戏弄小兵的人并不是他们。他们又像平常一样，安详平和，懒懒散散，从早到晚在轮船上慢悠悠地踱来踱去，就像一群蚊子或者阳光里的灰尘。又有十个人在跳板上推推搡搡，在胸前画着十字，离开轮船上了码头，而从码头上迎着他们走过来的也是这样的人，也被沉重的行李和箱笼压弯了腰，也是相似的装束……

这种经常性的人员交换丝毫没有改变轮船上的生活，因为新来的乘客和上了岸的乘客所谈的内容完全一样，他们谈论土地和工作，谈论上帝，谈论女人，而且所用的语言也大体相同。

“上帝吩咐必须忍受，那么，人啊，你就逆来顺受吧！这是毫无办法的事情，我们命该如此……”

这些话听起来让人厌烦，而且惹人气愤。我就忍受不了卑劣肮脏的行为，不愿意忍受人们用凶狠的、不公正的、欺凌的态度对待我。我十分清楚，也感觉到我不应当受到这种对待。那个小兵也不应当受到这种对待。或许，他本人愿意做一个可笑的人吧……

他们把马克西姆从轮船上赶走了，其实，他是一个为人正派的心地善良的小伙子，而那个卑劣无耻的谢尔盖却被留了下来。一切都是黑白颠倒。为什么那些能够如此捉弄别人，把别人逼到近于发疯地步的人却总是服服帖帖地听从水手们暴躁的吆喝，毫不介意地听着他们的辱骂呢？

“你们干吗都拥到船边上来？”水手长眯起那双漂亮但凶神恶煞般的眼睛，大声叫道，“把船都压歪了。走开，穿厚呢子的死鬼……”

死鬼们乖乖地移到了轮船的另一边，可在那儿，他们又像一群羊似的被赶走了。

“哎，该死的……”

炎热的夜晚，待在白天被晒得滚烫的铁皮天篷下面闷得难受，于是，乘客们像一群蟑螂在甲板上乱窜，不论什么地方，倒头便睡。在快到码头的时候，水手们就东一踢西一踹地将他们弄醒：

"喂，你们怎么横在这路上！滚开，回到你们的位子上去……"

乘客们立起身来，睡眼惺松。水手们把他们往哪儿赶，他们就走到哪儿。

水手和乘客是一样的人，不过穿着不同而已，可水手像警察一样，对他们吆三喝五。

起初，这些乘客留给人们一种安详、胆怯、无可奈何的顺从的感觉，可是，每当穿过这层顺从的躯壳，突然爆发出来的却是残忍的，毫无意义的，几乎总是不能使人愉快的恶作剧时，令人多么不可思议，多么胆战心惊。我觉得，他们不知道轮船将把他们送往何方，至于在哪儿离船登岸，对于他们也是无所谓的事情。不论他们在哪儿上岸，在岸上稍事休息以后，他们又会坐上某一艘轮船，重新开始船上的生活。他们所有的人都像是无亲无故的迷路人，整个大地在他们看来既陌生，又疏远，因而他们都胆小如鼠，达到丧魂落魄的地步。

有一天，午夜之后，轮船的机器里有什么东西爆裂了，发出类似开大炮的响声，甲板上顿时充满白色的汽雾，浓浓的蒸汽从机舱里蹿了上来，弥漫在所有的缝隙之中。只听见有人拼命地大声叫道：

"加夫里洛，拿红铅和毛毡来……"

我正在机舱附近一张用来洗刷餐具的桌子上睡觉，当我被爆裂声和船身的震动惊醒时，甲板上还是安安静静的。机舱里咝咝地冒着热气，不断听见铁槌敲打的声响。过了片刻，甲板上的乘客用各种不同的嗓音乱叫乱嚷，又哭又闹，顿时令人毛骨悚然。

在迅速消散的白茫茫的烟雾之中，许多没戴头巾和帽子的女人和头发蓬松、金鱼眼睛瞪得圆圆的男人东跑西窜，不时相互撞倒在地。大家都拿着包裹、口袋，拖着行李箱笼，磕磕绊绊，趔趔趄趄，口中惊呼上帝，喊着圣徒尼古拉，还相互吵吵打打地不知要往哪儿去。这是一个十分可怖的场面，但同时也很有趣。我跟在这些人后面跑来跑去，一直注视着，看他们究竟在干什么。

这种发生在夜间的惊慌事件我还是第一次经历，但我很快就意识到人们的惊慌完全是一个错误:轮船还在行驶,并没有减慢速度,在轮船右方很近的地方割草人烧着篝火,夜色明朗,圆圆的月亮高高挂在天上。

然而,人们在甲板上窜得越来越快,头等舱和二等舱的旅客也跳了出来。有人跳到船外去了,又是一个,接着跳下去的还有。两个农民和一个修士正挥着劈柴想砸下固定在甲板上的长凳。船尾上,有人把装着许多活鸡的大笼子扔进了河里。在甲板中央通往船长桥楼的楼梯旁边跪着一个农民,一边不停地对在他面前跑来跑去的人弯腰低头,一边发出狼似的嗥叫:

“东正教徒们,我是一个罪人……”

“给我一条小船,魔鬼!”一个老爷叫着,他只穿着裤子,没有穿衬衣,还不停地用拳头捶打自己的胸脯。

水手们跑来跑去,他们拎起旅客的衣领,敲打他们的脑袋,把他们扔在甲板上。斯穆雷在睡衣外面套着一件大衣,拖着沉重的步伐,来来去去用低沉的声音劝说大家:

“你们怎么不害臊!你们怎么啦,都发疯啦?轮船稳稳当当,没有翻嘛,还在水中走嘛!你们看,那儿就是河岸!那些跳到水里去的傻瓜都被农夫一个个捞上来,拽上来了。他们就在那儿,有两条小船,看见吗?”

对待三等舱的旅客,他就用拳头敲打他们的脑袋,劈头盖脸从上向下打,于是,这些旅客像只口袋似的,没吭一声就倒在甲板上了。

混乱的局面还没有平息,突然,一位身披斗篷,手中拿着汤匙的太太向斯穆雷扑了上去。她在斯穆雷的鼻子面前挥舞着茶匙,大声叫道:

“你竟敢打人?”

一个浑身湿淋淋的先生咬着自己的小胡子,挡住她,厌烦地说:

“别理他,这个蠢货……”

斯穆雷摊开双手,困窘地眨巴着眼睛,问我:

“怎么回事,咹?她干吗冲着我来?见鬼了!我是头一回见她……”

有个个子小小的农夫擤着鼻子里的鲜血,不断地叫嚷着:

“哎,这是什么人哪!哎,都是强盗!……”

整个夏天,轮船上慌作一团的场面我见过两次,两次都不是由直接的危险,而是由对可能产生危险的惧怕引起的。第三次,旅客们抓住两个小偷,其中一人打扮成朝圣者的模样。他们瞒着水手,把这两个贼揍了一顿,长达

一个小时之久。后来,当水手们把两个小偷强行带走之后,他们开始哄骂:

"贼包庇贼,明摆着的嘛!"

"你们自己就是一群痞子,所以你们也放纵痞子……"

这两个痞子被打得不省人事,在一个码头上被交给警察的时候,都站不住了……

还有许许多多的事情,这些事情让人焦躁不安,却又无法看清人们的面目:他们是坏人还是好人?是温顺驯服者还是调皮捣蛋鬼?再说,他们又为什么如此热衷于极为残忍的凶狠,又为什么能够乖巧得不顾廉耻?

我向厨师提出了自己的疑问,可他吸着纸烟,让喷出的烟雾萦绕在脸的四周,不止一次恼怒地说:

"唉,什么东西搅得你这么不安分!人,呶,就是人呗……有的人聪明,有的人是傻瓜。你去看书吧,别胡扯了。书里边,只要是正当的书,什么都会讲到的……"

他不喜欢教会书籍和圣徒传记……

"呶,这些书是给神父看的,是给神父的儿子看的……"

我想做一件让他高兴的事情——送给他一本书。在喀山码头我用五个戈比买了一本《关于士兵救活彼得大帝的传说》。那天厨师恰好喝得醉醺醺的,一脸怒气,我不敢把礼物交给他,便自己先捧起《传说》读了一遍。我很喜欢这本书,书中的一切明白易懂,简洁而有趣。当时我深信这本书会让我的老师开心。

但是,当我把这本书递给他以后,他一句话也不说,只是用手掌把书揉成一个圆圆的纸团,扔到船外去了。

"瞧我怎么对付你的书,蠢货!"他沉着脸说,"我像训练一条狗那样教你,可你还总是要吃野食。"

他跺了跺脚,大声吼道:

"这算什么书?这些胡说八道的蠢话我都看过!这里面写的是什么?是真事吗?呶,你说呀!"

"我不知道。"

"我可知道!如果一个人的头被砍掉了,他就会从梯子上掉下来,其他人也就不会再往干草堆上爬了——当兵的又不是傻瓜!他们会放上一把火，烧掉那些干草了事！懂了吗？”

“懂了。”

“就是嘛！我知道沙皇彼得，这种事情他根本就没有遇到过。走吧……”

我明明知道厨师的话是对的，但我就是喜欢这本小书。我又买了一本《传说》，重新读了一遍。这时，我才满心惊讶地断定，这本小书确实不好。这使我感到难为情，从此，我对厨师更加关心，更加信任，而他，不知为什么，却越来越常常更加恼怒地说：

“哎，真该好好教教你呀！这儿可不是你待的地方……”

我也感到这儿确实不是我待的地方。谢尔盖对我的态度十分恶劣，我好几次发现他拿走了我的桌子上的餐具，背着餐厅领班卖给了旅客。我知道这就算做是偷东西，斯穆雷不止一次警告过我：

“你得留神，别让堂倌拖走你桌子上的茶具！”

还有许多对我不利的事情，因而我常常想一到码头就从轮船上跑掉，躲进森林里去。但是，斯穆雷把我留住了：他对我越来越亲热。此外，我已深深迷上了永远颠沛不定的轮船生活，轮船停靠在码头就会让我感到难受。我总是期盼着能够发生什么事情，让我们能够从卡马河驶进别拉亚河，驶进维亚特卡河，或者沿着伏尔加河航行，我又能看见新的河岸、新的城市和新的面孔。

但是，这样的事情没有发生，而我的轮船生涯却以令我羞愧的方式出人意料地中断了。一天晚上，我们的轮船正从喀山开往下诺夫哥罗德，餐厅领班叫我到他那儿去一趟。我走进舱房，他在我的身后把舱门掩上，对板着脸坐在毡面板凳上的斯穆雷说：

“他来了。”

斯穆雷声色俱厉地问我：

“你把餐具拿给谢廖日卡了吗？”

“是他自己趁我看不见的时候拿的。”

餐厅领班轻轻地说：

“他没看见，但是他知道。”

斯穆雷举起拳头在膝盖上狠狠敲了一下，又搔了搔膝盖，说：

“等一等,别着急嘛……”

说完以后,他陷入了沉思。我看着餐厅领班,他也注视着我,但我觉得,在他的眼镜后面没有眼睛。

他的生活十分宁静,走起路来没有声响,说话时也压低嗓门。有时,他那把退了色的大胡子和一对空虚的眼睛会从某个角落里伸出来,但是随即又消失不见。睡觉之前,他总是久久跪在餐厅里那个点着长明灯的圣像面前,这是我从门上那形似红桃爱司的小眼里看到的,但我从未见到过他在祈祷,他只是跪在那儿,摸着胡子,不停地叹气,看着圣像和长明灯。

沉默了一会儿,斯穆雷问我:

“谢廖日卡给过你钱吗?”

“没有。”

“从来没给过?”

“从来没给过。”

“他不会撒谎的。”斯穆雷对餐厅领班说。餐厅领班低声答道:

“这没有什么区别。请吧。”

“我们走!”厨师对我大声喝道,走到我的桌子跟前,用一根手指轻轻弹了弹我的头顶。“傻瓜!我也是傻瓜!我早该关照你的……”

在下诺夫哥罗德,餐厅领班付清了我的工钱,把我解雇了。我得到将近八个卢布,这是我平生第一次挣到的一笔大钱。

和我告别的时候,斯穆雷闷闷不乐地说:

“呶,真是……以后可得留神,明白吗?不能做马大哈……”

他把一只彩色的、用小珠串成的小烟荷包塞在我的手里。

“呶,拿去吧,给你!这个手工活做得不赖,是我的教女给我缝的……好了,再见吧!你要读书,读书是最最好的事情!”

他把手插到我的两腋下面,将我举了起来,亲吻了我,然后又将我稳稳地放在码头的甲板上。当时,我既舍不下他,又可怜我自己,看着他用手推开装卸工人,走回轮船时那魁梧、沉重而孤独的身影,我几乎要放声痛哭……

后来,我见过许许多多像他那样善良、孤独,被生活抛弃的人……

七

外祖父和外祖母又搬回城里去了。我带着气愤的寻衅斗殴的情绪到了他们那儿，心里却是沉甸甸的——他们凭什么把我当做贼？

外祖母非常亲热地迎接我，马上就去准备茶炊了；外祖父和往常一样，以讥讽的口吻问道：

“攒了不少金子吧？”

“不管攒多少，总是我攒的吧。”我在窗口坐下，答道。接着，我又得意地从口袋里掏出一盒纸烟，大模大样地点上一支。

“好——哇，”外祖父盯着我的一举一动，说，“居然能这样！你抽上这个鬼玩意儿啦？不嫌太早点儿吗？”

“人家还送了一只烟荷包给我呢。”我夸口道。

“烟荷包？”外祖父尖叫起来，“你干吗，是在拿我寻开心吗？”

他伸出结实有力的细胳膊，眼睛里闪着绿光，向我扑了过来。我跳了起来，用头向他的肚子上撞去——老头儿顿时跌坐在地。他张大发黑的嘴巴，惊讶地眨巴着眼睛，默默地看着我。过了难堪的几秒钟之后，他才平静地问道：

“是你把你外祖父推倒的？你推你母亲的亲老子？”

“以前您也把我打得够意思的。”我知道我的行为十分恶劣，只得低声含糊地辩白了一句。

瘦削、轻巧的外祖父从地板上站了起来，在我身边坐下，一把抢下我的烟卷，把它扔到窗外去了。他用吓人的腔调说：

“野种，你知道吗？干出这种事情，上帝永远饶不了你，一生一世都不会饶恕你！老婆子，”他转身对外祖母喊道，“你来瞧瞧，他竟敢打起我来啦，是他！就是他打的。你来问问他！”

外祖母没有问我什么，只是走到我的面前，抓住我的头发，揪了起来，一面喃喃说道：

“干出这种事就得这样教训他，就得这样……”

我并不感到疼痛，但心中的委屈难以忍受。特别惹我恼火的是外祖父那恶毒的笑声：他坐在椅子上蹦上蹦下，两只手掌不停地拍打着膝盖，一面笑，一面像乌鸦似的叫着：

“活该，活——该……”

我从外祖母手中挣脱开来，冲进外屋，在那儿的墙角里躺下，听着茶炊嘟嘟的叫声，感到特别憋闷，心中空落落的。

外祖母走了过来，对我弯下身子，用几乎听不见的声音悄悄说道：

“你要体谅我，我揪你一点都不痛，是不是？我这是故意做给他看的！不这样做不行。外祖父毕竟是个老人嘛，对他应当尊敬。他的一把老骨头也快散啦，他也是满心的愁苦，不应该去得罪他。你已经不小了，你会明白的……应当懂事，阿廖沙！他现在也像个小孩子，不比小孩强多少……”

她的话语犹如一股暖流冲击着我的心灵，这些悄悄的知心话让我感到既羞愧，又轻松。我紧紧抱住了外祖母，两人相互亲吻。

“到他那儿去，去吧，没关系！只是不要马上在他面前抽烟，要让他慢慢习惯……”

我走进房间，看了看外祖父，差点没笑出声来。他真的高兴得像个孩子，眉开眼笑，两脚乱踢乱蹬，还不时用长满棕红色毫毛的小手掌拍打桌子。

“干什么，你这头山羊？又来撞人啦？哼，你呀，强盗坯！和你的老子一模一样，你倒是个自由派，走进屋子也不在胸前画十字，现在又抽起烟来了。哼，你呀，波拿巴，一钱不值的东西！”

我一声不响。他说够了，也疲乏地安静下来了。但在喝茶的时候，他又开始教训我了：

“人在上帝面前要有惧怕之心，就像马怕笼头一样。除了上帝以外，我们没有朋友！人和人是凶恶的仇敌！”

人与人是仇敌——我感觉到这句话倒有几分道理,但其余的一切对我没有任何触动。

“现在你还是回到马特廖娜姨姥姥那儿去。到了春天就上轮船,今年冬天嘛,就住在他们那儿。你可别告诉他们,说你春天要离开那儿……”

“哎,干吗要骗人家呢?”外祖母说。其实她刚才还装模作样地揪我的耳朵骗了外祖父呢。

“不骗人是混不下去的,”外祖父正色说道,“你倒说说看,谁过日子没有骗过别人?”

晚上,外祖父坐下来读赞美诗的时候,我和外祖母走出门外,来到了旷野上。外祖父所住的这座只有两扇窗户的简陋的小屋地处城郊,在卡纳特纳亚街的背后。以前,外祖父在这条街上有自己的房子。

“你瞧瞧,我们搬到什么地方来了!”外祖母笑着说道,“老头子总也找不到称心的地方,就这么搬了又搬。就是这儿他还是觉得不好,不过我倒挺满意的。”

我们面前延伸出一片大约有三俄里长的草土地带,上面沟壑纵横交错,尽头是茂密的树林,这是喀山大道的桦树林带。从沟壑里伸出一根根灌木丛的枝桠,寒冷的夕阳给它们抹上一层殷红的血色,傍晚时分的轻风摇晃着灰色的禾杆,在离我们最近的那条山沟的对面矗立着一些形似禾杆的黑影,这是平民百姓家里的男女青年。远处,右边是旧教派墓地的红色围墙,人们把它称为布格罗夫斯基隐修院;左边,在一条小沟的上方,一片黑压压的树林拔地而起,那儿是犹太人的墓地。周围的一切贫乏荒凉,一切都默默地依偎着伤痕遍体的土地。位于城郊的那些矮小房屋的窗户面对着尘土飞扬的马路,显得怯生生的。马路上,因饲料不足而长得瘦小的鸡群慢慢地踱来踱去。处女修道院附近还有一群牲口在走动,母牛哞哞地叫着。军营里传来军乐声,这是铜号在吼叫。

一个醉汉使劲拉着手风琴,磕磕绊绊地向前走着,嘴里含糊不清地嘟囔道:

“我一定要走到你那儿……一定……”

“小傻瓜,”外祖母眯起眼睛看着通红的太阳,说,“你能走到哪儿去哟?你这就会倒下来,睡过去啦。等你睡着了,人家会把你抢个精光,就连你的慰藉——这个手风琴也会完蛋啦……”

我一面向外祖母讲述轮船上的生活，一面环顾四周。在我见过一些世面以后，我觉得这儿冷清凄凉，觉得自己就像是煎锅上的一条鲈鱼。外祖母默默地专心致志地听着，就像我喜欢听她说话一样。当我谈及斯穆雷的时候，她虔诚地在胸前画了一个十字，说：

“真是个好人哪，圣母啊，帮帮他吧，他真是个好人哪！你可得记住，不能把他忘了！你要永远记住那些美好的东西，至于那些丑恶的东西，干脆忘了拉倒……”

我很难启齿说出我被解雇的原因，但还是迫不得已地说了。外祖母对这件事却一点都不在意，她只是平静地说道：

“你还太小，不会生活……”

“真是，所有的人都对别人说：你不会生活。农民这么说，水手这么说，马特廖娜姨婆对他的儿子也这么说。那到底应当怎样才会生活呢？”

外祖母抿紧嘴唇，摇了摇头：

“那我也就不知道了！”

“那你还说呢！”

“为什么不能说呢？”外祖母平心静气地说，“你别不高兴，你还小，本来不该会生活。再说，有谁会生活呢？只有骗子。你瞧，你的外祖父倒是挺聪明的，又有文化，可他也是一窍不通……”

“那你自己以前生活得好吗？”

“我吗？活得挺好。也有不好的时候，什么情况都有……”

一群人不慌不忙地从我们面前走过，身后拖下长长的影子，而他们脚下腾起烟雾般的灰尘又将影子掩没了。晚间的郁闷感变得越来越浓重，外祖父带有抱怨口气的嗓音从窗子里飘了过来：

“上帝啊，求你不要用你的暴怒指责我，也不要用你的气愤惩罚我……”

外祖母笑着说道：

“上帝大概对他也已经厌烦了！每天晚上都在那儿发牢骚，其实有什么可抱怨的呢？已经上了年岁，什么都不需要啦，可还是没完没了地诉苦，总是神气活现地摆臭架子……要是上帝听见他晚上的祷告声，一定会发笑的：

又是那个瓦西里·卡希林在唠叨重复过无数遍的话啦……我们去睡觉吧……”

我终于决定干捕捉会唱歌的鸟儿这一行,我觉得这是维持生计的好办法:我去逮鸟,让外祖母去卖。我买了网子、圆环、捕鸟器,做了许多鸟笼。于是,一天清晨,我坐在山沟里的灌木丛中,而外祖母提着筐子和口袋在林子里采摘剩下来的蘑菇,荚蒾和胡桃。

九月的太阳懒洋洋地刚刚升起,它那白色的光芒时而消失在云层之中,时而犹如一把银白色的扇子,倾泻在山沟里,洒在我的身上。山沟底下一片昏暗,往上升腾起暗白色的雾气。山沟的一边是陡直的黏土峭壁,黑黝黝,光秃秃的;另一边是倾斜的缓坡,上面覆盖着枯黄的杂草和茂密的灌木丛。灌木丛的叶子有黄色的,棕色的,红色的,这些树叶被清风吹落,在山沟里飞舞盘旋。

沟底,一些小金翅雀在带刺的灌木丛中啾啾地鸣叫,我看见这些鸟儿在灰色的杂草窝中露出的转动灵活的深红色头顶。一群好奇的山雀在我周围啼啭,它们滑稽可笑地鼓起双腮,嘁嘁喳喳地忙个不停,就像过节的库纳维诺区的小市民婆娘们。这些鸟儿动作敏捷,头脑灵活,满怀恶意,什么事情都想知道,什么东西都要碰碰,结果一只接一只掉进了捕鸟器。看着它们拼命挣扎的模样,我心里很不好受,但我干这行是要用它们去换钱的,不能心软。我把捉到的鸟儿移到备用的鸟笼中,再把鸟笼放进一只口袋。身处黑暗之中,鸟儿就老老实实地待着了。

一群黄雀落在了山楂树丛之中。树丛沐浴在阳光里,阳光使黄雀兴奋,它们叫得更欢了,就其姿态来看,就像是一群顽皮的小学生。一只贪婪的、善于持家的伯劳鸟还未飞往温暖的地带,它蹲在野蔷薇柔韧的枝条上,用嘴清理着翅膀上的羽毛,一对乌黑的眼睛敏锐地搜寻着猎物。它像百灵鸟那样振翅飞起,抓住了一只熊蜂,细心地将这只蜂插在一根树刺上,然后又重新蹲定,不停地转动着那只灰色的贼溜溜的小脑袋。一只不祥之鸟——松雀悄无声息地飞过去了,这是我梦寐以求最想得手的东西,要能捉住它该多好啊!一只离群的灰雀停在一棵赤杨树上,红红的身子,摆出大将军似的庄重神态,摇晃着黑色的鸟喙,不时生气地啼叫几声。

太阳越升越高，鸟儿也越来越多，啼叫声亦越加欢快。整个山沟里充满了类似乐曲的响声，它的基调就是在轻风吹拂下的灌木丛不停发出的飒飒声。鸟儿的啼叫虽然充满激情，但却无法压住这种轻微的、忧郁而动听的声响。我听出，这种响声是夏季的告别之歌，它低低地向我提示了一些特别的字眼，于是，这些字眼便顺理成章地合成为一首歌。此时，我的记忆中不由自主地又重现了过去生活中的一幅幅画面。

外祖母在上边的一个地方叫道：

“你——在——哪儿？”

她坐在山沟边，将头巾铺开，又把面包、黄瓜、萝卜、苹果一样样摊放在头巾上。在这一大堆美食中间立着一只小小的非常漂亮的多棱形玻璃瓶，在阳光照射下闪闪发光。瓶塞是水晶制成的拿破仑头像。玻璃瓶内装有一什卡利克①用金丝桃浸泡过的伏特加。

“啊，真是太好啦，上帝！”外祖母感激地说。

“我编了一首歌！”

“是吗？念念。”

我就对她念出了这首类似诗歌的东西：

冬天越来越临近，越来越明显，
　　永别啦，我的夏天的美好的太阳……！

还没有听我念完，外祖母就打断我说：

“这种歌是有的，不过比你的歌写得更好！”

她接着拖长声调，唱歌似的念道：

啊，夏日渐渐消逝，
沉进黑夜，落在遥远树林的后面，
唉，撇下我年轻的姑娘，
孤苦伶仃，春天的欢乐已经丢尽。

---

① 什卡利克是旧俄量酒单位，约合〇·〇六升。

早晨我走出村外，
想起五月间我的娱乐欢快
空旷的田野愁苦无趣，
我的青春在这里消磨，不再回来。

啊，我的女伴们，亲爱的人哪，
当第一场轻柔的雪花飘下，
请把我的心儿掏出白净的胸膛，
并且把它深埋在洁白的雪原上……

我的作家的自尊心没有受到丝毫的伤害，我非常喜欢这首歌，也很怜悯这个姑娘。

外祖母又说：

“瞧，这首歌多么忧伤痛苦！这是一个姑娘编的：春天的时候她还快快活活地游玩，可还没到冬天那个亲爱的心上人就把她抛弃了，大概又去找别的姑娘了，她伤透了心，就大哭一场……自己没有经历过的事情，就说不好，也说不像，可她，你瞧瞧，这首歌编得多好啊！”

外祖母第一次去卖鸟就得到了四十戈比，这使她大为惊讶。

“你瞧瞧！我以为这是没有什么意思的事情，小孩子的玩意儿，可它竟赚了这么多钱！”

“你还卖得太便宜了呢……”

“是吗？”

逢上赶集的日子，她靠卖鸟能赚一个卢布，有时还不止，这就令她更加惊讶了：这种没意思的事情怎么能赚这么多的钱！

“一个女人整天不停地洗衣服或者擦地板，她每天也只能挣二十五个戈比，你瞧瞧！不过，这个行当不好！把鸟关在笼子里也不好！你别干了，阿廖沙！”

可是我对捕鸟十分入迷。我喜欢逮鸟，这使我能够独立，再说，除了鸟儿以外，对其他人又不增添任何麻烦。我购买了一套很好的工具。我在与捕鸟老手的交谈中学会了许多东西。我经常独自去逮鸟，几乎走到三十俄里以外的地方，到克斯托夫斯基树林，到伏尔加河岸。在那儿出产桅材的松树林里有交嘴雀和玩鸟人十分珍惜的一种被称为小美人的山雀，这种鸟儿是白色的，长着长长的尾巴，漂亮异常。

我常常在傍晚时分出发，通宵达旦地行走在喀山大道上，有时冒着秋雨，踩着深深的泥浆。我的背上背着四周缝有漆布的口袋，里面装着捕鸟器和诱鸟的笼子。我的手里拿着一根相当粗的胡桃木棍子。秋天的黑夜凉丝丝的，令人感到恐惧，十分可怖……道路的两旁长着被雷劈过的老桦树，潮湿的枝桠伸展在我头顶的上方。左边，在山脚下面，在暮色苍茫的伏尔加河上，最后几班轮船和驳船的转轮轰轰作响，汽笛呜呜鸣叫，桅杆上稀稀落落的灯光仿佛正驶向那无底的深渊。

路边村庄的小草屋凸现在黑压压的大地上，几只气势汹汹、肚里空空的狗扑到我的脚边，守夜人敲着梆子，胆怯地叫喊起来：

"那儿是谁？鬼把谁拖到这儿来啦？夜里真不该说这样的话。"

我很担心他们抢走我的工具，因此身上总带着几个五戈比的硬币，准备送给那些守夜人的。福基纳村子里的守夜人和我相处得很好，他总是惊讶地喊道：

"你又来啦？哎，你呀，真是个天不怕，地不怕，不安分的夜游神！咹？"

他的名字叫尼丰特，个子小小的，头发花白，他的长相像个圣徒。他经常从怀里掏出一个萝卜，一只苹果，一小把豌豆塞在我的手里，说：

"拿去吧，朋友，我给你准备了这点小礼物，就当是甜点心，吃吧。"

然后，他一直把我送到村口的栅栏边。

"你走吧，愿上帝与你同在。"

拂晓前我已进了林子。我放好工具，在各处挂上诱猎鸟①以后就躺在树中空地上等待白天的到来。四周静悄悄的，一切都沉浸在秋日的酣梦之中。透过灰蒙蒙的昏暗，山脚下辽阔的草场隐约可见。伏尔加河穿过草场，将草场截断，草场则越过伏尔加河向远方伸展，消融在迷雾之中。远处，在草场尽头的树林后面，明亮的太阳冉冉升起，黑压压的树顶上闪烁着点点红

---

① 捕鸟器。

光,于是,一种奇妙的激动人心的活动开始了:草场上的雾气越来越快地往上升起,在阳光中呈现一片银白色。接着,灌木丛、树木、干草垛渐渐从地面上显现出来,草场仿佛融化在阳光之中,向四面八方流泻而去,颜色金黄而略呈火红。这时,阳光已经触及岸边平静的水面,于是,仿佛整条河水都在涌动,一起流向充满阳光的地方。喜气洋洋的太阳愈升愈高,为万物带来祝福,它温暖了光秃、冻僵的大地,而大地则散发出秋天那带有甜味的芬芳。清澈透明的空气使大地显得辽阔广大,无边无际。一切都在向远方飘去,也引诱人们走到大地那蓝色的尽头。我在此地观看日出达数十次之多,但每次在我面前总是诞生一个新奇的世界,充满全新的美……

我对太阳好像特别钟情,我喜欢“太阳”这个名称本身,喜爱这个名称甜蜜可爱的音调,喜爱这音调的铿锵有力。我喜欢闭上眼睛,让炽热的阳光照射在我的脸上。当阳光像一把利剑穿过篱笆的缝隙或者从树枝之间投射出来的时候,我喜欢用手掌去捕捉太阳。我的外祖父十分景仰“不向太阳顶礼膜拜的米哈伊尔·切尔尼戈夫斯基公爵和费奥多尔大臣”,我却觉得这些人像茨冈人一样肮脏,他们阴沉歹毒,居心叵测,他们的眼睛总是有病,就像穷苦的莫尔多瓦人一样。每当太阳在草场的上空缓缓升起的时候,我的脸上就会情不自禁地发出欣喜的微笑。

针叶林在我的头顶上飒飒作响,从绿树梢上抖落下滴滴露珠。凌晨已露寒意,白霜犹如银白色的锦缎铺在树荫下的阴影里,铺在带有花纹的蕨叶上,闪闪发光。已经变成暗红色的杂草被雨水冲倒,向地面弯曲的草茎呆滞不动,可是,当明亮的阳光照射在它们身上,你就会发现草丛也在微微地颤动,也许,这是生命的最后挣扎吧。

鸟儿醒来了。灰色的煤山雀像毛茸茸的小球在树枝之间跳来跳去,火红的交嘴雀在松树顶上用弯曲的鸟嘴啄松果,那种特别漂亮的白色山雀摆动着长长的尾羽在松树梢上摇来晃去,斜着玻璃珠似的小黑眼睛,不信任地看着我张开的那张网。突然间,刚刚还陷于静谧沉思之中,显得十分庄重的整个树林里响起了千百只鸟儿的啼鸣,充满了世上最纯洁生物忙忙碌碌的生气。人类,尘世的美丽之父,正是按照这些鸟儿的形象,创造出自然神埃尔弗、司智天使基路伯、公翼天使和整个天使群,聊以自慰。

我有点不忍心下手捉这些小鸟,把它们关进鸟笼让我感到内心不安,我更喜欢观赏它们。但是，捕猎的嗜好和挣钱的欲望战胜了怜悯之情。

鸟雀的狡黠滑头常常令我捧腹：一只天蓝色的山雀专注而仔细地审视了我的捕鸟器，弄清楚了危险的来由之后，它就侧着身子走过去，安全地、灵巧地从捕鸟器的棍子之间将麦粒叼走。山雀是相当聪明的，但它们过于好奇，从而造成自我毁灭。那些神态庄重的灰雀却有点笨头笨脑，它们会成群地钻进网子里去，就像吃饱肚子的小市民拥进教堂一样。当它们被捉住以后，便会显出十分惊惶的神情，瞪大着眼睛，伸出厚厚的鸟嘴咬啄人的手指。交嘴雀走近捕鸟器时不慌不忙，派头十足。䴓鸟是一种与其他任何鸟儿毫无相似之处的神秘小鸟，它让粗粗的尾巴支撑在地上，久久蹲在网子面前，不时动一动长长的嘴巴。它像啄木鸟那样，沿着树干爬上爬下，总是与山雀为伴。在这种烟灰色小鸟的身上有着某种可怕的东西，它显得孤零零的，没谁喜欢它，它也不喜爱谁。它和喜鹊一样，喜欢偷一些闪闪发亮的小东西悄悄地藏起来。

将近中午，我就结束捕鸟工作，穿过树林，跨过田野走回家去。如果走大路，从村子里穿过去，那些小男孩、大小伙子就会抢走我的鸟笼，损坏我的工具，这类事情我已经历过了。

傍晚时分我回到家中，虽然又累又饿，但感到在一天之中好像长大了，明白了新的东西，变得更有力量。这股新的力量使我能够心平气和，毫无怨愤地承受外祖父的恶言嘲讽。外祖父看到了这一点，他便有板有眼一本正经地对我说：

“别再干这种无聊的事情，别再干了！没有人是靠捉鸟混出个人样儿来的，从来就没有过这种事儿，我知道！你要给自己选好一个位置，然后就在这个位置上施展才华。人活着不是为了去干无聊的事情，人是上帝的种子，他应当结出饱满的穗子！人好比是一个卢布，只要周转得好，一翻就会变成三个！你以为活着容易吗？不容易，很不容易！世界对于人来说是漆黑的夜，每一个人都应当给自己照出一条道来。上帝赐给每个人都是十个指头，而人人都想用自己的双手获得更多一些。这就需要拿出本事，要是没有本事，那就要有计谋。谁又小又弱，那他既上不了天堂，也进不了地狱！看上去似乎你和大家生活在一起，但你得记住：你是孤零零的一个人，什么人的话你都要听，但谁的话你也别相信——用眼量布，尺寸量错——轻信会让你上当的。你要少说话，房子和城池不是靠舌头，而是用卢布和斧头建造起来的。你不是巴什基尔人，也不是卡尔梅克人①，他们的全部家当只有虱子和绵羊……"

他能整个晚上滔滔不绝地说着这些话，我都能够背下来了。我喜欢听这类话，可对话中的含意并不信服。从外祖父的话中可以清楚地听出，有两种力量妨碍人们按自己的意愿生活，这就是上帝和人。

外祖母坐在窗口搓着织花边要用的线，纺锤在她灵巧的手中嗡嗡作响。她默默地听着外祖父的议论，久久没有开腔。突然，她说：

"一切都会变得像圣母所希望的那样。"

"这是什么意思？"外祖父叫道，"上帝！我没有忘记上帝，我知道上帝！老傻瓜，莫非上帝送到人世来的都是傻瓜吗？"

……我觉得在这个世界上哥萨克和当兵的活得最美，他们的生活既单纯又快活。晴天，他们一清早便出现在我们房子前面的山沟那边，像一个个白色的蘑菇，散布在空旷的田野上，玩起复杂有趣的游戏。他们灵活、强壮，穿着白衬衣，两手端着枪，在田野上快活地奔来跑去，然后消失在山沟里。突然，随着一声军号，他们重又涌现在旷野上，高喊着"乌拉"，伴着让人惊恐不安的击鼓声，亮起刺刀，朝着我们的房子直奔而来，仿佛他们就要把这所房子从地上挑起来，往四处抛扔，犹如对付一个干草垛那样。

我也高喊着"乌拉"，情不自禁，忘乎所以地和他们一起奔跑。凶狠的鼓声在我心中激起一股强烈的破坏性欲望，真想拆毁一道围墙或者把几个小孩痛打一顿。

休息的时候，那些当兵的让我抽马哈烟草，向我展示沉甸甸的枪支。有时，不是这个就是那个士兵端起刺刀对准我的肚子，故意恶狠狠地叫道：

"扎死这只蟑螂！"

刺刀闪闪发亮，仿佛它是活的，像蛇一样蜿蜒向前，想要咬人。看上去真有点吓人，但是更加有趣。

鼓手是莫尔多瓦人，他教我用两根小棒击打军鼓的皮面。起初，他抓住

① 巴什基尔和卡尔梅克是俄国的少数民族。

我的两只手教，直到我的手被捏得生疼，然后把棒子塞在我的那些被捏痛的手指当中。

"敲吧，一，二；一，二！特拉——达——达！敲的时候，左手要轻，右手要使劲。特拉——达——达！"他威严地喊着，鸟儿般的眼睛睁得大大的。

我和士兵们一起在旷野上奔跑，直至操练完毕，然后我又穿过全城，送他们返回营房。我听着他们嘹亮的歌声，盯着他们善良的面庞，这一张张新的面孔总是如此生气勃勃，犹如刚刚铸造而成的五戈比硬币。

穿着相同的这群人兴高采烈地拥上了街道，犹如一股凝聚而成的力量，激起了人们对它的好感，使人们产生一种溶化在其中的愿望，就像汇入河流，走进森林那样。这些人无所畏惧，大胆地看待一切，能够战胜一切。他们定能得到他们想要得到的一切。不过，最主要的还在于他们都是朴实、善良的人。

有一次，在休息的时候，一个年轻军士给了我一支粗粗的烟卷。

"抽吧！这可是我的一支好烟，任何人我都不会给的。不过，你这个小伙子，特别棒！"

我点燃了这支烟卷，军士往旁边退了一步。突然一团红色的火焰冒了出来，照得我的眼睛发花，烫伤了我的手指，烧焦了我的眉毛。带有咸味的灰色烟雾呛得我不停地打喷嚏，咳嗽。我当时什么也看不见，惊恐万分，急得在原地直跺脚，可士兵们密密实实地围在我的四周，开心地哈哈大笑。我拔腿走回家去，一片口哨声、笑声跟随在我的身后，还有一种啪啪的响声，就像是甩动着牧人的皮鞭。烫伤的手指疼痛难忍，脸上火辣辣的，泪水夺眶而出。但是，令我感到痛苦的并不是生理上的疼痛，而是沉重的、不可言状的惊讶：为什么要这样对待我？为什么这种事情会让那些善良的小伙子开心？

回到家里我爬上了阁楼，久久地坐在那儿，想起一桩桩无法言喻的残忍行为，这类事情在我的生活道路上已经发生过许多次了。那个来自萨拉普尔的矮个子小兵特别鲜明生动地出现在我的面前，像活人似的，问我：

"怎么样？明白了吗？"

不久，我又经历了一件令人更加沉重，更加震惊的事情。

我开始常常跑到哥萨克的营房里去，这些营房坐落在佩切尔斯卡亚郊区。哥萨克看上去与那些当兵的不一样，这倒不是因为他们骑在马上潇洒自如,服饰更加漂亮,而是因为他们说着另一种话,唱另外一些歌曲,而且擅长跳舞。往往到了晚上,在把马匹刷洗干净之后,他们就在马厩附近围成圆圈,一个身材矮小,头发棕红色的哥萨克甩甩蓬乱的头发,像只铜喇叭似的引吭高歌。他使劲挺直身子,轻轻地歌唱静静的顿河,歌唱蓝色的多瑙河,歌声悲伤凄凉。他的眼睛闭着,就像红胸鸲闭上眼睛的模样。红胸鸲这种鸟儿常常不停地啼鸣,直至从树枝上跌落在地,死掉为止。哥萨克衬衣的领子敞开着,露出铜马衔般的锁骨,而此人浑身上下仿佛都是用铜浇铸而成。两条细腿支撑着他的身体,但他摇摇晃晃,仿佛脚下的土地起伏不停。他摊开双手,闭着眼睛,发出嘹亮的歌声,似乎他不再是一个人,而是变成了号手的喇叭,牧人的芦笛了。有时我觉得他会像红胸鸲一样,往后一仰,倒在地上死去,因为他的歌声耗尽了他的全部心血和全部精力。

他的伙伴们将双手插在口袋里或者放在宽阔身子的背后,围着他站成一个圆圈,严峻地看着他那古铜色的脸庞,注视着他那在空中轻轻划动的手,神色庄重,从容不迫地和声唱着,犹如教堂里的唱诗班一样。所有的人,不论是长胡子的还是没有长胡子的,此时此刻都像一尊尊圣像:那样的威严,那样的超凡脱俗。歌曲很长,像是漫漫大道;歌曲又是那么平缓、宽广,充满智慧。当你聆听这样的歌曲时,你会忘却大地上是白昼还是黑夜,忘却自己是孩童还是老人,总之,你会忘却一切！一旦歌声停息,就会听见马匹怀念自由自在的草原发出的叹息,听见秋天的夜色不可阻挡地从旷野上悄悄袭来。此时，心儿在膨胀，某种不同寻常的情感以及对人们，对大地伟大而无言的爱充溢整个心头，简直要使它迸裂了。

我觉得那个个子矮小的铜面哥萨克不是普通的人,而是德高望重的神奇人物,出类拔萃,超过众人。我无法和他交谈,每当他向我询问什么的时候,我总是幸福地微笑着,腼腆地默默不语,我甘愿像条狗那样默默地、驯服地跟随在他的身后,只求能经常看见他的身影,听见他的歌声。

一天,我看见他站在马厩的角落里,把手举到面前,细细地看着手指上戴着的一只光滑的银戒指,他那美丽的双唇翕动着,两撇棕红色的小胡子颤抖着,面容忧伤,一副受了委屈的模样。

有一次,在一个漆黑的夜晚,我提着几只鸟笼来到旧草料场上的饭馆里。饭馆的老板特别喜欢会唱歌的鸟儿,经常向我买鸟。

那个哥萨克就坐在柜台旁边,坐在炉子和墙壁之间的角落里,和他在一起的是个粗壮的女人,她的身材几乎比他大一倍,圆圆的脸庞像上等羊皮一样富有光泽。她看着他,目光中流露出母亲般的慈祥,也略带忧伤。他喝得醉醺醺的,伸出两条腿在地上磨来蹭去,大概是把那女人的脚撞疼了,她哆嗦着皱起眉头,轻轻地央求他道:

“别胡闹……”

哥萨克费了九牛二虎之力才将眉毛扬了上去,但顷刻之间眉毛重又无力地耷拉下来。他觉得很热,于是解开了制服和衬衫,露出了颈脖。女人解下头巾,把头巾披在肩上,又把一双白皙结实的手放在桌上,十指交叉,紧紧攥在一起,连手指头都挤压得发红了。我越看越觉得他像一个在慈母面前犯了过错的儿子。她在亲切温和地责备他,而他面带愧色地默默不语,仿佛对这些振振有词的责备无以回答。

突然,他像被什么东西刺了一下,站立起来,把军帽歪戴在头上,将帽檐低低地压在额头上,又用手掌轻轻地拍了拍帽子,任凭衣服敞开着,向门边走去。那个女人也站了起来,对饭馆老板说:

“我们马上就回来,库兹米奇……”

周围的人们和他们开着玩笑,用笑声将他们送走。不知是谁低沉而严峻地说:

“领港员会回来的——他会让她难堪的!”

我跟在他们后面走了出去。他们在前面距我约十步远的地方,行走在黑暗之中,穿过满是泥泞的广场,走向伏尔加河高高的陡岸。我看见那个女人搀扶着哥萨克,步履踉跄;我听见污泥被他们踩得咕唧咕唧作响。女人小声地带着恳求的口气问道:

“您要到哪儿去呀?喂,您到底要到哪儿去呀?”

虽然这不是我回家的那条路,但我还是踩着污泥跟在他们的后面。当他们走到陡岸边的小道上,哥萨克停住了脚步,从那个女人身边走开一步,突然举手朝她的脸上打去。女人惊恐地大叫一声:

“哎呀,你这是干吗?”

我也大吃一惊,一直跑到他们跟前。这时,哥萨克横着抱起那个女人的身体,把她扔过栏杆,抛到斜坡上,自己随后也跳了过去。接着,他们两人合成漆黑的一团，沿着陡岸上的草地滚了下去。我愣住了，呆呆地站着，只听见下面噼噼啪啪的扭打声，撕破衣服的嗤嗤声，哥萨克像野兽一样吼叫着，女人的嗓音则是低低的，含糊不清，她断断续续地喊道：

“我要喊啦……我要喊啦……”

随着她一声高吭痛苦的喊叫，一切重又沉寂。我摸起一块石头，把它扔了下去——只听见草丛发出沙沙的响声。广场上一家酒店的玻璃门砰的响了一下，有人“哎哟”叫了一声，大概是跌倒在地了，接着又是一片寂静。这样的静寂随时都会出点什么事让人受到惊吓。

山坡下面出现了一大团白色的东西，这团东西哽哽咽咽，呼哧呼哧地喘着，轻轻地东摇西晃地向上面爬来——我认出来了，这就是那个女人。她像绵羊那样，手脚一起着地。我看见她的上半身全部裸露着，肥大的乳房挂了下来，使她看上去仿佛有三张脸似的。她终于爬到了栏杆处，几乎挨着我坐了下来，像是一匹患了肺水肿的病马，喘个不停，一面整理着凌乱的头发。她那白净的身体上沾着污泥，黑色的斑点赫然可见。她流着眼泪，又用猫儿洗脸的动作擦去双颊上的泪水。看见我以后，她轻轻叫了起来：

“上帝，这是谁啊？走开，你这不要脸的东西！”

我无法走开，惊诧、痛苦和忧郁之情攫取了我，使我呆若木鸡。我想起了外祖母的妹妹说过的话：

“女人是一种魔力，夏娃就骗过上帝……”

女人立起身来，拉住撕成碎条的裙子勉强掩住胸部，露着两条光腿，飞快地走了。这时，哥萨克已从岸坡底下走了上来，在空中挥舞着几块白色的布条，轻轻地打了一声唿哨，倾听一下，又快活地叫道：

“达里娅！怎么样？哥萨克永远可以得到他想得到的东西……你以为我喝醉了？没——有，我是装给你看看的……达里娅！”

他稳稳当当地站在那儿，说话清醒，还带着嘲弄的意味。他弯下身去，用破布条擦擦皮靴，又说：

“喂，把衣服拿去吧……达什克！别扭扭捏捏了……”

接着，哥萨克骂了一句羞辱女人的粗话。

我坐在一堆碎石上，听着这个嗓音，这是寂静夜空中唯一的声音，它是那么盛气凌人。

广场上的灯火在我面前晃动。右边，在一片黑压压的树木当中高耸着贵族女子学院的白色房屋。哥萨克懒洋洋地吐出一串串脏话，挥舞着白色的破布条，向广场走去，终于像噩梦一样消逝了。

下边，岸坡底下，水泵房的排气管在突突突地吐气。一辆街头拉散座的四轮马车行驶在斜坡上，周围一个人也没有。我闷闷不乐，沿着斜坡踱步，手里还握着一块冰凉的石头——我没有来得及用这块石头砸那个哥萨克。在胜利者格奥尔吉教堂附近，守夜人将我拦住，气势汹汹地查问我是什么人和我背上的口袋里装着什么东西。

我把哥萨克的事情详详细细地告诉了他，他却开怀大笑，叫道：

"太——棒啦！兄弟，哥萨克可能干啦，我们可比不上他们！那个娘儿们是条母狗……"

他笑得喘不过气来。我继续走自己的路，心中迷惑不解：究竟是什么让他觉得如此可笑呢？

我还惊恐不安地想到，如果这样的事情发生在我的母亲身上，发生在外祖母身上，那可如何是好？

八

到了下雪的天气，外祖父又把我领到外祖母的妹妹那儿去了。

"这对你不是坏事，没有坏处。"他对我说。

我觉得，这个夏天我过得特别充实，增加了许多阅历，人变得老成些，也更加聪明了。可是在这段时间里，我的老板家沉闷的气氛愈来愈浓。他们仍然暴食暴饮，弄得肠胃失调，因而常常生病。他们依然不厌其烦地相互详细讲述病况,老太婆还是那样凶神恶煞般祈祷上帝,年轻的女主人分娩之后变得苗条了,占的空间明显缩小,但走动起来依然像怀孕时那样神气十足,慢步轻走。每当她给孩子们缝制衣服的时候,总是轻轻地哼着同一首歌:

斯皮里亚,斯皮里亚,亲爱的斯皮里亚,
　　斯皮里亚,我的亲爱的小弟兄呀,
　　我自己坐在小雪橇上,
　　让斯皮里亚站在后面的脚蹬上……

要是有人走进房间,她会马上停止歌唱,气呼呼地吼道:

"你要干什么?"

我相信,除了这首歌以外,她再也不会唱其他歌了。

晚上,老板一家把我叫进房间,吩咐说:

"来,你讲讲你在轮船上是怎么过的?"

我坐在厕所门口旁边的椅子上,讲了起来。到这个地方来并非出于我的意愿,我是被硬塞进来的,因此,对另外一种生活的回忆令我感到愉快。我动情地讲着,忘却了周围听众的存在,但这种情况维持不了很久。女人们从未乘过轮船,于是,她们问我:

"不管怎么说,总有点害怕吧?"

我真不理解:有什么可怕的呢?

"万一轮船转到水深的地方,不就沉下去了吗?"

老板哈哈大笑。我呢,虽然知道轮船在水深的地方是不会沉的,但无法让女人们信服。老太婆固执地认为,轮船不是在水面上漂浮,而是靠船上的轮子在河底滚动前进的,就像陆地上的大板车那样。

"如果轮船是铁打的,那它怎么能浮着走呢,瞧那斧头大概是不会浮在水面上的吧……"

"勺子放在水里不是沉不下去吗?"

"这哪能比呢!勺子又小,中间又是空的……"

当我谈及斯穆雷和他的藏书时,他们用怀疑的目光注视着我。老太婆说,书是傻瓜和邪教徒编出来的。

“那赞美诗呢？还有大卫王呢？”

“赞美诗是圣书，就连那个大卫王也曾为赞美诗的事情向上帝请求宽恕。”

“这在哪儿写着？”

“写在我的手巴掌上。我要给你的后脑勺一巴掌，让你知道在哪儿写着！”

她什么都知晓，而且说起来十分自信，并且总是荒唐离奇。

“佩乔尔卡街上有个鞑靼人死了，他的灵魂从喉咙里流了出来，黑糊糊的，就像煤焦油！”

“灵魂是一股幽气。”我说，但她鄙夷地叫道：

“鞑靼人的灵魂也是这样？傻瓜！”

年轻的女主人也害怕书。

“看书是很有害处的，尤其是在年轻的时候，”她说，“在我们格列别什卡街，一个家境很好的人家有个姑娘，她就是喜欢看书，看哪，看哪，最后恋上了一个教堂里的助祭，那个助祭的老婆把她狠狠羞辱了一顿，真是不得了！就在大街上，当着众人的面……”

有时我会引用斯穆雷的那些书中的词语。在一本缺头少尾的书中这样写道：“其实，火药不是哪一个人发明的，火药的出现照例是长期进行细致的观察和发现的结果。”

不知为什么，这句话我牢牢地记住了，而且特别喜欢“其实”这两个字的组合。我觉得这个词组富有一种力量，可它给我带来了痛苦，令人可笑的痛苦。这种情况确实存在。

有一次，老板一家人又要我向他们讲述轮船上的事情，我回答说：

“其实，我已经没什么可讲的了……”

这使他们大吃一惊，像乌鸦一样纷纷叫了起来：

“什么？你说什么？”

他们四个人一起好意地哈哈大笑，又学着我的口气说：

“其实，啊，我的老——天爷！”

就连老板也对我说：

“你想出来的这个玩意儿可不好，怪人！”

从那时起，很长一段时间内，他们都用这个诨名叫我：

“喂，其实，去把小孩床底下的地板擦干净，其实……”

这种莫名其妙的挖苦并不令我气恼，倒是让我十分惊讶。

我的生活是一片苦闷乏味的迷雾，令人麻木愚钝。为了驱散这股迷雾，我就拼命多干活。活儿是干不完的：家里已经有两个小孩，保姆总是不能让主人感到满意，经常更换。我要带孩子，天天洗尿布，每个星期都要到宪兵泉去洗衣服，在那儿，洗衣女工们嘲笑我说：

“你怎么干起娘儿们的事情来啦？”

有的时候她们把我惹急了，我就将湿衣服绞成一条长带抽打她们，她们也用同样的方式对付我，而且有过之而无不及。不过，我跟她们在一起的时候既快活，又有意思。

宪兵泉从一条深沟底部流过，注入奥卡河。深沟将城市与以古神亚里洛①为名的田野隔开。每逢悼亡节②，城里的小市民们便在这块田野上举办活动。外祖母告诉过我，在她年轻的时候，人们还信奉亚里洛神，常常为他献祭：他们拿来一只轮子，裹上浸透树脂的麻絮，点上火，然后将轮子推下沟去。人们叫着，喊着，唱着，注视着这个火轮能否滚至奥卡河：如果火轮滚到了奥卡河里，那就表明亚里洛接受了大家的献祭，这年夏天必定阳光灿烂，幸福欢快。

洗衣女工多半是亚里洛人，这些女人个个麻利精干，伶牙俐齿。她们了解城里的全部生活，因此，听她们谈起她们为之做工的商人、官吏和军官的情况是十分有趣的。冬天，在冰冷的河水里洗衣服简直就是苦役，所有的女工手上都冻得裂开了口子。

女工们在处处有缝隙，既不挡风又不避雪的旧棚子下面，弯着身子凑着盛注溪水的木槽洗衣服，她们的脸冻得通红，冷得发疼。严寒咬啮着她们潮湿的手指，手指冻得僵硬，都弯不过来了。她们眼中不断流出泪水。但女工们依然兴致勃勃地闲聊着，相互传播各种趣闻逸事，以一种特别泼辣大胆的态度对待所有的人和所有的事。

---

① 亚里洛是斯拉夫人的太阳神。

② 悼亡节是指复活节后第七个星期四举行的民间纪念亡者的节日。

谈锋最健的是纳塔利娅·科兹洛夫斯卡娅。这是一个三十开外的女人，精力充沛，身体壮实，眼睛里带有讥诮的笑意，说起话来特别尖刻，富有感情色彩。女伴们都很器重她，找她商量各种各样的事情。大家也很尊敬她，因为她干活麻利，衣着整洁，还因为她把女儿送到中学去读书。当她背着两筐沉重的湿衣服而被压弯了身子，沿着滑溜的小道下坡时，大家都高兴地和她打招呼，关心地询问她：

“女儿的情况怎么样？”

“还可以，谢谢，念书呢，感谢上帝！”

“瞧着吧，以后她会成为太太吧？”

“就是为了这个我才送她去念书的。那些老爷和娇生惯养的太太是从哪儿来的？都是从我们当中来的，从这块黑土地里来的，还能从哪儿来呢？学问越大，手就越长，拿到的东西就越多。谁拿到的东西多，他做的事情就体面……上帝把我们送到人世间来的时候，我们都是一些蠢娃娃，可回去的时候，应当是聪明的老头儿，这就是说，必须念书！”

当她说话的时候，大家都不开口，聚精会神地听着她那头头是道充满自信的话语。大家对她当面也夸，背后也夸，为她的吃苦耐劳和聪明才智惊叹不已，但是谁也不去仿效她。她用一只旧靴筒的红褐色皮子缝成上衣的袖子，这样，她就不用将胳膊裸露在外，也不会将衣袖弄潮了。大家说她想出来的办法真好，但谁也不照样去做。当我这样做了以后，她们还冷嘲热讽：

“哟，你呀，跟着娘儿们学聪明哪！”

谈起她的女儿，她们说：

“真是了不起！瞧，又要出来一个太太了，有那么容易吗？是啊，说不定书还没有念完就死掉呢……”

“有学问的人日子也不见得过得舒坦，就说那个巴希洛夫家的女儿吧，念书啊，念书啊，念到最后自己也当了个教书的。既然当了教书的，那就要做老姑娘啰……”

“那还用说！要说嫁人嘛，不识字的，人家也要，只要能当老婆……”

“娘儿们的聪明不在脑袋瓜里……”

听着她们如此不知羞耻地谈论自己，真让人感到又奇怪，又别扭。我知道水手、当兵的，还有挖土工人怎样谈论女人，也见过男人总是相互吹嘘自己欺骗女人的本领和搞女人的能耐。我觉得,他们对“女人”怀有敌意。但是,几乎每次当男人们谈及自己的胜利时,除了夸耀之外,还隐含着另外一种东西,这种东西令我相信,在这些故事中,吹嘘和虚构超过了事实本身。

洗衣女工从不谈论自己的爱情经历,但是,从她们谈论男人的字字句句当中,我都能体会到一种嘲讽的、恶毒的情感。于是,我想:确确实实,女人是一种魔力!

“不管他们怎么转来转去,不管他们和什么人交朋友,他总要回到娘儿们这儿来的,跑不了的。”有一次纳塔利娅这样说道。接着,一个老太婆用伤风的嗓音对她嚷道:

“还能去哪儿呢? 那些修道士啊,苦行僧哪,还离开上帝跑到我们这儿来呢……”

伴着河水拍溅的呜咽和棒槌敲打潮衣服的拍击声,在沟底里,在那座冬天厚实洁净的白雪都无法掩盖其缝隙的破旧棚子里,女人们关于所有的种族和民族赖以产生的那个秘密所进行的不知羞耻、恶毒有加的议论既让我感到可怖,又令我十分厌恶,促使我的思想和感情都采取冷淡的态度对待周围无法躲避的“风流韵事”,在我的心里,“爱情”这个概念已经与肮脏的淫荡行径牢固地结合在一起了。

但是,尽管如此,在沟边与洗衣女工在一起,在厨房里与勤务兵在一起,在地下室与挖土工人在一起还是远比待在家里更为有趣,因为在家里,千篇一律、单调乏味的言语、思维、事件只能引起沉重而令人气恼的烦闷。老板家生活在一个魔圈之中,这就是吃饭,生病,睡觉,还有就是忙忙碌碌地准备吃饭,准备睡觉。他们谈罪过,谈死亡,非常怕死。他们就像磨盘四周的谷粒,挤在一起,随时准备被磨盘碾得粉碎。

空闲的时候,我常跑到板棚里去劈柴,希望独自一人待着,但很少有这样的机会:那些勤务兵经常来这儿讲院子里发生的事情。

到板棚里来找我跑得最勤的是叶尔莫欣和西多罗夫。叶尔莫欣个子很高,有点驼背,是卡卢加人,他浑身上下青筋暴突,又粗又硬,头很小,目光混浊。他性情懒散,蠢得惹人气恼,动作迟缓笨拙,可看见女人就会发出像牛哞哞叫的含糊声音,身体前倾,仿佛想要扑倒在她的脚下。院子里所有的人都十分叹服他那迅速征服厨娘女仆的本领,嫉妒他,也害怕他那熊一般的气力。西多罗夫瘦骨嶙峋,是图拉人。他总是愁眉不展,忧心忡忡,轻轻地说话,小心地咳嗽,一双眼睛显出惧怕的神情。他非常喜欢瞅着阴暗的角落,不论是低低地说话,还是一声不吭地坐着,他永远瞅着那个最暗的角落。

“你在看什么呢?”

“说不定会有老鼠跑出来呢……我喜欢老鼠,挺有意思,滚来滚去,无声无息……”

我替勤务兵们写家信寄回农村,写情书给他们心爱的人。我乐意做这些事情,替西多罗夫写信则比替别人写信更加愉快,他很有规律地每个星期六给住在图拉的妹妹寄信。

他把我邀到他的厨房里,在桌边挨着我坐下,用两只手掌使劲揉搓剪短了头发的脑袋,凑在我的耳边轻轻地说:

“那你就写吧!开头还是那一套:我的最最亲爱的小妹妹,祝您长寿——按规矩写吧!现在你这样写:一个卢布我已收到了,只是您不该这么做,我谢谢您。我什么都不需要,我们生活得很好——其实我们的生活根本就不好,像狗一样!嗨,这个你可别写,就写生活得很好。她还小,才十四岁,何必让她知道这些呢。下面你就自己按照人家教你的去写吧……”

他把身体左侧紧紧压在我的身上,凑在我的耳边,呼出一口带有浓烈气味的热气,口气坚定地轻轻说道:

“要她别让小伙子搂搂抱抱,别让他们摸她的奶子,绝对不许!你再写:如果有人说那些甜言蜜语,你可别相信他,这是他想坑骗你,害你哪……”

他使劲忍住咳嗽,面色如土的脸憋得通红,双颊鼓了起来,泪水涌上了眼眶。他在椅子上不停地动弹,总是碰着我。

“你妨碍我写信!”

“没事儿,你写……老爷先生最最不能相信,他们能够一下子就把姑娘骗上手,他们能说会道,什么话都说得出来,只要你相信了他,那你就只能进窑子了。要是你能存上一个卢布,那就交给教士,如果他是一个好人,他会把钱保管得牢牢的。不过,最好的办法还是你把卢布埋在地里,千万不要让别人看见,你自己可要记住埋钱的地方。”

听着这些淹没在通风小窗上的铁枢轴发出的尖叫声中的低语,不由得人心中凄凄凉凉。我回头看看被烟熏黑的炉门,看看沾满苍蝇屎的碗柜——这个厨房真是脏得无法形容，臭虫到处乱爬，满屋子是呛人的油烟味、煤油味和烟气。在炉子上面的细木柴之间，蟑螂爬来爬去，发出窸窸窣窣的声响。一股忧郁愁苦之情涌上心头，我可怜这个当兵的，可怜他的妹妹，差点流下泪来。难道可以这样生活吗？难道这样的生活好吗？

我继续写着，但是已经不再听西多罗夫的低语了。我写的是生活多么苦闷，多么气人。他叹着气，对我说：

"你写了这么多，谢谢了！这下她就知道该害怕什么了……"

"什么都不该害怕。"我不高兴地说，虽然我本人也害怕许多东西。

西多罗夫笑了，不时咳嗽几声，说：

"小怪人！怎么能不怕呢？老爷能不怕吗？上帝能不怕吗？要怕的东西多着呢！"

每当收到妹妹的来信，他总是神情不安地央求我：

"念念吧，劳驾，快念……"

然后，他就逼着我将那封字迹歪歪扭扭，内容简短空洞得令人气恼的信连续读上三遍。

西多罗夫心地善良，性格温和，但对待女人却也和大家一样，像畜牲那样粗暴而且随便。我有意无意地观察过这类关系，亲眼看到这种关系从开始到结束，其发展速度之快令人惊诧，令人嫌恶。我见过西多罗夫怎样向女人诉苦，抱怨自己的士兵生活，以此激起她的善良感情，又怎样用花言巧语使她为之陶醉。可在这之后，他却向叶尔莫欣宣扬自己的胜利，憎恶地皱起眉头，啐唾沫，仿佛吞了苦药似的。这像鞭子一样抽在我的心上，我气愤地问这个当兵的，为什么他们大家要欺骗女人，对她们撒谎，然后又嘲讽她们，把她们从一个人手里转到另一个人手里，而且还常常打她们？

他只发出轻轻的笑声，说：

"你不应当对这种事情感兴趣，这一切都是很糟糕的，这都是罪孽！你还小，这种事对你来说还嫌太早点儿……"

有一次，我终于得到了比较明确的，令我很难忘却的回答。

"你以为她不知道我是在骗她？"他眨眨眼睛，一面咳嗽，一面说道。"她呀，知——道！她自己也希望别人骗她。在这种事情上个个都是逢场作戏，这种事情就是这么回事。其实，大家都感到害臊，谁也不爱谁，不过是寻寻开心罢了！这种事情太丢脸面了，瞧着吧，以后你就知道了！这种事情只能在夜里干，要是白天干，那就得在暗处，在堆房里。就得这样！谁干了这种事，上帝就把他赶出天堂。就是因为这码子事，人人都很不幸……”

他说得那么动情，那么忧郁，愧疚之心，溢于言表，这使我对他所干的风流事稍稍谅解了一些。我对待他比较友好，对叶尔莫欣则很憎恨。我想方设法嘲笑他，刺激他。我做到了这一点，因此他常常不怀好意地满院子追我，不过他由于动作笨拙，很少能够得逞。

“这种事是不准干的。”西多罗夫说。

我知道这种事是禁止的，但是说因为这码子事人们就很不幸，我可不相信。当然，我看到人们是很不幸的。我不相信，那是因为我多次看到相爱者的眼睛里有一种特别的神情，感受到怀有恋情者特别善良。看到这种喜气洋洋的样子总是令人愉悦的。

但是，在我的记忆中，当时我觉得生活依然愈来愈枯燥，愈来愈冷酷，它被框死在我天天看见的形式和关系之中，永远一成不变。人们并不考虑，是否可能存在一种更好的生活，胜过眼下这种无法逃避，天天出现的日子。

有一次，几个当兵的向我讲述了一件事情，使我内心极为不安。

在这个院子里住着一户人家，户主是城里一家上等成衣店的裁剪师，他安分守己，谦虚朴实，不是俄罗斯人。他的妻子娇小玲珑，没有生过孩子，白天夜里都在看书。在这个吵吵闹闹的大杂院里，在那些处处都是醉汉的人家当中，这两个人过着默默无闻的日子，一点也不显眼，他们从不接待来客，也从不出去串门，只有过节的时候才到剧院去看戏。

丈夫清早出去上班，晚上很迟才回来。那个看上去还像少女的妻子每周大约去图书馆两次，都是在白天。我常常看见她好像腿有点瘸似的，摇晃着身子，迈着细碎的步子走在堤坝上，手里提着用皮带捆着的书籍，小手还戴着手套，像个中学生，纯情、动人，清清爽爽，生气勃勃。她长着一张鸟脸和一对神气的眼睛，周身上下漂漂亮亮，就像镜台上的小瓷人儿。当兵的说，她的右胸少一根肋骨，因此走起路来摇摇摆摆，样子古怪，不过我觉得这种走路的姿势挺好看，而且一下子使她与院子里的其他太太，也就是那些军官的老婆们完全不同。那些太太，别看她们总是大声吆喝，穿着花花绿绿，还衬着撑起裙子以使姿态美观的腰垫，但都像用过的旧物，仿佛被久久地置放在阴暗的堆房里,夹在一堆各种各样无用的东西当中,早就被人遗忘了。

院子里的人认为裁剪师这个娇小的妻子傻乎乎的,说她把脑筋都用在书上了,以致连家务都不会操持,只好由她的丈夫亲自去市场购买食品,亲自交待厨娘午饭和晚饭该做些什么。他家的厨娘粗粗壮壮,不是俄罗斯人,整天愁眉苦脸。她一只眼睛红红的,总是流泪,另一只眼睛只是一条粉红色的细缝。家里的太太呢,大家都说她连猪肉和牛肉都分不清楚,有一次去买香芹菜,结果买回来的却是洋姜,真是丢尽了脸面!

你们想一想,这真是糟透了!

他们三个人待在这所房子里犹如外人一样,仿佛是偶然间掉进了这个大养鸡场的一只笼子,这与那些为了躲避严寒的山雀从通风小窗飞进了人们肮脏闷热的住所的情况类似。

突然,那些勤务兵告诉我说,几个军官老爷想出点子,拿这个娇小的剪裁师的太太开心,玩一种带有侮辱性的恶毒的游戏:他们几乎每天不是这个人就是那个人给她递送一封情书,向她表白爱慕之情,陈述自己内心的痛苦,赞叹她的美貌。她就给他们回信,请求他们不要打扰她,为自己给他们带来痛苦深表遗憾,并祈求上帝帮助他们消除对她的爱情。

收到这样的回条,军官们就聚在一起朗读,嘲笑这个女人,然后再共同编写一封情书,以某一个人的名义转交给她。

勤务兵们在向我讲述这件事情的时候也笑个不停,还谩骂裁剪师的妻子:

"这个倒霉的傻娘们,歪腿鬼。"叶尔莫欣低沉地说。西多罗夫则小声地附和他道:

"娘儿们都愿意让人家骗的,其实她心里都明白……"

我不相信裁剪师的妻子知道她在被人家嘲弄,于是当机立断,决定把这件事情告诉她。看准她家的厨娘去了地窖,我就从后门的楼梯跑进小女人的家里,闯入厨房——那儿一个人也没有,我又进了房间:裁剪师的妻子坐在桌边,一只手拿着沉甸甸的镀金茶杯,另一只手里是一本打开的书。她吓了一跳,把书按在胸口,声音不大地叫道:

"你是谁?奥古斯塔!你是谁?"

我匆匆忙忙,前言不搭后语地讲了起来,以为她会把书或者茶杯向我身上摔来。她坐在一把深红色的大圈椅里，穿一件天蓝色的宽大连衣裙，下摆缀着穗子，领子和袖口上滚着花边，波浪般淡褐色的长发披在肩上。她像教堂门上的天使。她靠在椅背上，瞪大圆圆的眼睛看着我，起初有股怒气，后来转为惊讶，还带有笑意。

我把想说的一切和盘托出以后，顿时失去了勇气，便转身向门口走去。她对我喊道：

"站住！"

她把茶杯放进托盘，又将书扔在桌上，两手交叉，用成年人低沉的嗓音开始说话了：

"你是个非常奇怪的孩子……你走过来一点！"

我小心翼翼地走了过去。她拉住我的一只手，一面用小小的冰凉的手指抚摸它，一面问道：

"没有人叫你告诉我这些事情，是不是？嗯，那很好。我看得出来，我相信，是你自己要这么做的……"

她放开我的手，闭上眼睛，轻轻地慢吞吞地说：

"那些不正经的兵原来是这么议论这件事情的！"

"您最好从这儿搬走。"我郑重地劝告她说。

"为什么？"

"他们会让您受罪的。"

她愉快地笑了，接着问道：

"你读过书吗？喜欢看书吗？"

"我没工夫看书。"

"只要喜欢看书，就能抽得出时间。好了，谢谢！"

她向我伸出一只手来，大拇指和中指、食指撮在一起，里面捏着一枚银币。收下这个凉冰冰的东西是很难为情的，但我又不敢拒绝她，只好在回去的时候，把银币放在了楼梯扶手的小圆柱上了。

这个女人给我留下了深刻的，我从未有过的新印象，在我面前仿佛燃起一片霞光，接连几天，想着那个宽敞的房间和住在这个房间里穿着天蓝色裙子，犹如天使般的裁剪师的妻子，我的心里一直美滋滋的。她周围的一切都美得出奇，一块华美的金黄色地毯铺在她的脚下，冬日透过银白色的窗玻璃照射进来,在她的身边也显得暖意融融了。

我真想再去看看她。如果我跑去向她借书,那会怎么样呢?

我就这样做了。我又看见她坐在原来的地方,手里还是捧着一本书。但是半边脸上包着一块棕红色的头巾,一只眼睛肿肿的。裁剪师的妻子递给我一本黑色封面的书,闷声闷气含糊不清地说了一句什么。我拿着这本散发着杂酚油和茴香油气味的书,心情沮丧地走了。我把书藏在阁楼上,用一件干净的衬衣和一张纸将它包好,以免被老板家的人夺走,把它弄破。

老板家订了一份《田地》杂志,其实他们并不阅读,只是为了看其中刊登的服装式样和得到附赠的画刊。看过这些画片以后,他们就把杂志堆放在卧室里的柜子顶上,到了年底装订成册,再塞到床底下去。床底下已经存有三本《绘画评论》了。每次我擦洗卧室地板的时候,脏水就流到这些书下面。老板订了一份《俄罗斯邮报》。每天晚上,他一面看报,一面骂骂咧咧的:

“鬼才知道他们干吗写这些东西!无聊透顶……”

星期六,我在阁楼上晾衣服的时候,想起了这本书。我把书拿了出来,翻开,读了第一行:“家庭和人一样,每个家庭都有自己的面貌。”这种真实的描写着实令我吃惊。我就站在天窗下面,继续读了下去,一直读到身体冻僵方才罢休。晚上,老板一家人去做彻夜祈祷,我就把书拿到厨房里去,沉浸在这些犹如秋天的树叶那样又黄又破的书页之中了。书中的内容轻松地将我带进了另一种生活,使我接触到一些新的人名和新的关系,向我展示了心地善良的主人公和阴森可怕的坏蛋,他们与我已经习以为常的那些周围的人物截然不同。这本书就是蒙特彭①的长篇小说。与作家的其他作品一样,这本书篇幅很长,人物众多,事件繁杂,描述了一种我所不熟悉的急剧变化的生活。书中的一切清清楚楚,明明白白,仿佛字里行间透出一股亮光,这股亮光把善恶照得黑白分明,激起人们的爱憎,迫使他们对紧紧纠缠在一起难分难解的人物命运极为关注,让人产生一种难以遏制的想帮助某人阻止某人的强烈愿望,已经忘却这种突然展现在眼前的生活纯粹只是纸上的

---

① 蒙特彭(一八二三—一九〇二),法国作家。

笔墨。变化无常的生活让你忘却一切,全部身心沉浸其中,随着情节的变化,时而高兴,时而悲伤。

我读得入了迷,以致当我听到大门口响起铃声的时候,竟然一下子弄不明白这是谁在打铃,为什么要打铃。

蜡烛已快燃尽,早晨才被我擦得干干净净的烛台沾满了烛油,应当由我照看的圣像前的长明灯的灯芯也滑落下来,熄灭了。我在厨房里匆忙地跑来跑去,竭力掩盖我的罪迹,先把书塞到炉子底下,又开始收拾那盏神灯。保姆从房间里跳了出来:

"你聋啦? 外边打铃呐!"

我奔过去开门。

"睡大头觉呢?"老板严厉地问道,他的妻子吃力地走上楼梯,抱怨我让她着了凉,老太婆也骂个不停。老太婆一走进厨房就看见了快要燃尽的蜡烛,她开始查问我在家干什么的。

我一声不吭,仿佛从高空摔落下来,浑身都软瘫了,心中惊恐万状,生怕她找到那本书。她一个劲地叫喊着,说我会把整座房子烧掉。老板和妻子过来吃晚饭时,她向他们发牢骚说:

"你们瞧瞧,一支蜡烛都点完了,以后房子还要烧掉呢……"

吃晚饭的时候,他们四个人不停地责骂,埋怨,数落我的种种有意无意的过错,并威胁地说我没有好下场。不过,我知道他们的这种做法并非出于恶意,也不是出于好心,不过是因为百无聊赖罢了。与书中的人物相比,他们显得多么空虚,多么可笑,这真让人感到奇怪。

他们吃完晚饭以后,身子发沉,懒洋洋地各自回房睡觉去了。老太婆用怨天尤人的诉苦惊扰上帝一番之后,也爬上炉炕,安静下来。这时,我爬了起来,从炉子底下把书拿出来,走到窗口。夜色明亮,月光直接照泻在窗子上,但是书上的字体太小,我还是看不清楚。当时,看书的愿望强烈得难以自制,于是我从架子上取下一只平底铜锅,用它将月光反射在书上,但结果更坏,光线更暗了。后来我就爬到固定在屋角的长凳上,挨近圣像,凑着长明灯的亮光,站着看书。我看得筋疲力尽,终于倒在长凳上睡着了,直到老太婆大声叫嚷,不停地推我,我才醒了过来。她两手握着那本书,使劲地敲打我的双肩。她气得满脸通红,怒不可遏地昂着棕红色的脑袋,赤着脚,只穿一件衬衣。

维克托在高板床上哀叫着：

“妈，您别这么死喊死叫的！真没法活……”

“书要完蛋了，他们肯定要把书撕碎。”我心里暗暗思忖。

喝早茶的时候，他们一起责难我。老板声色俱厉地问道：

“这书你是从哪儿弄来的？”

婆媳俩喊叫着，不停地互相打断对方，抢着发话。维克托怀疑地嗅嗅书页，说：

“还有香水味呢，真的……”

我告诉他们这本书是神父的。他们再次把书检查一遍，并为神父居然还读小说而感到惊讶和愤慨。不过，这总算让他们稍稍放下心了，只是老板仍然把我教训了很长时间，告诉我读书是有害的，危险的。

“就是这些读书人，他们炸铁路，还想谋杀……”

年轻的女主人生气地、惊慌地向丈夫喝道：

“你疯啦！你在跟他说什么呢？”

我把蒙特彭的小说送到西多罗夫那儿去，向他讲述了发生的事情。西多罗夫接下那本书，默默地打开小箱子，取出一块干净的毛巾，把书包好，又放进箱子。他对我说：

“别听他们的，你到我这儿来看书，我对谁都绝对不说！如果你来的时候我不在，钥匙就挂在圣像的后面，你自己开箱子拿书……”

老板一家人对待书的态度顿时提高了书在我心目中的地位，认为书是一个重要而可怕的秘密。有些“读书人”在什么地方炸铁路，他们想谋杀什么人之类的事情并没有引起我的兴趣，我只是想起了在忏悔时神父所提的问题，想起了中学生在地下室里朗读的情景，想起了斯穆雷关于“正经书”的说法，还有外祖父所讲的搞歪门邪道的共济会：

“当初，亚历山大·帕夫雷奇圣上在位的时候，有些贵族不走正道，搞起歪门邪道，折腾什么共济会，要把整个俄罗斯民族交给罗马教皇，真是一些狡猾的伪善人！后来，阿拉克切耶夫将军把他们捉拿归案，不论是多大的官，统统发配到西伯利亚去做苦役。在那儿他们就像小毛毛虫那样死掉了……”

我不由得想起了“满天星斗的日全蚀”、“格尔瓦西”和那些庄重而讥诮的字眼：

> 存心窥探我们事业的门外汉们：
> 你们的弱眼永远无法发现！

我觉得自己处于某种伟大秘密的门口并几乎为此发狂。我一心想把那本书看完，又怕书放在西多罗夫那儿弄丢了，或者他不小心把书弄坏，要是这样，我可怎么向裁剪师的妻子交待呢？

老太婆死死盯着我，不让我到勤务兵那儿去，还常常骂我：

“书虫！那些书呀，就会教人干淫荡的事情，瞧那个女书虫，落到了什么下场？自己连市场都不能去，只和那些军官勾勾搭搭，大白天还在家里和他们鬼混，我都知——道！”

我真想大喊一声：

“胡说八道！她没有和人勾勾搭搭……”

但是我不敢为裁剪师的妻子辩解：万一老太婆猜到这本书是她的，那可怎么得了？！

接连几天我过得糟透了。我精神恍惚，提心吊胆，闷闷不乐。我睡不着觉，总在为蒙特彭的那本书的命运担心。有一天，裁剪师家的厨娘在院子里叫住我，对我说：

“把书还来！”

我趁午饭后老板一家躺下来休息的时候去找裁剪师的妻子，心情沮丧，局促不安。

她接待我的模样和第一次见我时一样，只是衣着不同。这天，她穿一条灰色的短裙，黑色天鹅绒短上衣，裸露的脖子上挂着一个镶绿松石的十字架。她就像一只雌灰雀。

我告诉她我还没有来得及将书看完，老板家的人不准我看书。说着，由于满腹委屈，加上见到这个女人心里十分高兴，泪水就涌上了眼眶。

“唉，多么愚蠢的人啊！”她说着，皱起两道细细的眉毛。“看上去你家老板的那张脸还挺招人喜欢嘛。你先别伤心，我来想个办法。我给他写封信!”

这可把我吓坏了,我赶紧声明,我对老板家说的是假话,讲这本书不是从她这儿,而是从神父那儿借来的。

“不要写信,您别写!”我请求她说,“他们会笑您、骂您的!其实院子里没有人喜欢您,大家都笑话您,说您是个傻瓜,说您少一根肋骨……”

我随口说出这番话之后,顿时醒悟过来:这些话都是多余的,令她不快的。她咬着上嘴唇,就同骑在马上那样,拍了一下她自己的胯骨。我尴尬地垂下头,恨不得钻进地缝里去。可是裁剪师的妻子仰倒在椅子上,扬声大笑,不停地说:

“呵依,多么愚蠢……多么愚蠢啊!可是又该怎么办呢?”她定睛看着我,问着她自己。接着,她叹了一口气,又说:“你是一个很奇怪的孩子,很奇怪……”

我往她身边的一面镜子里瞧了一眼,见到一张长着高颧骨、大鼻子的脸,额头上有一块青斑,好久没有剪过的头发乱七八糟地到处翘着——莫非这就可以称作“很奇怪的孩子”?……这个很奇怪的孩子和那个精致的小瓷人儿大不一样……

“那天我给你的小钱,你没有拿。为什么?”

“我不要。”

她叹了一口气。

“哎,那有什么办法呢?如果他们准你看书,你就到我这儿来,我借书给你……”

镜台上放着三本书,我还来的那一本最厚,我看着这本书,心里十分难受。裁剪师的妻子向我伸出一只粉红色的小手:

“喏,再见啦!”

我小心地碰了碰她的手,疾步走了出去。

大家议论她,说她什么也不懂。也许,这是对的,譬如,她像小孩一样,居然把二十戈比的硬币叫做小钱。

不过,这一点我也喜欢……

九

我的心中迅速燃起读书的渴望，这一渴望给我带来了多么沉重的屈辱、受欺凌和惊恐，想起这一切，真让人感到既可悲，又可笑！

裁剪师妻子的书看上去非常昂贵，我担心老太婆会把这些书扔进炉子里去烧掉，于是尽量不去想这些书，而是开始到小店铺里去租阅那些花花绿绿的小书——每天早晨我都要到这个小店铺去买喝茶时吃的面包。

小铺子的老板是一个令人十分讨厌的青年人，长着两片厚厚的嘴唇，虚胖的白脸总是汗津津的，还留有患瘰疬病的瘢痕和斑点；他的眼睛发白，一双肥胖的手上指头又粗又笨。他的小店铺是街上少年和轻佻的少女晚上聚会的地方，我家老板的弟弟几乎每天晚上都到这儿喝啤酒、打牌。家里经常打发我去喊他回家吃晚饭，因此我不止一次看见在铺子后面那个拥挤不堪的小房间里，店铺老板那有点傻乎乎的脸色红润的妻子坐在维克托或者别的小伙子的腿上。看上去，店铺老板并没有因此感到不快。他的妹妹在店里帮他做生意，那些唱歌的、当兵的和所有喜欢调情的人常常使劲抱住这个姑娘，他看了也不生气。店铺里的货品不多，他解释说，这是因为店铺刚刚开张，他还没有来得及将货备齐，其实这个门面在秋天就已经开了。他给客人和顾客看淫秽的画片，把那些乌七八糟的诗句拿给愿意抄录的人去传抄。

我租阅了米沙·叶夫斯季格涅耶夫索然无味的小书，每读一册，支付一个戈比。这样的租金是很贵的，而书并未给我带来任何乐趣。《古阿克，或称不可战胜的忠诚》、《威尼斯人弗兰齐尔》、《俄罗斯人与卡巴尔达人的会战，或称死在丈夫坟墓上的美丽的伊斯兰教徒》以及所有这类文学作品也没有让我感到满意，反而常常惹我生气，令我沮丧，因为我觉得这些书中的词句晦涩难懂，描述的事情令人难以置信，仿佛把我当傻瓜在耍弄，嘲讽。

《射手》、《尤里·米洛斯拉夫斯基》、《神秘的修道士》、《亚潘恰，鞑靼的骑手》以及诸如此类的书籍我比较喜欢，读了以后还能留下一点印象。但是对我最具吸引力的还是圣徒的传记，这类书籍中有一种严肃的，令人可信的东西，有时还能将我深深打动。不知为什么，所有的大殉教徒都使我联想起“好事儿”，女大殉教徒使我联想到我的外祖母，而圣徒则像是我的外祖父，当然是指在他脾气好的时候。

出去劈柴时，我就躲在板棚里看书，或者干脆到阁楼上去看书，但是这两个地方都不方便，而且很冷。有时，书中的内容深深吸引了我，或者必须赶快读完，在这种情况下，我就在夜里起来，点上蜡烛。但是，老太婆发现蜡烛在夜里变短了，以后，她就先用一根小劈柴量好蜡烛的长短，然后再将这根劈柴收藏起来，如果到了早晨蜡烛短了一俄寸，或者即使我找到了小劈柴，但没有把它截成与点过的蜡烛同样长短，厨房里准会掀起暴怒的叫骂声。终于有一天维克托鲁什卡气呼呼地从高板木床上大声宣扬：

“妈，您别再大吼大叫啦！真让人没法活！蜡烛肯定是他点的，他点蜡烛看书，是从小店铺老板那儿租来的，我知道！您到他的那个阁楼上去看看……”

老太婆跑到阁楼上去，找到了一本小书，把它撕成碎片。

这当然使我十分伤心，但读书的欲望却更加强烈。我知道，即便走进这个家庭的人是一位圣者，我的老板一家人也会教训他，按照自己的模式来改造他，他们之所以要这样做完全是因为他们空虚无聊。如果他们不挑人家的毛病，对别人不大声叫骂、讥讽嘲弄，他们就不会说话了，就会变成哑巴，就会感觉不到自身的存在。人为了感觉到自身的存在，必定要用某种方式来对待别人。我的老板一家除了会教训责难他人以外，不会再有其他的方式。即便人家开始按照他们的方式生活，按他们的逻辑思维，按他们的感情体会，他们也依然会为此而对他加以谴责。他们就是这么一种人。

我费尽心机找机会读书，老太婆好几次将书撕毁，突然间，我欠下店铺老板一大笔债务：四十七个戈比！他逼着我还钱，威胁我说，等我到他店铺里买东西的时候，要把老板家的钱扣下来还我的欠债。

“结果会怎么样呢?”他用挖苦的口吻问我。

我对他的厌恶之感达到难以忍受的程度。看来,他感觉到了,于是采用种种威胁手段折磨我,并且显得特别洋洋得意。我刚走进店铺,他那满是斑点的脸上绽开笑容,然后,他故作亲热地问我:

“欠的钱带来了吗?”

“没有。”

这使他很吃惊。他皱起眉头。

“怎么没有带来?要是我把你告到治安法官那儿去呢?啊?让他们查封你的财产,再将你发配?”

我没有地方可以弄钱,因为我的工钱都是付给我外祖父的。我心慌意乱,不知如何是好。我请求店铺老板再宽限几日,他对我的回答则是向我伸出那只像油饼一样油腻腻的肥手,说:

“你吻吻我的手,我就再等几天。”

我从柜台上抓起一个磅秤的砝码,对他挥了一下。他急忙蹲下身去,喊道:

“干吗?你干吗?干吗?——我是开开玩笑的!”

我心里明白,他并不是开玩笑,于是我决定偷钱还债。每天早晨我给老板刷衣服的时候,他的裤子口袋里总有硬币碰撞的声响,有时硬币从口袋里掉了出来,滚在地板上。有一次,一枚硬币漏进地板缝里,掉到楼梯下面的柴棚里去了。我忘记将这件事情告诉老板。几天之后,我从柴堆里捡到一枚二十戈比的硬币,这才想了起来。我把硬币交给了老板,老板娘却对他说:

“瞧见了吧?把钱放在口袋里的时候要数一数。”

老板面带微笑看着我,说:

“他不会偷东西的,我知道!”

现在,当我做出偷钱的决定以后,想起了他的这句话,想起了他那充满信任的微笑,心里感到真的好难下手。好几次我从口袋里掏出银币,数一数,但却下不了狠心将银币拿走。大约有三天,这件事将我心里搅得七上八下,痛苦极了。可突然间,一切都十分迅速、轻而易举地解决了。老板突然问我:

“你是怎么啦,彼什科夫,变得没精打采闷闷不乐的,是不是生病啦?”

我将内心的痛苦老老实实地和盘托出。他皱起了眉头。

“这下你明白了吧,这些书啊,会惹出多大的麻烦!读书,必定会弄出这样那样的倒霉事情……”

他给了我五十戈比,严厉地叮嘱我说:

“你要小心,可别说漏了嘴,让我的妻子或者母亲知道,否则又要大闹一场!”

后来,他又和蔼地笑了笑,说:

“你的脾气真犟,见你的鬼!没关系,这也很好。不过,你还是别再看书了!明年我订份好报,以后你就看报吧……”

此后,每天傍晚,在喝茶以后吃晚饭之前的这段时间里,我就给老板家朗读《莫斯科小报》上面刊载的瓦什科夫、罗克沙宁、鲁德尼科夫斯基撰写的长篇小说和其他一些供茶余饭后助人消化和给无聊透顶的人解闷消愁的文学作品。

我不喜欢出声读书,这会影响我对所读内容的理解。可是,老板一家人却听得聚精会神,显示出带着某种虔诚的贪婪。他们为书中人物的恶劣行径长吁短叹,惊诧不已,还骄傲地相互说道:

“我们可生活得和和美美的,什么事儿也没有发生,真是谢天谢地!”

他们常常混淆书中的故事情节,把江湖大盗丘尔金的所作所为安在了车夫福马·克鲁奇纳的身上,也常常把人名搞错。我常要纠正这些听众的错误,这使他们大为惊讶:

“哟,他的记性可真了不得啊!”

《莫斯科小报》上常常刊登列昂尼德·格拉韦的诗歌。我很喜欢这些诗歌,把其中一部分抄录在本子上。可是,老板一家人对这位诗人的议论却是:

“都是老头了,还写什么诗呀。”

“他是个酒鬼,疯疯癫癫的,什么都不在乎。”

我还喜欢斯特鲁日金、梅缅托-莫里伯爵的诗,可那些女人——婆媳俩,却一口认定这些诗歌都是玩噱头,瞎胡闹:

“只有小丑和戏子说起话来像是念诗。”

在拥挤的小房间里与我的老板家人共同度过的这些冬日的夜晚，对我来说是很难受的。窗外是死一般沉寂的黑夜，偶尔听见处于严寒之中的树枝发出的劈啪声，大家坐在桌旁，像一条条冻鱼，沉默无言。抑或暴风雪敲打着窗户上的玻璃和墙壁，发出沙沙的响声，在烟囱里呼呼地叫着，炉子的火门被吹得开开关关，发出碰撞的声音，儿童室里孩子在啼哭。我真想坐在阴暗的角落里，蜷缩起身子，痛哭一场。

婆媳俩坐在桌子的一端，做做针线或者编织袜子。坐在另一端的是维克托鲁什卡，他弯着腰，不情愿地复制着图纸，不时叫道：

“你们别摇桌子呀！真没法活！你们这些家伙，吃耗子的狗……”

老板坐在一边的大绣花架子后面，用十字花针法将一块粗麻布绣成台布，在他的手指下面出现了红色的虾、蓝色的鱼、黄色的蝴蝶和棕红色的秋叶。绣花图案是他自己构思的。这个绣活他连续干了三个冬天，已经十分不耐烦了。要是白天我有空闲的时间，他常常对我说：

“哎，彼什科夫，去坐下来绣那块桌布，你去干吧！”

我就坐下来，用一根粗针干活。我心疼老板，总是心甘情愿在各方面给予他力所能及的帮助。我一直觉得，总有一天他会丢弃绘图和绣花，不再打牌，开始干另外一件他经常思索的有意义的事情。每当他思索这件事情的时候，会突然停下手中的工作，惊奇的目光凝视着这个活儿，仿佛看着一件他不熟悉的东西。他的头发滑落下来，披在额头上和双颊上，当时的模样就像修道院里的见习修道士。

“你在想什么呢?”他的妻子问道。

“没想什么。”他答道，重又开始工作。

我暗自纳闷：难道可以询问别人他在想什么吗？这个问题是无法回答的，因为人总是同时想许许多多的东西，既有眼前所有的一切，也有昨天和一年以前见到的种种事情，这一切纠集到一起，难以琢磨，全部都在运动与变化之中。

《莫斯科小报》的讽刺小品不够读一个晚上，我便建议读放在卧室里床底下的杂志。年轻的女主人怀疑地说：

“那里有什么可读的？里面净是一些图片……”

但是，在床底下，除了《绘画评论》以外，还有《星火》杂志。于是我们就读萨利阿斯的《佳京-巴尔季斯基伯爵》。老板非常喜欢这部中篇小说中有点傻乎乎的主人公,他毫不留情地嘲笑这个小少爷的悲惨遭遇,甚至笑得流出了眼泪,口中叫道:

"哎呀,这篇东西真是滑稽可笑!"

"这大概都是胡编乱造。"年轻的女主人说,用以显示自己有独立的见解。

床底下的杂志为我立了大功:我终于争取到可以将杂志拿进厨房,这样,夜里也可以看书了。

我也真是幸运,老太婆已经搬到儿童室里去睡觉了,因为保姆毫无节制地酗酒,总是醉醺醺的。维克托鲁什卡对我并无妨碍,当家里的人都睡熟以后,他就轻手轻脚地穿好衣服,不知溜到哪儿,直至天亮才会回来。他们把蜡烛带进房间,不给我灯火,而我又没有钱买蜡烛,只好悄悄地把几个烛台上面的蜡烛油收集起来,放在一个原先装沙丁鱼的铁皮盒子里,再往里面倒上一点长明灯里的灯油,用细线捻成一根灯芯。这样,每到夜里,我就在炉坑上点上这盏冒烟的小灯。

每当我翻动大本书册的书页时,小灯红色的火苗就会颤巍巍地摇闪,随时都有熄灭的危险。灯芯时时掉进那摊溶化了的、散发着气味的灯油里,黑烟熏着眼睛。然而,浏览画片和阅读画片说明给我带来了极大的快乐,所有这些不便也就化为乌有了。

这些画片在我的面前展现了一个越来越广阔的世界,它用神奇般美丽的城市点缀这块大地,向我指点高山峻岭和如诗如画的海岸。生活的视野奇妙地扩展开来,世界变得妩媚动人,这里人丁兴旺,城市如繁星,形形色色的东西显得多么丰富多彩!如今,眺望伏尔加河对岸的远处,我心中已经明白,那儿不是一片荒野。以前,当我的视线投入伏尔加河对岸的时候,心中往往变得特别惆怅:一片平坦的草场,簇簇灌木丛犹如一块块黑色补丁,草场的尽头是森林带,就像一堵高低不平的黑墙,而在草场的上空则是一方迷蒙阴冷的蓝天。大地空旷荒凉,人的心也变得空空落落的,不由得黯然神伤,万念俱灰,一切愿望化为乌有,只想闭上眼睛。凄凉的空旷没有带给人们一丝一毫的希望,它把人们心中拥有的一切都吮干吸尽了。

图片说明明白易懂地讲述了另外一些国家和另外一些人的情况,讲述了过去和当时发生的许多事件。许多地方我看不懂，这使我十分苦恼。有时候脑子里钻进来一些稀奇古怪的字眼，什么“形而上学”、“千年王国说”①啦，什么“宪章派”②啦，这些字眼搅得我心神不定，焦躁不安。它变成巨大无比的怪物，压倒了一切。我感到，如果我不能解开这些字眼的意义，从此我就什么也理解不了——正是这些字眼像门边的哨兵那样把守着所有的秘密。常常有整句整句的话语像戳进手指里面的刺一样，久久盘踞在我的记忆之中，不让我思考其他问题。

我还记得当时读过一首怪诗：

头戴钢盔，身披铁甲，
走在荒无人烟的地方，
默默无言，脸色灰暗，就如坟墓一般，
那是匈奴的皇帝阿季拉。

黑压压的一大群武士跟随在他身后，口中喊道：

“罗马在哪儿？强大的罗马究竟在哪儿？”

罗马是一座城市，这一点我是知道的。但是匈奴是什么人呢？这也非要弄懂不可。

选择了一个合适的时机，我向我的老板提出了这个问题。

“匈奴？”他惊奇地反问了一句，“鬼知道这是什么玩意儿！大概是胡编乱造出来的……”

接着，他又表示不赞同地摇了摇脑袋。

“你的脑袋里尽是一些乌七八糟的东西，这可不好啊，彼什科夫！”

不好也罢，好也罢，反正我要把它弄个明白。

我觉得团队里的司祭索洛维约夫应当知道匈奴是什么，于是，我在院子

① “千年王国说”是指基督教神话中所说的将由基督做王一千年的世界。

② 指十九世纪三十至五十年代发生在英国的宪章运动的支持者。

里将他拦住,向他提出了这个问题。

索洛维约夫面色苍白,满脸病容,总是一副气呼呼的模样。他的眼睛红红的,没有眉毛,留着稀疏的黄胡子。他用黑色的拐杖往地上一敲,对我说:

"这与你有什么相干? 啊?"

涅斯捷罗夫中尉冲着我提出的问题怒气冲冲地答道:

"什么——?"

于是我断定,关于匈奴是什么的问题必须到药房里去问药剂师才行。药剂师看着我时的神情总是亲切而温和的,他长着一张聪明的脸,大鼻子上面架着一副金边眼镜。

"匈奴,"药剂师帕维尔·戈尔德贝格对我说,"原来像吉尔吉斯人一样,是一个游牧民族。这个民族现在已经没有了,绝种了。"

我的心里既难受又懊丧,这倒不是因为匈奴已经绝种了,而是因为长久以来搅得我心神不安的这个词的含义竟然如此简单,而且对我来说毫无收益。

但是,我对匈奴抱有感激之情,正是在与这个名词碰撞之后,词语对我困扰的程度大大减轻。而且多亏了阿季拉,我才结识了药剂师戈尔德贝格。

药剂师戈尔德贝格了解高深词语的简单含意,拥有解开一切秘密的钥匙。他用两只手指把眼镜扶正,穿过厚厚的镜片凝视着我的眼睛,说话的口气仿佛是要把一颗颗细小的铁钉扎进我的脑袋里去:

"朋友,词语好比是树上的叶子,为了弄清楚叶子为什么是这样,而不是那样,就必须了解树木是怎样生长的——需要学习! 朋友,书就是一座美丽的花园,里面应有尽有,有令人愉快的东西,也有让人受益匪浅的东西……"

我经常到他的药房里去给常常闹腾"烧心"①的大人买苏打和氧化镁,为小孩买月桂油膏和泻药。药剂师言简意赅的教导使我以越来越认真严肃的态度对待书籍,不知不觉,书籍对我来说,犹如伏特加酒对于酒鬼那样,已经必不可少了。

书籍向我展示了另外一种生活,这种生活充满了引导人们去建立丰功伟绩,促使人们犯下罪恶的强烈情感和欲望。我看到在我周围的人们既不

① 指胃灼痛。

能建立丰功伟绩,也不会犯下罪恶,他们的生活与书中描写的一切是脱离的,毫无关系的,这种生活究竟有什么乐趣? 确实令人费解。我不愿意这样生活……这一点我很清楚:我不愿意……

从图片说明中我了解到在布拉格、伦敦、巴黎这些城市里没有山沟,也没有用垃圾堆砌而成的肮脏的土坝,那儿的街道笔直、宽阔,房屋和教堂也是另外一种模样。那儿没有把人们困在家中、无法外出的长达六个月的冬季,没有只能吃酸白菜、腌蘑菇、燕麦面、土豆以及难以下咽的亚麻油的大斋期。大斋期间不准看书,我手边的《绘画评论》被拿走了,那种空虚无聊,枯燥无味的生活又紧逼到我的面前。如今,我已能够将现实生活与从书中所了解的内容相互比较,因此我越发觉得这种生活贫乏而又丑陋了。有书读的时候,我感到自己变得健康又强壮,干起活来又灵巧又利索,因为我有一个目标:干活结束得越快,留下来看书的时间就越多。如今没有书读了,我成天萎靡不振,懒洋洋的,而且开始出现了病态的健忘,这是以前从未有过的现象。

我记得,正是在这些空虚的日子里发生了一件神秘的事情:一天晚上,大家都已躺下睡觉,突然,大教堂里的钟发出了洪亮的响声。钟声顿时震动了家里所有的人,人们未及穿好衣服,就扑到窗口,相互询问:

"失火了吗? 还是警报?"

可以听见别的住宅里也是一片忙乱,各处的房门砰砰作响。有人牵着一匹马在院子里跑着。老太婆大声喊叫,说有人抢劫大教堂。老板阻止她说:

"别胡说了,妈,听得出来嘛,这不是警钟!"

"喏,那就是大主教死了……"

维克托鲁什卡从高板床上爬了下来,穿着衣服,嘟嘟囔囔地说:

"我知道是什么事情,我知道!"

老板让我到阁楼上去看看有没有火光。我跑了上去,从天窗爬上屋顶——没有看见火光,只有沉重的钟声不紧不慢地在万籁俱寂、寒气逼人的空气中回荡。城市依偎在大地上沉睡。夜色中,有一些看不清的人在奔跑,踩在雪地上发出嘎吱嘎吱的响声,还有雪橇滑铁的吱扭声,钟声越来越令人感到惊恐不安。我回到了房间:

“没有火光。”

“呵，上帝啊！”我的老板穿好大衣，戴上帽子，把衣领竖了起来，有点犹豫不决地将脚伸进套靴里去。年轻的女主人央求他道：

“你别出去！得了，你可不能去……”

“废话！”

维克托鲁什卡也穿好衣服，他故意逗弄大家：

“我可知道……”

弟兄俩出去以后，婆媳俩吩咐我烧上茶炊，她们又扑到窗子跟前。几乎就在这个时候老板已经从外面走了回来，拉门铃了。他默默地走上楼梯，推开外室的房门，瓮声瓮气地说：

“沙皇被刺杀了！”

“被刺杀啦！”老太婆惊叫起来。

“被刺杀了，一个军官告诉我的……这以后会怎么样呢？”

维克托鲁什卡也拉门铃了。他无精打采地脱着衣服，不高兴地说：

“我还以为是打仗呢！”

随后，他们一起坐下来喝茶，平心静气地议论着，只是声音低低的，十分谨慎。外面安静下来，钟声也不再响了。接连两天，他们神秘兮兮地交头接耳，常常外出，也不时有人前来串门，详细讲述一些事情。我千方百计想弄明白究竟发生了什么事情，但老板家把报纸藏了起来，不让我看。我又去问西多罗夫为什么要刺杀沙皇，他悄悄地回答我说：

“这件事是不准讲的……”

这一切很快就被淡忘，人们重又沉浸在日常琐事之中。不久，我经历了一件很不愉快的事情。

是一个星期日，老板家的人外出做早弥撒去了。我把茶炊烧上，就去打扫房间。这时，大孩子溜进了厨房，把茶炊上的水龙头拧了下来，钻到桌子底下去玩这只龙头。茶炊炉膛内的炭火很旺，茶炊里面的水流干以后，茶炊开始开焊。我在房间里就听见茶炊发出一种不正常的响声，跑进厨房一看，真是吓了一跳：茶炊整个儿已经发蓝，不停地抖动，仿佛要从地上跳起来似的。与水龙头相接的套筒已经开焊，软绵绵地耷拉下来；茶炊的盖子歪在一边，溶化了的锡水一滴一滴地从茶炊的把手下面滴落下来，这个被烧得蓝而发紫的茶炊就像一个酩酊大醉的醉汉。我用水去浇茶炊,茶炊发出嘶嘶的响声,接着便可怜兮兮地瘫倒在地板上。

前厅正门上的门铃响了,我打开了门。老太婆问我茶炊烧好没有,我简短地答道:

“烧好了。”

大概是出于惊慌和恐惧我才做出了这样的回答,可是他们认为这是一种嘲讽,于是就加重了对我的惩罚。我挨了一顿毒打。老太婆用一小捆松木小劈柴打我,这倒不很痛,但是许许多多的木刺深深扎进了我背上的皮肉里,傍晚时分,我的背已经肿得像是一个枕头。第二天中午,老板不得不将我送进医院。

一个又高又瘦,样子很可笑的大夫给我做了检查以后,用深沉的男低音平静地说:

“在这里必须写一份虐待致伤情况记录。”

老板满脸通红,两只脚在地上蹭来蹭去。他压低声音对大夫说了几句话,但大夫的目光越过他的头,直视前方,简短地答道:

“我办不到。不行。”

不过,后来他又问我:

“你要告状吗?”

我很痛,但是我说:

“不要,您快点给我治治吧……”

他们把我带进另外一个房间,让我趴在一张桌子上。大夫用凉冰冰、让人感觉挺舒服的镊子将木刺一根根拔出来,他还打趣逗乐地说:

“他们把你这身皮收拾得真高明啊,朋友,以后你就是常胜将军,什么样的罪也受得了了……”

他结束了这项让我奇痒难忍的工作,说:

“拔出来四十二根木刺,朋友,你要记住,以后可以炫耀一番呢!明天这个时候再来换绷带。你常常挨打吗?”

我想了想,回答说:

“我以前挨的打还要多呢……”

大夫哈哈大笑,说:

“一切都在向好的方向发展，朋友，一切都是这样！”

他把我领到老板面前，对他说：

“请收下吧，已经修理好了！明天再来，我们要给他换绷带。您真走运，有他给你们逗乐呢……”

我们坐上一辆出租马车，老板对我说：

“我以前也挨打呢，彼什科夫，有什么办法呢？我也挨打，兄弟！你好歹还有我来怜惜，可我呢，连一个怜惜的人也没有，一个也没有！人倒是挺多，处处拥挤不堪，而可怜我的人呢，却连一个狗崽子都没有！哼，这些母鸡畜生……”

一路上，他骂个不停。我很可怜他。他能把我当人看待，对我讲心里话，为此我对他十分感激。

老板一家接待我的态度就像我是一个重要人物。婆媳俩要我详细讲述医生治疗的经过和他说话的内容。她们一面听着，一面长吁短叹，津津有味地吧嗒着嘴唇，皱着眉头。我很奇怪，她们怎么会对疾病、疼痛和所有令人不快的事情表现出这种不自然的兴趣！

我看到他们对我非常满意，因为我没有同意告状。我乘机提出要求他们允许我到裁剪师的妻子那儿去借书，他们不敢拒绝我，只有老太婆大惊小怪地喊了一声：

“哼，真是个魔鬼！”

一天以后，我就到了裁剪师的妻子那儿，她亲切地对我说：

“他们告诉我说你病了，被送到医院里去了。你看，这不是瞎说吗？”

我没有说话。我不好意思向她吐露真情：有什么必要让她知道这种粗暴而又伤心的事情呢？她与别人迥然不同，这真是太好了。

我又能读大仲马①、捷赖尔、蒙特彭、扎孔内、加博吕②、埃马尔③、布阿戈

---

① 大仲马（一八〇二—一八七〇）法国作家，著有情节曲折的历史长篇小说《三个火枪手》、《基度山伯爵》等。他享有盛名，作品流传很广。

② 加博吕（一八三二—一八七三）法国作家。侦探小说的创始人之一。著有《列鲁日案件》、《在奥西瓦尔犯下的罪行》和《巴黎的奴隶》等。

③ 埃马尔（一八一八—一八八三）原名奥利维埃·格卢。法国作家。作品有惊险小说《追踪野兽的猎人》、《草原大盗》等。

贝这些作家的大部头作品了。我以很快的速度将这些书一本接一本地吞了下去,心情非常愉快。我觉得自己投入到一种不同寻常的生活之中,这种生活能够激动人心,振奋精神,令人着迷。我那自制的小油灯重又冒起了黑烟。我通宵达旦地看书,眼睛出了点小毛病,于是,老太婆亲昵地警告我说:

“你等着吧,书呆子,眼球会胀破,那你就要变成瞎子啦!”

不过,我很快就意识到,在所有这些情节复杂有趣的书中,尽管陈述的事件各不相同,国家和城市也不一样,但所要表达的内容却是一样的:好人总是不幸,常常遭到坏人的残酷迫害,而坏人总是比好人走运、聪明。可是到了最后,总有一种难以察觉的东西能够打败坏人,好人必定大获全胜。“爱情”也令人厌倦,因为所有的男人和女人都用千篇一律的词句谈情说爱,这种单调不仅令人乏味,而且引起了朦胧的怀疑。

常常是刚刚读了开头几页,你就想猜谁会获胜,谁要被击败。一旦情节发展的关键趋于明朗,你就会运用自己的想象力寻找故事的结局。我常常放下书本,像思考算术教科书中的习题那样来考虑书中的内容,解决书中人物谁会进入万事大吉的圣殿、谁会被投入监狱这个问题,而我的答案正确的概率越来越大了。

但在所有这些故事的后面,我看到了确实存在的,对我来说意义重大的真理的闪光,这是另一种生活的特点,另一种人与人之间的关系。我知道了在巴黎马车夫、工人、士兵和所有的黎民百姓都与下诺夫哥罗德、喀山、彼尔姆等地的黎民百姓不同,他们与老爷说话时胆子要大些,在与老爷的相处之中更随便、更不受拘束一些。就拿一个当兵的做例子吧,这个兵与我所认识的任何一个兵都不相像,不像西多罗夫,不像轮船上那个从维亚特卡来的小兵,更不像叶尔莫欣。他比这些当兵的更像一个人,在他身上有着某种与斯穆雷相似的地方,然而没有斯穆雷那么凶恶粗鲁。那儿也有店铺老板,他们也比我所认识的所有店铺老板更好一些。书中描写的教士与我所了解的教士也不相同,他们对待别人更加热心,更加富有同情心。总的说来,按照书中所描述的情况,国外的生活比我所熟悉的生活有趣些,轻松些,美好些。在国外人们不会经常大打出手,拳脚相加,不会像要弄维亚特卡小兵那样要弄、折磨别人,不会像老太婆那样恶狠狠地祈祷上帝。

我还特别注意到在这些书中的歹徒、吝啬鬼和无耻之徒的身上并没有我所司空见惯的那种无法解释的残忍，那种侮弄别人的强烈欲望。书中的坏人也很残忍，但他们的残忍行为总是为了达到某种目的，我几乎总能理解，为什么他如此残忍。然而，我所见到的残忍却是毫无目的，毫无意义的，人们仅是以此寻寻开心，并不期望从中得到什么好处。

每读一本新书，俄国生活与其他国家生活之间的差异在我面前便展现得愈加清晰，这使我产生一种说不清楚的懊丧，也加深了我的怀疑，怀疑这些经过多人阅读，边角已经污损的黄色书页上所描写的内容的真实性。

有一次，我偶然弄到一本龚古尔[①]的小说《桑加诺兄弟》。我一口气，只用了一夜工夫就把它读完了。某种在此之前我还从未体验过的东西使我深为震惊，于是我又重新开始阅读这个简单而悲惨的故事。在这个故事中，没有任何复杂的情节，表面看来也没有任何有趣之处，最初几页就给人留下严肃、枯燥这样的印象，犹如圣徒传记。小说的语言极其准确，不带夸张，起初这使我感到惊奇，心中不悦，但是，简洁的语言、结构严谨的句子非常清晰地铭刻在人们心中，极富感染力地讲述了走街串巷卖艺的两兄弟的悲剧。读这本书对我来说是一种享受，我兴奋得两手发颤。当我读到不幸的艺人拖着断了的双腿慢慢爬上阁楼，看到他的兄弟还在阁楼上悄悄地练他心爱的艺术时，不由得放声痛哭了。

当我把这本精彩的小说还给裁剪师妻子的时候，我请求她再借给我一本这样的书。

“那怎么才是这样的呢？”她笑着问我。

她的笑容使我发窘，而且我也说不清楚，究竟我想看什么样的书。于是她说：

“这是一本没意思的书，好，你等着吧，我会给你另外一本更有趣的书……”

几天以后，她给了我一本格林维德[②]的《一个苦孩子的真实故事》。书

---

① 龚古尔兄弟是法国作家，他们的长篇小说描绘了社会各阶层的生活，如《翟米尼·拉赛德》、《勒内·莫普兰》等。其作品将现实主义和自然主义的原则融为一体。茹尔·德·龚古尔（一八三〇——一八七〇）死后，埃德蒙·德·龚古尔（一八二二——一八九六）撰写了中篇小说《桑加诺兄弟》。

② 英国作家。

名有点刺痛我的心，但小说的第一页就在我的心中激起喜悦的微笑。我就是带着这样的笑容读完全书，某些章节还反复看了两三遍。

原来即使在外国，有的时候孩子们也生活得极其艰难，极其痛苦！看来，我的境况还不算太糟，这就是说，完全不必垂头丧气。

格林维德给我增添了许多勇气。此后不久，我又得到一本真正的“正派”书——《欧也妮·葛朗台》。

葛朗台老头鲜明的形象使我联想起我的外祖父。这本书篇幅不大，令人感到遗憾，但使人惊讶的是其中却包含了如此之多的真实情况。这些生活中的真实情况是我所熟悉的，也是我所厌恶的，但在这本书中对这些内容的阐述却使用了全新的笔调——温和宽厚，心平气和。我以前看过的全部书籍，除了龚古尔的作品以外，对别人的责难都像我的老板一家人那样严酷，声色俱厉，伴随着叫骂声。这些书常常引起读者对罪犯的好感和对好人的懊丧之情。一个人付出了巨大的智慧和毅力却仍然达不到他所期望的目的，看到这样的事情总是令人遗憾的。正人君子从书的开头一直到结尾犹如石柱一般毫不动摇地屹立在你的面前，虽然一切不道德的罪恶企图必然会在这些石柱子上碰得粉身碎骨，然而，石头不会引起人们的同情。要知道，一堵墙不管它如何漂亮，如何坚固，但只要你想从墙里面的苹果树上摘大苹果，你就不可能去欣赏这堵墙了。我倒觉得，最珍贵、最关键的东西恰恰隐藏在高尚品德的后面……

在龚古尔、格林维德、巴尔扎克①的作品中没有恶棍，也没有善心好人，只有栩栩如生的普普通通的人，这些人物能够让你坚信，他们的言谈举止恰恰应该就是这样，而不可能是另外一种样子。

这样，我已经体会到读一本“正派的好书”是一种莫大的快乐，但是怎样才能找到好书呢？在这方面，剪裁师的妻子帮不上我的忙了。

---

① 巴尔扎克（一七九九——一八五〇），法国作家，一八二九年开始创作巨著《人间喜剧》，包括九十部长、短篇小说，如《无人知道的杰作》、《驴皮记》、《欧也妮·葛朗台》、《高老头》、《贝姨》等。他的著作以极广阔的画面反映出一八一六——一八四八年法国的实际生活及其矛盾，以及资产阶级人与人的关系和道德的内幕。恩格斯认为巴尔扎克的创作是现实主义最伟大的胜利之一。

“这是一本好书。”她说，递给我一本阿尔森·古塞[1]的《捧着玫瑰、黄金的血手》，或者是贝洛[2]、科克[3]、费瓦尔[4]的长篇小说。但是，看这些书我并不十分乐意。

裁剪师的妻子喜欢马里亚特[5]、维尔纳[6]的作品，但我觉得这些作品枯燥无味。我也不喜欢施皮尔哈根[7]，但是非常钟情于奥尔巴赫[8]的短篇小说。苏[9]和雨果[10]对我的吸引力也不大，我觉得瓦尔特－司各特[11]的著作更胜一筹。我喜读能让我激动，给我带来欢乐的书籍，例如非常了不起的巴尔扎克所撰写的作品。那个瓷人儿般的女人我也越来越不那么喜欢了。

每逢到她那儿去，我都穿上干净的衬衣，梳好头发，尽可能修饰一下我的外表，显得干净整洁。我这样做未必非常成功，但我一直期待着她看到我

---

① 法国作家。

② 法国作家。

③ 法国作家。

④ 法国作家。

⑤ 马里亚特（一七九二—一八四八），英国作家。作品有长篇小说《彼得·西姆普尔》、《海军准尉伊济》等，题材取自拿破仑战争的时代，还有抨击美国奴隶制和政治制度的《美国日记》。

⑥ 维尔纳（一八三八—一九一八），德国女作家，著有《一路平安》、《意志的力量》等小说。

⑦ 施皮尔哈根（一八二九—一九一一），德国作家，作品为社会政治长篇小说，如《寡不敌众》等。

⑧ 奥尔巴赫（一八一二—一八八二），德国作家，著有《黑林山地区的农村故事》，将宗法式的农村视为理想，描绘了人民生活的鲜明画面。还著有长篇小说《莱茵河畔的别墅》和历史小说《斯宾诺莎》。

⑨ 苏（一八〇四—一八五七），法国作家。著有《巴黎之神秘》（旧译《巴黎的秘密》）和《流浪的犹太人》等，描写人民的苦难和巴黎“底层”的生活，以感伤的小市民情调宣扬傅立叶的社会思想。晚年作品中较为重要的长篇为《人民的隐情》。苏善于安排情节，文笔流畅，是欧洲最早描绘下层社会的作家之一，曾受到马克思和恩格斯的注意。

⑩ 雨果（一八〇二—一八八五），法国作家。著有矛头直指教会和国王的历史长篇小说《巴黎圣母院》，另有充满民主理想的作品《悲惨世界》、《海上劳工》、《笑面人》，描写法国大革命的长篇小说《九三年》及一些诗作。俄国十九世纪的进步作家对雨果作品中的社会内容给予高度评价。

⑪ 瓦尔特·司各特（一七七一—一八三二），英国作家。开历史小说的先河，将浪漫主义和现实主义熔于一炉。作品有长诗《湖上夫人》，取材于欧洲历史转折关头的历史小说《威弗莱》、《清教徒》、《昆丁·达沃德》等。

衣冠整齐,和我讲起话来更加随和、更加友善一些,在她那清清爽爽、总是喜气洋洋的脸上不再是冷漠的笑容。然而,她总是面带笑容,用疲倦的嗓音娇声娇气地问我:

"读完啦?喜欢吗?"

"不喜欢。"

她稍稍扬起细细的眉毛,看着我,叹着气,用我熟悉的鼻音说:

"那是为什么呢?"

"这个我已经看过了。"

"这个是指什么呀?"

"爱情……"

她眯缝起眼睛,发出一串甜蜜的笑声。

"哎呀,所有的书里都要写爱情的呀!"

她坐在一张很大的圈椅里,晃动着穿在毛皮便鞋里的一双小脚,不时打一个呵欠,把身上穿着的天蓝色长衫裹紧,再伸出粉红色的手指敲敲放在她的膝盖上的那本书的硬皮封面。

我真想问她:

"您干吗还不从这儿搬走?那些军官老是给您写信,他们讪笑您……"

但是我没有勇气对她说出这番话来,于是,捧着厚厚一本有关"爱情"的小说走了,失望至极,心头一阵悲哀。

在这个院子里对于这个女人的议论愈演愈烈,言词更加肮脏、更加挖苦、更加恶毒。听着这些低级下流的,多半是胡编乱造的流言蜚语,我心中十分难受。不在她的面前时,我总是可怜她,替她担心,但是,当我来到她的面前,看到她的那双尖锐的小眼睛,像猫一样灵活的娇小身体和那张总是喜气洋洋的面孔,我对她的怜恤和担心顿时就会烟消云散。

春天,她突然走了,不知去向。几天以后,她的丈夫也搬家离去。

那些房间变得空荡荡的。在还没有新的住户搬来之前,我曾进去过一次。我看见光秃秃的墙壁上挂过画片的地方留下了方形的痕迹,还留有弯曲的铁钉和许多钉眼。在涂过油漆的地板上到处是乱七八糟的碎花布、纸片、破药盒、空的香水瓶子,还有一枚闪闪发光的大的铜别针。

我的心头一阵忧伤,真想再一次见到这个娇小玲珑的裁剪师的妻子,告诉她,我对她怀着多么深厚的感激之情……

十

还在裁剪师的妻子离开之前,一位黑眼睛的年轻太太带着女儿和母亲搬到我的老板家的楼下。她的母亲是个头发花白的老太婆,不停地叼着琥珀烟嘴吸烟。这位太太长得很漂亮,模样威严而高傲,讲话的声音低沉悦耳,看着别人的时候总是扬着头,微微眯起眼睛,仿佛别人离她甚远,因而她看不清楚似的。在她家干活的小兵秋菲亚耶夫几乎每天要把一匹细腿的棕红色的马牵到她家的台阶前。太太随后走了出来,站在台阶上,身上穿着银灰色的天鹅绒长裙,手上戴着喇叭口的白手套,脚登黄皮靴。她那提着长裙后襟的手里握着一杆柄上镶着淡紫色宝石的马鞭,另一只小手抚摸着龇牙裂嘴、对她十分亲热的马脸——马儿斜起一只火红色的眼睛看着她,浑身发颤,一只蹄子轻轻地跺着踩实的地面。

“罗贝尔,罗——贝尔,”她轻轻喊道,使劲拍了拍以优美的姿势弯下来的马脖子。

接着,太太将一只脚踩在秋菲亚耶夫的膝盖上,灵巧地跳上马鞍,于是,马儿撒开腿,像跳舞似的迈着有节奏的步伐,沿着土坝走去。太太的动作轻捷熟练,仿佛她就是长在马背上的。

她的美貌不同一般,这种罕见的美常常给人一种新颖的,从未见过的感觉,使人的心头充满带有醉意的欢愉。看着她的面容,我心里就会产生这种想法:狄安娜·普阿季叶、玛尔戈皇后,少女拉-瓦尔叶尔和其他长篇历史小说中美丽的女主人公的相貌一定都像她那样。

她的四周总是围着一群驻扎在城里的师部的军官。每天晚上,他们在她的家里弹钢琴,拉小提琴,弹吉他,唱歌,跳舞。在她身边最献殷勤的是短腿少校奥列索夫。他身材肥胖,双颊绯红,头发花白,皮肤油光光的,活像轮船上的机械工人。他的吉他弹得很好,言谈举止都像是这位太太恭顺、忠诚的奴仆。

五岁的小女孩和她的母亲一样美丽动人,她的头发拳曲,胖乎乎的,一双蓝蓝的大眼睛流露出严肃安详和有所期待的目光,在她的身上有着某种与孩子不大相称的气质——喜爱沉思。

她的外祖母从早到晚和秋菲亚耶夫,还有脸色阴沉、默默不语、肥胖、斜眼的女佣人一起忙于家务。她家没有雇用保姆,女孩几乎没人照顾,整天独自在自家台阶上或台阶对面的一堆原木上玩耍。我常常在傍晚时分出去陪她玩耍。我很喜欢这个小姑娘,她也很快和我熟悉了。往往在我给她讲故事的时候,她就躺在我的臂弯中睡着,等她睡熟以后,我就把她抱到她的床上去。不久以后,她有了一个习惯,每当躺下睡觉,就必定要我前去与她道别。我到了那儿,她郑重地向我伸出一只胖乎乎的小手,说:

"明天见!外婆,还要说什么呀?"

"愿上帝保佑你。"外祖母说着,从嘴里和尖尖的鼻子里喷出缕缕灰暗色的烟雾。

"愿上帝保佑你到明天。我现在可要睡觉了。"小姑娘跟着外祖母重复了一句,一边将滚着花边的被子裹在身上。

外祖母纠正她说:

"不是保佑到明天,而是永远保佑!"

"那明天就不是永远吗?"

她喜欢"明天"这个字眼,将一切她所喜爱的东西统统归于未来。她把摘下来的花和折断的树枝插入地里,说:

"明天这儿就是花园了……"

"明天什么时候我也给自己买一匹马,像妈妈那样,骑在它身上……"

她很聪明,但是并不十分快活。往往在玩兴正浓的时候,她会突然现出沉思的神情,出其不意地问道:

"为什么司祭的头发长得像女人一样?"

如果荨麻刺痛了她的手指,她会晃动着手指,威胁地说:

"你小心点,我会向上帝祷告,他就要让你吃很大的苦头。上帝可以让所有的人都吃苦头,他还能惩罚妈妈呢……"

有时在她的身上有一种淡淡的、煞有其事的悲哀,她会紧紧依偎在我的身上,蓝蓝的眼睛带着有所期待的神情注视着天空,说:

"外婆老是生气,发脾气,可妈妈从来不会这样,她只会笑。大家都喜欢她。她总是没有时间,总是不断有客人来,这个人来,那个人来,都来看妈妈,因为她长得漂亮。妈妈,她很可爱,连奥列索夫也这样说:可爱的妈妈!"

我极其喜欢听小姑娘说话,因为她告诉了我一个我所不熟悉的世界。小姑娘总是十分乐意谈她的母亲,而且说得很多,于是,一种新的生活渐渐地展现在我的面前,我重又想起了玛尔戈皇后。这就更加加深了我对书本的信任,也提高了我对生活的兴趣。

一天晚上,我坐在台阶上等候老板一家人从奥特科斯散步回家,小姑娘躺在我的怀里打盹。这时,她的母亲骑着马过来,轻巧地翻身下马,然后扬起头,问道:

"她怎么啦?睡着了吗?"

"是的。"

"呵……"

秋菲亚耶夫跑了过来,接过马缰。太太把马鞭塞进宽腰带,伸出两只手,说:

"把她给我吧!"

"我自己把她抱进去!"

"吁!"她像吆喝马那样对我大喝一声,还在台阶上跺了跺脚。

小姑娘醒了,她眨巴着眼睛看了看母亲,也向她伸出双手。她们走了。

我已经习惯于别人对我大叫大嚷,但这位太太也会大叫大嚷,这是令人不愉快的。其实,她只要轻轻地吩咐一声,任何人都会服从她的意志。

几分钟以后,斜眼女仆出来叫我,原来小姑娘不向我道别就不肯去睡觉,正在闹着呢。

我怀着对这个女人不无得意的心情走进了客厅:小姑娘坐在母亲的膝盖上,太太正利索地为她脱衣服。

“喏,你看!”她说,“他已经来了,这个怪物!”

“他不是怪物,他是我的小朋友……”

“原来是这样？很好。那我们送点礼物给你的小朋友,要不要?”

“好,要!”

“那行,这件事我来办,你去睡觉。”

“明天见,”小姑娘向我伸出一只手,说:“愿上帝保佑你到明天……”

太太惊讶地叫了起来:

“这是谁教你的？是外婆吗?”

“是啊……”

小姑娘走了以后,太太用手指招呼我过去。

“送件什么东西给你呢?”

我说,我不要她送给我任何东西,只是她能不能借本书给我看看?

她伸出热乎乎的、散发着香气的手指稍稍抬起我的下巴,面带愉快的笑容,问道:

“呵,你喜欢看书,是吗？你喜欢看什么样的书?”

她面带微笑的时候显得更加漂亮。我腼腆地报了几本长篇小说的书名。

“你喜欢这些书中的什么呢?”她把两手放在桌上,手指微微动弹,问道。

她的身上有一股浓重的、甜甜的花香味儿,这种香气与马汗的气味奇怪地混合在一起。她透过长长的睫毛,沉思而严肃地看着我,至今为止,还没有人用这样的眼神注视过我。

这个房间里摆着许多柔软漂亮的家具,显得十分狭小拥挤,简直像鸟窝一样。窗户被茂密的鲜花绿叶遮住,炉子上雪白的磁砖在昏暗中闪出亮光,炉子旁边放着一架锃亮的黑色钢琴,墙上挂着一些已无光泽的金边镜框,镜框里嵌着颜色已经发暗、上面写满了大大的歪歪斜斜拉丁字母的证书,每一张证书下面都用细绳挂着一枚深色的大印章。所有这些东西看着这个女人的神情和我一样,显得那么恭顺、胆怯。

我尽自己的可能向她说明生活是多么艰难,多么枯燥无味,而看书就能让人忘却一切。

“呵——是这样?”她站起身来,说道,“这不坏,这个,我看是很对的……那好吧,我可以借书给你看,但现在手边没有书……呵,对了,你就拿这一本吧……”

她从沙发上拿起一本有黄色封皮且已经破损的薄薄的书。

“你把这本读完以后,我再给你第二册,这套书一共四册……”

我走了,身上带着梅谢尔斯基公爵撰写的《彼得堡的秘密》。我开始聚精会神地阅读这部作品,但看完最初几页我就清楚地意识到,彼得堡的“秘密”比起马德里、伦敦和巴黎的就太没意思了,唯一令我感兴趣的一篇是关于自由和棍棒的寓言。

> “我比你高明,”自由说,“因为我比你聪明。”
>
> 但是棍棒回答它说:
>
> “不,我比你高明,因为我比你力气大。”
>
> 他们争啊,吵啊,最后动手打了起来。棍棒将自由打得遍体鳞伤。

后来呢,在我的印象中,自由好像由于伤势过重死在医院里了。

书里还谈及虚无主义者。我记得,按照梅谢尔斯基公爵的看法,虚无主义者是一种毒性极强的人,只要他对母鸡看上一眼,母鸡就会倒地死去。我只觉得虚无主义者是一个带有侮辱意味的、不体面的字眼,除此以外什么也没看明白,因而心中懊恼万分:显然,我还不能理解这些好书!说它是一本好书,这是因为我对此深信不疑:我觉得这么一位庄重体面、美貌过人的太太怎么可能看坏书呢?!

“喏,怎么样?喜欢吗?”当我把梅谢尔斯基的黄色封面小说还给她的时候,她问我。

我很难回答她说我不喜欢。我想,这会惹她生气的。

可她仅仅嫣然一笑,就转身跑到门帘后面去了,那儿是她的卧室。她从卧室里拿出一本蓝色山羊皮硬封面的薄本小书。

“这本书你会喜欢的,可别弄脏了!”

这是普希金[1]诗集。我一口气将这本诗集看完,心中充满一种如饥似渴的感觉,犹如一个人突然来到某个从未见过的美丽如画的地方,总是渴望着立即把这个地方跑遍。这种感觉还会产生在你在沼泽地带的森林里,沿着铺满青苔的土墩走了很久很久,突然,一片干燥的、长满鲜花、洒满阳光的林中空地展现在你面前的时候,你会心醉神迷地看着这块空地,片刻之后,就会满怀幸福地跑遍它的各个角落,脚与这块肥沃土地上柔软青草的每一次接触都会让你感到宁静的喜悦。

普希金的诗歌如此朴实无华,如此富有韵律感,使我惊叹不已,以至很长一段时间总觉得白话文是不自然的,读起来也不顺畅。《鲁斯兰》的序使我想起外祖母讲过的那些最动人的童话故事,仿佛它就是这些故事绝妙的缩影,而某些诗句以其深刻、清晰的真实令人叹为观止。

那边,在人所不知的小路上,
印着人所未见的野兽的足迹。

我在脑中反复念诵美妙的诗句，看见了这些我十分熟悉而又隐约可辨的小道，看见了神秘的足迹，这些足迹压倒了青草，而青草尚未抖落掉如同水银般沉重的露珠。朗朗上口的诗句点缀了诗中所描绘的一切，赋予它欢乐祥和的气氛，令人极易记住。这些诗歌给我带来了幸福，使我的生活变得轻松而又愉快，朗读诗歌犹如敲响新生活的钟声。一个人能够看书识字，这是多大的幸福啊！

普希金的那些极其精彩的童话诗对我来说最为亲切易懂,我只要看上几遍就能背诵下来。躺下睡觉的时候,我就闭上眼睛,用极低的声音念诵,直至睡着为止。我也不止一次将这些童话诗读给勤务兵听,他们听着,开怀地放声大笑,亲切地骂上几句。西多罗夫抚摩着我的头,轻轻地说:

"真棒,是不?哎,上帝……"

---

① 普希金,阿·谢(一七九九——一八三七),俄国作家,俄罗斯近代文学的奠基人。和十二月党人过从甚密,曾两次被流放。主要作品有叙事诗《高加索的俘虏》,另有《鲍里斯·戈东诺夫》、《叶甫盖尼·奥涅金》,还有《青铜骑士》、《别尔金小说集》、《黑桃皇后》等等。普希金把人道主义、公民责任感、真理的激情、现实主义、人民性确立为俄国文学最主要的传统。

我满心的激动和兴奋被老板一家人看出来了，老太婆骂道：

“这个淘气鬼，读书中邪啦，茶炊已经有四天没擦了！看我不拿擀面杖……”

擀面杖算得了什么！我用诗句做为对她的还击：

老巫婆灵魂歹毒，
作恶多端……

这位太太在我心目中的地位更高了：瞧，她读的是这样一些书啊！这可不是那个像瓷人儿似的裁剪师的妻子……

当我把书带到她那儿，心情忧郁地将书还给她的时候，她蛮有把握地说：

“这本书你一定喜欢！你听说过普希金吗？”

我曾经在一本杂志上读到过有关诗人的一些情况，但我很想让她亲自给我讲讲，于是我说我从未听说过。

她简短地向我讲述了普希金的生平和死因，接着，脸上荡漾着春天般暖融融的笑意，问我：

“爱一个女人多么危险，你知道了吗？”

从我读过的那些书中，我已经知道，这确实是很危险的，但同时也是十分美好的。我说：

“危险归危险，大家都还在爱嘛！而且女人不也一样因此而痛苦不安……”

她像看别的东西一样，透过睫毛瞧了我一眼，一本正经地说：

“是这样吗？你明白这一点？那我希望你，千万别把这给忘了！”

她又问我喜欢哪些诗歌。

我对她说了一些想法，还摆动着双手，背诵了诗句。她一言不发，神情严肃地听着，然后站起身来，在房间里来回走动着，沉思地说：

“你这个挺可爱的小野兽，应当去上学读书！我来考虑这件事情……你的老板家是你的亲戚？”

在我做了肯定的回答之后，她惊叫一声“噢！”仿佛是在责备我似的。

她给了我一本《贝朗瑞[1]诗集》。这本书装帧精美,附有版画插图,切口喷金,红皮封面。这些诗歌将巨大的悲痛和奔放的欢乐奇特地紧密结合在一起,简直令我如痴如醉,神魂颠倒。

我读着《老乞丐》中辛酸的诗句,心中掠过阵阵寒意:

一条讨厌的蛆——莫非我惹得你们心烦意乱?
那就用脚将此恶类踩烂!
还有什么值得怜悯之处?
你们快快动手,将它砸烂!
为什么你们没有给我教导,
不给我的充沛精力指明出路?
如果我这条蛆虫变成蚂蚁,
就能拥抱着弟兄们与人世告别;
如今成为老流浪汉的我
　　　　已经奄奄一息,
我要大声疾呼,
向你们报仇,讨回真理。

在这首诗之后,我读了《哭泣的丈夫》,却笑得流下了眼泪。我记得特别清楚的是贝朗瑞的下面几句话:

快乐生活的秘诀,
普通人并不感到难以领会。

贝朗瑞在我的心头激起难以抑制的欢乐和想调皮捣蛋,说些大胆、俏皮话语的愿望,而且,在一个短时间内,我在这方面颇有成绩。贝朗瑞的诗歌

① 贝朗瑞(一七八〇——一八五七),法国诗人。因发表讽刺拿破仑政权的诗篇《意弗托国王》一举成名。他的歌谣充满革命激情、贫民的幽默和乐观主义。主要作品有《草索僧》、《护身天使》等。

我也能够背诵。我常常跑到厨房里去待上几分钟，兴致勃勃地为勤务兵们朗诵这些诗句。

不过很快我就不得不放弃这种做法，那是因为有一次我读了这样两句诗：

一个十七岁的姑娘，
带什么样的帽子不好看呀！

结果引起一场令人恶心的对姑娘们的议论，当时我简直气疯了，拿起一只平底煎锅就往士兵叶尔莫欣头上砸去。西多罗夫和另外几个勤务兵赶紧帮我从他那笨拙的手中挣脱出来，从此以后我再也不敢往军官家的厨房里跑了。

他们从来不放我出去溜达，再说我也没有工夫，要做的事情越来越多：现在，除了承担女仆、门房和"跑腿的小学徒"该做的日常活计以外，我每天还要用钉子将细棉布钉在宽宽的木板上，再把设计图纸贴在细棉布上。我还要誊抄老板做的建筑工程预算，核对包工头的账单。老板从早晨干到深夜，简直成了一台机器。

在那些年头，市场上的公有建筑物正在渐渐转为商人手中的私有财产，商场都在匆匆忙忙地改建。我的老板承包了门面房的修缮和装修新店的业务，他绘制"翻建过梁、在屋顶上开辟天窗"以及诸如此类的工程图纸。我常常拿着这些图纸，身上还装有一只放了二十五卢布的信封，去找一名年纪很大的建筑师。建筑师收下钱以后，就在图纸上签字："此图纸与实际情况相符。工程监督人某某"。当然，他从未见过"实际情况"，也不可能承担监督工程的任务，因为他疾病缠身，根本无法走出家门。

我就拿着这些贿赂，分头送给市场主管人和其他一些必要的人物，再从他们那儿取得"各种违法行为的许可证"——这是老板为这些证件所定的名称。由于我做了这些事情才被允许在老板一家晚间外出做客的时候可以在门外的台阶上等候他们回来。这样的机会并不太多，但是他们出去以后都要过了半夜才能回来，于是我就可以在台阶上面的小平台上，或者在台阶对面的原木堆上坐上几个小时，看着我认识的那位太太家里的窗户，贪婪地聆听欢声笑语和动听的音乐。

窗户敞开着,透过窗帘,我从花朵枝叶的空隙里看见身材匀称的军官在各个房间里走动,腰圆膀粗的上校滚来滚去,而她穿得极其朴素大方,却又美丽非凡,也轻盈地走来走去。

我暗暗地把她叫做玛尔戈皇后。

"这就是法国小说里所描述的最最快乐的生活。"我眼望窗户,心里想道。每次,我的心头总会掠过淡淡的忧伤:看到那些男人像黄蜂围着一朵鲜花一样在玛尔戈皇后身边转来转去,我就会产生带有孩子气的忌妒心,心中有点难受。

到她家里来的次数少于别人的是一个个子高高的军官,他总是显得闷闷不乐,额头上有一块被刀砍过的伤疤,两只眼睛深深地陷了进去。每次他都随身带着小提琴,演奏得极为出色,以至在他拉提琴的时候,过路人都站在窗下驻足不前,整条街上的人都聚在原木堆上,就连我们老板一家人,只要他们没有外出,也会打开窗户,听听琴声,并且不停地称赞拉琴的人。在我的记忆中,他们除了大教堂的辅祭长以外,从未称赞过任何人。我还知道,他们对鱼油馅儿饼的喜爱程度毕竟是胜过音乐的。

有时,军官用他那略显低沉的嗓音唱歌,朗诵诗,这时他会莫名其妙地喘气,并把一只手掌按在自己的额头上。有一次,我带着小姑娘在窗口下面玩耍,玛尔戈皇后请这位军官唱歌,他推辞了很长时间,后来清清楚楚地说道:

只有歌需要美,
美却不需要歌……

我很喜欢这两行诗句,不知为什么,心头对这个军官涌上一股怜悯之情。

我更喜欢看着我的这位太太独自一人待在房间里,坐在钢琴旁弹奏。音乐令我陶醉,我只看见这扇窗户,只看见窗子里面沐浴在黄色灯光中的那个女人的苗条身影、高傲脸庞的侧影和在琴键上面像小鸟一般飞来飞去的白皙的双手。此外,我什么也看不见了。

我看着她,听着忧郁的音乐,心中想入非非:我要到一个地方去找到宝藏,把全部宝藏都奉送给她,让她成为一个大富人！如果我是斯科别列夫①,我会再次向土耳其宣战,领到赔款以后,在城里最好的地方奥特科斯建造一幢房子送给她,只要能让她搬离这条街道,搬离这幢房子就行,因为在这个地方,大家对她议论纷纷,恶言秽语,让她受到伤害。

不论是周围的邻居,还是我们院子里的大小奴仆,特别是我的老板一家,都像当年对待裁剪师的妻子那样,十分恶毒地相互传播有关玛尔戈皇后的流言蜚语,只不过更加小心谨慎,压低了嗓音,还不时向四周张望。

他们之所以怕她,可能是因为她是达官贵族的遗孀。在她房间里的墙壁上挂着的那些证书都是俄国的历代沙皇戈林诺夫、阿列克谢、彼得大帝给她丈夫的先人的赏赐。这是小兵秋菲亚耶夫告诉我的,他是一个有文化的人,总是读《福音书》。也可能是因为人们害怕她会举起那根柄上镶着淡紫色宝石的马鞭子打人。据说,她已经用这根鞭子打死了一个了不得的大官呢。

但是,压低嗓音传播的流言蜚语并不好于大声说出来的议论。那位太太生活在对她仇视的气氛之中,这种仇视令我费解,也令我痛苦不安。维克托鲁什卡讲了一件事情,说他在午夜过后回家的路上往玛尔戈皇后卧室的窗户里瞧了瞧,看见她只穿一件衬衫坐在沙发床上,而少校双膝跪在地上给她剪脚指甲,还不时用海绵为她擦脚。

老太婆一边破口大骂,一边啐唾沫。年轻的女主人满脸通红,尖声叫道:

“维克托,呸！真不害臊！哎呀,这些老爷先生真是下流坯子!”

老板没有开腔,脸上露出了微笑。我对他的沉默十分感激,但又提心吊胆,生怕他抱有同感,也加入这场叫嚷和谩骂。婆媳俩大呼小叫,长吁短叹,详细向维克托鲁什卡询问太太究竟怎么坐着,少校又是怎么个跪法,于是维克托又添油加醋地说:

“他满脸通红,舌头都伸出来了……”

---

① 斯科别列夫(一八四三——一八八二),俄国步兵上将。曾参加征服中亚的一八七三年希瓦远征和一八八〇——一八八一年阿哈尔捷金远征,在一八七七——一八七八年俄土战争中曾指挥战斗。

少校为那位太太剪指甲，我并不认为是什么可耻的事情，但是我不相信他会把舌头伸出来，觉得这是侮辱别人的谎话，于是，我对维克托鲁什卡说：

"既然这是不体面的事情，那您干吗往窗子里面看呢？您又不是小孩……"

当然，我遭到一顿痛骂，但是辱骂并没有惹我气恼，当时我一心想做一件事情：跑到楼下，像少校那样，跪在那位太太的面前，请求她：

"请您从这幢房子里搬走吧！"

现在，当我已经知道世界上还存在另外一种生活，还存在另外一种人，还有另外一种思想感情，这幢房子和房子里的所有住户在我心中激起的厌恶之感就愈加厉害了。无耻的流言蜚语、恶意诽谤织成一张肮脏的网缠绕住整幢房子。在这里面，没有一个人可以幸免居心叵测的恶言秽语。那个团队的神父是个有病的人，一副可怜的模样，却被败坏成酒徒和色鬼。按照我的老板家人的说法，那些军官和他们的太太都在通奸，过着罪恶的生活。当兵的谈起女人来总是那一套陈词滥调，这已令我感到厌烦，而最令我厌恶的是我的老板一家人：他们热衷于毫不留情地责难别人。我深知这种行为的真正价值：挑剔别人的短处，是唯一可以不付任何代价的娱乐活动。我的老板一家人只会用折磨别人来为自己寻找乐趣，仿佛他们的生活如此虔诚、艰难而无聊都是别人的过错，因此要向所有的人加以报复。

每当别人用不堪入耳的脏话议论玛尔戈皇后的时候，我就会心潮起伏，一种绝非孩子气的情感在胸内激荡，对无事生非造谣者的仇恨填满胸膛，不可抑制的欲望控制了我，真想激怒众人，胡作非为一番。有时，我的内心又涌动着令人痛苦的，对自己的怜悯之情，对芸芸众生的怜悯之情，这种无言的怜悯比仇恨更加沉重。

我比他们更加了解玛尔戈皇后，有些事情他们并不知道。我也担心他们会打听到我所知道的那些事情。

每逢节日，我的老板一家人都要到大教堂去做晚弥撒。早晨，我就到玛尔戈皇后那儿去。她把我叫进她的卧室，在蒙着金黄色绸缎的小圈椅上坐下，小姑娘就会爬坐到我的膝盖上来。我向她的母亲讲述我读过的书。她躺在一张宽大的床上，两只小手掌交叠在一起，垫在她的脸颊下面。她身上盖的被子和卧室里的一切陈设一样，也是金黄色的。黑色的头发编成一条长辫子，绕过皮肤黝黑的肩膀，横放在她的前面，有时也会从床上耷拉下来，拖在地板上。

听我讲话的时候，她亲切、温和地注视着我的脸，有时脸上露出难以察觉的笑容，说：

“原来是这样？”

在我的眼中，就连这种友善的笑容也只可能是皇后赐于下属的，故作大度的微笑。她的嗓音低沉而又亲切，我觉得她的话语之中总是包含着这样一层意思：

“我知道，我最优秀，我最纯洁，所有的人都无法和我相比，而且我不需要他们当中的任何一个人。”

有时我会撞上她正好坐在镜子面前，坐在那张矮矮的圈椅里梳理头发，发梢散落在她的膝盖上，披散在圈椅的把手上，又从圈椅的背后泻落下去，几乎垂到地板。她的头发又长又密，和我的外祖母的头发一样。我在镜子里看见了她那黝黑的、结实的乳房，她当着我的面穿戴束胸、长袜，但这种毫无邪意的裸体没有在我心中引起任何羞臊的感觉，我只是为她感到骄傲，心头充满喜悦。她的身上总有一股鲜花的香味，这种香味犹如保护神一样，使得别人不能产生邪恶的念头。

我健康、强壮，清楚地知道男女关系的秘密，但是，人们在我面前谈论起这种关系的时候，竟会冷酷得幸灾乐祸，态度极其残忍，语言极其肮脏，因此我无法想象这个女人会投人男人的怀抱，也难以想象谁能拥有权利成为她的肉体的主人，敢于伸出手来放肆地、不顾廉耻地触摸她的身体。我坚定地相信，玛尔戈皇后从不知道厨房里和堆房里的那种爱情，她了解另外一种高尚的欢乐，另外一种爱情。

然而，有一天傍晚时分，当我走进她家客厅里，却听见我心中的这位高贵的太太在卧室门帘的后面发出银铃般的笑声，还有一个男人的声音请求道：

“等一等嘛……上帝！我真不能相信。”

我必须走开。我明白这一点，但是我无法走开……

“谁在那儿？”她问。“是你？进来吧……”

卧室里弥漫着浓郁的花香，让人感到憋闷。房间里光线幽暗，窗子上挡着窗帘……玛尔戈皇后躺在床上,被子一直盖到下巴底下。那个会拉小提琴的军官靠墙坐在她的身边,只穿一件衬衣,胸前敞开着。在他的胸口也有一处刀伤,像一条带子似的从右肩一直延伸至奶头的红色疤痕非常明显,我在幽暗的光线中看得清清楚楚。他的头发蓬乱,显得可笑,而我这是第一次在他那凄楚的、带有刀伤的脸上看到了笑容,就连这笑容也是奇特的。他那大大的、女人一般的眼睛看着皇后,流露出仿佛他刚刚才发现了她的美貌的神情。

"这是我的朋友。"玛尔戈皇后说。我不知道这是对我说呢,还是对他说的。

"你干吗吓成这个样子?"我听到她的声音,仿佛是从远处传来。"你过来……"

我走到她的面前,她伸出裸露的、热乎乎的手臂搂住我的脖子,说:

"等你长大了,你也会幸福的……你走吧!"

我把书放上书架,拿了另外一本书就走了。

我的心里有什么东西咯噔一下。当然,我连一分钟都没有产生过这样的想法,认为我的皇后的爱情与所有女人的爱情是相同的,何况那个军官的模样也不允许我产生这种想法。在我的眼前出现了他的笑容,他笑得那么欢畅,就像突然间感到又惊又喜的孩子那样,凄楚的面容神奇地焕然一新。他应当爱她——难道能够做到不爱她吗?她也可以用自己的爱情慷慨地给他回报——他的小提琴拉得那么出色,朗诵诗歌又那么动人心弦……

当时我必须寻找这些安慰。这件事本身使我清楚地意识到,并不是一切都好,我对待所见到的事物的态度,对玛尔戈皇后本人的看法也并非完全正确。我感到若有所失,在深深的悲哀中度过了几天。

……有一天,我粗暴蛮横地瞎胡闹了一场。后来我到这位太太那儿去借书,她声色俱厉地对我说:

"我听说你是个不可救药的捣蛋鬼!我真没想到你竟会这样……"

我忍耐不住,终于向她讲起我的生活多么令人作呕,听到别人对她的非议,我的心情多么沉重。她站在我的对面,一只手放在我的肩上,起初认真而严肃地听着我的讲话,但很快扬声笑了起来,将我轻轻推开:

"别说了,这些我都知道,你明白吗?我都知道!"

后来，她拉住我的两只手，非常温存地对我说：

“你对这些乱七八糟的脏事注意得越少，对你越有好处……瞧你的手都没有洗干净呢……”

其实，她大可不必讲出这句话来。如果她要擦铜器，拖地板，洗尿布，我想，她的手也不会比我的手干净。

“一个人如果善于生活就要遭人怨恨，受人忌妒；如果不善于生活，又要受人蔑视。”她沉思地说，轻轻搂住我，把我拉到她的跟前，笑意融融地看着我的眼睛。“你爱我吗？”

“是的。”

“很爱吗？”

“是的。”

“那——怎么个爱法？”

“不知道。”

“谢谢，你真好！我喜欢人家爱我……”

她冷冷一笑，想说什么，但叹了口气，没有说出来。她久久地默默不语，一直没有将我从她的双手中松开。

“你要常常到我这儿来。只要能来，你就来……”

我照她的吩咐做了，从她那儿得到了许多有益的东西。每天午饭以后，乘我的老板一家躺下午休，我就跑到楼下去。如果她在家，我就在她那儿坐上一个小时，有时还更久一些。

“要读俄国的书，要了解我们自己的生活，俄国的生活。”她一面教导我，一面用粉红色的手指灵巧地将一根根发卡插进芬芳的头发里去。

她列举了一系列俄国作家的姓名，问我：

“你能记住吗？”

她常常若有所思，稍带遗憾地说：

“你必须上学，上学读书。我总是把这件事情忘掉！哎，我的天哪……”

在她那儿坐了一会儿，然后拿上一本新换的书跑上楼去，仿佛整个身心都得到了净化。

我已经读完了阿克萨科夫[1]的《家庭纪事》，绝妙的俄国史诗《在林中》，令人惊叹不已的《猎人笔记》[2]，几本格列比奥恩卡[3]和索洛古布[4]的作品，还有韦涅维季诺夫[5]、奥多耶夫斯基[6]和丘特切夫[7]的诗作。这些书籍冲洗了我的灵魂，清除了贫穷而痛苦的现实生活留在我心中的印象糟粕。我这才体会到什么是真正的好书，也意识到好书对我来说是必不可少的需求。读了这些书以后，在我的心中渐渐形成一个坚定的信念：在这个世界上我并不孤单，不会走投无路。

每当外祖母来到我这儿，我就兴奋地向她讲述玛尔戈皇后的情况，外祖母则津津有味地嗅嗅鼻烟，满有把握地说：

"呵，呵，这真是太好了！好人多得很嘛，只要你留心去找，肯定能够找到！"

有一次，外祖母建议我说：

"或许我该到她那儿去一趟，替你谢谢她？"

"不，不用去……"

"好，那就不去吧……上帝，上帝呵，这一切多么好啊！我想活下去，永远永远活下去！"

---

① 阿克萨科夫，谢·季(一七九一——一八五九)，俄国作家。彼得堡科学院通讯院士。作品有自传体小说《家庭纪事》和《孙子巴格罗夫的童年》，真实地再现了十八世纪末地主阶级的生活习俗。

② 俄国作家屠格涅夫的作品，写于一八四七——一八五二年，书中收入现实主义的短篇小说和随笔，表现了俄国农民崇高的道德风貌和才智秉赋。

③ 格列比奥恩卡，叶·帕(一八一二——一八四八)，乌克兰和俄罗斯作家。写有寓言、故事、历史长篇小说《柴科夫斯基》以及歌谣《乌黑的眼睛，多情的眼睛》等。

④ 索洛古布，弗·阿(一八一三——一八八二)，伯爵，俄国作家。作品有描写外省风俗惟妙惟肖的中篇小说《四轮马车》以及取材于上流社会生活的中篇小说、喜剧等。

⑤ 韦涅维季诺夫，德·弗(一八〇五——一八二七)，俄国诗人，文艺评论家。他的浪漫主义诗歌充满哲理，洋溢着渴望自由的激情。

⑥ 奥多耶夫斯基，弗·费(一八〇三/〇四？——一八六九)，公爵，俄国作家，音乐评论家。著有短篇小说和哲学谈话集《俄罗斯之夜》，描写上流社会生活的中篇小说以及浪漫主义和哲学幻想性质的中篇小说。

⑦ 丘特切夫，费·伊(一八〇三——一八七三)，俄国诗人，彼得堡科学院通讯院士。倾向泛斯拉夫主义。他的哲理诗表达了社会历史和个人命运产生矛盾的悲剧感及他本人的惶惑心情。

玛尔戈皇后本想关心送我去学校读书的事情,但未能办成。圣灵降临节那天发生了一件倒霉的事情,我差点儿被毁了。

在节前不久,我的双眼肿得十分厉害,上下眼皮肿得挤在了一起。老板一家吓坏了,担心我会变成瞎子,我自己也很害怕。他们把我送到熟悉的产科大夫亨里希·罗泽维奇那儿,大夫在我的眼皮里面开了一刀。就这样,我双眼缠着绷带,什么也看不见,在极其难受的、黑洞洞的寂寞之中躺了几天。圣灵降临节的前一天眼睛上的绷带被解掉了,我重新站立起来,仿佛是活着被人放进了棺材,如今又从坟墓里爬了出来。失去视力真可怕,没有比这更可怖的事情了,这是一种无法形容的灾难,它能夺去一个人十分之九的世界。

圣灵降临节是个快活的日子。这天,因为有病在身,我从中午起就摆脱了所有该做的事情,空闲下来,到各处厨房走走,看看勤务兵们。除了严格管束自己的秋菲亚耶夫以外,所有的人都醉醺醺的。傍晚,叶尔莫欣拿着一根劈柴往西多罗夫的脑袋上砸去,西多罗夫顿时失去知觉,倒在了过道里。惊恐万状的叶尔莫欣溜了,躲进了山沟。

西多罗夫被打死的可怕传闻迅速传遍整个院子。人们聚集在台阶周围看着一动不动、直挺挺躺着的西多罗夫,他的身子跨在厨房的门槛上,头部在过道里。大家交头接耳,议论纷纷,认为应当去叫警察,但是谁也没有付诸实施,也没有人敢碰这个被打伤的兵。

洗衣女工纳塔利娅·科兹洛夫斯卡娅来了,穿着崭新的雪青色连衣裙,双肩披着白色的头巾。她气恼地推开众人,走进过道,蹲了下来,大声地说:

“你们这些傻瓜,他还活着呢! 快拿水来……”

大家纷纷劝她说:

“还是不管闲事为好啊。”

“我说拿水来!”她像救火似的,又喊了一声。她麻利地把自己的新裙子撩到膝盖上面,把里面的衬裙拉拉平整,就把西多罗夫满是鲜血的脑袋搬到自己的膝盖上。

围观的人群带着赞许和担心散去。在暮色浓重的过道里,我看到洗衣女工白皙的圆脸上,双眼噙着泪花,闪现出气愤的火花。我提了一桶水过来,她吩咐我把水浇在西多罗夫的头上和胸脯上,并提醒我说:

“小心别把水浇在我的身上,我还要去做客呢……”

西多罗夫苏醒过来,睁开迟钝的眼睛,发出了呻吟声。

“你把他抬起来。”纳塔利娅说。她伸直两只手臂,把手插到西多罗夫的腋下,远离自己的身体把他抬了起来,以免弄脏自己的衣服。我们把西多罗夫抬进厨房,放在他的床上。纳塔利娅用湿抹布擦干净他的脸就走了。临走时,她对我说:

“你把抹布弄湿,放在他的头上。我要走了,去找那个傻瓜。这些鬼东西,喝酒,喝酒,等着吧,总有一天要喝出大祸来,被送去做苦役的!”

她从脚上脱下被弄脏的衬裙,扔进墙角,又仔细地理平她那件被揉皱了的,沙沙作响的连衣裙,走了。

西多罗夫伸伸懒腰,打着饱嗝,不停地哼哼,黑色的血珠一滴一滴地从他的头上沉重地滴落在我的光脚背上,令人十分难受,但我心里害怕,不敢把脚移开,只好听凭血珠滴落在上面。

我的心里难受极了。院子里洋溢着节日的欢快气氛,屋前的台阶、院子里的大门都装饰着小白桦的枝条,每根小石柱上都拴有刚被砍下的槭树枝和花楸树枝,整条街道绿绿葱葱,一派生气,一切都显得年轻、新鲜。从早晨起我就觉得春天的节日来了,它会持续很久。从这一天开始,生活将变得纯洁一点,光明一点,愉快一点。

西多罗夫呕吐了,热酒和生葱的难闻气味弥漫整个厨房,憋得人透不过气来。窗户的玻璃上不对称地贴上几个模糊不清的宽脸膛和被压扁的鼻子,放在脸庞两边的手掌仿佛是长在脸上的两只大大的耳朵,使面容变得很不像样。

西多罗夫回忆着发生的事件,嘟嘟囔囔地说:

“我这是怎么啦?跌跤了吗?叶尔莫欣呢?他——可是一个——好伙伴……”

接着,他又咳嗽起来,醉意朦胧地淌出了眼泪,哀叫着:

“我的小妹妹……亲妹妹呀……”

他从床上下来,站在地上,身上的衣服又滑又潮,还散发出一股臭哄哄的气味。他打了个趔趄,扑通一声又倒在木板床上,可怕地转动着眼珠,说:

“简直把我打死了……”

我感到滑稽可笑。

“见鬼,是谁在笑?”西多罗夫直勾勾地看着我,问道,“你怎么还笑?我是死定了……”

他伸出两只手要把我推开,嘴里喃喃说道:

“第一个日子是先知伊利亚,第二个是骑在马上的叶戈里,这第三个嘛,别靠近我!滚开,你这恶狼……”

我说:

“别胡闹!”

他莫名其妙地大动肝火,高声吼叫起来,两只脚相互搓擦得沙沙作响。

“我给打死啦,可你……”

他伸出一只软绵无力的脏手往我的眼睛上狠狠击了一下。我大叫一声,两眼顿时看不清东西了。我踉踉跄跄地冲进院子,迎面撞上纳塔利娅,她拉着叶尔莫欣的一只手,边走边喊:

“走啊,你这匹蠢马!你怎么啦?”她抓住我,问道。

“他打的……”

“他还能打人——?”纳塔利娅惊讶地拖长了话音说。接着,她拽了拽叶尔莫欣说:

“呶,妖精,看来,你该感谢你的上帝啦!”

我用凉水冲洗了眼睛,然后从过道往门里看去,只见叶尔莫欣和西多罗夫拥抱在一起,哭成一团,已经言归于好了。接着,他们又去拥抱纳塔利娅,但她拍打着他俩的手,喊道:

“把你们的爪子拿开,狗杂种!你们把我看成什么人啦?我是你们那儿的那号浪荡娘儿们?乘你们的老爷不在家,赶紧躺下来睡觉吧。快点!快点!要不你们可该倒霉啦!”

她像照顾小孩那样,服侍他俩睡下,一个睡在地板上,另一个睡在木板床上。等他俩发出了鼾声,她才走到过道里来。

“我浑身上下都给弄脏啦,本来打扮好了是去做客的!他打你了吗?他……真是个大混蛋!这都是那害人的酒折腾的。小伙子,你可别喝酒,永远别喝……”

后来,我和她一起坐在大门旁边的长凳上,我问她怎么会不怕这些醉汉的。

“我连那些没有喝醉的男人也不怕,他们才不是我的对手呢!”她举起一只捏得紧紧的肤色发红的拳头,说:“我有过一个丈夫,已经死了。当年他也是没命地灌酒,我就常常把这个醉鬼的手脚统统捆起来,等他酒醒了以后再扒掉他的裤子,用结实的树条使劲地抽:不准你喝酒,不准你灌醉,既然你已经成了家,老婆才是你的快乐,酒可不是你寻开心的东西!就这么干。我一直打得没了力气才住手。打这以后他就像我手里的一团蜡了……”

“您真有本事!”我说,心中想起了那个连上帝也欺骗过的女人夏娃。

纳塔利娅叹了口气,说:

“女人的力量应当超过男人,照理说,女人应当有双份的力量,可上帝给少了!男人可是靠不住的人哪。”

她说话的语气平静,没有怨恨。她坐在那儿,双手交叉着放在高耸的胸脯上,背靠着围墙,悲哀的目光落在由垃圾堆成,而且撒满了碎石子的堤坝上。我出神地听着纳塔利娅这些蛮有道理的话语,忘却了时间。突然,我看见在堤坝的尽头出现了年轻的女主人挽着老板的身影,他们慢悠悠地走着,神态庄重,活像一只雄火鸡带着一只雌火鸡。这夫妇俩神情专注地看着我们,相互交谈着。

我跑到正门阶庭去开门。门打开了,年轻的女主人踏上楼梯,用挖苦的口吻对我说:

“你在向那些洗衣女工献殷勤?这套本事是从楼下那位太太那儿学来的吧?”

她的话真是愚蠢透顶,根本没有触及我的心灵。让我感到气恼的倒是我的老板,他居然冷笑一声,说:

“那有什么,到时候啦!……”

第二天早晨,我到板棚里去拿木柴的时候,在板棚门上一个四四方方的猫洞旁边捡到一只空的钱夹。我曾几十次见过西多罗夫的手中拿着这个钱夹,就立刻将钱夹给他送去了。

“那钱到哪儿去啦?”他用一只手指在钱夹里面掏着,问道。“里面有一个卢布三十戈比,你给我拿来!”

他的头上缠着毛巾,面黄肌瘦。他生气地眨巴着浮肿的双眼,不相信我捡到的钱夹是空的。

叶尔莫欣来了，他用头点点我，怂恿他说：

“肯定是他偷的，把他送到他的老板家去。当兵的不会偷当兵的东西！”

这番话恰恰告诉了我，偷钱的人就是他，把空钱夹扔进我的板棚里的也是他。于是，我顿时冲着他大声叫道：

“你胡说，钱是你偷的！”

我绝对相信我的猜测完全正确，因为他的那张呆板的面孔由于害怕和恼怒完全变了样子。他转来转去，用尖细的嗓音哀叫道：

“你拿出证据来！”

我能拿出什么证据呢？叶尔莫欣大声叫嚷着把我拖进了院子，西多罗夫跟在我们后面走着，也在大声叫嚷。各种各样的人都从窗子里探出头来，玛尔戈皇后的母亲不紧不慢地吸着烟，在一旁冷眼观看。当我意识到我在那个太太心目中的形象算是完蛋了的时候，顿时呆住了。

我记得，当时那两个当兵的揪住我的胳膊，老板夫妇俩就站在他们对面，听着他们的告状，不时表示同情地连声说“是啊，是啊”。老板太太毫不怀疑地说：

“这件事肯定是他干的！这不是，昨天他还在大门边向一个洗衣女工大献殷勤呢，可见当时他有钱，不花钱，跟她是什么名堂也不会有的……”

“这就对了嘛！”叶尔莫欣叫道。

脚下的地晃动起来，一股强烈的怒火在我心中燃烧，我冲着女主人大吼大叫，结果被狠狠揍了一顿。

然而，真正令我感到痛苦的并不是一顿毒打，而是担心玛尔戈皇后如今对我的看法。我怎么向她为自己辩解呢？在这糟糕透顶的时刻，我真是倒霉极了。

不过我还算走运。当兵的很快把这件事情传遍整个院子，传遍整条街道。晚上，我躺在阁楼上，听到下面传来纳塔利娅·科兹洛夫斯卡娅的叫喊声：

“不，我干吗不讲！不，亲爱的，过来呀，过来，我让你过来呢！要不我就到你的老爷那儿去，他会让你……”

我立即意识到这场争吵与我有关。她在我们的门廊旁边大声喊着，声音越来越响，情绪越来越激昂：

“昨天你拿给我看的钱是多少？这些钱你是从哪儿弄来的？说呀！”

我高兴得连气都透不过来，只听到西多罗夫懊丧地拖着长音说：

“唉——依呀，叶尔莫欣呀……”

“你们坑害那个小孩子，他还挨了一顿打，是不是？”

我高兴极了，真想跑下阁楼，到院子里去跳舞，亲吻这个洗衣女工，向她表示感谢。就在这时，大概是在窗子里边，我的老板太太叫了起来：

“那个孩子挨打是因为他骂人，至于说他是小偷，除了你这个臭娘儿们，我们谁也没有这样想过！”

“太太，您自个儿才是臭娘儿们，让我告诉您，您是一头大母牛！”

这些叫骂的话语在我听来简直就是音乐。满腔的委屈和对纳塔利娅的感激之情使我流下了热泪，泪水烧灼着我的心。我使劲儿忍住哭泣，憋得喘不过气来。

后来，我的老板慢悠悠地踏上楼梯，来到阁楼，挨着我在人字梁的系条上坐下。他一面整理着头发，对我说：

“怎么样，兄弟，彼什科夫，你运气不好，是不是？”

我默默地转过脸去，没有理睬他。

“不管怎么说，你也骂得太不像话了。”他接着说道，而我轻声向他表示：

“等我能站起来，我就离开你们……”

他坐了一会儿，默默地吸着纸烟。后来，他的目光盯着烟头，声音不大地说：

“好吧，你自己决定！你也已经不小了，自己看着办吧，看怎样对你更好些……”

说完，他就走了。和往常一样，我对他有一股怜悯之情。

过了三天以后，我离开了这幢房子。我有一种难以克制的欲望，想和玛尔戈皇后告别一下，但我没有勇气到她那儿去。而且，说实话，我心里曾期待着她自己来叫我。

和小姑娘告别的时候，我请求她说：

“你告诉妈妈,就说我非常感谢她,非常感谢!你会告诉她吗?”

“我一定告诉她。”小姑娘答应道,脸上露出亲切、温柔的微笑。“明天见,对吗?”

大约在二十年以后我又遇见了她,那时她已经嫁给一个宪兵军官了……

十一

我又当上了洗碗工人,是在像天鹅般雪白、船体宽敞,行驶速度很快的“彼尔姆”号轮船上。现在我是“干粗活的”洗碗工,或者称做“厨房里的佣人”,每月挣七个卢布。我的职责是当厨师们的下手。

餐厅领班身体圆滚滚的,满脸傲慢的神情,光秃秃的头顶犹如一个皮球。他把两只手抄在背后,整天迈着沉重的步伐,在甲板上来回走动,仿佛大热天里的骟猪在寻找荫凉的角落。在餐厅里惹人注目的是他的妻子,一个四十开外的漂亮女人,但已满脸皱纹,还扑了厚厚的脂粉,那带有黏性的白粉不时从她的脖子上掉下来,撒在色彩鲜艳的连衣裙上。

在厨房里掌管事务的是用高薪雇来的厨师伊万·伊万诺维奇,绰号叫小熊。他个头不大,胖乎乎的,长着一只鹰钩鼻子和一双显出讥诮神情的眼睛。他爱打扮,衣服领子总是浆得硬硬的。每天刮脸,双颊呈青色,两撇黑色的小胡子拳曲着向上翘起。在空暇的时候,他一刻不停地用烤红的手指头捻理他的小胡子,同时举着带把的小圆镜子照了又照。

轮船上最有趣的人要算司炉工雅科夫·舒莫夫了,他是个虎背熊腰、壮壮实实的小伙子,长着一只翘鼻子的脸却扁平得像一把铲子,一双熊一般的细眼睛藏在浓浓的眉毛下面，满脸胡子拳成一个个细小的圆圈，犹如沼地上的青苔，脑袋上的头发密密实实，像是一顶帽子，他要费好大劲儿才能把弯曲的手指伸进头发里去。

他打牌的技术很高明，常常赢钱。他十分贪吃，食量大得惊人。他像一条饿狗似的经常在厨房旁边转悠，要几块肉，讨几根骨头。每天傍晚，他都和小熊一起喝茶，给小熊讲他不平常的经历。

从年轻时候起，他就在梁赞给一个城里的牧人当帮手。后来，一个过路的修士诱惑他进了修道院。他在那儿做了四年的见习修道士。

“本来我可以成为修士，做一颗上帝的黑色星星，”他像说绕口令似的打趣道，“只是我们这个修道院里来了一位奔萨城的女香客，她倒是挺有意思的，而且把我煽得晕头转向：‘你这个人挺机灵，又身强力壮，而我呢，’她说，‘是个安分守己的寡妇，孤孤单单，你就到我那儿去做个扫院子的工人吧！’她说：‘我自己有一幢小房子，我做绒毛和羽毛生意……’

“那好吧，她叫我去做扫院子的工人，我呢，到了她那儿成了她的姘头，而且吃着她的热乎乎的面包，就这样大约过了三年的时光……”

“真能胡吹。”小熊打断了他的话头，一面焦虑地看着自己鼻子上的一个粉刺。“要是胡说八道也能挣钱，那你该成为大富翁啦！”

雅科夫嘴里嚼着东西，淡灰色的、小小的胡子圈儿在似乎没长眼睛的脸上不停地起伏，那对毛茸茸的耳朵也在动弹。听完厨师的评点，他依然迅速而有节奏地接着说道：

“她的年纪比我大，和她在一起我感到没什么意思，也就开始不耐烦了，后来我就和她的侄女勾搭上了。她知道这件事情以后，在我的脖子上狠狠来了几下，把我赶出了家门……”

“这是对你的奖赏，最好不过了。”厨师像雅科夫一样，说得轻松而富有节奏。

司炉工将一小块砂糖塞进嘴里，接着说道：

“我没有了安身之地，就这么游荡了一段时间，后来和一个弗拉基米尔的小老头结上伴，他是跑单帮的。我俩走遍了天下：去过巴尔干山区，到过土耳其人那儿，还去过罗马尼亚，希腊人那儿也去过，还有各种各样的奥地利人所在的地方，总之，各个不同的民族，哪儿都走遍了。在这个地方买了东西,再运到那个地方去卖……”

“你们也偷东西吗?”厨师一本正经地问道。

“那个小老头从来不偷一丁点儿东西!他还对我说:在人家的土地上你得老老实实。他说,那儿就是这样的规矩,能为了一点小事把脑袋都给搞丢了。偷东西,说实在的,我也试过,只是结果可惨了:我想把一个商人的马从院子里牵走,结果事情没办成,倒给人家抓住了。还用说吗,他们就动手打我,打啊,打啊,后来就把我拖到警察局去了。我们一共是两个人去干的,一个是真正的盗马贼,老手啦,而我只是随便玩玩,多半是出于好奇心。我在这个商人家里干过活,给他们的新浴室砌炉子。后来这个商人生了病,做了一个噩梦,梦见了我,吓得要命,就去求长官:‘您把他放了吧。’这是指的我。‘您把他放了吧,要不,我老是梦见他。’他说。‘你要是不成全我,我的病就好不了,他可是一个巫师。’瞧,我倒成了巫师啦!这个商人有权有势,呶,这样就把我放了……”

“真不该把你放走,应该把你沉到水里,泡上两三天,好把你的那些愚蠢的念头冲走。”厨师插话说。

雅科夫立即接上他的话头:

“说得对呀,我脑子里的蠢念头可多啦,老实说吧,我的蠢念头可够得上整整一个村子……”

厨师将一根手指伸进勒得紧紧的衣领,生气地将领口拉开。他摇晃着脑袋,气恼地抱怨道:

“真是荒唐透顶!世上居然还活着一个被抓过的人,他吃啊,喝啊,到处游荡,这究竟是为了什么?呶,你说说,你活在这世上是为了什么?”

司炉工吧嗒着嘴巴,回答说:

“这个我也不知道。我就这么一天天地过着日子。有的人是躺着过日子,有的人是走着过日子,当官的是坐着不动过日子。不过,吃东西倒是随便什么人都少不了的。”

厨师更加生气了:

“那你真是一头简直让人无法形容的臭猪!干脆就是一堆猪食……”

“你干吗骂人?”雅科夫惊讶地说,“男人都是一棵橡树上的果子嘛。你也不必费心骂我,反正你就是骂我,我也决不会变好的……”

这个人一下子就把我牢牢地吸引住了。我带着难以克制的惊讶看着他，张大着嘴巴呆呆地听他讲话。我认为，他对生活有自己的固定的看法。他对所有的人都用“你”来称呼，在浓眉覆盖下的目光对待所有的人都是同样地坦率，同样地满不在乎，对所有的人，不论是船长，餐厅领班，还是头等客舱的尊贵乘客，不论他自己，还是水手、餐厅的仆役以及甲板上的普通乘客都一视同仁。

他常常站在船长或者机械师的面前，把两条像猴子一样长长的手臂抄在身后，默不作声地听凭人家骂他懒惰，骂他打牌时大大咧咧地赢钱。他就这么站着，谁都看得出来，责骂对他不起任何作用，而到了下一个码头就把他赶下轮船的威胁也不能让他感到担心害怕。

和“好事儿”一样，在他的身上也有一种与众不同的东西。显然，他自己对这种特殊性也深信不疑，并且坚定地认为他不可能得到别人的理解。

我从未见过这个人有过满腹委屈，沉思不语的时候，也从不记得他会久久地默默不语。他的那张在蓬松的胡须下面的嘴巴总是滔滔不绝，说个不停，甚至给人一种不由自主的感觉。每逢别人骂他，或者他听别人讲述有趣的事情，他的嘴唇会微微翕动，仿佛他在默默地重复他所听到的内容或是轻声地继续讲着他自己的话语。每天下班以后，他从锅炉间的舱口里爬出来，赤着双脚，大汗淋漓，满身油污，没有系腰带的衬衫已经潮湿，前胸敞着，露出浓密拳曲的汗毛。顿时，整个甲板上响起他那平稳、单调、略带沙哑的嗓音，他的话语像雨点似的洒落下来。

“你好啊，老大娘！到哪儿去呀？去奇斯托波尔？这个地方我知道，去过多次啦，在一个有钱的鞑靼人家里当过雇工，这个鞑靼人叫乌桑·古拜杜林。这个老头有三个老婆，身板结实着呢，脸膛红通通的。一个年轻媳妇是个怪有意思的鞑靼女人，我和她还有过造孽的事呢……”

他到过许多地方，一路上和所有的女人都有过造孽的事情。无论讲什么，他总是无怨无恨，心平气和，仿佛在生活中他从来没有受过委屈，没有遭受欺凌。过了一会儿，在船尾的某个地方又响起了他的话语声。

“可敬的公众，谁想来打牌？嗨，我们来打‘撞牌’，打‘三张’，打‘小皮带’。打牌真是一件让人开心的事情，坐在那儿就能拿钱，倒是商人的行当呢……”

我发现他很少用“好”、“坏”、“糟糕”这些字眼,几乎总是说“怪有意思”、“让人开心”、“真是有趣”。对他来说,漂亮的女人是怪有意思的蝴蝶,阳光灿烂的好天气是让人开心的日子,而他常讲的一句话是:

“别在乎!”

大家都认为他是一个懒汉,可是我觉得他在炉膛前面,在地狱般闷热难忍、气味难闻的恶劣环境中干着自己繁重的活儿,和所有的人一样辛勤、认真,然而,其他的司炉工人常常抱怨活儿太累,我却记不起他曾经发过类似的牢骚。

一天,有人偷走了一位乘客老太太的钱包。那是一个空气清新,风平浪静的傍晚,所有的人都心境平和,满怀善心。船长给了老太太五个卢布,乘客们也纷纷解囊,凑了一笔钱。当人们把钱交给老太太的时候,她在胸前画着十字,对着大家深深鞠了一躬,说:

“亲人们啊,你们给的钱比我原有的还多出三个卢布十个戈比呢!”

不知是谁快活地喊道:

“你就统统收下吧,老大娘,干吗还要张扬,把这事说出来呢?三个卢布什么时候也不会嫌多嘛。”

另外一个人慢条斯理地说:

“钱又不是人,永远不会嫌多的……”

雅科夫却走到老太太的面前,一本正经地提议说:

“把多余的钱给我吧,让我去做赌本!”

周围的人都笑了,以为司炉工是在开玩笑。但他却执意地劝说发窘的老太太:

“给我吧,老大娘!你要钱干什么呢!明天你就该去墓地了……”

大家齐声骂他,把他赶走。他摇摇头,惊讶地对我说:

“真是怪人!干吗去管人家的闲事呢?不是她自己说这钱对她来说是多余的嘛!可这三个卢布能够让我开心……”

大概,钱币的样子让他感到怪有意思的,他在与人交谈的时候,总是喜欢把银币和铜币放在裤子上擦来擦去,等硬币被擦得锃亮以后,就用弯曲的手指捏住这枚硬币,把它举到翘鼻子跟前仔细观看,两道眉毛还不住地动弹。但是,他并不贪财。

有一次,他建议我和他一起打“撞牌”,可我不会。

“你不会?”他感到十分惊讶。“你怎么能不会呢?还是个读书识字的人呢!我要把你教会。来,我们打着玩,用砂糖做赌注……”

他赢了我半磅方糖,而且不停地把一块块方糖扔进他那胡子蓬松的嘴巴里去。接着,他觉得我已经学会了,便建议道:

“现在我们来真格的,赌钱!你有钱吗?”

“有五个卢布。”

“我有两个多卢布。”

不用说,他很快就把我的钱赢去了。我想捞回本钱,就把长大衣折成五个卢布当做赌注押了上去,结果又输掉了。我又把新靴子折成三个卢布押上去,还是输了。这时,雅科夫不满意地,几乎是生气地对我说:

“不,你不能打牌,你太性急浮躁了。现在你把长大衣拿走,还有靴子!这些东西我不需要。呶,把衣服拿回去,把钱也拿走,拿四个卢布,还有一个卢布算做是交给我的学费……行吗?”

我对他十分感激。

“别在乎!”听到我的感谢,他这样答道,“打牌就是打牌,这就是寻寻开心的,可你像是冲上去打架。就是打架,也不能浮躁,要算计好了再打!有什么可性急的呢?你年纪轻,要能管得住自己,沉得住气。一次不成功,五次不成功,到第七次就干脆甩手不干了!躲到一边去,等冷静下来再干!这才叫玩呢!”

我对他越来越喜欢,也越来越不喜欢。有时,他的讲话使我联想到我的外祖母。在他的身上有许多吸引我的地方,但是,他对待人们的那种看来一辈子也改变不了的,极其冷漠的态度却令我十分反感。

有一次,在太阳落山的时候,一个二等舱的乘客,从彼尔姆市上船的身材粗壮的商人喝醉酒以后失足掉到船外去了,他手抓脚踹,在那条金红色的水路上拼命挣扎。我们赶紧关掉船上的机器,轮船停了下来。轮子下面喷出一团团云雾般的泡沫,落日的红色余晖将泡沫变成鲜血般的颜色。在离船尾已经很远的地方,黑色的身影就在这犹如沸腾的鲜血般的水中扑通扑通地折腾,河面上传来发狂似的叫声,揪人心肺。乘客们也都大呼小叫,你推我搡,拥向船边,聚集在船尾那儿。落水者的同伴也喝醉了,他长着棕红

色的头发,头顶已经秃了。此时,他挥舞着两只拳头,推开众人,冲到船边,像牛似的吼叫着:

“滚开!我马上就能赶上他……”

已经有两名水手跳进水里,划动着双臂向落水者游去,一条舢板也从船尾放了下去,可是,在船员们的叫喊声和女人们的尖叫声中,雅科夫略带沙哑的嗓音却像一股宁静平稳的水流向四方传开:

“他会淹——死,准会淹死的,因为他身上穿着长外衣。穿着长衣服的人绝对会淹死。就拿女人来打个比方吧,为什么她们比男人容易淹死呢?就是因为她们穿着裙子。女人一掉进水里,马上就会沉入水底,就像那个一普特重的砝码……你们瞧着吧,他这就淹死了,我不会说瞎话的……”

那商人果然淹死了。人们搜寻了大约两个小时,但没有找到他。他的同伴酒醒之后坐在船尾上,呼哧呼哧喘着粗气,伤心地喃喃说道:

“哎呀,怎么出了这种事情!现在可怎么办呢,啊?我怎么向他的亲人交待呢,啊?他的亲人们……”

雅科夫把两手抄在背后,站到他的面前,安慰他说:

“想开点,买卖人!不是谁也不知道他注定该死在哪儿吗?有的人吃吃蘑菇,突然一下,死了!成千上万的人都吃蘑菇,个个儿都没事,就他一个人死了。这蘑菇又算得了什么呢?”

他身材魁梧,身板结实,像一只磨盘似的矗立在商人的面前,把这些话语像麦麸一样撒在他的身上。起初,商人默不作声地哭泣着,用宽大的手掌抹去胡须上的泪水,但听了一阵,他叫了起来:

“妖精!你干吗要揪我的心哪?教友们呀,你们把他拉走,要不然会惹出祸事来啦!”

雅科夫若无其事地走开了,嘴里说:

“真是怪人!我对他好心好意,他却像块木头……”

有的时候我觉得这个司炉工是个傻瓜,但更多的时候我认为他是故意装傻。我一直使劲向他打听他是怎样走遍世界的?看见了什么?可结果并不成功。他把头往上一扬,微微眯缝起熊一般细小的黑眼睛,用一只手抚摸着他那张毛茸茸的脸,拖长着声音,回忆道:

“到处都是人,兄弟,就像蚂蚁一样!那儿是人,这儿呢,也是人,我告诉你吧,热闹得很哪！最多的当然是农民,这块土地上到处都是农民,打个比方,就像落在地上的秋天的树叶。保加利亚人？见过保加利亚人,也见过希腊人,不然就是塞尔维亚人,罗马尼亚人也见过,还有各种不同的茨冈人,我见得可多啦,各种各样的人多极了。他们是些什么样的人？那还能是什么样的人呢？住在城里的就是城里人,住在农村的就是乡下人,和我们这儿完全一样,相同的地方很多。有些人连说话都和我们一样,就是说得不太好,比如鞑靼人,或者莫尔多瓦人就是这样。希腊人不会说我们的话,他们叽哩咕噜乱说一气,好像是在讲话,但究竟是什么意思,那就搞不懂了,和他们说话就得靠打手势。和我结伴的那个小老头装成也能听懂希腊话,就这么含含糊糊什么“卡拉马拉”、“卡利梅拉”地说上一气,真是个有心计的小老头,把他们都给骗住啦……你还问他们是些什么样的人？你真是个怪人,他们还能是什么样的呢？呶,当然啰,他们的皮肤是黑的,罗马尼亚人也是黑皮肤,这是信同一种教的人。保加利亚人也黑,不过他们信的教和我们一样。至于希腊人,他们和土耳其人差不多……”

我觉得,他并没有把他知道的一切和盘托出,而是有所保留。这保留的部分是他所不愿提及的事情。

我从杂志上的图片介绍中了解到希腊的首都是雅典,这是一个极其古老,非常美丽的城市。雅科夫却怀疑地摇摇头,否定雅典这个城市的存在。

“这是人家哄骗你呢,兄弟。雅典是没有的,只有阿丰,不过这也不是城市,而是一座山,山上有一座修道院,此外就什么也没有了。这座山叫做阿丰圣山,有它的图片,老头儿卖过这种图片。有一个城市叫别尔哥罗德,就在多瑙河边,就像雅罗斯拉夫尔或者下诺夫哥罗德一样。他们那儿的城市并不十分风光,可乡村就完全是另一回事了！那儿也有娘儿们,嗨,那儿的娘儿们简直让人开心得要命。为了一个娘儿们,我差点儿就留在那儿了。哎,她到底叫什么名字来着？”

他用两只手掌使劲搓着那张似乎没有长眼睛的脸,脸上硬硬的胡子发出轻轻的窸窣声。在他喉咙的深处发出一种笑声,让人联想起那丁零当郎的破铃铛。

“我真是个爱忘事的人哪！那时我和她的情分可……分手的时候,她哭得像个泪人儿,连我也哭了,这是真的……”

他开始以平静的口气，恬不知耻地教我怎样对待女人。

我们坐在船尾，温暖的充满月光的夜色迎着我们缓缓降临。在银白色河水的尽头，岸上的草场隐约可辨，山坡上闪烁着黄色的灯光，像一颗颗被大地俘虏的星星。周围的一切都在活动，毫无睡意地飘忽不定，显得安详而顽强。在这可爱而又忧郁的寂静之中响起了他那略带吵哑的话语声：

"她常常把两只手臂摊开，就像钉在十字架上那样……"

雅科夫讲起这些事情虽然不知廉耻，却也并不令人厌恶，因为在他的话中没有炫耀，也没有残忍，给人一种朴实的感觉，还带有少许悲凉的意味。天上的月亮也不知羞耻地赤身露体，它同样动人心弦，让人感到无端的忧郁。这时候，我只会掀起美好的回忆，最最美好的回忆，这就是玛尔戈皇后和那以其正确的论断而令人难忘的诗句：

只有歌需要美，
美却不需要歌……

我像摆脱朦胧的睡意那样，摆脱了这种梦幻般的心境，重又向这个司炉工打听他的生活和他的所见所闻。

"你真是个怪人，"他说，"跟你说什么呢？我什么都见识过。你问：你见过修道院吗？见过。那么饭馆呢？我也见过。我见过老爷怎么生活，也见过农民怎么打发日子。我自己有过不愁吃穿的时候，也有忍饿挨饿的时候……

他仿佛正沿着一座摇摇晃晃、随时可能发生危险的桥走过深深的溪水，慢条斯理地追述往事：

"呶，说件事情给你听吧。有一次我因为偷马给关进了分局。我心里想，这下子要把我送到西伯利亚去了！恰巧那个分局长正在发火骂街，因为他家新房子里的炉子漏烟。我说，老爷，这个活儿我能干好。他冲着我说：别逞能！这儿最高明的师傅还拿它没办法呢……我对他说：一个放羊的比当将军的还要聪明的情况也是有的。那个时候我说话做事都胆大包天，反正要流放到西伯利亚去了，管它呢！他说：那你就试试看。还说，如果你把炉子弄得更糟糕，我就把你的骨头砸碎！我用了两天时间把炉子修好了，警察分局长大吃一惊,对我喊道:哎呀,你呀,傻瓜,木头!你是个有手艺的人,可还去偷马,这是干什么?我对他说,老爷,我这是因为一时糊涂。对,他说,是糊涂。他还说,我可怜你!是的,他是说可怜我。你见过这种事吗?当警察的人,干这种行当就得心狠,可他可怜起我来啦……"

"那又怎么样呢?"我问。

"不怎么样。他可怜我了。那还要什么呢?"

"真不必可怜你,你简直就是一块硬石头!"

雅科夫善意地笑了,说:

"怪——人!你说我是一块石头?啊?就是石头你也要可怜嘛,石头也有自己的用处,石头能用来铺路啊。对任何东西都应当怜惜,没有一样东西是白白放在那儿,毫无用处的。沙子算什么?可沙子上面长出了青草……"

雅科夫说着这些话的时候,我心里特别清楚:他确实知道一些我还不理解的东西。

"你对厨师有什么看法?"我问。

"对那个小熊的看法?"雅科夫淡漠地说,"对他能有什么看法?根本什么看法也没有。"

的确如此。伊万·伊万诺维奇那么循规蹈矩,那么严肃稳重,没有一点可指摘的地方。在他身上只有一件事情会使别人发生兴趣:他不喜欢这个司炉工,总是骂他,可又总是邀请他一起喝茶。

有一次,厨师对司炉工说:

"如果现在还是农奴制度,而我又是你的老爷,那我就要用树条把你这个寄生虫每星期抽打七次。"

雅科夫一本正经地说:

"七次,那太多了。"

厨师不停地骂他,却又不知为什么把各种各样的食品送给他吃。他往往态度粗暴地塞给他一块东西,说:

"嚼去吧。"

雅科夫不慌不忙地一边咀嚼,一边说:

"伊万·伊万诺维奇,我从你这儿加了不少油,添了不少力呢!"

"添力对你这个懒汉又有什么用处?"

“怎么没有用处？那我就能长寿……”

“那你活着是为了什么呀，妖精？！”

“就是妖精也该活着嘛。你说说，莫非活着不是一件有意思的事情？活着，伊万·伊万诺维奇，可是件非常开心的事情呢……”

“简直是白痴！”

“你说什么？”

“白——痴！”

“还有这样的词儿。”雅科夫十分惊讶。小熊对我说：

“你想想看：我们在炉子跟前热得要命，血都熬干了，骨头都烤糊了。可他呢，瞧那样儿，自管自嚼得有滋有味，就像一头骟猪！”

“各人有各人的命嘛。”司炉工一边吃东西，一边说道。

我知道，在锅炉前面工作比在厨房里的锅灶前面工作更苦，更热，因为有几天夜里我也曾和雅科夫一起试着翻煤、加煤。令我感到奇怪的是不知为什么他不愿意向厨师表白他的工作的辛劳。不，这个人一定了解某种特殊的东西……

所有的人都骂他。船长、机械师、水手——所有不懒惰的人都骂他。可他们又不将他辞掉，这是为什么呢？真令人费解。其他司炉工虽然也嘲笑他饶舌，嘲笑他赌牌，但对待他明显地好于其他人。我问他们：

“雅科夫这个人好吗？”

“雅科夫吗？人挺不错。他从不恶意伤人，和他怎么着都行，哪怕把烧红的木炭塞进他的怀里也没关系……”

这个司炉工尽管劳动繁重，尽管胃口特别好，但睡觉却很少。下班以后，他常常连衣服也不换，浑身是汗，脏兮兮的，整夜站在船尾和乘客们聊天或者赌牌。

他对我来说犹如一只上了锁的箱子。我觉得，在这只箱子里面隐藏着某种我所需要的东西，因此我孜孜不倦地寻找着能开启这只箱子的钥匙。

“我真不明白，兄弟，你究竟想要知道什么？”他用那双掩盖在浓眉下面，不易让人看见的眼睛打量着我，问道。“是啊，在这个世界上，确确实实，我是走过许多地方，其他还有什么可讲的呢？真是个怪人！你最好还是听听，我给你讲一件我亲身经历的事情吧。”

于是,他就讲了起来:“以前,在一个县城里有一个年轻的法官,他得了肺痨病。他的妻子是德国人,身体好好的,没病没灾,也没有孩子。这个德国女人爱上了一个在集市上摆摊卖布的商人,而这个商人已经结过婚了,他的妻子挺漂亮,还有三个孩子。这个商人发现德国女人爱上了他,就想拿她寻寻开心:他叫她夜里到他家的花园里去,他自己又请了两个好朋友,让这两个朋友躲在花园里的灌木丛中。

“简直妙极了!哝,这个德国女人真的来了,他们谈这说那。‘我’,就是那个德国女人说,‘整个人都在这儿,全听你的了。’可商人对她说:‘太太,我不能回报你,我已经结过婚了。不过,我给你准备了两个人,是我的朋友,他们一个死了老婆,另一个还是光棍。’德国女人听了大叫一声,使劲抽了他一个嘴巴,把他打得从长凳上翻倒过去。她又用脚去踢他的脸,用鞋后跟踹他!那天是我送她去的,当时我在法官家里当管院子的。透过篱笆缝往里一瞧,看见那儿闹得不可开交。那两个朋友跳了出来,向她扑过去,揪住了她的辫子。于是我赶紧从篱笆上跳了过去,把他俩推开。我说,商人老爷,可不能这样!太太对他实心实意,可他想出了这种不要脸的把戏。我把她带走了,可他们用砖头砸我,把我的脑袋砸得开了花……她可伤心发愁啦,在院子里走来走去,失魂落魄的。她对我说:雅科夫,等我丈夫一死,我一定要走,到我们的人那儿去,到德国去!我说:当然,应当到那儿去。法官死了以后,她就走了。她是个待人温和,明白事理的女人,那个法官待人也很温和,求天主让他安息吧……”

我困惑不解,不明白这个故事的意义所在,就没有说话,只感到其中有某种我所熟悉的、残酷而荒唐的东西,可是,该说些什么呢?

“这故事好吧?”雅科夫问。

我说了几句话,愤愤不平地骂着,雅科夫却心平气和地对我解释说:

“这些人日子过得富足,对什么都心满意足,哝,有时就想开开玩笑,可结果又不像是玩笑,好像他们不会开玩笑似的。他们当然还是正正经经的生意人,做生意要费不少脑筋。靠动脑筋过日子大概是很沉闷无聊的,所以就想胡闹一番了。”

在轮船船尾的后面,河水翻着泡沫,飞快地奔泻,可以听见湍急的流水声。昏暗的河岸目送河水,慢慢地向后退去。甲板上,乘客们打着呼噜。一个高个儿、干瘦的女人在那些长凳中间,在熟睡的身体之间缓缓地移动,向我们走来。她穿着黑色的连色裙,头上没戴头巾,露出花白的头发。司炉工用肩膀碰碰我,轻轻地对我说:

“瞧,她心事重重,苦恼着呢……”

我觉得,别人的苦恼会让他感到开心。

他讲了很多事情,我贪婪地听着,并且清楚地记得所有这些故事,但却没有一个故事是令人愉快的。他说话的口气比书上的描述更加平缓。在书中,我常常可以感受到作家的感情,他的愤怒和欢乐,他的悲哀和讥讽。司炉工却从不讥讽,也不谴责,无论什么事情都不会让他气恼,也不会让他喜形于色。他讲起话来就像是一个站在法官面前的冷漠的见证人,一个对被告、原告、法官一概不关痛痒的人……这种冷漠的态度使我越来越气恼,使我对雅科夫产生了强烈的恶感。

生活在他面前燃烧,闪闪发光,犹如锅炉底下炉膛里的火一般,而他,总是站在炉膛前面,用那像熊爪般粗壮的手拿一个木锤轻轻敲打喷嘴的阀门,用以减少或增加燃料。

“你受过欺负吗?”

“谁能欺负我? 我要是来几下子,力气可是很大的……”

“我不是指打架,我是说你的灵魂。你的灵魂被欺负过吗?”

“灵魂是欺负不了的,灵魂不接受欺负,”他说,“任何东西,无论用什么办法也无法触及人的灵魂……”

甲板上的乘客、水手,所有的人都常常谈论灵魂,说得很多,犹如谈论土地和工作,谈论面包和女人一样。灵魂是普通人的话语里经常提及的字眼,这两个字像五戈比的硬币一般到处流行,我不喜欢这个字眼如此经常地挂在人们光溜溜的舌头上。每当男人们不管是出于恶意或是善意用极粗野的话骂街来亵渎灵魂的时候,我的心便会像被鞭子抽打似的。

我清楚地记得,我的外祖母在谈及灵魂时十分谨慎小心,因为灵魂中神秘地包容着爱情、美丽和欢乐。我相信,好人去世以后,白色的天使会把他的灵魂带入蔚蓝色的天空,带到我的外祖母的善良的上帝那儿,上帝则会亲切地接待他,说:

“怎么样,我亲爱的,怎么样,我的纯洁的人,你吃了很多很多的苦,受了不少不少的累吧?”

然后,他把六翼天使的翅膀送给灵魂,这是六只白色的羽翼。

雅科夫·舒莫夫和我的外祖母一样,谈及灵魂的时候也是这样地小心谨慎,说话不多,并不热衷于此。在骂人的时候,他从不提及灵魂,别人谈论灵魂的时候,他只是弯下红红的公牛般粗壮的脖子,默默不语。我问他灵魂是什么,他回答我道:

“那是一股气,上帝的呼吸气……”

我对此回答并不满足,于是又提出一个问题。这时司炉工低下头,说:

“关于灵魂,兄弟,连神父也不大搞得明白,这个事情还没搞清楚呢……”

他的言谈举止让我经常想着他,执着地努力去理解他,但这种努力毫无成效。此外,他总是用他那宽阔的身影挡住了我的视线,使我看不见任何其他的东西。

餐厅领班的老婆对我的态度异常亲热,令人疑窦丛生。每天早晨我得侍候她漱洗,虽然这应当是二等舱的女仆,一个干干净净、快快活活的年轻姑娘卢莎的差事。每当我在这狭小的房舱里,站在上身裸至腰部的领班老婆身边,看见了她那泛黄的、皮肉松弛、犹如发酵过头而太酸的面团似的身体,我就会想起玛尔戈皇后那仿佛浇铸而成的肤色黝黑的身体,内心不由得一阵恶心,而领班老婆总是一个劲儿地说个不停,时而发牢骚,抱怨,时而生起气来,冷嘲热讽。

我并没有听懂她的话语的含意,不过,我仿佛隐隐约约地猜到了,这是一种可怜的、低贱的、令人羞耻的含意。我并未因此而气愤,因为我的生活远离餐厅领班的老婆,远离这艘轮船上所发生的一切。我躲藏在一块长满青苔的巨石后面,这块石头挡住我的视线,让我看不见日日夜夜不知飘向何处的这整个的世界。

“我们的加夫里洛夫娜完完全全爱上你了。”我仿佛在梦中听见了卢莎含有嘲笑意味的话语。“张大嘴巴,接住这个幸运吧……”

嘲笑我的不仅是卢莎一人,餐厅的所有仆人都知道领班老婆的这个弱点。厨师皱起眉头说:

“这娘们什么都吃过,现在想要尝尝小蛋糕,甜点心了!这种人哪……

你要小心点，彼什科夫，要多长几个心眼，不可马虎大意……”

雅科夫居然也像父辈那样，郑重其事地开导我：

“当然，如果你的年龄再大两岁，我就不会对你说这番话了。可现在，在你这个年纪，我看最好还是不要理睬！不过，随便你自己……”

“别说了，”我说，“这是下流事……”

“当然……”

随即，他用手指揉搓着耷拉在头上的头发，想把它们弄乱，一面说出一串从容不迫的话语：

“是啊，也应该理解她的处境，她的处境也很冷清，像冬天一样……连狗都喜欢人家去抚摸它，更何况是人呢！娘儿们的生活少不了温存，就像蘑菇离不开潮湿一样。她自己大概也挺难为情的，不过，有什么办法呢？她的肉体需要亲热嘛，就是这么回事儿……”

我逼视着他那双令人琢磨不透的眼睛，问道：

“你可怜她啦？”

“我可怜她？她是我的母亲，还是怎么的？现在做子女的连母亲都不可怜呢，你呀……真是个怪人！”

他轻轻地笑了，发出破铃铛似的响声。

有的时候，我看着他，仿佛自己陷入了无声的空虚之中，陷入了无底的深渊和黑暗之中。

“大家都结婚，雅科夫，你干吗不结婚？”

“要结婚干什么？像现在这样，我也总能找到女人的。真是感谢上帝，这种事容易得很……要结婚就得在一个地方住定下来，种地过日子，可我的地不好，而且也太少，就连这点儿不好的地还让叔叔给占了。我的哥哥当兵回来以后，和叔叔吵架，打了官司，还用一根木棒敲了他的脑袋，流了不少的血，为这事被关进了监牢，待了一年半。从牢里放出来以后，还是只有一条路可走——再回到监牢里去。他的老婆倒是一个挺让人开心的女人……说这些有什么意思！人一结婚就得守着自己的小窝当家做主，可当兵的可做不了自己生活的主人。”

“你向上帝祈祷吗？”

“怪——人！当然祈祷啊……”

“那你祈祷什么呢?”

“祈祷各种各样的事情。”

“你念什么祷告词?”

“我不会念祷告词。兄弟,我只会说几句普普通通的话:天主耶稣啊,可怜可怜活人,让死人安息吧,天主啊,救救大家,让人无病无灾……啵,还要说点什么……”

“说什么?”

“随便说说呗!随便你说什么,反正他都能听见!”

他待我十分亲切,也带有一种好奇探究的心理,仿佛对待一条并不愚蠢,会做许多令人开心的动作的小狗那样。夜里,我常常和他坐在一起,他的身上散发出石油味、焦糊味和大葱味:他爱吃大葱,嚼起生葱来就像嚼苹果一样。突然,他请求我说:

“哎呀呀,阿廖沙,你来念首诗吧!”

我能背诵许多首诗,此外,我还有一个厚厚的本子,上面抄录了我喜爱的诗歌。我给他念《鲁斯兰》,他一动不动,专注地听着,克制住略带嘶哑的呼吸声,仿佛成了瞎子和哑巴。然后,他声音不大地说:

“真有意思,是个挺不错的小故事!这是不是你自己想出来的?是普希金写的?是有个老爷叫穆希——普希金,我见过他。”

“这个人不是那个普希金,写书的那个普希金早就给人打死了。”

“为什么把他打死?”

我就用玛尔戈皇后对我讲述的那些简洁的话语对他说了一遍。雅科夫听着,然后平静地说:

“为了女人送命的人可真不少啊……”

我常常把从书中读来的各种各样的故事讲给他听。所有这些故事在我的脑海中混杂起来,熔铸成一个极长的,描述动荡不安、美丽动人生活的故事,其中充满火一般的热情,惊人骇世的功勋业绩,淡紫色般雍容华贵的典雅,神话般的功成名就,还有决斗和死亡,高尚的言词和卑劣的行为。在我的故事中,罗卡姆博尔具有利亚-莫尔、汉尼拔、科托的骑士特征,路易十一则具备欧也妮·葛朗台的父亲的性格,骑兵少尉奥特列塔耶夫与亨利四世溶为一体。我根据自己的灵感和激情,任意改变故事中人物的性格,变换了情节,让事件错位。这个故事就是我在其中可以自由自在、为所欲为的世界,它就像我的外祖父的上帝——他也是为所欲为地捉弄着众人。把书本上的东西混为一谈的做法并没有妨碍我看清现实生活的本来面目,也没有冲淡我理解世人的愿望,只是用一种透明但却无法穿透的云雾把我掩护起来,使我避开了许许多多富有传染力的肮脏勾当,避开了生活中种种能致人于死地的毒素。

书本使我对许多东西不为所动,因而也免遭伤害:因为我了解人们如何相爱,如何受苦,因此我就不会到妓院里去,花几个小钱去干的淫荡行为激起了我对它的憎恶之感和对那些以此为乐者的怜悯。罗卡姆博尔教导我做一个意志坚强的人,不为任何环境的力量所屈服,而仲马笔下的人物激起我献身于某种重要、伟大事业的愿望。我最喜欢的人物是乐观豁达的国王亨利四世,我觉得,贝朗瑞的这首精彩的诗歌正是为描述他而作:

他给了农民许多实惠,
自己也喜欢来上一杯;
是啊,既然全体人民生活幸福,
皇帝又为何不常常饮酒快乐?

在小说中,亨利四世被描绘成一个心地善良、接近人民的人,他像太阳一样光辉灿烂,从而使我坚信法国是整个世界上最最美好的国家,是骑士之邦,在那儿身披国王长袍者和穿着农民衣衫的人同样高贵:安日·皮图就是达尔坦扬这样的骑士。在亨利四世被打死以后,我郁闷地流下了眼泪,咬牙切齿地痛恨拉瓦尔亚克。在我给司炉工讲述的故事中,这个国王几乎一直是中心人物。我觉得雅科夫也喜爱上了法国和“赫利”。

“这个赫利国王倒是一个好人,哪怕和他一起钓梅花鲈鱼都成,你想干什么都成。”他说。

当我讲故事的时候,他从不发出感慨赞叹,也从不打断我,在中间插问,只是默默无语地听着,垂下他的眉毛,面部木然不动,就像一尊覆盖着霉毛的、存放多年的石头,但是,如果我因为某种原因停了下来,他会立即问道:

“完了吗?”

"还没有。"

"那你别停下来呀！"

他叹着气，评价那些法国人说：

"他们过得倒凉快……"

"这是什么意思？"

"你瞧，我和你熬着热过日子，还要做工，可他们凉快着呢。再说，他们什么事情也没有，就是吃喝玩乐，真是挺让人开心的日子！"

"他们也要工作。"

"从你讲的故事里看不出来他们还要工作。"司炉工公正地提出了这一点，这使我恍然大悟：我所读过的绝大部分的书籍几乎从不提及那些高贵的人物如何工作，以什么劳动维持生计。

"哎，我要稍稍睡一会儿。"雅科夫说着，就在他坐着的地方仰面躺了下来，过了片刻，他的鼻子里便发出了均匀的呼噜声。

秋天，当卡马河的两岸呈现一片棕红色，树叶金黄，斜射的阳光变成了白色的时候，雅科夫突然离开了轮船。在离开轮船的前一天，他还对我说：

"后天到了彼尔姆，阿廖沙，我和你上澡堂子里去，好好泡一泡，洗个痛快！出了澡堂子，再到一个有音乐的饭馆子里去——那才叫人开心呐！我就喜欢看人家玩那个管风琴。"

但是，在萨拉普尔码头一个胖胖的男人上了轮船。他皮肉松弛，生就一副女人般的脸，没长胡子，也没有唇髭。他穿一件厚厚的长大衣，带一顶有狐皮耳罩的帽子，这就使他更像一个女人了。上船后，他立即占住了靠近厨房的那张小桌子，这个地方要暖和一些。他要了茶具，随后开始喝着滚开的黄色茶水。他没有脱掉长衣，也没有脱下帽子，喝得浑身大汗淋漓。

秋天的乌云久久不散，毛毛细雨下个不停，而且，仿佛每当这个人用方格手帕擦汗的时候，雨就变小了一些，而随着他重又出汗，雨就又越下越大。

不久，雅科夫出现在他的身边。他们开始细细地看着日历中的一张地图，乘客用一个手指在地图上划来划去，司炉工则平静地说：

"好吧！没关系，我对这个——不在乎……"

"那就好。"乘客用尖细的嗓音说道，同时把日历塞在脚边的一只微微打开的皮口袋里。他们轻轻地交谈着，开始喝茶了。

在雅科夫去上班之前,我问他这个乘客是什么人,他笑着答道:

“看上去他像只鸽子,那大概就是阉割教派的教徒了。从西伯利亚来的,远得很哪!人倒挺有意思的,日子过得挺富足……”

他离开我走了,两只乌黑的、硬得像马蹄般的脚后跟把甲板踩得登登地响,但他又站住了,搔了搔他的腰。

“我要到他那儿去做工人了,等船到了彼尔姆,我就下船,再见啦,阿廖沙!先走铁路,再走水路,然后还要骑马,大概要走五个星期呢,真是的,看这人住到哪儿去了……”

“你认识他吗?”我问雅科夫,为他突然做出的决定感到惊讶。

“怎么会认识呢?从来就没见过他,他住的那个地方我又没去过……”

第二天早晨,雅科夫身穿一件油污的短皮袄,光脚上面套着一双破鞋,脑袋上戴着一顶小熊的没有边儿的破草帽。他用刚劲有力的手抓紧我的手,说:

“你跟我一块儿去吧,好不好?如果我去说一声,他,就是那个鸽子,会把你收下的。要不要我去跟他说一声?他们会把你那个多余的东西割掉,再给你钱的。他们觉得,把人搞残废了,简直是一件像过节一样快活的事情呢,所以他们就会奖赏你……”

那个阉割派教徒站在船边,腋下夹着一个白包袱,一双呆滞的眼睛紧紧盯着雅科夫。他身子笨重,虚胖得像是一个在水里淹死的人,我小声地咒骂了他。司炉工人又一次抓住我的手掌:

“随他去吧,别在乎!各人祷告各人的上帝嘛,这跟我们有什么相干?呶,再见啦!好好过日子,祝你幸运!”

雅科夫·舒莫夫就这样像一头熊似的摇摇摆摆地走了。在我的心头留下了不轻松的、复杂的情感:我舍不得和这个司炉工人分手,又对他恼火。而且,我记得,当时还有点羡慕他。我忐忑不安地思忖着:这个人干吗要到他自己都不清楚是哪儿的那个地方去呢?

再说,这个雅科夫·舒莫夫究竟是一个什么样的人呢?

十二

深秋,轮船停航了。我进了一家制作圣像的作坊当学徒。可是,过了一天,我的老板娘,那个脾气和蔼、总是有点醉醺醺的老太婆用弗拉基米尔城的口音对我宣布说:

“眼下白天短夜晚长了,所以早上你到铺子里去当当小伙计,晚上再学手艺!”

她让我听从一个身材矮小、走路很快的掌柜使唤。这个掌柜是个年轻小伙子,脸蛋儿长得挺漂亮,甜甜的。每天一早,我就跟着他在寒冷朦胧的薄雾中,沿着沉寂的伊利卡商业街到尼日尼中心商场去。铺子就在商场的二楼,由一个仓库改建而成,里面光线暗淡,有一扇铁门和一扇小窗户,窗子朝向盖有铁皮顶棚的外廊。铺子里堆满了大大小小的圣像、神龛。有的神龛表面平滑,没有饰纹,有的饰有葡萄花纹。此外还堆放着不少教会斯拉夫文的黄皮封面书籍。在我们铺子旁边,还有另一家出售圣像和圣书的店铺。这家店铺的黑胡子老板是伏尔加河支流克尔热涅茨的一位著名的旧教派学家的亲戚,他有一个和我年龄相仿的儿子,瘦削机敏,长有灰色的小老头似的脸和一对忐忑不安的小老鼠般的眼睛。

每天早上开了铺门以后,我得先去小饭铺打开水。一喝过早茶,就要收拾好店铺,掸去货物上的灰尘,然后站在铺子前的外廊上,机警地注意着,别让顾客跑到隔壁铺子里去买东西。

“买东西的人都是傻瓜蛋,”掌柜自信地对我说,“他们以为货全都一个样,哪儿便宜就在哪家买,根本不懂货色的好坏!”

他一面麻利地摆弄着圣像的小木板,发出啪啪的响声,一面卖弄着自己的生意经。他教导我说:

"作坊做的货便宜,三乘四俄寸的圣像卖×××钱,六乘七俄寸的卖×××钱。你知道圣徒的名字吗?你记住:能帮人戒除狂饮病的叫沃尼法季,防治牙痛和暴死的是苦难女圣徒瓦尔瓦拉,圣瓦西里预防疟疾和热病……圣母你分得清吗?你瞧:悲叹圣母①、三手圣母②、阿巴拉茨卡娅预兆圣母③、勿哭我圣母、消愁圣母④、喀山圣母⑤、保护圣母⑥、七箭圣母⑦……"

我很快记住了不同尺寸和不同工艺的圣母像的价格,记住了各种圣母像的区别,但要记住很多圣徒的作用,就不那么容易了。

有时,我站在铺子门旁正在想着什么心事,掌柜突然检查起我的知识:

"保佑难产妇女平安的圣徒⑧是谁?"

倘若我回答错了,他就轻蔑地问我:

"你长着脑袋是干什么用的?"

更为困难的事情是招揽顾客。那些画得奇形怪状的圣像,本来我就不喜欢,再把它们卖给别人,我觉得很不好意思。按外祖母给我讲的故事,我想象中的圣母是那样年轻、美丽、善良,杂志的插图上的圣母也是这样。可圣像上画的圣母却那么苍老、严厉,长着好长的鹰钩鼻子,两条手臂像木头一样,毫无生气。

每逢星期三、星期五赶集的日子,生意很兴隆。铺子前面不断地出现很多庄稼汉和老太婆,有时甚至牵老带小,全家人都来了。他们都是从伏尔加河对岸来的古老信徒派教徒,疑心重、神情阴郁,聚居在森林里。有时,一看见那些身裹老羊皮和厚厚的家织毡呢、举止笨拙的人在外廊上慢

---

① 圣母全身像。不抱圣婴,身旁围绕着天使和受难者。

② 右手抱圣婴的圣母像。圣像下端有第三只手,传说是一位名叫约翰·达马斯金的圣像画师在反圣像崇拜运动时期所画。

③ 怀抱圣婴的圣母像。怀抱圣婴,圣婴手里拿着一卷纸。

④ 左手抱圣婴的圣母像。

⑤ 束腰圣母像。左手抱圣婴,圣婴伸开右手作祝福状。

⑥ 用自己的披肩覆盖祈祷者的圣母像。

⑦ 圣母胸前有七枝箭,七枝箭象征对她儿子的考验。

⑧ 指圣徒潘苔莱蒙,相传他有治好百病的神奇力量。

腾腾地、像怕陷到地下去似的走着，我就感到不自在，难为情。我努力克制自己，鼓足勇气拦住他们，在他们笨重的皮靴旁边转来转去，声音细得像蚊虫般地哼道：

“老大爷,您要点什么？这里有带注解的祷词圣诗集、叶夫连·西林的书、基里尔的书、圣规集、日课经,请吧,请随便看！各种圣像,您想要什么样的？价格贵贱的都有,是上等货,深颜色的！您想定货也行,所有的圣徒和圣母像,预定哪一种都行！也许您想定做一幅记名的圣像,专供您府上供奉的圣像？我们作坊可是全俄国第一块牌子！买卖也是全城第一！”

难以猜透的、令人不解的顾客久久地一言不发,就像看一条狗似的瞧着我,突然用木棍般的手臂将我推开,走到隔壁店铺里去了。而我的掌柜便搓着他那两片大耳朵,生气地吼叫道：

“把顾客放走了吧？你哪能做生意！……”

隔壁铺子里传来了柔和的、甜甜的声音,飘过了一股令人昏昏欲醉的话语：

“亲爱的,我们从不干贩羊皮、靴子之类的买卖,我们给您带来的是上帝的恩赐,这种神惠比黄金白银还要宝贵,是无价之宝……”

“鬼东西!”我的掌柜含着嫉妒的口吻赞叹着,“他可真把乡巴佬给骗住了,你学着点,学着点!”

我认真地学习着,不论什么事,既然干了,就要干好,但是在做生意、拉顾客上却屡屡失败。这些阴沉忧郁的乡下人,寡言少语,胆小如鼠的老太婆们总是被什么惊吓了似的耷拉着脑袋,这模样常常引起我的怜悯,想把圣像真正的价钱偷偷告诉他们,告诉他们多要了二十戈比的虚头。我觉得他们都是穷人,吃不饱肚子。当看到这些人拿出三个半卢布买一本赞美诗,真是感到奇怪,而赞美诗又是他们最常买的书。

他们对书和圣像制作好坏的知识使我惊讶。有一次,一个被我引进店铺来的灰白头发的老头温和地对我说：

“小伙子,你说你们的圣像作坊是全俄国的第一块牌子,这就不对啦!俄国最好的圣像作坊是罗戈任,在莫斯科!”

我尴尬地躲开了他,他也没进隔壁铺子,慢慢往前走了。

“抹了一鼻子灰吧?”掌柜挖苦地问我。

“你没有给我讲过罗戈任作坊……”

他开口骂街了：

“这种表面上闷声不响的老江湖什么都知道，这帮该死的家伙精得很，什么都懂，老狐狸……”

掌柜长得挺漂亮，养得脑满肠肥。他自尊自贵，厌恶乡下人。一遇到机会，他就唠唠叨叨地在我面前发牢骚，说道：

“我很聪明，爱干净，喜欢好闻的味儿，什么神香啦、香水啦。可如今为了替老板娘挣五戈比的蝇头小利，就凭我这一表人才，还得向那些气味难闻的乡巴佬点头哈腰！你以为我觉得这是好差事？乡下人是什么东西？刮下的臭羊毛下脚，地上的虱子，可……”

他伤心地不吭气了。

我却喜欢乡下人，在每个乡下人身上我都感觉到有某种类似雅科夫所具有的神秘的东西。

有一天，一个身穿长襟外衣、上面还加了件短皮袄的粗大汉子走进店堂。他取下毛茸茸的帽子，瞧着闪烁着神灯的屋角，眼睛竭力不看暗处的圣像，用两个指头给自己画个十字，接着沉默地扫视了一下周围，然后开口说道：

“请给我一本加注解的赞美诗！”

他卷起外衣的袖子，久久读着书本内封上的内容，泥土色的、已经裂口出血的双唇不住地颤动着。

“有没有更古一点的版本？”

“古本，您知道，那值几千卢布呢……”

“知道。”

那汉子用一个手指沾上点唾沫翻看书页，在他翻页的地方留下了一个个黑指印。掌柜恼火地瞧着他的头顶，说道：

“圣书都是古的，上帝没有改变过他的话……”

“我知道，听说过！上帝没有改变过，那是尼康[①]改变的。”

---

① 尼康(一六〇五—一六八一)，原名尼基塔·米诺夫。一六五二年起为俄国牧首，实行教会改革，引起教派分裂。

那个汉子盒上书，不言不语地走了。

有时这些山里人也会和掌柜争论起来，我很清楚，他们掌握的圣经知识多于掌柜。

“这些沼泽地里的异教徒。”掌柜生气地嘟囔着。

我还发现，虽然新版书不中他们的意，但他们看那些书时还是怀着敬意，触摸书时小心翼翼，好像书会像鸟儿一样，从他们手里飞走似的。我看到他们这样的举止，心里很高兴，因为书对我来说，那是奇迹，书里蕴藏着著书人的心灵：打开书本，书就释放出这心灵，它就会神秘地和我娓娓交谈。

有很多次，一些老头和老太婆拿着尼康时代以前的古版书或手抄本来卖，抄本大多是伊尔吉兹河和克尔热涅茨河一带避居在穷乡僻壤的旧派女教徒恭笔抄写的。有未经德米特里·罗斯托夫[①]修改过的月书[②]的抄本、旧圣像、十字架和北部沿海地区浇铸的涂有珐琅的铜版折叠圣像，以及莫斯科公爵赠送给酒店掌柜的银制长柄勺等等。所有这些买卖都是暗地里成交的，他们环顾着四周，从衣襟下面拿出东西来，偷偷出售。

我们的掌柜和隔壁铺子的老板对这样的卖主都非常机警地盯着，拼命争夺他们。用几个卢布或几十卢布把这些古货收下来，转手拿到集市上就可以以几百卢布的价钱将它们卖给那些富有的旧教派徒。

掌柜还教我说：

“你要盯牢这帮森林里来的树精、魔术师，把眼睛睁睁大，他们可是活财神啊！”

这样的卖主一来，掌柜就立刻派我去请万事通彼得·瓦西里伊奇，他是鉴定古版书、圣像和各种各样古董的行家。

彼得·瓦西里伊奇是高个老头儿，他和圣瓦西里一样蓄着长胡子，令人和蔼可亲的脸上长着一对聪颖的眼睛。他的一只脚上被砍掉了一块蹠骨，因此走路一瘸一瘸，手上总要拄一根长长的拐棍。无论冬夏，都身着一件又轻又薄像僧侣穿的窄腰肥袖的长袍，头戴一顶天鹅绒有遮檐的帽子，样式很

---

① 俄国罗斯托夫都主教（一六五一—一七〇九），又名达尼尔·萨维奇·图普塔洛，以国家不干涉宗教事务为条件支持彼得大帝的改革，编写了新版的《月书》。

② 供教徒全年阅读的每月一册的基督教祈祷经文汇编。

怪,像口锅似的。他精神抖擞,腰板挺直,走进铺子时却垂肩屈背,轻声地啊哈、啊哈着,两个指头不断地画着十字,口中一直喃喃念诵祷告词和赞美诗。他那虔诚和老态龙钟的模样立刻就博得了卖主对他这个万事通的信任。

“你们又沾上什么事儿啦?”老头儿问道。

“有人拿来一个圣像要卖,他说是斯特罗加诺夫斯克的。”

“什么?”

“斯特罗加诺夫斯克的。”

“啊哈……我听不太清啦,上帝堵住了我的一只耳朵,让我不去听尼康派说的那些胡言乱语……”

他摘下帽子,用手平拿圣像,先竖着看绘画的笔法,再从侧面、正面看,然后眯缝起眼睛看像板上的接合榫,嘴里唧唧哝哝地说:

“这些没良心的尼康派,他们发现我们喜爱古雅的东西,魔鬼就阴险恶毒地教会他们去制造各式各样的假货,现在连圣像也仿造得这么精巧,哦,精巧极了!从表面上看,圣像仿佛真的是斯特罗加诺夫斯克或者乌斯狄日纳的绘画笔法,再不然,是苏兹达利的制品。可仔细一看啊——假货!”

如果他说是“假货”,那意思就是这个圣像是贵重、稀罕的珍品,他用许多事先约好的用语暗示掌柜,告诉他:这圣像可以出多少钱,那本书可以出多少钱。有些暗语我知道,譬如:“沮丧和伤心”是给十卢布,“尼康老虎”暗示二十五卢布。看见他们欺骗卖主,我感到羞耻,但万事通玩的这套巧妙把戏又使我觉得很有趣。

“这帮尼康派,这帮尼康老虎居心叵测的徒子徒孙,什么都做得出来,有魔鬼给他们出谋划策。瞧这打底子的颜料简直能乱真,衣服也是出自一人之手,可是面部,笔法就不一样了,既不是这种画法,也不是那种画法,类似西蒙·乌沙科夫①那样的老画家的画笔,虽然他是个异教徒,可整幅圣像都是他自己画成的,衣服、面部,连火印都亲自动手烫,底漆也是自己刷的,而现在这些渎神的家伙却做不到!从前画神像可是一桩神圣的事,如今只成了一种画画的技巧了,就这么回事儿,唉,信奉上帝的人们啊!”

最后,他小心地将圣像放到柜台上,戴上帽子,说道:

---

① 西蒙·乌沙科夫(一六二六—一六八三),十七世纪著名圣像画家。

“罪过呀。”

这就是暗示——买下来！

卖主被他滔滔不绝像河水般的甜言蜜语淹得昏头昏脑，被这个老头的渊博知识所折服，恭恭敬敬地问道：

“老先生，这圣像究竟怎样啊？”

“这圣像啊，是尼康派的人仿制的。”

“那不可能！我们的爷爷、太爷爷都是向这个圣像做祷告的……”

“可尼康活在你太爷爷之前。”

老头儿把圣像递到卖主的脸前，严厉地说：

“你瞧，她那张快活的面孔，难道这是圣像？这是一张画画，外行画的作品，是尼康派一伙人的把戏。这种东西里面是没有神灵的！难道我会说假话吗？我是上了年岁的人了，为了捍卫真理，一辈子受苦遭罪。我是快见上帝的人了，要我昧着良心说瞎话，那可犯不上！”

他走出铺子，一副年迈体衰行将就木的模样，脸上现出因为别人不信任他的评估而倍感委屈的神情。掌柜付了几个卢布收下圣像，卖主向彼得·瓦西里伊奇深深地鞠了个躬走了。收下后，他们打发我去饭馆泡开水沏茶。回来时，那位万事通正在精神抖擞、谈笑风生地和掌柜攀谈，他爱不择手，仔细地看着收买下来的圣像，教导掌柜说：

“你瞧，这幅圣像神态多么庄严，用笔多么精妙，画上充满了神的威严，丝毫没有尘世的烟火气……”

“这是谁画的？”掌柜春风满面，欢欣雀跃。

“你想知道这一点还为时过早。”

“行家会出多少钱？”

“这我还不知道。我先拿给一个人去看看吧……”

“哎哟，彼得·瓦西里伊奇……”

“要是能出手，给你五十卢布，超出的归我！”

“哎唷……”

“你就别哎唷了……”

他们一面喝茶，一面无耻地讨价还价，贼骨头般的眼睛相互打量着对方。掌柜怎么也逃不出老头儿的手掌心，这是明摆着的。每次老头一走，他准要对我说：

“你留神点，别多嘴把这桩买卖告诉老板娘！”

谈妥了圣像交易以后，掌柜问老头儿：

“彼得·瓦西里伊奇，城里有什么新闻？”

老头儿伸出蜡黄的手，捋开胡子，露出油光光的嘴唇，便讲述起城里商人花天酒地的生活、生意上的得手、酗酒闹事、伤疼病痛、婚宴喜事、妻子的不忠，丈夫的艳遇等等趣闻轶事。他一个接一个娓娓动听地讲着这些油腻腻的故事，讲得那么顺溜，那么狡猾，就像出色的厨娘熟练地做发面煎饼一样，叙述中还不断夹入嘻嘻的笑声。掌柜圆圆的面孔，出于满心的羡慕和狂喜而变成褐色，两只眼睛笼罩起了薄薄的一层幻想的迷雾。他长吁短叹，牢骚满腹地说：

“看别人过的是什么日子啊！可我……”

“各人有各人的命嘛，”万事通用低沉的声音说，“有些人的命是天使们用小银锤子锻打出来的，有些人的命是魔鬼用斧背子敲打出来的……”

这个骨瘦如柴但身板结实的老头儿简直无所不知，全城的生活、所有的商贾摊贩、官吏、神父、小市民的隐私、内幕，他都知道。他机警敏锐，活像一只老鹰，身上还掺混有狼和狐狸的特性。我总想惹他恼怒，但他远远地看着我，好像中间隔着一道烟雾。我感觉，仿佛他的四周是无底的深渊，倘若要走到他的身边，不知会跌落到什么地方去。我还感到他身上有某种类似轮船上的司炉工舒莫夫的东西。

掌柜虽然人前人后都赞赏他的聪明博学，但有时也和我一样，想激怒他，使他难堪。

“说到底，你是个骗子手。”他寻衅地直望着老头儿的脸突然说。

老头儿懒懒地冷笑一声，回答他说：

“只有上帝才不骗人，而我们生活在傻瓜堆里，要是连傻瓜都骗不了，那傻瓜还有何用？”

掌柜发急了，说道：

“并不是所有乡下人都是傻瓜，有的做生意的买卖人也是乡下人出身！”

“我们现在谈的不是买卖人。傻子从不指望当骗子。傻子是圣洁的，可他的脑子在睡觉……”

老头儿说话越来越懒洋洋的了,那样子简直叫人受不了。我觉得他仿佛站在小土墩子上,周围全是泥泞沼泽。要想惹怒他简直不可能,他超然愤怒之外,或者说他善于将愤怒深深地隐藏起来。

但是,他常常主动纠缠我,走到我身旁,紧紧挨着我,胡子里隐藏着微笑,问道:

“你怎么叫那个法国作家来着,叫波诺士①?”

对那种故意歪曲别人名字的恶劣做法,我特别生气,但我尽量忍着,回答说:

“庞逊·德·泰尔莱利。”

“他叫‘等胎儿来领’?”

“您别瞎胡闹,您又不是小孩子。”

“对,我不是小孩。你现在看什么书?”

“叶夫列姆·西林②的作品。”

“那么谁写的好呢,是你读的那些非宗教的普通文学好呢,还是这个叶夫列姆·西林的好?”

我沉默不语。

“普通文学作品大多写些什么?”他紧追不放。

“生活里发生的一切都写。”

“这么说,狗啊、马啊都描写啰?它们在生活里都有嘛。”

掌柜哈哈大笑,我恼火了。我觉得十分难受,很不愉快,可是我一想走开,掌柜就会叫住我:

“到哪儿去?”

于是老头儿又考问我说:

“喂,读书人,你来解个题吧:你面前站着一千个光着身子的人,五百个女人,五百个男人,亚当和夏娃也在这些人里面。你怎么找出亚当和夏

---

① понос 俄语的意思是拉肚,腹泻。文中老头儿故意将庞逊(Понсон)念成波诺士(Понос)。

② 俄国的宗教著名作家。

娃来?”

他追问了很久,可我一直回答不出。最后他得意洋洋地说:

“你这小傻瓜,亚当和夏娃,他们不是生出来的,是造出来的,就是说,他们没有肚脐眼啊!”

老头儿有很多很多这类“问题”,他就用这类“问题”来为难我。

我在铺子里当班的最初一段时间里,常常把我看过的一些书的内容讲给掌柜听,不料我讲的那些故事,现在却成了他故意和我作对的材料:他故意卑鄙下流地将我讲的内容歪曲地转述给彼得·瓦西里伊奇,而老头儿又狡猾地帮他在这些内容里添油加醋地提出一些不知羞耻的问题。他们红口白舌、无中生有地把一些无耻的话,像扔乌七八糟的垃圾一样,横加到欧也妮·葛朗台、柳德米拉、亨利四世的身上。

我明白,他们这么做并无恶意,而是出于无聊,但我并不因此而感到轻快些。他们制造污秽,然后像猪一样地在污秽里乱拱乱刨,心满意足得不住地发出哼哼声,尽情玷污、糟踏美好的东西,因为美好的东西对于他们是格格不入的,无法理解的,可笑的。

在整个中心商场里,商场的全体人员、老板和掌柜,都过着古怪的生活,其间充满了小孩般愚蠢的恶作剧。如果有从外地来的庄稼汉问路,想知道到城里某个地方走哪条路最近,他们总是故意给他指错方向。这种把戏在这儿已经如此习以为常,竟连欺骗者本人也感受不到任何乐趣了。捉到两只老鼠,他们会把老鼠的尾巴结在一起,再放到大街上,欣赏老鼠如何拼命向相反的方向奔逃,相互咬啮;有时还将煤油浇在老鼠身上,点火烧。他们把破铁皮桶绑在狗的尾巴上,狗惊得狂叫,拖着破铁桶丁零当郎地满街乱窜,他们则在一旁看着,哈哈大笑。

还有很多类似的消遣。似乎所有的人,尤其是那些庄稼汉,就是专门为了在中心商场供人逗乐而存在似的。我觉得,他们总是有一种嘲弄别人、想方设法让别人痛苦、尴尬的愿望。令人奇怪的是在我所读过的书里,从来没有这种不断急切地企图相互侮弄、折磨别人的现象。

中心商场里有一种恶作剧令我特别厌恶和反感。

楼下,我们铺子的对面,有一个老板做毛皮和毡靴生意。他的伙计是一个贪食的大肚汉,其食量之大,令全商场震惊。他的老板常常像吹嘘马的力气和狗的凶恶那样，赞不绝口地炫耀伙计的本领，还不止一次地邀邻家店铺的老板打赌：

“谁和我赌十个卢布？我赌我的伙计米什卡能在两个钟点内吃掉十磅火腿！”

大家都知道，米什卡能够吃掉这么多火腿，于是，有人便说：

“我们不打赌，但可以把火腿买来，看着他吃。”

“不过要买净肉，不带骨头！”

他们你一句我一句懒洋洋地争论了一会儿。这时，从昏暗的仓库里钻出来一个干瘪的，没有胡子，高颧骨的年轻人。他穿着一件厚呢长大衣，腰间扎着红色的宽腰带，浑身粘满了毛皮的碎片。年轻人恭恭敬敬从小脑袋上取下帽子，深陷的眼睛里目光混浊，他默默地望着老板那扎满了又粗又硬胡子的猪肝似的圆脸。

“一巴特曼①火腿你能吃下去吗？”

“限多少时间，先生？”米什卡小声地、认真地问道。

“两个钟头。”

“很难，先生！”

“有什么难啊？！”

“那就再添两瓶啤酒吧，先生！”

“好吧，”老板答应，并夸耀地对旁人说，“你们不要以为他空着肚子，不，他一早就吃掉约莫两磅面包，中午饭也照常吃过了……”

人们拿来了火腿。看热闹的人围拢在一起，清一色的都是些大块头买卖人，裹着沉甸甸的皮大衣，像一个个大秤砣。他们都大腹便便，眼睛很小，却挂着肥大的眼泡，眼上迷离地蒙了一层无法摆脱无聊的梦幻般的烟雾。

老板们两手笼在袖子里，紧紧围成一圈，把这个能吃的老饕包在当中。只见他手拿一把刀子和一大块黑面包，恭恭敬敬地画了个十字，然后坐到毛皮口袋上，把火腿放到身边的木箱子上，用呆滞的目光打量着。

这个吃手切下一小片面包和厚厚的一大块肉，整整齐齐地叠在一起，用两只手捧着送到嘴边，两片嘴唇不住地抖动，接着，伸出像狗一样的长舌头，

---

① 俄国东部地区有些民族使用的计量单位，在伏尔加河地区，一巴特曼约十俄磅。

馋涎欲滴地舔舔嘴唇,露出又小又尖的牙齿,然后像狗一样,把脸伸到肉上。

“开始了!”

“看好时间!”

所有的眼睛都一眨不眨地集中在贪食者的脸上,看着他的下颌和耳旁咬嚼时凸起蠕动的两块圆圆的肉球,瞧着他尖尖的下巴一上一下均匀地动着。人们一边看,一边慢腾腾、懒洋洋地交谈几句:

“简直是狗熊吃食!”

“你见过狗熊吃东西吗?”

“难道我会住在森林里? 不过就这么说说吧:像狗熊吃食。”

“一般只说:像猪吃食。”

“猪是不吃猪肉的……”

人群中传出了不以为然的笑声,立刻有个高明的人纠正说:

“猪可什么都吃,甚至吃自己下的崽子、自己同窝的姐妹……”

这时,只见吃手的脸渐渐变成褐色,耳朵涨得发紫,原来下陷的眼睛从眼窝里逐渐鼓突出来,他喘息着,但下巴仍然均匀地上下起落。

“加油,米哈伊洛,时间要到啦!”大家鼓励他。他不安地用眼睛打量着剩下的肉,喝点啤酒,又咀嚼起来。观众们渐渐活跃起来,不断地瞧瞧米什卡老板手上的表,相互警告说:

“别让他把表针往回拨,干脆把表拿过来吧!”

“盯住米什卡,别让他藏几块肉到袖子里去!”

“看来不能按时吃完啦!”

米什卡的老板激昂地喊叫:

“我赌一张二十五卢布的票子! 米什卡,别泄气!”

观众不住地挑逗老板,但没人肯出头和他打赌。

米什卡仍然不断地吃呀、吃呀,他的脸变成像火一样的颜色了。他的尖尖的、软骨突出的鼻子发出犹如痛苦的吹哨子的声音,看上去样子很可怕。我感到,仿佛他马上就会大声叫喊,向人们哭诉:

“请你们饶了我吧……”

不然,就是肉吞咽不下,已经卡到喉咙口了,他会立刻一头栽到观众的脚边死去。

最后,他终于吃光了。年轻人瞪着醉醺醺的眼睛,疲惫万分,嘶哑着嗓子说:

“给点水喝……”

可他的老板却看着表埋怨道:

“时间过了,下流坯,过了四分钟……”

观众故意逗弄他说:

“多可惜,没跟你打赌,不然你输了!”

“不过再怎么说,总算是狼吞虎咽了,这小伙子!”

“对,该把他送进马戏团……”

“上帝怎么能把人变得这么畸形啊!”

“走吧,去喝茶,好吗?”

于是这帮大腹便便的人,就像一队平底船,飘进小酒馆去了。

我真想弄个明白,到底是什么把这帮蠢笨的、心冷如铁的人聚到一起,围住这可怜的小伙子?为什么他这种病态的饕食能使他们如此开心?

狭窄的外廊,塞满了兽毛、羊皮、麻丝、粗绳、毡靴、马具制品等等,令人感到压抑和烦闷。一根根砖砌的柱子将外廊和人行道隔开。这些砖柱粗大蠢笨,由于年深日久,早已风化腐蚀,而且沾满了从街道溅上的污垢。大概我经常在这柱子之间往来,心里成千上万次地默数的缘故,砖头和缝隙形成的古怪难看的花纹,就像一张沉重的网至今仍然留在我的记忆中。

行人沿着人行道不紧不慢地走着。载着货物的马车和雪橇在大街上缓缓驶过。街那边,许多两层楼店铺的红色砖墙围成一块方形空地,在覆盖着被踩实了的污雪的空地地面上堆满了箱子、干草和揉皱的包装纸。

所有这一切,包括人、马匹,尽管都在活动,但似乎又是懒洋洋地在原地转悠,令人感到一切都停滞不前,仿佛被无数看不见的锁链锁住了。你还会突然感到,这里的生活几乎无声无息,一片死寂。虽然雪橇的滑板吱吱作响,店铺的门乒乒乓乓,卖馅饼和热蜜水的商贩吆喝不断,但这些声音显得凄凄切切,十分勉强,而且千篇一律,单调乏味,使你很快就会习以为常,再也不觉得有什么声音了。

教堂的钟声低沉,犹如丧钟一般。这令人忧郁的声音永远留在耳际萦绕不绝,仿佛钟声始终在市场的上空缓缓飘浮着,散布开来,从清晨直至深

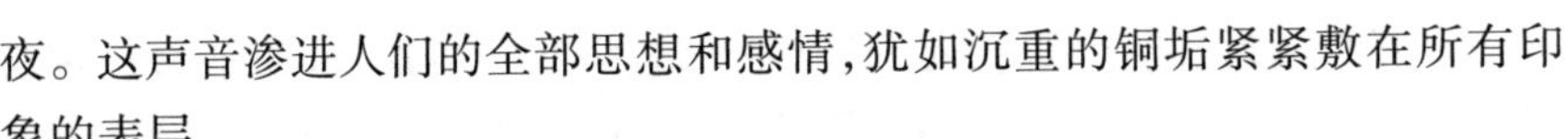

夜。这声音渗进人们的全部思想和感情,犹如沉重的铜垢紧紧敷在所有印象的表层。

从覆盖着污雪的地面上,从屋顶上的灰色积雪中,从建筑物的肉红色土砖里,处处都散发出寂寞无聊的气息,冷冰冰的,令人烦闷。烦闷像灰色的烟雾,从烟囱里慢慢地爬向灰暗、低垂、呆滞的天空。马儿喷出的是烦闷,人们呼吸的是烦闷。这种烦闷的气息也有它独特的气味,那是一种汗臭味、油腻味、大麻油味、烤馅饼味和烟味混杂在一起的难闻气味。这种气味像是一顶又厚又紧的帽子,箍紧了人的脑袋,使人昏头涨脑;这种气味渗透到胸腔里面,使人处于奇怪的迷醉状态,让人产生阴郁的情绪,直想闭上眼睛,发出绝望的狂叫,奔出去,一头撞上碰到的第一堵墙壁。

冬天,生意清淡。在商人的眼睛里没有夏天所能见到的那种警觉、贪婪的光辉。夏天里的那种眼神,使他们显得春风得意、精力充沛。如今,沉重的毛皮大衣压得他们动作呆板,压得他们的身子弯向地面,说起话来懒洋洋的,一生气就吵架。我想,他们是故意这样做的,他们是在相互表示:我们还没死!

我很清楚,这是寂寞和无聊压抑着他们,使他们精神上受到极度的折磨。他们之所以搞那些残酷愚蠢的消遣,只不过是用一种徒劳无益的抗争来对付由于寂寞无聊产生的那种吞没一切的力量,我只能对自己做这样的解释。有时我和彼得·瓦西里伊奇交谈这方面的问题。虽然他总是带着嘲弄、挖苦的态度对待我,但是他很喜爱我酷爱读书。有时候他也用教训的、严肃的口吻和我说话。

“我不喜欢商人那样的生活。”我说。

他把一绺胡子绕到自己长长的手指上,问道:

“你打哪儿知道他们怎样生活呀?难道你常去他们家做客?小伙子,这儿是大街。那些人不住在大街上,他们在街上只是做买卖,再不然,他们只是从街上一穿而过就立刻回家了!那些人出门时都穿着衣服,有外衣遮着,你不可能知道他们是什么样的人。只有在自己家里,有自家的四面墙壁挡住,他们才毫无顾忌、不加掩饰地生活,而他们在家里是怎么生活的,你不得而知。”

“可他们心里想的,不论在这里,还是在家里,还不都是一个样?”

“有谁能知道隔壁邻居在想什么啊?”老头儿严厉地睁圆了双眼,用沉重的低音说,“老辈人常说:‘心思像虱子,谁也数不清。’也许有人一回到家就跪在地上放声大哭,向上帝祷告说:‘上帝啊,饶恕我吧,在你神圣的日子里我犯戒了!’也许,家对于他来说就是修道院,只有在家里,他才和上帝单独在一起呢? 就是这么回事! 每只蜘蛛都得了解自己藏身的角落,编织这张蜘蛛网,而且必须清楚自身的分量,好让那张网子能够承受得起……”

当他认认真真说话的时候,声音更轻,更沉重,仿佛在宣布某个重要的秘密。

“你喜欢发表议论,可发表议论对你来说还为时过早。在你这岁数上,人们不是靠脑子生活,而是用眼睛生活! 因此你只要看在眼里,记在心上,对什么事都保持沉默。智慧用于事业,而灵魂需要的是信仰。至于读书,那是好事,但做一切事,必须知道有个限度。有些人读书入了迷,读成了书呆子,变得不信上帝了……”

我觉得他仿佛会长生不老。很难想象他会变老,变样子。他喜欢讲商人、强盗的故事,讲制造假币而后成为名人的故事。这种故事,我从外祖父那里听过很多,他比万事通讲得更好听,但故事的意思都一样:获得财富都是以对人、对上帝犯罪为代价的。彼得·瓦西里伊奇对人并不怜悯,但谈论上帝时总怀着亲切、热诚的感情,避开对方的视线,叹息地说:

“这么一来,他们就是欺骗上帝了,可耶稣他老人家心如明镜,哭着说:‘我的人们,人们呀,可悲的人们呀,地狱在等着你们啊!’”

有一次,我壮着胆子提醒他:

“你不是也常欺骗乡下人吗?!”

我的话并未使他生气。

“我那点欺骗有什么大不了的?”他说道,“沾光三五个卢布,这不就完啦!”

碰到我看书,他就从我手上把书拿过去,吹毛求疵地追问我有关书上的问题,用不相信和诧异的口吻对我们的掌柜说:

“你瞧瞧,这调皮鬼竟能看懂这些书!”

于是,他慢条斯理、令人难忘地教导我说:

“听我的话,这对你有用! 有两个基里尔,两个人都是主教。一个是亚历山大城的主教基里尔，另一个是耶路撒冷的主教基里尔。前一个基里尔[①]为反对天地不容的异教徒涅斯托里而战斗。涅斯托里无耻地说什么圣母是凡人，因此她不能生神，而是生了一个人，按名字和事业来说叫基督，换句话说，就是救世主，所以不能称她为圣母，而应当称她为基督之母，懂了吧？这就称之为异教！耶路撒冷的大主教基里尔是反对异教徒阿里[②]的……"

我对他具有渊博的教会史知识十分叹服，他用自己保养得很好的神父般的手抚摩着胡须，自诩说：

"在这个事业上，我是一员大将。我曾在圣灵降临节前夕专程赴莫斯科，去参加与恶毒的尼康派的学者、神父、俗人们的辩论。当时我还是青年人，居然能和那些博学的行家争论，真的！一位神父被我唇枪舌剑驳得精疲力竭，以致流出了鼻血，真是这样！"

他两颊泛起了红晕，眼睛里现出喜悦的神情。

显然，他认为驳斥得使辩论对手流出鼻血是他事业成功的高峰，是他光荣金色桂冠上的一颗最璀璨夺目的红宝石。每谈起这件事，他就津津有味、眉飞色舞：

"那可是位仪表堂堂、身强力壮的神父啊！站在读经台前，鼻子里的血滴答滴答地往下淌！可他却没看到自己那副丢人的狼狈样。他穷凶极恶，好似一头荒漠里的狮子，直着嗓门大吼大叫，像敲钟似的。我呢，平静而安详，可说的每句话都像锥子，直刺他的灵魂，扎进他的胸口……他简直就像炽热的火炉，里面燃烧着异教徒的歪门邪道……呵，那时候常常有这样的场面啊！"

常到我们铺子里来的还有另外几个旧教派经学家：一个是挺着大肚子、身上穿一件沾满油污的紧腰长外衣的帕霍米，独眼龙，皮肤松弛，嘴里不停地发出像猪样的哼哼声；另一个是小老头卢基安，长得胖胖的，像只小老鼠，待人亲切，动作敏捷；常常和他一起来的人是一个神情阴沉的大个子，像是马车夫，一脸黑胡子，脸上木无表情，眼光呆滞不动，现出一副令人不愉快的

---

① 五世纪康士坦丁堡的总主教。

② 阿里否定希腊教圣父、圣子一体性的基本教条，认为基督是处于神与人之间的小神。

模样，但五官端正、漂亮。

他们经常带一些古书、旧圣像、长链手提香炉、盥樽之类的东西来卖，有时还把卖主带来，大多是从伏尔加河对岸来的老头老太。做完交易，他们就像飞到田头的乌鸦，在柜台旁一溜边坐下，就着面包和果汁糖喝茶，交谈着尼康派教会对他们的排挤、压迫[1]，说有的地方进行了搜查，没收了他们的祈祷书；有的地方警察查封了祈祷室，根据《刑法典》第一〇三条[2]把祈祷室的主人带到法院去审判。这第一〇三条是他们谈得最多的话题，但他们谈论时平心静气，就像谈论某种注定不可避免的事情，譬如冬天的严寒那样。

他们在谈论宗教压迫时，每每提到警察、搜查、监狱、审判、西伯利亚等等字眼，这些字眼就像炽热的炭火碰到我的心灵，燃起我对这些老人的好感和同情。我所读过的很多书，教会了我要尊重那些为了追求自己的理想而顽强斗争的人，要珍惜坚定的信念。

我忘记了我在这些生活中的教师身上看到的一切缺点，只感到他们的那种泰然自若的坚定精神。我感觉到在这坚定的背后，隐藏着他们对自己的真理的不可动摇的信念，准备为真理接受一切磨难的决心。

后来，我在普通老百姓中，在知识分子中，发现很多类似这种旧信仰的守护者，这才弄明白，这种坚定实质上是人们的一种消极的惰性。他们待在原处，无处可去，而且也不想变动，因为他们被旧的教条和过时的概念像桎梏般紧紧地束缚住，在这些教条和概念中僵化了。他们的意志停滞不前，已失去向未来发展的可能了。如果有什么外部力量，狠狠地把他们抛出原地，他们就会像从山上落下的石块，机械地滚下去。这些人以一种怀旧的呆板的力量和对痛苦、压迫的病态的爱好，死守在过时真理的墓旁。但是，一旦夺去了他们受苦的可能，他们就会变得心灵空虚，像在晴和风顺的日子里的云，被吹得无影无踪。

他们为了信仰，甘心情愿并且怀着一种孤芳自赏的心情随时准备受苦，这种信仰毫无疑问是坚定不移的，但是，它又好似浸透了各种油污的旧衣

---

①② 从俄罗斯正教中分裂出来的教派，不接受十七世纪尼康的改革，主张保持旧礼仪，一九〇六年前一直遭到沙皇当局的迫害。俄国《刑法典》第一〇三条规定了对分裂派的惩罚办法。

服，仅仅因为有了油污，衣服才能或多或少经受时间的侵蚀。他们的思想、感情已经习惯了狭隘的偏见和裹着沉重外壳的教条，纵然折翅断腿、残缺不全，可生活得舒舒服服，安适如意。

这种习惯上的信仰是我们生活中的最最悲哀的有害的现象之一。在信仰这个领域里，犹如在石头墙壁下的阴暗角落，所有新生的事物都成长得缓慢而畸形，发育不良。在这不可理解的昏暗的信仰中，爱的光线太少了，屈辱、愤怒和猜忌太多了，而这些又总是和仇恨掺和在一起。这种信仰燃起的火光仅仅是腐物堆里闪烁的磷火。

为了确认这一点，我不得不经历许多苦难的岁月，在自己心灵里摧毁很多东西，把它们从自己记忆中抛弃出去。可是，当我最初在空虚和无耻现实的世界里遇见这些生活中的教师时，我感到他们仿佛是具有伟大精神力量的人，是世上最优秀的人物。他们几乎每个人都被判过罪、坐过牢，几乎都是从全国各个不同城市里被驱逐出来，同其他囚犯一起被一站一站地押解，漂泊到各地。他们生活得小心翼翼，无声无息。

然而，我发现这些老头儿虽然抱怨尼康派对他们的“精神压迫”，但自己却十分愿意，甚至心满意足、有滋有味地互相欺压。

独眼龙帕霍米喝了一点酒以后就喜欢吹嘘他那确实惊人的记忆力。有些书，只要“手指一点”，他就能背出来，就像犹太神学校学生熟读《塔木德》①那样，简直可以说是：倒背如流。无论翻到哪一页，只要用指头点到哪一个字，他就能从那个字开始，用那柔和从容、鼻音很重的声音极其流利地熟背下去。背书时，帕霍米经常看着地板，那唯一的一只眼睛，在地板上忐忑不安地来回移动，好像在寻找什么失落的贵重物品。他最常表演的拿手好戏是背梅舍茨基②的一本书《俄罗斯葡萄》③，其中特别熟的是《殉道者坚忍刚毅受难》的情节。可彼得·瓦西里伊奇老是拼命捉他的错儿。

“你乱说！不是圣贤的修士基普里安，而是纯贞的丹尼斯。”

---

① 犹太教教义，宗教理论与律法集，形成于公元前四世纪至公元五世纪，犹太神学校规定学生必须熟记。

②③ 梅舍茨基公爵，谢苗·季尼索夫（一六八二——七四一）的化名，维戈夫修道院的奠基人和主持之一，对旧教礼仪准则的建立起过很大作用，其著作《俄罗斯葡萄》，全名为《俄罗斯葡萄，又名俄罗斯古代受难教徒史话》。

“哪儿有什么丹尼斯呀,是季奥尼斯……”

“你别挑字眼儿!”

“不要你教训我!”

一分钟后,他们两个人都动了肝火,死死盯着对方说:

“你这饭桶,死不要脸的东西,瞧你把肚子填得多大……”

帕霍米活像拨算盘珠似的数落他:

“你呢,色鬼,老山羊,娘儿们的尾巴。”

掌柜两手笼在袖筒里,阴险地微笑着,就像挑唆野孩子似的蛊惑着这两个旧礼仪的守护者:

“就要这样收拾他!嘿,这还不够!”

有一次,两个老头儿打起来了:彼得·瓦西里伊奇出其不意麻利地抽了同伴两个耳光,揍得对方拔腿就逃。彼得擦着脸上的汗,跟在帕霍米后面叫喊:

“小心,这罪过记在你的账上!你这该死的家伙,害得我这只手犯了罪,呸,滚你的吧!”

他特别喜爱责备自己所有的朋友,说他们信仰不坚定,全都堕落成“否定派”①了。

“这全是亚历克萨沙②煽动你们的,他简直是公鸡打鸣儿,诱惑你们呢。”

否定派激怒了他,看得出来,也使他感到害怕,但是,当人们问及那个派别教义的实质是什么时,他又回答得不太明白。他说:

“否定派是最不幸的邪说,这个派别的教义只承认理性,不承认上帝!瞧,据说哥萨克人那儿,除了基督教的圣经以外,已经什么也不读了,可那《圣经》是从萨拉托夫的德国人那儿,从路德③那儿来的。有人说:‘路德把

---

① 亦称基督救世派。旧礼义派中反教堂派中的一支。十七世纪末出现在伏尔加河东岸克尔热涅茨森林里。反对教士和圣事,把得救的希望同基督(救世主)联系起来。

② 逃亡派分子,又称亚历山大·瓦西里耶夫。

③ 路德(一四八三——一五四六)十六世纪欧洲宗教改革运动的发起者,基督教抗罗宗(新教)的创始人。

自己的名字组合得很好，路德就是路子和缺德，他走的路子最缺德！'[①]否定派又称为鞭笞派[②]，还叫史敦达派[③]。所有这一切都是从西方来的，从西方异教徒那儿传来的。"[④]

他跺着那条残废的脚，冷漠而大声地说：

"应该把这帮奉行新教仪式的人赶走，让他们倾家荡产，把他们烧死！不应当赶走我们，我们是自古传下的罗斯人，我们的信仰是真正的、东方的、源头上的俄国教，而这一切都是来自西方的、曲解变形的自由主义的东西。从德国人那儿，从法国人那儿，能进来什么好货色？瞧他们在一八一二年……"

他说得津津有味，忘了在他面前的是个孩子。他用有劲的手紧紧抓住我的腰带，把我一会儿拉到他面前，一会儿推开，激动、热烈得像年轻人似的侃侃而谈：

"人的理智，在自己臆造的荒漠、密林里徘徊，就像一条受魔鬼支配的残暴的狼到处转溜，折磨着上帝所恩赐给人们的心灵！这些魔鬼的门徒能杜撰出什么东西？所有的否定派都通过鲍格米勒派[⑤]的口教训人说：魔鬼撒旦实际上是上帝的儿子，耶稣基督的兄长[⑥]。瞧，胡扯到哪儿去了！他们还教导人们说：上司的话——别听，活儿——别干，妻子儿女——统统抛开！人不需要任何东西，不需要任何规矩约束，要让人想怎么过就怎么过，按魔鬼的支使去干！你瞧，这又是亚历克萨沙的那一套，嘿，这些蛆虫！……"

有时，他正在高谈阔论，掌柜却吩咐我去干事情。我从老人身边走开了，他一人待在廊檐下，四周空无一人，他却仍然对空慷慨陈词：

"啊，没有翅膀的灵魂！啊，天生的瞎眼猫！我怎么才能避开你们呀？"

---

① 这句话借用汝龙的译文，见人民文学出版社一九七五年版第二七五页。

② 鞭身派的一支，形成于十九世纪六十年代。

③ 十九世纪后半期俄罗斯和乌克兰农民中的宗教派别，受新教影响，是新教教义和精神基督派教义结合的产物，又称福音洗礼教派。

④ 此处彼得·瓦西里伊奇把俄国的否定派和德国的宗教改革活动家马丁·路德混为一谈，又和其他教派混淆起来，说明彼得并不清楚地了解否定派的实质。

⑤ 中世纪保加利亚基督教"异端教派"之一。

⑥ 认为上帝生两子：撒旦（即魔鬼）和耶稣基督。撒旦堕落为恶的代表，基督是善的代表。善与恶经常斗争，恶将被善消灭。

接着，他仰起头，两手撑在膝上，一动不动地凝视着冬日灰色的天空，久久地一言不发。

从此，他对我比较关心，比较温和了。有时碰见我在看书，他拍着我的肩膀说：

"你看吧，小伙子，看吧，这对你有好处！你似乎有点小聪明，可惜不尊老敬长，对所有人都一句不让。你想想，这种调皮捣蛋会把你引到哪里去？小伙子，这将把你引到监狱的强制劳动队去。读书很好，不过你要记住，书总归是书，你要自己动脑子！鞭身派①里有一个教诲师，叫丹尼洛，他竟异想天开，认为无论是旧书、新书都不需要，便把书装进一个大麻袋，丢到河里！当然，这也是愚蠢。他也是被亚历克萨沙的那个狗东西搞昏了头……"

他愈来愈常常提起这个亚历克萨沙。有一天他面色严肃、忧心忡忡地来到店铺里，对掌柜说：

"亚历山大·瓦西里耶夫②在这里，在城里，昨晚来的！我找他，找啊找啊，就是没有找到。他藏起来了！我在这儿坐一会儿，也许他会顺便来这里看看……"

掌柜不客气地回答他说：

"我什么也不知道，什么人也不认识！"

老头儿点了点头，说：

"理当如此：对你来说，所有的人不是买主就是卖主，别的什么人都不存在！给杯茶喝喝吧……"

当我拎着一大铜壶开水回来时，铺子里已经来了两位客人：老头儿卢基安快乐地微笑着；门后黑暗的屋角里还坐着一个生人，他身穿厚实的大衣，脚套长筒毡靴，腰间系着绿色的宽腰带，帽子不自在地一直压至眉毛上。他的长相虽然并不令人心悦，但显得温和而谦逊，像是一个刚被辞去职务并为此十分抑郁不欢的掌柜。

彼得·瓦西里伊奇没有看着他那边，正在说着什么，态度严厉，语气很

---

① 亦称基督派。精神基督派的一支。十七世纪产生于俄国，认为人能与"圣灵"直接交往，神能在虔诚的教派信徒身上显现为"基督"和"圣母"。该派教徒在狂跳中使自己神魂颠倒。

② 即亚历克萨沙。

重。客人右手不断焦急不安地移动头上的帽子:他举起手来好像想画十字,一次次地把自己的帽子往上推去,当帽子几乎要推到头顶时,又笨拙地将帽子拉下来,紧紧盖到眉毛上。他那不安的动作使我情不自禁地想起了那个"口袋里装着死人"的傻瓜伊戈沙。

"在我们这条本来就浑浊不清的河里,各种各样的鳕鱼游来游去,把水搅得愈来愈浑了。"彼得·瓦西里伊奇说。

那个像掌柜似的人轻声而安详地问:

"你这是在说我,是吗?"

"就算是说你吧……"

这时,那人又低声而诚恳地问道:

"那么,人哪,说说你自己吧,你怎么样?"

"关于我自己,我只对上帝说,这是我自己的事……"

"不,人哪,这也是我的事,"陌生人庄重有力地说道,"你不要转过你的脸不面对真理,不能自己故意视而不见,这在上帝和人们面前都是极大的罪过!"

我很喜欢那人称彼得为"人哪",他那沉醉而庄重的声音使我很激动。他说话就像高尚善良的神父在念"主啊,我生命的主宰!"他说着话,身子不住地离开椅子,向前倾弯,在自己的脸前挥动着手……

"别指责我,我的罪过没有你那么深重……"

"茶炊开了,壶盖噗噗地响了。"老万事通轻蔑地说道,但那位客人不让他打断话头,继续说了下去:

"只有上帝清楚是谁搅浑了圣灵的泉水。可能就是你们的罪过。你们是些不切实际,咬文嚼字的人,而我既不是书呆子,又不搬弄笔墨,只是一个纯朴的,活生生的普通人……"

"对你的纯朴我可一清二楚,听都听够了!"

"是你们把大家搞糊涂了,人们的思想简直被你们摧毁了,你们是书呆子,伪君子……我讲了什么,你能说说吗?"

"邪说!"彼得·瓦西里伊奇说。那个人一面在自己脸前移动着手掌,就像在念着掌心上写的东西,一面激烈地说:

"你们以为把人们从这个牲口棚赶到另一个牲口棚,就算是为他们做了好事吗？我说，这样不行！我要说，人啊，你们要解放自己！家庭、妻子、你们的一切在上帝面前又算什么呢？人啊，你们要摆脱人们为之相互争斗撕打的一切，放弃金银财宝和所有的财产，这些都是腐烂的、令人厌恶的东西，是过眼云烟！灵魂的超升不在尘世，而是在天堂的谷地！我说，你们要挣脱一切羁绊，砍断所有绳索的束缚，摧毁这尘世上的罗网。这纵横交错的罗网是反基督派编织起来的……我走在笔直的大道上，我的灵魂从不动摇，决不接受黑暗的世界……"

"那么面包、水、衣服，你也不接受吗？要知道，这也是尘世上的东西呀！"老头儿讥讽地说。

但他的话并未触动亚历山大，他仍然继续说下去，而且愈来愈热心，虽然他的声音并不大，但却像吹铜喇叭似的发聋振聩。

"人啊，你最宝贵的是什么？只有上帝才是唯一宝贵的。你朝上帝面前一站，就是摆脱一切的纯净的人了！从你的心灵上扯掉尘世上的束缚，上帝就会看见你：你孤身一人，上帝也是独自一人，你就可以走近他，这是走到他身边的唯一的途径！灵魂得到拯救，就在于你要抛开父母，丢弃一切，甚至挖去使你受到诱惑的眼睛！为了上帝，你要清心寡欲，根绝自己的一切物质需求，保护好你的灵魂。这样你的灵魂便能永远燃烧，永世升华……"

"好，那就让你去喂癞皮狗吧，"彼得·瓦西里伊奇站起身来说道，"我原以为你从去年起变得聪明些了，哪知你比从前更糟了……"

老头儿微微摇动着身子，从铺子走到外廊里。这使亚历山大十分不安，他惊异而性急地问道：

"你要走？哎，那是为什么？"

但和气的卢基安向他丢了个叫他放心的眼色，说道：

"没关系……没关系……"

于是亚历山大责难他说：

"瞧你这个世俗的爱张罗的大忙人，也散布一些无用的话，有什么意思呢？三呼哈利路亚[1]，两呼哈利路亚[2]……”

卢基安向他微微一笑，也走到外廊去了，而亚历山大却转身向着掌柜，自信地说：

“他们忍受不了我的精神，不能忍受！就像火头上的烟一样消失了……”

掌柜皱着眉头不友好地看了他一眼，冷漠地说：

“对你们的这些事，我从不过问。”

那人似乎有点局促不安，拉了拉帽了，嘟哝地说道：

“怎么能不过问？这样的事情……让人不能不过问……”

他低下头沉默了一会儿，后来被两个老头儿叫了出去，三个人也不告别一声就走了。

这个人好似黑夜里的篝火，在我眼前突然冒出火焰，发出明亮的光辉，一会儿就熄灭了。他使我感觉到在他否定生活的厌世论里含有某种真理。

晚上，我选了个时间，热心地对画坊的领班老师傅伊万·拉里奥诺维奇说了他的情况。领班师傅性情温和，待人亲切，他听完了我的叙述后，说道：

“看来是个逃亡派教徒[3]，有这样的教派信徒，他们什么都不承认。”

“那他们怎样生活呢?”

“在逃亡中生活，一直在各地流浪，正因为这样定名为逃亡派。他们说俗世和俗世上的一切与他们都没有关系，可警察认为他们是有害分子，到处抓他们……”

我虽然生活得很苦，但我不能理解：怎么能够逃避一切？在我周围的生活中，就在那时候也有很多有趣的，我很珍贵的东西，因此亚历山大·瓦西里耶夫在我记忆中很快就暗淡退色了。

但是在痛苦的时刻，他的形象偶尔还会出现在我的眼前：在野外，他沿着灰暗的道路走向森林，白皙的不劳动的手，不断急剧地移动着头上的帽

---

①② 希伯来文的音译，意为“赞美上帝”，亦译“亚肋路亚”。犹太教习用的欢呼语，后为基督教沿用。在礼仪赞美诗、圣歌中常以此表示欢乐。此处是新旧两教派在祈祷仪式上的争论。旧礼仪教派主张在举行仪式时两呼“哈利路亚”。尼康新教派主张三呼“哈利路亚”。

③ 十八世纪后半期正教旧礼仪派的反教堂派中的一个支流，号召逃避国家义务和赋税，迁往荒凉之地或者藏匿起来，散布在乌拉尔和东西伯利亚一带。

子，口中喃喃地说：

“我走的道路是正确的，我什么也不承认！要扯去所有的束缚……”

父亲的影子又浮上我的脑海，他与亚历山大·瓦西里耶夫并排走着，就像外祖母在梦中所见到的那样：父亲的手里拄着一根胡桃木的棍子，身后跟着一条花狗，花狗奔跑着，不时吐出它的舌头……

十三

圣像作坊在一座半砖半石砌成的房子里，占屋两间，其中一间三扇窗户朝向院子，两扇朝向花园；另一间一扇窗对着花园，一扇临街。窗子都很小，正方形，装有玻璃。由于年代久远，玻璃上映出花里胡哨的颜色，似乎很不乐意让冬天稀疏微弱的阳光照进作坊。

两间房里放满了桌子。每张桌上都有一个圣像画工俯身工作，有的桌子旁有两个人作画。天花板上挂下很多细绳，吊着一个个盛满了水的玻璃球，这些玻璃球聚集着灯光，反射出一条条白色的寒光，照在方形的圣像板上。

作坊里又热又闷。来自帕列赫、霍卢伊、姆斯乔拉①的大约二十个“圣像画匠”，大多穿着敞领印花布衬衫，厚实的斜纹布长衬裤，赤着脚或者穿着破旧不堪的鞋。画匠们的头上笼罩着抽马哈烟散发出的瓦灰色的烟雾，四周弥漫着阿利芙油、清漆和臭鸡蛋混在一起的气味。作坊的空气里还缓缓飘浮着好似焦油般纠缠磨人的忧郁的弗拉基米尔小调：

① 都是弗拉基米尔省的大村镇，古老的画圣像的中心地。

眼下的人真不害羞——
小伙子当着人面勾引小妞……

他们还哼唱很多其他的小调,大都是些忧郁的令人不快的歌,但这个小调唱得最多,它那单调乏味的调子并不妨碍画匠们思考,不妨碍他们用貂毫制成的画笔描绘圣像"衣服"上的皱褶,并涂上各种颜色,也不妨碍他们在圣徒瘦骨嶙峋的脸上勾出痛苦的细纹。涂金压模工戈戈列夫在窗户下用小榔头笃笃地敲打着。他是一个酒鬼,鼻子很大,发青。榔头枯燥的、干巴巴的敲打声不断地闯入懒洋洋唱歌的声波,好像虫豸一下一下地啃啮着树干。

画圣像术一点也不吸引人。不知是哪个可恶的聪明人把画圣像的过程分成长长的一连串丧失了美的机械工序,作业时丝毫不能激起人们对事业的热爱和兴趣。斜眼的细木工匠潘菲尔是个恶毒阴险的人,他负责刨光,拼合各种尺寸的优质柏木板、椴木板;害肺痨病的青年达维多夫将这些板子涂上底色;他的伙伴索罗金再在木板上刷一层列夫卡斯底色涂料;米列亚申则用铅笔从圣像标准样本上描下轮廓;戈戈列夫老头在圣像上涂金,并把金边用模型压出花纹;画服装的勾画好背景和圣母像的衣服,然后就将无脸无手的圣母像竖立在墙边,等待画脸的工匠来画。

看到立放在墙边的那些用在圣像壁和祭坛门上的大幅圣像,既没有脸,又没有手,只有衣饰、铠甲,以及天使长的衣衫,令人感到很不愉快。从这些画得五彩缤纷的木板上散发出一股死人般呆板的气氛,丝毫没有应该使它们死而复苏的东西,不过仿佛那东西本来是有的,后来奇妙地消失了,只剩下遮蔽圣像上除脸和手以外的金属饰衣了。当专门画脸的画匠画好了"身体"部分以后,圣像就交给另一个工匠,那个工匠就在压模的花纹上涂"珐琅";添注的字也由一个专门的工匠书写,最后一道上光漆由温和的领班师傅伊万·拉里奥诺维奇完成。

伊万·拉里奥诺维奇的脸色发灰,小胡子也是灰色的,像一把细细的丝线,两只灰色的眼睛似乎深陷得有点特别,显出哀伤的神色。他微笑时很好看,但别人对他笑不起来,总感到有点尴尬似的。他酷似柱塔僧西梅翁[①]圣像,也是那么干瘪瘦削,那两只眼睛也是那样呆滞不动,仿佛透过人和墙似看非看地凝视着远方。

我到作坊来了几天以后,画神幡的师傅卡片久欣喝醉了酒跑进作坊。他是顿河哥萨克,美男子,大力士。进来的时候,他紧咬着牙齿,眯着一对甜蜜蜜娘儿们般的眼睛,一声不吭地抡起铁一样的拳头,见人就打。他个头不高,身材匀称,在作坊里跑来奔去,活像一只猫在地窖里碰上了一群老鼠。众人惊慌失措地到处躲藏,避开他跑到屋角,在那里相互大声嚷叫:

"打他!打他!"

画圣像脸部的师傅叶夫根尼·西塔诺夫用凳子一下子重重地砸在发狂的肇事者的头上,把他打得昏昏糊糊。哥萨克坐到地上,大家立刻把他翻倒,用手巾捆住他的手脚。他像野兽一般开始用牙齿啃咬和扯碎手巾。这时,叶夫根尼暴跳如雷,跳上桌子,两肘紧靠肋间,准备跳下去扑向哥萨克。他人高力大,浑身青筋突起,这一跳下去,势必压断卡片久欣的肋骨。可就在这时刻,身旁出现了拉里奥诺维奇,他身穿大衣,戴着帽子,用手指着西塔诺夫威吓着,低声而威严地对大家说:

"把他弄到过道里去,让他醒醒酒……"

哥萨克被拖出了房间。大家重新摆好桌椅,坐下来干活,东一句西一句地聊着哥萨克的力气,预言他总有一天在打架时会被人打死。

"想打死他可不那么容易。"西塔诺夫就像谈论他很了解的事情那样,平心静气地说。

我看着拉里奥诺维奇,困惑莫解地想:为什么这些身强力壮,好打架闹事的人会如此轻易地听命于他?

他指点大家该怎么干活,连本事最好的工匠也听他的意见。他对卡片久欣教得最多,对他讲的话也最多。

"卡片久欣,你既然称为画师,这就是说,你应当画得生动逼真,用意大利的手法。油画要求暖色彩的统一,可是你的白色用得过多,结果圣母的眼睛就显得冷冰冰的,像严冬一样的冷酷。圣母的面颊画得红艳艳的,好似苹

---

① 传说中五世纪的苦行僧,终日幽居于柱形塔式教堂内苦修。

果。眼睛和两颊很不相称,而且位置也画得不对:一只眼瞧着鼻梁,另一只眼挪到太阳穴去了。这样一来,脸部就没有圣洁的感觉,变成一副狡猾庸俗的模样了。卡片久欣啊,你干活怎么不用脑子!"

哥萨克人一面听,一面做着鬼脸,接着毫无愧色地眯起娘儿们似的眼睛笑着。他说起话来很好听,但因为刚醉过酒,声音有点嗄哑。他说:

"唉,伊——万·拉里奥涅奇,我的老爷子,这不是我的本行。我生来就是音乐家,却让我来当修道士!"

"只要尽心竭力,什么事都能干好。"

"不,你当我是什么人啊?如果让我当马车夫,只要三匹好马,我就'驾'!……"

只见他扬起嗓子,悲观绝望地唱了起来:

嗨……我给三套马车
套上深棕色的骏马,
哎……驰骋在寒冷的深夜,
直奔向我心爱人的家!

伊万·拉里奥诺维奇温和地微笑着,扶正架在灰色的显得忧郁的鼻子上的眼镜,走开了。这时立刻有很多嗓音随着他的歌声唱了起来,汇成了一股强有力的声流,好像使整个作坊都飘浮到空中,强弱均匀交替的节拍使它摇摇晃晃。

跑惯的马儿记熟了路
它知道我心爱的姑娘住何处……

徒工帕什卡·奥金佐夫听着歌,停下手中把蛋黄从鸡蛋里倒出来的活儿,手里拿着破蛋壳,用响亮悦耳的童声加入了合唱。

所有的人都唱得如醉如痴,大家似乎用一个胸膛呼吸,感情融合在一起,斜眼看着哥萨克。只要哥萨克一唱歌,全屋的人都承认他是自己的主宰。大家都探身向他,注视着他挥动着的双手。他伸开两手,仿佛准备飞翔。我深信,这时如果他突然停止唱歌,大叫一声“打,把所有的东西都捣毁!”大家,包括最稳重的师傅在内,都会在几分钟内把作坊捣得稀烂。

他很少唱歌,但在任何时候,他那豪放的歌声永远具有同样的不可抗拒和战无不胜的威力。无论人们的情绪多么低沉,他都能把大家鼓动起来,点燃他们火焰般的激情,所有的人都会鼓足力量,融合成热流,成为一股强大的力量。

这些歌唤起我对歌手强烈的羡慕感,因为他具有支配人们的一种美好的威力。这时,有一种惊心动魄、令人不安的东西流入我的心房,使它逐渐扩大,涨得心里发痛,真想大哭一场,并向正在唱歌的人们大叫:

“我爱你们!”

身患痨病面色蜡黄的达维多夫,全身粘满了毛屑,他也张大了嘴巴,样子挺怪,就像刚刚破卵而出的寒鸦幼雏。

这些快乐豪放的歌,只有在哥萨克带领下才能唱得起来。平时最常唱的是些《没良心的人》和《就在那森林里的树荫下》之类忧郁的、节奏缓慢的歌曲,或者是关于亚历山大一世之死的歌曲,比如《我们的亚历山大怎样去检阅自己的军队》。

有的时候,在我们作坊画得最好的画脸师日哈列夫提议下,大家试着唱赞美诗,但屡屡唱得不好。日哈列夫总是唱得十分特别,用只有他一个人明白的音律歌唱,这就妨碍了大家合唱。

日哈列夫约莫四十五六岁,干瘦,秃顶,头上长着半圈像半个日冕般的吉卜赛人的拳曲黑发,长着两撇像八字胡似的又黑又粗的眉毛,下巴上又浓又尖的胡须把他那张清癯的、非俄罗斯人的圆脸点缀得十分漂亮,但在鹰钩鼻子下面却撅着硬邦邦的小胡子。既然有了两道粗眉,小胡子就显得多余了。他的蓝眼睛,两只不一样,左眼明显大于右眼。

“帕什卡!”他用男高音对我的同伴——另一个徒工喊道,“喂,领头唱《赞美主的名》! 朋友们,大家注意听呀!”

帕什卡在围裙上擦着手,领头唱起来:

“赞——美……”

“……主的名，[①]”有几个人随着唱了起来，可日哈列夫慌张地喊道：

“叶夫根尼——低一些！要把声音沉到心灵的最深的地方……”

西塔诺夫声音唱得很闷，就像敲桶底似的叫喊：

“上帝的仆人们……”

“不对，不对！这儿应该赞美得地动山摇，震得门窗自己打开！”

日哈列夫全身不住地在一种莫名的激动中抽搐着，他的额头上两道令人惊讶的眉毛一会儿向上翘，一会儿向下垂，他的嗓子失去了控制，手指似乎在弹着看不见的古斯里琴[②]。

“上帝的仆人们——就这样，你懂吗？”他意味深长地说道，“这声音必须透过外壳一直感觉到它的内核里。仆人们啊，赞美上帝吧！你们究意怎么啦，你们是活生生的人啊，怎么还不明白？”

“您是清楚的，这歌我们从来没有唱好过。”西塔诺夫有礼貌地说。

“好吧，那就唱到这儿！”

日哈列夫气恼地去干活了。他是一位优秀的画匠，能画拜占庭风格、外国风格[③]和意大利风格的“艺术派”的圣容。如果接到圣像壁的定货，拉里奥诺维奇就要和他商议。日哈列夫精通一些圣像画的真本，所有珍贵的有灵圣像的摹作，例如费奥多罗夫斯克的、斯摩梭斯克的、喀山等地的都要经过他的手，但在仔细琢磨那些真本时，他常常大声埋怨说：

“这些真本捆住了我们的手脚，应当坦白地说：把我们束缚住了！……”

尽管在作坊里他占有重要的地位，但却没有别人那么傲慢，对我和帕维尔两个学徒很和气；他想教会我们手艺，在这作坊里，除他之外，谁也没有这么做。

他这个人，别人很难理解。一般地说，他是个忧郁的人，有时整整一个星期埋头干活，一声不吭，像个哑巴。他总是带着惊异和陌生的神情看着大家，仿佛看着初次相识的人一般。虽然他很爱唱歌，但在那一个星期，一句

---

① 祈祷赞美歌的第一句即歌名。

② 俄国古代的一种多弦的弦乐器，类似中国的古筝。

③ 拜占庭风格是古代画圣像的传统。从十五世纪末起，这种传统受西欧绘画风格（即文中所说的外国风格）的影响。

也不唱,甚至别人唱歌他也充耳不闻。大家都注意他的一举一动,朝他的方向丢眼色。圣像板放在他的膝上,上半截靠着桌沿,他埋头伏在圣像上,用那支细笔,聚精会神地描绘阴沉的、超尘脱俗的面容。

有时,突然他说话了,声音清晰、气恼:

"先知,究竟是什么?'知'——按古代说法,意思是——走。先知,就是先走的人,没有别的意思……"

屋里静下来了,大家微微笑着,眼睛瞟向日哈列夫那边。这时在寂静中,又传来一句奇怪的话:

"不该让他穿熟羊皮,要给他画上翅膀①……"

"你在和谁说话?"大家问他。

他沉默不语,不知是没有听见,还是不想回答。过了一会儿,在期待的静默中又听到他的声音:

"应当知道圣徒们的生平活动。有谁了解他们的传记呢?我们知道什么?我们活着,没有生气。什么也不知道……哪里有灵魂?灵魂又在哪儿?圣像真本……对了!在这里。可心灵呢——没有……"

这些大声说出来的思想引起了除西塔诺夫以外的所有人讥讽的微笑。在这种情况下,几乎总是有人幸灾乐祸地小声说道:

"星期六,他又要去大喝一通了……"

高个子西塔诺夫是个二十来岁的青年人,力气很大,圆脸盘,既没有胡子,又没有眉毛,经常忧郁而严肃地看着屋角。

我记得,有一次日哈列夫画好了好像是要送到昆古尔去的费奥多罗夫斯克圣母像的摹作,将它放到桌上,大声激动地说道:

"圣母画好了!你像一个茶杯,一个无底的茶杯,从现在起就要承受尘世人们流出的痛苦、真诚的眼泪了……"

说完这话,他将不知是谁的大衣往肩上一披,便走了,到酒馆去了。青年工匠们哈哈大笑起来,吹起了口哨。年岁大些的人嫉妒地望着他的背影叹气,而西塔诺夫则走到他的摹作前,仔细地看了一会儿,说道:

"当然他要大喝一通,因为要把这活交出去真有点舍不得。这种惋惜的

---

① 受洗者约翰(先驱)的圣像,据《福音书》记载,他通常身穿羊皮,有时也画上翅膀。

心情并不是所有的人都能感觉到的……”

日哈列夫无节制的狂饮，往往到星期六就开始了。看来这不是普通工匠的那种嗜酒成癖的病态。每次酗酒前，一早他就写张条子，打发帕维尔把条子送到什么地方去，在吃午饭前对拉里奥诺维奇说：

“我今天要去澡堂洗澡！”

“时间不会过久吧？”

“嗬，上帝啊……”

“那就请不要拖到星期二吧！”

日哈列夫应允地点点他的秃顶，两道眉毛在颤动着。

洗澡回来后，他穿上胸衣，脖子上打了个领结，缎子背心上挂一根长长的银链子，打扮得衣冠楚楚。临走前关照我和帕维尔说：

“傍晚把作坊打扫得干净些，大桌子要刮掉污垢，冲洗干净！”

他说完这话后就默默地走了。

大家都像过节似的兴高采烈，精神抖擞，去浴室洗澡，穿衣打扮，急急忙忙地吃晚饭。晚饭后，日哈列夫来了，随身带来大包小包的小吃、啤酒、葡萄酒等。他的身后还跟着一个女人，是个大块头，全身每个部分的尺寸都是大号的，几乎大得可怕。她身高二俄尺十二俄寸①，作坊所有的椅子和凳子在她面前都变成了玩具，连大高个儿西塔诺夫站在她的身边，也只齐到她的下巴。她的身材虽然十分匀称，但胸脯像小山丘似的隆起，几乎要碰到她的下巴；她动作缓慢，而且笨拙。她虽已四十岁开外，圆圆的没有表情的脸面却鲜艳光滑，眼睛大得像马眼，嘴很小，像是廉价布娃娃上画出来的嘴。这女人微笑着，把暖洋洋的宽大手掌塞到每个人的手里，说一些毋需说的废话：

“你们好。今天很冷。你们这屋里空气多难闻啊，这是油漆味儿吧。你们好啊。”

她安然有力，犹如一条浩荡的大河，瞧着她令人愉快。但她说的话，全是啰啰嗦嗦不必要的废话，似乎是一种催眠药，听了使人感到厌烦、疲倦。每次说话之前，她都吸足了气，使她血红色的腮帮鼓得更圆了。

---

① 旧俄长度：一俄尺等于〇·七一米，一俄寸等于四·四厘米。身高二俄尺十二俄寸即约一·九五米。

青年们讥笑地小声说：

“瞧，简直像一部机器！”

“一座钟楼！”

她微微噘起那张小嘴，两手放在胸脯下，坐在已摆好酒菜的桌旁，靠近茶炊，用一对马眼似的和善的目光，挨个儿地看着大家。

大家对她都很尊敬，年轻人甚至有点怕她。有一个青年贪婪的眼睛一直注视着她那庞大的身躯，但一遇到她亲切的一览无遗的目光时，就困窘地垂下了两眼。日哈列夫对自己的女客人也很恭敬，和她说话时用“您”，称她为干亲家，请她吃东西时，每次都深深地鞠躬。

“请您别费心，”她拖长声音甜甜地说，“您太费心了，真的！”

她的举止总是不慌不忙，手臂只有肘部以下动弹，上臂总是紧挨着身子。从她身上散发出一股熟面包的酒精味。

老头儿戈戈列夫狂喜得说起话来结结巴巴，不住地夸这女人漂亮，活像教堂的执事在念颂歌。她带着赞许的表情听着，当他说得前言不搭后语时，她便自己说起来了：

“在做姑娘的时候，我一点也不漂亮，完全是结婚当了女人以后变的。快到三十岁时，我出落得更漂亮了，甚至一些贵族也对我有兴趣。有一位县里的首席贵族还答应送我一辆两匹马拉的四轮马车呢……”

卡片久欣喝醉了酒，头发蓬乱，用憎恨的目光看着她，粗鲁地问道：

“他到底为什么答应送你马车呢？”

“当然为了爱情啰。”女客人解释说。

“爱情，”卡片久欣不安地低声嘟囔，“哪儿是什么爱情？”

“您这样漂亮的小伙子，一定对爱情体会很深。”那女人爽朗地说。

众人哄堂大笑，笑声震动着屋子，西塔诺夫低声向卡片久欣说道：

“真是蠢货，没有比她再蠢的了！只有无聊到了极点才会爱这样的女人，这是不言而喻的……”

他酒后脸色发白，太阳穴上冒出一粒粒汗珠，两只聪明的眼睛不安地燃烧着。而戈戈列夫老头则摇晃着难看的鼻子，用手擦去眼泪，问道：

“你生过几个孩子？”

“我只生过一个孩子……”

桌子上方挂着一盏灯，炉角后面还有一盏。两盏灯光线微弱，几个屋角黑糊糊的。尚未画完，没有头脸的圣像在隐隐约约的昏暗中显现出影子。在应该画头和手的地方，露出平坦的灰色底板，令人觉得比平时更加可怕，仿佛圣徒们的身体从涂有各种彩饰花纹的衣服里，从这地下室里神秘地消失了。那些挂在钩子上的玻璃球似乎升到天花板旁，在蒙蒙烟雾里，闪出微弱的青光。

日哈列夫在桌子周围不安地走来走去，招待大家。他时时向别人弯腰敬酒，秃顶一会儿俯向这个人，一会儿倾向另一个人，不断地摆弄着自己纤细的手指。他又瘦了一点，鹰钩鼻子更尖了。当他侧身对着火光时，脸颊上映出他的鼻子的黑影。

“请喝酒，吃点东西，朋友们。”他用洪亮的男高音说。

那女人就像女主人似的唠叨着：

“干亲家，您别费心啦，您干吗这样，啊？每人自己都有手，知道自己的口味，吃饱了，就是想吃也吃不下呀！”

“好吧，大伙儿休息休息吧！”日哈列夫兴奋地叫着，“朋友们，我们大家都是上帝的奴仆，让我们唱《赞美主的名》吧……”

赞美歌没有唱起来，因为大家酒足饭饱以后，浑身软绵绵，没有力气了。卡片久欣怀抱一架双排式手风琴，维克托·萨拉乌金，那个像只小乌鸦似的黑脸膛、黑头发的神情严肃的年轻小伙子，拿起了铃鼓，手指敲着紧绷的鼓皮，发出沉浊的咚咚声，鼓铃丁零零激昂地响起。

“跳个俄罗斯舞！”日哈列夫像在发布命令。“干亲家，请呀！”

“哎呀，”那女人叹着气站起来，说道，“您真安静不下来！”

她走到空处，稳稳地站住，就像一座小教堂。她下面系着一件宽大的栗色裙子，上身是黄色的细亚麻布短上衣，头上披着鲜红的头巾。

手风琴激烈狂热地奏鸣着，鼓铃丁零作响，但鼓皮发出的声音很沉，犹如在闷声叹气。听见这声音令人不快：活像一个人发了狂，一边唉声叹气，一边把脑袋撞在墙上哀号。

日哈列夫不会跳舞，他只是走走碎步，跺着擦得雪亮的皮鞋后跟，像只山羊似的蹦着，总是跟不上激动人心的音乐节拍。他的两只脚好像不是自己的，身子难看地扭动着。他乱蹦乱跳，好似黄蜂飞进了蛛网，或者鱼儿落入了渔网，使人看了十分别扭，但是大家，甚至喝醉了酒的人，也专心一意地看着他痉挛般的舞步，默默地注视着他的面部表情和双手的动作。日哈列夫的面部表情变幻无常，令人惊讶：他时而温柔腼腆，时而又变得骄矜自大，随后又冷漠阴沉地皱起了眉头，还莫名其妙地诧异惊叹，闭上双眼，而眼睛一旦睁开，却又变得悲哀、忧郁。他握紧拳头，悄悄向那女人靠近，忽然，把脚一跺，跪在了她的面前，张开双臂，扬起双眉，露出会心的微笑。那女人也俯视着他，报以垂青的笑容，平静地提醒他说：

"干亲家，您可别累着！"

她想谄媚地闭上眼睛，但那两只大似三戈比钱币的眼睛却怎么也合不上，只见她皱起面部的皮肤，显出十分难看的表情。

其实那女人也不会跳舞，只是慢吞吞地摇晃着她那庞大的身躯，无声无息地把自己的身体从这里搬到那里。她左手拿着一块手帕，懒洋洋地挥动着，右手叉在腰上，这使她活像一个带把儿的高水罐。

日哈列夫围绕在这石像似的女人的身旁走来走去，不住地变化着截然不同的面部表情——这就使人感到，仿佛跳舞的不是一个人，而是十个人，十个不同样的人：一个人温和、谦逊，另一个人怒气冲冲，使人害怕，而第三个人则自己胆战心惊，低声叹着气想悄悄溜走，离开这令人不快的大块头女人。一会儿，又出现了另一个人，这个人龇着牙齿，身子抽搐得扭来扭去，活像一条被咬伤的狗。这种枯燥无聊、丑态百出的舞蹈引起我沉重的、沮丧的心情，我痛苦地回忆起那些士兵、洗衣女工、厨娘的可悲生活，那像狗一般的婚姻。

我脑海里又响起了西多罗夫悄声说的那句话：

"在这种事情上，个个都是逢场作戏，就是这样，其实，大家都该感到害臊。谁也不爱谁，不过是寻寻开心罢了……"

我不愿意相信"在这种事情上个个都是逢场作戏"，否则，对玛尔戈皇后又该怎么说呢？日哈列夫肯定也不是逢场作戏。我知道，西塔诺夫爱上了一个"放荡"的姑娘，她使西塔诺夫染上了见不得人的病，但他没有听从同伴们的劝告因此去打她一顿，反而为她租了一间房间，替这个姑娘治病。每每提起她来，他总是特别温情腼腆。

那个大块头女人仍然摇摆着身子，脸上带着僵化的笑容，挥舞着手帕。

日哈列夫围着她不停地扭动。我冷眼旁观,心里想道:难道欺骗上帝的夏娃就像这匹母马吗?我心里对这个女人产生了仇恨之情。

没有画脸的圣像从黑暗的墙壁那边隐约地显现,黑夜像是紧贴在窗玻璃上。两盏灯在闷热的作坊里发出晦暗的光亮。只要仔细一听,在沉重的跺脚声中,在嘈杂的人声中,能分辨出铜洗脸器里的水急骤地滴到污水桶里的声响。

所有这一切,多么不同于我读过的书本里所描写的那样的生活,简直截然不同!最后,大家终于觉得厌烦了。卡片久欣将手风琴往萨拉乌金手里一塞,喊道:

"来吧,跳点来劲儿的!"

他就像小茨冈伊凡那样,跳起舞来简直像飞。接着帕维尔·奥金佐夫、索罗金也充满激情、动作敏捷地跳了起来;害肺病的达维多夫在地板上移动着脚步,扬起的灰尘、弥漫的烟雾、伏特加和总是散发出仿佛鞣过的熟羊皮味的熏肠的浓烈气味,呛得他咳嗽不止。

大家跳啊、唱啊、喊叫啊,每个人都记得自己在寻欢作乐,而且简直像在相互比试:看谁跳得灵活利落,时间更长。

喝醉了的西塔诺夫不断地一会儿问你,一会儿问他:

"难道可以爱这模样的女人吗,啊?"

似乎他马上就要放声大哭了。

拉里奥诺维奇微微耸起尖削的肩胛,回答他说:

"女人嘛就是女人,你还需要什么?"

大家所谈论的那对男女,不知不觉地消失了。这下日哈列夫要两三天后才回作坊。他要再上一次澡堂,然后整整两个星期闷声不响地坐在自己的角落里干活,一本正经,好像谁也不认识似的。

"他们走啦?"西塔诺夫用他忧郁的青灰色的眼睛环视着屋内,自言自语地说。他的脸不好看,有一种老态,但眼睛很明亮、善良。

西塔诺夫对我很友好,这得归功于我的那厚厚的用来抄诗的笔记本。他不信神,但很难弄清,作坊里除了拉里奥诺维奇以外,还有谁爱上帝和信奉上帝,因为大家谈论起上帝来常常带着轻率、讥讽的口吻,就像议论老板娘那样。然而,每次坐下来吃午饭和晚饭,大家都画十字,睡前都做祷告，每逢节假日都去教堂做礼拜。

西塔诺夫这些事一概不做，大家认为他是无神论者。

“没有上帝。”他说。

“那么，世上所有的一切是从哪儿来的呢？”

“我不知道……”

当我问他：怎么会没有上帝呢？他解释说：

“你要知道：上帝至高无上！”

说着，他把长长的手臂举到自己头上，然后又放下来到离地一俄尺的地方，说道：

“人呢，低贱卑微！对吗？据说：‘人是照着上帝的样式造的’[①]，这你是知道的！可戈戈列夫像谁呢？”

他这一问，可把我难住了：那个肮脏邋遢的老酒鬼戈戈列夫，活到这么大年纪，还犯俄南罪[②]。我又想起那个维亚特卡的小兵叶尔莫欣，想起了外祖母的妹妹，他们身上哪有一点儿像上帝？

“大家都知道，人和猪一样。”西塔诺夫说道，转而又立刻安慰起我来，他说：

“没关系，马克西梅奇，也有好人，有！”

和他在一起很轻松，舒坦。如果有什么事情不知道，他就会直率地说：

“我不知道，这件事我没想过！”

就这一点也很不平常了：我在认识他之前见过的所有人，都好像无所不知，什么事都能议论得头头是道。

我很奇怪地发现，他的小本子里，除了记有很多激动人心的好诗以外，还有很多污秽猥亵的诗，那些诗看了只会使人感到羞耻。当我向他讲到普希金时，他将抄在小本子里的《迦芙里莉达》指给我看……

“普希金算什么？只不过他爱开玩笑，瞧这贝内迪克托夫[③]，马克西梅

---

① 引自《旧约·创世纪》第一章第二十七节。

② 见《旧约·创世纪》第三十八章。此处指犯手淫罪。

③ 弗拉基米尔·格里戈里耶维奇·贝内迪克托夫（一八〇七——一八七三），俄国诗人，彼得堡科学院通讯院士。其抒情诗充满浪漫色彩，一八三五年《诗集》曾名噪一时，但很快被人遗忘。

奇,这个人才值得注意呢!”

他闭上眼睛,轻声念道:

瞧,这美丽女人的
迷人的胸脯……

不知为什么,他特别强调下面三行诗,得意洋洋地念道:

就是老鹰的敏锐的眼睛
也透不过炽热的牢笼
看到她的心里……

“懂吗?”

我不懂他为什么那样高兴,但我很不好意思承认。

十四

我在作坊里的活儿并不繁重:早上,大家起身之前,我要替师傅们把茶炊烧好;他们在厨房喝茶的时候,我和帕维尔收拾作坊;把蛋黄和蛋青分开,用来调颜料;干了这些活儿以后我便到店铺去。晚上,我必须把颜料研成细末,“仔细看”师傅们怎么干活。起初,我对“仔细看干活”饶有兴趣,但很快就明白,几乎所有人对这种分割成一块块干的活儿都觉得乏味,都感到这种机械无聊的折磨是一种痛苦。

每天晚上我都是空闲的，因此，常给他们讲述轮船上的生活，讲书里描写的各种故事，不知不觉我在作坊里取得了说书人和朗诵者的某种特殊地位。

很快我就明白，所有这些人的经历和见识都比我少，几乎每个人从小就被关进了作坊这个狭小的笼子里。全作坊里只有日哈列夫到过莫斯科。提起莫斯科，他深有感触，皱着眉头说：

"莫斯科不相信眼泪，在那里要特别留神！"

其余的人经常去的地方，只有舒亚和弗拉基米尔。一谈到喀山，他们就问我：

"那儿俄罗斯人多吗？有教堂吗？"

他们以为彼尔姆城在西伯利亚，不相信乌拉尔再过去才是西伯利亚。

"乌拉尔的梭鲈和鲟鱼不是从那里，从里海运来的吗？这就是说，乌拉尔在海边！"

有时候，他们硬说英国在海洋的对岸，拿破仑是卡卢加[①]贵族出身。我总以为他们是在嘲笑我。我把我自己的亲身经历讲给他们听时，他们都不相信我的话，但是大伙都爱听骇人听闻的恐怖故事、错综复杂的奇闻轶事，连上了年纪的人也明显地宁愿听杜撰的故事，不爱听真实情况。我很清楚，把事情说得愈离奇，愈难以置信，故事愈富有想象力，他们就会听得愈加聚精会神。总之，现实的东西引不起他们的兴趣，他们带着幻想指望着未来，因为他们不愿意正视现在的贫穷和丑恶。

更使我惊奇的是，我痛切感到了现实生活和书本之间存在着矛盾。在我眼前都是些活生生的人，但在书本里却没有这样的人：没有斯穆雷，没有司炉工雅科夫，没有逃避派教徒亚历山大·瓦西里耶夫，没有日哈列夫和洗衣女工纳塔利娅……

在达维多夫的箱子里还发现一本破损的戈利岑斯基[②]的短篇小说集，

① 卡卢加是俄国的城市，位于奥卡河畔。

② A. П. 戈利岑斯基，著有《工厂生活随笔》。

布尔加林[①]的《伊万·维日金》和布朗别乌斯男爵[②]写的小册子。这些书我都朗诵给他们听，大家都很高兴。拉里奥诺维奇说道：

“听念书很好，不再吵架闹事了！”

我开始热心地找书，找到就念，几乎每天晚上都念给大家听。那是些美好的时光，作坊里静悄悄的，如同夜里。桌子上方悬挂着的玻璃球，宛如一颗颗白色的寒星，照亮了俯向桌子上的一个个蓬乱而秃顶的脑袋。一张张安静的陷入沉思的脸呈现在我眼前，屋内时而响起对书的作者和书中主人公的赞叹声。他们聚精会神，面色温和，似乎变了个人。我非常喜欢这时候的他们，他们对我也很好。我觉得我找到了自己的位置。

“我们有了书，就像春天到了，卸去窗框，第一次打开窗户那么舒畅。”有一次西塔诺夫说。

可是，要找到书很不容易，当时没有想到去图书馆借，不过我想方设法像乞讨一样到处去向人家要，还是把书弄到了手。有一次一位消防队长给了我一本莱蒙托夫的著作，从此我感到了诗歌的力量，感到了它对人们强有力的影响。

至今我还记得，我刚刚念了长诗《恶魔》的前几行，西塔诺夫就向书里看了看，接着看看我的脸，把手上的画笔放到桌上，长长的双手插进两膝中间，微笑地摇晃起身子。椅子在他身下嘎吱嘎吱地响了起来。

“静一些，伙伴们。”拉里奥诺维奇也放下手里的活儿，走到西塔诺夫的桌旁，我正坐在这儿念书。长诗使我激动，我感到既痛苦又愉快，嗓音常常失去控制，泪水不断地涌上眼眶，看不见诗行。不过，更使我激动的是屋里发出了一阵阵小心移动椅凳的低沉的声响，似乎整个作坊都在痛苦地辗转不安，大家仿佛被磁石吸引住似的紧紧围绕到我的身边。当我读完第一章时，几乎所有的人都围在桌子四周，身体彼此紧靠着，皱着眉，含着微笑，紧紧拥在一起。

“念呀，念呀！”日哈列夫把我的头向书本上按了下去。

---

① 法杰伊·韦涅季克托维奇·布尔加林(一七八九——一八五九)，俄国作家、新闻工作者，出版《北方蜜蜂》报以及其他报刊，用笔名发表若干长篇小说。

② 笔名。真名为奥·伊·季亚科夫斯基(一八〇〇——一八五八)，俄国记者、作家、东方学学者。

我念完了全诗。他拿起了书，看了看书名，插到自己腋下，说道：

“这还得念一次！你明天再念。书先收在我这里。”

他离开大家，把莱蒙托夫的书锁进自己的桌子抽屉后，又去干活了。作坊里仍然很静，大家轻手轻脚地回到各自的桌旁。西塔诺夫走到窗口，把额头贴到窗玻璃上，茫然不动。日哈列夫又搁下画笔，严肃地说：

“瞧，这就是生活，上帝的奴仆……是啊！”

他微微耸肩，缩起脑袋，接着说：

“我甚至能把恶魔画出来：身子是黑的，浑身长毛，翅膀火红，用铅丹画，而脸、手和脚，则像月夜里的雪，白得发青。”

一直到吃晚饭，他失去常态，总是心神不定，在凳子上如坐针毡。他摆弄着自己的手指，口中说着恶魔、女人和夏娃、天堂以及有些圣徒怎么犯罪等等令人莫解的话。

“这全是真的！”他肯定地说，“如果连圣徒都违背教规，和有罪的女人做出不规矩的事情，那就难怪恶魔把和灵魂圣洁的女人作孽的事引以为荣了……”

大家默默听着他的话，也许所有的人都像我一样，不想说话。大家无精打采地干着活，不时地看看钟。九点钟一打完，就一齐放下了手中的活儿。

西塔诺夫和日哈列夫走到院子里，我也跟了出去。在院子里，西塔诺夫仰头看看星星，朗诵起来：

——凝视着在天空中被抛弃的星辰
犹如在沙漠里漂泊的商队……①

朗诵后，他说：

“谁也想不出这样的句子！”

“我一句也记不得了，”日哈列夫在刺骨的寒气里打着寒噤说，“我一点也记不得了，可他似乎就在我的眼前！这真怪，人却强使人去同情魔鬼？他很可怜，是吗？”

---

① 《恶魔》里的诗行。

"是很可怜。"西塔诺夫表示同意。

"人啊,就是这么回事!"日哈列夫令人难忘地大声感叹。

在过道里,他提醒我说:

"马克西梅奇,这本书你不要对铺子里的任何人说起,这肯定是一本禁书!"

我很高兴,忏悔时神父曾经问过我的就是这种书啊!

大家吃晚饭时无精打采,听不见平时那样的吵闹声和交谈声,似乎所有的人都发生了什么重大事件,需要认真考虑。晚饭后,当大家躺下时,日哈列夫掏出书来对我说:

"哎,再念一遍这诗!念慢些,不要急……"

有几个人不声不响地从床上爬起来,走到桌边,没穿外衣就盘起腿来坐到他的周围。

当我念完第二遍以后,日哈列夫用手指敲着桌子说道:

"这才是生活啊!唉,恶魔,恶魔……老弟,原来是这样,是吗?"

西塔诺夫在我身后,越过我的肩膀,探下头来念了几句诗,然后笑了起来,说:

"我要抄到本子上……"

日哈列夫站起来,拿着书,向他的桌边走去,但又突然站住,发出颤抖的声音抱怨说:

"我们就像瞎了眼的小狗崽子似的过日子,到底为什么,不知道。无论上帝还是恶魔,都不需要我们!我们算是上帝的什么奴隶啊?约夫[①]是奴隶,可上帝还亲自和他谈话!摩西[②]也一样!上帝甚至赐给他一个名字:摩西——意思是'我们的',就是上帝的人。可我们是谁的人呢?……"

他把书锁在抽屉里,穿好衣服,问西塔诺夫:

"你上酒馆去吗?"

---

① 一五八九年任俄国正教会第一任全俄牧首(?—一六〇七),鲍里斯·戈杜诺夫的拥护者。一六〇五年被赶下牧首宝座,并被放逐。

② 圣经神话中根据耶和华的旨意将以色列部落从埃及法老奴役下领出来的人。犹太教和基督教信徒尊他为"先知"。本书的说法是俄国民间从俄语"Мой"语言上(与摩西音相近)附会出来的。

“我要去我的女人那儿。”西塔诺夫低声回答。

他们走了以后，我躺到门旁的地板上，同帕维尔·奥金佐夫并排睡在一头。他辗转反侧，久久不能入睡，只听他发出呼哧呼哧的喘息声，低声哭了起来。

“你怎么啦？”

“大家都可怜极了，”他说，“我和他们在一起已经三年多了，所有人的情况我都知道……”

我也很同情这些人。我们很久没有睡意，轻声谈论着他们，发现他们每个人身上都有一些善良的美好的特点，所有人的身上都有某种东西增强了我们孩子般幼稚的同情心。

我和帕维尔·奥金佐夫相处得很和睦。后来他成了一个出色的画匠，但是没有多长时间，还没满三十岁，他就开始酗酒。以后我在莫斯科希特罗夫市场遇见了他，他已成了一个流浪汉，不久就听说他已死于伤寒病了。我一生中，见过多少好人就这样糊里糊涂死去，想起这就感到非常可怕！人慢慢衰老，最终死去，是很自然的，但是，在任何地方，都不像在我们这里，在俄国，人衰老得如此之快，如此毫无意义……

当时，他还是一个圆头圆脑的小孩子，比我大两岁左右，灵活、聪明、诚实。他很有才干：善画鸟、猫和狗，他常把师傅们画成漫画，给他们添上像鸟儿般的羽毛，画得活灵活现。他把西塔诺夫画成垂头丧气的一只脚站立的鹬；把日哈列夫画成被扯掉鸡冠头顶没有羽毛的大公鸡；有病的达维多夫则是一只令人厌恶的麦鸡。但他画得最好的是涂金压模工戈戈列夫，样子是只蝙蝠，有两个大耳朵，鼻子流露出嘲讽的神情，两只小脚，每只脚上生六个爪子，脸又黑又圆，眼睛边上有一道白圈，两颗眼珠像扁豆籽，横在眼睛上——这就栩栩如生地勾画出他脸部丑恶的表情。

当帕维尔把他画成的漫画给师傅们看时，他们并不生气，但是戈戈列夫的漫画像引起了大家很不愉快的印象，于是他们严肃地劝告这位画家说：

“你最好把它撕掉，不然被老头儿看见，他会要了你的命！”

蓬头垢面、浑身肮脏、终日醉生梦死的老头儿戈戈列夫是个虔诚得惹人厌烦的教徒。他阴险恶毒成性，常在掌柜面前搬弄是非，诽谤作坊里的人。老板娘准备把自己的侄女儿嫁给掌柜，因而他俨然以家主自居。全作坊的人都恨他,但又怕他,因此对戈戈列夫怀有戒心。

帕维尔发狂地想方设法折磨这个涂金压模工,似乎抱定宗旨,不让戈戈列夫有一分钟的安宁。我也尽力在这方面帮助他。作坊的师傅们看我们玩的那些似乎是残酷无情的粗野的恶作剧,都很开心解恨,但也常常警告我们:

“小伙子,他会发现你们的!那个‘小金龟子’要把你们打死的!”

“小金龟子”——这是作坊里的人给掌柜起的绰号。

大家多次的警告并没有使我们惧怕,我们用颜料给正在沉睡的涂金压模工画鬼脸。有一次,他醉酒熟睡,我们在他鼻子上涂上金,整整三天他没能洗掉海绵鼻子鼻沟里的金粉,但是,每一次当我们把老头儿气得暴跳如雷时,我便想起轮船上的那个小个子维亚特卡兵,心里就感到茫然不安。戈戈列夫虽已上了年岁,力气仍然不小,如果不小心被他抓住,便会把我们毒打一顿。每次打了以后,还要向老板娘告状。

老板娘也是天天醉醺醺的,因而总是和和气气快快活活,每次都用肿起的手拍着桌子,拼命吓唬我们,喊道:

“小鬼,又是你们调皮捣蛋了吧?他年纪大了,应当尊敬他才对!是谁把煤油倒进他的酒杯里当酒的?”

“是我们……”

老板娘惊奇不已,说道:

“啊呀,我的老天爷,你们居然承认!唉,该死的东西……应该尊重老人嘛!”

她把我们赶出屋,晚上告诉了掌柜,于是掌柜生气地对我说:

“你究竟是怎么回事?你看了不少书,连《圣经》也会读,怎么这样胡闹,啊?你当心,小家伙!”

老板娘是个单身女人,很可怜,常喝很多甜酒,醉了以后就坐到窗口,唱道:

没有人可怜我,
没有人心疼我,
谁也不知我的苦,

我的苦处向谁诉。

她一面哽咽，一面拖长了像老年人似的颤抖的声音哼着：

“呜呜……呜呜……”

有一天，我看见她双手捧着一个盛有煮开牛奶的瓦罐，走到楼梯口，突然两腿不由自主地一弯，整个人顺着楼梯跌下来，笨重地扑通扑通一级一级地直往下滑，手上捧着的牛奶罐居然没有摔掉，可牛奶泼了她一身。她伸直双手，气呼呼地对着罐子嚷道：

“你怎么啦，这怪物？你要到哪儿去？”

她并不胖，但浑身软绵绵的，活像一只已经不能捉老鼠的猫，由于吃得很饱而长得更加笨重，只能打着呼噜，甜甜地回忆往日捉老鼠的业绩和快乐。

“瞧吧，”西塔诺夫沉思地皱着眉说道，“过去多大的家业，好端端的一个作坊，干活儿的也曾有些好手；可如今全都白搭了，一切都落到‘小金龟子’的爪子里了！干啊，干啊，还不都是为人作嫁！一想到这就像脑袋里有根发条断了似的，什么都不想了，什么活儿都不想干了，只想躺到屋顶上，看着天空，躺上整整一个夏天……”

帕维尔也接受了西塔诺夫的这些思想，学着成年人的姿态抽烟消遣，奢谈什么上帝呀、酗酒呀、女人的，他高谈阔论，说不论干什么工作，最后都是一场空，还说：一些人总是辛辛苦苦地干活，而另一些人既不珍惜，也不懂得这些成果的价值，不管好歹全都破坏掉……

在这种时刻，他那尖削可爱的脸便皱起来，变老了。他坐到地铺上，双手抱膝，久久望着方形窗框外的蓝天，望着堆满积雪的棚顶和冬日天空里的寒星。

师傅们打着鼾，发出像老牛哞哞叫的含混声，有人在梦呓，断断续续说些含糊不清的话。达维多夫在高板床上不时地咳嗽，度着他的余生。屋角里，身子靠身子横七竖八地躺着困倦和醉得像被捆住了手脚的“上帝的奴仆”——卡片久欣、索罗金和佩尔申。尚未画脸和手脚的圣像从墙那边张望着。空气里散发着一股阿利芙油、臭鸡蛋和地板缝里腐烂的脏物混合在一起的很浓的气味。

“我真太可怜大家了！上帝啊！”帕维尔低声说。

对人们的这种怜惜感也愈来愈使我不安。我俩，正像我上面已经说过的，感到所有的画匠都是好人，可他们生活得如此艰难，无聊乏味。他们不应该过这种日子。在冬天刮暴风雪的日子里，大地上的一切——房屋、树木，都在摇撼、吼叫、哭泣。大斋日的钟声发出凄凉、单调的鸣响，寂寞和无聊像浪一样，一阵一阵流进作坊，像铅一样，沉重地压迫着人们的心灵，不断扼杀人们身上一切生机、活力，强拉着他们去小酒馆，去找女人。女人和酒一样，也是一种可以帮助人遗忘的手段。

在这样的夜晚，念书也无济于事。于是我和帕维尔便竭力用自己想出来的办法使大家高兴：我们把烟黑、颜料涂在脸上，用麻丝扮成胡子，自编自演各种各样的喜剧，勇敢地向寂寞无聊挑战，逗大家发笑。我记起了《一个士兵救活彼得大帝的传说》，便把那本小册子改编成对话形式。我们爬到达维多夫的高板床上，就在那儿登台表演，快乐地砍杀想象中瑞典人的脑袋。观众看了哈哈大笑。

我们的观众最喜欢看的是中国鬼秦友通的故事①。帕维尔扮演想要行善的不幸的鬼魂，我则担任其余所有的角色：既扮男角，又演女角，还演没有生命的物体，扮演好心的鬼魂，甚至演一块让那个中国鬼休息的石头。那个鬼每次想做好事但又未能如愿以偿的时候，总是坐在这块石头上垂头丧气，唉声叹气。

大家看得哈哈大笑。我很惊奇，为什么这样容易就能使大家哄笑起来。如此轻而易举，反而像刺了我的心似的使我感到难过。

“哎呀，这两个小丑！嗬，你们这两个小坏蛋！”大家向我们喊叫。

但是，越往下演，我脑海里越摆脱不了这令人困扰的想法：在这些人的心灵中，对悲哀比快乐更为亲近。

在我们这里，欢乐从来就不存在，从来不受人珍惜，它只是故意被人们从重压下鼓动起来，作为抑制在俄国做梦般的难以忍受的烦闷的手段。这种欢乐的内在力量令人怀疑，因为它的存在并不顺其自然，也不是因为它

---

① P·佐托夫著《秦友通，又名鬼魂做的三件善事》，长篇幻想小说，描写一个天使下凡想在人间行善而不作恶，但却不能实现。

要存在，而只是应悲惨日子的召唤而出现的。

俄国式的欢乐会出人意料、难以察觉地变成残酷的悲剧，这种情况实在太多了。一个人在跳舞，本来是要解开捆在他身上的绳索，可是，突然间，他却发泄出内心最残酷的兽性，在非人的苦闷之中扑向所有的人，扑向一切，撕裂、咬啮、毁灭着一切……

这种借助于外界刺激的强作的欢乐，使我失去了平静。我激动得忘乎所以，开始讲述和表演我即兴编造的幻想，因为我非常希望唤起人们内心真正的、自由的、轻松的欢乐。我在某种程度上达到了目的，他们夸赞我，为我的才能而惊叹，但是仿佛已经被我成功地稍有解除的那种难以忍受的郁闷，却又慢慢地强烈起来，折磨着人们。

浑身灰色的拉里奥诺维奇亲切地对我说：

"嗯，你真是个逗人开心的孩子，上帝保佑你！"

"的确是个使人感到快慰的小伙子。"日哈列夫赞成他的意见。他说："马克西梅奇，你去马戏团吧，或者去剧团，你应当把自己培养成出色的丑角！"

全作坊去剧院看过戏的，只有两个人——卡片久欣和西塔诺夫，是在圣诞节和谢肉节期间去的。年长的师傅们曾经严肃地劝他们两人到约旦河[1]的洗礼冰窟里去洗掉这一罪过。西塔诺夫说服我的次数最多，他说：

"什么都别管，学戏去吧！"

接着，他激动地叙述了悲剧《演员雅科夫列夫的一生》。

"瞧，竟然会有这样的事情！"

他喜欢讲玛利·斯图亚特女王[2]的故事，称她为"坏蛋"。他特别赞赏的是《西班牙贵族》[3]。"马克西梅奇，唐·塞扎尔·德·巴赞是位最高尚的人！一位非凡的人！"

---

① 按东正教习俗，在河上或湖上行洒圣水的地方即约旦河。

② 苏格兰女王（一五四二——一五八七），曾觊觎英国王位。苏格兰加尔文宗贵族起义迫使她逃往英国，被英国女王伊丽莎白一世下令监禁，后被审判处决。

③ 是法国作者戴内里和仲马普瓦尔的一部五幕正剧，一八五八年俄译本在莫斯科出版后，俄国内地剧院纷纷上演，风靡一时。唐·塞扎尔·德·巴赞是剧中主人公。——借用楼适夷译注。

西塔诺夫本人也有某种“西班牙贵族”的气质：譬如有一天，在消防了望塔前的广场上，三个救火队员正在打一个乡下人取乐，有四十来个人围着看热闹，而且还为救火队员喝彩。西塔诺夫扑上去就打，抡起长长的胳臂狠狠几下就把救火队员打翻在地。他扶起乡下人，将他推向人群，大喝一声：

“把他带走！”

说完转过身来，自己一个人对付三个人。消防队的院子离这里只有十步远，那三个人可以喊人来帮忙，那样就会把西塔诺夫打个半死，幸好队员们被吓得逃回院子里去了。

“这帮狗东西！”他追在他们后面叫骂着。

每逢星期日，青年们都要到彼得罗帕夫洛夫公墓后面的林场去斗拳，凡是去那里的人都是准备与清洁大队的工人和近郊的农民比赛的。清洁大队派出一个有名的拳击手对付城里人，这个拳击手是莫尔多瓦人，身材魁梧，小头大眼睛，眼眶里常有泪水。他用上衣的脏袖子擦去泪水，两腿叉开，站在自己人的最前面，温和地向对方挑战：

“请出来吧，行不行，要不，我就冻坏了！”

我们这边和他对阵的是卡片久欣，莫尔多瓦人常常打败他，但被打得头破血流的哥萨克人仍然气喘吁吁地说：

“我就是死也要打败这莫尔多瓦人！”

这句话终于成了他的生活目标。他连酒也戒了，睡觉前用雪擦身，拼命吃肉。为了使肌肉发达，他每天晚上手持两普特重的哑铃在身上画很多次十字，可是，这也无济于事，于是，他便把铅块缝进手套里，洋洋得意地对西塔诺夫吹嘘说：

“现在那莫尔多瓦人的末日到了！”

西塔诺夫严厉地警告他说：

“别这样，不然，在交手前我就揭穿你的把戏！”

卡片久欣不信他的话。但当两个拳击手出场比赛的时候，西塔诺夫突然对莫尔多瓦人说：

“你先让开，瓦西里·伊万里奇，我先和卡片久欣比一次！”

哥萨克人的脸陡地涨红了，叫嚷道：

“我不跟你比赛，走开！”

“你会跟我比赛的。”西塔诺夫说道，他用睥睨、征服的目光看着哥萨克人的脸，向他走去。卡片久欣立在原地不动，踌躇了一下，脱下手套，向怀里一塞，从斗拳场上快步走开了。

敌对双方都十分惊讶，感到很不愉快。一位很受人尊敬的人，大概是位公证人走上前来对西塔诺夫生气地说道：

“老兄，在拳斗场上解决家里的事，怎么也不能说是遵守规则呀！”

观众从四面围向西塔诺夫，都来干预这事，骂他。他沉默了很久，最后终于向那位受人尊敬的公证人说道：

“我预防了一桩人命案，难道不好吗？”

那人马上明白了，甚至脱下帽子向他致意，说道：

“那我们这方应该对你表示感谢！”

“只是老伯伯，这事请别声张！”

“干吗声张呀？卡片久欣是位难得的好拳击手，不过输了多次，人就会发急，我们能够理解！只要今后在比试前先检查一下他的手套就行了。”

“那是你们的事！”

那位公证人走了以后，我们这边的人立刻骂起西塔诺夫来：

“你这细高挑儿，鬼迷心窍啦！不然哥萨克人就打赢了！现在好了，我们又得每次吃败仗了……”

大家无休止地痛骂他。

西塔诺夫叹了口气，说道：

“唉，你们啊，真是没出息的窝囊废……”

出乎大家意料的是，他突然向莫尔多瓦人提出一对一的交锋。对手快活地挥了挥拳头，摆好架势，逗乐地笑着说：

“也好，我们来斗会儿吧，暖暖身子……”

一些人手拉着手，用背顶住从后面拥上来的人群，圈起了一个宽阔的场子。

两个拳击手右拳在前，左拳护着胸口，左右脚不断移动着，眼睛机警地注视着对方。一些有经验的人立刻就发现，西塔诺夫的手臂比莫尔多瓦人长。拳击手脚下的雪不时发出咯吱咯吱的声音。有个人耐不住这紧张的气氛，热切地抱怨说：

“快开始呀……”

西塔诺夫扬起右臂一拳打去，莫尔多瓦人抬起左臂防护，冷不防心口窝儿正面挨了西塔诺夫左手一拳。只听他发出了咯的一声，退了几步，满意地说：

“新手，但不是笨蛋！”

他们开始跳动着扑向对方，一拳接一拳、沉重地向对方胸前打去，几分钟以后，敌对双方的观众都激动地大叫：

“手脚麻利些，圣像画匠，给他画脸，给他涂金呀！”

莫尔多瓦人比西塔诺夫的力气大得多，但是身体也比他笨重得多。他没有西塔诺夫出拳快，挨对方两三拳才能回一拳，但拳头打到莫尔多瓦人的身体上，显然他并不感到十分疼痛，哼唷了几声后就露出了微笑。突然他一个重拳从下向上，打到对方腋下，西塔诺夫的右臂从肩上被打脱了臼。

“拉开，拉开，平局！”立刻有几个人同时喊道，人们走进圈内，把拳击手拉开了。

莫尔多瓦人温厚地说道：“这画匠力气不大，但很灵活！会成为一个出色的拳击手，这是我可以告诉大家的。”

一些十二到十六七岁半大孩子的比赛开始了。我送西塔诺夫去找接骨医生。他的行动使他在我的心目中的形象更加高大，增强了我对他的好感和尊敬。

总的来说，他为人诚实正直，认为这样做是自己的责任，但是，豪放、不受拘束的卡片久欣却调皮地嘲笑他：

“哎，叶尼亚①，你活着是做摆设的吧！你把你的灵魂像过节前的茶炊那样擦得雪雪亮，你炫耀自己——瞧吧，金灿灿、亮堂堂！可你的心灵是铜的，和你在一起太没味儿……”

西塔诺夫平静地沉默不语，不理不睬，专心干活，或者把莱蒙托夫的诗抄在小本子上，他抄这首长诗花了自己全部的业余时间。我向他建议：

“您有的是钱，买一本吧！”

他回答说：

---

① 叶夫根尼、叶尼亚是西塔诺夫的名字。

“不,最好还是自己亲手抄!”

他用漂亮细致的花体字抄完了一页,在等待墨水晾干的时候,低声念道:

> 你将望着这世界,
> 毫不怜惜,毫无同情,
> 那里既没有真正的幸福,
> 也没有地久天长的美丽……①

念完后,他眯缝着眼睛说:

“这是真话!啊,他太了解真实了!”

西塔诺夫和卡片久欣的关系使我十分惊讶。哥萨克卡片久欣喝醉了酒后,总是去找同伴,硬要跟他们打架,西塔诺夫久久劝他道:

“别这样!不要硬找人打架……”

后来他就动手狠狠地打这醉汉,打得如此残酷,连那些把平时作坊里内讧闹架当做演出看的师傅们也看不下去,一起出来干预,把两个朋友拉开。他们说:

“叶夫根尼连自己也不怜惜,如果不及时拉住,他准会把哥萨克人打死。”

卡片久欣清醒的时候也常千方百计地挖苦嘲弄西塔诺夫,讥笑他热衷诗歌和他的不幸的恋爱,用很多污秽的脏话刺他,想激起他的忌妒,但是屡屡失败。西塔诺夫默不作声地听着哥萨克人的讥讽,从不生气,有时甚至和卡片久欣一起笑起来。

他们睡在一头,每天夜晚都要久久地低声交谈些什么事情。

他们悄悄的谈话声使我心神不宁,很想知道这两个性格迥然相反的人,到底是什么能使他们谈得这样亲热?可是每次当我走近他们,哥萨克人就低声叫道:

“你要干什么?”

---

① 莱蒙托夫的著作《恶魔》片断,但与原文对照,不够准确。

而西塔诺夫却像没有看见我。

但是,有一次他们把我叫到他们面前,哥萨克人问道:

“马克西梅奇,如果你发了财,你要做什么?”

“我要买好多书。”

“还有呢?”

“不知道。”

“嘿!”卡片久欣恼火地扭过脸去,而西塔诺夫却平静地说道:

“你瞧,没有人知道,无论是老的还是小的,都不知道!我告诉你,财富本身并没有什么了不起,任何东西都得有它的用处……”

我问:

“你们讲的是什么事?”

“不想睡,随便说说。”哥萨克人回答说。

稍后我细听他们的谈话才知道,他们每天夜晚谈的仍然是大家白天所爱谈的那些内容,什么上帝、真理、幸福、女人的愚蠢和狡猾、有钱人的贪心,以及整个生活的错综复杂,不可理解等等。

我总是贪婪地听他们的谈话。他们的谈话使我激动,听他们不约而同地说到生活很苦,应该活得更好些,我很高兴!但是,与此同时,我发现,他们这种希望生活更好些的愿望并没有使他们觉得自己有什么责任,并没有使作坊里的生活和同事间的关系有任何改变。他们的所有的谈话,使我对眼前的生活看得更加清楚。我发现生活后面隐藏着一种凄凉的、令人沮丧的空虚,而在这片空虚中,人们就像一潭死水里的极其微小的浮游生物,在刮风时漫无目标地恼怒地来回游动。正是他们,口中还不住地奢谈着:这样的忙乱简直毫无意义,使他们十分难受,如此等等。

他们议论的内容很多,而且津津有味,但总是指摘别人,或忏悔认错,或自我吹嘘,常常为了一点鸡毛蒜皮的事而相互恶毒地咒骂,狠狠地侮辱对方。他们拼命想知道自己死后会怎样。作坊门口放污水桶的地方,有一块地板腐烂了,外面的寒气和变酸的泥土气息,一阵阵从地板下面这潮湿腐烂的窟窿里袭进来,把大家的腿都冻僵了。我和帕维尔用干草和破布把窟窿堵住。以前他们曾翻来覆去地谈过要换一块地板,可是从不行动,窟窿却越来越大。刮暴风雪时,风雪像烟囱倒烟似的从洞中灌进来,大家冻得伤风咳嗽。气窗上白铁皮松动了，发出令人刺耳的尖叫声，大家用不堪入耳的下流话骂它，可当我在气窗铁皮上涂了点油以后，日哈列夫凝神听了一会儿后，居然说：

“气窗不叫，倒反而觉得寂寞了！”

师傅们从澡堂回来，向积满尘土的肮脏铺上一躺，谁也不因腌臜和臭气而觉得恶心。此外，还有很多使人过不下去的糟糕的琐事，其实这些事，仅举手之劳即可解决，可谁也不去做。

他们常常说：

“谁也不怜悯人，无论是上帝，还是自己对自己……”

但是，当我和帕维尔两人替被污垢和虫子腐蚀和咬得快死的达维多夫洗刷干净时，他们竟把这事当做笑柄，脱下身上的衣衫叫我们替他们捉虱子，称我们是澡堂里擦背的，一直将这件事当做笑料，讥讽我们，仿佛我们做了什么见不得人的可笑的事情。

达维多夫从圣诞节到大斋，一直躺在炉旁的高板床上，不停地咳嗽，一口一口地向下吐带血的浓痰，但大多吐不进污水桶里，腥臭的血痰就啪嗒啪嗒地落到地上。每天夜里他都大喊大叫地说梦话，把别人吵醒。

几乎每天都有人说：

“该送他到医院去看病了！”

但是，起初因为达维多夫的身份证过期了，后来又因为他感到病好了一点。最后，大家决定说：

“算了吧，反正他要死了！”

他自己也同意不去医院，说：

“我活不了多久了！”

达维多夫是一个性情平和、性格幽默的人，也总想尽力用说笑话来驱散作坊里令人感到折磨的沉闷空气。他把又黑又瘦的脸俯向床下，用气喘得像吹笛子似的声音，高声叫道：

“伙伴们，请听高高在上的木板床上的人的声音吧……”

接着就顺溜地说起了胡编出来使人感到凄凉的顺口溜：

床上的日子并不孬，

每天醒得就是早，
梦也好，醒也好，
从早到晚蟑螂咬……

“他并不忧愁呢！”大家赞扬着。

有时，我和帕维尔爬到他身边，他勉强地开玩笑说：

“我用什么款待尊贵的客人呢？有新鲜的小蜘蛛，你们想吃不？”

他的死拖得很长，连他自己也感到厌烦。他从内心懊丧地说：

“我怎么没办法马上就死呢？真倒霉！”

临死之前，他一点也不怕，却使帕维尔胆战心惊。每天夜里帕维尔都叫醒我，轻声说：

“马克西梅奇，他好像死了……真要在今天夜里死，我们就躺在死人下面，唉，上帝啊！我最怕死人了……”

或者他说：

“唉，人活着干吗啦，为什么？他还不到二十岁就已经要死了……”

有一天，是个月夜，他叫醒了我，睁大了眼睛惊恐地说：

“你听！”

只听见达维多夫在床上急促但清晰地嘶哑着嗓子说：

“到这儿来呀，来呀……”

接着，他就开始打嗝儿了。

“他就要死了，真的，当着上帝的面说，你瞧吧！”帕维尔恐慌地说。

那天白天，我从院子里到野外整整运了一天雪，累极了，这时真想睡觉，但帕维尔不住地恳求我：

“你别睡，看在耶稣的面上，请你别睡了！”

突然，他跳起来跪在床上，发狂地大叫：

“大家都起来呀，达维多夫死了！”

有人醒了，只见床上起来几个黑影，传来气呼呼的责问声。

卡片久欣爬到高板床上一看，吃惊地说：

“好像真的死了……虽然身子还有点儿热……”

屋内静下来了。日哈列夫给自己画了个十字，身上裹着被子，说道：

“唉,也好,他到天国去了!”

有个人说:

“把他抬到门廊去吧……”

卡片久欣从高板床上爬下来,看了看窗外。

“天亮前就让他在这里躺会儿吧,他活着的时候从来没打扰过谁……”

帕维尔把头埋在枕头里号啕大哭。

西塔诺夫居然没有醒。

十五

野外的积雪融化了,天空里寒冬的阴云也融化成湿雪夹着雨落到地面上。太阳一日的行程进行得越来越缓慢,空气变得暖和了。这令人感到快乐的春天虽已降临,但似乎还开玩笑地躲在郊外什么地方的田野里,转眼就会涌进城来。大街上到处是棕红色的泥浆,人行便道旁,一道道融化的雪水像湍急的小溪向前奔流。囚徒广场[①]上的雪已经融化,露出了地面,一群群麻雀在这儿欢快地跳跃。人们也跟麻雀一样忙碌起来。在春日喧闹声的上空,大斋的钟声从早到晚几乎不断地回荡,一下下软绵绵的响声轻轻撞击着人们的心。钟声里,就像老人说话那样,隐含着某种抱怨的口吻,这一下一下的钟声仿佛是在忧郁地诉说着一切:

“是有过,有过,有过……”

---

① 即干草广场(见《童年》)。因该广场上有囚禁犯人的建筑,因此人们又称该广场为囚徒广场。

在我的命名日那天，作坊师傅们送我一幅小巧精美的圣徒阿列克谢画像，日哈列夫作了一次感人的令我永志不忘的长篇演说。

“你是谁?”他玩弄着自己的手指，稍稍抬起眉毛说道，“你是个不满十三岁[①]的孩子，孤儿，而我的年岁几乎比你大三倍。我要表扬你，称赞你，是因为你能面对一切，不是侧着身子，而是正面迎向一切事物。你要永远这样，这非常好!”

他讲了上帝的奴仆，谈到了上帝的人。但是我至今不能理解，究竟人与奴仆有什么区别，可能当时他本人也不明白。他的讲话很枯涩，全作坊的人都在笑他。我双手捧着圣像，既感动，又困窘，不知道做什么是好。最后，卡片久欣终于恼火地向演说家开火了：

“停下你那套宗教仪式吧，瞧他的两只耳朵都发青了。”

接着，他拍了下我的肩膀，也夸奖了我几句：

“你好就好在对所有人都非常亲，这就是你的好处！即使有什么理由，别说打你，就是开口骂你也很难做到!”

大家都用善意的目光看着我，亲切地讪笑我的窘态，要是再过一会儿，说不定我会因为感觉到自己是这些人所需要的人而突然快乐得放声大哭。可就在这天早晨，在铺子里，掌柜用脑袋向我指点了一下，对彼得·瓦西里耶夫说道：

“讨厌的小家伙，什么都干不好!”

和往常一样，那天我一早就到铺子里去了，但是午后掌柜对我说：

“回去，把货棚顶上的雪弄下来，送到地窖里去……”

他不知道那天是我的命名日，我本来以为谁也不知道。在作坊里给我举行的祝贺仪式一结束，我就换了衣服，跑进院子，爬上棚顶，把今年冬天下的沉重的积雪弄下去，但是我由于兴奋，忘了事先打开地窖的门，抛下去的雪把门堵住了，跳下来以后才发现这一错误。于是，立刻用耙子耙开堵在门上的雪。由于雪是湿的，压得太实了，木耙耙不动，又没有铁耙，一用劲，耙子断了，谁知就在这时候，掌柜出现在院门口，真是应了俄国人的一句俗语“乐极生悲”。

---

① 高尔基当时实际上是十五岁。

“好——哇，”掌柜嘲弄地走到我的身边，“哎，你还能干活？见你的鬼去吧！看我狠狠揍你的笨脑袋……”

他抡起耙柄准备打我，我闪开几步，气愤地说：

“我不是雇来替你们扫院子的……”

他把耙柄扔到我的脚上，我抓起一团雪打中了他的脸。他逃走了，鼻子呼哧呼哧地响。我便丢下这活儿回作坊不干了。几分钟后，他的未婚妻，那个满脸粉刺、表情轻浮的女人从楼上摇摇摆摆地走了下来。

“马克西梅奇，上楼去！”

“我不去。”我说。

拉里奥诺维奇惊讶地轻声问道：

“这是怎么啦，为什么不去？”

我告诉他是怎么回事，他担心地皱起了眉，便要上楼，临走之前小声对我说：

“你啊，胆太大了……”

全作坊的人都嗡嗡地嚷开了，大骂掌柜。卡片久欣说：

“好了，这下你要被赶走了！”

这并不使我骇怕。我和掌柜的关系早已紧张到剑拔弩张的地步。他恨透了我，而且愈来愈厉害，同样我也受不了他，但我很想弄清楚，他为什么如此不讲道理地恨我。

他常在铺子的地板上到处扔一些钱币。我在扫地时发现了便捡起来，放到柜台上给叫化子零钱的钵子里。后来我意识到经常捡到钱币意味着什么，便对掌柜说：

“您常偷偷地把钱放到我能捡到的地方是枉费心机！”

他的脸涨得通红，勃然大怒，急不择言地大叫起来：

“你竟敢教训我，我知道我在做什么！”

但立刻又改口说：

“你怎么说我枉费心机偷偷地放钱？钱是丢掉的……”

他不准我以后在铺子里看书，他说：

“这不是你这个笨蛋做的事！你是什么东西，好吃懒做的家伙，居然想当有大学问的人？”

他仍然继续打那想用几个小钱来抓我把柄的如意算盘。我很明白，倘若我扫地时一不小心，钱币滚到地板缝里去，他就会硬赖我偷钱，于是，我便再一次叫他停止这种把戏，可是就在那一天，我从小饭馆里打开水回来时，听他正在唆使隔壁店铺不久前雇用的一个伙计说：

“你去叫他偷《诗篇》①，我们马上就要进一批《诗篇》，有三箱呢……”

我明白，他这是在说我。我走进店堂时，他们两个人都很尴尬。除了这点迹象以外，还有几个可以证明他们在搞陷害我的鬼把戏的疑点。

邻家铺子的伙计已经不止一次替他跑腿了。伙计做生意很机灵，但是嗜酒成性。他从前因为酗酒被老板赶走了一段时间，后来老板又雇用了他。此人营养不良，生得瘦弱，眼神狡狯。他表面上对待老板的一举一动都很温顺谦恭，小胡子里总是露出小聪明的笑容，喜欢说尖刻的俏皮话，说话时嘴里喷出一种烂牙病人所特有的臭味，虽然外表看来，他的牙齿又白又结实。

有一天，我大吃一惊：他脸上堆着亲切的微笑走到我的跟前，突然，冷不防一拳打掉了我的帽子，抓住我的头发，我们揪打起来了。他把我从门廊推进店铺，一直拼命想把我摔到摆放在地板上的大神龛上。如果我真被他摔倒了，就会压碎神龛上的玻璃，弄坏花纹，很可能划破价格昂贵的圣像。他的力气本来就不大，我终于把他制服了，但当时我吓了一跳，那个小胡子男人居然坐在地上，擦着被打破的鼻子，伤心地哭了起来。

第二天早晨，两家的老板都出去了，只剩下我们两个人。他用一个手指揉着鼻梁和紧靠眼睛的肿块，友好地对我说：

“你以为我是自觉自愿来向你突然袭击的吗？我又不是傻瓜蛋。我明知肯定打不过你，我这个人力气小，又爱喝酒，这是老板叫我干的。他说：你去找个碴儿揪住他头发打他一顿，尽量在打架时把他家店里的东西多搞坏些，总之要给他们铺子造成损失！如果是我自己，我才不会和你打架呢。瞧你把我的脸打得青一块肿一块的。”

我相信了他的话，开始可怜他了。我知道他和一个女人过着半饥半饱的日子，那个女人还常打他。但我仍然问他：

---

① 《圣经》中的一卷，共收入一五〇篇赞美诗。在基督教仪式中占重要地位，在中世纪是主要的识字课本。

“如果别人叫你去毒死人,你也去下毒吗?”

“他会叫我这么干的,”那伙计脸上现出可怜的微笑,低声地说,“他能这么做……”

在这以后不久,他对我说:

“喂,我身上一个子儿也没有了,家里老婆没有东西填肚皮,在骂街呢。朋友,你在自家货棚里偷点圣像什么的,我拿去卖,好吗?你去偷,好吗?要不,偷本《诗篇》也行。好不好?”

我想起了鞋店和看教堂的老头。我想,这家伙肯定会出卖我!但我又不好意思拒绝,于是就给了他一幅圣像,但要偷价值几个卢布的《诗篇》,我实在不敢,认为这是犯了大罪。有什么办法呢?在道德范畴内始终包含着算术原理,过失也有大小之分,《刑事法典》神圣的质朴极其清楚地暴露了这个小小的秘密,而在这个小小秘密的后面,恰恰隐藏着私有制莫大的虚伪性。

当我听到我的掌柜唆使这个可怜的家伙叫我偷《诗篇》时,我吓坏了。显然,掌柜已经知道我拿他的东西送人情,隔壁的掌柜已经将偷圣像的事情告诉他了。

我慷他人之慨行善,这种做法是恶劣的。他们设下圈套意欲陷害于我,也是卑鄙的行径。这两件事情合在一起,激起我对自己、对所有的人产生了愤懑和厌恶之感。

好几天我愧痛万分,等待着那几箱书到货。书终于到了,我在货棚里拆开书箱,隔壁的那个伙计走到我跟前,求我给他一本《诗篇》。

于是,我便问他:

“你把偷圣像的事告诉我们的掌柜了,对吗?”

“告诉了,”他沮丧地回答说,“老弟,我什么也瞒不住……”

这使我大为惊愕,我坐到地板上,瞪眼看着他,他现出一副窘态和十分可怜的模样,慌忙嘟嘟囔囔颠颠倒倒地说:

“你要知道,是你们掌柜自己猜到的,换句话说,这是我们掌柜猜到的,告诉了你们掌柜……”

我感到,这下我完了——他们这帮人联手暗算我,现在少年犯教养院已经为我准备好位置了!既然已经这样,那就豁出去了!如果注定要淹死,那索性淹到深水里去吧。我拿了本《诗篇》塞进伙计的手里,他把书藏到外衣下走了。可一转眼他又回来了,把《诗篇》扔在我脚边,边走边说:

“我不要!不然我会跟你一起完蛋……”

我不懂这句话的意思,为什么他会跟我一起完蛋?但我很高兴,他没有把书拿走。从此以后,我的那个小个子掌柜看见我,更加直眉瞪眼,更加疑神疑鬼了。

当拉里奥诺维奇上楼去的时候,我回忆起了这一切。他在楼上没多久就回来了,下楼时神情沮丧,但比平时更为冷静。晚饭前他当面对我说:

“我费了不少口舌想让你别再到店铺去,放你到作坊来帮忙。但是没成功!‘小金龟子’不同意,你很不顺他的心,他决心跟你过不去……”

在老板娘家里我也有个对头,那就是掌柜的未婚妻,那个轻浮得出格的坏丫头。全作坊的年轻人都和她调情,在过道里守候着,见她来就一把搂住。她也不生气,只轻轻地像小狗崽子似的尖叫几声。她的嘴巴从早到晚咀嚼不停,几个衣袋塞满了蜜糖饼干、甜面饼,下巴一上一下地动,永远不觉得累。一见到她那无聊空虚的脸和轻浮的骨碌碌转的灰色眼睛,就令人厌恶。她常常要我和帕维尔猜谜语,都是一些粗俗下流的谜底。她还教我们说一些绕口令,内容也是下流的。

有一次,一位上了年纪的师傅对她说:

“姑娘,你怎么不害羞!”

她竟不假思索地用很不体面的小调歌词回答:

姑娘要害羞,
永远当小妞……

我第一次看见这个姑娘就很反感。她一见面便粗鲁地向我献媚,挑逗我,把我吓坏了。她见我不喜欢调情,便越发死乞白赖地缠住我。

有一次在地窖里,我和帕维尔帮她蒸洗装克瓦斯饮料和黄瓜的木桶。她对我们说:

“小家伙,你们想要我教会你们亲嘴吗?”

“我亲嘴比你亲得好。”帕维尔笑着回答她说。

我叫她去亲她的未婚夫，说这话时口气不太客气，她生气了：

"嘿，粗坯！小姐向他献殷勤，他却把鼻子翘得高高的。说说看，你算个什么了不起的人物！"

她又伸出一个手指，威吓地说：

"喂，你等着，我要让你记住这一次！"

帕维尔附和我，也对她说：

"要是你那位未婚夫知道你这么胡作非为，会给你颜色看的！"

她鄙夷地皱起她那长满粉刺的脸。

"我才不怕他呢！我带着我的嫁妆，能找到十个比他好得多的女婿！姑娘只有在结婚前才能吃喝玩乐嘛！"

于是她开始和帕维尔打情骂俏，而我呢，则从此多了一个乐此不疲的告密者了。

在铺子里的日子越来越难过。我看完了所有的宗教书籍，那些估价员、鉴定家们的争吵和谈话对我也已经不再具有吸引力了，因为他们说的话都是老一套。只有彼得·瓦西里耶夫对人类阴暗生活的了解和他那有趣炽热的言谈，仍然像过去一样深深吸引着我。有时我想，那位孤独而有仇必报的先知以利沙①漫游大地，大概也是这样。

但是，每次我和老人谈论人们，坦率地说出自己的想法时，他都友善地听完我的话，并把我说的话告诉掌柜。掌柜听了以后，不是侮辱性地嘲笑我，就是怒冲冲地破口大骂。

有一天，我告诉老人，有时我把他的话记在我的笔记本上，那本子上已经抄了各种各样的诗和书上的格言。这使万事通大吃一惊，他迅速一拐一拐地走到我面前，惶恐地问我：

"你这样做究竟是为了什么？亲爱的，这样做不合适！为了记住吗？不，别再这么做了！你真是个怪孩子！你把记过的笔记本交给我，好吗？"

他长时间执拗地说服我，要我把本子交给他或者烧掉，然后又气呼呼地和掌柜嘀咕起来。

---

① 一位受上帝启示传达上帝旨意者，他漫游大地，惩恶行善。见《旧约·列王纪下》第二至第九章。

回家路上，掌柜严厉地对我说道：

“你记了什么笔记，这种事不准干！听见吗？只有密探才干这种事。”

我随口问道：

“那西塔诺夫又怎么样呢？他也有笔记。”

“他也记吗？这傻大个……”

他沉默了很久，一反常态的柔声对我说：

“你听着，把你的本子给我看看，西塔诺夫的本子也拿给我看看，我给你半卢布银币！但这事不要让西塔诺夫知道，要偷偷地……”

也许他深信我一定会照他的话去做，所以再没多说一句话，就迈开那两条短腿在我前面走了……”

回去以后，我将掌柜提出的要求告诉了西塔诺夫，他皱起了眉头，说道：

“你说漏了嘴真不应该……恐怕他会教唆别的什么人来偷我和你的本子。把你的本子交给我，我藏起来……说不定你要被他们撵走，瞧着吧！”

我很相信他的话，决定离开这里，等外祖母一回城，我就走。外祖母整个冬天都住在巴拉罕纳，有人请她教闺女织花边。外祖父又住在库纳维诺了，我从前去过那里，但他每次进城却不来看我。有一次我们在街上碰见了，他穿着一件厚实的浣熊皮大衣，就像神父一样神气十足、慢吞吞地踱着四方步。我向他打了招呼，他伸出手掌遮住光看了看我，若有所思地说了一句：

“哦，是你啊……如今你在画圣像，对，对……嗯，去吧，去吧……”

他把我推到路边，又那样大摇大摆、慢吞吞地走了……

外祖母我很少见到，外祖父得了老年痴呆症，为了给他增加些营养，她拼命干活。她还要照顾两个舅舅的孩子，特别是米哈伊尔的儿子萨沙，那个漂亮的小伙子，幻想家和藏书家，最让外祖母操心了。他在几家染坊工作过，从这家换到那家，一失业就靠外祖母养着，心安理得地等她为自己找到新的工作。萨沙的姐姐也是外祖母的累赘，她不幸嫁给了一个工匠，工匠是个酒鬼，经常打她，把她赶出家门。

每次遇到外祖母，我都益发从内心赞美她那善良的心灵，但是我已经感觉到，这美好的心灵被童话迷住了眼睛，使她看不见，也不能理解苦难现实生活的种种现象，因而也不能理解我的忧虑和不安。

当我一次次长时间地向她谈起生活中的丑陋现象、人们的苦难，谈起一切使我内心纷扰的苦闷时，她所能给我的唯一的回答就是：

"要忍耐啊，阿廖沙！"

可我不善于忍耐，倘若有时我能表现出犹如牲畜、树木、石头那样的美德的话，那也不过是为了自我考验，为了知道自己究竟有多大力量，在这个世界上究竟能坚忍不拔到什么程度而已。有时候，一些半大的少年羡慕成年人的力气，只凭一时之勇，试图举起，也确实举起了大大超过自己的肌肉和骨头所能承受的重量，他们炫耀地像成人大力士那样，试着举起两普特重的哑铃，画十字似的在胸前做交叉运动。

从直接和间接意义上说，在肉体和精神上，所有这一切我都试过，只是由于某些偶然原因才没有因受内伤而致死，没有造成终身残废。因为世上没有任何东西比摧残人的韧性，使其对外界势力俯首听命更为可怕的了。

如果最终我还是成为残废躺入坟墓，那么，临终时我将不无骄傲地说：那些四十来岁的善心的人们一直费尽心机使我的心灵残废，但他们持续不断的努力并不十分成功。

一种故意想用顽皮来恶作剧，从而使大家感到快慰满足，逼使他们欢笑的强烈愿望，愈来愈频繁地支配着我。我也常常达到了这个目的。我会扮出尼日尼市场上的那些商贾市侩们脸上形形色色的表情，把他们的丑事绘声绘色地讲述给大家听；我给大家表演乡下的男男女女怎样来买卖圣像，掌柜怎样对他们弄虚作假和欺蒙诈骗，那些鉴定家、估价员怎么争吵不休等等。

全作坊的工匠们都乐得哈哈大笑，常常丢下手中的活儿看我表演，但是表演以后，拉里奥诺维奇总是劝告我：

"你最好在吃晚饭以后表演，否则要影响干活……"

每次表演以后，我感到自己很轻松，好像卸去了身上的重担。在半小时至一小时内脑子里感到没有负担、十分愉快，但过后，脑子里又仿佛填满了犀利的尖钉，它们在那里骚动、发热。

骤然，我的周围似乎有一种泥浆沸腾起来，接着我感到自己也在泥浆里被慢慢煮烂了。

我寻思：

“难道整个生活就是这样吗？我也将像这些人一样，找不到看不见更好一些的生活了吗？”

“马克西梅奇，你变得好生气了。”日哈列夫注意地看了我一眼，对我说。

西塔诺夫经常问我：

“你怎么啦？”

我不知怎样回答才好。

生活顽固粗暴地磨去我心灵上最美好的印迹，恶毒地换以一种乱七八糟的废物，我气愤而顽强地抵抗这生活中的暴虐。我和所有人一样，在同一条河里游泳，但对我来说，这河水更冷酷，它不能像托浮起别人那样把我托浮起来，有时我觉得，我正在向最深的地方沉下去。

大家对我愈来愈好了，不像对帕维尔那样大声呵斥。为了显示对我的尊重，不任意支使我，他们叫我时用父称。这固然很好，但是看到他们狂喝滥饮和酗酒后的那副令人厌恶的醉态，以及他们对女人近乎病态的关系，我心里就感到难受。虽然我也理解，酒和女人是他们在这种生活中唯一的娱乐和慰藉。

我常痛苦地想起，连聪明勇敢的纳塔利娅·科兹洛夫斯卡娅自己，也称女人是一种慰藉。

那么，我的外祖母怎样呢？还有那位“玛尔戈皇后”呢？

每次想起那位“皇后”，我都怀着一种近似畏惧的感情，她是那样地与众不同，我就像在梦中见过她。

我对女人的问题开始考虑得过多，常常想着一个问题：下一个节日，我要不要去大家都想去的地方？这并不是出自肉体上的欲望。我很健康，而且又非常爱清洁，但有时却发狂地想拥抱一个温柔的聪明的女人，像告诉母亲那样，把心底的忧虑、烦恼和担心，毫无保留地，滔滔不绝地，久久地向她倾诉。

每到夜里，帕维尔就对我讲他和对门的那个女佣的风流韵事，这使我十分羡慕。

“老弟，实话告诉你：一个月前我还用雪球砸她呢，那时我不喜欢她，可现在却坐在长凳上，紧紧贴着她。啊，简直没有比她更可爱的了！”

“你们在一起常谈些什么?”

“当然,什么都谈。她对我讲她自己的情况,我也对她说我的事情。然后我们就亲嘴……她人很老实……她呀,老弟,真是好极了……唉,老弟,你这个人只喜欢抽烟,像个老兵……”

确实我烟抽得很多,一抽烟,就像醉了酒似的,这时种种令人烦恼不安的想法就不那么刺激人了。幸而我很讨厌伏特加的滋味,所以我不喝酒。帕维尔却很爱喝,一喝醉就伤心地哭诉:

“我想回家,我要回家!你们放我回家吧……”

我记得他是个孤儿,母亲和父亲早已死了,也没有兄弟姐妹,大约八岁就寄养在别人家里。

我怀着忧虑不满的情绪,再加上被春天的召唤所激励,决定重新回到轮船上去工作,到阿斯特拉罕后,再从那里逃到波斯去。

我不记得为什么偏偏要去波斯。也许仅仅出于我对尼日尼集市上的波斯商人很有好感的缘故吧:他们像一尊尊石头神像坐在那里,任阳光照着他们染色的大胡子,安详地抽着水烟袋。他们的眼睛又黑又大,仿佛是见多识广无所不知的人。

说不定我真的能够远走高飞,可是,到了复活节那一周,在部分工匠已经下乡回家,留下的人整日灌得醉醺醺的日子里,有一天,天气晴和,我在奥卡河畔散步,遇到了我的外祖母的外甥,我以前的老板。

他身穿一件很薄的灰色大衣,两手插在裤子口袋里,嘴里叼着香烟,帽子戴在后脑勺上,令人愉快的脸向我友好地微笑着,现出一种悠闲快活,讨人喜欢的样子。当时,河边除了我们两人以外,没有别人。

“哦,彼什科夫,恭喜基督复活了!”

我们互吻三次以示祝贺①。他问我过得怎么样,我坦率地告诉他:作坊、城市——一切都使我厌烦了,因此决定到波斯去。

“打消这个念头吧,”他严肃地说,“见鬼去吧,波斯有什么好的?老弟,这我知道,我在你这样的岁数时,也想远走高飞!……”

我很喜欢他那神气活现开口就见鬼见鬼的大大咧咧的样子。在他身上

---

① 东正教徒在复活节期间见面的礼节,先相互祝贺,后互吻三次。

洋溢着美好的春天气息，整个人显出一种不拘小节悠哉悠哉的神情。

“你抽烟吗？”他伸手向我递过装着又粗又大卷烟的银烟盒，问道。

这下，他可把我彻底征服了。

“这样吧，彼什科夫，你还是到我这儿来吧！”他接着说，“老弟，今年我在市场上接连拿下四万多卢布的工程，你明白吗？我把你派到市场去，你就当我的类似工长的人，负责收下运来的所有建筑材料，监督所有的东西及时到位，还要注意别让工人偷材料，行吗？薪水每月五卢布，外加每天五戈比的午饭补贴！家里女人的事你别管，你早出晚归，与她们无关！不过你不要对她们说，我们已经见过面，复活节后的第一个星期日你直接来好了，就这么定啦！”

他握了握我的手，我们像朋友似的分别了。走远时，他还回过头来和蔼可亲地向我摇摇帽子。

当我在作坊里告诉大家我要走时，起初大部分人都表现出惋惜之情，这使我的虚荣心得到了满足。帕维尔特别激动。

“喂，你考虑考虑吧，”他责备我说，“你和我们在一起这么长时间，以后你和那些乱七八糟的人在一起，怎么过得下去？木匠啊、粉刷匠啊……唉，你呀！现成的神父不当，倒要到教堂去扫地……”

日哈列夫低声说：

“鱼往深处游，好小伙子却往坏处溜！”

作坊师傅们为我举行的欢送会开得很伤感，很冷清。

“当然啰，这一行，那一行，都该去试试，”日哈列夫说道，他喝醉了酒，脸色有些发黄，“不过，最好一下子就选定一行，紧紧抓住不放，一直干下去……”

“而且要做就是一辈子。”拉里奥诺维奇轻声补充说。

我觉得他们说这些话很勉强，似乎在例行公事。连结我和他们的线，仿佛由于发霉，很快就要断了。

醉酒的戈戈列夫睡在高板床上翻来覆去，忽然嘶哑着嗓子说：

“只要我一高兴，你们全得进监狱！我啊，知道秘密！你们有谁信上帝？啊哈……”

跟平时一样，墙边靠着一幅幅尚未画脸的圣像，天花板上紧吊着一颗颗玻璃球。大家早就不点灯干活了,玻璃球没有用处,上面积满了一层烟垢和灰尘。四周的一切牢牢地印在我的脑海里,闭上眼睛,或者在黑暗中,我也能看见地下室里的一切,看见那一张张桌子、窗台上的颜料罐、一扎扎有笔套的画笔、画好的圣像、放在屋角的脏水桶和桶上方挂着的像救火队员戴的头盔似的盛水壶,以及从高板床上挂下来的戈戈列夫那像落水鬼似的一只发青的光脚。

我想快些离开,但俄罗斯人喜欢拖延使人愁闷的时间,告别时就像在做安魂弥撒。

日哈列夫眉头一动,对我说:

“这本《恶魔》我不能还你了,你愿意收下二十戈比把书让给我吗?”

这书是我自己的,是那个当消防队长的老人送给我的,我舍不得将莱蒙托夫的作品送给别人,但正当我有点气恼地不肯收钱的时候,日哈列夫已经不客气地把硬币塞进钱包里,而且肯定地说:

“那就随你,这书我不还你了!这本书你保存不合适,带在身上过不多久就会惹祸……”

“可这书在书店里还卖呢,我亲眼见过!”

“这不能说明问题,店里还卖手枪哩……”

他终究还是没有把莱蒙托夫的作品还我。

我上楼去和老板娘告别时,在过道里碰见了她的侄女,她问我:

“听说你要走?”

“就要走了。”

“就是不走,他们也会把你赶走的。”她告诉我,虽然她说得不太客气,倒是老实话。

醉醺醺的老板娘却说:

“再见了,上帝保佑你!你这孩子不好,没有礼貌!虽然我没亲眼见你做过什么坏事,但他们全说你不好!”

说着,突然她哭出来了,泪汪汪地说:

“要是我那会谄媚的死鬼男人还在,我那亲爱的心肝宝贝还活着,他就会揪住你的头发揍你一顿,掴你的后脑勺子,再把你留下来,不赶你走!可眼下全变样了,稍微有点什么不行,就赶走、滚蛋!唉呀呀,你到哪儿去安身啊，孩子，靠什么活下去呀？”

十六

那年发大水，洪水泛滥，淹到了二楼。我和老板坐着小船，行驶在市场的街道上。街道两旁是砖砌的店铺。我划着双桨，老板坐在后梢，把尾橹深深地插入水中，笨拙地掌着舵。小船不灵活地转来转去，沿着平静混浊的一片死水，从一条街道划向另一条街道。

“唉，现在水涨得这么高，真见鬼！要耽搁工程了。”主人埋怨地嘟囔着。他抽着雪茄，冒出的烟散发出呢料烧焦了的气味。

“轻点划！”他惊慌地叫道，“船差点撞到路灯柱子上！”

他好不容易才稳住船舵，骂道：

“嘿，给我们这条破船，这帮混账东西！”

他把大水退后要开工维修的店铺指给我看。他的脸刮得发青，小胡子剪得很短，嘴里含着雪茄烟，身上穿一件短皮外套，脚套一双长到膝盖的长筒靴，肩上背着猎袋，两腿间夹着一支莱贝尔双筒枪①，外表上一点不像工程承包人。他时时不安地移动头上的皮帽子，把它压在眼睛上，噘起嘴唇，担忧地环顾四周，过会儿又把帽子往后脑勺上一推，人顿时显得年轻了。他的小胡子里现出笑容，似乎在想着什么愉快的事情。看上去别人不会相信，他正在为工程而忙碌，正在因洪水退得缓慢而提心吊胆。显然，现在他正心潮澎湃地思考着某种与工程无关的事情。

---

① 十九世纪八十年代法军中使用的一种枪。发明人为莱贝尔（一八三五——一八八一）。

可是在我的心头却充溢着平静和惊讶:这座死气沉沉的城市和一排排窗户紧闭的楼房看起来多么古怪,仿佛这座被水漫溢的城市正在从我们这只小船旁边漂浮过去。

天——灰蒙蒙的,太阳迷失在云层中,像冬天那样的银白色的巨大斑点,偶尔透过厚厚云层的密缝,射出光来。

水也是灰色的,冰冷彻骨。几乎觉察不出它在流动,似乎凝结住了,和空洞洞的染成肮脏的黄颜色的房屋、一排排的店铺一起入睡了。当淡白的阳光从云缝里露出来的时候,周围的一切才稍微亮一些。水里映出灰布似的天空——我们的小船仿佛悬挂在两片天际之间。一幢幢石头房屋也缓缓地上升,微微感到它们似乎在向伏尔加河、奥卡河漂浮。有些破桶、坏箱子、篮筐、碎木片、板条和麦秆在小船旁晃荡,有时还看到一些细竿子和木头像死蛇一样地漂浮在水面上。

有些地方房屋的窗户开着。摊贩市场长廊的顶上,晾晒着内衣裤,放着毡靴。有一个女人从窗口向外望着灰色的洪水。一只小船系在长廊铁柱的顶端,红色的船舷映在水里,像一块油腻腻的肉。

主人用头点着那些住过人的房屋标记,向我解释说:

“那是看守市场的人住的地方。每天他从窗口爬到屋顶上,划着小船巡逻,查看有没有小偷。如果没有小偷,他便自己偷。”

他懒洋洋地平静地说着,似乎心里还在想着别的什么事情。周围万籁俱寂,一片荒凉,静得令人难以置信,宛如在梦中一般。伏尔加河和奥卡河连成了一片,变成了一个巨大的湖。远方,在郁郁葱葱的山上,显出一座五颜六色的美丽城市,似乎整个市区被果园包围着。虽然果树还有点灰暗,但树枝已经抽芽发绿,茂盛的果园仿佛给房屋和教堂披上了一件暖和的嫩绿色的毛皮大衣。水面上回荡着复活节的钟声,听起来似乎城市在轰鸣,而我们这里,却像是被人忘却的墓地。

我们的小船从两排发黑的树之间绕过,沿着主干道划向老教堂。雪茄冒出刺鼻的浓烟,常常遮住主人的眼睛,干扰他的视线,船头和船身时时碰上树干,主人不断恼火地惊叫:

“这只倒霉的破船!”

“那您就别掌舵吧。”

“这怎么行呢?”他嘟囔着说,“船上如果有两个人,通常都是一个人划桨,另一个人掌舵呀。你瞧,那儿排是中国商店[①]……”

我早就对市场很熟悉了。我也知道那一排排可笑的商店和它们滑稽的屋顶,屋顶角上有盘膝而坐的中国人模样的石膏像。我曾经和我的同伴对这些石膏像扔过石头,有些石膏像的头和手就是被我砸掉的,不过,现在我已经不再为这件事骄傲了……

“简直胡搞,”主人指着那儿排商店说,“要是给我建这房子……”

他把帽子推向后脑勺,吹着口哨。

但是,不知道因为什么,我却以为:倘若他在这块每年要被两条大河的河水淹没的地势低凹的河岸上建造石头商城的话,也会同样造得毫无艺术性的。他也可能想出造中国式的店房……

他把雪茄丢进船边的水里,同时厌恶地向丢雪茄的地方吐了唾沫,说道:

“真无聊,彼什科夫,真无聊!简直是没有受过教育的人,想聊聊天,可连个说话的人都没有。想吹吹牛,可向谁吹啊?没有人。都是些木匠、石匠、乡下人、骗子手……”

他看着右边耸立在小山丘上露出水面的美丽的白色清真寺,仿佛正在回想忘却的往事。他说:

“我抽雪茄,现在又开始喝啤酒,学德国人那样生活。老弟呀,德国人可是个能干的民族,抽起烟来可厉害呢!喝啤酒倒挺舒服,可抽雪茄,我还不习惯!一抽多了,老婆就叽里咕噜地埋怨,说什么你身上有股怪味,就像臭皮匠身上的味儿!是啊,兄弟,人活着,都要想方设法玩心计……好,你来掌舵吧……”

他把后橹搁在船边上,拿起枪,向屋顶开了一枪,那个中国人石膏像丝毫无损。霰弹劈劈拍拍地打在屋顶和墙上,向空中升起一阵烟尘。

“没打中。”他一点也不懊恼地承认,接着又往枪膛里装子弹。

“你对小妞儿们怎么样,开戒了吗?还没有?可我十三岁就已经恋爱上了……”

---

① 市场中心教主大教堂两旁是“中国商店”,主要经营茶叶、糖、纸张等商品。

他跟讲梦那样，给我叙述了他在建筑师那儿当学徒时跟他家的女佣初恋的情景。灰色的水发出轻轻的拍击声，洗涤着房屋的墙角。教堂后面茫茫的一片水面，闪烁着晦暗的光影，水的上空有几处露出发黑的柳条。

圣像作坊里，常传出教会学校里的歌声：

蔚蓝的大海，
狂暴的大海……

这蔚蓝的大海……也许是极端的苦闷。

“夜里睡不着觉，”主人说道，“有时我就从床上起来，站在她的房门口，像小狗一样索索发抖。屋外太冷了！我的主人每天夜里都来找她，很可能碰到我，可我不怕，真的……”

他若有所思地说着，好像在细看一件已经破旧了的衣裳，考虑能否再穿一次。他接着说：

“她发现了我，怜惜我，打开房门叫我道：‘进来呀，小傻瓜！’……”

类似这样的故事，我听过很多次，听腻了，不过这类故事也有令人愉快的特点：几乎所有人谈自己的初恋，都不会吹嘘自己，也不会用下流的话形容，他们的口吻常是那样的温柔和感伤。我明白，这是叙述者在讲他自己一生中最最美好的事情。很多人的一生仿佛就这一点是美好的。

主人一面笑，一面摇头，惊奇地大叫：

“可这些话不能对老婆说，千万不能说！嘿，其实这又有什么关系呢？是过去的事情嘛……”

这些话他不是在对我说，而是自言自语。倘若他不说话，我便要说话了。在这寂静空旷的地方，一定要说话，唱歌，拉手风琴，否则在这被淹没在灰色冰冷水中的死寂小城里，人就会在噩梦中长眠。

“最重要的是——不要早结婚！”他教导我说，“结婚，老弟呀，这是头等重要的大事！过日子吧，你可以愿意在哪儿生活，就在哪里，随心所欲！你可以到波斯去做伊斯兰教徒，也可以住在莫斯科当警察，受苦也好，偷东西也好——一切都能纠正过来！唯独这老婆呀——老弟，就像这天气一样，你怎么也改变不了……不，没办法改！老弟呀，老婆可不是靴子，脱下来就可以扔掉……”

他的脸色陡然变了，皱起双眉看着灰色的水，用一个指头揉揉鹰钩鼻子，喃喃地说：

“是啊，兄弟……你得好好留神！我们即使是大丈夫能屈能伸……但是，每个人都可能上当受骗，不过圈套不同罢了……”

我们划进了梅谢尔斯基湖的灌木林，这湖可以通到伏尔加河。

“划慢点。”主人用枪瞄准灌木林，小声说。

他打到了几只瘦鹬，吩咐我说：

“划到库纳维诺去！我要在那儿待到天黑，你去告诉家里，就说几个包工头有事留住我了……”

我把他送到库纳维诺镇的一条街上，那个市镇也被水淹了。他上岸后，我便划回市场，在指针街系好船，坐在船上眺望两条大河汇合的地方，眺望城市、轮船和天空。天空就像一只大鸟的翅膀，布满了一片片白色羽毛般的云朵。一排排云彩间蔚蓝色深邃的缝隙里，是金色的太阳。只要它一露面，阳光就洒向大地，地上的万物就都变了，周围的一切都令人振作和充满希望地活动起来。湍流轻快地浮送着数不清的木排，一些大胡子庄稼汉稳稳地站在木排上，摇着长桨，相互吆喝，向对面开来的轮船大声叫嚷。一艘小轮船拖着空驳船逆流而上，河水冲击着轮船，使它上下颠簸。轮船像梭鱼，灵活地转着头，噗噗地喷着气，舵轮顽强地顶住迎面扑来的激浪。驳船上，四个汉子肩并肩地坐在船边，腿耷拉在船舷外，其中有一个汉子穿着红衫①。四人齐声高唱，歌词听不清楚，但我知道唱的是什么。

在这里，在这富有朝气的河上，我感到一切都很熟悉，一切都很亲近，而且一切我都能理解。而我身后那个被水淹没的城市——是噩梦，就像连主人自己也不能理解的杜撰出来的空想。

我饱览了一切，回家时感到自己是能做一切工作的成年人了。回家路上，我从城堡围墙的高坡上眺望伏尔加河。从远处，从山上看，大地显得更辽阔，似乎它愿意给予人们想要的一切。

在家里，我有不少书。从前玛尔戈皇后住过的房子里，现在住着一个大

---

① 俄国按古老习俗，商船行驶时，桨手身穿红衫。

家庭:五位一个比一个漂亮的小姐和两个中学生。他们都送书给我。我贪婪地读屠格涅夫的作品,惊讶地发现,他的作品写得一切都那么明白易懂,简直就像秋日天空那样明朗清澈,他笔下的人物那样纯洁,他用简洁的语言所宣扬的一切又是那样美好。

我读波米亚洛夫斯基①的《神学校特写》时也惊叹不已。书里描写的内容与圣像作坊的生活惊人地相像。那种将来自无聊生活的绝望心情转嫁为残酷的恶作剧的做法,我十分熟悉。

我很喜欢读俄罗斯作家的作品,总感到有一种熟悉的伤感的东西,仿佛书页里隐藏着大斋期的钟声,一翻开书,它就隐隐地发出响声。

《死魂灵》我很勉强才读完,《死屋手记》②也是这样。《死魂灵》、《死屋》②、《死》③、《三死》④、《活尸首》⑤这类书名几乎相同的书禁不住引起我的注意,激起了我对这些书的一种模糊的恶感。《时代的特征》⑥、《稳步前进》⑦、《怎么办》⑧、《穆斯林村纪事》⑨等这一类书,我也不喜欢。

但是,我很喜欢英国作家狄更斯和瓦尔特·司各特,读这两位作家的作品是极大的享受。同一部作品我要读两三遍。读瓦尔特·司各特的作品,使我想起了大教堂里节日的日祷,虽然有点冗长和沉闷,但总是庄严的。狄更斯是我所尊敬和崇拜的作家,这位作家对热爱人类这门最最困难的艺术的理解令人惊叹。

每天傍晚,门廊里常常聚集着很多人:有K家兄弟姐妹,其他一些少年,一个翘鼻子中学生维亚切斯拉夫·谢马什科,有时一位大官的女儿普季岑娜小姐也来。他们交谈有关书和诗的读后感,这很合我的兴趣,我也听得

---

① 尼·格·波米亚洛夫斯基(一八三五——八六三),俄国作家。著有《小市民的幸福》、《莫洛托夫》等。《神学校特写》深刻揭露了神学校学生的习气与日常生活。

② 《死屋手记》是陀思妥耶夫斯基的小说。《死屋》是《死屋手记》的简称。

③⑤ 屠格涅夫的两个短篇,收入《猎人笔记》。

④ 列夫·托尔斯泰的作品。

⑥ 俄国乌克兰作家达·卢·莫尔多夫采夫(一八三〇——九〇五)的作品。

⑦ 俄国作家奥穆列夫斯基(原姓费多罗夫)(一八三六/三七——八八三/八四)的自传体长篇小说。

⑧ 俄国作家尼·加·车尔尼雪夫斯基(一八二八——八八九)的长篇小说。

⑨ 俄国民粹派作家帕·弗·扎索基姆斯基(一八四三——九一二)的长篇小说。

明白,因为我看过的书比他们多。但是他们谈得最多的是学校里的事情,抱怨学校的教师。听到他们的讲话,我感到自己比这些人都自由,为他们竟有如此大的忍耐力而感到惊奇,不过我仍然羡慕他们,他们毕竟是在学校读书啊!

我的那些朋友们都比我大,但我觉得自己比他们成熟,比他们老练,更有经验。这使我有点不安,希望对他们有更亲近的感觉。每天很晚我才回家,满身尘土和污垢,脑子里装满了和他们截然不同的印象。实际上,他们的想法非常单纯。他们经常谈论的是姑娘们的事,今天爱上这个姑娘,明天又恋上另一个姑娘。他们很想写诗,在这件事上常常求助于我,我甘心情愿地练习作诗,很快学会了押韵。不知为什么,我写的诗总有幽默的意味。收到我赠诗最多的是那位普季岑娜小姐,我总殷勤地把她比喻成蔬菜,比喻成洋葱头。

谢马什科对我说:

“这算什么诗呀！简直是皮靴上的钉子!”

不论在哪一方面,我都不甘于落后他们,竟然也爱上了普季岑娜小姐。我是怎样向她表白爱情的,已经记不得了,但最后的结果很糟糕。有一天,兹韦兹金池塘腐臭得发绿的水面上,漂着一块木板,我提议带她乘这块木板玩一会儿,她同意了。我将木板弄到岸边,站了上去。木板上只有我一个人,浮得很好,但是,当身穿绣满花边和绦带盛装的那位小姐婀娜多姿地踏上木板的另一端,我骄傲地用竹竿将木板撑离岸边以后,该死的木板在我们脚下摇晃起来,小姐一下子落到水里去了。我立刻像骑士似的向她扑去,迅速把她抱上岸。她惊慌失措,绿色的水藻把我那位女士的花容玉貌和漂亮衣裳全给毁了!

她挥着湿漉漉的小拳头,威吓地对我叫喊:

“你故意想淹死我!”

我再三出自内心地向她解释,她也不信,从此以后她就对我怀有敌意了。

总之,在城里过得不太愉快:老太婆仍像从前那样对我没有好感,年轻的女主人总以怀疑的目光看着我,维克托鲁什卡由于雀斑更多,脸变得像猪肝一样。不知是什么使他受了天大的委屈,对谁都怒气冲冲。

主人需要绘制大量图纸,兄弟俩来不及完成,便请我的继父来帮忙。

有一天,我从市场上回来较早,到家才五点左右。我一进作坊门,就看见一个我早已忘却的人和主人坐在桌旁喝茶,他向我伸出手来说:

“您好……”

他出人意料的出现使我愣住了。往事骤然像烈火般地燃烧起来,灼痛了我的心。

“他吓坏了。”主人叫了一声。

继父面带微笑看着我,他的脸瘦得怕人,两只黑眼睛显得更大,似乎浑身是伤,整个人被病痛压垮了。我把手塞在他的细瘦、滚热的手指里。

“瞧,我们又见面了。”他边咳边说。

我像被别人打了一顿,全身无力地走开了。

我们之间逐渐形成了一种不明确的关系,凡事谨言慎行。他叫我名字,后面加上父称,和我说话就像对待平辈。

“您什么时候去铺子,请您替我代买四分之一磅拉费尔姆烟丝,一百筒维克托尔松卷烟纸和一磅熟香肠。”

他给我的那些钱,还留有他发热的手拿过的余温,我接过钱时总有点异常的感觉。显然,他身染肺病,是个活不多久的人了。他自己也知道这一点,有时手捻着下巴上尖尖的黑胡子,发出低沉的声音,平静地说:

“我的病几乎不可救药了。然而倘若多吃肉,病就会好。也许我能恢复健康。”

他吃东西多得让人难以置信,除了吃,就是抽烟,烟也抽得厉害,有时就像在吃烟一样。他除了吃饭,总是烟不离口。我每天替他买香肠、火腿、沙丁鱼,但外祖母的妹妹肯定无疑地,不知为什么还有些幸灾乐祸地说:

“死神是贪得无厌永远填不饱肚子的,再怎么也骗不过它,没有办法!”

主人们总是用一种令人难受的态度关心我的继父,硬叫他试服这种和那种药,但背地里却常常讥笑他:

“真是个贵族!他说桌上的面包屑一定要常常打扫干净。据他说,从面包屑里会生出大量苍蝇。”年轻的女主人说。这时老太婆也随声附和道:

“那还用说,简直是贵族!那种倒霉的常礼服已经磨出了窟窿,还不住地用刷子刷,身上不能有一粒灰——真是干净过分了!”

但老板却像在安抚她们，说道：

“忍一忍吧，母鸡畜牲，他快要死啦。”

小市民们对贵族的这种莫名其妙的敌视态度，反而使我不由自主地和继父逐渐接近起来。蛤蟆菌虽然是不能食用的毒蘑菇，可长得很好看嘛！

继父在这些人中间苟延残喘，就像一条鱼落进了鸡窝。固然，这比喻得不太恰当，有点荒谬，不过，整个生活就是荒谬的。

我开始在他的身上发现一些类似“好事儿”的特点，“好事儿”是我难以忘怀的一个人。我用从书上看到的一切最美好的东西来美化“好事儿”和“皇后”，把我最最纯真的感情和读书后产生的所有美丽的幻想，都加在他们身上。继父也像“好事儿”一样，是个与人格格不入、不受欢迎的人。他对所有人都一视同仁，从不主动开口，回答别人的问题时，不知为什么特别客气简洁。我十分欣赏他教导我的老板时的风度：站在桌旁，低低地弯着腰，用干瘦的指甲，从容不迫地敲敲桌上的厚图纸，泰然自若地提示说：

“这里必须要用拱顶锁砖把叉梁连接起来。这能减轻对墙的压力，否则叉梁会将墙体压垮。”

“对，真见鬼！”主人低声说。她老婆等我的继父走开后，对他说：

“我真奇怪，你怎么让他教训你！”

晚饭后，继父在刷牙，漱口时仰起脖子，不知为什么，她突然发火了：

“我认为，”她酸溜地说，“叶夫根尼·瓦西里伊奇，您这样仰着脑袋是有害的！”

他客气地微笑着，问道：

“为什么呢？”

“咳，就是这样……”

继父开始用骨制牙签剔自己有点发青的指甲。

“你们说说吧，他还剔指甲呢！”女主人又激动起来了，“人都快死了，还来这一套……”

“唉呀！”老板叹着气，“母鸡畜生，你们哪来这么多的蠢话呀！”

“你在说什么？”他妻子生气了。

那个老太婆每天夜里都拼命向上帝祷告：

“上帝呀，你替我把那个累赘痨病鬼吊死吧，又把维克托鲁什卡丢在一旁不管啦……"

维克托鲁什卡开始摹仿我继父的派头了:他摹仿继父走路时缓慢的步伐,老爷式的自信的手势,学会系一种特别显得雍容华贵的领结,用餐时动作麻利和嘴巴不发出吧嗒吧嗒的声音等等。他不断粗鲁地问:

"马克西莫夫,膝盖,法国话怎么说?"

"我叫叶夫根尼·瓦西里耶维奇。"①继父不动声色地提醒他。

"哦,好吧!那么胸部,怎么说呢?"

吃晚饭时,维克托鲁什卡命令母亲:

"Ma mère, dounez - moi encoredu② 腌牛肉!"

"嗬,瞧你这个法国人。"老太婆怜惜地说。

继父泰然自若,就像个聋哑人,不闻不问,也不看任何人,咀嚼着肉。

有一天,哥哥对弟弟说:

"维克托,你既然学会了法国人的一套,那么你现在就该找个情人了……"

继父默默一笑。我记得,这是他唯一的一次笑容。

这下,女主人发火了,她气愤地把匙子向桌上一扔,对丈夫大叫起来:

"当着我的面说这样的下流话,怎么不知羞耻!"

有时,继父到黑暗的过道里来找我。平时我就睡在上阁楼的楼梯下面的空间里,常常坐在楼梯上对着窗子看书。

"您在看书吗?"他吐着烟问道。他的胸内仿佛有阴燃的木头发出滋滋的声音。"这是什么书?"

我把书给他看。

"哦,"他看了看书名,说道,"这本书我好像看过!您想抽烟吗?"

我们看着窗外肮脏的院子,抽着烟。他说:

"很可惜,您不能求学,看来您还是很有才能的……"

"我现在不是在求学吗?我在看书……"

"这还很不够,需要在学校里学习,有系统地学……"

---

① 在俄国,应用名字加父称称呼长一辈的人,只用姓氏称呼是不礼貌的。

② 法语,说得不正确,意思是:妈妈,再给一点儿。

我很想对他说：

“我的老爷，您是从学校毕业出来的，系统学习过了，可又有什么用呢？”

他似乎猜到了我的想法，补充说：

“只要有志气，学校就能教育好一个人。只有很有学问的人，才能推动生活前进……”

他不止一次劝告我：

“您最好离开这里，我看不出这里对您有什么意义和好处……”

“我喜欢那些工人。”

“啊……喜欢他们什么呢？”

“和他们在一起很有意思。”

“也许……”

有一次，他对我说：

“说实话，我们的这些老板都是废物，坏蛋……”

我突然想起，我母亲什么时候也曾讲过这句话，于是身不由己地离他远了一点。他微笑着问道：

“您不这样想吗？”

“是这样。”

“嗯，对了，这我看得出。”

“不过，老板嘛，我还是喜欢的……”

“对，看来，他这个人心地还善良……不过——有点可笑。”

我很想和他谈论书中的一些问题，但他显然不喜欢书，不止一次地劝我：

“您不要被书迷住了，书里的一切都是被大大夸张和粉饰过的，是歪曲的描写，不是偏向这一面，就是偏向那一面。写书的人，大部分像我们的老板，是些小人物。”

我感到他的这些见解是大胆的，从而博得了我的好感。

有一次，他问我：

“您读过冈察洛夫的作品吗？”

“读过《战舰巴拉达号》。”

“《巴拉达号》写得太枯燥。不过，总的说来，冈察洛夫是俄国的一位最聪明的作家。我劝你读一读他的长篇小说《奥勃洛莫夫》，那是他写得最真实、最勇敢的一部作品。一般地说，在俄罗斯文学中，算是一本最优秀的作品了……”

谈到狄更斯的作品，他说：

“我向您担保，那是胡说八道……您瞧，在《新时代》报的副刊上连载的《圣·安东尼的诱惑》①，那才是部有趣的作品呢，您应该读一读！您好像喜爱教堂，这书写的全是宗教方面的事。读《诱惑》这本书将对您有益……”

他亲自给我带来一沓报纸副刊。我读完了福楼拜的这部杰作。作品使我忆起了无数的圣徒传和“万事通”彼得·瓦西里耶夫讲述的某些故事，但并未使我产生特别深刻的印象。我更喜欢的作品倒是在副刊上与《诱惑》同时连载的《驯兽员乌皮里奥·法马利回忆录》②。

我如实地把我的这些想法告诉了继父，他平静地指出：

“这就是说，您读这些作品现在还为时过早！但是您别忘了这本书……”

有时，他很久地和我坐在一起，一言不发，只是被烟呛得咳嗽不止，两只漂亮的眼睛里露出可怕的神情。我偷偷望着他，忘记了这个正派、朴实、毫无怨言、行将谢世的人曾经亲近过我的母亲，并且欺辱过她。我知道，他现在和一个女裁缝同居。想到那个女裁缝，我就觉得困惑莫解，深为惋惜：她拥抱这副长长的骷髅架子，亲这发出腐臭的嘴巴，怎么不感到恶心？和“好事儿”一样，继父也常常会突然说出一些自己内心的话来：

“我爱猎狗，虽然猎狗傻，但我爱它们。猎狗很美，美丽的女人也常常很傻……”

我不无骄傲地想：

“你还没见过‘玛尔戈皇后’呢！”

“所有的人，只要在一个屋里生活久了，脸都会变得一模一样。”有一次他说了这句话，我立刻将这句话记在本子里。

---

① 法国作家福楼拜的作品，发表于一八七二年。

② 意大利人类学教授保罗·曼特加扎的作品。

我常像等候赏赐似的期待着这些格言。在家里能听到这样非同一般的语句，我感到十分愉快。因为平常所有人说的话，都是些平淡的僵化了的陈词滥调。

继父从不和我说起母亲，甚至从不提起她的名字，这使我很高兴，使我对他产生了一种近似尊敬的感情。

有一次，我向他提出有关上帝的问题，具体问的什么，我已不记得了。他看了我一眼，十分平静地回答说：

"我不知道。我不信奉上帝。"

我想起了西塔诺夫，并向继父讲了他的情况。继父仔细听完了我的话，仍然那样平静地说：

"他常发表议论，而喜欢议论的人总是有某种信仰的……可我只不过是——什么都不信。"

"难道可以这样吗？"

"为什么不可以？您看，我就不信……"

我只看到一点：他快死了。我未必是可怜他，但生平第一次强烈而自然地引起了我对一个临近死亡的人，对死亡秘密的注意。

我面前有一个人，我和他促膝而坐，他浑身燥热，正在沉思。他深信不疑地按自己对人们的看法将他们分类。他谈论一切，仿佛有权评判和裁决。在他身上具有某种我所需要的东西，或者某种明显我不需要的东西。他是一个复杂得不可思议的，脑子里永远浮想联翩思潮起伏的活生生的人。不论我对他的态度如何，他已是我自己身上的一部分，存在于我身体的某个地方。我在思考着他，他灵魂的影子，就活在我的心灵里。明天，他整个人即将消失，即将带着隐藏在他脑子里、心里的，以及我仿佛在他那两只美丽的眼睛里所能看到的一切，一起消失。一旦他消失了，把我和世界联系在一起的活生生的线就断了一根，剩下的只有回忆。这些回忆将完整无缺地保留在我的心田，永远有所局限，永远一成不变，而那活生生的、变化无穷的东西却不存在了……

然而，这些仅是思想、见解，而在思想、见解后面，则隐藏着一种非言语所能形容的，能够产生和培养思想的东西，它强制人们仔细地观察生活的种种现象，要求针对生活中的每一个现象回答——为什么？

“您知道吗？我好像不久就要卧床不起了，”有一天下雨，继父对我这样说，“我衰弱极了，什么也不想做了……”

第二天吃晚茶后，他特别仔细地抹净桌上和膝上的面包屑，掸掉身上一些看不见的东西。老太婆皱着眉瞧着他，对儿媳小声说：

“瞧，鸡子在理毛，弄干净自己身子呢……”

两天以后，他不来干活了。老太婆把一个白色的大信封塞在我手里，说道：

“给你，拿去吧，昨天一个女人送来的，正好是中午，我忘了给你。一个挺可爱的小娘儿，跟你是不是般配，我就不知道了，真的！”

信封里有一张医院的信笺，信笺上写着几个好大的字：

“请抽暇来见一面。我在马丁诺夫医院。叶·马。”

第二天，我到医院去，坐在继父的病床边。他的个子比病床长，两只穿着灰色破袜子的脚，伸在床栏外。一双美丽的眼睛茫然地在黄色的墙上找来找去。目光终于停在我的脸上和一位年轻女子的小手上。年轻女子坐在床头旁边的凳子上，两只手放在枕头上。继父张着口，一边脸颊挨着她的手揉擦着。她胖胖的，身穿没有花纹的深色连衣裙，鸭蛋脸上的泪水慢慢向下流着，浅蓝色的泪眼盯着继父的脸，凝视着他的面部干枯的骨头、又瘦又尖的大鼻子和发黑的嘴巴。

“我要去请神父，”她轻声说，“他不准……他什么也不明白……”

她从枕头上抽出两只手，紧紧按在自己胸口，像是在祈祷。

一会儿，继父苏醒过来，看了看天花板，严肃地皱起眉，似乎在回忆什么事情，然后将自己细瘦的手伸到我的面前。

“是您吗？谢谢。您瞧……我感到……自己……非常难过……”

他说了这两句话后，又疲劳不堪地合上了眼睛。我摸了摸他那冰冷的指甲发青的长手指。年轻女子轻声地恳求说：

“叶夫根尼·瓦西里伊奇，请您就答应了吧！”

“你们认识一下吧，”他用目光看了看她，对我说，“挺好的人……”

他不说话了，嘴巴越张越大，突然大叫了一声，声音嗄哑，就像乌鸦叫。身体在病床上扭来扭去，辗转不安。他扯去被子，裸露的双手在浑身摸索。年轻女子把头埋在枕头里大声哭喊起来。

继父很快死了。他死了以后,脸色立刻变得好看些了。

我搀扶着年轻女子走出医院。她像病人一样,走路摇摇晃晃,哀哭着。她手里的手帕已捏成了一团,一次又一次挨个儿地擦两只眼睛。她把手帕越捏越紧,看着手帕,仿佛这是她的最后的最贵重的东西。

她忽然停住脚步,靠在我的身上,带着埋怨的口气说:

"连冬天也没活到……唉,上帝啊,上帝,这是怎么回事啊!"

然后,向我伸出沾满泪水的手。

"再见了。他总是夸奖你。明天下葬。"

"我把您送到家,好吗?"

她四周环顾了一下,说道:

"何必要送呢?现在是大白天,不是夜里。"

我在巷子拐角目送她的背影。她慢慢地走去,就像一个无需忙着赶到什么地方去的人。

当时是八月,树已落叶了。

我没有时间去墓地为继父送葬,也没有再见到那位年轻女子。

十七

每天早晨六点钟我就到集市的工地上去。在那儿,我遇见许多有趣的人,其中有细木工奥西普,他花白的头发,长相酷似上帝的使者尼古拉,干活灵巧,说话俏皮;驼背的房顶工叶菲穆什卡;笃信宗教的泥瓦匠彼得,他是一个喜欢默默思考的人,长相也像圣徒;粉刷工格里戈里·希什林,这是一个长着淡黄色胡子,生有一双浅蓝色眼睛的美男子,总是容光焕发,显现出安详善良的神情。

第二次生活在绘图员家里的时候，我就与这些人结识了，他们每个星期日都会到厨房里来，老成持重，神态庄严，说着令人愉悦的话语，夹杂着对我来说是新鲜的，耐人寻味的字眼。当时我觉得这些仪表堂堂的庄稼汉都是完完全全的好人，他们各有特点，都很有意思，与库纳维诺郊区的那些心肠歹毒，偷鸡摸狗，酗酒成性的小市民迥然不同，他们比这些小市民高出一筹。

当时我最喜欢粉刷工希什林，我甚至提出过要求，要到他那儿去，与他一起干，但他用一根白白的手指搔着金色的眉毛委婉地拒绝我说：

“你干这活儿还太早点儿，我们这活可不轻巧，还是等一两年吧……”

随后，他抬起漂亮的脑袋，问我：

“你的日子过得不舒心吗？ 啾，没什么关系，忍一忍，把自己的牙关咬得紧点，那也就过去了！”

我说不清楚，这个善意的劝告对我起了什么作用，但是，当时我怀着感激的心情记住了他的话。

现在，每个星期日的早晨，他们依然到我的老板家里来，坐在餐桌周围的长凳上，一面等我的老板，一面饶有兴味地交谈着。老板来了，他握住他们强壮有力的手，热情地、快快活活地与他们打招呼，然后在上座的位置上坐下来，随即就出现了算盘和一沓钞票。那些庄稼汉把各自的账单和揉皱的记事本摊放在桌子上——这个星期的工钱结算就开始了。

老板嘴里开着玩笑，说着俏皮话，算盘上却故意算错，尽量克扣他们的工钱，而这些庄稼汉也想方设法算计老板。有时，他们会争吵得面红耳赤，但更多的时候是和和气气地谈笑着。

“哎，亲爱的人哪，你生来就是个滑头呢！”庄稼汉对老板说。

他难为情地笑了笑，答道：

“啾，你们呀，母鸡畜生，也滑头得很哪！”

“不这样做又怎么办呢，朋友？”叶菲穆什卡坦率承认。神态严肃的彼得说：

“只能靠偷来的东西过日子，做工挣来的钱都交给上帝和沙皇啦……”

“所以我也想唬弄唬弄你们呀！”老板笑了。

他们善意地接过老板的话头，说：

“呵,你是要坑骗我们吧?”

“要让我们上你的圈套?”

格里戈里·希什林用两只手将蓬松的胡须按在胸前,十分动听地请求说:

“弟兄们,我们还是规规矩矩地办事,不坑人骗人,好不好?如果大家都老老实实地待人,那这日子该多好,多安稳哪,是不是?亲爱的伙伴们,对不对?”

他的那双淡蓝色的眼睛暗了下来,变得湿润了。在这个时刻,他显得特别漂亮。所有的人听了他的请求仿佛都有点困窘,不好意思地在他面前扭过头去。

“庄稼汉骗不了多少钱,”文雅端庄的奥西普叹着气,嗫嚅道,仿佛对庄稼汉怀着怜悯之情。神情忧郁的泥瓦匠弯着伛偻的腰,俯在桌子上,低沉地说:

“罪孽好比沼泽地,走得越远,陷得越深!”

我的老板也用他们说话的口气喃喃道:

“我有什么过错?人家怎么对我,我就怎么对待人家……”

他们高谈阔论一番,重又开始竭力相互蒙骗。在工钱结算完毕时,紧张的心情已把他们折腾得汗流浃背,疲惫不堪。这时,他们结伴去小饭店喝茶,也邀上老板与他们同行。

在集市的工地上我必须细心留神,不让这些人偷走铁钉、砖头、木板。他们每个人除了在我的老板这儿干活以外,都有自己承包的私活,所以每个人都想方设法从我的眼皮底下拖走一点材料去完成自己的工程。

他们对待我的态度十分亲切,希什林还说:

“记得吗,你以前还想到我这儿来一起干活呢?可现在,嗨,真是一步登天啦,要做我的上司了,是不是?”

“不错,不错,”奥西普打诨逗趣地说,“你看管得严实点,工作得尽心点,求上帝对你保佑点。”

彼得不大友好地说:

“指派一只小仙鹤来管这些老耗子……”

我的职责把我置于极其尴尬的境地,面对这帮人我感到困窘,因为他们大家仿佛都了解某种特别的、美好的，除了他们以外谁也不知晓的东西，可我却必须像提防小偷、骗子那样监视他们。在最初的日子里，我和他们在一起感到很不自在，但奥西普很快察觉到这一点，于是，有一次我俩单独在一起的时候，他对我说：

“喂，听我说，小伙子，你别噘着嘴，绷着脸，这没有必要，明白吗？”

我当然什么也不明白，但我感觉到这个老头对我的尴尬处境十分理解，于是，我和他之间很快建立起一种坦诚相见的关系。

他在一个角落里开导我说：

“要是你想知道，我告诉你，在我们这些人中间，最大的贼是泥瓦匠彼得鲁哈，他家里人口多，生性又贪。你对他可得特别留神，看紧点。他什么都不嫌弃，什么都是有用的东西：一磅钉子啦，十块砖头啦，一袋石灰啦，全都从这儿拿起就走！他倒是个好人，祈祷起来特别虔诚，想法严肃，又能断文识字，啾，就是喜欢偷点东西！叶菲穆什卡专门和女人鬼混，他的脾气倒很随和，不会给你添乱惹麻烦的。他也很聪明，驼背的人没有一个是傻瓜！那个格里戈里·希什林呢，这个人有点呆头呆脑，他呀，别说去拿人家的东西，连自己的东西还往外送呢！他干活真的全是白干，什么人都能把他骗了，可他什么人都骗不了！没有脑筋……”

“他的心地很善良吧？”

奥西普仿佛是从远处看看我，说出了几句令人难忘的话：

“的确如此，他心地善良！一个懒汉要做好心人，这是最简单不过的事情。小伙子，做好心人是不需要动脑筋的……”

“啾，那么你自己呢？”我问奥西普。他笑了笑，答道：

“我，就像一个姑娘，等我做了老太婆，到那时再谈论自己。暂时你就等着吧！要不，你自己动动脑筋，看看我是个什么角色，啾，自己去探摸探摸吧！”

他把我原先对他，对他的朋友的看法统统推翻了，我很难怀疑他的这些看法的准确性。我看到，叶菲穆什卡、彼得、格里戈里都认为这个文雅端庄的老头比他们更加聪明，通晓所有的人情世故。无论遇到什么事情，他们都找他商量，认真听取他的建议，采用各种方式向他表示敬意。

“你做做好事，帮我们出个主意吧。”他们常常这样求他。有一次，在照例做出这样的请求之后，等到奥西普走了，泥瓦匠轻轻地对格里戈里说：

"异教徒。"

格里戈里冷冷地笑着，又补上一句：

"小丑。"

这个粉刷工还好意地警告我说：

"你要当心，马克西梅奇，和这个老头相处得处处留神，一眨眼的工夫，他就能把你骗得绕着他的指头团团转呢！这种老头子，你知道，厉害得很，危险得很哪！"

我听了简直莫名其妙。

我觉得最诚实、最虔诚的人是泥瓦匠彼得，无论谈论什么事情，他虽然说话简短，但富有感染力。他考虑最多的问题是上帝、地狱、死亡。

"哎，兄弟伙伴们，哪怕绞尽了脑汁，哪怕有种种指望，反正没有人躲得过棺材和坟地！"

他常常闹肚子疼，有些日子简直一点东西都不能下肚。他如果吃下去很小一块面包，也会痛得浑身抽筋，吐得一塌糊涂。

驼背叶菲穆什卡看上去也很善良，老实，但总是一副令人可笑的模样，有时傻乎乎的，甚至疯疯癫癫，像是一个文静的傻瓜。他常常爱上各种不同的女人，讲起这些女人又都是同样的陈词滥调：

"干脆告诉你们吧，她不是女人，她是放在酸奶油里的一朵鲜花，真棒！"

每当库纳维诺小市民区里那些机敏利落的女人到店铺里面来擦洗地板，叶菲穆什卡就从屋顶上爬下来，站在一个角落里，眯缝起灰色的生动有神的眼睛，把一张大嘴咧至耳朵根，柔声细语地说：

"上帝给我送来了这么些壮实的小娘儿们，真是天大的喜事落在我的身上。瞧瞧，多么鲜嫩的一朵放在酸奶油里的鲜花，我居然能有这样的福分，应该怎样感谢命运之神呢？有了这么个美人儿，我简直要活活地被烧死了！"

起初，这些女人讥笑他，七嘴八舌地相互叫道：

"你们看哪，这个驼背都快软瘫下来啦，呵，老天爷呀！"

冷嘲热讽丝毫没有刺痛这个房顶工人，他的那张高颧骨的脸变得睡意朦胧，仿佛在谵妄之中。从他的嘴里吐出一串串甜言蜜语，犹如令人心迷神醉的水流，滔滔不绝。显然，女人们渐渐都被打动了，陶醉了。最后，一个年纪较大一些的女人惊讶地对女伴们说：

"你们听听，这个爷们相思病害得好苦哟，简直像个年轻的小伙子！"

"说起话来像鸟儿唱歌……"

"要不就像教堂门口的叫化子。"有一个固执的女人没有动心。

不过，叶菲穆什卡并不像叫化子，他稳稳地站在那儿，就像一个粗壮的树墩。他的嗓音越来越富有吸引力，话语也越来越富有诱惑力。女人们都默不作声地听着，他本人真像是被这些亲昵温柔，令人神魂颠倒的话语熔化了，软瘫了。

这种场面的结局往往是吃午点①的时候，或者在下班以后，他摇晃着沉重笨拙的脑袋，痴迷迷地对伙伴们说：

"哎呀，多甜的小娘儿们，真是个小亲亲。我这辈子还是头一回碰上这样的小娘儿们。"

在谈及自己的胜利时，叶菲穆什卡并不像其他人通常会做的那样炫耀自己，也不嘲笑被征服的女人。他只是兴高采烈地带着感激的心情沉醉其中，那双灰色的眼睛睁得大大的，显出惊讶的神情。

奥西普摇了摇头，感叹地说：

"哎，你呀，真是个熬不住火的大男人呀！你今年多大年纪啦？"

"我嘛，四十四啦。不过，这没关系！我今天又年轻了五岁，就像浸在那仙水河里洗了个澡似的，浑身来劲儿，心里也安稳了！呵，居然会有这么棒的女人？啊？"

泥瓦匠一本正经地对他说：

"等你五十岁出了头，这个干下流事的习惯准会让你吃大苦头！"

"你真不害臊，叶菲穆什卡。"格里戈里·希什林叹息道。

可我觉得，这个美男子有点嫉妒驼背的成功。

奥西普从他那平平整整向上翘起的银色眉毛下面瞧着大家，逗趣地说：

"锅碗扣儿带，各自有所爱。不同的姑娘，不同的喜爱；不同喜爱的姑

---

① 指午饭与晚饭之间用的饭食。

娘,到头来都是一样的老太……"

希什林已经成了家,不过他的妻子留在农村里。他也常常出神地盯着那些洗地板的女工。这些姑娘都很容易上钩,她们个个都在"挣外快钱"。在贫穷饥饿的郊区,人们对待这种挣钱方式的态度很随便,就像对待其他任何一个工种一样,但是这个漂亮的庄稼汉从来不碰女人的身体,只是从远处以一种特殊的目光看着她们,仿佛显出怜悯的神情,不知是怜悯他自己,还是怜悯这些女工。如果这些女工主动上前与他调情,挑逗他,他会局促不安地笑笑,拔腿走开……

"去你们的……"

"你这是怎么回事,怪家伙?"叶菲穆什卡惊讶地说,"怎么能把机会放过呢?"

"我是结过婚的人啦。"格里戈里提醒他说。

"难道老婆会知道这些事情?"

"如果不正正派派过日子,老婆总会知道的。兄弟,老婆是蒙骗不了的!"

"那她怎么会知道呢?"

"她怎么会知道,我就不清楚了。不过,如果她自己生活得规规矩矩,她就一定会知道。如果我老老实实做人,而她去做造孽的事,我也会知道的……"

"这怎么会知道呢?"叶菲穆什卡叫道。格里戈里平静地又说了一遍:

"这我就说不清楚了。"

房顶工人气呼呼地把两手一摊:

"瞧,说得神乎其神!正正派派,说不清楚……哎呀,你这个脑袋瓜子!"

希什林手下的工人共有七人,他们对待他的态度比较随便,并不觉得他是他们的老板,背地里都叫他"小牛"。如果希什林来到工地上,看见他们偷懒,他就拿起托灰板、铲子,像表演似的,亲自动手干活,一面亲热地喊道:

"加油干哪,伙伴们,加油干!"

有一次,在我执行我的老板交给我的令人头疼的差事时,我告诉格里戈里:

“你的这帮工人真差劲……”

他好像感到十分惊讶：

“怎么回事儿?”

“这项工程应当在昨天中午以前完工,可他们今天还来不及做完……”

“这是真的,今天他们完不了工。”他表示同意地说。沉默了片刻,他又谨慎地说：

“我当然都看在眼里,但又不好意思催他们干得快点。都是自己人,他们和我一起出来,是同一个村子里的。还有一点你要想想:上帝训示我们,要勤恳劳动才能吃上面包。这个训示是对所有的人说的,也是对你说的,对我说的,但是我和你干的活儿比他们少,所以我总觉得不好意思开口催促他们……”

他喜欢思考问题。当他走在集市里那空无人影的街道上时,会突然在路侧水渠的一座小桥上停住脚步,久久地伫立在栏杆旁边,俯望河水,仰望天空,眺望奥卡河岸的远方。如果有人碰见他,问道：

“你在干吗?”

“啊?”他会清醒过来,脸上露出困窘的微笑。“我随便看看……我在这儿歇歇脚,稍微看一看……”

“兄弟,上帝把一切安排得多好啊,”他常常这样说,“天哪,地啦,河水哗哗地流,轮船不停地开。你往轮船上一坐,想去哪儿就可以去哪儿:去梁赞或者去雷宾斯克,去彼尔姆,还可以到阿斯特拉罕! 梁赞我就去过,那个小城还算不错,不过挺没意思,比我们的下诺夫哥罗德乏味多了。我们的下诺夫哥罗德可是个好地方,热热闹闹,快快活活的! 就连阿斯特拉罕也非常没意思。主要是在阿斯特拉罕有许多卡尔梅克人,这我就不喜欢。我不喜欢什么莫尔多瓦人,不喜欢这些卡尔梅克人、波斯人、德国人,不喜欢各种各样的民族……”

他讲起话来慢悠悠的。他用话语在小心探求与他持共同想法的人,而这个人总是泥瓦匠彼得。

“他们不是什么民族,他们是民族之外的人员,”彼得坚定而生气地说,“他们不通过基督就出生了,不通过基督就走来了……”

格里戈里变得活跃起来,满脸生辉：

“是这样也罢,不是这样也罢,反正,弟兄们,我喜欢纯净的民族,俄罗斯民族,他们的眼神都是老老实实,坦率真诚的!犹太人我也不喜欢,而且我都弄不明白,上帝干吗要这些民族?这种安排真是聪明过头了……”

泥瓦匠脸色阴沉地补充道:

“是聪明过头了,看上去有许多是多余的!……”

奥西普注意听着他们的谈话。这时,他用嘲弄、尖刻的语调插话道:

“多余的东西是有的,比方你们说的这些话就完完全全是多余的废话!哎呀,你们这些人哪,真该用鞭子统统抽打一顿!”

奥西普对待问题有他自己的见解,但是,他对在争论中将会赞同什么,反对什么,却无法说得清楚。有的时候,他漠然地不反对任何人,同意他们的所有看法,但常见的情况却是他讨厌所有的人,把他们看成呆头呆脑的傻子。他常常对彼得、格里戈里和叶菲穆什卡说:

“哎呀,你们哪,一群猪崽子……”

他们笑笑,笑得不很开心,有点勉强,但还是笑着。

老板给我的饭钱是每天五戈比,这点钱不够我用,总是吃不饱。工人们看在眼里,就邀我和他们一起吃早饭,一起吃晚饭。有时,这些小包工头也叫上我一起到小饭馆子里去喝茶。我非常乐意接受他们的邀请,喜欢坐在他们中间,倾听他们慢悠悠的谈话和各种奇怪的故事。我读过许多宗教书籍,这也使他们十分满意。

“你把书本都啃饱啦,满肚子的墨水呀。”奥西普这样说着,一双浅蓝色的眼睛注意地看着我。很难琢磨这双眼睛的神情,因为他的瞳孔总是飘浮不定,仿佛在不停地融化。

“你要珍惜这些学问,越学越多,会有用处的。等你长大以后就去做修士,用你的话去安慰别人,要不,你也可以去做拳教士……”

“是传教士。”不知为什么泥瓦匠用气恼的口气纠正道。

“什么?”奥西普问。

“应该说传教士,你是知道的!再说你又不聋……”

“呵,对,是去做传教士,和那些邪教徒争辩争辩。再不,你干脆就去当个邪教徒,这倒也是一个有油水的行当!只要有脑筋,就是靠歪门邪道也能过日子……”

格里戈里不好意思地笑着，彼得则含混不清地说道：

“那些当巫师的过得也不错，不信教的人也是各种各样的……”

奥西普立即反驳他说：

“巫师不是靠学问过日子，当巫师的不喜欢学问……”

他又对我说：

“你呀，注意点，听我说：以前我们乡里有一个没田没地的贫苦农民，孤身一人，叫图什卡，是个破落户，成天不干一点正经事。他过日子就像一根羽毛，随风飘来飘去，从来没过过安定的日子，既不能算是一个干活的人，也不能算是一个不干活的人！有一次他实在闲得无聊，就出去朝山拜圣，在外逛荡了两年。后来，他突然回来了，完全变了样，头发一直披到肩上，脑袋上戴着一顶僧帽，身上穿一件棕红色田鼠皮布①的道袍。他瞪起鲈鱼般的眼睛看着大家，不停地喊道：忏悔吧，可诅咒的人们！那还能不忏悔？尤其是那些娘儿们。这样一来，万事大吉：图什卡吃得饱饱的，图什卡喝得醉醺醺的，图什卡玩娘儿们玩得心满意足……”

泥瓦匠生气地打断了他的话头：

“难道事情就在于他吃得饱饱的，喝得醉醺醺的？”

“那还在于什么呢？”

“事情在于他说了些什么！”

“呶，他说了些什么话我倒没有在意，我自己的话就已经多得用不完了。”

“我们对德米特里·瓦西里耶维奇，也就是图什尼科夫的情况是知道得一清二楚的。”彼得气恼地说，格里戈里则默默地低了头，看着自己的茶杯。

“我不和你们争吵，”奥西普用和解的口吻说道，“我把这些事情告诉马克西梅奇，只是想说说有各种各样的路子可以混口饭……”

“有些路子也能把人送进监牢里去的……”

“这种事儿还少见吗？”奥西普表示赞同地说，“并不是任何一条路都能把你引去当教士的，必须知道，在哪儿该拐弯……”

---

① 指一种结实光滑的缎纹棉布。

他对信教的人,对粉刷工和泥瓦匠总是有点冷嘲热讽。也许,他不喜欢他们,可十分巧妙地掩饰着自己的厌恶。一般说来,他对待别人的态度是令人难以琢磨的。

他对待叶菲穆什卡似乎要温和一些,厚道一些。上帝、真理、教派、人生的痛苦等等都是叶菲穆什卡的朋友们喜爱谈论的话题,每当谈起这些问题时,这个房顶工人从来不参加进去。通常,他把椅子侧着放在桌子旁边,以免椅背碍着他的驼背,然后坐在那儿安安静静地喝茶,一杯接着一杯。突然,他会警觉起来,环顾烟雾腾腾的房间,细听那不连贯的说话声,跳起来,很快地消失不见了。这种情况就表明有一个叶菲穆什卡的债主跑到这个饭馆子里来了,而他的债主足足有十个之多。有几个债主还打过他,因此他常常逃跑,躲避灾难。

“他们还生气发火,这些怪人,”他纳闷地说,“如果我有钱,我怎么会不还给他们呢?”

“哎呀,这棵苦命的枯树啊……”奥西普对着他的背影感叹道。

有的时候,叶菲穆什卡久久坐在那儿,呆呆地沉思默想,什么也看不见,什么也听不见了。他的那张高颧骨的脸变得温和了,一双善良的眼睛露出更加善良的神情。

“你在想什么呢,伙计?”大家问他。

“我在想,要是我成了一个有钱的人,嗨,那我就要娶一个地地道道的小姐,娶一个贵族。真的;比方说,我就要娶一个上校的女儿,好好地爱她,天主啊！生活在她的身旁,我可真要快活死了……弟兄们,这是因为有一回我在一个上校的别墅里铺过屋顶……”

“而且他还有一个做了寡妇的女儿。这件事我们早就听说过了!”彼得不客气地打断了他。

叶菲穆什卡用两只手掌来回磨擦着膝盖,前后晃动着身体,使背上的驼峰在空中忽上忽下。他继续说道:

“她常常走出来,到花园里去,浑身上下白白胖胖。我从屋顶上瞧着她,在我眼里,太阳也比不上她呀！我就想,干吗要活在人世？不如变成一只鸽子飞到她的脚边！她简直就是一朵放在酸奶油里的天蓝色花朵！要是和这样一位太太在一起,哪怕一辈子都是黑夜也成!”

“那你们总得要吃东西吧?”彼得冷冷地问道,但这并没有使叶菲穆什卡感到为难:

“天主啊!”他喊道,“我们吃得了多少呢? 再说,她又很有钱……”

奥西普笑了:

“你呀,叶菲穆什卡,浪荡子,什么时候你会在这些事情上把自己毁了的。”

叶菲穆什卡除了女人这个话题以外,其余一概不谈。他的工作表现也不稳定,时而干得又快又出色,时而又干得很不像样。他用木槌敲打铁皮,咬接房脊时懒洋洋的,马马虎虎,心不在焉,结果很不严实,留下许多细孔。他的身上始终带着一股黄油和鱼油的气味,不过他本人也散发出一种独特的气息——酷似刚刚被砍下来的树木发出的那股健康清新的气息。

和细木工奥西普不论谈什么话题都是有意思的。有意思,但并不愉快,因为他的话语总是搅人心肺,让人不得安宁。此外,你很难辨别什么时候他是认真的,什么时候是在开玩笑。

和格里戈里谈论的最佳话题是上帝,他喜欢这个话题,而且对上帝笃信不疑。

“格里沙,”我问,“你知道吗,有的人是不相信上帝的?”

他平静地笑了:

“这怎么会呢?”

“他们说没有上帝!”

“哦! 原来是这么回事儿! 这我知道。”

他挥动着一只手,赶开看不见的苍蝇,一面说道:

“你记得吗,大卫王早就说过,狂妄的人在心里说道:没有上帝。瞧,狂妄的人早在什么时候就已经这么说啦! 没有上帝,那是无论如何不行的……”

奥西普似乎赞同他的想法:

“你要是把彼得鲁哈的上帝抢走,他可要让你尝尝他的厉害的!”

希什林英俊的面孔变得严峻了。他用指甲上沾着干石灰浆的指头理着胡子,神秘地说:

“每一个人的肉体里都有上帝。良心和一切内心的东西都是上帝给的!"

"那么罪孽呢?"

"罪孽是肉体干出来的,是撒旦给的!罪孽是露在外面的东西,就像天花瘢一样。就是这样!你老是想着罪孽,你的罪孽就会最最深重;你不去想罪孽,你就不会犯罪!犯罪的想法是肉体的主人撒旦挑唆起来的……"

泥瓦匠有点不大相信:

"好像不是这样……"

"就是这样!上帝是没有罪孽的。人是上帝的形象和同类。犯罪的是形象,是肉体,而作为同类是不会犯罪的,同类就是相似,是精神……"

他的脸上露出得胜的笑容,可彼得叽哩咕噜地说:

"这话好像不对,不是这样……"

"那么就你的想法来说,"奥西普问泥瓦匠,"不犯罪就不会悔改,不悔改就不能得救吗?"

"这样说嘛,好像稳当些!老人们常说,你忘了魔鬼,也就不会再爱上帝……"

希什林不会喝酒,只要喝上两杯就会醉。那时,他的脸变得红扑扑的,眼神像孩子般纯净单纯,说话的声调也好似唱歌了。

"我的弟兄们,这一切真好哇!瞧,我们都活在这个世上,干点活,也能吃饱肚子,感谢上帝,嘿,这是多么好哇!"

他哭了,眼泪淌到他的胡子上。泪珠沾在丝线般的胡须上,犹如一颗颗玻璃小珠,闪着亮光。

希什林经常发出的对生活的赞美和这些像玻璃珠子般的眼泪令我感到不快。我的外祖母也常常赞美生活,她的话语更能打动人心,更纯朴,不像希什林那样牵强附会。

所有这些交谈使我的心情一直处于紧张状态,在我的内心引起模糊不清的惶恐。我已经读过许多描述农民的故事,发现书本中的农民与生活中的农民截然不同。在书本里,这些农民都是不幸的人。不论是善良的,还是歹毒的,他们在语言和思想方面都比生活中的农民贫乏。书本中的农民很少谈论上帝、教派、教堂,他们谈论得较多的话题是当官的,土地,是真理和生活的艰辛。他们也很少谈论女人,谈论女人的言词也不那么粗鲁,要温和得多。对生活中的农民来说,女人是寻开心的对象,但这种寻开心的对象是危险的。和女人打交道永远需要玩心机,要手段,否则女人就会占上风,把整个生活搅得乱七八糟。书本里的农民要不就是坏人,要不就是好人,但他的全部情况已经永远固定在这儿,写在书本上了,活生生的农民则谈不上是好人,也说不上是坏人,他们都十分有意思。在生活中,一个农民不管他对你如何推心置腹,畅开心扉,你总会感到在他的心中有所保留,而这个被保留的部分只能是他自己的东西,也许,正是这些没有说出来的,被隐瞒的东西才是最主要的。

在我读过的作品里所描绘的农民形象中我最喜欢《一伙细木工》中的彼得。我很想把这个故事讲给我的朋友们听,就把这本书带到集市工地上来了。我常常有机会同这一伙或者那一伙工人一起过夜,有时只是因为白天干得筋疲力尽,已经没有力气再走回家去。

我告诉他们,我有一本关于细木工的书,所有的人顿时活跃起来,表现出很大的兴趣,尤其是奥西普。他从我手中把书拿了过去,翻来翻去,不相信地摇了摇他那圣像般的头。

"这好像真的是写我们呢!嘿,你呀,滑头!是谁写的?是一个老爷吧?呶,我早就料到了嘛。做老爷的和当官的样样事情都能干得出来!凡是上帝没有想到的,那些当官的倒想出来了。他们活着就是为了干这些事情……"

"奥西普,你刚才关于上帝的那些话说得太随便了。"彼得说。

"没关系!我的话对于上帝算得了什么?还不如掉在我秃顶上的一片雪花,或者是一滴雨水呢!你呀,别担心,我和你是碍不着上帝的……"

他突然变得按捺不住地活跃起来,到处抛下尖刻的话语,犹如火石上迸出的一颗颗火星。他把这些话语当做剪刀,剪断所有与他的看法不一致的意见。一天当中,他好几次问我:

"今天你给我们读书吗,马克西梅奇?呶,这是正事,是正事!这个主意想得真不错。"

干完活以后,我和他一起到他的劳动小组去吃晚饭。吃过晚饭,彼得带着他的工人阿尔达利翁、希什林和一个年轻的小伙子福马都来了。我们在工人睡觉的板棚里点燃了一盏油灯,我就开始朗读。他们静静地听着,一点

也不动弹。不久,阿尔达利翁不高兴地说:

“哎,我不想听了!”

说着,他就走了。第一个睡着的是格里戈里,他张大着嘴巴,露出一副惊讶的神情。随后,几个细木工也都进入了梦乡,但是彼得、奥西普和福马都移近到我的身边,专心致志地听着。

我刚一读完,奥西普就把灯灭了。从天上星星的位置来判断,已经是半夜时分。

在黑暗中,彼得问我:

“为什么要写这本书?是为了反对什么人?”

“现在该睡觉啦!”奥西普一边脱着长靴,一边说道。

福马一声不吭地走到一旁去了。

彼得执拗地再次问道:

“我问,写这个东西究竟是反对什么人呢?”

“那只有他们知道!”奥西普说,一边在一块跳板上铺床睡觉。

“如果这是反对后妈,那完全是白费心思,当后妈的才不会因为有了这本书就变好呢。”泥瓦匠追根刨底地说。“如果是反对彼得,那也是白费工夫,他犯了罪,他就得负责!如果是杀人犯,那就要流放到西伯利亚去,还有什么好说的!为了这种罪过写这本书那是多余的……真好像是不必要的,是不是?”

奥西普没有开腔。这时,泥瓦匠又补充说道:

“他们因为无事可做,所以就来管别人的闲事!就像娘儿们凑在一起就会东家长,西家短地嚼舌头。再见吧,该睡觉啦……”

他推开了门,门口的地上现出蓝色的方块。他在这儿停顿了片刻,问道:

“奥西普,你是怎么想的?”

“什么?”细木工睡意朦胧地应了一声。

“算了,你睡吧……”

希什林就在他坐着的地方侧身躺了下来。福马挨着我,躺在一堆揉乱的干稻草上。整个郊区都已沉入梦乡,远处传来火车头的汽笛声,铁轮滚动发出的沉重的轰隆声和缓冲器的丁当声。板棚里也响着各种不同的呼噜声。我的心中不是滋味:我本来期待着他们对这本书的议论,可是,什么也没有说……

突然,奥西普轻轻地,但却是清晰地发话了:

"小伙子,你们别相信这一套,你们都还年轻,还要活很长时间,你们要多长长脑筋!自己的一份智慧要抵得上两个别人的脑袋!福马,你睡了吗?"

"没有。"福马乐意地答道。

"就是这么回事!你们两个人都能断文识字,那你们就看书吧,但什么也别相信。他们什么都写得出来,这是握在他们手心里的事嘛!"

他把两条腿从跳板上耷拉下来,双手撑住跳板的边缘,向我们俯下身来,继续说道:

"书本,我们对这个东西应当怎么看呢?揭开人的底细,这就是书本!它是说,你们看看吧,一个细木工,或者是另外一个什么人,他们是什么样的。而这是老爷,那就是另外一种人了!书可不是无缘无故写出来的,它总是为了维护一些人……"

福马瓮声瓮气地说:

"彼得打死包工头是对的!"

"嗷,话不能这么说,任何时候,打死人总是不对的。我知道你不喜欢格里戈里,不过你要抛开这些想法。我们大家都不是阔人,今天我当老板,明天说不定又去当工人了……"

"我不是说你,奥西普大叔……"

"这反正都一样。"

"你是公正的。"

"等一等,我来告诉你,为什么要写这篇东西,"奥西普打断了福马的气话,"这篇东西是很有心计的!你瞧,这边是一个没有农民的老爷,那边是一个没有老爷的农民!现在看吧:老爷的境况很糟糕,农民的处境也不妙。老爷的身体衰弱了,头脑变傻了,农民呢,变得乱吹牛皮,成了酒鬼,病歪歪的,一肚子的委屈。书上就是这么写的。它的意思是说,以前在老爷那儿当农奴要好得多:老爷躲在农民的身后,农民躲在老爷的身后,你护着我,我护着你,就这么转来转去,双方都吃得饱饱的,日子过得太太平平……对这一点,我并不打算争辩。在老爷手下的日子是要安稳些,因为如果农民太穷,对老爷也没有好处;如果农民手头宽裕,又没脑筋,那他们才高兴,对他们才有好处呢。这我都清楚,我自己就在老爷手下当了四十年的农奴,在我的这身皮上留下了不少印记呢。"

我想起了那个自刎身亡的马车夫彼得谈起老爷也是这么说的。奥西普的想法与那个凶狠的老头子的想法不谋而合,这使我十分不快。

奥西普用手碰碰我的一只脚,继续说道:

"对书本和各种各样的文章都要琢磨它的意思!任何人都不会平白无故地去干一件事情。看上去好像没有什么目的,其实这只是装装样子的。所以书本也不是无缘无故写出来的,它是为了把你的头脑搅昏。所有的东西都是动了脑筋才造出来的。如果不动脑筋,用斧头也砍不成东西,连草鞋也编不起来,一事无成……"

他讲了很长时间,躺了下去,又坐了起来,在黑暗和静寂中轻声地撒下他那些连贯流畅的俏皮话。

"常言说,老爷和农民,不是一路人,其实这是不对的。我们和那些当老爷的同样是人,只不过我们落在最下层罢了。当然,老爷读过书,有学问,可我挨过打,受过罪,也得到学问了呀,不过老爷的屁股更白一些,这就是他们和我们的全部差别。不,小伙子们,这个世界该换个新的活法啦,那些书本应当扔掉,别去理睬!要让每一个人都问问自己:我是什么?是人。那他是什么?还是人呗。那是怎么回事呢?莫非上帝向他多要两戈比铜币?不是,我和他交给上帝的钱一样多嘛……"

直到凌晨,当曙光隐没了所有星星的时候,奥西普终于对我说:

"你知道我多么能胡编乱侃了吧?今天我说得真多,这些话我以前还从来没有想过呢!小伙子,你们可别相信我说的话,这多半是因为睡不着觉,瞎唠叨,可不是当真的。人这么躺着,躺着,就会想出点什么来消遣消遣,开开心。很久很久以前有一只乌鸦,它从田野飞到山上,从山上飞到田野,从这个田塍飞到那个田塍,就这么飞来飞去,活到了寿数,于是上帝下了指令,乌鸦就死去了,干枯了!这里面有什么意思?一点意思也没有……好啦,我们睡会儿吧,马上就该起床啦……"

十八

奥西普就像当初的司炉工人雅科夫一样,在我心目中的位置越来越膨胀,挡住了我的视线,使我对他人熟视无睹。在他身上有着某种与司炉工人非常近似的东西;同时,他又使我联想起外祖父、饱览经卷的彼得·瓦西里耶夫和厨师斯穆雷。而且,他使我联想起所有这些深深扎根于我的记忆之中的人物的同时,也留下了他自己的深深的烙印,渗透在我的记忆中,犹如附在铜钟里的铜锈。看得出来,他有两套思维模式:白天,干活的时候,当着众人的面,他的那些话语灵活机敏,简单纯朴的想法非常实际,也比较容易被人接受,但是在休息的时候,在每天晚上他和我一起进城去找自己相好的女人,一个卖油炸饼的小贩的时候,还有在夜间睡不着觉的时候,想法就不那么容易理解了。他会产生一些特殊的精辟的想法,像灯笼里面的火苗一样,能够涉及到方方面面。这些思想被清楚地表达出来,但不知道这些想法的真正面目是什么。对于奥西普来说,这种或那种思想的哪一方面更亲切、更珍贵呢?

我觉得他比我以前遇到过的人都要聪明得多。我围着他转来转去,怀着与当初围着司炉工人雅科夫转时同样的心情,希望了解他,理解他,可是他飘忽不定,躲躲闪闪,叫人难以琢磨。他的真正面目究竟隐藏在哪儿?他的哪些东西是可以相信的?

我想起,他曾经对我说过:

“你自己动动脑筋,看看我是个什么角色。呶,自己去探摸探摸吧!”

我的自尊心受到触动。但是,从我的内心来说,受到触动的并不仅仅是自尊心:我迫切需要了解这个老人。

虽然他让人琢磨不透,但他的个性却是稳定而坚毅的。他给人们一种感觉,仿佛再过一百年,他也会依然如故,在变化莫测的人群中毫不动摇地保留自己的本色。饱览经书的彼得·瓦西里耶夫也曾给我留下这种坚定不移的印象,然而那种印象并不让我感到愉快。奥西普的坚毅性格却是另外一种表现,它令人感到舒服多了。

人们的动摇性往往十分显眼,极其容易引起别人的注意。他们像变戏法似的以跳跃的方式从一种状态转入另一种状态,常常弄得我张口结舌。对于这种莫名其妙的跳跃我已经司空见惯,不以为怪了,可是他们的这种做法使我渐渐地丧失了对人们的强烈兴趣,影响了我对人们热爱的情感。

有一天,那是在七月初,一辆晃晃悠悠的四轮马车飞快地向我们的工作地点奔驰而来,在赶车人的座位上坐着一个醉醺醺的赶车人,脸色阴沉地打着饱嗝。他蓄着大胡子,没戴帽子,嘴唇破了。喝醉了酒的格里戈里·希什林手脚摊开,懒洋洋地坐在马车里,一个身材丰满、双颊绯红的姑娘挽着他的胳膊。这个姑娘戴着草帽,上面系有红色的蝴蝶结和樱桃形状的玻璃珠子,一只手上拿着雨伞,光脚上套着橡胶雨鞋。她挥舞着雨伞,晃动着身体,哈哈大笑地叫道:

"嘿,真见鬼!集市还没有开张,哪来什么集市,可他们把我送到集市上来!"

格里戈里无精打采,衣冠不整,从马车上爬了下来,坐在地上,抹着眼泪对我们这些围在一旁观看的人说:

"我下跪了,我的罪孽太厉害啦!我想了想就做下了这造孽的事情,就这么回事!叶菲穆什卡说:格里沙、格里沙,他说……他这说得对呀,你们——宽恕我吧!我可以请你们大家吃一顿,他说得对:我们只能在世上活一回……不可能再活第二回呀……"

那个姑娘发出一阵响亮的笑声,跺着脚,把套鞋也蹬掉了。赶车的人却忧郁地叫道:

"我们赶紧走吧!哈尔拉梅,我们走吧,马不能停下来!"

这匹上了岁数的劣马已经疲惫不堪,浑身冒汗,稳稳地站在那儿,像是被钉在地上了。所有这一切构成一幅极其滑稽可笑的画面。格里戈里手下的工人们看着自己的工头,看着他那打扮艳丽的女人和呆头呆脑的马车夫,个个大笑不止。

只有福马没有笑,他和我并排站在小店铺门口,嘴里嘟囔着:

“这瘟猪完蛋啦……他家里有老婆,一个挺好看的女人!”

赶车人不停地催促他们上路。那个姑娘从马车上下来,把格里戈里扶上车去,让他在自己的脚边坐好,然后挥动一下雨伞,大声喊道:

“走!”

工人们在福马的吆喝声中重又开始干活,一面还在善意地嘲笑他们的工头,对他也有点羡慕。看得出来,格里戈里这副可笑的模样让福马心中很不痛快。

“还是当头儿的呢!”他嘟囔着,“剩下的工程不用一个月就能干完,我们就可以回乡下去了……他却等不得了……”

我替格里戈里感到懊恼:这个戴着系有玻璃樱桃帽子的姑娘和他联结在一起显得荒唐透顶,令人生气。

我不止一次地想过:为什么格里戈里·希什林做工头,而福马·图奇科夫却只是工人呢?

福马是个身材壮实、白白净净的小伙子,头发拳曲,在那张圆脸庞上嵌着一只鹰钩鼻子和一双灰色的很有灵气的眼睛。他的外貌不像一个农民,如果好好打扮一下,他就像是出身于上流社会的富家公子。他总是愁眉不展,讲话虽然不多,但却实实在在。因为他有文化,所以他替包工头管账,造预算,而且他善于鼓动同伴们卖力地干活,但他本人干起活来却并不热情。

“所有这些工作,一辈子也干不完的。”他满不在乎地说。他以蔑视的态度对待书本,说:“什么东西都可以写在书里印出来,你想要我写什么,我就能编出什么来,这不算什么玩意……”

但是他总是注意聆听别人讲的每一句话。如果对什么事情产生了兴趣,他就会详细打听,刨根问底,一面自己细细思量,用自己的尺度加以衡量。

有一次,我对福马说他应当当包工头。对此,他懒洋洋地答道:

“如果能够马上有几千卢布在手上转转,那还可以东跑跑,西颠颠……可为了几个小钱去忙乎这么一群人,那真是徒劳无益,空忙乎了。不,我就这么等一等,瞧一瞧,说不定哪天就进修道院去,奥兰斯基修道院。我长得漂漂亮亮,身子又壮实,说不定哪个商人太太喜欢上我呢,是个寡妇太太!这是常有的事情。有一个谢尔加茨城的小伙子两年内就交了好运,而且娶的是一个姑娘,本地的,城里人。当时他举着圣像走家串户,她就看上他了……”

这是他经过深思熟虑得出的想法,因为他知道许多这类的故事,说明修道院里见习修士的职务可以把人们送上轻松的道路。我不喜欢他的故事,也不喜欢他往这方面考虑,但我相信他会进修道院的。

集市开始营业了。出乎大家的意料,福马到一家小饭馆里当起了跑堂的。我不能说这件事情令他的伙伴们大为惊诧,但他们大家开始以嘲笑的态度对待这个小伙子:每逢节日,打算外出喝茶的时候,他们就互相笑嘻嘻地说:

“走,到我们的跑堂那儿去!”

他们来到饭馆,摆出老爷的派头,大声吆喝:

“喂,跑堂的! 那个鬈毛,过来!”

他走到他们跟前,稍稍抬起头,问道:

“你们吃点什么?”

“不认识熟人啦?”

“我没有工夫认人……”

他觉察到伙伴们瞧不起他,有意寻他的开心,于是,他以烦闷的、有所准备的神情注视着他们。虽然脸上木无表情,但仿佛又在说:

“呶,来吧,要笑你们就笑吧,有什么关系……”

“要给点小费吗?”他们问他,一面故意在钱包里久久地东翻西找,最后却连一个戈比也不给他。

我问福马:他这是怎么回事? 本来想去修道院的,怎么去当了仆役?

“我没有打算做修道士呀,”他回答道,“不过仆役我也不会做得太久……”

大约四年以后,我曾在察里津遇见过他,当时他仍然是小饭馆的跑堂。后来,我在报上读到一条消息:福马·图奇科夫因犯撬锁盗窃未遂罪被逮捕。

特别令我震惊的是阿尔达利翁的经历,他是彼得手下年纪最长,手艺最好的工人。这个蓄着一把黑胡子,生性快活的四十岁的庄稼汉也常常不由自主地迸出一个问题:为什么老板不是他,而是彼得呢?他很少喝酒,几乎从来没有醉过。他的手艺很好,干起活来喜滋滋的,砖头在他手上飞来飞去,就像一只只红色的鸽子。站在他身旁的彼得病容满面,愁眉不展,相形之下简直就成了这个队里完全多余的人了。谈起自己的活计,彼得说:

"我为别人砌砖房,给自己的是一口木头棺材……"

阿尔达利翁却兴高采烈,干劲十足地砌着砖,不时喊上几声:

"哎,小伙子们,为了上帝的荣耀,干啊!"

他还告诉大家,来年春天他就要动身到托木斯克去,他的姐夫在那儿承包了一个大工程——建造教堂,要他到那儿去当工长。

"这件事情在我来说已经定下来了。造教堂,这是我喜爱干的活!"他说着,对我建议道:"哎,你和我一起去吧!在西伯利亚,兄弟,有文化的人过日子一点都不费劲,在那儿能写会算那可是一张王牌啊!"

我同意了。于是阿尔达利翁得意洋洋地叫道:

"呶,这就对啦!这是真的,可不是开玩笑的……"

他常常善意地嘲讽彼得和格里戈里,就像大人对待小孩那样。他对奥西普说:

"他们都是好吹牛的家伙,老是相互卖弄自己的小聪明,就像在玩牌似的。一个人说,瞧,我这手上多好的一副牌;另一个人说,我这儿,你瞧,有不少王牌呢!"

奥西普模棱两可地说:

"不这样做又怎么办呢?说大话是人人都会干的事情,所有的姑娘不都是把两只奶子生在前边嘛……"

"他们老是'哎哟','哎呀',老是'上帝','上帝'的不离嘴巴,其实他们自己在攒钱!"阿尔达利翁不肯罢休。

"你看吧,格里沙攒不了钱……"

"我是讲我的那个头儿。最好跟上帝在一起到森林里去,到荒无人烟的地方去……唉,我在这儿待够了,春天我要到西伯利亚去……"

工人们羡慕阿尔达利翁,对他说:

"要是我们有像你姐夫那样的靠山,我们也敢去西伯利亚了……"

可是阿尔达利翁突然失踪了:星期天他离开了这个工程队以后,三天来谁都不知道他在哪儿。

大家忐忑不安地猜测道:

"说不定他被什么人打死啦?"

"要不然就是下河洗澡给淹死了。"

可是,叶菲穆什卡来了,他局促不安地宣布道:

"阿尔达利翁是去喝酒找乐子啦!"

"你胡说什么呀?"彼得不相信地叫了起来。

"去找乐子,喝酒啦。简直就像是麦麻烘干房从里面烧了起来。好像是他心爱的老婆死了……"

"他的老婆早就死啦!他在哪儿?"

彼得气呼呼地跑去劝解阿尔达利翁,可是,阿尔达利翁把他狠狠揍了一顿。

这时奥西普抿紧嘴唇,把两只手深深地插进衣袋,说:

"我去看看这是怎么回事。他是个挺好的人嘛……"

我跟着他去了。

"你瞧瞧,他这个人,"在路上奥西普对我说,"一直过得太太平平,好像什么都还不错,可突然间,尾巴一翘,就在荒郊野地里到处乱跑了。你要小心,马克西梅奇,引以为戒呀……"

我们来到"快活世界库纳维诺村"里的一家廉价低级妓院,迎接我们的是一个贼头贼脑的老太婆。奥西普和她低声悄语地交谈了几句,随后她就把我们领进一个小小的空房间里。这儿又暗又脏,简直像是牲畜待的地方。床上摊手叉腿地躺着一个高大肥胖的女人。老太婆用拳头捅了捅她的腰部,说:

"出去!喂,癞蛤蟆,出去!"

她惊恐地跳了起来,用两只手掌搓着脸,问道:

"上帝!这是什么人?干吗的?"

"是暗探。"奥西普厉声说道。那个女人惊叫一声,溜走了。奥西普朝着她的背后啐一口唾沫,对我解释说:

“她们怕暗探比怕魔鬼更加厉害……”

老太婆摘下挂在墙上的一面小镜子，掀起一块墙纸：

“你们看看，是这个人吗？”

奥西普从这道隔墙的缝隙里看过去。

“就是他！你把那个姑娘从那儿赶走……”

我也往墙缝里面看了看：那个房间也像狗窝似的，和我们所在的地方一样窄小，又暗又脏。护窗板严严实实地遮住窗子，窗台上放着一盏铁皮灯，灯旁站着一个斜眼睛的鞑靼女人，她赤身露体，正在缝一件衬衫。阿尔达利翁躺在她身后的床上，浮肿的脸高高地枕在两个枕头上，一把乱七八糟的黑胡子向上翘着。那个鞑靼女人哆嗦了一下，把衬衫往身上一披，从床边走了过去，突然就出现在我们这个房间里了。

奥西普看她一眼，又啐了一口唾沫。

“呸，不要脸的东西！”

“你是个老糊涂。”她笑着回答道。

奥西普也笑了，伸出一只指头威胁似的朝她点了点。

我们走进鞑靼女人的那个房间。奥西普在阿尔达利翁脚旁的床边上坐下，久久地喊他，但就是无法让他清醒过来。阿尔达利翁只是嘟嘟囔囔地说：

“啾，好吧……等一等，我们走……”

阿尔达利翁终于醒了，他茫然地看看奥西普，又看看我，然后，闭上了发红的双眼，含糊不清地说：

“嗯，嗯……”

“你这是怎么啦？”奥西普心平气和地问道，没有责备的口气，但不大高兴。

“我昏了头了。”阿尔达利翁声音沙哑，一面咳嗽，一面解释说。

“怎么会这样呢？”

“就是这样嘛……”

“这可不大好……

“哪能是好事……”

阿尔达利翁从桌上拿起一瓶已经打开的伏特加酒，抱着瓶子就喝了起

来。接着,他又向奥西普提议说:

“你要喝点吗?这儿还应该有点下酒的小菜……”

老头儿往自己的嘴里倒了一口酒,咽了下去,皱起了眉头,接着专心致志地嚼着一块小面包。昏头昏脑的阿尔达利翁有气无力地说:

“就这么我跟一个鞑靼娘儿们搞上了,这都是叶菲穆什卡惹出来的事情,他说,这个鞑靼女人年纪轻,是个孤儿,从卡西莫夫城来的,打算到集市上去。”

从隔壁房间里传来愉快的说话声,说的是非常蹩脚的俄语:

“鞑靼女人是光线!就像年轻的母鸡。把他赶走,他又不是你的老子……”

“就是这个女人。”阿尔达利翁含混不清地说,两只眼睛呆呆地盯着墙壁。

“我见过了。”奥西普说。

阿尔达利翁转过身来,对我说:

“兄弟,瞧我弄成什么样儿……”

我以为奥西普会责备阿尔达利翁,把他教训一顿,而阿尔达利翁会不好意思地忏悔,但是,根本不是这样。他们并排坐着,肩膀挨着肩膀,心平气和地用简短的话语交谈着。看着他们待在这个又暗又脏,像是狗窝的地方。真让人感到郁闷难受。鞑靼女人从墙缝里说着滑稽可笑的话语,可他们对她不理不睬。奥西普从桌上拿起一条干鲚鱼,在他的靴子上拍打了一下,然后动手仔仔细细地撕下鱼皮,一面问道:

“钱都花光了吧?”

“彼得鲁哈还欠我的……”

“要注意呢,还能恢复原来的你吗?现在该去托木斯克了……”

“到托木斯克,又能怎么样……”

“你是不想去啦?”

“如果是外人叫我去做就好了。”

“这是什么意思?”

“那是姐姐、姐夫……”

“那又怎么样呢?”

“在自家人的手下干活不是很快活的事情。”

“在谁手下干活都一样。”

“反正还是……”

他们亲切地交谈着,十分认真,鞑靼女人也就不再挑逗他们。她走进房间,一言不发地拿下挂在墙上的衣服,走了。

“她很年轻。”奥西普说。

阿尔达利翁看看他,并不懊恼地说:

“都是叶菲穆什卡闹出来的,这个惹祸精。除了娘儿们,他什么都不知道……这个鞑靼女人倒是整天乐呵呵的,总是任性胡闹……”

“你可要当心,陷进去要拔不出来的。”奥西普警告他说。然后他把鲟鱼吃完,就告辞了。

在回去的路上,我问奥西普:

“你到他那儿去一趟是干吗呀?”

“呵,去看看,是熟人嘛。这种情况我见得可多啦:一个人活得好好的,太太平平,可突然跑了,就好像是逃出监狱似的。”他重复说了一遍以前已经说过的话。“白酒可千万喝不得呀!”

过了一会儿他又说:

“不过没有它,又闷得慌!”

“你是说伏特加酒吗?”

“是啊!喝了酒,你就会像是踏上了另外一个世界……”

阿尔达利翁陷进去了,没有能拔得出来。几天以后他又来到工地,但很快重又消失不见了。春天,我遇见他混在一群流浪汉当中,正在为停在河湾里的驳船凿开四周的冰。我们见了面非常亲热,一起到小饭馆去喝茶。喝茶的时候,他吹嘘地说:

“你还记得当初我是一个什么样儿的工人吧?是不是?干脆说吧,我在自己的行当里是个行家!我能挣好几百卢布呢……”

“不过,你没有挣到。”

“那是我没有去挣,”他骄傲地喊道,“我讨厌做工。”

他的举止毫无拘束,小饭馆里的人都注意地听着他的那些狂话。

“你还记得那个不声不响的小偷彼得鲁哈关于干活所说的话吗?为别

人砌砖房,给自己的是一口木头棺材。这就是工作!”

我说:

“彼得鲁哈有病,他怕死。”

阿尔达利翁却叫了起来:

“我也有病,也许我的灵魂出了毛病!”

每逢过节,我常常出城,到流浪汉们的栖身之处百万街去。我看到阿尔达利翁很快便成了俗称为“黄金连队”的这群流氓、流浪汉中的一分子了。一年以前,他还是一个乐乐呵呵一本正经的人,可现在不知怎么变得吵吵闹闹,走起路来大摇大摆,显出特别的架势,看人的眼神带着挑衅的意味,仿佛要激起所有的人和他吵架打架似的。此外,他还总是自吹自擂。

“你看看别人是怎样对待我的,我在这儿,就像是他们的首领!”

他从不吝惜挣来的钱,大手大脚地请流浪汉们吃喝。打架的时候,他总是站在弱者一边,并且常常大声呼吁:

“伙伴们,不正当!办事应当正当!”

由此大家给他取了一个绰号“正当人”,对这个绰号他非常中意。

我十分关注这些人,他们住在那条街上又破又脏的像口袋似的小砖房里,拥挤不堪。他们都是被生活抛弃的人,但看上去却已经建立起不受老板约束的,属于自己的快乐生活。他们无忧无虑,豪爽胆大,使我联想起外祖父故事中讲到的那些容易变成强盗和苦行僧的纤夫。在没活儿可干的时候,他们都乐意在驳船和轮船上干点小偷小摸的勾当,但这并没有惹我气恼,因为我已看到,犹如旧的长衫是用灰线缝制一样,盗窃为全部生活绗上了缝。同时,我也看到,这些人有时干起活来热火朝天,不遗余力。这种情况通常发生在紧急装船的时候,救火的时候,还有解冻季节需要凿开冰层的时候。总的说来,他们比所有其他人生活得更加快乐。

奥西普发现我和阿尔达利翁的友好交往之后,却像父辈一样提醒我说:

“你听我说,我的亲爱的,我的苦命的枯树儿,你干吗要和百万街上的人来往得那么热火呢?你要当心,别害了自己……”

我尽我的能力向他说明,我喜欢这些人,他们不干活,但生活得很快活。

“就像天上飞的鸟儿一样。”他冷笑着打断了我的话。“这是因为他们都是懒汉,一群空虚的家伙,工作对他们来说就是痛苦!”

“那么工作,究竟算什么呢? 常言说:用正当本分的劳动赚不到一间砖屋!”

我顺嘴就这么说了,因为这类话我听得很多很多,而且我认为其中包含着真理,可是,奥西普对我大动肝火,他叫了起来:

“这是什么人说的? 是傻瓜和懒汉,而你,狗崽子,不该听这种话! 你呀! 这些话是那些眼红别人的人,自己干不出事情的人说的。你应当先长好羽毛,然后向高处飞去! 你和这种人交往,我就要告诉你的老板,你可别见怪!”

他真的告诉了我的老板。老板当着他的面对我说:

“你呀,彼什科夫,别再去百万街啦! 那儿都是一些小偷、妓女,那儿的路只通向监狱、医院。你别再去啦!”

此后我就偷偷地到百万街去,不让别人知道,但是很快我就不得不放弃了这种交往。

有一次,我和阿尔达利翁,还有他的一个伙伴罗贝诺克坐在一家夜店院子里的板棚顶上。罗贝诺克正滑稽有趣地向我们讲述他以前曾如何从顿河畔的罗斯托夫一直走到莫斯科。他原来是工兵,得过一枚乔治十字勋章。他在俄土战争中膝盖被打坏了,所以现在成了瘸腿。罗贝诺克个子矮矮的,身体粗壮,臂力惊人,然而这过人的力气对他却毫无用处,因为是瘸腿,他不能干活。他生过一种病,结果脑袋上的头发和脸上的胡子全都掉光,他的脑袋确确实实就像是刚出生的婴儿①脑袋了。

他闪动着那对棕红色的眼睛,说:

“啾,我已经到了谢尔普霍夫,看见一个教士坐在小花园里,我就走上前去对他说:神父,赏给土耳其战争中的英雄……”

阿尔达利翁摇摇头,说:

“得了,你在胡扯,胡扯……”

“我干吗要胡扯?”罗贝诺克问道。他并没有生气,我的朋友却以教训的口吻懒洋洋地嘟囔道:

“你这个人不正当! 你该去求个守夜人的差事干干,瘸子总是靠当守夜

---

① 在俄语中 Робенок(罗贝诺克)这个名字的发音与名词“婴儿”的发音相似。

人过日子的,可你到处闲逛,还老是胡说八道……"

"你要知道,我这是为了逗大家笑笑,我是为了让人家开开心才胡扯一通的……"

"你应该笑话你自己……"

虽然天气晴和,阳光灿烂,但是院子里很暗。这时候,一个女人走进院子,手里抖露着衣服之类的东西,大声吆喝起来:

"谁要买裙子?喂,女伴们……"

女人们从各个角落里钻了出来,把女贩子团团围住。我立即认出了这个女贩子就是洗衣女工纳塔利娅!我从房顶上跳下来,但是她把裙子塞给第一个出价的人,已经悄悄地从院子里走了出去。

"您好!"我在大门外面追上她,高兴地和她打招呼。

"你还有什么要说的?"她问道,斜着眼对我瞟了一眼。突然,她站住了,气呼呼地叫道:

"上帝保佑!你在这儿干吗?"

她那惊恐不安的叫声感动了我,也使我十分尴尬。我明白,她是为我担心,恐惧和惊诧的神情清清楚楚地映在她那张聪慧的脸上。我急忙向她解释,我并不住在这条街上,只是有时过来看看。

"过来看看?"她用嘲讽的口吻生气地喊道,"你要看什么?往哪儿看哪?看过路人的口袋,还有娘儿们的胸脯?"

她脸色憔悴,两眼下面有着浓重的黑影,嘴唇无精打采地耷拉着。

她在一家小饭馆的门口站住,说:

"走,我们进去喝茶吧!你倒穿得干干净净,不像住在这里的人。不过不知为什么,我还是不相信你……"

但是,到了饭馆里面,她仿佛已经相信我了。她一面斟茶,一面闷闷不乐地告诉我,一个小时之前她刚刚醒过来,还什么也没喝,什么也没吃呢。

"昨天躺下睡觉的时候,我醉得像摊烂泥。在哪儿喝的酒,和谁一起喝的,我统统记不起来了。"

我对她产生了一股怜悯之情,在她面前显得局促不安,又很想问问她的女儿在哪儿。她喝下伏特加酒和热茶以后,说起话来又像以前那样快言快语,也像这条街上所有的女人那样粗鲁。当我问及她的女儿时,她顿时清醒过来，叫道：

“你干吗要知道这个？不，亲爱的，我的女儿你是够不着的，弄不上手的！”

她又喝了一口酒，然后说道：

“女儿和我在一起有什么意思？我是什么人？洗衣女工。我怎么配做她的母亲？她念过书，有学问了。就是这么回事，兄弟！她离开我啦，去找一个有钱的女朋友，好像是去当教员了……”

沉默了一下，她又小声地问我：

“我倒想问问，洗衣女工，您不满意，那么做了拉客的女人，合您的心意了吧？”

她已经做了拉客的女人，这一点我立即就已看出，因为在这条街上没有不拉客的女人，不过当她自己把这道明，出于羞耻感和对她的怜悯，我的眼泪涌上了眼眶，仿佛她的直言不讳灼痛了我。就在不久以前，她还是一个敢说敢做，不受别人牵制的聪明女人呀！

“哎呀，你呀，”她朝我看了一眼，叹着气说，“你从这儿走开！就算我求你，也是我对你的劝告，别钻到这儿来，你会毁了自己的！”

接着，她在桌面上俯下身来，用一只手指头在托盘上画来画去，轻声地，仿佛自言自语似的断断续续地说道：

“我的请求和劝告对你又算得了什么？连亲生的女儿还不听我的话呢。我对她大声叫喊：你不能把你自己的亲娘抛开不管，你这算什么呀？可她——那我就去上吊。这是她说的。到喀山去了，她打算学做助产士。呶，好吧……挺不错……可我怎么办呢？我就成了现在这副样子……我能去依靠谁啊？……只能依靠过路人了……”

她沉默下来，久久地想着心事，双唇无言地翕动着。显然，她已经忘却了我的存在。她的嘴角挂了下来，嘴唇弯曲成一把镰刀的样子。她的嘴唇颤抖着，这抖动不止的细纹虽然无声，但却仿佛在诉说。看着她的这副模样，真让人心里难受。她像孩子似的，满脸委屈的神情，一绺头发从头巾下面滑落出来，披在脸颊上，又弯弯地绕到她的小耳朵后面。一颗泪珠滴进了盛着已经是凉茶的杯子里，纳塔利娅发现以后，用手将茶杯推开。她使劲闭上眼睛，又挤出两颗泪珠，随后用头巾擦了擦脸。

我已经忍受不住，不想再和她一起坐在这儿，于是轻轻地站了起来：

“再见！”

“啊？你走吧，见你的鬼去吧！”她挥着手说道，眼睛并没有看我，大概已经忘记和她待在一起的是谁了。

我回到院子里去找阿尔达利翁，他本来想和我一起去捉虾，我也想和他谈谈这个女人，但是，阿尔达利翁和罗贝诺克已经不在屋顶上了。当我在这个乱糟糟的院子里寻找他们的时候，外面传来了吵闹声，这是这条街上惯有的事情。

我刚走出大门就撞上了纳塔利娅，她呜呜咽咽，一只手抓着头巾擦拭被打破的脸，另一只手理着蓬乱的头发，沿着人行道茫无目的地走着，在她的身后跟着阿尔达利翁和罗贝诺克。罗贝诺克说：

“给她再来一下！揍！”

阿尔达利翁赶上纳塔利娅，挥舞起拳头。她转过身来，挺起胸脯面对着他，脸上显出可怖的神情，眼睛里燃烧着怒火：

“来吧，打吧！”她喊道。

我一把抓住阿尔达利翁的手，他惊讶地看看我。

“你这是干吗？”

“别碰她。”我好容易才说出这句话来。

他放声大笑。

“她是你的——情人？好你个纳塔什卡，啃住一个不吃荤的人啦！”

罗贝诺克拍打着自己的屁股，也哈哈大笑。他们说出种种不堪入耳的污言秽语羞辱我，久久没有停止，我像被火烧火燎一般，经受着煎熬。就在他们捉弄我的时候，纳塔利娅走掉了。我已经忍无可忍，终于用头使劲向罗贝诺克的胸部撞去，把他撞倒在地，就跑走了。

从那天起，我很长时间没有到百万街去，不过，后来我和阿尔达利翁又见过一面，那是在一条渡船上遇见他的。

“你混到哪儿去啦？怎么不来啊？”他高兴地问我。

我对他说，想起他毒打纳塔利娅的情景和用下流脏话欺侮我的那件事情，心里就很厌恶。阿尔达利翁善意地笑了。

“你以为这都是当真的？我们对你说那些脏话只是开开玩笑罢了！她

呢，只是一个拉客的女人，有什么打不得的？人家当老婆的还挨打呢，像这种货色就更不用可怜啦！不过，这都是一场胡闹！你知道，我也明白，拳头不是正经学问，无法教人学好的。”

“得了吧，你能教她什么？你哪点儿比她好？……”

他用手搂住我的肩膀，摇晃着我的身体，一面用嘲笑的口吻说：

“我们糟就糟在谁都不比谁好一些……兄弟，我什么都明白，不管是表面的，还是内里的，我心中统统有数，我又不是乡巴佬……”

当时他带有几分酒意，兴高采烈。他看着我，眼神温和而又夹杂着怜悯，就像善良的教师看着一个糊涂的学生那样……

……有时候我也能遇见帕维尔·奥金佐夫。他变得越发神气，穿着讲究，用故作宽容的口气和我讲话，而且总是责备我说：

“你这是干的什么工作呀?！你毁了！这些庄稼汉……”

接着他又愁闷地讲起作坊生活里的新闻。

“日哈列夫一直和这条母牛搅在一起。看得出来，西塔诺夫心里很苦，现在喝起酒来就没数，总是过量。戈戈列夫呢，被一群狼吃了。他回家去过圣诞节，喝醉了，就在那儿被一群狼吃掉了！”

帕维尔发出一串快活的笑声，可笑地信口胡编：

“狼把他吃了，结果这些狼也都醉了！它们兴奋起来，个个像被训练过的狗那样，竖起前腿，只用后腿在林子里走来走去，嗥嗥地叫着，过了一天也全都死了！……”

我听着，也笑了。但是，我感到这个作坊连同我在那儿经历过的一切已经离我甚远。这使我有点惆怅。

十九

冬天，集市上几乎没有工程可做。在老板家里，又像以前一样，我担负着无数烦琐的杂务，这些杂务占用了我的全部白天，但是晚上却是空闲的时光，我又给老板一家人朗读那些刊登在《田地》、《莫斯科小报》上的、我并不喜欢的小说。到了夜间，我就阅读一些好书，并且尝试着写诗。

有一天，婆媳俩出去做彻夜祈祷，老板因为身体不适留在家中。他问我：

“维克托笑话你，说你好像在写诗，彼什科夫。这是真的吗？来，念给我听听！”

拒绝他是不妥当的，我就念了几首。看上去，他并不喜欢这些诗，但他还是说：

“你写吧，写吧，说不定你能成为普希金呢。你读过普希金的诗吗？

被埋葬的是不是家神？
嫁出去的是不是女巫？”

在他那个时代人们还相信家神，不过他本人大概是不相信的，仅仅是开开玩笑罢了！“是啊——兄弟，”他沉思地拖长着声音说，“你真应该去读书，可是太晚了！真不知道以后你会过什么样的日子？……把你的那个小本本藏得严实点，要不那两个女人又会找碴儿，笑话你的……兄弟，娘儿们就喜欢干这件事情，专门伤别人的心……”

最近一段时间老板变得不声不响，沉思默想，总是提心吊胆地回头张望，听到门铃的响声也会受到惊吓。有的时候他会突然为了一点鸡毛蒜皮的小事反常地大动肝火，对所有的人厉声喝斥，然后跑出家门，直至深夜才喝得醉醺醺地回来……可以感觉到，在他的生活中发生了一件除他以外谁也不知道的事情，这件事情伤透了他的心。如今，他对生活失去了信心，没有乐趣，只不过是按照常规混日子罢了。

每逢过节，从午饭以后到九点钟我总是外出游玩，晚上则待在亚姆斯卡亚街上的一家小饭馆里。饭馆的老板是个胖子，任何时候都是汗流满面。他特别喜欢唱歌，几乎所有教堂唱诗班里的歌手都知道他的这一爱好，因而常常在他那儿聚会。他们唱歌，老板则为此用伏特加酒、啤酒和茶招待他们。这些歌手都是嗜酒如命，而且枯燥无味的人。他们专为得到款待而来，所以唱歌仅是应付，且又唱的几乎全部是宗教歌曲。由于一些笃信宗教的酒徒认为饭馆不是演唱宗教歌曲的地方，老板就把他们请到自己的房间里去，因而我只能隔着房门听他们唱歌。

但是，不时也有乡村里的农民、工匠到小饭馆里来唱歌。饭馆老板常常亲自到城里去寻访歌手，在赶集的日子，他向来赶集的农民打听哪儿有歌手，然后再把歌手请到饭馆里来。

歌手总是坐在柜台旁边的椅子上，这张椅子的后面是一只横放的装伏特加酒的酒桶，这样，歌手的脑袋恰好对着酒桶的桶底，仿佛衬在一个圆框框里似的。

最佳歌手是又矮又瘦的马具工人克列晓夫，而且他唱的歌曲总是特别优美。克列晓夫精神不振，衣冠不整，棕红色的头发一绺一绺地分开，小小的鼻子像死人那样闪闪发亮，那对细细的、睡意朦胧的眼睛呆滞不动。

他常常闭上眼睛，将后脑勺靠在酒桶的底上，挺起胸膛，用无人可以超越的男高音轻声地唱起像绕口令一般的歌曲：

> 哎，空旷的田野弥漫着茫茫白雾，
> 茫茫白雾掩盖了前面的道路……

唱到这儿，他站起身来，将腰部顶在柜台上，身子后仰，抬起头来对着天花板，深情地唱道：

哎，我将走向何方，走向何方？
哪儿才能找到宽广的道路？

他的嗓音虽小，但不易疲倦，仿佛是用银白色的琴弦穿过这个昏暗小饭馆里低沉的嘈杂声，用忧郁的话语、呻吟、呐喊征服所有的人，就连喝醉酒的顾客也都变得出奇地严肃，默不作声地盯着面前的桌子出神。强有力的情感撞击着我，我的心仿佛都要碎了。每当美妙的音乐神奇地触及心灵深处的时候，我都会产生这种感觉。

小饭馆里安静下来，变得像在教堂里一样，而歌手仿佛就是善良的教士。他并没有传经布道，然而，他确实是用自己的全部心灵真诚地为全人类祈祷，真诚地说出了对人类贫穷生活种种苦难的思虑。那些满脸胡须的人们从四面八方将目光向他射来，一张张野兽般凶残的脸上孩童般纯净的眼睛不停地眨动，露出沉思的神情。偶尔有人发出一声叹息，而这恰到好处地证实了歌曲那种能够战胜一切的威力。在这种时刻，我总会觉得所有的人现在的生活都是虚假的，凭空臆造的，唯有这歌曲才是真正的人类生活！

脸庞胖胖的女贩子雷苏哈坐在角落里，她是一个放荡的、不知廉耻的拉客女人。这时，她把脑袋缩在肥胖的两肩之间，哭泣着，悄悄用泪水洗刷她那无耻放肆的眼睛。离她不远的地方，脸色阴沉的男低音歌手米特罗波利斯基紧紧地靠在桌子上。这是一个毛发浓密，又高又壮的青年男子，像是免去教职的辅祭，带着醉意的脸上瞪着一双大大的眼睛。他看着放在面前的酒杯，把酒杯端了起来，放在嘴边，但重又把酒杯放回到桌上——小心翼翼的，没有弄出一点声响。不知为什么，他喝不下去。

小饭馆里所有的人都屏声息气，仿佛在洗耳恭听那早已被忘却的，但曾经是他们备感珍贵亲切的话语。

克列晓夫唱完了，谦逊地在椅子上坐下。这时，饭馆老板给他递来一杯酒，面带满意的微笑，说：

“啵，不用说，真棒！虽然与其说你是在唱歌，还不如说你是在讲话，但是，不用说，你是个了不起的歌手！这一点，谁也不会否认的……”

克列晓夫从从容容地喝着伏特加酒，小心地清一清喉咙，轻轻地说：

“歌是人人都会唱的，只要有嗓子就成。可是要将歌的灵魂表达出来，那只有我才能做到。”

“得了吧，你别吹牛！”

“没有东西可吹的人才不吹牛。”克列晓夫仍然是轻声地，但却更加固执地说道。

“你把鼻子翘得太高啦，克列晓夫！”小饭馆老板懊恼地说。

“再高也高不过我的灵魂……”

那个脸色阴沉的男低音歌手在角落里狠狠地说：

“你们从这个不像话的天使唱的歌里听懂了什么？你们这些蛆，你们这些倒霉鬼！”

他永远和所有的人大唱反调，和所有的人争执，痛骂所有的人，为此每逢过节几乎必然会遭到别人的毒打，歌手们打他，所有能够打他、想打他的人都打他。

小饭馆的老板喜欢听克列晓夫唱歌，但对歌手本人却难以容忍。他对所有的人抱怨歌手，明显地找碴儿侮辱嘲笑这个马具工人。饭馆里的常客和克列晓夫本人对此一清二楚。

“他的歌是唱得不错，就是太傲慢了，应该治治他才好。”老板说。有些顾客也同意他的看法：

“确实如此，这个小伙子太自高自大了！”

“有什么可翘鼻子的？嗓子是上帝给你的，又不是自己挣来的！再说，嗓子好又有什么了不起呢？”小饭馆老板又一次固执地说。

赞同这个看法的顾客附和他说道：

“说得对，比的不是嗓子，唱的技巧才更重要呢。”

有一次，这位歌手失去了唱歌的兴趣，走了。这时，小饭馆的老板开始怂恿雷苏哈：

“玛丽亚·叶夫多基莫夫娜，你该和克列晓夫玩乐玩乐，撩撩他的心火，让他稍许难受难受，啊？这对你来说容易得很呢。”

“如果我再年轻一点，那还行。”女贩子笑着说。

小饭馆的老板情绪激昂地大声叫了起来：

“年轻顶个屁用！你去干！你该看到，他一直围着你转来转去呢！要是让他害上相思病，那他就会唱歌了，是不是？去吧，叶夫多基莫夫娜，我会感谢你的，行吗？”

但是叶夫多基莫夫娜没有答应。这个高大臃肿的女人垂下双眼，两手拨弄着垂在胸前的头巾上的穗子，乏味地、懒洋洋地说道：

“这得年轻人去干。如果我再年轻一点，呶，那我就不会犹豫了……”

饭馆老板几乎每次都想把克列晓夫灌醉，但是克列晓夫每唱一首歌只喝一杯酒，唱完二三首歌之后，他就用针织的围巾仔细地围好喉咙，把帽子紧紧地扣在头发蓬乱的脑袋上，走了。

饭馆老板也常常找来别的歌手与克列晓夫对阵。当这个马具工人演唱一首歌曲之后，他先夸上几句，然后激动地说：

“今天恰好又来了一个会唱歌的！上来吧，请给大家露一手！”

这些会唱歌的人有时嗓子也挺不错，但从未见过在竞争对手中有人能够唱得像这个个子矮小、相貌平平的马具工人那样纯朴自然，那样诚挚动人。

“是啊，”饭馆老板不无遗憾地说，“唱得确实不错。主要是有一副好嗓子，而且还是用心唱的……”

听众们都笑了，说：

“算了吧，看起来这个马具工人是打不倒的！”

克列晓夫从他那棕红色蓬乱的眉毛下面看看众人，平静而不失礼貌地对饭馆老板说：

“您在胡闹。您找不到有我这样天赋的歌手来与我竞争，我的天赋是上帝给的……”

“我们大家都是上帝给的！”

“您就是把钱全花上去请歌手喝酒，也绝对找不到的……”

饭馆老板的脸涨得通红，他嗫嚅道：

“这可说不定，这可说不定……”

可是克列晓夫还在一个劲儿地向他证明自己的看法：

“我还要告诉您，唱歌，比方说吧，可不像斗鸡……”

“我知道！你唠叨什么呀?!”

“我不是唠叨,我只是想说明,如果唱歌只是消遣消遣,娱乐娱乐,那就是多余的了!”

“得了吧! 最好你还是唱……”

“唱歌嘛,我倒是随时都能,就连在睡梦中也可以唱。”克列晓夫同意了,他小心地清了清喉咙,唱了起来。

于是,一切琐碎小事,所有的污言秽语和不良意图连同那些庸俗的、饭馆里常见的把戏统统都神奇地烟消云散,大家都感受到另一种生活气息,这是梦幻般的、纯净的、充满爱恋和忧伤的生活。

我羡慕这位歌手,极其羡慕他的才华和他驾驭别人的能力,而且他非常擅长发挥这种能力! 我想结识这位马具工人,和他长谈一番,但是我不敢走近他。克列晓夫那双灰白色的眼睛注视大家的目光相当古怪,仿佛对眼前所有人都视而不见。此外,在他身上有一种令我不快的东西,使我难以喜欢他的东西,但我却希望喜欢这个人,而且不仅仅是在唱歌的时候。还有一件令我看了感到不快的事情就是他像老头子那样把帽子扣在头上,再把一条红色的针织围巾裹住脖子,向大家炫耀地说:

“这是我的心上人给我织的,一个小妞儿……”

他不唱歌的时候总是煞有介事地绷着脸,用一只手指头揉搓冻僵的鼻子,对别人的问话也只答上一两个字,一副不屑理睬的模样。有一次我在他的身旁坐下,问了他一句话,他却看也不看我一眼,说:

“滚开,小子!”

我对那个男低音歌手米特罗波利斯基很有好感。他来到饭馆以后就会像背着沉重的东西一般,迈着艰难的步伐走到角落里,用脚一踹,将椅子拨开,坐了下来,再将两只手臂撑在桌子上,两只手掌托住头发蓬乱的大脑袋。他默不作声地喝上两三杯酒,然后清清喉咙,发出很大的响声。饭馆里的人被吓得打个冷颤,一起回过身去看他。他则用两只手掌托住下巴,以挑衅的目光回敬大家,像马鬃一般没有梳理的头发古怪地散落在他那臃肿的紫黑色的脸上。

“你们看什么? 看见什么啦?”他突然大吵大叫地问道。

有的时候,人们会回答他说:

“看见了一个怪物!”

晚上，他常常在这儿默默地喝上几杯，又迈着沉重的步伐，默默地离开饭馆。不过有几次，我听见他模仿着神意阐释者的口吻揭露人们的罪恶。他说：

“我是我的上帝坚贞忠顺的仆人，现在，我要像伊赛亚那样揭露你们！让亚利尔城受苦吧，那儿的无耻之徒、骗子手和形形色色的丑恶败类沉湎于他们卑劣的情欲泥坑之中！让大地的船帆遭难吧，因为它航行在宇宙之中，满载着污秽不堪的小人！我指的就是你们，酒徒，贪吃者，尘世的渣滓！你们这些人不计其数，罪大恶极，天地难容！”

他的声音如同雷鸣，震得窗子上的玻璃也哗哗作响，这一点很能赢得听众的欢心。听众们赞叹这个神意阐释者，说：

“讲得可真带劲，这条毛蓬蓬的狗！”

和他结识倒是一件容易的事情，只要请他吃喝就行。他要了一瓶伏特加酒和一份牛肝拌红辣椒。这是他喜爱的下酒菜，吃过之后，嘴里和所有的内脏都是火辣辣的。我请他告诉我应该读些什么书，他恶狠狠地直截了当地反问我：

“读书干什么？”

看到我窘迫的模样，他变得温和了一些，又大声说道：

“传道书读过吗？”

“读过。”

“那就读传道书！别的不用读了。全世界的智慧都在那儿，只有那些瞪着圆眼睛的绵羊看不懂，换句话说，没有人能看得懂……你是干什么的？唱歌的吗？”

“不是。”

“为什么不唱？应当唱嘛。这是最荒谬的玩意儿。”

坐在邻桌的顾客问他：

“那你自己呢？你不是也唱歌吗？”

“是啊，我是个二流子。怎么样？”

“没什么。”

“这不是新闻。大家都知道你的脑袋瓜里什么也没有，而且以后也永远不会有。阿门！”

他和所有的人讲话都用这种口气，对我当然也是如此，不过，请他吃喝两三次以后，他对待我的态度稍许温和了些，有一次甚至还带着惊讶的口吻问我：

“我看着你，可弄不明白：你是干什么的？你是什么样的人？你的目的是什么？呵，不过——见你的鬼去吧！”

他对待克列晓夫的态度令人费解：在听克列晓夫唱歌的时候，他明显地露出愉快的神情，有时甚至带着亲切的微笑。但他不和克列晓夫结交，谈论这个马具工人时言语粗鲁，对他十分蔑视：

“这是个笨蛋！他会换气，他懂得唱的是什么，但他仍然是头蠢驴！”

“为什么？”

“天生如此呗。”

在他清醒的时候，我想和他交谈交谈，但是清醒的他只会哼哼哈哈，看待任何东西的眼神都是迷迷糊糊，忧郁愁苦的。我从别人那儿听说这个一辈子都喝得醉醺醺的人在喀山神学院学习过，本来可以成为高级僧侣。我对此不敢相信。但是有一次我在向他讲述自己的经历时提及大主教赫里桑夫的名字，这个男低音歌手摇了摇头，说：

“赫里桑夫？我认识。他是我的老师，恩师。那是在喀山，当时我在神学院里，我记得很清楚！赫里桑夫的意思是金黄色，在帕姆瓦·别伦达①的书里就是这么写的，也是对的。真的，他，这个赫里桑夫是金黄金黄的。”

“那帕姆瓦·别伦达是什么人呢？”我问道。米特罗波利斯基只简短地答道：

“这与你不相干。”

回到家里，我在自己的笔记本里写上：“一定要读帕姆瓦·别伦达的书。”我当时觉得，正是从这个别伦达那儿我可以找到解决许多令我坐立不安的问题的答案。

这个歌手很喜欢说一些我不知道的人名，喜欢使用搭配古怪的句子。这一切对我很有刺激。

“生活可不是阿尼西娅！”他说。

---

① 应为别伦达·帕姆瓦，十七世纪乌克兰辞书编纂者。

我问：

“阿尼西娅是什么人?”

“一个有用的人呗。”他回答说。我的困惑不解让他感到可笑。

他运用的这些词语和他曾是神学院学生的这一经历使我认为他知道的东西一定很多,可是他什么都不愿意讲,即使讲了,也是让人摸不着头脑,我为此感到气恼。也许,我问他的方式不合适吧。

即便如此,他仍然在我心中留下了某种东西。我喜欢他在喝醉酒的时候模仿神意阐释者伊赛亚的口吻大声斥责的那种大无畏的气概。

“哦,尘世的污秽与恶臭,”他狠狠地叫道,“在你们这儿坏人得势,好人受气。严酷的日子终会来临,你们将为今天的所作所为而悔恨,但是,为时晚矣,为时晚矣!”

听着他的吼叫,我不由得想起了“好事儿”,想起了怀着满肚子委屈轻而易举地断送自己的洗衣女工纳塔利娅,还有被恶言秽语、流言蜚语的阴影包围的玛尔戈皇后。在我的记忆中已经留下了可以回忆的东西……

我和这个人的交往是短暂的,结束交往的方式也是离奇的。

春天,我在兵营附近的田野上遇见了他,他像骆驼那样迈着大步,不时微微摇摇脑袋。他孤身一人,有点浮肿。

“散步呀?”他声音嘶哑地问。“我们一起走走吧。我也在散步。我的老弟,我病了,病了……”

我们默默无语地走了几步。突然,我们看见在为搭帐篷而挖的深坑里有一个人,他坐在坑底,歪着身子,一只肩膀靠在深沟的泥壁上。他的大衣有一边向上耸起,盖住了耳朵,看上去好像他要脱去大衣但又脱不下来似的。

“一个醉鬼。”歌手站定,做出了这样的结论。

但是,在这个人的一只手下面,有一支大手枪躺在嫩绿的青草上,离手枪不远的地方有一顶制帽,而制帽旁边是一个稍稍打开的伏特加酒瓶,空空的瓶颈掩埋在绿色的草丛里。这个人的脸仿佛害羞似的藏在大衣下面。

我们站了一会儿,没有说话。后来,米特罗波利斯基把两腿叉开,说：

“他开枪自杀了。”

我顿时醒悟过来：这个人不是醉了,而是死了,但是这事件发生得如此突然，真让人不愿意相信。我记得，当时我看着他那从大衣里露出来的又大又光的头颅和一只发青的耳朵，既没有恐惧之感，也没有怜悯之情，我只是难以置信，一个人怎么可能在这个春光明媚的日子里结束自己的生命。

和我同行的男低音歌手用一只手掌使劲搓揉他那没刮胡子的双颊，仿佛怕冷似的。他喑哑地说：

"这是个上了年纪的人啦。老婆跑了，要不就是大把大把地花了人家的钞票……"

他叫我到城里去喊警察，自己则在坑边上坐了下来，把两条腿耷拉在下面，因为怕冷又把身上的旧大衣裹紧一些。我向一个警察报告了这个自杀事件，又赶紧跑了回来。然而就在这段时间内，男低音歌手已经把死人的伏特加酒喝光，正挥舞着空酒瓶迎接我呢。

"就是这个东西把他害了！"他狠狠地叫道，发狂地将酒瓶往地下一摔，把瓶子砸得粉碎。

一个警察跟着我跑了过来，他往深坑里看了一眼，摘下制帽，迟疑不决地在胸前画了一个十字，向歌手问道：

"你是什么人？"

"这不关你的事……"

警察考虑了片刻，更加客气地问道：

"您这是怎么回事？这儿一个死人，您又喝得醉醺醺的？"

"我醉了二十年啦！"歌手用手掌拍着胸脯，自豪地说。

他喝掉了那瓶酒，我坚信，为此他一定会被逮捕。这时从城里跑来了很多人，一个严厉的警察分局局长也坐着一辆轻便马车来了。他下到坑里，掀开自杀者的大衣，看了看他的脸。

"是谁第一个发现的？"

"我。"米特罗波利斯基说。

警察分局局长看看他，令人惊恐不安地拖长着音说：

"啊——你好啊，我的先生！"

一些人围了上来，大概十五人左右，他们气喘吁吁，活跃异常，在坑的上面转来转去，瞧着坑底。有人叫了起来：

"这是住在我们街上的一个当官的，我认识他。"

那个男低音歌手摘下帽子，站在警察分局局长面前，微微摇晃着身体，和他争执起来，含糊不清、瓮声瓮气地叫喊着。后来，分局局长往他的胸口推了一把，他的身体晃了晃，便跌坐在地。这时，分局局长不慌不忙地从口袋里掏出了绳子，歌手则习惯地，而且十分恭顺地把两只手别到背后，任凭局长把他的双手捆绑起来。接着，分局局长开始气冲冲地吆喝围观的人群：

“滚开！混——蛋……”

又有一个年纪很大的警察跑了过来，他的眼睛湿润，红通通的，累得张大着嘴巴。他抓住捆绑歌手的那根绳子的一端，慢悠悠地将他押进城里去了。

我也离开了那儿，心情十分沉重。在我的脑中回响着洪亮的预示着不祥的话语：

“让亚利尔城受苦吧……”

在我的眼前出现了令人痛心的场面：警察不慌不忙地从他那军大衣的口袋里掏出一根绳子，而威严的神意阐释者恭顺地把两只长满毫毛的红红的手放到背后，并且将两只手腕交叉起来，显得那么习以为常，那么熟练……

很快我就打听到这个神意阐释者已被押解出城。克列晓夫随他之后也销声匿迹：他娶了一个有钱的老婆，已经搬到县城去住，在那儿开了一家马具作坊。

……在克列晓夫尚未离开的时候，我曾常常向老板津津乐道地夸奖这个马具工人出色的演唱，以至有一天老板说：

“应该去听一听……”

就这样，他终于坐在小饭馆的桌子旁边，就在我的对面，惊讶地扬起眉毛，两只眼睛瞪得大大的。

在去小饭馆的路上他一直嘲笑我。到了小饭馆以后，起初他也挖苦我，讪笑这里的听众和令人窒息的气味。在马具工人开始唱歌的时候，他的脸上还挂着嘲讽的微笑，动手往杯子里斟啤酒，可是只斟了半杯，他就停了下来，说道：

“呵……见鬼！”

他双手颤抖起来，轻轻地放下酒杯，聚精会神地听着。

“是啊，兄弟，”在克列晓夫唱完以后，他叹息着说，“确实唱得不错……真见他的鬼！我都浑身发热了……”

马具工人扬起头，看着天花板，又开始唱了起来：

一个年轻的姑娘，
离开了富足的村庄；
沿着漫漫长路，
走在空旷的田野上。

“是个唱歌的料啊。”我的老板喃喃说道，摇摇头，微微地笑着。克列晓夫的歌声犹如笛声一般抑扬婉转：

年轻美丽的姑娘，
回答着他的问话；
我是无人需要的孤儿，
只能独自浪迹天涯。

“唱得真好，”我的老板轻轻地说，眨动着已经发红的眼睛，“呵，见鬼……唱得真好！”

我看着我的老板，心里很是高兴。这如诉如泣的歌词迫使整个饭馆安静下来，停止了吃喝。歌声越来越有力量，越来越美，越来越动人心弦：

我们村里的日子，
真是荒凉无比；
我是个年轻的姑娘，
却连晚会也不让参加。
哦，我是一个贫穷的姑娘，
衣服穿戴都不像样，
英俊剽悍的小伙儿，
没人把我放在心上。

有人要我去做填房，
给他当个管家的婆娘；
面对这样的命运，
我怎能情愿心甘……”

我的老板不顾难为情地哭了起来。他坐在那儿，低着脑袋，不停地擦着鹰钩鼻子，泪珠啪啪地滴落在他的膝盖上。

听完第三首歌以后，我的老板情绪激动，又仿佛十分疲惫，他说：

“我不能再待在这儿了，我连气都透不过来，这儿的气味不好，见鬼……我们回家去吧！……”

但是到了街上，他又提议说：

“哎，彼什科夫，我们到饭店里去，吃点东西就成……真不想回家……”

他没有讨价还价就坐上载客的雪橇，一路上沉默寡言。到了饭店以后，刚在墙角的一张小桌子旁边落座，他就环顾四周，开始小声地发泄他的愁绪：

“那头羊搅得我心乱如麻……我的心中堆积了多少忧伤……是啊，你又能读书，又明白事理，那你说说看，这到底是什么鬼玩意儿？你活在世上，春夏秋冬一年年过去，过去了四十年，有了老婆，孩子一大堆，可连个可以谈谈心的人都找不到。有的时候真想吐一吐心里的话啊，真想把所想的一切统统掏出来，可是，找不到一个可以谈心的人！要是和她，就是和老婆，说吧，她才不爱听呢……她怎么会爱听这个呢？她有孩子……唿，还有家务，有她自己的事情！她像陌路人一样，根本不懂得我的心思。照例，老婆在生第一个孩子之前还能算是朋友。真的，我那个老婆，总的来说……唿，你自己也看见的……吹弹歌舞，什么都不会……就是一堆死肉，真见鬼！真苦恼啊，兄弟……”

他大口大口地匆忙喝完苦涩的凉啤酒，沉默下来，只是不停地扯拽着他的长头发。接着，他又说道：

“总的说来，兄弟，人都是混蛋！瞧你在那儿和那些庄稼汉谈天说地，这个那个……我明白，是有许多不正当的，卑鄙的事情——确实如此，兄弟……都是贼！可你以为你的话他们都听进去啦？根本不是！一点儿都没听进去。他们,彼得、奥西普,都是骗子！他们什么都和我说,包括你是怎么说我的,他们也对我讲了,什么都讲了……怎么样,兄弟?”

我吃了一惊,没有说话。

“就是这样!”我的老板笑着说,“你本来打算到波斯去,那倒是对的,在那儿起码你什么都听不懂,讲的是外国话嘛,能听得懂的本国话可全是乌七八糟的下流话啊!”

“奥西普谈论过我吗?”我问。

“那还用说吗？那你以前怎么想的？他的话比谁都多,最能惹事。这个人,兄弟,可是个狡猾的家伙……不,彼什科夫,说话是不起作用的。真理?真理有什么鬼用处？它就像秋天的雪,落在污泥里,融化了,不见了,污泥反倒更多了。你最好还是闭上嘴巴……”

他一杯接一杯地喝着啤酒,可是并没有喝醉,说话的速度越来越快,也更加暴躁:

“常言说得好:话比不上凿子,沉默倒比得上金子。哎,兄弟,苦恼啊,苦恼……他唱得对:我们村里的日子,真是荒凉无比。人人都很孤寂……”

他回头张望了一下,压低嗓音说:

“告诉你,我曾经给自己找到一个……知心朋友。我碰上了一个女人,她独身一人,丈夫因为搞假钞票犯了罪,判他发配到西伯利亚,当时就关在这儿,坐在监牢里。我就和她认识了……她一个钱也没有,唳,你知道,她就干那事儿了……是一个拉皮条的人把她介绍给我的。我仔细一看,多么可爱的人儿！你知道,又漂亮,又年轻……简直棒极了！我和她约会了一次、两次……后来我对她说:这是怎么回事？我说,你的丈夫是个骗子,你自己也不守妇道,那你干吗还要跟着他去西伯利亚呢？你知道,她要跟丈夫到那边去安家落户,就是这样……后来她对我说:不管他是什么人,她说,我就是爱他,我就觉得他好！也许他正是为了我才去犯罪的呢？我和你干这不正经的事情完全是为了他,他需要用钱,他是贵族出身,舒服日子过惯了。她说,如果我是一个人,我就会规规矩矩过日子。您,她说,也是一个好人,我很喜欢您,但就是请您不要和我谈这件事情……真见鬼……我把身上的钱全部给了她,一共八十多个卢布,还有一点零钱。我说,请您原谅,我说……我不能再和您交往,我不能。说完我就走了,就是这么回事……”

他沉默了片刻,突然醉了,身体软瘫下来,嘴里喃喃说道:

"我到她那儿去过六次……你不可能明白那是一种什么样的情景!后来我恐怕又有六次走到她家门口,但是下不了决心走进去……我不能进去!现在她已经走了……"

他把双手放在桌子上,活动着指头,小声地说:

"求上帝保佑,别让我再遇见她……别再遇见她!那就这样,让一切都见鬼去吧!我们回家去吧……走吧!"

我们走了。他脚步踉跄,嘴里含混不清地说:

"就是这么回事,兄弟……"

他讲述的故事并没有使我惊讶,我早就感到在他身上发生了一件不同寻常的事情。

但是,他对生活的看法,特别是有关奥西普的那些话使我非常压抑……沮丧。

二十

我在这座死气沉沉的城市里,在那些空空荡荡的房屋当中干了三年"监工",看着工人们秋天拆毁难看的用砖砌成的店铺,春天重又砌起仍然是难看的砖房。

我的老板每月付给我五个卢布的工钱,如何充分发挥这五个卢布的作用,他是非常关心的。如果某个店铺要重铺地板,那我就得在铺地板的地方挖地一俄丈,并将土送出去。如果雇流浪汉来干这项活,就要支付他们一个卢布,但是交给我干,那就一个子儿也不用付了。不过,我忙于这个活计,就无暇去注意那些木匠,他们会乘机拧下门锁,卸下门的把手,还偷走各种各样零碎物品。

不论是工人,还是包工头都千方百计蒙骗我,想方设法偷东西,这一切几乎都是公开干的,仿佛他们只是屈从于某种无聊的义务。每当我揭穿他们的鬼把戏时,他们却一点都不生气,非但不生气,还显得十分惊讶:

"你为挣五个卢布这么卖力地干,倒好像是挣二十个卢布似的。真叫人好笑!"

我向老板指出,他让我干活虽然省下一个卢布,但造成的损失总有十倍之多,他却对我挤挤眼睛,说:

"得了,别装啦!"

我明白,他怀疑我和他们串通在一起搞偷窃。这使我对他产生一种厌恶感,但并未惹我生气。实际情况就是这样:人人都偷,我的老板本人也喜欢拿别人的东西。

集市结束以后,我的老板在检查由他承担修缮的店铺时,如果发现别人忘记拿走的茶炊、器皿、地毯、剪刀等物品,有时则是装货的箱子或是货品,他就会笑着对我说:

"把这些东西列个清单,然后统统送到货仓里去。"

事后,他又不断地将这些物品拖回家去,并且要我一次次地修改所列的清单。

我不喜欢这些,不想拥有任何物品,连书本都觉得是个累赘。我自己除了一本小部头的贝朗瑞作品和海涅诗集以外,一无所有。我希望得到普希金的作品,但城里只有一个旧书商,这个厉害的小老头对普希金作品要价太高。我不喜欢老板家里的家具、地毯、镜子和堆满房间的所有物品,这些东西粗笨难看,还散发出颜料和油漆的气味,让人很不舒服。总的说来,老板家的几个房间我都不喜欢,这些房间就像一个个箱笼,里面塞满了无用多余的东西。老板还要把别人的东西从货仓里拖回来,使他周围的废物越来越多,令人讨厌。玛尔戈皇后的房间虽说也很拥挤,但却很漂亮。

我觉得生活是乱七八糟的,荒谬的,生活中显而易见的蠢事太多太多。比方说吧,我们改建这些店铺,可是到了春天,大水会将店铺淹没,地板就会翘起来,外面的门也会变形,大水退了以后,房屋的梁木已经腐烂。十年来,大水年复一年地淹没这个集市,冲毁房屋和道路。每年一次的水灾给人们造成巨大的损失,大家也都清楚,这种水灾是不会自行消失的。

每年春天,浮冰总会撞坏一些驳船和几十条小船。人们唉声叹气一番,又造出新的船只,然后,浮冰再把这些新船冲毁。我们总在原地打转转,这是多么荒唐!

我提出这个看法,询问奥西普。他露出惊诧的神色,哈哈大笑:

"哎呀,你呀,真是个万把钩,爪子到处抓!这些事情和你有什么相干?关你什么屁事,啊?"

但顿时他又变得认真起来,只是挂在嘴角上的讪笑和那对不像老人的天蓝色明亮的眼睛里闪烁着的嘲弄神情并没消失。他说:

"这件事你注意得很有道理。就算这件事情与你没有任何关系,但也许能派上用处!告诉你,你还得注意什么事儿……"

他讲了起来,虽然言词略显干巴,但却夹杂着许多俏皮话,出人意料的比喻和各种各样的插科打诨。

"比方说,人们都抱怨地太少了,可是每到春天,伏尔加河就冲击两岸,把泥土带走,将它放进河床,变成伏尔加河的浅滩。此时,另外一些人又抱怨开了,说伏尔加河的水变浅啦!春天的洪水,还有夏天的雨水冲出一条条小沟,泥土又跑到河里去了!"

他的话音之中没有惋惜,也没有怨愤,仿佛只是因为他十分了解人们对生活的抱怨而津津乐道。虽然他讲话的内容与我的想法不谋而合,但我并不感到愉快。

"还有一件必须注意的事情——火灾……"

我想起伏尔加河对岸的树林似乎没有一个夏天是不发生火灾的,每年七月,混浊的黄色烟雾就会遮蔽天空,火红的太阳不再生辉,变成一只患病的眼睛瞧着大地。

"森林的事情无关紧要,"奥西普说,"这是老爷的产业,公家的财产,庄稼人是没有树林的。要是城里着火了,这也没有多大关系,反正住在城里的都是阔佬,用不着可怜他们!你注意一下乡镇、村庄,一个夏天要烧掉多少村庄啊!也许不少于一百个吧,这才是真正的损失呀!"

他轻轻地笑了起来。

“那些人财产庄园齐全，可就是没有能耐！结果呢，你和我就得出了结论，好像人工作不是为了自己，不是为了土地，倒成了是为火灾和洪水而干活了。”

“你笑什么呀？”

“干吗不能笑呢？眼泪又扑灭不了大火。要是眼泪掺进春汛，那水势就更加凶猛啦。”

我知道，这个仪表端庄的老人是我所见过的所有人当中最聪明的一个。但是，他究竟爱什么，究竟恨什么呢？

我正在这么想着，他又继续迸出了干巴巴的字眼，就像将干柴添进了篝火里：

“你瞧瞧，人们是多么不珍惜精力，既不珍惜自己的精力，也不珍惜别人的精力，是不是？你的老板把你折腾得够呛吧？还有那白酒让这个世界付出了多大的代价？这是无法计算的，任何一个聪明的脑袋也算不出来！如果是农民的木屋给烧光了，那还可以再造一间；如果好端端的庄稼汉平白无故地完蛋了，那是无法挽回的！阿尔达利翁就是一个例子。或者拿格里沙来说吧，你瞧，那样的庄稼汉突然着火啦，那就完蛋了！这个格里沙是有点傻头傻脑，但他总算是一个真诚可爱的人呢！可是他就像一捆干草，冒了一股烟就完了。那些娘儿们就像是在森林里吃死人肉的蛆，一个个向他扑去，把他害了。”

我没有生气，只是用好奇的口吻问他：

“你干吗要把我的想法告诉我的老板？”

他平心静气地，甚至亲切地向我解释道：

“我是要让他知道你有哪些危险的想法，应当让他开导开导你。除了你的老板，还有谁能开导你呢？我告诉他这些情况不是出于恶意，而是因为我怜惜你。你这个小伙子不是笨人，但脑袋瓜子里有魔鬼在捣乱。要是你干偷偷摸摸的事情，我是不会讲的；去泡小妞儿，我也不会讲；要是去喝酒，我也不会说出去！可是你的那些大胆放肆的想法我是一定要告诉你的老板的。你得记住……”

“那我以后不和你说话了。”

他沉默了片刻，用指甲抠掉手掌心上的树脂。然后，他向我投来一瞥亲切的目光，说：

“这是一句空话，你会来找我说话的！你另外还能和谁谈心呢？找不着人啦……”

我突然觉得这个穿戴得干干净净，办事仔细认真的奥西普与那个对一切都漠不关心的司炉工人雅科夫十分相像。

他时而像饱览经书的彼得·瓦西里耶夫，时而像马车夫彼得。有的时候在他身上也有某种与外祖父相同的东西——他与我所见过的老人都有这样或那样的相似之处。这些老人都十分有意思，但我感到难以与他们生活在一起，因为那是沉重而令人厌恶的。他们仿佛在腐蚀人的灵魂，他们充满智慧的话语会像棕红色的铁锈蒙在人们的心上。奥西普是好人吗？不是。是坏人吗？也不是。他是一个聪明人，只有这一点我心中清清楚楚。但是，他的智慧既以其灵活善变令我叹服，却又使我消沉沮丧。最终，我开始感到他的智慧总是千方百计地刁难我，与我敌对。

在我的心灵深处渲泄出一些阴暗的思想：

“所有的人，尽管嘴里说着亲切的话语，脸上挂着温和的微笑，其实相互之间格格不入，而且，在这个世界上所有的人也都是形同陌路，好像谁也没有用爱心这根坚固的纽带把自己与整个世界联系在一起。唯有外祖母一人热爱生活，热爱一切。只有外祖母和杰出的‘玛尔戈皇后’具有爱心。”

有的时候，这些思想和类似的看法犹如浓重的乌云聚集在一起，生活就会变得压抑而沉重。可是怎样才能改变这种生活方式呢？到哪儿去呢？除了奥西普以外，简直连一个可以交谈的人都没有。这样，我和他交谈的次数越来越多了。

他带着明显的兴趣听着我热情洋溢的高谈阔论。他为了弄清想知道的东西，反复向我提出问题，然后平静地说：

“啄木鸟非常执着，但并不可怕，没有人怕它！我诚心诚意地给你出个主意：你还是进修道院吧，在那儿过到成年再出来。这样，你既能用好言好语去安慰虔诚的祈祷者，自己也能得到宁静，而那些修道士又有了收入！我真心实意地劝你这么做。这个世道，看样子，你好像还对付不了……”

我不愿意到修道院里去，但我感到我已经迷失了方向，被困在无法理解的事物的魔圈里打转，心情忧郁，烦恼。生活开始变得像秋天的树林：采蘑菇的季节已经过去,在空旷的林子里无事可做,而且你对它已经看透了。

我既不喝伏特加酒,也不和姑娘们鬼混,书本代替了这两种形式,使我的灵魂陶醉。然而,书读得越多,我越不能容忍这种空虚的,毫无必要的生活,虽然我也感觉到,别人的生活也是如此。

我刚刚十五岁,但是有的时候我会感到自己已经上了年纪。我的经历,我读过的书籍以及我忐忑不安考虑的各种问题一起积压在心头,因此,我的内心仿佛膨胀起来,变得十分沉重。探察一下,我发现我的内心世界犹如一个非常拥挤地堆满了各种物件的储藏室,挤满了各种观感印象,而要想把这些东西理出一个头绪,我既没有力量,也不具备能力。

虽然我的观感印象十分丰富,但这一重负就像盛满在容器里的水那样,晃晃悠悠,并不稳固,也弄得我时而摇摆不定。

我不喜欢灾难、疾病、抱怨,达到厌恶的程度。每当我看见残忍的事情:流血、斗殴以及对人的挖苦嘲讽,心中就会产生本能的憎恶。这种憎恶之感往往很快就会发展成冷酷的狂怒,于是我本人也像野兽一样动手打架。事后,我总是感到无以复加的羞愧。

有的时候,我会产生一种难以克制的愿望,想把折磨别人的人毒打一顿,于是,我就盲目地冲过去打架。现在每当想起这种由无能为力产生绝望而引起的发作,心中仍然感到羞愧惆怅。

在我的内心世界里生活着两个人。一个人对种种卑鄙下流的事情见得太多,故而有点胆怯;又因为了解生活中种种可怕的事情而感到压抑,开始对生活、对别人抱着不信任的怀疑的态度。他怜悯所有的人,也怜悯自己,但又束手无策。这个人幻想一种宁静安详的、与世隔绝的生活,只与书本为伴,不与他人交往。他所向往的地方是修道院,是林中的看守小屋,是铁路线旁的小岗棚。他想去波斯,希望在城郊的某个地方谋个守夜人的职务,人越少越好,离他们越远越好……

另一个人读过充满智慧的好书,受过书中神圣精神的洗礼。他看到世俗生活中可怕的东西拥有难以抵御的势力,感觉到这股势力不费吹灰之力就能砸破他的脑袋,用肮脏的脚底踩碎他的心,于是,他就紧张地自我防卫,咬紧牙关,握紧拳头,随时准备应付所有的争执和搏斗。这个人满怀爱心,他的恻隐之心常常见诸于行动,就像法国长篇小说中见义勇为的英雄那样,遇有情况,顿时就会拔出鞘里的长剑,进入战斗状态。

那时候,我有一个恶毒的仇敌,他是小波克罗夫斯卡亚街上一家妓院里打扫院子的人。我是在一天早晨到集市上去的路上与他认识的,当时他在妓院大门旁边把一个醉得不省人事的姑娘从出租的四轮马车上拖下来。他抓住她那袜子已经脱落的两条腿,让她的身体一直裸露至腰部,不知廉耻地揪她,又叫又笑,还往她的身上啐唾沫。那个姑娘一颠一颠地从马车上滑下来,无精打采,目光茫然,嘴巴张开着,仿佛脱了臼似的软绵绵的胳膊放在脑后。她的后背、后脑勺和发青的脸依次磕碰着马车的坐垫、脚蹬,最后脑袋撞上了石头,整个人倒在了马路上。

马车夫扬起鞭子将马抽了一下,把马车赶走了。这时,扫院子的人紧紧抓住姑娘的两条腿,一步步向后退去,像拖死人那样把姑娘往人行道上拖去。我简直气疯了,急忙跑了过去。幸好在跑动的过程中我把一个一俄丈长的水准仪扔了,或者是无意之中掉了,这才让那个扫院子的人和我避免了一场大祸。我紧跑几步,揍了他一下,把他打翻在地,然后跳上台阶,拼命地拉门铃。有几个样子粗野的人跑了出来,我无法向他们做任何解释,就捡起地上的水准仪,走了。

在下坡的地方我追上了马车夫,他坐在赶车的位置上,居高临下地看着我,赞许地说:

"你打得真棒!"

我气呼呼地问他,他怎么能允许那个打扫院子的人如此欺侮那个姑娘。马车夫平和而厌恶地说:

"关我什么事?见他们的鬼去吧!老爷把她送上马车的时候,他已经付过车钱了。至于谁打了谁,这与我有什么相干?"

"如果他们把她弄死了呢?"

"嘿,这种人就那么容易被弄死吗?"马车夫说话的口气倒像他试过不止一次,想把那些醉醺醺的姑娘弄死似的。

从那天起,我几乎每天早晨都会看见那个打扫院子的人。我走在街上,他呢,或者在扫马路,或者坐在台阶上,仿佛在等我。我走到他身边,他就立起身来,卷起袖子,用警告的口吻对我说:

"哼,现在我要好好治治你!"

他的年纪已经四十开外,个子矮小,生着一双罗圈腿,肚子大得像是怀孕的女人。他笑眯眯地看着我,眼睛炯炯有神。当我看到他的那双眼睛竟然是善良而快活的,真是惊诧得不知所措。他并不会打架,而且两条胳膊比我的胳膊短,在打了两三个回合以后就败下阵去,背靠在大门上,惊讶地说:

"呶,你等着吧,棒小子!……"

这种厮打搞得我厌烦了。有一天,我对他说:

"听着,傻瓜,请你别再纠缠我了!"

"那你为什么要打人呢?"他用责备的口气问我。

我也问他为什么要那么可恶地欺侮那个姑娘。

"这和你有什么关系?你可怜她吗?"

"当然可怜了。"

他沉默了片刻,擦擦嘴唇,问道:

"那你可怜猫吗?"

"呶,猫,我也可怜……"

这时他对我说:

"你是个笨蛋,骗子!等着瞧吧,我会收拾你的……"

我不能不经过这条街,因为这是一条最近的路。我开始提早起床,避免与这个人相遇。然而,几天以后我又看见他了:他坐在台阶上,抚摩着一只躺在他膝盖上的烟灰色的猫。当我走到离他还有三步左右的地方,他跳了起来,拎起猫的脚,使劲将猫的头往石柱子上一撞,弄得一股热乎乎的东西溅在我的身上。接着,他把那只猫往我的脚边一扔,站在边门口,问道:

"怎么样?"

呶,还能怎么样呢!我俩像两条疯狗,扭打起来,满院子滚来滚去。事后,我坐在下坡地的杂草丛中,无法形容的惆怅和痛苦几乎使我丧失理智。我咬紧嘴唇,不让自己嚎啕痛哭,大喊大叫。每逢想起这件事情,我仍然会产生极端的厌恶之感,痛苦得浑身发抖。同时,我也感到奇怪:当时我怎么会没有发疯?没有打死人呢?

为什么我要讲述这些污秽不堪的事情?这是为了让你们,慈悲为怀的先生们,知道这种事情并没有过去,还没有过去!你们喜欢凭空臆造恐怖的故事,喜欢用美丽的词藻渲染残酷的故事,虚幻离奇的恐怖会给你们带来快乐的刺激,可是,我了解现实生活中的恐怖,知道日常生活中可怕的事情。而且,我有不可否定的权利讲述这一切,让你们得到不快乐的刺激,从而使你们记住你们在怎样生活,依靠什么而生活。

我们大家都过着卑鄙庸俗、肮脏下流的生活,这就是问题的症结所在。

我非常热爱人们,不愿给任何人带来磨难。但是,不能感情用事,不能温情至上,不能用花言巧语和美丽的谎言来掩饰严酷的现实。只能面对生活,正视生活!应当使我们心中和头脑中的一切美好的、人所固有的东西融合在生活之中。

……人们对待女人的态度尤其令我气恼。在读了许多长篇小说以后,我把女人视为生活中最美好、最有影响的人。我的外祖父、外祖母讲述的关于圣母和聪明的瓦西里萨的故事,不幸的洗衣女工纳塔利娅以及我所见到的女人们——生命的母亲们——千百次用来使缺少欢乐、缺少爱心的生活变得美好一些的目光、微笑都证实了我的这种看法。

屠格涅夫的作品赞美妇女,我也用我所知晓的妇女的种种美好特点来装饰牢记在脑海中的“玛尔戈皇后”的形象。海涅和屠格涅夫的作品为此提供了特别丰富的宝贵材料。

傍晚,在从集市回家的路上,我往往在城墙附近的山头上停下脚步,观看太阳在伏尔加河对岸慢慢落下,观看天空中火红的晚霞像河水一般流泻,而地上这条我心爱的长河先呈一片红色,尔后又变成深蓝的颜色。在这种时刻,有时整个大地仿佛就是一艘押解囚犯的大驳船。它又像一头猪,正被无形的轮船懒洋洋地拖向不知什么地方。

但是,我更常常思考的是大地的广博,想象我在书中看到的城市和生活方式完全是另外一种样子的外国。外国作家在作品中所描述的生活比较纯净,比较可爱,不像我们周围缓慢而单调的生活那么艰难,这就使我产生了执着的向往,相信可能换一种生活方式,从而心中的惶恐不安也得以缓解。

我一直觉得我很快就会遇上一位朴实而贤明的人,他会把我引上一条宽阔的光明大道。

有一天,我坐在城墙下面的长凳上。突然雅科夫舅舅在我身边出现。我没有看见他走过来,也没有立即认出他来。虽然这几年我们住在同一座城市,但是很少见面,都是偶然相遇后就匆匆分手了。

“嘿,你给拉长啦。”他推我一把,开玩笑地说。我们聊了起来,就像是两个认识很久的外人。

我从外祖母的讲话中得知,这几年来雅科夫舅舅已经完全破产,所有的财产都被挥霍一空。他曾经做过羁押站的副看守长,但是结局很糟糕。看守长病了,雅科夫舅舅就在自己家里为被押解的犯人举办快活的宴会。这事被张扬出去以后,他被解除了职务,并被送上法庭,罪名是夜里他就放犯人到城里去“玩乐”。这些罪犯中没有人逃跑,但其中有一人恰恰在使劲掐死一个助祭的时候被当场抓获。侦讯工作拖了很长时间,但这个案子最终也没有提交法庭处理,因为囚犯和看守们机智地袒护我那好心的舅舅,把他从中解脱了出来。现在他失业在家,靠儿子养活。他的儿子在当时颇有名气的鲁卡维什尼科夫教堂唱诗班里唱歌。舅舅对他的儿子的评论听起来也颇为奇怪。

“他现在变得一本正经,很了不起的样子!在唱诗班里独唱。要是没能按时给他准备好茶炊,或者没有刷干净他的衣服,他就会发脾气!是个认真细心的小伙子!也爱干净……”

舅舅本人明显地见老了,浑身肮脏,头发脱落,萎靡不振。他那一头神气的鬈发变得十分稀疏,两只耳朵张开,在眼白上和刮光了胡子、皮肤光滑的脸颊上布满了密密的红色血管。他说话时带着开玩笑的口吻,然而他的嘴里仿佛含着什么东西,影响舌头的转动,虽然他的牙齿是完整无缺的。

我很高兴有机会和这个善于快快乐乐地生活,见识很广,应当也有丰富知识的人交谈。我清楚地记起他那生动活泼、滑稽可笑的歌曲,在我的脑海中浮现出外祖父对他的评价:

“唱起歌来像是大卫王,可是做起事情来却是毒辣的押沙龙!”

穿戴整洁的人们走在人行道上,经过我们身边来来往往,有雍容华贵的太太,有文官和武官。我的舅舅身穿一件破旧的风衣,头上戴一顶揉皱的便帽,脚踏一双棕红色的皮靴。他蜷缩起身子,显然是为这身打扮感到不好意思。我们离开了这个地方,走进波恰因斯基峡谷的一家小饭馆,在窗口坐下。这个窗子开着,面对商场。

“您还记得您唱过的这首歌吗?

一个乞丐晾出包脚布晒干，
另一个乞丐偷走包脚布……”

当我念到这几句歌词的时候，突然第一次领悟到其中讥诮的含意。因此，我也感到这个生性快活的舅舅既恶毒又聪明。

我的舅舅只是一面往杯子里斟伏特加酒，一面沉思地说：

“是啊，我玩乐过，胡闹过，只是还没过够呢！这首歌不是我编的，是宗教学校里的一个教师编的。他已经死了。他叫什么名字来着？忘了。我们以前是朋友。他是个光棍，拼命地喝酒，后来就死了。是冻死的。在我的记忆中有多少人是喝酒送了命啊！数都数不过来！你不喝酒吗？那就别喝，等几年再说。你能常常见到外祖父吗？他是个不快活的小老头，好像神经不大正常。”

喝酒以后，他变得精神焕发，挺直了身子，显得年轻了，话锋也锐利了。

我问起关于罪犯的那个案子。

“你听说啦？”他问道，接着向四处张望了一下，压低嗓音说：

“罪犯，那又有什么关系呢？我又不是他们的审判官。我觉得他们就是普通的人嘛，所以我说：弟兄们，让我们和和睦睦地生活，快快活活地过日子吧。我说，有这么一首歌：

命运即使要把我们折磨，
也不能阻挡我们欢乐；
我们要为欢笑而生活，
不过快乐日子的人是傻瓜一个！”

他笑了起来，看看窗外渐渐暗下来的峡谷，峡谷底下是一排排的货摊。他摸摸唇髭，又继续说道：

“他们当然很高兴，监狱里实在太无聊了。呶，就这样，晚上点过名以后，他们就跑到我那儿去，喝酒吃菜，有的时候由我准备，有的时候是他们花钱。那个快活劲儿，俄罗斯大地母亲都摇晃啦！我喜欢唱歌跳舞，而他们当中有非常出色的歌手和跳舞的行家，简直让你叫绝！有一个人戴着镣铐，嗷,戴着镣铐还怎么跳舞呢？因此我就准许卸下镣铐,这是真的。其实,他们自己就能把镣铐卸掉,用不着铁匠,这些人可机灵呢,简直让你叫绝！至于说到我放他们到城里去打劫,那是胡说八道,这件事到现在还没找着证据呢……”

他沉默了片刻,看看窗外的峡谷,那儿的旧货摊主正在收摊锁柜,铁闩咔喳咔喳作响,生锈的扣环吱吱地叫,有几块木板倒了下来,发出沉闷的响声。接着,他兴奋地对我眨眨眼睛,声音不大地继续说道：

“如果说真话,确实有一个犯人每天夜里都进城去,不过他不是戴镣铐的重犯,只是当地的,下诺夫哥罗德的一个小偷。他有个情妇,住得不远,就在佩乔尔卡街上。再说助祭的那件事情是搞错了,把助祭当成了商人。事情发生在冬天,又是夜里,狂风暴雪,所有的人都穿着皮大衣,匆忙之中哪能分清谁是商人,谁是助祭呢？”

我觉得这很可笑。他也笑着说：

“上帝作证,真是鬼才分得清呢……”

这时,我的舅舅突然莫名其妙地发起火来,他把盛菜的盘子往旁边一推,厌恶地皱起眉头,点上一支纸烟,瓮声瓮气地嘟囔道：

“就这么你偷我的,我偷你的,然后再你抓我,我抓你,关进监狱,送到西伯利亚,做苦役,嗷,这些与我有什么相干？我对所有的人都不在乎……我有我自己的主心骨！”

在我的面前出现了头发蓬乱的司炉工人,他也经常说“别在乎”,他的名字也叫雅科夫。

“你在想什么？”我的舅舅温和地问道。

“您可怜那些犯人吗？”

“谁都很容易可怜他们,有一些好小伙子,简直让你叫绝！有时候,你看着他们,心里就会想道：虽然我管着他们,其实,我连做他们的鞋底都不配！这些鬼东西真聪明,又机灵……”

酒和回忆又使他兴奋起来,他把一只胳膊支在窗台上,挥舞着另一只黄黄的手,手指中间夹着一根烟头,兴致勃勃地讲了起来：

“有一个犯人,一只眼睛瞎了,是个雕刻匠,又是摆弄钟表的能手,因为犯了制造假币罪被关了起来,也逃跑过。你真该听听他讲的话！就像一把火！简直是独唱演员在歌唱。他说：请你们解释一下，为什么公家能够印钞票，而我就不能？请解释清楚！谁也没法向他解释清楚，没有人能够解释得了，我也解释不了，可我还是管他们的官儿！另外一个犯人是莫斯科有名的小偷，文文静静的，穿得挺讲究，也爱干净，说起话来很客气。他说：人们干活干得头昏眼花，但是我不想这样。他说，以前我也试过，干哪，干哪，结果累得成了个傻瓜。花一个小钱去喝酒，两个小钱输在牌桌上，再花五个小钱去和娘儿们亲热亲热，然后又是挨饿受穷。不，他说，我可不玩这套把戏……”

雅科夫舅舅对着桌子俯下身去，满脸通红，一直红到头顶，激动得连两只小小的耳朵都颤动起来。他继续说道：

“小伙子，他们可不是傻瓜，他们的话说得很对！让那些无聊的麻烦事儿统统见鬼去吧！比方说，我这辈子是怎么过的？想起来真丢脸。一切都是一点一点偷偷干的。痛苦是我的本分，快乐却是偷来的！要不就是父亲大叫大嚷：不准你这样！要不就是老婆阻三挡四：不行不行！我自己还常常为了个把卢布缩手缩脚。就这么把日子混过去了，老了，老了，还给儿子当起了听差。这有什么好隐瞒的呢？小伙子，我是恭恭顺顺地伺候他，可他还拿出老爷的派头，对我吆三喝四。他嘴里叫的是‘父亲’，可我听起来是‘当差的’！难道我生下来就是为了伺候儿子？我辛辛苦苦一辈子，临了就是伺候儿子吗？就算没有这件事，那我活着究竟是为了什么？我得到过许多快乐吗？”

我听得并不专心。虽然我不希望，也不期待得到回答，但我还是问道：

“我也不知道，我应该怎样生活……”

他笑了一下。

“呶……又有谁能知道呢？我从没有见过懂得如何生活的人！大家就这么过日子，各人有各人的活法……”

接着，他又带着委屈，不高兴地说：

“以前我那儿有过一个从奥廖尔来的犯人，犯的强奸罪，是个贵族，跳起舞来棒极了。他常常唱一首关于万卡的歌，给大家逗乐：

万卡在坟堆里遛达，

这件事情非常平常！
哎，你呀，万卡，
离开坟堆远点吧……

我就想，这一点也不可笑，这是真情实话！不管你怎么转悠，到头来逃不脱坟场。到了那个时候，犯人也罢，管犯人的看守也罢，对我来说反正都是一样……"

他说累了，喝了点酒，像鸟儿那样，用一只眼睛往空酒瓶里看了看，又默默地点上一支纸烟，从唇髭间吐出烟来。

"不管你如何挣扎，不管你怎样期望，谁也别想躲避棺材和坟场。"与雅科夫舅舅全然不同的泥瓦匠彼得也常常这样说。诸如此类的口头禅我听得实在太多啦！

我不想再向雅科夫舅舅问什么了，和他待在一起我心里十分难受，也很可怜他。我总是想起那些活泼轻快的歌曲和那从柔和的忧伤中透露出欢乐的吉他琴声。我也没有忘记快活的"小茨冈"，我没有忘记。看着雅科夫舅舅萎靡不振的身影，我不由自主地想道：

"他还记得他是怎样用十字架压死'小茨冈'的吗？"

我不想问这件事了。

我看看峡谷，峡谷已经完全沉浸在八月里潮湿的幽暗之中，从那儿弥漫起苹果和甜瓜的香味。在通往城里的狭窄的通道上灯光闪烁，这一切我都极其熟悉。马上轮船的汽笛就要响了，一艘开往雷宾斯克，另一艘开往彼尔姆……

"呵，我们该走啦。"雅科夫舅舅说。

在小饭馆的门口，他拉拉我的手，以玩笑的口吻劝我说：

"你别发愁。你好像有点发愁，是不是？别在乎！你还年轻，最主要的一点在于你要记住：命运也不能阻挡我们欢乐！呶，再见啦，我该去做圣母升天节的礼拜了！"

快活的雅科夫舅舅走了，而我对他所说的话仍然理不出一个头绪。

我爬上通往城里去的高坡，来到了田野上。那天恰巧是满月，沉重的乌云飘在天空，黑色的阴影从地上抹去了我的影子。我沿着城边穿过田野来到伏尔加河岸边,在岸坡上落满尘土的草地上躺下,久久地眺望河的对岸,眺望草场和这片静止不动的大地。浮云的阴影慢悠悠地越过伏尔加河,落在对岸的草场上,变得明亮起来,仿佛被河水洗净了一般。周围的一切朦朦胧胧,万物沉寂,所有的运动仿佛都是勉强而为,迫不得已,并不是出于对活动,对生活怀有火焰般的热情。

我真希望给整个大地和我自己美好的一击,以使一切,包括我自己在内,旋转起来,像欢乐的旋风,像节日里的舞蹈,而跳舞的人们相互热爱,同时也热爱这种为了另一种更美好、更充实、更真诚的生活而开始的新生活……

我心中想道:

"我必须要求自己有所作为,否则我就完了……"

阴沉的秋天,不仅看不见太阳,也感觉不到阳光的温暖,以至能够忘却太阳的存在——就在这样的秋日里,我不止一次在森林里迷过路。当你已经离开了大路,又找不到小路,而且身心疲惫,无力继续寻找的时候,只能咬紧牙关,穿过密林,踩着腐烂的树枝,经过沼泽地凹凸不平的土墩,径直向前。这样,最后你总能走上宽阔的大路!

就这样,我做出了决定。

这一年的秋天,我动身到喀山去了,抱着也许在那儿能够找到地方读书的热望。

我 的 大 学

王志棣　译

这样，我就要去喀山大学读书了。至少如此。

使我产生上大学念头的是中学生尼·叶夫列伊诺夫。这是个招人喜欢的小伙子，长相英俊，有一双女人般温柔的眼睛。他就住在我们这幢房子的阁楼上，他常常看见我手里拿着书，便对我产生了兴趣，这样，我们就结识了。不久，叶夫列伊诺夫断定我"对科学研究具有非凡的才能"，并要我也对此深信不疑。

"您天生就是为科学服务的。"他优美地甩动着他那一头马鬃般浓密的长发，对我说。

那时我还不懂得，就连一只家兔也可以为科学服务。可是叶夫列伊诺夫却很动人地向我证实：大学里需要的正是像我这样的青年人。自然，还把先辈米哈伊尔·罗蒙诺索夫搬了出来。叶夫列伊诺夫说，到了喀山我可以住在他的家里，用一个秋季和一个冬季读完中学课程，"随便"通过几门考试（他正是这样说的："随便"通过几门考试），大学会给我提供助学金，再过五年左右我就能成为一位"学者"啦。一切似乎都很简单，因为叶夫列伊诺夫当时才十九岁，而且他还有一颗善良的心。

考试完毕，他就走了。过了两星期左右，我跟着也动身了。

给我送行的时候，外祖母对我说：

"你别再跟人发火了，你老是生气，变得那么严厉，傲慢！这是跟你外祖父学的，可你外祖父算个啥？苦老头儿，一年一年地活过来，却成了个傻瓜。有一点你要记住：上帝可不谴责别人，魔鬼才得意洋洋地干这个呢！呶，再见吧……"

她一面擦去她那松弛的褐色面颊上的几滴泪水，一面又对我说：

"我们再也见不着啦，你这个不安分的孩子呀，要跑远了，远走高飞了，可我是活不长啰……"

近来，我跟我亲爱的老外婆疏远了，难得见到她，但现在一想到这个对我如此骨肉情深，至亲至爱的人，我将和她永别了，突然心中难过极了。

我站在轮船的船尾一直望着她，她站在码头边上，一只手在胸前画着十字，另一只手拉着旧肩巾的角擦脸，擦她那双总是闪烁着对人充满了爱意的、闪闪发光的黑眼睛。

于是我来到了这个俄罗斯人和鞑靼人各半的城市，住在一所平房宅院的小套间里。这所平房孤零零地坐落在一条简陋的小街尽头的土丘上。房子的山墙一面朝向一片火烧场。火烧场上密密麻麻长满了野草，在苦艾、牛蒡、马蓼等杂草丛中和接骨木的灌木丛里高高突出的是倒塌了的砖瓦建筑物的断壁残垣。瓦砾场下面是个面积很大的地窖：无家可归的野狗在此安身，在此死去。这个大地窖也是我的一所大学，令我难以忘怀。

叶夫列伊诺夫一家，母亲带着两个儿子，靠一份可怜的抚恤金过日子。我来到她家的最初几天，就经常看见这个脸色苍白、身材矮小的寡妇从市场上回来，将所购物品摊放在厨房里的桌上，愁苦万分地思量如何解决面临的难题：即使不把她自己计算在内，又怎能用这么几小块不好的肉来给三个健壮的大小伙子做出一顿数量足够的美餐呢？

她沉默寡言，那双灰色的眼睛里总是含着无奈、温良而顽强的神情，好像是一匹拉车上坡的马儿，虽然已经筋疲力尽，明知自己拉不动了，可仍然在拉着！

我来到她家之后，大约过了三天的那个早晨，她的两个儿子还在睡觉，我在厨房里帮她拣菜，她轻声小心翼翼地问我：

“您来这儿打算干什么？”

“来读书，上大学。”

她的双眉向上一扬，发黄的前额上现出道道皱纹。菜刀割破了她的手指，她用嘴吮吸着伤口的血，一下子跌坐在椅子上，但又立刻跳了起来，叫道：

“哎唷，见鬼……”

她用手帕包好被割破的手指，称赞我说：

“你倒挺会削土豆的。”

嘿，这还能不会吗?！于是我把在轮船上干活的经历告诉了她。她问道：

“您认为，凭这个就有足够条件进大学了吗？”

那时我还一点不懂幽默。我十分认真地回答了她的问题，给她讲了一连串的活动步骤，如此这般，最后学府大门就应向我敞开。

她叹了口气说：

“唉，尼古拉，尼古拉……”

而尼古拉这时正好走进厨房来洗脸，他头发蓬松，睡眼惺忪，像通常那样，快快活活的。

“妈妈，要能包顿饺子吃就好了。”

“是的，好吧。”妈妈同意了。

我想炫耀一下自己的烹饪知识，就说，用这块肉包饺子不合适，而且太少了。

瓦尔尼拉·伊万诺夫娜顿时非常生气，她狠狠地数落了我几句，羞得我满脸通红，耳朵都充血发涨了。她将一小捆胡萝卜扔在桌上，转身离开了厨房。尼古拉朝我使了个眼色，解释她的举动说：

“情绪不好……”

尼古拉在长凳上坐下来，对我说，一般说来，妇女比男子脾气更急躁，这是她们的天性。一位有声望的学者，好像是瑞士人，曾经不容置疑地论证过这一点。英国人约翰·斯图尔特·穆勒[①]就此也发表过类似的意见。

尼古拉很喜欢教我，一有适当的机会，就往我脑子里灌输一些生活中必需的知识。我如饥似渴地听他讲，随后又把富克、拉罗士富克和拉罗士查克林[②]混为一谈，记不清楚，是谁砍了谁的头：是拉瓦锡[③]砍了杜模力[④]的头呢，还是杜模力砍了拉瓦锡的头？这个可爱的青年人真心诚意地想把我“教育成人”，他很有把握地向我做了许诺，然而，他没有时间，也不具备认真教我的其他条件。青年人的自私和轻浮蒙蔽了他的眼睛，他的母亲竭尽全力，想方设法在支撑这个家，他浑然不觉，而他的兄弟，那个迟钝的、沉默寡言的中学生就更无感觉了，可我对这些复杂的化学把戏和厨房经济早已心知肚明，清楚地看到她必须每天变着法儿来混饱自己两个孩子的肚子，还要养我这

---

① 约翰·斯图尔特·穆勒（一八〇六——一八七三），英国唯心主义哲学家，经济学家，逻辑学家。

② 富克（一八一九——一八六八），法国物理学家。拉罗士富克（一六一三——一六八〇），法国作家。拉罗士查克林（一七七二——一七九四），法国大革命时期保皇派首领，曾镇压革命。

③ 拉瓦锡（一七四三——一七九四），法国著名化学家。法国大革命中被反动派杀害。

④ 杜模力，法国大革命时期的将军，反对革命。

个其貌不扬，举止粗俗的小伙子，其机智灵巧显而易见。自然，分给我的每一块面包都成了落在我心上的石头。我开始去找点活干。一早就离开她家，免得在那里吃饭，遇到不好的天气，就躲在火烧场的大地窖里。外面狂风大作，暴雨肆虐，里面死猫死狗臭气熏人，在那种情况下我很快就醒悟到，上大学是个幻想。如果我当时去了波斯，也许还聪明一点。于是我把自己想象成是一个长了白胡子的魔术师，能有办法把每颗谷粒栽培得像苹果那么大，让每个土豆长到一普特重，总之，我为这块大地幻想出不少为民造福的好事来，因为在这世界上生活得如此穷困潦倒的不仅仅是我一个人。

我已经开始学会幻想种种不平凡的冒险和丰功伟绩。在生活艰难困苦的日子里，这对我很有帮助。困苦的日子还不少，于是我就日益擅长于幻想了。我不期待旁人的帮助，也不指望好运，但是我的意志逐渐磨砺得顽强了，而且生活条件愈困难，我就感到自己愈坚强，甚至愈聪明了。我很早就懂得，人是在同周围环境的抗争中成长的。

为了不饿肚子，我常到伏尔加河边去，到码头上去，那儿很容易挣到十五至二十个戈比。那儿，在码头工人、无业游民和痞子小偷中间，我感到自己仿佛是一块被丢进通红炉火中的生铁，每天都给我的心灵留下无数尖锐深刻的烙印。那里，在我面前像旋风般转来转去的是毫不掩饰自己的渴求，生性粗鲁的人们。我喜欢他们愤恨现实生活，嘲笑敌视世上的一切，可对自己却满不在乎的那种乐观态度。我亲身经历的一切使我乐于去接近他们，乐于加入他们这个充满刺激辛辣味的团体。勃来特·哈特[①]的作品和我读过的大量“通俗”小说更激起了我对这些人的好感。

惯偷巴什金以前是师范学院的学生，他受尽无情折磨，又患上了肺病。他常常理直气壮地劝导我说：

“你干吗像个大姑娘一样畏畏缩缩的，难道害怕丧失人格，坏了名声吗？名声对姑娘来说总还是她的财富，可对你来说只是一条锁链。公牛也能老实规矩，那是在干草填饱了它的肚子的时候！”

巴什金有一头红褐色的头发，脸像演员那样刮得光光的，个子矮小，动作灵活轻柔，就像只猫。他常训诫我，也像保护人一样对待我。我看得出

---

① 勃来特·哈特（一八三九——一九〇二），美国诗人和小说家。

来,他是真心实意希望我有所成就,得到幸福。他很聪明,读了不少好书,其中最喜爱的是《基度山恩仇记》。

“这本书既主题明确,又情感真挚。”他这样说。

他很喜爱女人,谈起女人津津有味,兴致勃勃,从他那软弱无力的身体内发出一种痉挛,其中包含某种病态的东西,这种病态的痉挛令我厌恶,但是我还是注意听他的谈话,因为他的话语还是很美的。

“女人啊,女人!”他像唱歌似的说,那张发黄的脸上泛起了红晕,一双黑眼睛炯炯发光,现出赞赏的神情。“为了女人,赴汤蹈火,我在所不惜。女人就像魔鬼一般,对她来说无罪孽可言!世上再也没有比热恋更美的事啦!”

他很有讲故事的才能,而且为那些妓女编点有关不幸爱情的哀婉动人的小曲子也不费劲。他编的小曲子唱遍了伏尔加河沿岸所有的城市。下面这首广为流传的歌曲就出自他的手笔:

> 我脸儿不漂亮,家境又贫寒,
> 破衣烂衫身上穿,
> 谁也不会娶,
> 这样的姑娘……

有个诡秘可疑的人叫特鲁索夫的对我也很好,他仪表文雅端庄,穿着讲究,一双手像演奏家那样十指尖尖。他在城郊的舰船修造厂区开了个小铺,挂的招牌上写着“钟表匠”,实际上干的是销赃的买卖。

“你,马克西梅奇,可别去学偷东西啊!”他庄重地抚摩着花白的胡子,微眯起那双狡猾而大胆放肆的眼睛对我说,“我看得出来,你会走另一条路,你是个注重精神的人。”

“什么叫做注重精神的人?”

“啊,这样的人毫无嫉妒心,只有好奇心……”

对我的这种评论并不正确,我对许多人、许多事都有过嫉妒之心,譬如,巴什金讲话时那种不寻常的诗歌般的声调、使用出人意料的譬喻和表达词语的才能就曾使我嫉妒。我记得他讲过一个恋爱奇遇,开头是这样的:

“漆黑的夜，我像树洞里的猫头鹰一样枯坐在斯维亚日斯克这个贫穷偏僻小城的客店房间里，正是十月天气，秋雨绵绵，秋风萧萧，宛如一个受了委屈的鞑靼人如泣似诉拖长了声音没完没了地在吟唱：噢，噢，噢，呜，呜，呜呜……

“……就在这时她来了，那么轻盈，那么娇艳，如同红日东升时的一朵云彩，可眼神里的纯洁无邪却是乔装出来的，她用诚恳的声调说，‘亲爱的，我没有对不起你的地方。’我明知她在撒谎，可却相信她讲的是真话！理智上我清清楚楚，她在说谎，可感情上却无论如何也不愿相信！”

他叙述的时候，身子有节奏地摇晃着，双眼微闭，还不时用手轻柔地触摸着自己的胸口。

他的嗓音低沉沙哑，可是话语鲜明生动，颇有点夜莺娓娓啼唱的味道。

我也嫉妒特鲁索夫，此人讲述西伯利亚、希瓦、布哈拉时，有声有色，引人入胜，而对高级僧侣的生活则加以恶毒的嘲笑。有一次他还神秘地谈到沙皇亚历山大三世：

“这位沙皇当皇上可在行啊！”

我觉得特鲁索夫像有些小说中描述的这样一种“恶人”，他们到了小说结尾之处，往往会出乎读者的意料，突然变成宽宏大量的英雄人物。

有时，在闷热的夜晚，这些人横渡喀山河，去对岸的草地上，灌木林里，边吃，边喝，边谈心，闲聊各自的情况，常谈的话题是生活的错综复杂，人际关系的古怪混乱，而谈得特别多的是女人。一谈起女人，他们都含着愤恨、忧伤，有时又很感动，而且总是怀有这样一种心情，仿佛他们正朝黑暗中张望，那里充满了使人毛骨悚然的意外事件。在星光暗淡的夜空下，我曾经跟他们一起在杞柳丛生的闷热的浅谷里待过两三夜。此处临近伏尔加河，夜气显得更为潮湿。黑暗中船上的盏盏桅灯好像一只只金色的蜘蛛向四面八方爬行。黑魆魆的岩石河岸上星星点点地闪现着条条块块的火光——这是富裕的乌斯隆村的酒店和居民住宅窗户里的灯光。轮船的外轮片击打着河水，隆隆作响。排列成队的驳船上，水手们狼嚎似的拼命在喊叫。不知什么地方有人用锤子敲打着铁片，拖长了声调唱着凄凉悲切的歌儿，缓缓地排遣内心的幽忧，使人心头平添了淡淡的哀愁。

听着这些人低声细语的诉说更令人凄然——他们思考生活，各人都只顾向别人倾诉衷肠，至于对方在说什么，却几乎不听。他们在矮树林里坐着，躺着，吸着烟，偶尔并不贪婪地喝上几口伏特加和啤酒，随后便想起了许许多多的往事。

“喔，我经历过这么一件事。”夜色浓重，黑暗中有个人趴在地上说。

听他讲完之后，大家异口同声地说：

“这样的事是常有的，经常有的……”

“曾经有过”，“经常有的”，“过去常有的”——我听着这些话，仿佛觉得在这天夜里人们已经活到了生命的尽头——似乎一切都已经历过，再也不会有什么新鲜的事了！

这种感觉使我和巴什金和特鲁索夫渐渐疏远，不过，我还是喜欢他们，而且，就我的经历，按整个逻辑来看，如果我和他们同流合污，那也是十分自然的事情。向上发展和进大学读书的希望成了泡影，这也促使我想去靠拢他们。在饥肠辘辘，心中愤愤不平、忧郁烦闷的时候，我感到自己完全能够去干侵犯“神圣的私有制”及其他一些犯罪行为，然而，青年时代的浪漫主义阻止我脱离我注定要走的道路：除了勃来特·哈特的作品和通俗小说之外，我已读了不少严肃的书籍，这些书敦促我去追求某种虽还不明确，但是比我见到的一切都更具重大意义的事物。

另外，在这段时间我又结识了几个新朋友，获得了一些新印象。在叶夫列伊诺夫家住宅旁边的空地上有些中学生常聚在一起玩击木游戏。他们中间有个名叫古里·普列特尼奥夫的使我着迷。他肤色黝黑，头发带青蓝色，像个日本人，满脸是细小的黑点，仿佛擦进了火药末似的。他总是快快活活，玩起来十分灵巧，谈吐诙谐幽默，多才多艺，各方面都有很高的天赋，可是就像几乎所有有才能的俄罗斯人一样，只是靠这点天生的才能混日子，并不寻求发展和提高。他的听觉非常敏锐，乐感极好，也爱音乐，能像演奏家似的弹竖琴、俄罗斯三弦琴，拉手风琴，可是却不去尝试掌握更高雅、难度更大的乐器。他很穷，穿着褴褛，但是那揉得皱皱的破衬衫，打满补钉的裤子和穿歪了的皮靴同他那慷慨大方、豪爽的风格，干瘦身子敏捷麻利的动作，倒也十分相称。

他像一个长期患有重病，刚刚康复起来的人，或者像一个昨天才被释放出狱的囚犯，生活中的一切对他都是新鲜的、舒适的，一切都使他感到欢快，他仿佛是满地飞蹿的连珠花炮。

当他得知我生活困难,处境险恶,就建议我搬去与他同住,并且劝我争取当一名乡村教师。于是我就住到了一个古怪快活的贫民窟——“马鲁索夫卡”大杂院里来了,这个地方大概好几代喀山的大学生都熟悉。它是鱼市街上的一座破旧的大房子,仿佛是一群忍饥挨饿的大学生、妓女和已经衰老无用活像幽灵的穷鬼从房主手中夺过来的。普列特尼奥夫住在走廊里通往阁楼去的楼梯下面,那里放了一张他的床,在走廊尽头的窗旁摆了一张桌子,一把椅子,这就是全部家具了。有三个房间的门通向走廊,两间住着妓女,还有一间里住了个肺病患者。此人原是教会学校的大学生,数学家,瘦高个儿,模样可说是怕人,脸上、头上长满了浅棕红色的硬毛和头发,衣衫褴褛,又脏又破,只能勉强遮住身子,从衣服的破洞里露出可怕的发青的皮肤和瘦削如柴的肋骨。

他似乎只是靠吃自己的指甲过日子,把指甲啃得几乎出血,日日夜夜地画呀,算哪,而且不停地发出低声沉重的咳嗽。妓女们都怕他,认为他是疯子,但是出于怜悯,经常悄悄地把面包、茶叶和砂糖放在他的门口。他从地上捡起这些小包,拿回去时像一匹疲乏的马那样呼哧呼哧地直喘气。如果她们忘了或者由于其他原因不能送东西给他,他就打开房门,用嘶哑的声音朝着走廊叫喊:

“给点面包!”

他那双深深下陷的眼睛里闪耀着一个狂热者自命不凡,洋洋得意的高傲神情。偶尔有个小驼子上他这儿来,这个驼背一只脚向外撇着,浮肿的鼻梁上架了副深色的眼镜,头发花白,阉割派教徒的黄脸上带着狡猾的微笑。他们把门紧紧关上,一连几个小时默默地坐着,寂静无声,显得古怪。只有一次,已是更深夜静,数学家嘶哑愤怒的叫喊声把我从梦中惊醒:

“可我说——是监狱!几何学——是牢笼,哼!是捕鼠器,哼!是监狱!”

驼子尖声尖气嘿嘿地笑着,多次重复着一句挺古怪的话,可是数学家突然大声吼叫起来:

“真见鬼,滚!”

他的客人埋怨嘟哝着,时而还尖叫几声,用披风裹住身子,被赶到了走廊里。这时数学家站在房门口，又瘦又高，模样可怕。他把手指插进蓬乱的头发里，嗓音嘶哑地喊道：

“欧几里得[①]是傻瓜！是个大傻瓜……我一定证明，上帝比这个希腊人更聪明！”

然后他使劲把门砰的关上，震得房间里不知什么东西咕咚一声跌落下来。

不久我了解到，这个人想要依据数学来证明上帝的存在，可是没有来得及做到这点，他就死了。

普列特尼奥夫在印刷厂里做一份报纸的夜班校对员，一夜可挣十一个戈比。这样，如果我来不及出去做工挣钱，我们俩一昼夜就只能靠四俄磅[②]面包、两戈比茶和三戈比的砂糖过日子，而我没有足够的时间去干活，我需要学习。我极其艰难地攻读各门学科，令我特别苦恼的是那些古怪、死板，灵活余地极小的语法形式，我根本不会把生动、形象、灵活多变得令人难以掌握的俄语嵌进语法框子里去。不过令人高兴的是不久我就意识到，我学习这些东西未免“为时太早”了，因为即使我通过了担任乡村教师的资格考试，由于年龄关系我也不会得到教师的职位。

普列特尼奥夫和我睡在同一张床上，夜里我睡，白天他睡。清早，当他工作了一个通宵，脸色更加发黑，双眼红肿，无精打采地回来时，我立刻跑到小饭馆里去打开水——当然，我们自己是没有茶炊的。随后，我们就坐在窗旁喝茶，啃面包。古里把报上的新闻讲给我听还朗读嗜酒成癖的小品文作者，满脸通红的多米诺[③]的打油诗。他对生活玩世不恭的态度使我感到惊奇——我觉得他对待生活的态度似乎跟他对待那个肥头大耳的女贩子加尔金娜是一样的，胖婆娘加尔金娜贩卖女人的旧衣服，还干拉皮条的勾当。

他是从这个胖婆娘那里租到楼梯下面的小角落的，但是没钱付房租，于是就以逗人开心的玩笑，演奏手风琴，唱动人的歌曲作为回报。当他引吭高歌时，眼睛里露出讥讽的神情。加尔金娜年轻时曾在歌剧团当过合唱队员，

---

① 欧几里得（约公元前三三〇—前二七五），古希腊的数学家，著有《几何原本》十三卷。

② 俄国采用公制前的重量单位，等于四〇九·五克。

③ 此处多米诺指化装跳舞时穿滑稽可笑的斗篷的人。

能够理解歌词的含意。有时从她那双厚颜无耻的眼睛里滚下一串串细小的泪珠,直淌到这贪吃的女酒鬼青肿的脸颊上,她就用胖手指抹去颊上的泪水,然后拿一块肮脏的小手绢仔细地擦拭手指。

“唉,古罗奇卡,”她叹息着说,“您真是个演员哟！要是您长得稍稍漂亮一点——我就会让你交好运了！我介绍了多少年轻小伙子给那些独守空房的女人啊!”

这些“年轻小伙子”中的一个就住在我们楼上。他是个大学生,毛皮匠的儿子,中等个子,胸脯宽大,臀部奇窄,那样子如同一个倒立的三角形,不过向下的锐角被折断了一点。大学生的脚掌很小,像女人的一样。他的脑袋也小,快缩进肩膀里去了,一头马鬃般的红发,苍白没有血色的脸上忧郁地瞪着一双凸出的绿眼睛。

他违背了父亲的意旨,忍饥挨饿像只无家可归的野狗,费了九牛二虎之力,才从中学毕业,升入大学,可他又发现自己有副好嗓子,深沉柔和的男低音,于是又想学唱歌了。

就是凭这一点加尔金娜才抓住了他,把他介绍给一个四十岁左右的富商的太太,这个女人的儿子已经是大学三年级的学生,女儿也即将中学毕业了。商人太太是个干瘪瘦弱的女人,身子扁平,笔直,活像个士兵,有一张绝欲老修女般冷冰冰的脸,一双灰色的大眼睛陷在黑眼窝里,身穿黑色的连衣裙,戴一条老式的丝绸头巾,耳朵上挂着一对镶有宝石的耳环,微微颤动着,宝石的颜色绿得刺眼。

有时,在夜晚或清早,她来找她这个大学生。我不止一次看到,她简直是一跳就进了大门,然后勇敢地从院子里走过去。她的脸使人觉得可怕,双唇紧闭,嘴抿得几乎看不见,眼睛睁得大大的,绝望而忧伤的目光直视前面,然而看起来仿佛她又是个瞎子。不能说她长得丑,但是在她身上让人明显感到有股紧张劲儿,仿佛把她的身子拉得长长的,脸绷得很紧,都到了发痛的地步,这样一来,她整个的人就变得难看了。

“看,”普列特尼奥夫说,“活像个疯子!”

大学生恨这个商人太太,老是躲着她,可她死死地追踪他,犹如一个冷酷的债主或者暗探。

“我这个人真是难为情,”他喝醉之后,后悔地说,“而且我干吗学唱歌呢？就凭我这副嘴脸和身材，不会让我上台表演的，人家不会让的！”

“你把跟那女人的无聊麻烦事了掉吧！”普列特尼奥夫劝他。

“是该这样。但是我可怜她！我忍受不了，但是又可怜她！要是你们知道她是怎么样……唉……”

我们知道的，因为有天夜里听到这个女人站在楼梯上，声音低哑颤抖地哀求他：

“看在上帝的分上……我的宝贝，哎——看在上帝的分上！”

她是一个大工厂的股东，有房产，马匹，还给产科学校捐助过几千卢布，可是她竟像个叫化子似的乞求抚爱。

普列特尼奥夫喝过早茶后躺下睡觉，我就出去找活干，等天黑了，普列特尼奥夫该动身去印刷厂的时候，我才回来。假如我带回来面包、香肠或者牛杂，我们就把这些东西一分为二，他把自己那份随身带走。

剩下我一个人的时候，我就在“马鲁索夫卡”大杂院的走廊里和隐蔽的角落里闲逛，仔细观察我这些新邻居是怎么生活的。这所房子里到处是人，拥挤不堪，如同一个蚂蚁窝。房子里总是散发着种种刺鼻的酸臭味，各个角落里都是阴森森的，仿佛藏有对人怀有敌意的幽灵。这里从清早到深夜总是闹哄哄的：缝纫机轧轧地响个不停，小歌剧团的歌女们练着嗓子，大学生用男低音哼唱音阶，堕落成酒鬼、半疯半癫的男戏子扬手抬脚地大声念着道白，喝得醉醺醺的妓女歇斯底里地大喊大叫，于是自然而然使我不禁产生了一个难以解答的问题：

“这样活着究竟是为了什么？”

有个秃顶，常在这群忍饥挨饿的青年人中间胡扯闲聊。这人秃顶周围长着一圈红头发，颧骨高高的，大腹便便，细腿，大嘴，满口大马牙。由于这口牙齿人们送了个绰号给他，叫“红鬃马”。他跟他的一些亲戚——辛比尔斯克的几个商人打官司已有二年多了，见人就说：

“我拼死也要把他们弄得倾家荡产！让他们去要饭，过上三年叫化子的生活，然后我把打官司时从他们那里赢来的财产全部还给他们，再问他们：‘鬼东西，怎么样？现在知道我的厉害了吧！’”

“这就是你的生活目标吗，‘红鬃马’？”有人问他。

“我一心一意盘算的就是这件事，别的任何事都干不了啦！”

他天天泡在地方法院、高等法院或受他委托的律师那儿,晚上经常乘马车载了许多小蒲包、纸包、酒瓶回来,在他的住处,一间天花板中部已下垂,地板也坍陷了的肮脏房间里,举行热闹的宴会,把大学生、缝纫女工、所有愿意饱餐一顿喝点酒的人都邀请过去。"红鬃马"本人只喝罗姆酒,这种酒溅到桌布上,衣服上,甚至地板上,都会留下深褐红色的污点,洗也洗不掉。他喝醉之后就喊道:

"你们这些可爱的小鸟呀!我爱你们——你们都是老实人!而我是个凶恶的坏蛋,是条鳄——鳄鱼,我想吞掉我那些亲戚,我一定要毁掉他们!真的!我拼死也要……"

"红鬃马"悲哀地眨巴着眼睛,那张难看的高颧骨的脸上流淌着醉汉的眼泪,他用手掌擦去颊上的泪水,胡乱抹在膝盖上,他那肥大的裤子上经常沾满斑斑点点的油渍。

"你们过的是什么日子呀?"他喊道,"挨饿,受冻,破衣烂衫,难道就该这样的吗?这样生活下去能有什么出息呢?唉,要是沙皇知道,你们过的是什么样的日子……"

然后,他从口袋里掏出一沓各种颜色的钞票来,对大家说:

"谁需要钱?兄弟们,拿去吧!"

歌女和缝纫女工们都急忙从他那毛茸茸的手中抢钱,他哈哈大笑地说:

"这可不是给你们的!这是给大学生的。"

但是大学生们不要这些钱。

"让这些钱见鬼去吧!"毛皮匠的儿子生气地叫道。

有一天,他一个人喝得醉醺醺的,把一卷揉成硬纸团的十卢布的钞票拿来给普列特尼奥夫。他把钱往桌上一扔,说:

"这钱你要不要?我不要了。"

他往我们的床上一躺,开始大吼大叫,号啕痛哭起来,我们只好给他灌水,还用冷水浇他。当他睡着之后,普列特尼奥夫想把钞票一张张分开抚平,但是办不到,因为卷得太紧了,必须先用水润湿了,才能一张张揭开来。

"红鬃马"那房间的窗户正对着隔壁一座房子的石墙,房间里烟雾弥漫,又脏、又挤、又闷,吵吵闹闹,令人憎恶。"红鬃马"叫得比谁都响。我问他:

“您干吗住在这儿,不去住大旅馆呢?”

“亲爱的,就图个心里舒坦呗! 跟你们在一起心里感到温暖……”

毛皮匠的儿子表示赞同:

“说对得,‘红鬃马’! 我也有同感。要是住在别处的话,我早就完了……”

“红鬃马”请求普列特尼奥夫说:

“你弹琴吧! 唱吧……”

古里将古斯里琴放在膝上,边弹边唱:

红色的太阳啊,
你快升起来吧,快升起来吧……

他的歌声轻柔婉转,扣人心弦。

房间里渐渐静下来了,大家都沉思地听着这哀怨的歌声、如泣似诉的琴声。

“唱得真好,鬼东西!”那个给商人太太排遣解闷的倒霉的大学生嘟囔道。

古里·普列特尼奥夫极其聪明机智,善于在老宅子里这群古怪的居住者中间制造欢乐的气氛,仿佛是神话故事中善良的精灵。他的内心充满了青春的活力,闪烁着青春之火。他说极妙的笑话,唱动听的歌曲,辛辣地讽刺嘲笑人世间的旧风俗、坏习气,勇敢揭露生活中难以容忍的不公正现象,就像烟火似的使人们的生活闪进一丝亮光。他刚满二十岁,从外表上看他还像个大孩子,但是这所宅子里所有的人都把他看成困难时能给予有见地的劝告,而且能随时提供某种帮助的人。好一点的人喜欢他,坏一点的人害怕他,甚至那个老警察尼基福雷奇也总是装出狡猾的笑脸向古里打招呼。

马鲁索夫卡大杂院是上山的“必经之路”,它把鱼市街和旧戈尔谢奇纳亚街两条街联结在一起,尼基福雷奇的哨舍离我们房子的大门不远,就坐落在旧戈尔谢奇纳亚街上一个幽静宜人的角落里。

他是我们街区的警长,一个瘦瘦高高的老头,胸前挂满了奖章,长着一张聪明的脸,总是客气地微笑着,但是眼神却是狡猾的。

他对我们这个住户良莠不齐，闹哄哄的大杂院非常注意。他那穿着特别整齐的身影一天数次出现在院子里，不慌不忙地巡查，以动物园看守人观察笼内野兽的目光往各家窗户里探望。冬天，从其中一个房间内逮捕了只有一只手臂的军官斯米尔诺夫和士兵穆拉托夫。这两个军人都得过乔治十字勋章，参加过斯科别列夫领导的阿哈尔杰克远征军。除他们之外，被捕的还有佐布宁、奥夫相金、格里戈里耶夫、克雷洛夫以及其他人，因为他们企图建立秘密印刷所。穆拉托夫和斯米尔诺夫星期天到城里热闹大街上的克柳奇尼科夫印刷所偷铅字，就为此事被抓起来了。有一天夜里，宪兵们还逮捕了住在马鲁索夫卡大杂院的脸色忧郁的高个子，我给他起过绰号，管他叫“流动钟楼”。第二天早晨，古里知道这事以后，激动得把他的黑头发都搔乱了，对我说：

“唉，马克西梅奇，真见鬼，糟透了。快去，老弟，赶快去……”

他给我讲清楚了该往哪儿跑之后，又补充说：

“千万要小心！那里可能会有暗探……”

接受秘密任务使我高兴极了，像雨燕般迅速飞向船厂区。我在那里一间昏暗的铜匠作坊里看到了一个鬈发青年，长着一双蓝蓝的眼睛，正在给一只平底锅镀锡，但是他不像一个工人。屋角里虎钳机床旁边有个矮小老头，他的白发用皮带儿束住，正在忙着磨制一个铜活栓。

我问这个铜匠：

“你们这儿有活儿干吗？”

老头生气地回答说：

“我们有活干，可没有给你干的活！”

那个年轻人瞟了我一眼，又低下头去镀他的平底锅了。我用脚轻轻地碰了碰他的脚，他的蓝眼睛又惊又怒地盯住了我，一手抓住平底锅的把子，仿佛准备要把锅朝我摔过来似的，但是看到我对他使着眼色，就平静地说：

“走吧，走吧……”

我又朝他使了个眼色，才走出门去，站在街上。鬈发青年舒展着身子也走到门外，默默地注视着我，点上一根烟卷抽了起来。

“您是吉洪吗？”

“嗯，是啊！”

“彼得被捕了。”

他生气地皱起眉头，仔细察看我。

“是哪个彼得？”

“高高的个子，像个教堂的助祭。”

“还有吗？”

“就这些。”

“彼得，教堂助祭等等跟我有什么相干？”铜匠问道。他问话的口气使我确信：这绝不是个工人。我跑回家去了，为能完成任务感到骄傲。这就是我第一次参加的“秘密”活动。

古里·普列特尼奥夫和他们关系亲近，但是当我请求他介绍我参加他们的集团时，他却回答我说：

“老弟，你还小呢！你先学习学习吧……”

叶夫列伊诺夫介绍我和一个做秘密工作的人认识。这次见面事先考虑得十分周密，使我深感这是件非常严肃的事情。叶夫列伊诺夫把我带到城外的阿尔斯科耶波列，一路上警告我千万要小心，对同此人认识的事必须严守秘密。随后，他指指远处那个在空旷无人的野地里漫步的小小的灰色人影，环顾一下四周，低声对我说：

“瞧，就是他！你跟着他走，等他站住时，你就走到他跟前说：我是从外地来的……”

神秘的事总是令人愉快的，可这一回却使我觉得有点可笑：炎热晴朗的大白天，一个孤孤单单的人影在野地里像根灰色的草摇摆着——再也没有别的什么了。到墓地的入口处我赶上了他，站在我面前的是一个年轻人，干巴巴的小脸，圆圆的眼睛，像鸟眼一样，但目光严峻。他穿了件中学生的灰大衣，原来的浅色扣子已脱落，补缀上几粒黑色的骨扣子，那顶破旧的学生制帽上还有帽徽的残痕。总的说来，在他身上有某种东西过早地被剥夺了，仿佛他急于使自己显得像个完全成熟的人。

我们坐在坟墓中间浓密的矮树荫里。这人说话干巴巴的，一本正经，整个人我一点儿也不喜欢。他严肃仔细地问我读过什么书，建议我参加他组织的一个小组学习。我表示同意，然后我们就分手了——他先离开，小心翼翼地环视着空旷荒凉的田野。

在那个小组里还有三四个年轻人参加。我在他们中间年龄最小，而且对学习约翰·斯图尔特·穆勒的著作及车尔尼雪夫斯基给它做的评注一点也没有基础。我们集中学习的地点在师范学院大学生米洛夫斯基的住所。米洛夫斯基后来用笔名叶列翁斯基写短篇小说，写了五本书，最后自杀了。像这样任意轻生的人我所见过的还真不少！

这位大学生沉默寡言，胆小怕事，说话小心谨慎。他住在一座肮脏的楼房的地下室里，为了使“身心平衡”，每天干点细木工活。我和他在一起枯燥无味，而学习穆勒的书对我也没有吸引力。不久我就感到这些经济学的基本原理我很熟悉，凭亲身经历就能领会，对它们有切肤之感，因此我觉得不值得用深奥难懂的语言写那么厚厚一本书，来谈论这些对每个为了“他人”的幸福安逸而耗费自己力气的人都一清二楚的事情。在这个充满了木工胶水臭味的地下室里，看着潮虫在肮脏的墙上爬来爬去，一坐就是两三个小时，我感到真太费劲了。

有一天，我们这位热心讲课的老师迟到了，我们以为他不会来了，就买了一瓶伏特加酒，一些面包和黄瓜，摆了一个小小的酒宴。突然窗外迅速闪过我们老师那双灰色的腿，我们刚把伏特加藏到桌子底下，他已经来到我们中间，开始解释车尔尼雪夫斯基那些深奥的结论。我们全都像泥塑木雕似的一动不动地坐着，提心吊胆，生怕我们中间有人用脚碰倒酒瓶。结果我们的老师把酒瓶碰倒了。碰倒酒瓶之后，他往桌底下瞧了一眼，什么也没说。哎咦，我宁肯他把我们臭骂一顿！

他的沉默，他那严峻的面容以及气呼呼眯起的眼睛使我感到羞愧万分。我皱着眉头望望那些羞得面红耳赤的同志们，虽然买酒的主意不是我出的，但我感到自己违背了老师的教导，犯有过错，并出自内心地对他抱有歉意。

听他讲课枯燥无味，不由得想到城郊的鞑靼区去。那儿的人们和善亲切，过着一种特殊的正派纯洁的生活。他们说的俄语很不纯正，令人发笑。每到晚上，从高高的清真寺塔上传来伊斯兰教士奇怪的呼叫声，召唤人们去做晚祷。我想，鞑靼人过的是另一种生活，这种生活是我不熟悉的，与我了解的那种令人闷闷不乐的生活截然不同。

伏尔加河上劳动生活的乐曲吸引着我。那种乐曲至今令我心醉神往，我还清楚地记得初次体验到劳动所包含的英勇史诗意境的那一天。

一艘满载波斯货物的大拖船在喀山附近触礁，船底被撞坏，搁浅了。一组码头搬运工人带我一起去卸货。正是九月，大风从上游吹来，灰色的河面上怒涛汹涌，狂风刮卷着浪花，河面上洒着冷雨。这个搬运组有五十人左右，他们身上裹着草席和帆布，脸色阴沉地待在空船的甲板上。一艘小轮船拖着空驳船前进，它喘着气在雨中喷出团团红色的火花。

天色晚了。潮雾浓重的天空黑了下来，像铅似的低垂在河面上。搬运工人叫喊，骂街，诅咒狂风冷雨，诅咒生活，懒洋洋地在甲板上爬来爬去，企图躲避寒冷和潮气。我以为这些昏昏欲睡的人们不能干活，抢救不了快要沉没的那船货物。

近午夜时分才到达搁浅的地方，空驳船和触礁的货船舷靠舷停泊在一起，搬运组长是个厉害的小老头，麻脸，很狡猾，满嘴脏话，长着一双鹰眼和一个鹰钩鼻子，他把秃头上那顶湿淋淋的便帽一摘，用女人般的尖嗓子高声叫喊：

“伙计们，开始祷告吧！”

黑暗中，搬运工人在甲板上聚成黑黑的一堆，像狗熊似的发出怒叫声，组长最先做完祷告，又尖声叫喊：

“点灯！好了，伙计们，露一手吧！小伙子们，好好卖力干！上帝保佑你们，开始吧！”

于是这些愁眉苦脸、萎靡不振、浑身湿淋淋的人们开始“露一手”了。他们像去战斗一样，冲到即将沉没的货船的甲板上、船舱里，一面还吆喝着，吼叫着，说着俏皮话。一袋袋大米，一包包葡萄干，一捆捆皮革和羔羊毛皮犹如一个个鸭绒枕头般在我的前后左右轻飘飘地飞过。粗壮的人影来回飞奔，大声怒叫，吹口哨，恶声咒骂，以此来相互鼓劲。很难相信，这些刚才还沮丧地抱怨生活，抱怨凄风苦雨，愁眉不展、忧郁阴沉的人们居然能够如此轻松愉快、熟练利索地干活。雨下得更大了，天气变得更冷，风也刮得更加厉害。人们的衬衣被掀开，衣襟被翻卷到头上，肚皮露了出来。在黑暗的雨夜里，凭着六盏灯发出的微弱灯光，一个个黑色的人影来回飞窜，脚踩在拖船甲板上通通作响。那种劲头让人觉得他们仿佛渴望劳动，早就期待这种娱乐了。四普特重的米袋从一个人手中扔到另一个人手上，货包扛在背上飞快地来回奔跑，对他们来说这似乎是一种享受。他们干活就像孩子们在做游戏，那么快活，那么迷恋，仿佛除了拥抱女人之外再也没有什么比这更令人陶醉，滋味更甜美的事了。

一个蓄着大胡子的高个儿，穿了件紧腰长外衣，身上湿漉漉的，一副滑头滑脑的样子，大约是货主或者货主的代理人，突然兴奋地大声叫道：

“好小伙子们——我赏你们一桶酒！小强盗们——两桶也行！好好干吧！”

黑暗中，四周有好几个人立刻扯开了嗓子喊道：

“给三桶吧！”

“好，就给三桶！好好干，瞧你们的了。”

于是干活的那股狂热劲儿有增无减。

我也抓起米袋，拖着走过去，扔下来，再跑回来去抓米袋。我觉得无论是我，还是周围的人，似乎都在旋转着狂跳欢舞，似乎这些人能够一直这样快快活活不惜自己地拼命干下去，整年整月不停地干下去，似乎他们还有能耐抱起城里那些钟楼和寺塔，就连整座喀山城也能随心所欲地搬动。

那天夜里，我过得开心极了，感到从未有过的痛快。我真想一辈子就这样半痴半狂，欢天喜地地劳动，这种愿望使我心里豁亮起来。船外波涛汹涌，甲板上大雨如注，河面上狂风呼啸。天已破晓，在灰濛濛的晨雾中一群半裸的、水淋淋的人们不停地来回飞奔，他们叫着，笑着，显示着自己的力量，欣赏自己的劳动。这时，团团乌云已被风儿吹散，从一小块明亮的蔚蓝色的天空中闪现出玫瑰色的阳光。这群快活的野兽，抖动着可爱的小脸庞上水淋淋的毛发，齐声吼叫迎接太阳。真该拥抱，亲吻这些两条腿的野兽，他们干起活来那样聪明灵活，那样入迷忘我。

似乎任何东西也无法抵抗这种兴奋狂暴的力量，这股力量能够在大地上创造奇迹，能够像童话故事所叙述的那样，一夜之间遍地建造起一座座美丽的宫殿和城市。太阳对人们的劳动才瞥了一眼，就被浓密的乌云遮盖，如同一个婴儿堕入大海，湮没在厚厚的云层之中，这时大雨又倾盆而下。

“收工吧！”不知是谁喊了一声，但马上有人愤怒地反对：

“我看你敢收工！”

于是这群半裸的人们冒着倾盆大雨和刺骨的狂风一刻不停地工作，直到把全部货物卸完为止，这时已是下午两点了。使我怀着崇敬的心情意识到:人类世界富有多么强大的力量!

随后,人们又登上了小轮船,一个个像喝醉了酒似的沉沉睡去。到了喀山以后,他们如同一条灰色的污浊水流涌上沙土河岸,前往小酒馆喝那三桶伏特加去了。

在那里小偷巴什金走到我跟前,朝我仔细打量了一下,问道:

"他们让你去干什么了?"

我怀着狂喜的心情把劳动的情景描绘给他听。听完之后,他叹了口气,轻蔑地说:

"傻瓜,而且比傻瓜还傻,简直是白痴!"

他吹着口哨,像鱼一样摇摆着身子,从容不迫穿过紧紧排在一起的那些桌子,飘然而去。这时搬运工人们正围在桌旁吵吵闹闹地喝酒,屋角里不知是谁用男高音唱起了下流猥亵的小曲:

嗳咦,这事儿发生在深更半夜里,
有个太太散步来到花园里,嗳咦!

十来个人一齐震耳欲聋地吼了起来,一边还用手掌在桌上打着拍子。

一个打更的巡逻到这里,
他看见呀,太太躺在……

有人哈哈大笑,有人吹口哨,还有的人厚颜无耻地大声说着世上罕见的粗话。

有人介绍我认识了食品杂货铺的老板安德烈·杰连科夫。他的铺子在一条简陋的小街尽头,一条堆满垃圾的臭水沟上方,一点不惹人注目。

杰连科夫的手臂患有麻痹症,个子矮小,面容和善,留着银白胡须,长着一双聪慧的眼睛。他有一个全城最好的收藏禁书、珍本书的图书室,许多喀山高校的大学生和具有革命倾向的各类人物都到这里来借书。

杰连科夫的杂货铺是座矮小的平房,一个阉割派教徒银钱兑换商的住宅的附属建筑物。小铺里有门通往一个大房间,一扇窗子面向天井,从那儿透进微弱的光亮。穿过大房间紧连着有个小厨房。小厨房后面在阉割派教徒的正宅和他们的平房之间有个阴暗的穿堂屋,拐角处隐着一个仓房,秘密图书室就暗暗地设在这里。室内有一部分图书是手抄本,用钢笔抄在厚厚的笔记本上,例如拉夫罗夫的《历史书信》,车尔尼雪夫斯基的《怎么办?》,皮萨烈夫的论文,还有《饥荒沙皇》、《狡猾的圈套》等,这些手抄本都被人读破了,揉坏了。

我第一次来到小铺时,杰连科夫正在接待顾客,他指着通往大房间的门对我点头示意,我就走了进去。昏暗中,我看到屋角里有个小老头正跪着虔诚地祷告,这老头像萨罗夫修道院里的谢拉菲姆圣像。我望着老头,心中觉得不舒服,有点反感。

人们对我说杰连科夫是民粹派。在我的概念里,民粹派是革命者,而革命者是不应该信奉上帝的。我觉得这个祷告上帝的老头在这个屋子里是多余的。

他做完祷告之后,仔细地把他的白发和胡须抚弄平整,端详着我说:

“我是安德烈的父亲。您是谁?唔,原来是您!我还以为是个化了装的大学生呢。”

“干吗大学生要化装呢?”我问

“嗯,是啊,”小老头轻声附和,“要知道不管你怎么化装,上帝终会认出来的。”

他走到厨房里去了,而我坐在窗旁沉思起来。忽然,我听到有人叫了一声:

“哟,原来他是这样的呀!”

厨房门口站着一个穿一身白衣的姑娘,浅色头发剪得短短的,苍白浮肿的脸上一双蓝眼睛露出盈盈笑意。她很像廉价石印画上的那个小天使。

“您为什么吃惊呢?难道我这么可怕吗?”她用尖细颤抖的声音说道,同时用手扶着墙壁,小心翼翼地缓缓地向我移步,仿佛她脚下踩的不是坚硬的地板,而是悬挂在空中的一根晃晃悠悠的绳索。这种不会走路的样子使她更像是来自另一个世界的人。她浑身颤抖,仿佛有不少尖针扎入了她的脚掌,而墙壁又在烧灼她那孩子般浮肿的手。手指也显得古怪,直僵僵的,一动不动。

我默默地站在她面前，怀着一种古怪的心情，既惶恐不安，又凄恻难忍。在这间昏暗的房间里一切都那么不平常啊！

姑娘十分小心地在椅子上坐下，好像担心椅子会从她身下飞走似的。她告诉我，她开始下地走动才第五天，在这之前几乎有三个月时间一直躺在床上，当时她的手脚都瘫痪了。她就这样随随便便地说出了一切，一般人是不会这样做的。

“这是一种神经系统的疾病。”她微笑着说。

我还记得，当时我真希望她的那种状况是由其他什么原因造成的。这是一个奇怪的房间：这儿所有的东西仿佛都怯生生地紧偎在墙上，屋角的圣像前点着一盏过于明亮的小神灯，神灯上小铜链的影子投落在大餐桌的白色台布上，莫名其妙地缓缓移动着。这样一个姑娘，住在这样一个古怪的房间里，她的病态却仅仅是因为患了神经系统的疾病，这未免显得太平淡了。

“人家给我讲了许多您的情况，因此我就想看看，您是什么模样。”我听到了她像孩子般尖细的声音。

这姑娘用令人难以忍受的目光端详着我，她那蓝色的眼睛里闪烁着某种洞察一切的光芒。和这样的姑娘我不能交谈，是不会交谈。因此我默默地看着赫尔岑、达尔文和加里波的等人的画像。

这时从杂货铺里冲进来一个年龄和我相仿的少年，浅黄头发，眼神粗野，用嗓音变化时期那种刺耳的声音喊道：

“玛丽亚，你干吗爬出来？”他喊了一下就进厨房去了。

“这是我的弟弟，阿列克谢，”姑娘说，“我在产科学校学习，可您看，生起病来了。您干吗不说话呢？您很怕难为情吗？”

安德烈·杰连科夫来了。他把那只残废的手插在怀里，默默地抚摩着妹妹柔软的头发，把头发都弄乱了，然后问我，想找什么工作。

后来又进来一个红褐色鬈发，身材苗条的姑娘，长了一双绿莹莹的眼睛，她严肃地看了看我，搀起白衣姑娘的手说：

“别再待在这儿了，玛丽亚。”就把她带走了。

玛丽亚这个名字并不合适，对这个姑娘来说，它显得粗鲁刺耳。

我也走了，心情异常激动不安。一天以后，晚上我又坐在这个房间里，想要弄明白,这座屋子里的人怎样生活,靠什么为生?他们的生活令人难以琢磨。

那个可爱温和的老头斯捷潘·伊万诺维奇肤色苍白得近乎透明,他坐在屋角里,安安静静地面带笑容向外望着,黑色的嘴唇微微颤动,好像在恳求别人:

“请别碰我!”

他像兔子一样,总是惊恐不安,有种不祥的预感,担心大祸临头,这点我看得很清楚。

一只手残废的安德烈,穿了件灰色的上衣,胸前沾满了油污和面粉,硬得像老树皮那样。他侧着身子在房间里走来走去,脸上带着负疚的笑容,仿佛一个犯了什么过错,刚刚得到宽恕的顽皮孩子。帮他在铺子里做生意的是弟弟阿列克谢,这是个懒惰粗鲁的小伙子。第三个弟弟叫伊万,在师范学院学习,平时住在学生宿舍,每逢节假日才回家。这个兄弟身材矮小,穿着整洁,头发梳理得又平又光,像个年老的小官吏。有病的玛丽亚住在阁楼上,难得下楼来,她一下来,我就感到不自在,就像被无形的绳索捆绑起来了。

杰连科夫的家务由那个跟阉割派教徒房东姘居的女人料理。这女人又高又瘦,脸长得像木偶,一双眼睛严厉得像凶狠的老修女。她的女儿娜斯佳,一个红发女孩,也经常在这儿转来转去。当她用那双绿色的眼睛看男人的时候,她那尖鼻子的鼻孔就翕动不停。

然而杰连科夫家真正的主人是喀山大学、神学院和兽医学院的大学生们。他们吵吵闹闹,成天忧国忧民,为俄国人民和俄国的未来担心。报上所发表的文章,他们所读书籍中的一些结论,城内或大学里发生的事件总是使他们兴奋激动。每到晚上他们就从喀山的各条街道跑到杰连科夫的小杂货铺里来,极其热烈地争论或者分头聚在各个角落里窃窃私语。他们还随身带来一本本厚厚的书,手指戳着书页,互相大声斥责,用以证明各自所喜爱的真理。

自然,我对这些争论并不理解。对我来说,在滔滔不绝、空话连篇的争论中,真理已经像穷人家稀汤里的油星那样消失了。我觉得,有些大学生就像伏尔加河流域分离派教徒中那些读书很多,但不求其解的迂腐老人。可我也明白，我眼前的这些人要让生活变得美好，尽管他们的诚意被高谈阔论的洪流冲得模糊不清，然而还没有被湮没。我很清楚他们企求解决什么问题，而且我觉得这些问题能否顺利地解决也涉及我的切身利益。我常常觉得，大学生们谈话的内容就是我在脑中默默思考的东西，于是，我像一个有希望获得自由的囚犯那样，几乎怀着兴奋的激情对待他们。

他们对我的看法如同木匠看待一块可以做成一件不同凡响的器具的木料那样。

"一个天才！"他们这样把我介绍给对方，还怀着一种骄傲的心情，好像流浪儿互相炫耀他们在路上捡到的五戈比小铜币似的。我不喜欢人家叫我"天才"和"人民的儿子"，我感到自己是人生的不幸者，而且帮助开发我智力的人有时还使我感到压抑。例如，我在书店的橱窗里看到一本名叫《格言与箴言》的书，这书名的意思我不明白。我很想读读这本书，就去向一个神学院的大学生借阅。

"你可真是的！"这位未来的神父脑袋长得像黑人，鬈发，厚嘴唇，牙齿又大又尖，他讥讽地叫道，"老弟，这是些胡说八道的东西。给你什么，你就读什么，不要硬往对你不适合的地方闯。"

这位老师粗暴的语调刺伤了我。这本书我当然还是买了。一部分钱是我在码头上挣来的，另一部分是向安德烈·杰连科夫借的。这是我买的第一本内容严肃的书，至今一直保存着。

总之，人们对我相当严格。我读完了《社会科学入门》这本书以后，觉得作者对游牧部落在组织文化生活中的作用夸大了，而把精明强干的流浪人和猎人贬低了。我将我的怀疑告诉一个文科大学生，可他竭力在他那张女人似的脸上装出一副威严的样子，给我谈了整整一小时关于"批评权"的问题。

"为了拥有批评权，必须信仰某种真理。可您信仰什么呢？"他问我。

他甚至在街上走路时也读书，书本遮住了他的脸，在人行道上常常碰撞别人。当他得了斑疹伤寒，躺在他那小阁楼上时，还大声叫喊：

"道德应当是自由因素和强制因素的和谐结合，和谐，和——和——和……"

这个柔弱书生由于长期营养不良一直病恹恹的，加之因苦苦寻求永恒的真理而疲惫不堪。他除了读书之外,不知道有任何其他的乐趣。当他觉得他调和了两种强有力的社会思想的矛盾时,那双可爱的黑眼睛里就会露出孩子般幸福的微笑。离开喀山后大约又过了十年,我在哈尔科夫重又遇见他。他被流放到凯姆五年,后又回大学读书。我觉得他仍然生活在一大堆的思想矛盾之中,甚至当他患肺结核已处于病危时,还在努力设法调和尼采哲学和马克思主义。他用冰冷的黏乎乎的手指抓住我的手,咯着血,喉咙里呼哧呼哧直响地说:

"要是统一不起来,是没法活的。"

他死在去大学途中的一辆电车里。

我见过不少这样为了探索合理性的殉难者。有关他们的种种记忆对我来说是神圣的。

大约有二十个这样的人常在杰连科夫家聚会,他们中间甚至还有个日本人,是神学院的大学生,名叫佐藤·潘捷列伊蒙。有时还出现一个宽胸膛的高个子,长有浓密的络腮胡髭,剃着鞑靼人的那种光头,穿了件灰色的后身打摺的立领男上衣,扣子一直扣到下巴底下。通常他都坐在某个角落里,嘴里衔着一个短烟斗,用一双沉静地观察一切的灰色眼睛望着大家。他的目光经常凝视着我的脸,我感到这个严肃的人在从思想上衡量我,因此不知为什么我害怕他。他的沉默使我惊奇。周围所有的人都高谈阔论,滔滔不绝,语气坚决,而且话说得越激烈,当然就越合我的意。我很长时间都没有悟出,在激烈的言词下隐藏的往往是浅薄而虚假的思想。可是这个长着络腮胡髭的魁梧汉子究竟默默地在思考什么呢?

大家都叫他"霍霍尔"①,而且,大概,除了安德烈之外,谁也不知道他的姓名。过了不久,我清楚了,这个人曾被流放,在雅库特省生活了十年,最近才回来。这使我对他更感兴趣了,但并没有鼓起我的勇气去与他结识,尽管我既不害羞,也不胆怯,相反,总是容易激动,怀有强烈的好奇心,渴望尽快知道一切。这种性格一生都妨碍我认真专心地从事某一项事情。

当他们谈及人民的时候,我惊讶地、不敢自信地感到,我对这个问题的想法跟这些人迥然不同。在他们看来,人民是智慧、美德和善良的化身,是

---

① 旧时对乌克兰人的蔑称。原意是脑门上留的一撮毛。

蕴藏一切美好、正义、伟大事物的源泉，一种近乎神圣的统一体。我没见过这样的人民。我见过木匠、码头工人、泥瓦匠，认识雅科夫、奥西普、格里戈里，但他们所说的，恰恰是作为统一体的人民，而且他们把自己放在比人民低得多的位置上，听命于人民的意志。我似乎觉得，正是这些人体现了精神上的美和力量，在他们身上集中表现出对生活，对按照新的博爱准则自由建设新生活的善良愿望，一种充满了仁爱精神的愿望。

在这之前，我在与我一起生活过的人中间没有发现过博爱精神，可在此地，每句话、每个眼神里都闪耀着这种精神。

这些人民的崇拜者说的话像清新的雨露落在我的心上，另外，描写农村黑暗生活和苦难深重的农民的纯朴天真的文学作品也使我受益匪浅。我感到只有深深热爱人类，才能从这种爱里汲取探索理解生活真谛所必需的力量。我不再为自己考虑，开始更关心他人了。

安德烈·杰连科夫信任地告诉我，他做买卖的收益全部用来帮助这些信奉“人民的幸福高于一切”的人。他在这些人中间转来转去，简直像是一个虔诚的教会执事在伺候高级僧侣做弥撒，在这些才智横溢，喜爱读书的人的面前，他毫不掩饰自己兴奋欣喜的心情，幸福地微笑着，把残废的手揣在怀里，用另一只手上下左右捋着自己柔软的小胡须，对我说：

“好吗？就是好嘛！”

有位兽医叫拉夫罗夫，嗓音挺怪，说话像鹅叫似的。当他像异教徒那样反对这些民粹派人士时，杰连科夫害怕地垂下了眼睛，低声对我说：

“真是个扰乱分子！”

他对待民粹派的态度跟我相似，但是，我觉得大学生们对待杰连科夫的态度有点粗鲁，过于随便，如同老爷对待仆人和酒馆里的跑堂。他本人没有觉察到这点。送走客人之后，他经常留我过夜。我们把房间打扫干净，将几块毡子铺到地板上，然后躺在上面。黑暗中只有神灯发出若明若暗的微光。我们长时间低声交谈着，非常融洽。他怀着一个虔诚的信教者宁静喜悦的心情对我说：

“将来聚集起几百个，几千个这样的好人，把俄国所有重要的职位都占据下来，就能使生活发生翻天覆地的变化啦！”

他比我大十岁左右，我看得出来，他很喜欢红头发的娜斯佳，他竭力不去看她那双好寻衅的眼睛，在人前他跟她说话语气冷淡，用主人的命令口吻，但是目送她离去时的眼神却是忧伤的。和她单独在一起谈话时，他总是捋着小胡须，腼腆、胆怯地微笑着。

他的小妹妹也站在屋角里听大家论战，稚气的脸可笑地紧绷着凝神细听，眼睛睁得大大的。有人话语特别激烈时，她会大声吁气，仿佛被冰凉的水泼了一下。有个红褐色头发的医学院学生像只气度不凡的公鸡在她周围踱来踱去，神秘地与她低声絮语，还威严地皱起了眉头。这一切令人感到十分有趣。

但是，秋天来临了，我不可能再过没有固定工作的日子。周围发生的一切使我入迷了，我工作得越来越少，靠别人的面包养活自己，这种食物总是难以下咽的。需要找个地方餬口过冬，于是我在瓦西里·谢苗诺夫的面包作坊里找了个工作，在那儿做花形小甜面包。

这段时期的生活我在短篇小说《老板》、《科诺瓦洛夫》、《二十六个和一个》中做了大致的描述。这是一个十分痛苦的时期！不过，很有教育意义。

体力上负担沉重，精神上的压抑则胜过体力上的负担。

自从我来到地下室的面包作坊之后，与我以前朝夕相处的那些人之间就隔了一道“忘却的墙”。尽管对我来说，与他们见面，听他们谈论已变得必不可少，可他们谁也不到作坊来看我，而我呢，一昼夜工作十四小时，平时也不能上杰连科夫那儿去。逢到节假日或者睡觉，或者就跟作坊里的伙伴待在一起。他们中间有一部分人一开始就把我看成滑稽小丑，有些人则认为我会讲有趣的故事，对我怀着那种孩子般天真的爱慕之情。鬼知道，我对他们说了些什么，不过自然讲的全都是能够使他们向往另一种比较轻松、比较有意义的生活的故事。有时我做到了这一点，于是当我看到那些浮肿的脸上表现出人的悲哀，眼睛里闪烁着怨恨和愤怒的光芒时，我就兴高采烈，自豪地认为，“我在做人民群众的工作”，在“启发”群众。

不过，更多的情况当然是我感到自己无能，知识贫乏，甚至不能解答日常生活中最简单的一些问题。那时我会感到自己被抛进了一个黑暗的地窖。在这个黑暗的地窖里，人们像蛆虫般盲目蠕动，竭力忘却现实，到小酒馆中借酒浇愁，或者在妓女们冰冷的怀抱里寻求暂时的解脱。

他们每月领到工资的那天必定要去逛妓院，而在这个幸福的日子到来之前一周,就津津乐道地期待这种玩乐了。他们嫖娼之后,又长时间地彼此讲述享受到的滋味,恬不知耻地夸耀自己的性交能力,无情地嘲笑那些女人。他们一边谈论妓女,一边还厌恶地啐唾沫。

然而,令人奇怪的是在这一切的后面,我听到的,我感觉到的却是悲伤和羞愧。我看到,在花一个卢布就可以买一个女人陪伴一夜的"淫乐窝"里,我的伙伴们举止拘谨,惶惑不安,我觉得这是很自然的。有些伙伴则过于放纵,肆无忌惮,其实,我感到他们是故意装出来的。我对两性关系十分感兴趣,因此对这种事情的观察也特别敏感。我本身还没受过女人的抚爱,这使我处在一个令人尴尬的地位:不论是伙伴们,还是妓女们,都对我冷嘲热讽。不久他们就不再邀我去逛"淫乐窝"了,而且直截了当地对我说:

"老弟,你别跟我们一起去吧!"

"为什么?"

"没什么。跟你在一起不自在。"

我敏锐地抓住了这几句话,感到其中有对我十分重要的东西,但是没有得到比较透彻的解释。

"你真是的,跟你说了,你别去!跟你在一起真没意思……"

只有阿尔乔姆冷冷地微笑着说:

"跟你在一起就像跟一个牧师或者一个神父在一起。"

起初妓女们嘲笑我过于拘谨,后来生气地问我:

"你是不是嫌弃我们?"

四十岁的"姑娘"捷列扎·博鲁塔,一个胖得身子发圆的漂亮的波兰女人,是这里的"掌班妈妈",她用那良种母狗般聪明的眼睛看着我说:

"姑娘们,别去逗他了。他一定是有未婚妻了,对吗?这么个强壮有力的小伙子肯定被未婚妻缠住了,肯定是这样!"

她是个酒鬼,经常狂喝滥饮,其醉态令人厌恶,但在清醒的时候,她却能以沉思的态度对待别人,冷静地分析他人所作所为的目的,这使我感到惊讶。

"最难理解的绝对是那些神学院的大学生了,"她对我的伙伴们说,"他们跟姑娘干这样的事情:先让往地板上涂肥皂,然后再让一个脱得光光的姑娘趴下,手和脚放在四只瓷盘上,再用力推一下她的屁股——看看她在地板上能滑多远。就这样，推完了这个姑娘，再换另一个。你们看，这是干吗呢？”

“你瞎说！”我说。

“哎哟，我可没有瞎说！”捷列扎高声叫了一下，但没有生气，态度是平静的，然而在平静之中有某种令人感到压抑的东西。

“这是你胡编乱造的！”

“一个做姑娘的怎么能编造出这种事来呢？难道我疯了不成？”她瞪着眼睛问道。

大家极其关注地听着我们的争论，捷列扎仍然用冷静的声调叙述嫖客们玩的种种把戏，她显得不动感情，只是需要弄明白一点，这样做是为什么？

听者都厌恶地啐唾沫，狠狠地叱骂大学生。我看到捷列扎正在激起人们对我最喜爱的大学生的敌意，我便说大学生们是爱人民的，希望人民幸福。

“不错，那是从沃斯克列先斯卡亚街上那所大学里来的大学生，是平民百姓，可我说的是从阿尔斯科耶波列来的那些神学院的学生。他们是教会里的，全是孤儿，而孤儿长大不是小偷，定是无赖、坏蛋。孤儿嘛，对什么都无情无义！”

“掌班妈妈”平静的叙述和姑娘们对大学生、小官吏，总之是对那些“上流人士”的愤恨抱怨，不仅引起我的伙伴们的厌恶和仇视，而且还使他们产生一种近似高兴的心情，这种心情体现在他们的话语中。他们说：

“就是说受过教育的人比我们更坏啦！”

这些话令我心情沉重、痛苦。我看见，这些人仿佛是全城的污泥浊水，聚集到这些昏暗狭小的房间里来，汇合成一个个泥潭，在烟雾弥漫的炉火上沸腾起来，然后又带着满腹的敌意和怨恨，各自流回城里。

我看到，被性欲和生活的苦闷挤到这窄院狭屋里来的人们是怎样在这儿用荒谬可笑的词语编造一首首为爱情而惊恐，为爱情而痛苦的动人歌曲；我看到，“受过教育者”的生活丑闻和对不理解事物的嘲讽敌视态度是如何产生的。我还意识到，这些“淫乐窝”也是一所大学，我的伙伴们从中汲取的是浸透剧毒的知识。

那些“卖笑的姑娘们”懒洋洋地拖着脚步在肮脏的地板上来回移动，在惹人厌烦的刺耳的手风琴声，或者破旧钢琴恼人的颤音伴奏下，令人嫌恶地抖动着她们那松软的身子。看到此情此景，我不禁产生了一些尚不明确，但却令人忐忑不安的想法。周围的一切都散发出苦闷的情绪，人们想逃离这儿，可又身不由己，这种无法实现的愿望折磨着人的心灵。

我在作坊里说起，有些人正在无私地寻找使人民获得自由和幸福的途径，人们就反驳我说：

"可是，姑娘们提起他们不是这样说的呀！"

他们还毫不留情厚颜无耻恶狠狠地嘲笑我，可我也是只好斗的小狗，感到自己并不比那些成年的狗愚蠢，而且比他们更加勇敢，于是我也发怒了。我开始明白，思考生活与生活本身同样艰苦。有时候，我的心中对那些心甘情愿忍受一切的伙伴还会突然产生恨意。让我特别愤慨的是他们居然能够对老板近乎疯狂的凌辱也听天由命，逆来顺受。

而且，好像故意安排的那样，正是在这痛苦的日子里我又接触到一种全新的思想，虽然我本能地对它抱有敌意，然而不管怎样，它还是深深地扰乱了我的心。

在一个风雪交加的夜里，风在咆哮，仿佛凶狠地把灰蒙蒙的天都撕成了碎片，纷纷撒落下来，用堆堆冰雪将大地覆盖，又仿佛世界末日已经来临，太阳消失了，再也不会升起——就在这样一个谢肉节的夜里，我从杰连科夫家回面包作坊去。我闭上眼睛，顶着大风，冒着纷飞的鹅毛大雪，一步一步地往前走。突然，我跌倒了，扑在一个横躺在人行道上的人的身上。我们两人对骂起来，我说俄语，他讲的是法语。

"啊，见鬼……"

这倒引起了我的好奇心，我把他扶起来，让他站好，他个子矮小，身体很轻。他一面推开我，一面叫道：

"我的帽子，真见鬼！把帽子给我！我要冻死的！"

我在雪地里找到了帽子，抖了抖雪，就往他那头发翘起的脑袋上戴，可他却把帽子扯下来，一边挥动帽子，一边用两种语言叱骂，赶我走开：

"滚！滚开！"

他突然往前奔去，消失在漫天飞舞的大雪之中。我继续往前走，走着走着，又看见他了：他双手抱住一根路灯已经熄灭的电线木杆，站在那里，肯定地说：

“列娜，我要死了……嗳，列娜……”

显然，他是喝醉了，如果我扔下他不管，那么，他大概会冻死在街上的。我问他住在哪儿。

“这是什么街？”他哭泣着喊了起来，“我不知道，该朝哪个方向走。”

我搂住了他的腰，一再问他住在什么地方，带着他朝前走去。

“在布拉克街！”他全身哆嗦，口齿不清地说，“在布拉克街上，那儿有个澡堂——有座房子……”

他走路脚步不稳，东倒西歪，弄得我也不能好好行走，我听到他的牙齿在打颤：

“Si tu savais，”①他一边推我，一边嘟哝着说。

“您说什么？”

他站住了，举起一只手，声音清晰，我觉得他以带有自豪的口气说：

“Si tu savais où je te mène...”②

他把手指塞到口中哈气，摇摇晃晃，差点儿跌倒。我蹲了下来，把他背起来往前走，他的下巴撑在我的头顶上，唠唠叨叨地说：

“Si tu savais... 可我快要冻死啦，哎呀，上帝……”

在布拉克街上，我好不容易才从他那儿弄清楚他住在哪一座房子里。终于，我们钻进一间小厢房的过道屋，这间厢房隐没在院子深处，被包围在狂风暴雪之中。他摸到了房门，小心地敲了敲，对我轻轻地嘘了起来：

“嘘！轻点……”

开门的是一个穿了件宽大的红色睡衣的女人，手中端着点亮的蜡灯台。她默默地走到一边，给我们让道，不知从哪儿取出一个单目眼镜，仔细地打量我。

我告诉她，这个人的一双手大概冻僵了，应该替他脱掉衣服，让他睡到被窝里去。

“是吗？”她用听起来很年轻的清脆的声音问道。

---

① 法语：“要是你知道”。

② 法语：“要是你知道我要把你带到哪儿去……”

"应当把他那双手浸在冷水里面……"

她一言不发,用单目镜指指屋角——那儿的画架上有一幅画,画的是一条河,几棵树。我惊奇地看了看这个女人的脸:很古怪,毫无表情。她走到屋角里的一张桌子那儿去了,桌上放了一盏点亮的灯,灯罩是玫瑰色的。她在桌旁坐下,拿起桌上一张红桃J扑克牌,仔细观察起来了。

"您有伏特加酒吗?"我大声问她。她不回答,只顾往桌上摊牌。我背回来的那个人低垂着头,坐在椅子上,一双发红的手朝身子两边耷拉了下来。我把他抱到长沙发上,让他平躺着,开始给他脱衣服,我当时一点也不明白,仿佛在梦中似的。在长沙发的上方,正对我的那面墙上挂满了照片,在这些照片中间一个有白丝带蝴蝶结的金色花圈发出暗淡的光,白丝带的末端印着一行金字:

献给无与伦比的吉尔达。

"真见鬼——轻点!"我开始按摩他那双手的时候,那人呻吟起来了。

那女人还在默默地摆弄扑克牌,一副心事重重的样子。她的脸上长了个尖尖的鼻子,像鸟儿似的,一双大大的一动不动的眼睛使她容光焕发。这时她伸出少女般的双手,打松了她那像假发似的厚密松软的灰色头发,用又轻柔又清脆的声音问道:

"乔治,你看见米沙了吗?"

乔治一下子把我推开,赶快坐下,急忙说:

"他不是去基辅了吗……"

"是的,是去基辅了。"那女人重复了一句,眼睛仍然看着牌。我发觉她的声音很单调,木讷。

"他很快就会来的……"

"真的吗?"女人又问了一句。

半裸的乔治跳到地上,两步就蹿到女人脚边,双膝下跪,用法语对她说了些什么。

"我很平静。"女人用俄语回答。

"我迷路了,你知道吗?暴风雪,风刮得真吓人。我当时想,我一定要冻死了。"乔治抚摩着她放在膝盖上的手,急急忙忙地说。他大约四十岁左右,长着黑胡须和红色厚嘴唇的脸显得惊恐不安。他用劲揉揉他圆脑壳上像鬃毛似的竖起的花白头发，说话越来越清醒了。

“我们明天去基辅。”那女人说，不知是发问，还是表示她已打定了主意。

“行，明天就去！可是现在你该休息一下。为什么你还不躺下睡觉呢？已经很晚了……”

“米沙他今天不会来了吗？”

“啊，不会来的。这样大的暴风雪……我们走吧，你去躺下……”

他拿起桌上的灯，把她扶到书橱后面的门里去了。我独自坐了良久，什么也不想，听着他那轻轻的带点嘶哑的说话声。鹅毛般的雪片像毛茸茸的爪子掉在窗玻璃上沙沙作响。地上融化了的雪水洼羞怯地反射出蜡烛的火光。房间里摆满了东西，显得十分拥挤，洋溢着一种暖洋洋的奇怪的气息，使人昏昏欲睡。

乔治终于出现了。他站立不稳，晃晃悠悠的，手里捧了一盏灯，灯罩晃动着，老是碰在灯泡上，发出细碎的响声。

“她睡下了。”

他把灯放在桌上，沉思地站在过道屋的中央，眼睛并不看我就说起来了：

“啊，说什么呢？要是没有你的话，我也许就完了……谢谢！你是干什么的？”

他侧着头，仔细倾听隔壁房间里发出的窸窣响声，浑身发抖。

“这是您的妻子吗？”我低声问他。

“是妻子。我的一切，命根子！”他望着地板，声音不大，但一字一顿地说，后又重新用手掌使劲揉起头来。

“喝点茶吧，怎么样？”

他心不在焉地往门那儿走去，但又站住了。他想起女佣人因为吃鱼过多，已经住进了医院。

我提议去烧茶炊，他点头赞同，看来，他忘记了自己还半裸着身子，赤着脚在潮湿的地板上啪嗒啪嗒地走，把我领到小厨房里去。他把背靠在炉壁上，又对我说：

“要是没有你，我就冻死了，谢谢！”

突然,他哆嗦了一下,惊恐地张大了眼睛,凝视着我。

“我要是真的冻死了,那她会发生什么事呀?哎哟,我的天哪!……”

他望着那黑黑的小门洞,很快低声说道:

“你看见了,她是个有病的人。她的儿子是个音乐家,在莫斯科自杀了,可她一直等着他回来,已经有两年了,几乎……”

后来,我们喝茶的时候,他用不同寻常的语句,断断续续地讲述了他们的故事。这个女人是个地主,他是历史教员,曾经做她儿子的家庭补习教师,爱上了她,她就离开了她的丈夫,一个德国伯爵,到歌剧院去当演员。虽然她的前夫想方设法竭力破坏她的生活,但是他俩还是生活得十分美好。

他一面讲,一面眯起了眼睛,紧张地端详着这肮脏的厨房昏暗之处的什么东西,厨房里炉子旁边的地板已经腐烂了。

他一小口一小口地啜着茶,被茶烫着的时候就皱起眉头,惊慌地眨着那双圆圆的眼睛。

“你是干什么的?”他又问我,“唔,做花形小面包的,是个工人。奇怪,不像,这是怎么回事?”

他的话音里流露出不安,用受过迫害的人那种不信任的目光看着我。

我简要地谈了自己的情况。

“原来如此!”他轻轻地惊叹了一声,“啊,原来如此……”

他突然活跃起来了,问我说:

“你知道《丑小鸭》的童话故事吗?读过没有?”

他的脸变形了,他开始愤怒地提高了嗓子说话,声音很不自然,又沙哑,又刺耳,使我吃惊。

“这个故事可诱惑人啦!我在你这个年纪也曾经想过我是不是只天鹅呢?于是,你看……我当时应该进神学院,却进了大学。当神父的父亲就跟我断绝了父子关系。我在巴黎研究人类不幸的历史——进化史。我还写过文章,是的。唉,这一切是怎么会……”

他跳起来坐在椅子上,侧耳谛听,然后对我说:

“进化——这是为了聊以自慰杜撰出来的!生活是没有理性的,毫无意义。没有奴隶制度就不会有进化——没有进化,没有少数人对多数人的统治,人类就会止步不前。我们想要改善我们的生活,减轻我们的劳动,可实际上却在使生活变得更困难,劳动变得更沉重。工厂和机器是为了不断地生产更多的机器,这是愚蠢的！这样工人就越来越多了。只有农民,生产粮食的农民,才是必不可少的。粮食——这就是应当通过劳动向大自然索取的全部东西。一个人需要的东西愈少,他的幸福就愈大,一个人的愿望愈多,他的自由就愈少。"

也许原话不是这样讲的,但是,这些思想令人震惊,而且表达得如此尖锐,如此露骨,我还是第一次听到。他激奋地尖叫一声,又担心地盯着那扇敞开着的通往内室的门,听了听里面的动静,重又恶狠狠地说:

"要知道,每个人需要的东西并不多,一块面包和一个女人而已……"

他用一种神秘的耳语,用我不知道的词语,没有读过的诗句谈起了女人。突然,他变得像小偷巴什金。

"贝亚德①、霏娅米塔②、劳拉③、妮农④,"他轻声说了一连串我不熟悉的女人名字,还讲了几个迷恋于爱情的国王和诗人的逸事,朗读了法国诗歌,一边读,一边还用他那纤细的、裸到肘部的手臂打着拍子。

"爱情和饥饿统治着世界。"我听到他那热烈的耳语,马上想起在标题为《饥荒沙皇》的革命小册子中也有过同样的话语。因此,这些话语在我的思想中具有特别重要的意义。

"人们祈求忘却,寻找安慰,却不追索知识!"

这种思想使我十分震惊。

早晨,我离开了这个小厨房,小壁钟上已经六点零几分了。天色还十分昏暗,灰蒙蒙的,我踏着积雪上路,听着风雪的号叫,回想起那个受尽折磨的人愤怒刺耳的尖叫,有一种我的喉咙被他的话语堵住,使我喘不过气来的感觉。我不想回到面包作坊去,不想看见什么人,于是就披着一身厚厚的雪花沿着鞑靼区的街道不停地徘徊,直到天已破晓,茫茫大雪中不时出现本地居民的身影。

---

① 贝亚德,十三世纪意大利诗人但丁所钟情的女子,但丁在抒情诗集《新生》,代表作《神曲》中对她作了描述。

② 霏娅米塔,十四世纪意大利那不勒斯王的公主。小说家薄迦丘曾倾心于她。

③ 劳拉,十四世纪意大利诗人彼特拉克所钟情的女子,彼特拉克曾为她创作名诗。

④ 妮农,十七世纪法国文艺复兴后期著名的沙龙才女,同一些名作家有交往。

此后,我再也没有遇见这位历史教师,我也不想再见到他,但是,后来我不止一次听到生活毫无意义,劳动没有益处这类议论,说这些话的有目不识丁的朝圣者,无家可归的流浪汉,也有“托尔斯泰主义者”和文化修养很高的人。说这类话的还有东正教的修士司祭,获得硕士学位的神学家,有制造炸药的化学家和新活力论派的生物学家以及其他许许多多的人。不过这些想法对我产生的影响,已不像初次听到时那样使我大为震惊了。

大约两年之前——在我初次听到这个论题的谈话之后又过了三十多年——出乎意料,我又从一个早就熟悉的老工人口中听到了这种想法,而且表达用语也几乎相同。

有一次,我跟这位老工人谈心,他苦笑着讥讽地自称是“政治上的大老板”,以俄国人所特有的那种惊人的直率对我说:

“阿列克赛·马克西姆,亲爱的,我什么也不需要,什么研究院啦,科学啦,飞机啦,所有这一切都毫无用处,全是多余的!我只需要一个安静的角落和一个女人,让我在想要的时候可以吻她,而她不论是心灵或是肉体都忠实于我——就行了!您像知识分子那样思考问题,您已经不是我们的人了,而是一个中了毒的人,对您来说思想高于活生生的人,您是不是像犹太人那样认为,人是为了礼拜六而活着的呢?”

“犹太人不这么认为……”

“鬼才知道他们怎么想的,这是个不可理解的民族。”他回答说,把烟蒂往河里一扔,看着它落入水中。

我们坐在涅瓦河岸的花岗石长凳上,那是个秋天的月夜,我俩一心想做点好事,做点有益的事,可虽有顽强的愿望,却毫无结果,加上白天里那些徒劳无益的风潮使我们心力交瘁。

“您跟我们在一起,但不是我们的人,这就是我要说的。”他继续沉思地低声说道,“知识分子不喜欢安分守己,从古时候起就参加造反暴动。就像耶稣基督,那个空想家,为了让人升入天堂就瞎折腾一样——这些知识分子也都是为了乌托邦起来闹事的。鼓动闹事的是空想家,而跟随他的是那些废物,坏蛋,恶棍,而且人人都心怀不满,因为他们看到生活里没有他们的位置。工人起义却是为了革命,他们需要达到的目标是正确分配劳动工具和劳动产品。一旦真正夺得政权之后,您认为他们会去治理国家吗?才不会呢！到时，大家会各走各的路，为保险起见，都去营造自己的安乐窝了……

“您说，技术吗？技术只会把我们脖子上的套索拉得更紧，把我们捆绑得更结实。不，应当摆脱那种多余的劳动。人需要安静。可是工厂，还有科学都不让人安宁。一个人的需要并不多。如果我只需要一间小屋，那我干吗要去砌一座城市呢？哪儿有一大堆人挤在一起，那儿就又是自来水，又是下水道，又是供电设备。要是没有这些东西，日子会过得多么轻松啊！不，我们这儿许多东西都是多余的，而这全是知识分子弄出来的，因此我说：知识分子是有害的一类人。”

我说，没有任何人能够像我们俄国人这样如此透彻，如此坚定地否定生活的意义。

“因为俄国人在精神上是最自由的，”这个工人讥讽地笑了一下说，“不过您可别生气，我的论断是正确的，我们有千百万人都是这种想法，只是不会说出来而已……生活应当搞得简单点，那样人们会感到生活得更加舒心……”

这个工人从来不是什么“托尔斯泰主义者”，也从未有过无政府主义的倾向，我很了解他思想发展的过程。

与他这一番交谈，不由得使我想道：如果千百万俄国人在内心深处确实仅仅是为了摆脱繁重的劳动才甘愿承受千辛万苦干革命，那会怎么样呢？花费最少的劳动去赢得最大的享受，这与所有不可能实现的幻想和形形色色美妙的乌托邦一样，极具诱惑力，极具吸引力。

于是，我想起了亨利·易卜生①的一段诗：

我是保守主义者吗？啊，不！
我，还是过去的我，丝毫未变；
我不喜欢一步步地将棋子拨转，
我要把整个棋盘推翻。

---

① 易卜生（一八二八—一九〇六），挪威戏剧家和诗人，这段诗引自他写的《给我的朋友，革命演说家》一诗。

我只记得一次革命，
它比后来的革命更加聪明，
本来它可以毁灭一切，
这就是洪水在全世界的肆虐。

可是，那一回魔鬼也被欺哄，
您知道，挪亚[①]成了执政者，独裁专横！

啊！如果可以做得正大光明，
我不拒绝给您助上一臂。
您快引来肆虐世界的洪水，
我很乐意为炸毁方舟埋下水雷！

杰连科夫的铺子收入很少，可是需要从物质上给予帮助的人和事却越来越多了。

“应当想个办法。”安德烈忧心忡忡地抚摩着胡子说，含着歉意微笑着，深深地叹了口气。

我觉得，这个人认为自己帮助别人义不容辞，而且在这方面就像被判了无期徒刑。虽然他甘愿接受这种刑罚，但是，毕竟有时也感到力不从心。

我曾好几次用不同的话问他：

“您为什么要这样做？”

显然，他没有理解我的问题，在回答“为什么”时，总是咬文嚼字，令人费解地大谈人民生活的艰难和让他们接受教育获取知识的必要性。

“哦——人们想要得到知识，在寻求知识吗？”

“嗯，那还用说。当然是啰！您不是也想吗？”

是的，我也想获得知识，然而我又想起了那位历史教师的话：

“人们祈求忘却，寻找安慰，却不追索知识。”

---

① 据《圣经·创世纪》记载，上帝因世人行恶，降洪水灭世，命义人挪亚造方舟，并带全家和留种的一切动物避入。洪水退后，挪亚即统驭地上万物。

让十七岁的青年人接触这些尖锐的思想,实质上有害无益,多次重复之后,这些思想会渐渐显得迟钝无力,听者也不会受益。

我开始觉得,我总是发现同一种情况:人们喜爱有趣的故事,只是因为这些故事可以使他们暂时忘却沉重的,然而已习以为常的生活。故事里"虚构"的成分越多,人们听起来就越津津有味。包含许多美丽的"虚构"情节的书就是最有趣的书。简而言之,我仿佛堕入一片烟雾之中,不知所措了。

杰连科夫想了个主意,开爿面包铺。我记得,当时做了极为精确的计算:这个店铺里每一个卢布的周转必须获得35%的利润。由我担任面包师的"助手",作为"自己人"去监视那个面包师,防止他偷面粉、鸡蛋、黄油以及烤好的食品。

于是我就从那个肮脏的大地下室搬到了一个比较干净的小地下室来了。清洁卫生工作由我负责。原来一起工作的有四十个人,现在我眼前只有一个人了。他两鬓花白,留着尖尖的小胡子,脸色干枯焦黄,一双黑眼睛若有所思。他的嘴巴的样子很古怪:小小的,像个鲈鱼嘴,嘴唇厚厚的,肿肿的,而且噘紧着,仿佛想要接吻。眼睛深处还流露出一种嘲弄人的神情。

他当然也偷东西。上班第一天的夜里,他就把十个鸡蛋,三俄磅面包和好大一块黄油搁在一边。

"这些你用来干什么?"

"这是留给一个小姑娘的,"他和和气气地说,然后皱着鼻梁又补充了一句,"一个漂亮的小姑娘!"

我试着说服他,告诉他偷窃是犯罪行为,然而,不知是我的口才不好,还是我本人对我想证明的理论也不够坚信,反正我的话并没有取得效果。

面包师躺在放生面团的柜子上,眼睛望着窗外的星星,惊奇地嘟哝道:

"他居然来教训我!第一次见面就打算教训人。论岁数我比他大三倍。真可笑……"

他望着星星,又问我:

"我好像在哪儿见过你似的,你以前在谁那儿干活?在谢苗诺夫那儿吗?就是曾经搞过暴动的那家吗?噢,是这样。那就是说,我在梦里看见过你……"

几天之后,我发现这个人总也睡不够,而且在任何情况下,甚至站在那里,扶着铲子也能睡觉。他快要睡着的时候,稍稍扬起眉毛,脸就变得很古怪,现出一种含有讽刺意味的惊奇的表情。他的任何话题都离不开做梦和埋藏起来的财宝。

他十分肯定地说:

“我能看见地下的东西,大地就像一个大馅饼,里面塞满了财宝:到处都埋着大盒大盒的钱,一箱箱的东西,一件件铁器。不止一次有过这样的事:我在梦里看见一个熟悉的地方,比方说澡堂子,在澡堂子的墙角下埋着一箱银碗碟。我一醒过来,夜里就去挖,挖到一俄尺半深,一瞧,是煤渣和狗的颅骨!看,我找着的是这些东西!突然,哐啷一声,窗玻璃砸得粉碎,接着有个女人发疯似的大叫:‘有贼,捉贼呀!’我当然赶紧逃走了,要不然,就会被人狠狠揍一顿。真好笑。”

我经常听他说这句话:真好笑!——可是伊万·科济米奇·卢托宁说这话的时候自己却不笑,只是含有笑意地眯着眼睛,蹙起鼻梁,张大了鼻孔。

他的那些梦并不奇妙,跟现实生活一样枯燥无味,荒谬无稽,因此我不明白,为什么他对所做的梦那么津津乐道,而对生活在周围的人却无动于衷呢?

有件事情轰动了全城:一个做茶叶生意的富商的女儿因为被迫出嫁,在教堂刚举行婚礼之后,就用枪自杀了。几千名青年人成群结队去为她送葬。大学生们还在墓地上发表演说,警察把他们驱散了。在我们面包作坊旁边的小店里,大家都在大声议论这个悲剧,小店后面那个房间里挤满了大学生,他们那激昂的声音,尖锐的话语一直传到我们地窖里来。

“这个姑娘是对她管教不够,打得太少了。”卢托宁说,接下去又对我说:

“我好像正在池塘里捉鲫鱼,突然,一个警察来了,说:‘住手,你怎么敢这么做?’我没处可逃,一个猛子扎到水里,这时就醒了……”

不过,虽然现实生活不在他的注意范围之内,不久他还是感觉到这个面包店有点特别:在店里售货的是店主的妹妹和她的女朋友,一个高大的红脸蛋姑娘,长了一双温柔的眼睛。这两个姑娘都不会做买卖,经常看书。常来的是些大学生,他们能长时间地坐在店铺后面的房间里,大声喊叫或低声谈论。店主难得露面,而我这个当“助手”的就像是面包店的经理似的。

“你是老板的亲戚吧?”卢托宁问我,“也许,他想招你做妹婿?没有吗?真好笑。可大学生们干吗老来串门闲逛呢?是为了姑娘……嗯,也许是的。尽管那两个姑娘并不太漂亮,没多大意思……这些大学生来这儿,大概吃面包比看姑娘更有劲……”

几乎每天早晨五六点钟的时候,面包作坊朝街的窗口就出现一个矮脚姑娘,她仿佛是大小不等各种尺寸的半球形拼成的,就像是一个装了大大小小西瓜的口袋。她光着双脚下到窗前的坑里,然后打着呵欠叫道:

“万尼亚!”

她戴着花头巾,头巾下面露出浅色的鬈发,像一个个细小的环儿披散在她那圆鼓鼓的红脸蛋和低矮的额角上,刺得那双朦胧着的眼睛微微发痒。她懒洋洋地用一双小手把脸上的头发撩开,五指像新生的婴儿似的可笑地张开着,有意思——跟这么个小姑娘有什么可谈的呢?我把面包师唤醒,他问她:

“你来了?”

“你看见了嘛。”

“睡过觉了吗?”

“嗯,当然啰。”

“梦见什么了?”

“记不得了……”

这时城里静悄悄的。只是,不知什么地方清道夫的扫帚在沙沙作响,刚刚醒来的麻雀唧唧喳喳地叫着。初升太阳温暖的光线照射在窗玻璃上。我很喜欢清晨这段沉静的时光。面包师从窗口伸出一只毛茸茸的手,抚摩着小姑娘的双腿,她毫无反应,任他抚摩,脸上没有笑容,眨着绵羊般柔顺的眼睛。

“彼什科夫,把奶油鸡蛋面包拿出来,该出炉了。”

我把烤面包的铁板从炉子里取出来,面包师从上面抓起十来个扁形甜面包、千层面包、棱形面包,丢到小姑娘的裙襟里。小姑娘把滚烫的扁形甜面包从这只手心丢到那只手心里,用像羊齿一般的黄牙去咬面包,被烫着以后,生气地直哼哼。

面包师以欣赏的神情看着她说:

“把裙襟放下来,你这个不怕难为情的小妮子!”

当她转身离开时,他在我面前夸耀说:

“看见了没有?满头鬈发,像只小羊。老弟,我是个正派人,不跟婆娘们同居,只和小姑娘要好。这是第十三个了,是尼基福雷奇的教女。”

我听他充满喜悦地炫耀,暗自想道:

“难道我也应该这样生活吗?”

我从炉子里取出论斤卖的白面包,将十个或十二个大圆面包放在一块长木板上,急忙把它们送到杰连科夫的铺子里。返身回来,又拿一只能盛放两普特重东西的篮子装满白面包和奶油鸡蛋面包,拎着奔到神学院去,赶上大学生们吃早点。我站在神学院大饭厅的门口,把面包卖给大学生,或“记账”或收“现金”——我站着一边做买卖,一边听他们争论关于托尔斯泰的事。神学院有一位古谢夫教授坚决反对列夫·托尔斯泰,与他誓不两立。有时我篮子里的面包下面藏着几本小册子,我必须不让人有所察觉,悄悄把小册子塞到某个大学生手里。有时候,大学生们也将书或者便条藏到我的篮子里来。

我每星期有一次要跑得更远——去“疯人院”,精神病学家别赫捷列夫在那儿以病人为例,给大学生讲课,让他们实地观察。有一次他给大学生们看一个患了夸大狂的病人:一个高个儿出现在教室门口,着一身白色的病号服,头上戴了一顶圆筒尖顶帽,就像是一只长套袜,我不禁嘿嘿笑了一下。当他走到我的身边时,停住脚步,对着我的脸看了一眼,我吓得赶快往后一躲,仿佛他那乌黑、尖利、火辣辣的目光一直刺到我的心上。当别赫捷列夫捋着胡子,郑重其事地跟病人谈话的时候,我悄悄地用手掌抚摩着自己仿佛被热灰烫痛了的脸。

病人说话的声音低沉,他想要什么东西,便从病号服的衣袖里可怕地伸出了一只长长的手。他的手指也是细细长长的。我觉得似乎他的整个身子都不自然地在伸长,而且越伸越长。仿佛他站在原地,那只发黑的手也能伸到我身上,掐住我的喉咙。那张瘦骨嶙峋,眼窝深陷的脸上,一双目光犀利的黑眼睛可怖而又威严地闪闪发亮。大约有二十个大学生仔细观察着这个带圆筒尖顶帽的病人,少数人面带笑容,多数人神情专注而悲哀,他们的眼睛同这疯子火辣辣的双目相比,就显得太平常了。这疯子模样可怕,然而在他身上却有一种威严的神态,确实有啊!

大学生们默默不语,在这片沉寂之中,教授的说话声显得格外清晰。他提的每个问题都激起那低沉声音严厉的呵叱,这声音仿佛来自地下,来自毫无生气的白墙之内,疯子的举止像大主教那样缓慢、庄重、威严。

夜里,我写了一首诗描写这个疯子,称他是"主宰中的主宰,上帝的朋友和顾问",他的形象久久留在我的心中,使我坐卧不安。

我每天几乎从晚上六点工作到第二天中午,午后小憩片刻,因此只有在工作的间隙里,也就是在一团面粉已经揉好,另一团面粉还未完全发酵,需要等待的时候,或者是面包已送进炉内烘烤的时候,才能看书。我渐渐摸索到了做面包的窍门,随着我的进步面包师也就工作得越来越少了,他用亲切而惊奇的语调"开导"我说:

"你非常能干,再过一两年,就可以当面包师了。真好笑。你还年轻,人家不会听你的,也不会尊重你的……"

他对我酷爱读书表示不赞成:

"你还是别读书了,最好去睡觉!"他经常关心地劝我,可从来没问过我,读的是什么书。

形形色色的梦,得到地下宝藏的梦想,还有那个圆滚滚的矮脚姑娘占据了他整个的心灵。夜里这姑娘常常来,那时他就把她带到堆放面粉袋的门斗里去,要是天冷的话,他就皱起鼻子对我说:

"你出去半个钟头吧!"

我在离开时,心里想道:这种爱情怎么跟书上描写的那么不一样……

店铺后面的小房间里住着老板的妹妹,我常为她烧茶炊,但是尽可能少跟她见面,因为跟她在一起我感到拘束。她那双孩子般的眼睛总是用一种使人无法忍受的目光看着我,就跟最初几次见面时一样。我感到她眼中藏有笑意,而且似乎是在嘲弄我。

由于我力气很大,动作显得笨拙,面包师看着我搬运拖拽五普特重的面粉袋时,就会惋惜地说:

"你的力气一个人可顶三个人,可是一点儿也不灵活!尽管你个子高,仍然还是笨牛一条……"

虽然我已经读了不少书,还喜爱读诗,而且自己也开始作诗,却仍然用

"自己的话"来写作。我感到,我那些话不流畅,晦涩、尖刻,但是我觉得我只有用这样的话才能表达我内心那种紊乱不堪的思想。有时为了抗议某种令我义愤填膺的事情,我就故意使用粗野无礼的词语。

我的一个老师,数学系的大学生曾经责备我说:

"鬼才知道!您怎么这样说话,那不是话,简直像一个个秤砣……"

一般来说,我不喜欢自己,就像十六七岁的少年常有的那样,觉得自己的样子既可笑,又粗鲁。一张颧骨突出的脸,活像卡尔梅克人,说起话来,嗓子又不听使唤。

可老板的妹妹却动作迅速、灵活,宛如一只凌空的燕子。我觉得她的举止这般轻盈,同她那圆圆的柔软的体形不大相称。她的姿势和步态中有一种虚假的矫揉造作的味道。她说话的声音总是快快活活的,还常常放声大笑。我听到她那响亮的笑声就会产生这样的想法,她是期望我忘掉初次见面时她的那副模样吧。可我不想忘掉,一切不寻常的事物对我都是珍贵的,我需要知道,这是可能的,也是实际上存在的。

有时她问我:

"您在读什么书?"

我简短地做了回答。我也想问她:

"您为什么要知道这个呢?"

有一天,面包师想要抚爱那矮脚姑娘,用陶醉兴奋的声音对我说:

"你出去一会儿吧。嗳,你最好到老板妹妹那儿去,干吗错过好机会呢?要知道大学生们……"

我对他说,要是他再说这类的话,我就用秤砣砸碎他的脑袋,说完就到堆放面粉袋的门斗里去了。从关得不严的门缝里听见鲁托宁的声音:

"我干吗要生他的气呢?他老是啃书本,像个疯子似的过日子……"

门斗里老鼠吱吱尖叫,来回乱窜,面包作坊里姑娘哼哼唧唧地呻吟着。我走到院子里,外面正缓缓地悄无声息地下着毛毛细雨,但是仍然感到很闷,空气中充满了焦味,大概是树林着火了。已经是后半夜了。面包房对面那座房子的窗户敞开着,有几个房间里还隐隐约约露出灯光,有人在哼唱:

圣瓦尔拉米[①]本人，
头上闪着金色的光轮，
面带笑容，
从天上望着她们……

我试着想象玛丽亚·杰连科娃躺在我的膝上，就跟面包师的姑娘躺在他的膝上一样，可是我整个身心都感到这是不可能的，甚至是可怕的。

从天黑到天明，
他又是喝酒又唱歌，
而且他——喔唷！
还干了那桩事情……

歌声中特别带有挑衅性地突出了这个意味深长的低音“喔唷”！我双手支膝，弯身朝一扇窗户里望去。透过镂空花边窗帘，我看到一个正方形的地下室，天蓝色灯罩下点了一盏小灯，照亮了这地下室的灰色墙壁。灯下有个姑娘面对窗户坐着写信。瞧，她抬起头来了，用红色的笔杆整了整垂在鬓角上的一绺头发。她的双眼微微眯着，脸上露出了微笑。她慢慢地把信折叠起来，装入信封，用舌尖舔了舔封口上的胶边。封上之后，她把信往桌上一扔，伸出比我的小拇指还小的食指朝那封信做了个威吓的手势，然而她又重新拿起这封信，皱着眉头把信封撕开。她读了读信，又装入另一个信封，粘好，弯身到桌上写了地址，将信举起，像摇小白旗似的晃动着信封。她旋转着身体，举起双手轻轻地拍着，朝放着床铺的屋角走去，然后又从那儿出来，脱去女短衫，露出了她那像松软酥油饼似的圆润丰满的肩膀，拿起桌上的那盏灯，又隐没到屋角里去了。当你观察人们一人独处时的举动，会觉得他像一个疯子。我在院子里来回踱步，一边想道，这个姑娘独自在她小窝里时的生活可真奇怪。

---

① 圣瓦尔拉米是古时基督教的圣徒。此处是一首反宗教歌曲，当时在大学生中颇为流行。

然而,当那个长着红褐色头发的大学生来看她,并且压低了声音,几乎耳语般地对她说话时,她整个身子会蜷缩起来,人变得更小了。她胆怯地看着他,一双手藏在背后或者桌子底下。我不喜欢这个红褐色头发的大学生,很不喜欢。

矮脚姑娘用头巾紧紧裹住了头,摇摇晃晃走了过来,对我咕哝着说:

“你进作坊去吧……”

面包师边从柜子里往外掏面团,边向我讲述他的情人多么使人快慰,而且让人从来不知疲倦。可我却暗自在思量:

“这样下去,我会发生什么事呢?”

我觉得,就在近处某个地方的角落里,有场灾祸等待着我。

面包店的生意很兴隆,杰连科夫甚至已经在物色另一处比较宽敞的面包作坊了,并且决定再雇一个帮手。这是好事,因为我的活儿实在太多,身心疲惫,人都变得迟钝了。

“在新的面包作坊里你要升大助手了。”面包师向我许愿说。“我去说说,让他们把你的工资加到每个月十个卢布。是该这样。”

我明白,有我当他的大助手对他有利,他不爱干活,而我很乐意干活,疲劳对我有好处,它能消除我的愁闷和不安,抑制强烈的本能的性冲动。不过,书是无法读了。

“你不再啃书本了,这很好,最好让老鼠把这些书都啃光!”面包师说。“难道你真的没做过梦?大概你也做梦,只是不想说出来罢了。真好笑。要知道,说梦是最没有害处的事了,这没什么可担心的……”

他对我非常和蔼,甚至似乎还怀有敬意,或者他怕我,把我看成是老板的耳目,尽管这并不妨碍他天天小心谨慎地偷店里的货。

我的外祖母死了。在她下葬后又过了七个星期我才得到她的死讯。我是从我的一个表兄弟的来信中得知的。在那封没有标点符号的短信中说,外祖母上教堂门口去讨施舍时,在台阶上摔倒了,跌断了一条腿。到第八天“突然生了坏疽”去世了。过了些时候我才知道,我的两个表兄弟,一个表姐和她的几个孩子,他们这些健康的年轻人都成了老太婆的累赘,都靠她讨来的施舍过活。老太婆病了,他们也不懂得请个医生来给她看病。

信里写道:

她被埋在彼得罗巴甫洛夫斯克坟场。我们大家都去给她送葬。我们和叫化子都去了。他们爱她，都哭了。祖父也哭了。他把我们赶走，一个人留在坟上。我们从矮树丛里望着他在那里哭，他也快死了。

我没有哭，只记得当时仿佛有一阵寒风浸透全身，冰冷砭骨。夜里，我坐在院子里的劈柴堆上，感到有一种强烈的愿望，要向别人说说我的外祖母，说说她多么善良，多么聪明，她是所有人的母亲。很长时间我一直抱有这个令人感到沉重的愿望，但是没有可以倾诉的人，就这样，这个愿望始终埋在心底里，渐渐地消失了。

过了很多年之后，当我读到契诃夫描写一个马车夫的短篇小说时，我又回想起那些痛苦的日子。契诃夫在小说里写了马车夫对马儿倾诉儿子的死带给他的痛苦。当时我感到十分遗憾，因为在那些令人悲痛欲绝的日子里，我身旁连一匹马一条狗也没有，而且我又没有想到去向老鼠倾诉我的悲哀，面包作坊里的老鼠倒是很多，我同它们之间相处得也很和睦。

警察尼基福雷奇开始像老鹰似的在我身旁盘旋。他身体结实，身材匀称，一头银色的硬发，蓄着一把修剪得整整齐齐又浓又密的大胡子。他很有滋味地咂着嘴，用那样一种眼神望着我，仿佛我是一只被人宰好了准备过圣诞用的鹅。

“我听说，你爱读书，是吗？”他问我，“你爱读哪些书？比方说，是使徒传呢，还是圣经呢？”

“我又读圣经，又读使徒殉教传。”——这使尼基福雷奇感到惊讶，看来是把他搞糊涂了。

“是这样吗？读书是合法的好事！可是你是不是有时也读托尔斯泰伯爵的作品呢？”

我也读过托尔斯泰的作品，但是看来这并不是警察感兴趣的书。

“这些，可以这么说，是所有作家全都在写的普普通通的书。据说，他有几本书是反对神父的，最好读读这些书！”

“这几本”胶印的书我也读过，但是我感到枯燥无味，而且我知道，不应该跟警察去议论这些书。

我们有几次在街上遇见，边走边谈，在这之后，老警察就开始邀请我去做客了。

“到我的小哨舍里来喝喝茶吧。”

我当然明白，他在我身上打的什么主意，但是我还是想上他那儿去。我跟一些聪明的人商量了一下，大家都认为，如果我回避这个警察的邀请，可能会使他加深对面包店的怀疑。

于是，我就到尼基福雷奇那儿去做客了。在那个小屋里，一只俄国式的炉子占了三分之一的地方，另外三分之一放了一张双人床，床上挂着花布帐子，放了好多个枕头，枕套是大红色的，剩下的地方摆了一个碗橱，一张桌子，两把椅子，窗下还有一条长板凳。尼基福雷奇解开了制服上的扣子，坐在长凳上，他的身子把这间小屋仅有的一扇小窗给挡住了。他的妻子坐在我的旁边，这个小娘们大约二十岁左右，胸部丰满，红红的脸蛋，有一双狡猾而凶狠的眼睛，眼睛的颜色奇特，呈灰蓝色。她任性地噘起鲜红的嘴唇，说起话来冷冰冰的，含着怒气。

“我知道”，警察说，“我的教女谢克列捷娅常去你们面包店，这个放荡下流的姑娘，而且所有的女人都是下流的贱货。”

“所有女人都是?”他的妻子问。

“没有一个不是!”尼基福雷奇坚决肯定地说，他如同马儿晃动鞍辔似的把胸前的奖章弄得丁当直响。他端起茶碟喝完之后，又津津有味地重复他的看法：

“从最低级的婊子……一直到尊贵的女皇没有一个不放荡不下流的，示巴女王横跨两千俄里沙漠去找所罗门王也是为了过淫乱放荡的生活。而叶卡捷琳娜女皇尽管号称大帝，也……”

他详细地讲述宫廷里一个烧炉子的侍从的故事，那人同女皇过了一夜，此后便步步高升，从军士一直升到将军。警察的妻子聚精会神地听着，不时舔舔嘴唇，同时在桌子底下用她的腿碰我的腿。尼基福雷奇说话流利，用词也很有趣味，不知怎么的，我还没有觉察到，他已经转了个话题：

“比方说：这里有个一年级大学生普列特尼奥夫。”

他的太太叹了口气，插嘴说：

“他不漂亮,可人挺好。”

“你说谁?”

“普列特尼奥夫先生。”

“第一,他不是先生,毕业以后才是先生,眼下他只是个普普通通的大学生,这样的大学生我们这儿成千上万。第二,你说他挺好,是什么意思?”

“他快活,年轻。”

“第一,戏班里的小丑也是快快活活的……”

“小丑是为了挣钱才那样的……”

“闭嘴,第二,老狗也有做狗崽的时候……”

“小丑就像是猴儿……”

“闭嘴,我不是已经讲过啦! 你听见没有?”

“嗯,听见了。”

“这就对了……”

尼基福雷奇制服了妻子以后,就来劝我:

“听着,你去跟普列特尼奥夫认识一下,他是个很有趣的人!”

大概他不止一次在街上看到我和普列特尼奥夫在一起,因此我说:

“我们认识。”

“是吗? 是这样……”

他说话的语气显得有点失望。他急遽地走动着,胸前的奖章碰得丁当作响。我警觉起来了,因为我知道普列特尼奥夫正在用胶版印刷传单。

那女人一面用腿撞我,一面狡猾地故意挑逗老头儿,而老头像孔雀开屏似的卖弄着,打开了他的话匣子滔滔不绝,说个没完。他的太太的轻浮举动妨碍我听他说话,我又没察觉,不知什么时候他说话的声音变了,变得更加低沉,更加生动有力。

“有一条无形的线,你明白吗?”他问我,两只眼睛睁得圆圆的望着我的脸,仿佛有点害怕似的说:

“你可以把沙皇陛下看成是一只蜘蛛……”

“哎哟! 你怎么能这样说啊!”女人惊叫起来了。

“你给我闭嘴! 蠢婆娘,这样说是为了明白易懂,并不是诽谤,母狗! 快把茶炊收拾走……”

他抬起眉毛，眯着眼睛，继续很有感染力地说：

“这条无形的线，仿佛一张蜘蛛网似的，以沙皇陛下亚历山大三世等人为中心，从那儿出来，通过各部大臣，再经过省长大人和各级官吏一直到我这儿，甚至通到最下等的士兵。这条线无处不通，无所不包，它就像是一座无形的堡垒维持着沙皇帝国千秋万代的统治。可那些被狡猾的英国女王所收买的波兰人、犹太人和俄罗斯人，却想方设法到处钻孔子，弄断这条线，仿佛他们是为了人民！”

他从桌子上探过身来，用威胁的口吻低声问我：

“你明白吗？这就对了。为什么我对你说这些呢？你的面包师常夸你，说你是个聪明正直的小伙子，单身一个人过日子，可是大学生们却经常去你们的面包店闲串门，每到夜里就坐在杰连科娃的房间里。如果只有一个大学生去，那还可以理解，但是好多人都去，这是怎么回事呢？啊？我不反对他们，今天他是大学生，明天也许是副检察官。大学生都是好人。只是他们太急于扮演角色啦，而沙皇的敌人又在怂恿他们！你明白吗？我还要告诉你……”

但是他还没来得及说下去，这时房门突然敞开了，走进来一个红鼻子的小老头儿，一头的鬈发用小皮带束住，手里拿着一瓶伏特加，已经喝得醉醺醺的了。

“咱们来玩盘棋吧？”他快快活活地问道，全身立刻现出十分俏皮的样子。

“这是我的丈人，妻子的父亲。”尼基福雷奇有点懊恼，脸色阴沉地说。

过了几分钟，我就告辞走了。那个调皮的女人跟随我出来，将门掩上，拧了我一把说：

“多红的云彩啊，像团火似的！”

天上有一小朵金色的云渐渐在消散。

虽然我并不想得罪我的那些老师，但是，我还是要说，这个小警察对当时国家机构的解释竟比他们讲得更透彻，更浅近易懂。某个地方坐着一只蜘蛛，从它那儿伸出“一条无形的线”，把整个生活紧紧缠住，团团捆住。我很快就学会到处觉察出用这条线结成的一个个牢固的结扣。

晚上，已经很迟了，店门锁上之后，女掌柜玛丽亚·杰连科娃把我叫到她的房间里，一本正经地告诉我，她受人委托来了解，那警察跟我说了些什么。

她听了我的详细报告之后，不安地叫了一声："哎哟，我的天哪！"然后像只老鼠似的开始从一个屋角跑到另一个屋角，一边还晃动着脑袋，"怎么，面包师什么也没向你打听吗？要知道，他的情人是尼基福雷奇的教女啊，对吧？应该把他赶走。"

我靠着门框站在那儿，皱起眉头望着她。"情人"这个字眼她好像说得太随便了，我可不喜欢这样。而且，她决定赶走面包师这也不合我的心意。

"您要十分小心。"她说。跟平时一样，她那锐利的目光使我局促不安，似乎这目光在向我询问某种我不能理解的事情。她把双手藏在背后，突然在我面前站住了。

"为什么您总是愁眉苦脸的？"

"不久前我的外祖母死了。"

这使她感到有趣，她微笑着问我：

"您很爱她吗？"

"是的。您还需要了解什么吗？"

"没什么了。"

我走了，夜里我写了一首诗。记得，里面有这样一行固执己见的诗句：

别看您装腔作势，但实质上您并非如此。

后来决定让大学生们尽可能少到面包店来。见不到他们，我读书时遇到的问题就没人解答，于是我就把我感兴趣的问题都记在练习本上。但是有一天，由于疲劳我写着写着就睡着了，而面包师看了我的笔记。他把我唤醒，问道：

"你这是写的什么东西？'为什么加里波的不赶走国王？'这加里波的是什么东西？再说，难道可以把国王赶走吗！"

他生气地把本子往面粉柜上一扔，钻到炉坑里，在那里咕哝着说：

"请你来说说看，他应该赶走国王吗？真好笑。你还是打消这些念头吧，书呆子！大约五年之前，在萨拉托夫，宪兵像逮老鼠似的抓了不少这样的书呆子,真的。即使没有这些,尼基福雷奇也已经开始注意你了。你就别再想什么赶走国王了,这不是赶鸽子!”

他说这些话对我是一片好意,可我不能按我自己的意愿来回答他,因为有人不准我跟面包师谈论“危险的话题”。

城里到处在传阅一本激动人心的小册子,人们一边读,一边争论。我请求兽医拉夫罗夫给我搞一本,但是他令人失望地说:

“哟,没有了,老弟,别指望啦!不过好像最近几天有一个地方要宣读这本小册子,也许我到时候可以带你上那儿去……”

圣母升天节那一天,午夜时分,我跟随着拉夫罗夫的身影,走在黑暗的阿尔斯科耶波列野地里,他在我前面大约五十俄丈。野地里空寂无人,可我仍然按照拉夫罗夫的忠告,“采取预防措施”,一边走,一边吹口哨,哼小曲,装成一个“有点醉意的工匠”。我的头顶上方缓缓飘浮着片片乌云,一轮明月如同一个金球在云间滚动,云影掠过大地,一处处的水洼像白银和蓝钢般闪闪发亮。身后的喀山城低沉地轰鸣着。

我的向导在神学院后面一座花园的栅栏旁站住了,我急忙赶上了他。我们默默地爬过栅栏,穿过杂草丛生的花园。稍一碰着树枝,大滴水珠就落在我们身上。我们在一座房屋的墙跟前站住,轻轻敲着关得严严的窗板,一个大胡子打开窗子,他的背后漆黑一片,而且听不到丝毫声响。

“谁?”

“从雅科夫那儿来的。”

“爬进来吧!”

屋子里一片漆黑,伸手不见五指,但可以感觉到有许多人在那儿,听得见衣服和鞋子窸窣作响,有人在轻轻咳嗽,窃窃私语。不知是谁擦亮了一根火柴,照了照我的脸,我看见墙旁的地板上有几个黑糊糊的人影。

“都到了吗?”

“都到了。”

“把窗帘挂上,别让灯光从窗板缝里漏出去。”

有个人生气地大声说道:

“是哪个聪明人出的主意,把我们召集到这所没人住的屋子里来?”

“轻点!”

屋角里点起了一盏小灯，屋子里空荡荡的，没有家具，只有两只木箱子，上面搁了一块木板，木板上坐着五个人，如同一群寒鸦栖歇在篱笆上。那盏灯也放在一只竖立着的木箱上。墙边地板上有三个人，另外窗台上还坐了一个青年人，长长的头发，脸色苍白，十分柔弱。除了他和那个大胡子以外，其余的人我都认识。大胡子声音低沉地说，他要给大家读的那本小册子《我们的意见分歧》是前民意党人格奥尔吉·普列汉诺夫写的。

昏暗中有人坐在地板上吼了一声：

“我们知道！”

这种神秘的气氛使我愉快而激动，神秘的诗意是最高级的诗意。我感到自己仿佛是在教堂里作晨祷的教徒，想起了古罗马时代最初的基督教徒做礼拜的地下祈祷所。满屋子嗡嗡响着深沉的男低音，不过字字句句都说得清清楚楚。

“胡说八道！”又有人在屋角里吼了一声。

那里，黑暗中有个铜制物件隐隐约约在闪光，让人捉摸不定，好像是罗马武士戴的铜盔。我猜想，这是炉子的通气孔。

屋子里一片低沉的嘈杂声，人们压低了声音在激烈争论，乱嘈嘈的，简直弄不清楚谁在说什么。有人从我头顶上的窗台上以嘲笑的口吻大声问道：

“我们还读不读了？”

说这话的是那个脸色苍白的长发青年。大家都默不作声了，只听见一个男低音的朗读声。人们擦燃火柴，烟卷闪着红光，照亮了一张张沉思的脸，有的人眯着眼睛，有的人把眼睛睁得大大的。

朗读拖得很长很长。虽然我喜欢那些尖锐而富有激情的词句，这些词句通俗易懂，所表达的思想又具有说服力，但我还是听累了。

读书的声音不知怎么地突然停了下来，屋子里立刻响起一片愤怒的叫喊声：

“叛徒！”

“尽说漂亮话……”

“这是蔑视革命英雄所流的鲜血！”

“这是在格涅拉洛夫、乌里扬诺夫①被处了死刑之后……”

又传来了坐在窗台上的那个青年的声音：

“先生们，能不能就问题的本质进行严肃认真的辩论，而不要谩骂呢？”

我不爱争论，也不善于听别人争论。那些人慷慨激昂，思想飘忽不定，跳跃极快，我很难跟上他们的思路，而且这些争论的人自尊心特强，表现得又十分露骨，也常常使我恼火。

那个青年从窗台上俯身问我：

“您是面包工人彼什科夫吗？我是费多谢耶夫。我们该相互认识一下。说实在的，这儿也没什么事可做，他们还要吵很久呢，可是不会有什么结果的。我们走吧？”

我已经听人说起过费多谢耶夫，他是一个很重要的青年小组的负责人，我喜欢他那带点神经质的苍白的脸，还有那一双深沉的眼睛。

他和我一起走在田野上，问我在工人中间有没有熟悉的人，我在读什么书，空闲的时间多不多，而且还对我说：

“我听说过你们这个面包店的情况，您干这种毫无意义的事真让人感到奇怪。您这是为了什么呢？”

从某个时候起我自己也感觉到，干这种事不是我所需要的，我就把这个想法告诉他。他听了很高兴，紧紧地握了握我的手，面容开朗，微笑着对我说，后天他要离开此地上别处去三个星期左右，回来以后再通知我，在什么地方，怎样与他会面。

面包店的生意非常兴隆，可我个人的情况却每况愈下。我们搬到新的面包作坊之后，我的负担就更重了：既要在面包作坊里干活，又要挨家挨户送货上门，把面包送到私人住宅、神学院和“贵族寄宿女子中学”去。女孩子们趁着在我篮子里挑选奶油鸡蛋面包的时候，就悄悄地塞给我一些短笺。在这些漂亮的信笺上，我常常惊讶地看到用有点孩子气的笔迹写下的不知羞耻的字句。每当这群快活、整洁、眼睛明亮的小姐围着我的篮子，滑稽可笑地挤眉弄眼，用她们白里泛红纤细的小手翻拣面包时，我就有一种古怪的

① 格涅拉洛夫和乌里扬诺夫均为彼得堡大学学生，一八八七年三月因参加民意党谋刺沙皇亚历山大三世而被处绞刑。

感觉，我望着她们，竭力猜测，是哪几个姑娘给我写短笺的？是否她们并不理解那些字句的内在含意？我不由得想起了那些肮脏的“淫乐窝”来了，暗自思忖：

“难道从那些地方也有一根‘无形的线’，通到女子学校来了？”

有一个胸部丰满，一头黑发，梳了条大辫子的姑娘在走廊上把我拦住，急急忙忙低声对我说：

“要是你能把这封信按上面的地址送去，我就给你十个戈比。”

她那双温柔的黑眼睛里满含着泪水，双唇紧闭，直望着我，脸颊和耳朵羞得通红。十个戈比我大方地拒绝了，但是拿了信并且把它送到了一个高等法院法官的儿子手中。他是个大学生，高高个子，脸上泛着肺病患者的红晕。他表示要给我五十戈比，默默地若有所思，一边数出一把小铜币来。当我对他说我不需要酬谢时，他又把铜币往裤袋里塞，但是没塞得进去，掉了下来，撒得满地都是。

他六神无主地望着那些五戈比和七戈比的铜币四下飞滚，拼命用劲搓了搓双手，搓得手指关节直响，费力地喘着气，含糊不清地说：

“现在究竟该怎么办呢？好，再见！我要考虑一下……”

我不知道他后来想出了什么办法，可我非常可怜那位小姐。不久她就从学校里消失了。大约过了十五年，我才在克里米亚的一所中学里重又遇见她，她在那儿当教师，患了肺结核病。无论谈及世上什么事情，她都流露出被生活欺凌者特有的那种愤世嫉俗的情绪。

我把面包分送各处以后，就去睡觉；晚上，再到面包作坊干活；将近午夜，把奶油鸡蛋面包烤好送到店里去——面包店坐落在市立剧院附近，可以让观众散戏以后顺路到我们店里来吃热气腾腾的千层面包。然后，我又去揉生面团，准备做论斤卖的大面包和法国式小面包，要用双手揉好十五到二十普特面粉，这可不是件好玩的事！

接着我再睡上两三个钟头，就又要起床去送白面包了。

就这样天复一天，日复一日。

可我那时却怀有一种强烈的欲望，想传播“合理的、善良的和永恒的东西”。我是一个喜欢同人交往的人，善于做生动的描述，我的想象力是由亲身的经历和从书中所读到的东西激发出来的。我不需花费多少力气就能利用日常生活中的素材编成有趣的故事,同时别出心裁地在故事里面迂迴曲折穿插上那条“无形的线”。我当时结识了克列斯托夫尼科夫工厂和阿拉富佐夫工厂的工人们,和我特别接近的是织布工人尼基塔·鲁布佐夫老头,他几乎在俄国所有的织布厂里做过工,生性好动,非常聪明。

“我在这世上混了五十七个年头了,列克谢·马克西梅奇,我年轻的流浪汉,崭新的小梭子啊!”他用喑哑的声音说,黑眼镜里一双有病的灰眼睛在微笑着。那副眼镜是他自己用铜丝联结起来的,因此在他的鼻梁上和耳朵后面都沾上了铜锈,出现一些绿色斑点。织布工人把他叫做“德国人”,因为他刮脸的时候,总是在嘴唇上面留髭,在嘴唇下面留一绺浓密的灰白胡子。他中等个子,宽胸膛,一副快快活活的样子,不过总含有悲哀的意味。

“我喜欢看马戏,”他说着,把长有疙瘩的秃顶往左肩上一歪,“马是畜生,可怎么被训练出来的呢,啊?让人看了高兴,感到安慰。我望着这些畜生十分佩服,心里想:嗯,这就是说,人也可以训练得聪明理智的啰。马戏演员用糖赢得了畜生的心。嗯,当然啰,我们在小店里就能买到糖。我们的心灵也需要糖,这就是亲切温厚!小伙子,就是说,对人应当亲切温厚,不应当像眼下我们相互之间那样,动不动就用棍子,对不对?”

他自己对别人并不亲切温厚,同他们说话的时候总是带点轻视嘲笑的神情。争论的时候,他常常高声粗暴简单地反驳别人,一副盛气凌人的样子。我跟他是在啤酒馆里认识的,当时有些人要打他,而且已经揍了两下子,我出面干预,把他带走了。

“把您给打痛了吗?”那是一个秋天的夜晚,下着濛濛细雨,我跟他一边冒雨在黑暗中行走,一边问他。

“嘿,这样能算是打吗?”他满不在乎地说,“等等,你跟我说话的时候为什么称呼我您呢?”

我们就这样认识了。起初他常常机灵俏皮地讥笑我,但是当我对他讲了那条“无形的线”在我们生活中起着什么作用之后,他若有所思地惊叹道:

“你不蠢,一点不蠢!真有你的,不是吗?……”于是他对我就像父亲那样亲切起来了,甚至叫我名字时还加上了父称。

“你的想法是对的,我的列克谢·马克西梅奇,我亲爱的小锥子!不过谁也不会相信你的,没有益处……”

“那您信不信呢?”

“我是条秃尾巴的无家可归的野狗,而老百姓却是些带着锁链的家狗,每条狗的尾巴上都挂了许多东西:老婆、孩子、手风琴、套鞋等等,它们都十分迷恋自己的狗窝。他们不会相信你的。在我们莫罗佐夫工厂也曾闹过事呀! 谁领头往前冲,就打谁的脑袋,枪打出头鸟嘛,脑门子可不是屁股,好长时间都够你痛的!”

可是在他认识了克列斯托夫尼科夫工厂的钳工沙波什尼科夫之后,话就有点变了。雅科夫·沙波什尼科夫患有肺病,会弹吉他,精通《圣经》,激烈否定上帝,这使鲁布佐夫十分震惊。雅科夫常常四下乱吐着从烂了的肺里咳出来的带血块的浓痰,坚决而狂热地证明自己的观点,说:

“第一,我完全不是‘按照上帝的形象和面貌’创造出来的,我一无所知,一无所能,而且我不是一个善良的人,不,我不善良! 第二,上帝不知道我的境况多么困难,或者他知道,但是无能为力,或者他能帮助,但是不想帮助。第三,上帝不是无所不知,无所不能的,也不仁慈,干脆说吧,上帝根本就不存在! 这是捏造出来的,全是捏造的,整个生活也是捏造的,不过这都骗不了我。”

鲁布佐夫惊骇得目瞪口呆,随后气得脸色发青,破口大骂。可是,雅科夫从《圣经》上引用了一句庄严的话语,使他无法争辩,迫使他不再吭声,沉思地蜷缩起身子。

沙波什尼科夫说话时的样子简直可怕,他的脸又黑又瘦,乌黑的鬈发像茨冈人似的,发青的嘴唇里闪现着一副狼牙。他那双深色的眼睛,一动不动地直盯着对方的脸,目光沉重,咄咄逼人,让人无法忍受,让我想起了那个患夸大狂病人的眼神。

我们离开雅科夫一起走的时候,鲁布佐夫脸色阴沉地说:

“没人在我面前反对过上帝。这种话我从未听说过。什么样的话我都听到过,可这样的话从没听说过! 当然,这个人是活不长久的。嗳,真可怜! 他已经把自己烧到白热化的程度了……有意思,老弟,真有意思。”

他很快就同雅科夫成了好朋友,而且整个人不知怎么地变得热情高涨,振奋起来,不时用手指擦擦那双有病的眼睛。

“那么”，他得意地讥笑着说，“这就是说，让上帝退位啦？不错。至于我们的沙皇嘛，我的小钉子呀，照我看，并不碍事。问题不在沙皇，而在老板身上。我对随便哪个沙皇，哪怕是伊万雷帝都可以容忍，要是你愿意，那就坐下来，当你的沙皇吧，只不过，你得让我去管治老板！就得这样！要是你允许，我就用金链保住你的宝座，我就向你朝拜……”

他读了《饥荒沙皇》这本书之后说：

“书里写的全对。”

他第一次看到这本石印的小册子，问我说：

“这是谁给你写的？写得真清楚。你去告诉他，我谢谢他[①]。”

鲁布佐夫对知识的渴求是无止境的。他常常全神贯注地听沙波什尼科夫那些致命地亵渎上帝的话，一连几个小时听我讲关于书的故事，高兴得把头往后一仰，哈哈大笑，并且连声称赞说：

“人的头脑真灵，嘿，真灵啊！”

他自己读书很费力，眼睛有病，视力差，但是他知道的事情也很多，这点经常使我惊奇。

“德国人那儿有个聪明绝顶的木匠，连国王也常常邀请他进宫去帮忙出主意。”

我仔细问下去，才弄明白他指的是倍倍尔[②]。

“这个您是怎么知道的？”

“就是知道呗。”他用小指头搔着长有疙瘩的秃顶简短地回答说。

沙波什尼科夫不关注现实生活中令人苦恼的那些乱七八糟的事情，一心一意想的是消灭上帝，嘲笑宗教界，他特别憎恨修士。

有一次，鲁布佐夫心平气和地问他：

“雅科夫，你怎么老是一个劲儿地大骂上帝？”

他却更凶狠地吼叫起来了：

“除了上帝之外，还有什么东西妨碍我呢？我相信上帝差不多有二十个

---

① 谢谢阿列克赛·尼古拉耶维奇·巴赫！——高尔基注

② 倍倍尔（一八四〇—一九一三），德国社会民主党及第二国际的创始人和领导人之一，车工出身，一八六七年被选为国会议员。

年头了,在上帝面前一直战战兢兢地过日子,忍气吞声,逆来顺受,要想争辩,那是不允许的,一切都是由上帝注定的。活得一点不自由,给捆住了。后来我细细地读了《圣经》才发现:全是捏造出来的!尼基塔,全是捏造的呀!"

接着,他挥动手臂,仿佛在掐断那条"无形的线"似的,几乎是在哭泣地说:

"你看,就是由于这个我还没老却快要死了!"

我还认识了几个很有意思的人。我经常跑到谢苗诺夫面包作坊去看我的几个老伙伴,他们高高兴兴地接待我,很乐意听我讲话。可是鲁布佐夫住在船厂区,而沙波什尼科夫住在卡班河对岸很远的鞑靼区,彼此相隔大约有五俄里,我难得见到他们。他们又不能上我这儿来,因为我没地方接待客人,再加上新来的面包师是个退伍士兵,同宪兵素有交往,宪兵司令部后院的空地与我们的院子相毗连,一些煞有介事地"穿着蓝制服的人"常常爬过栅栏上我们这儿来替汉加尔特上校买圆的小白面包或者给自己买大面包。还有一点,已经有人忠告我别太"出头露面"了,以免别人过于注意我们的面包店。

我看到我的工作已失去意义。而且人们不考虑面包店的经营情况,任意从柜上拿钱,这样的事情越来越频繁,以至有时甚至购买面粉的钱都周转不过来。杰连科夫揉着自己的小胡子无可奈何地苦笑着说:

"我们要破产了。"

他自己生活得也很糟,红头发的娜斯佳已经怀孕了,老是像一只恶猫似的发火抱怨,那双绿眼睛无论看什么东西,无论看什么人都带着气恼的神情。

她走路的时候直往安德烈身上撞,仿佛没看到他似的,而安德烈却满含歉意地微笑着给她让道,一边还叹着气。

有时杰连科夫对我抱怨说:

"全都太随便了。大家什么东西都瞎拿,真不讲理。我给自己买了半打短袜,一下子全不见了!"

关于袜子的事是可笑的,不过我没笑。我看到这个谦逊无私的人苦苦挣扎,努力想把这有益的事办好,可是周围的人对待他的事业却轻率随便,漠不关心，并加以破坏。虽然杰连科夫为人们服务并不指望别人感谢他，但是他有权要求人们对他关注一些、友好一些，然而他并没有得到这种应有的待遇。他的家庭也即将趋于崩溃，父亲由于宗教方面的原因患上了忧郁性精神病；小弟弟开始酗酒，跟姑娘们乱搞；妹妹对一切漠不关心，像个局外人，而且，她同那个红褐色头发的大学生在谈恋爱，看来情况也不妙，我时常发现她哭得双眼红肿，于是我开始憎恨这个大学生了。

我觉得我爱上了玛丽亚·杰连科娃。我也爱我们店里的女售货员娜杰日达·谢尔巴托娃，她是个胖胖的，双颊红润的姑娘，鲜红的嘴唇上常含着温存的微笑。总之，我是在恋爱了，年龄、性格和我生活中紊乱复杂的处境都要求我去和女人亲近，而且这点与其说是早了，还不如说是晚了。我非常需要女性的温存，哪怕仅仅是女性的关注；我需要对人坦率地谈谈自己的情况，把杂乱无章的思想和各种乱七八糟的印象理出头绪来。

我当时没有朋友。那些把我看成是“可琢之玉”的人都不能引起我的好感，不能使我对他们推心置腹，倾诉衷肠。只要我一谈到他们不感兴趣的事，他们就会建议我：

“别谈这个吧！”

古里·普列特尼奥夫被捕了，并被押送到彼得堡关进“克列斯特”监狱里去。第一个告诉我这件事的是尼基福雷奇。大清早我在街上遇见他，他若有所思，庄严地迎面朝我走来，胸前挂满了奖章，仿佛刚刚参加了阅兵式。他把手朝帽檐上举了一下，就默默地从我身旁走过去了，可是他马上又站住，用生气的声调对着我的后脑说：

“昨天夜里古里·亚历山德罗维奇被捕了……”

然后，挥了挥手，四下环顾着，压低了声音又补充说：

“这青年人完蛋啦！”

我似乎觉得他那对狡猾的眼睛里闪烁着泪花。

我知道，普列特尼奥夫预计到他会被捕，他警告过我，并且劝我和鲁布佐夫都不要去同他见面。他像我一样，跟鲁布佐夫也很合得来。

尼基福雷奇望着自己脚底下，闷闷不乐地问我：

“你为什么不到我那儿去呀？……”

晚上我到他那儿去了。他刚睡醒，坐在床铺上喝克瓦斯，他的妻子弯着身子坐在窗前,替他补裤子。

“你看,事情是这样的,”这个警察开始说,搔了搔像浣熊似的长满了毛的胸脯,若有所思地望着我,“他被逮捕了。有人在他那里找到了一只平底锅,他就是用这只锅煮的颜料去印反对沙皇的传单的。”

接着他朝地板上吐了一口唾沫,怒气冲冲地朝妻子喊叫:

“把裤子递给我!”

“马上就好。”她头也不抬地回答说。

“她可怜他,还在哭呢,”老头用眼睛指指妻子说,“我也可怜他。不过一个大学生怎么能反对沙皇呢?”

他一边开始穿衣服,一边说:

“我要出去一会儿……把茶炊烧上,说你呢。”

他的妻子望着窗外,一动也不动,但是等老头消失在门外之后,她迅速转过身来,把握得紧紧的拳头朝门口扬了一下,咬牙切齿,恶狠狠地骂道:

“呸,老畜生!”

她的脸都哭肿了,左眼上有一大块青紫色的伤痕,眼睛几乎睁不开了。她跳起身来,走到炉子跟前,弯下身子去烧茶炊,恶狠狠地低声说:

“我一定要骗他一下,要骗得他伤心地号啕大哭!像野狼一样哀嗥。你别信他,他的话一句也别信!他就要逮捕你了。他在说谎,他不会可怜任何人的。他像个捉鱼的。你们的事他全知道。他是吃这行饭的。抓人——这是他的爱好……”

她走过来紧紧挨着我,用乞求的声音说:

“你亲亲我好吗,嗳?”

我不喜欢这个女人,但是她那只眼睛带着那样悲愤哀愁的神情望着我,我只得拥抱她,并且抚摩她那散乱、油腻、硬硬的头发。

“他现在在跟踪谁呢?”

“鱼市街上旅馆里的一些人。”

“你知道那些人的姓名吗?”

她微笑着回答:

“好啊,我要告诉他,你向我打听什么来着!他回来了……古罗奇卡就是他侦查出来的……”

她马上跳到炉子跟前去了。

尼基福雷奇带回来一瓶伏特加酒、饼干、面包。我们坐下喝茶。马林娜坐在我旁边,特别殷勤地招待我,不时用那只没受伤的眼睛看看我的脸。她的丈夫又在开导我了:

“这条无形的线在人们心中,在人们的骨头里,哼,你能把它毁掉,拔掉吗?沙皇就是人民的上帝!”

接着,他出人意料地问我:

“你读过很多书。《圣经》中《新约》的前四章《福音书》读过没有?唔,怎么样,照你看,那上面说的全对吗?”

“我不知道。”

“依我看,上面附带写了些多余的东西。而且数量还不少。比方说,关于穷人的那些话吧,说穷人是有福的,可他们的福表现在哪儿呢?真有点瞎说八道。总之,关于穷人的那些话,有许多是不可理解的。应当把生来就穷的人和后来变穷的人区别开来。生来就穷的人是坏的!而后来才变穷的人可能是不走运。应当这样来看问题。这样看比较好。”

“为什么?”

他用探询的目光望着我,沉默了一下,然后明确而有力地说起来了,看来,这些想法是经过深思熟虑的。

“在《福音书》里关于怜悯心谈得很多,而怜悯心是有害的东西。我是这样想的:怜悯心要求在那些没用的,甚至有害的人身上支出大量的费用,办养老院啦、监狱啦、疯人院啦。应当帮助的是那些结实健康的人,要使他们把力气用在刀刃上,可我们却去帮助那些弱小的人,难道你能使那些弱小的人变得强壮吗?这种白白浪费、毫无意义的做法使得强壮的人也渐渐变得弱小,而弱小的人却骑在强壮人的脖子上。这真是个值得好好探讨的问题!有很多东西需要重新考虑。应该懂得,现实生活和福音书早就是两码事了,生活有它自己的道路。你看,普列特尼奥夫为什么会完蛋的呢?就是由于怜悯心。我们施舍穷人,而大学生却在遭殃。这哪儿合理呀?”

这样的思想虽然我以前多次听到过,但是被人以如此尖锐的形式表达出来还是第一次遇到,它们比我想象的更富于生命力,流传得也更广。大约过了七年之后,我读尼采的著作时,又清晰地记起了这个喀山老警察的人生哲学。顺便说一下:我从书本里读到的各种思想,其中极少有我以前在生活中没听说过的。

这个以"抓人为生"的老头不停地往下说,一面合着说话的节奏用手指轻轻敲着茶炊托盘的边儿。那张干瘪的脸上双眉紧皱,现出严厉的神色,他并不看我,只是望着那擦得像镜子般闪闪发亮的铜茶炊。

"你该走了。"妻子第二次提醒他说,他没有答话,仍然一句句顺着自己的思路往下说,可是突然使我琢磨不透地话锋一转,说:

"你是个不笨的小伙子,还读书识字,难道就该只当个面包师吗?你要是愿意为沙皇帝国做点别的事,就能挣到更多的钱。"

我一边听他说话,一边在想,用什么办法去警告那些住在鱼市街上的不相识的人,告诉他们,尼基福雷奇盯上他们了呢?在那条街上的旅馆里住着一个不久前从亚卢托罗夫斯克流放回来的人,名叫谢尔盖·索莫夫,我听到过许多关于他的有趣的事情。

"聪明人应当团在一起生活,好比蜂房里的蜜蜂和蜂窝里的胡蜂一样。沙皇帝国……"

"你看,都九点了。"女人又说。

"见鬼!"

尼基福雷奇站起身来,扣着制服上的扣子。

"嗯,没关系,我乘马车去。老弟,再见啦!有空常来玩,别不好意思……"

离开哨舍的时候,我下决心对自己说,今后再也不去尼基福雷奇那儿"做客"了——这老头使我很反感,虽然他怪有意思的。他那些关于怜悯心有害的话使我不安,而且深深地印在脑海里。我感到这些话有点道理,但令人遗憾的是它竟出自一个警察之口。

关于这个问题的争论经常发生,其中有一次使我特别激动。

城里来了一个"托尔斯泰主义者",这类人我还是第一次见到。他身材高大,粗壮有力,面孔黑黑的,留着黑山羊胡子,长着两片黑人般的厚嘴唇。他躬背拱肩望着地上,有时,会猛然将秃头往后一仰,一双润湿的黑眼睛里闪现着热情的光芒,尖锐的目光中流露出某种仇视的神情。当时大家在一位教授的家里座谈,来了许多青年人,其中有一位文弱优雅的小神父,是神学硕士，穿了一件黑色的丝绸法衣，这件法衣很好地衬托出他那苍白清秀的脸庞，一对无情的灰眼睛里流露出冷冷的笑意。

"托尔斯泰主义者"长时间地谈论着《福音书》里永恒不变的伟大真理。他的声音有点低哑，词句简短，但是措词尖锐，使人感到含有一种虔诚的力量。他讲话的时候，老是使劲地挥动毛茸茸的左手，而右手却放在口袋里不动。

"一个演员！"有人在我身旁的角落里低声说。

"很像在演戏，真的……"

我在此前不久读过一本书，作者好像是德雷波尔①，内容是有关天主教反对科学的。我觉得正在讲话的"托尔斯泰主义者"仿佛就是书里的一个天主教教士，那些教士狂热地相信可以用爱的力量拯救世界，而他们出于对人的仁慈，却准备把人们杀死，并在火堆上焚烧。

这位"托尔斯泰主义者"穿了一件袖子宽大的白衬衣，上面披着发灰的旧长衫，这也使他显得与众不同。他在说教快结束时，高声喊道：

"那么，你们是赞成基督呢，还是赞成达尔文？"

他抛出这个问题，就好像朝屋角里扔了一块石头，坐在角落里的那些男女青年们都又惊又喜地望着他。看来他的话使所有人都大为震惊，人们沉默不语，若有所思地垂下了头。他用热切的目光打量了一下所有在座的人之后，又严厉地补充说：

"只有法利赛人才会试图把这两种水火不相容的原理调和在一起，把它们调和起来是可耻的自我欺骗，是用谎言毒害人们……"

小神父站起来了，仔细地挽起法衣的袖子，带着恶意的客气和宽容的冷笑从容不迫地说：

"您显然是赞成那种有关法利赛人的庸俗看法了。可是那种看法不仅是粗暴的，而且简直荒谬绝伦……"

我感到十分惊讶，他竟要证明法利赛人是真正的忠实的犹太人民遗训的保卫者，还说人民常常跟法利赛人一起去反对自己的敌人。

---

① 德雷波尔(一八一一—一八八二)，英国科学家及历史学家，著有《科学与宗教冲突史》。

“您读读约瑟福斯[1]的书吧……”

“托尔斯泰主义者”跳了起来，用力把手一挥，仿佛要把约瑟福斯砍死似的，大声喊道：

“人民至今还跟自己的敌人在一起反对自己的朋友，他们这样做是身不由己，是受人驱使，是被迫的。读您的约瑟福斯的书对我有什么用?”

小神父和其他的人把争论的主题扯得零零碎碎，发言失去了中心。

“真理，这就是爱!”“托尔斯泰主义者”高声大叫，他的眼睛里闪着憎恨和轻蔑的目光。

我感到这些发言将我搞得晕头转向，无法抓住其中的真正含义。在激烈的争论中，我脚下的大地好像在摇晃。我时常绝望地想道：世界上再也没有比我更愚蠢，更无能的人了。

“托尔斯泰主义者”一边擦去他赤红色脸上的汗水，一边狂怒地大叫起来：

“扔掉《福音书》吧，忘掉《福音书》吧，这样才能不再说谎话！再一次把基督钉在十字架上吧，这样更加诚实!”

我面前突然出现一个很大的问题：这是怎么回事？如果生活就是一场为了争取人间幸福的不断斗争，那么，仁慈和爱只会妨碍斗争的顺利进行吗?

我打听到“托尔斯泰主义者”姓克洛普斯基，还了解到了他的住址，于是第二天晚上就去找他。他寄居在两个年轻的女地主家中，当时他正跟她们一起坐在花园里一棵古老的大菩提树下的桌子旁边。他身上穿着白色长裤、白衬衫，衬衫的扣子解开着，露出了毛茸茸的、黑黝黝的胸脯。他身材瘦高，颧骨突出，干瘪瘪的，跟我想象中的到处流浪的使徒或传教士完全吻合。

他用银匙子从盘子里舀浆果牛奶，有滋有味地吞咽着，吧嗒吧嗒地咂着两片厚嘴唇，每咽一口，都要把白色的牛奶沫从那稀疏的、猫似的小胡子上吹落下来。一个姑娘站在桌旁侍候他，另一个靠在菩提树的树干上，双手交叉在胸前，沉入幻想地望着灰暗燥热的天空。她俩都穿着紫丁香色的薄薄的外衣，十分相像，简直难以辨别。

---

① 约瑟福斯(约三七—九五)，古代的犹太历史学家。

他和蔼可亲、津津乐道地和我谈论爱的创造力，认为应当在自己的灵魂中发扬这种感情，这是唯一能把人同世界精神结合在一起，即同生活中随处可见的博爱精神结合在一起的崇高感情。

“只有这种感情才能把人团结起来，谁不会爱，就不可能懂得生活。那些把斗争视为生活法则的人是无知的，他们注定要灭亡。火不能用火来熄灭，同样，邪恶也不能以邪恶的力量去战胜！”

姑娘们互相搂抱着走向花园深处的屋子，他一边眯缝着眼睛目送她们远去，一边问我：

“你是什么人呀？”

听我说完之后，他用手指敲着桌子说，人在哪里都是人，因此不必努力去改变自己在生活中的地位，而应当去努力培养爱人类的精神。

“一个人的地位越低，就越接近生活的真理，越接近生活的至高无上的智慧……”

我有点怀疑他是否了解这种“至高无上的智慧”，但是我没有吭声，我感到，他跟我在一起觉得索然无味，他用厌烦的眼光看了我一下，打了个呵欠，双手放在颈后，伸直了两条腿，然后疲乏地微微合上眼睛，昏沉欲睡地咕哝道：

“服从于爱……是生活的法则……”

突然他哆嗦了一下，双手往上一挥，就好像在空中抓什么东西似的，吃惊地注视着我说：

“怎么回事？我累了，请原谅！”

他重又闭上眼睛，仿佛因为疼痛咬紧了牙关，龇出了牙齿，下嘴唇向下翻着，上嘴唇往上翘着，几根稀疏发青的胡须竖了起来。

我告辞了，对他没有好感，并且模模糊糊地怀疑他为人是否真诚。

几天之后，我一大早送面包给一个熟悉的副教授，他是个单身汉，酒鬼——在那儿又见到了克洛普斯基。他大概一夜没睡，脸呈褐色，一双眼睛又红又肿，我觉得他喝醉了。那个胖胖的副教授喝得酩酊大醉，泪眼模糊，身上只穿了内衣，两手抱着吉他，坐在地板上搬得乱七八糟的家具中间，啤酒瓶、外衣扔得满地都是。他摇摇晃晃地坐着，大声吼叫：

“仁——仁爱……”

克洛普斯基粗暴生气地叫道：

“没有仁爱！我们不是沉溺于爱而死去，就是在争取爱的斗争中被压得粉身碎骨，结果反正都一样：我们注定要灭亡……”

他一把抓住我的肩膀，把我带进房间，对副教授说：

“喂，你问问他，他想要什么？他需不需要对人类的爱？”

那个副教授用满含泪水的眼睛望了望我，笑了起来：

“这是卖面包的！我欠他的账。”

他摇晃了一下，把手伸进口袋，掏出一把钥匙递给我说：

“喂，把钱全拿去吧！”

可是“托尔斯泰主义者”却把他的钥匙拿走了，朝我挥挥手说：

“走吧，以后再来取钱。”

他把从我这儿拿去的面包一起抛到屋角里的长沙发上。

他没有认出我来，这反而使我高兴。我离开的时候，脑子里记着他的那句关于沉溺于爱而死去的话，对他感到极其厌恶。

不久，有人告诉我，他曾经在同一天内先后向他寄居那家的两个姑娘求爱，可姐妹俩谈心，互相交流喜讯，结果欢乐的心情顿时变成对“恋人”的愤恨，于是她们吩咐仆人对这个博爱的传教士下逐客令，让他立即滚蛋。此后，他就再也没在这个城里露面。

爱和仁爱在人们生活中的意义是个很难说清楚的复杂问题。这个问题在我思想上早已产生，起初是模模糊糊的，但我心中尖锐地感到某种纠缠不清的东西，后来才以清楚的语言提出了明确的问题：

“爱的作用究竟是什么？”

我所读过的书本里面都充满了基督教的思想，人道主义，出于对人们同情而发出的哀号。那时我所认识的一些优秀的人头头是道、热情洋溢地谈论的也是这类问题。

然而我亲眼目睹的一切，却几乎都与此背道而驰，对人并没有同情心。现实生活在我面前展示的是无穷无尽的互相仇视和冷酷无情的场面，为了蝇头微利、琐碎小事就没完没了，不择手段地明争暗斗。对我个人来说，我只需要书，余下的一切都毫无意义。

你只要走到大街上，在大门口坐一会儿，就可以明白，所有这些马车夫、清扫院子的人、工人、官吏、商人全都不像我和我所喜爱的那些人那样生活，他们有他们自己的愿望，走的是另一条路。而我所尊敬和信任的那些人在大多数人中间，在一群群像蚂蚁般忙忙碌碌，为生活不惜做出种种肮脏狡诈勾当的人们中间却是多余的，显得出奇的孤独和格格不入。大多数人的这种生活在我看来极其愚蠢，十分无聊。而且我还不时看到，人们只是在口头上谈论仁爱和博爱，而在行动上则自己也不知不觉地屈从着生活的常规。

我感到日子过得十分困难。

有一次，那个因患水肿病而变得又黄又肿的兽医拉夫罗夫气喘吁吁地对我说：

“应当让残忍发展到这种地步，使人人都感到疲乏不堪，人人都厌恶它，就像厌恶这该死的秋天一样。”

那年的秋天来得早，阴雨连绵，天气寒冷，百病丛生，自杀事件频频发生。拉夫罗夫不愿意坐等水肿病把他窒息而死，也服氰化钾自杀了。

“他一直给牲口治病，最后像牲口一样倒毙了！”拉夫罗夫的房东裁缝梅德尼科夫在给他送葬时说。梅德尼科夫是个瘦弱的人，笃信宗教，能背诵全部歌颂圣母的赞美诗。他常常用有三根鞭梢的短鞭抽打自己的两个孩子：七岁的小女孩和十一岁的中学生，用竹竿打妻子的小腿肚子，同时还抱怨说：

“调解法官训斥我，好像我是从中国人那儿学了这一套，可我除了在广告上和画片上之外，从未见过中国人。”

在他的工人中间有一个罗圈腿，老是愁眉苦脸，绰号叫做敦卡老公的，谈起自己的老板，他说：

“我害怕笃信宗教的态度温和的人！性格暴躁的人一下子就能看透，因此总能事先躲避他，而温和的人却不露形迹、悄悄地爬到你身边，就像一条藏在草里的阴险狡猾的蛇，会突然在你完全敞开的心灵上咬一口。我害怕温和的人……”

敦卡老公也是个温和狡猾的人，会进谗言，深得梅德尼科夫的欢心，可他的这番话确实很有道理。

有时候，我觉得温和的人就像生活在磐石上面的苔藓，能使这块硬石变得松软些，使它更加富有养分，宜于生物成长，但是更多的时候，我却看到许许多多温和的人对卑鄙的事物应付自如，且处世圆滑，变化无常，善于见风使舵，像蚊子那样老是诉苦哀鸣。面对此情此景，我就感到自己仿佛是一匹绊住了腿的马，正处于大群马蝇的包围之中，十分难受。

当我离开那个老警察的哨舍时，我也曾这样想过。

风在叹息，街灯不停地闪烁，似乎灰暗的天空也在颤抖，向大地洒落十月的毛毛细雨。一个浑身湿淋淋的妓女拖着一个醉汉走在街上。她搀着醉汉的胳膊，推着他上坡，醉汉嘟哝着什么，抽泣着。那女人累得筋疲力尽，用低哑的声音说：

“这就是你的命……”

“是啊，”我想，“我也好像被什么人拖着，在朝令人讨厌的角落里推，让我看到了种种丑恶悲伤的事，形形色色古里古怪的人。我已经看够了，累了。”

也许这些不是我当时所想的原话，但是我脑海里出现的确实正是这种想法。正是在那个令人伤心的夜晚，我第一次感到内心的疲倦，精神消沉颓丧。从这时起我感到自己更糟了，开始用旁观者的眼光，用冷漠的陌生人的甚至含有敌意的眼光来审视自己。

我看到，几乎每一个人身上都鲜明地存在着一些不相协调的矛盾，这不仅是言语和行动的矛盾，还有感觉上的矛盾。感觉上的变化无常，如同游戏，特别使我感到压抑。我看到，在我自己身上也有这种反复无常的变化，这就更加糟糕。我的兴趣涉及各个方面：女人、书籍、工人、快活的大学生，可是无论在哪个方面都没有什么成绩可言，成了个不务正业的“四不像”，像是一个陀螺转个不停，可是，一只无形的、强劲有力的手拿着看不见的鞭子还在使劲抽打着我。

我得到雅科夫·沙波什尼科夫住院的消息以后，就去探望他，可是，那里有个歪嘴的胖女人，戴了副眼镜，扎着白头巾，头巾下面露出两只红红的耷拉着的耳朵，毫无表情地说：

“他死了。”

她看到我默默地站在她的面前，没有走开，就大发雷霆，高声叫喊：

“怎么？你还要干什么？”

我也恼怒了，对她说：

“您是个傻瓜!”

“尼古拉,把他赶走!”

尼古拉正在用破布擦着什么铜条,他像鸭子似的咕了一声,就用铜条在我背上抽了一下,于是我就一把将他抱住,拖到大街上,放到医院台阶旁边的水洼里。他倒没有发火,只是睁大眼睛瞪着我,一声不吭地在水洼里坐了一会儿,然后站起来说:

“呸,你是条狗!”

我来到杰尔查文公园,在诗人纪念碑旁的长凳上坐下。我有一种强烈的愿望,想做点什么不成体统的恶事,好让一大群人向我扑过来,这样我就有权殴打他们了,可是那天虽然是假日,公园里游人寥寥无几,公园周围连一个人也没有,只有风在到处游荡,追赶着枯叶,刮得那贴在街灯杆子上的海报沙沙作响。

已是黄昏时分,公园上空清澈的蓝天慢慢昏暗下来,暮色渐浓,寒意袭人。诗人巨大的青铜塑像耸立在我面前。我望着它,心中在想:雅科夫活在世上时孤苦伶仃,他竭尽全力攻击上帝,结果像一个普通人那样死了,无声无息地死了。这件事使人沉重,觉得非常委屈。

“尼古拉是个白痴,他当时应该跟我打一架,或者把警察叫来,抓我进去……”

我上鲁布佐夫家去了,他正坐在小屋里一张桌子旁边,对着一盏小灯补他的短上衣。

“雅科夫死了。”

老头儿举起了拿针的手,看样子想画十字,但只是把手挥了一下,不知什么东西把线给绊住了,就低低地骂了声娘。

然后,他开始嘟囔起来:

“不过,我们全都要死的,这是躲不过的蠢事,多无聊啊,老弟!你看,他死了,这里还有个单身的铜匠,他也快报销了。他是上个星期天被宪兵抓走的。古尔卡介绍我跟他认识。他是个聪明的铜匠!跟大学生们有过来往。你听说没有,大学生在闹风潮,是真的吗?给你,替我把上衣补一下吧,我的眼睛一点也看不清了……”

他把破衣服连针带线递给了我,自己倒背着双手开始在屋里来回踱步,

一边咳嗽,一边抱怨:

"忽儿在这里,忽儿在那里发出一点火光,魔鬼马上就把它给扑灭了,于是又是苦闷!这是个倒霉的城市。趁轮船还在通航,我就离开这儿吧。"

他站住了,搔搔头顶又问道:

"可是上哪儿去呢?我哪儿都去过了。是啊,到处都走遍了,结果只是把自己给累坏了。"

他吐了口唾沫说:

"哼!这也算过日子,真见鬼!就这么一天天地过呀,过呀,可不管是身体或者心灵都没得到什么……"

他沉默了,站在门旁的角落里,仿佛在倾听什么,然后坚决地走到我跟前,坐在桌子边上:

"我的列克谢·马克西梅奇,我对你说,雅科夫白白费尽心血去反对上帝。不管上帝也好,沙皇也好,都不会变好的。要是我去反对他们,就要让大家先生自己的气,反对自己眼下过的卑鄙的生活,这才行!唉,我老了,已经迟了,很快眼睛要全瞎了——真伤心啊,老弟!缝好了吗?谢谢……我们上馆子里去喝茶吧……"

在去小馆子的路上,他抓住我的肩膀,在黑暗中磕磕绊绊地一边走,一边喃喃地说:

"你记住我的话:老百姓受不了啦,总有一天他们会暴跳如雷,把一切全都毁掉——把他们自己那些毫无用处的东西也全砸个粉碎!老百姓快受不了啦!……"

我们没进小馆子,途中遇上一群水兵在围攻妓院,而阿拉富佐夫工厂的工人们保卫着妓院的大门。

"每个节假日这儿都有人打架!"鲁布佐夫赞许地说,他认出保卫妓院大门的那些人中间有他厂里的伙伴,就取下眼镜,马上投入战斗,而且还加以煽动怂恿:

"阿拉富佐夫厂的弟兄们,要坚持住!掐死这些蛤蟆!消灭这些小鳊鱼!咿——嗨!"

让人看起来又奇怪又好笑,这聪明的老头真是劲头十足,十分灵活,他挤进运输水兵堆里,还击着水兵们的拳头,用肩膀把他们撞倒在地。他们打架时毫无恶意,似乎是一场快活的搏斗,是由于他们勇敢和精力过于充沛。黑压压的一堆人蜂拥到大门口,把工人们挤压在大门上,门板被压得吱吱直响,响起了狂热的叫喊声:

“打那个秃头的军官!”

有两个人爬上屋顶,活泼轻快很有节奏地唱着:

我们不是小偷,不是骗子,也不是强盗,
我们是船上的小伙子,是捕鱼的青年!

警笛响了,黑暗中闪现着警服上的铜扣子,脚下的污水被踩得噗哧噗哧地响,屋顶上又传来了歌声:

我们把网儿撒向两岸的旱地,
撒向商家,撒向货栈,撒向仓库……

“住手!常言说,不打倒下的人嘛……”

“老爷子,别让人打破了你的脸!”

后来鲁布佐夫、我,还有另外五个人,有敌人也有朋友,一起被押往警察分局,在这平静下来的秋天的黑夜里,一阵活泼的歌声在为我们送行:

啊哈,我们逮住了梭鱼四十条,
正好用来缝件鱼皮袄!

“伏尔加河上的人多么好啊!”鲁布佐夫赞叹地说,他不时擤鼻涕,吐唾沫,又小声对我说:“你快逃吧!一有机会就跑!你干吗要往警察分局里钻呢?”

我和一个跟在我后面的高个子水兵一下子窜进一条小胡同,跳过了一道又一道栅栏。可从那天夜里分手之后,我就再也没遇见过这个十分可爱的聪明老头儿尼基塔·鲁布佐夫。

我的周围渐渐变得空虚了。大学生们开始闹风潮——可我不理解这些风潮的意义，也不清楚他们的动机。我看到的是快活的忙乱，感觉不到悲壮的意味。我在心中想道，为了得到上大学的幸福，我甚至可以忍受残酷的毒打。假使有人向我建议：

“你去学习吧，不过为此每逢星期天我们要在尼古拉耶夫广场上用棍子打你！”这样的条件我大约也会接受的。

有一天，我顺路到谢苗诺夫面包作坊去，得知面包工人打算到大学去殴打大学生：

“我们用秤砣去打！”他们幸灾乐祸，恶狠狠地说。

我开始同他们争论、吵骂，但是突然我几乎是惊骇地感到，我已经没有愿望，也没有什么话来为大学生们辩护了。

记得当时我像是一个无用的残废人，怀着无法排遣的苦闷得要死的心情离开了地下室。

夜里，我坐在卡班河边，从岸上往黑洞洞的水里扔石头，心中反反复复不停地想着这样一句话：

“我该怎么办？”

为了排遣苦闷，我开始学拉小提琴，每天夜里在店内吱吱嘎嘎地拉着，扰得守夜人和老鼠都不得安宁。我爱音乐，因此十分入迷地学起琴来了。然而有一天，我的老师，剧院乐队的小提琴手，在上课的时候，趁我有事从店里出去，打开了我那个没上锁的钱柜。等我回到店里，发现他已把钱装满了自己几个衣袋。他一看见我走进门，就把脖子一伸，把他那张刚刮过的闷闷不乐的脸凑到我跟前，轻轻地说：

“嗳，你打吧！”

他的嘴唇哆嗦着，从两只浅色的眼睛里滚出一串串油光光的泪珠儿，颗颗大得出奇。

我真想揍这个提琴师。为了避免发生这样的事，我坐在地板上，把两只拳头压在身子底下，然后命令他把钱放回钱柜里去。他把几个衣袋都掏空之后，朝门口走去，但是一下子又站住了，像白痴一样大声吓人地说：

“给我十个卢布吧！”

钱我给了他，可学小提琴的事就此放弃了。

十二月里我决定自杀。我在短篇小说《马卡尔生活中的事变》里曾经尝试描述做出这个决定的原因。可我写得不成功,小说写得很笨拙,使人不舒服,而且缺少内在的真实。不过我觉得这篇小说的可取之处也正在于没有那种真实性。事情是真实的,可是描述这些事情的好像不是我,小说里写的仿佛也不是我本人的事情。如果对这篇小说的文学价值撇开不谈,使我感到欣慰的是我似乎已经有了自控的能力。

我在市场上买了一支军队里鼓手用的手枪——里面装有四颗子弹——朝自己的胸部打了一枪,以为可以打中心脏,但是结果只打穿了一叶肺,于是过了一个月之后,我羞愧万分地重又回到面包作坊干活,感到自己简直太愚蠢了。

不过我没在那儿干多久。三月底的一个晚上,我从面包作坊来到店里,看见霍霍尔在女售货员的房间里。他坐在窗旁的椅子上,若有所思地抽着很粗的烟卷,注视着袅袅上升的烟雾。

“您有空吗?”他没有寒暄,直截了当地问我。

“有二十分钟。”

“请坐下,我们谈一谈。”

他跟往常一样,穿了件用麞脚皮子做的非常紧身的哥萨克上衣,淡黄色的大胡须披散在宽大的胸前,显得倔强的前额上面翘着剪得短短的鬃毛般的头发,脚下穿了一双庄稼人的大靴子,靴子发出一股很浓的焦油味。

“喂,”他沉稳低声地说起来了,“您愿不愿意去我那儿?我住在克拉斯诺维多沃村,沿伏尔加河下去有四十俄里远。我在那里开了个小铺子,您可以帮我做买卖,这花不了您多少时间,我有些好书,还可以帮助您学习——同意吗?”

“好。”

“星期五早上六点,您到库尔巴托夫码头去,找从克拉斯诺维多沃村来的平底小木船——船主叫瓦西里·潘科夫。不过,到时候我已经先到了,会看见您的。再见!”

他站了起来,向我伸出一只宽大的手,另一只手从怀里掏出一块笨重的银壳凸形怀表,说:

“我们谈完了,只用了六分钟!还有,我的名字叫米哈伊洛·安东诺夫,姓罗马西。就这样了。”

他头也不回地走了,迈着沉稳的步子,轻松地移动着他那勇士般魁梧结实强壮的身躯。

过了两天,我就乘船去克拉斯诺维多沃村了。

伏尔加河刚刚开冻,浑浊的水面上漂浮翻滚着灰色易碎的冰块。小木船不时赶过它们,冰块碰擦在船舷上,发出嚓啦嚓啦的响声,撞碎成尖形的晶莹的小冰儿四散开去。上游吹来阵阵清风,把浪花推向河岸。灿烂的阳光令人目眩,照在玻璃般淡蓝色的冰块上,反射出亮亮的白光。满载着沉重的木桶、布袋、箱子的木船,扬起了帆,乘风破浪。掌舵的是个叫潘科夫的年轻庄稼汉,衣着比较考究,穿了件硝过的羊皮短上衣,胸前还有用各色彩线绣成的花纹。

他的面容沉静,目光冷冷的,不爱说话,模样不大像庄稼人。船头上,手握篙竿,笨拙地叉开双腿站着的是库库什金,他是潘科夫的雇工,一个头发蓬乱,衣衫不整的庄稼人,身上穿了件破破烂烂的粗呢外衣,腰间系了一根绳子,头上戴了顶揉得皱皱的神父帽子,脸上全是青紫伤痕。他边用篙子拨开冰块,边轻蔑地骂着:

“让开……往哪儿钻……”

我跟罗马西并排坐在船帆下面的箱子上,他轻声对我说:

“庄稼人不喜欢我,特别是那些富裕的农民!您到那儿去,他们也不会喜欢您的。”

库库什金把篙子横放在船头上自己的脚跟前,转过那伤痕累累的脸,对我们说:

“特别是你,安东内奇,神父可不喜欢啦……”

“这是真的。”潘科夫证实说。

“神父这杂毛狗把你看做眼中钉,肉中刺!”

“可我也有朋友啊,你们也会有的。”我听到霍霍尔说。

天气寒冷。三月的阳光还不暖和。河岸上光秃秃的黑树枝随风摇曳,沟道里和岩石河岸的灌木林下有些地方还堆着一块块天鹅绒般的白雪。河面上到处飘浮着冰块,宛如放牧着的成群的白羊。我觉得自己仿佛在梦中。

库库什金一面往烟斗里塞烟丝,一面大发议论:

“虽然你不是他的老婆，但是他既然是神父，就应该像《圣经》上写的那样，爱所有的人。”

“是谁把你打成这样的？”罗马西微微笑着问他。

“这，谁知道他们是干什么黑勾当的人，大概是些痞子吧。”库库什金轻蔑地说。接着，又自豪地说：

“不，有一次是炮兵们打了我，打得可厉害啦！我都不明白，自己怎么还活下来了。”

“他们为什么打你？”潘科夫问。

“你指的是昨天，还是炮兵他们？”

“喏，就是昨天，为了什么？”

“嗯，难道我能弄得明白他们为什么打我吗？我们这儿的人，就像好斗的山羊，有一点儿小事，马上就牴人！他们把打架当成自己的活儿啦！”

“我想，”罗马西说，“是因为你多嘴才打你的吧，你说话太不注意……”

“也许是这样！我这人好奇，喜欢问长问短。我要是听到一点新鲜事儿，心里就高兴。”

船头猛地一下撞到冰块上了，舷板擦出刺耳的响声。库库什金身子摇晃了一下，一把抓起篙子，潘科夫责备他说：

“你要注意手里的活呀，斯捷潘！”

“那你别再跟我说话啦！”库库什金一边拨开冰块，一边咕哝着，“又要干活，又要跟你说话，我可办不到……”

他们没有恶意地争论着。这时，罗马西对我说：

“这里的土地比起我们乌克兰来要差些，可是人却比我们那儿好，很能干！”

我注意地听他说话，而且相信他。我喜欢他那种沉静的态度，言语平稳，简明有力，使人感到他懂得很多，而且他对人有自己的衡量标准。特别使我舒畅的是他没有问我，为什么要自杀？所有其他的人，处在他的位置，早就问了，可我对这个问题已经感到十分厌烦，再说也难以回答。鬼才知道，我那时为什么决定自杀。要是霍霍尔问我，我会回答的，但一定答得冗长而愚蠢。我可真不想再回忆这件事情——伏尔加河上多么美好，多么自由，多么愉快啊！

木船靠近河岸航行，船左边的河面突然变得十分宽阔，河水不时冲上长着大片草地的沙岸。眼看河水在上涨，浪花拍溅，冲得沿岸的灌木林摇摇晃晃。一道道清澈的春水顺着沟渠，顺着地面的裂缝潺潺流动，喧嚣着汇入河流。太阳露出了笑脸，阳光下几只黄嘴鸦闪动着乌黑发亮的羽毛，哑哑地叫个不停，忙着筑巢。晒得暖暖的向阳的地里，淡绿色毛茸茸的嫩草惹人爱怜地破土而出。春寒料峭，依然寒气袭人，但是让人心里乐滋滋的，也在萌发美好希望的幼芽。春天的大地真舒适啊。

将近中午，船到达克拉斯诺维多沃村。在陡峭的高山上有座蓝色圆顶教堂，从教堂往下，一幢接一幢依山建起了一排漂亮坚固的木屋，黄色的薄板屋顶和锦缎似的茅草屋顶在阳光下交相辉映，朴素而美丽。

我多少次乘船路过这里，对这个村庄总是赞赏不已。

当我和库库什金一起动手卸货时，罗马西从船上递给我一袋货说：

"啊，您还挺有力气的！"

接着，他眼睛并不看我，问道：

"胸部还疼吗？"

"一点儿也不疼。"

我对他这么委婉地提问非常感动——我特别不想让那些庄稼人知道我曾经企图自杀。

"你的力气可以说是大得过分了，"库库什金絮絮叨叨地说，"年轻人，你是哪个省的？是下诺夫哥罗德省人？人家笑话你们是靠水吃饭的。啊，还有一句话：'嗳，你得留心，水鸥今儿是打哪儿飞来的。'这也是说的你们。"

一个瘦高个儿农民顺着山坡下山来了。他穿过无数银波粼粼的小溪，踏着松软的烂泥，滑得身子摇摇晃晃，大步走来。这农民赤着脚，身上只穿一件衬衫和一条衬裤，胡须鬈鬈的，一头厚实浓密的红发，仿佛戴了顶软帽。

他走到河岸跟前，响亮亲切地叫着：

"欢迎你们回来！"

他向四面打量了一下，捡起一根杆子，又捡起一根，把两根杆子的一头搭在船舷上，纵身轻轻一跳就上了船，指挥大家说：

"用脚登住杆子的一头，别让它们从船上滑下去，再来接桶。小伙子，到这儿来,帮帮忙。”

他长得很漂亮,像画上的美男子,看起来也很强壮有力,红润的脸上长着端正的大鼻子,一对严肃的蓝眼睛炯炯有神。

“伊佐特,你要感冒了。”罗马西说。

“我吗? 别担心。”

把煤油桶滚上岸之后,伊佐特用眼睛打量了我一下,问道:

“是店员吗?”

“跟他比试比试吧!”库库什金提议说。

“你脸上又被人打伤了?”

“跟他们这些人你有什么办法?”

“你跟谁打架啦?”

“跟那些打人的家伙呗……”

“唉,你呀!”伊佐特叹了口气,转过来对罗马西说,“大车马上就下来。我老远就看到你们乘着船来了。船驾得很好。安东内奇,你先走吧,我在这儿照看一会儿。”

看得出来,这人对待罗马西的态度友好而且关心,甚至像是他的保护人,虽然罗马西大约要比他年长十岁。

半小时以后,我坐在一座新造房屋干净舒适的房间里,墙壁还散发出松香和麻屑的气味,一个动作麻利,目光敏锐的女人在摆桌子准备吃午饭。霍霍尔从箱子里挑出几本书来,插到炉子旁边的书架上。

“您的房间在阁楼上。”他说。

从阁楼上的窗子里可以望见村子的一部分。我们这所房子对面有一条水冲沟,沟里的灌木林中露出一些澡堂的屋顶。沟的那边是果园和黑色的田野,一个接一个的缓坡绵亘不断一直延伸到天边,同远处山岗上青色的树林相连。在一个澡堂的屋脊上骑跨地坐着一个穿蓝衣服的农民,一手拿着斧头,另一只手靠在额上挡住阳光,向下朝伏尔加河眺望。大车吱嘎作响,母牛吃力地哞哞叫着,小溪哗哗地流淌。一个穿一身黑衣服的老太婆从小木屋的门里出来,又回头朝门内狠狠地说:

“你们这些人真该死!”

两个顽皮的小男孩正用石头和烂泥煞有介事地阻塞小溪的去路,一听到老太婆的声音,拼命地溜掉了。老太婆从地下捡起一块木片,朝上面吐了一下唾沫,又扔到小溪里。接着,用她那穿着男人靴子的脚踩坏了孩子们搭的东西,就往下朝伏尔加河走去。

我在这儿的生活将会怎么样呢?

有人叫我去吃午饭了。楼下,伊佐特坐在桌子旁边,伸直了他那两条脚底板呈紫红色的长腿,正在说着什么,但是一看见我,就不吭声了。

"你怎么了?"罗马西皱着眉问他,"说下去呀!"

"也没什么可说的了,我全讲了。就是说,大家决定这样:说是我们自己能对付得了。你出去随身要带手枪,再不就带一根粗一些的木棍。在巴里诺夫面前,并不是什么话都可以讲的,他这个人,还有库库什金都像长舌妇一样,喜欢多嘴多舌。小伙子,你喜欢钓鱼吗?"

"不喜欢。"

罗马西谈起了必须把农民,种果树的个体农民组织起来,使他们从收购商人的控制下摆脱出来。伊佐特注意地听他讲完之后说:

"那些吸血鬼绝对不会让你好好过日子的!"

"我们走着瞧吧!"

"是的,可一定会这样的!"

我望着伊佐特心中想道:

"大概卡罗宁和兹拉托夫拉茨基[①]在他们的短篇小说里描写的就是这样的庄稼人……"

难道我现在已经接触到重大严肃的事情,而且将跟这些真正干革命的人们在一起工作了吗?

吃过午饭,伊佐特说:

"米哈伊洛·安东内奇,你别性急,好事不会一下子就办成的。得慢慢来!"

他走了以后,罗马西沉思地说:

"他是个聪明人,又很正直。可惜文化太低,看书非常吃力。不过对学

---

① 卡罗宁(一八五三——一八九二)和兹拉托夫拉茨基(一八四五——一九一一)均为俄国民粹派作家,作品多半描写农村生活。

习有股顽强劲儿。对了,您在这方面要帮助他!"

他开始给我介绍铺子里各种货物的定价,一直忙到晚上。他对我说:

"我的货比村子里另外两个小铺子要卖得便宜些,当然,对这点他们是不喜欢的。他们对我造谣中伤,还准备将我毒打一顿。我住在这儿不是贪图个人舒服或者做买卖多赚钱,而是出于其他的原因。这跟你们那个面包店的想法差不多……"

我说,这点我已经猜到了。

"是啊……应当开导人们,让他们明白过来……不是吗?"

杂货铺的门已锁上了,我们手里拿着灯在铺子里走来走去。这时,街上有个人也小心翼翼啪嗒啪嗒地在泥水里来回走着,时而还悄悄踏上店铺的台阶,发出沉重的脚步声。

"注意,你听见了没有?有人在走!这是米贡,一个孤苦伶仃的人,但却像一头凶恶的野兽,他爱干坏事,就像漂亮姑娘爱卖弄风情一样。您跟他说话可要小心,而且一般跟人说话都得这样……"

随后,他在房间里吸起了烟斗,把宽厚的背靠在坑炉上,眯缝起双眼,从胡子里飘出缕缕青烟。他慢慢地逐词逐句斟酌着,简单明了地说,他早就看到我在白白浪费自己的青春年华。

"您是个有才能的人,生性顽强,而且看得出来怀着美好的愿望。您应当学习,不过别一头钻进书堆,跟周围的人也不来往。有一个教派的老头儿说得非常正确:'任何教益都是从人那里得来的。'接受别人的教育会感到更加疼痛,因为他们的教育方式粗暴,但是,这样的教育却能让你牢牢记住,刻骨铭心。"

他又说了一些我所熟悉的话语,说首先应当使农村觉醒。然而在那些熟悉的词句里我却琢磨到一些更加深刻,对我来说是新颖的含义。

"你们那里的大学生老是空谈什么爱人民,因此我要对他们说,不能爱人民!爱人民,这是一句空话……"

他偷偷地笑了笑,目光锐利地望着我,开始在房间里来回踱步,继续热情感人地说:

"爱就意味着赞同、姑息、不指责、和宽恕。对待女人需要这样。难道可以不指出老百姓的愚昧无知,赞同他们的糊涂思想吗?难道可以姑息迁就他们的种种卑鄙行为，宽恕他们的野蛮行径吗？不可以吧！”

“不可以。”

“就是嘛！你们那里的人都看涅克拉索夫的诗，还喜欢吟唱，可是要知道，光靠涅克拉索夫的诗是成不了大事的。应当这样开导农民：‘兄弟，尽管你们本身不坏，可日子却过得很糟，而且你们一点也不会想办法使自己生活得轻松些，好一些。也许野兽比你们更聪明些，更会关心自己，更会保护自己哩。但是你们庄稼人中间也出过各种各样的人物嘛，例如贵族、神父、学者、沙皇以前全是农民。知道了吧？明白了没有？唔，要学习怎样生活，别让别人虐待你……”

他到厨房里去嘱咐厨娘把茶炊烧开，然后让我看他的书，几乎全是具有学术性的：有巴克尔、莱伊尔、哈特波尔、勒启、泰罗、穆勒、斯宾塞、达尔文等人的著作，俄国的有皮萨烈夫、杜勃罗留波夫、车尔尼雪夫斯基、普希金和涅克拉索夫的作品以及冈察洛夫的《战船巴拉达号》。

他用宽大的手掌亲切地抚摩着自己的书，好像在抚摩小猫似的，一边有点感动地喃喃说道：

“都是一些好书！这本是很难见到的：被书刊检查机关见到就烧。要是您想了解国家是什么，就读这本书吧！”

他把霍布斯写的《巨灵》递给了我。

“这一本也是写国家的，不过比较浅近，读起来有趣一些。”

这本有趣的书原来是马基雅弗利的《国王》。

喝茶的时候，他简要地介绍了自己的情况：他是切尔尼戈夫省一个铁匠的儿子，曾经在基辅车站当过列车加油工，在那儿认识了一些革命者，组织过工人自学小组，后来他被捕了，在监牢里大约待了两年，又被流放到雅库特边疆省，在那里待了十年。

“起初，我在乌卢斯同雅库特人住在一起，当时我以为完了。那里的冬天，真见鬼，冷得让人的脑子都会冻僵的，不过在那儿反正脑子也没用处。可后来我发现，不时在这儿，在那儿还冒出个俄罗斯人来，尽管难得碰见，但毕竟还有俄罗斯人呀！而且仿佛不想让俄罗斯人寂寞，在关心他们似的，不断地补充新人来。全是些好人。有个大学生叫弗拉基米尔·科罗连科，他现在也回来了。我跟他一度相处得很好，后来就分道扬镳了。我们原来在很多方面十分相像，可是单凭相像不能发展友谊。不过这是个严肃认真、意志顽强的人，多才多艺，甚至还会画圣像，这点我可不喜欢。听说，现在他在许多杂志上发表文章，而且写得不错。”

他谈了很久，一直谈到半夜，看得出来，他希望马上就把我牢牢拴在他的身边。我第一次感受到与人交往带来的美好情感。自杀未遂以后，我变得非常自卑，觉得自己渺小，仿佛对别人犯有过错，总是羞愧难当。罗马西想必明白这点，因此就富有同情心地直率地向我打开了自己生活的大门，使我振作起来。真是个令人难忘的日子。

星期天，村里做完日祷以后，我们的杂货铺开门了，立刻就有许多农民聚集到我们店门口来。第一个出现的是马特维·巴里诺夫，他蓬头垢面，长着两条猴子似的长手臂和一双美丽的好似女人般的眼睛，目光却是漫不经心的。

“城里有什么新闻?”他打过招呼之后问道，接着没等别人答话，就朝库库什金叫了起来：

“斯捷潘！你的几只猫又吃掉了一只公鸡!”

接着他又讲省长从喀山动身去彼得堡求见沙皇，请沙皇强迫所有的鞑靼人都迁到高加索和突厥斯坦去。他还称赞省长说：

“是个聪明人！办事非常在行……”

“这全是你自己瞎编的。”罗马西平和地说。

“我？什么时候?”

“不知道……”

“安东内奇，你真不相信人。”巴里诺夫用责备的口吻说，还遗憾地摇着头。“而我倒可怜鞑靼人，到高加索去他们是住不惯的。”

这时一个瘦小的人小心地走近来了，他穿了一件别人的破破烂烂的紧腰长外衣，灰暗的脸抽搐得变了形，发黑的嘴唇咧开着，做出近乎病态的笑容。那只敏锐的左眼不停地眨巴着，眼睛上面被伤痕隔断的花白眉毛也在哆嗦。

“向米贡致敬!”巴里诺夫讥讽地说，“你夜里偷了点什么东西呀?”

“偷了你的钱。”米贡响亮地高声回答，同时向罗马西脱帽致意。

我们杂货铺的房东，也是我们的邻居潘科夫从院子里出来了。他穿了

一件西服上装,颈子上戴了条红围巾,脚上是一双胶皮套鞋,胸前挂了条像马缰绳似的长长的银链子。他用生气的目光打量着米贡说:

"老鬼,要是你再钻到我的菜地里来,我就用棍子打你的两条腿!"

"又来这一套了。"米贡心平气和地说,他叹着气又补充了一句:

"我算什么老人呢?才四十六岁……"

"可去年过圣诞节的时候你就五十三岁了,"巴里诺夫叫了起来,"当时你自己说五十三岁啦!干吗要说谎呢?"

又来了一个相貌堂堂的大胡子老人苏斯洛夫[①]和渔民伊佐特,这样,大约十个人聚在一起。霍霍尔坐在铺子门廊的台阶上,吸着烟斗,默默地听农民们谈话;他们有的坐在台阶上,有的坐在门两旁的长凳上。

是个清冷而忽晴忽阴的日子。仿佛被严冬冻住了的蓝天上飞快地飘着白云。斑斑点点的阳光和云影映照在小溪和水洼上,时隐时现,忽而闪闪发亮,令人目眩,忽而变得幽暗柔和,异常悦目。几个打扮得花枝招展的姑娘像孔雀似的轻盈地穿过街道,往伏尔加河边走去。她们跨过水洼时,提起长裙下摆,露出笨重的皮靴。男孩子们肩上背着长长的钓鱼竿奔跑着,一些举止庄重的农民走过的时候,斜着眼睛打量我们店铺门前的这群人,同时默默地摘一摘便帽或毡帽。

米贡和库库什金心平气和地在分析一个不清楚的问题:谁打起架来更狠——是商人呢还是地主老爷?库库什金认为是商人,而米贡说是地主。米贡那响亮的男高音压倒了库库什金条理不清的说话声。

"芬格罗夫先生的老爸会揪拿破仑皇帝的胡子,而芬格罗夫先生常常一把抓住他们两人颈子后面的羊皮领子,两手往外一拉,把两人分开,接着又把这两人面对面,额头对额头那么一碰,好!这下两个人全躺在地上,一动也不动了。"

"这样来一下,你也会躺倒的!"库库什金表示同意,但又补充说,"唔,不过商人比老爷吃得多……"

仪表堂堂的苏斯洛夫坐在最高一级的台阶上,诉苦说:

"米哈伊洛·安东内奇,农民在土地上变得越来越站不稳了。以前在地

---

① 我已记不清这些农民的姓名,可能将他们的姓名混淆或弄错了。——高尔基注

主老爷们手下,谁也不能偷懒,每个人都分派好自己的活儿……”

“那你递个请愿书,要求恢复农奴制吧!”伊佐特回答他说。罗马西默不作声地看了他一下,在台阶的栏杆上磕起烟斗来了。

我在等待,他究竟什么时候开口说话?我一边注意地听农民们东拉西扯地聊天,一边试着猜想霍霍尔会说些什么。我觉得他已经错过了许多介入他们谈话的好机会了。但是他仍然若无其事地默默不语,泥塑木雕似的坐着,呆呆地注视着。风儿吹得水洼起了波纹,把天空中的云片驱逐到一处,聚成团团乌云。河上轮船的汽笛在鸣叫,从下面传来了手风琴的伴奏声,飘扬着姑娘们尖细嗓音的歌声。一个醉鬼沿着街道往下走,边打着饱嗝,边吼叫,挥舞着双臂,两条腿不自然地弯曲着,不时跌倒在水洼里。农民们说话的语速越来越缓慢,话声里流露出消沉的心情。我的心头也悄悄涌上愁绪,因为寒冷的天空预示即将下雨。我不由得想起了城市里永不停息的喧闹声,各种各样的嘈杂声。那里街上来去匆匆的行人说起话来轻快流畅,语言丰富,激动人心。

晚上喝茶的时候,我问霍霍尔:你什么时候跟农民们谈话呢?

“谈什么?”

“啊,”他注意地听完了我的话,说,“你知道,要是我和他们谈这些问题,而且还是在大街上,那么我又会被流放到雅库特去了……”

他把烟草装进烟斗,吸着了,立刻被笼罩在烟雾之中。他开始平静地,然而令人难忘地谈及农民,说他们非常小心谨慎,而且多疑。他们害怕自己,害怕邻居,尤其害怕所有的陌生人。从他们获得自由到现在,还不到三十年。每一个年满四十的农民生下来时就是农奴,他们对此记忆犹新。他们很难理解自由是怎么回事。如果简单地解释说,自由这就是我愿意怎么生活就怎么生活,可是到处都有官老爷在干涉你的生活。既然从地主那儿把农民夺走的是沙皇,那么现在沙皇就是全体农民唯一的主人。于是问题重新又提出了:自由究竟是什么?总有一天沙皇会解释清楚自由的含义的。农民非常相信沙皇,认为他是全国土地和财富唯一的主人。他从地主手中夺走了农民,那就也能从商人那儿夺走轮船和店铺。农民是沙皇的拥护者,他们明白,老爷多了并不好,还是只有一个老爷比较好。他们期待着,总有一天沙皇会下一道圣旨阐明自由的含义。那时谁能拿什么就可以拿什么了。大家都在盼望这一天，提心吊胆，惶惶不安地过日子，生怕错过这个实行大分配的重要时刻，而且也担心自己：想要拿许多东西，也有东西可拿，但是怎么个拿法呢？大家都对同一样东西垂涎欲滴。何况到处还有数不清的官老爷，他们明显对农民是仇视的，甚至也仇视沙皇，然而没有这些官老爷又不行，大家会你争我夺，大打出手。

风怒气冲冲地将如注的春雨泼溅在玻璃窗上，发出哗啦哗啦的响声。街上灰雾弥漫，我心里也变得有点阴沉寂寞了。罗马西句斟字酌，低声平静地说：

“要教育农民，让他们渐渐学会从沙皇那儿把政权夺到自己手中，要告诉他们，人民应当有权从自己人中间选举官员，选举区警察局长，选举省长，选举沙皇……”

“这得要一百年！”

“那您认为在圣神降灵节前可以把一切都办好吗？”霍霍尔严肃地问我。

晚上他出门不知上哪儿去了。十一点钟左右，我听见街上一声枪响，这声音就在附近某个地方。我冒雨跳到门外，一片漆黑，我看见米哈伊尔·安东内奇正朝大门走来，他那高大的黑色的身影正不慌不忙小心地绕过街上的水洼。

“您出来干什么？这是我打了一枪……”

“打谁？”

“这儿有几个人拿着棍子朝我冲来。我说：‘站住，我要开枪了。’可他们不听。于是我就朝天打了一枪，天是伤不着的……”

他站在门斗里，一边脱去外衣，一边用手拧干水淋淋的胡须，像马那样，鼻子发出呼哧呼哧的声音。

“我这双倒霉的靴子已经坏了！应该换一双了。您会擦枪吗？请擦一下，要不会生锈的。涂上一点煤油……”

他坚定沉着，一双灰色的眼睛里流露出顽强的神情，使我钦佩。他在房间里一面对着镜子梳理胡须，一面警告我说：

“您在村子里来来去去要小心些，特别在节假日和晚上，大概也有人想要打您的。但是不要随身带棍子，这会刺激那些好打架的人，而且可能会使他们认为您害怕。害怕大可不必！他们本身都是些胆小的人……"

我生活得很好，每天都发现新鲜的重要的事物。我开始贪婪地阅读自然科学方面的书籍。罗马西开导我说：

"马克西梅奇，最好首先把这弄懂，在这门科学里贯注了人类最好的智慧。"

伊佐特一周三次晚上来我们这儿，我教他识字。起初他对我不大信任，带点讥讽的神情，但是上了几课以后，他温和地说：

"你讲得真好！小伙子，你倒可以当个教师……"

突然，他向我提议：

"你好像很有力气，来，咱们两人来拉棍子，比比看，好吗？"

我们从厨房里取来一根棍子，两人坐在地板上，脚掌对脚掌互相抵住，拼命使劲设法把对方从地板上拉起来，我们较量了很长时间，霍霍尔微笑着在一旁为我们鼓劲：

"啊——唷！加油！"

最后伊佐特把我拉了起来，这样似乎我更博得了他的好感。

"没关系，你很棒！"他安慰我说，"可惜你不喜欢打鱼，不然就可以跟我一起到伏尔加河上去了。伏尔加河上的夜晚，真像天堂！"

他学习非常勤奋，进步相当快，连他自己也感到十分惊奇。他经常在课上突然站起来，从书架上取下一本书，眉毛高高扬起，吃力地读上两三行，然后，涨红了脸望着我，惊奇地说：

"要知道，我会读了，他妈的真怪！"

于是他闭上眼睛，又重新背诵一遍：

宛如慈母哽咽在亡儿的坟墓旁，
一只山鸡哀鸣在凄凉的原野上……

"你看见了吧？"

有好几次他小心谨慎地问我：

"老弟，你给我解释一下，这倒底是怎么搞的？一个人看着这些细细的线条，它们就变成一句句的话了，这些话连我也懂，都是我们自己常说的话！

我怎么会懂的呢？谁也没有小声提示我嘛。如果这是些图画，那当然很容易明白。可这儿好像把人的想法都印出来了，这是怎么搞的呢？”

我能回答他什么呢？我说“不知道”，这使他感到苦恼。

“简直像变魔术！”他惊叹地说，对着灯光仔细地端详着那些书页。

他身上有一种令人愉快，使人感动的天真，一种纯洁的孩子气，我越来越感到他像书本里描写的那种可爱的农民。他跟所有的渔夫一样，富有诗意。他喜爱伏尔加河、喜爱宁静的夜，喜爱孤独，也喜爱静静观望的生活……”

他仰望着星星，问我：

“霍霍尔说，连那儿也可能居住着像我们一样的人，你认为是这样吗？最好给他们发个信号，问问他们是怎样生活的？大概过得比我们好，比我们快活……”

实际上他对自己的生活是满意的，他是个孤儿，没有田地，不依赖任何人，靠自己喜爱的捕鱼营生平平静静地过日子。但他对农民们不大友好，而且警告我说：

“你别看他们很亲热的样子，这些人狡猾，虚伪，你别相信他们！今儿他们跟你在一起，明儿就不一样了。他们每个人的眼睛里只看到自己的利益，把公共的事情看成是服苦役。”

他一谈起农村里的“吸血鬼们”就满怀仇恨，他这样软心肠的人竟会如此仇恨，真令人奇怪。

“他们为什么比其他人富裕呢？因为他们比较聪明。所以你这家伙如果是聪明人，就要记住，农民就该团在一起，齐心协力过日子，那才是一股力量！可他们把一个村子搞得四分五裂，一盘散沙，你看，就是这样！他们自己跟自己过不去。这是些凶恶的人。你看，霍霍尔都被他们弄得精疲力竭……”

他又漂亮，又健壮，女人都很喜欢他，也常常给他带来烦恼。

“当然，我在这方面给她们宠坏了。”他真心忏悔说，“这对那些当丈夫的是一种屈辱，要是我处在他们的地位也会恼火的。可是对娘儿们也不能不怜惜，她们好像是你的第二生命。她们的生活里没有欢乐，没有温暖，除了像牛马一样干活之外，再也没有别的什么了。她们的丈夫没时间去爱她们,而我是个自由自在的人。她们中间有许多人婚后第一年就尝到丈夫的拳头了。是的,我在这方面有罪过,跟她们乱搞。我只请求她们一件事,娘儿们,只要你们不互相气恼,我可以把你们全都包了!不要互相争风吃醋吧,你们对我来说都一个样,我可怜你们所有的人……"

接着,他不好意思地偷偷笑了笑,说:

"有一次,我甚至差点跟一个官太太勾搭上了。有位太太打城里到乡下的别墅来。人长得真俊,皮肤像奶一样白白嫩嫩,亚麻色的头发,一双蓝色的善良的眼睛。我把鱼卖给她的时候,老是盯住她看。'你干什么?'她问。'您自己知道。'我说。'那好,'她说,'夜里我上你这儿来,你等着!'还真的来了。可是蚊子使她受不了,咬得她够呛,结果我们的事儿什么也没搞成。她说,'我不行,咬得太厉害了。'她差点要哭了。第二天,她的丈夫来了,是个什么法官。真的,这些太太就是这样的人。"他忧愁地用责备的口气结束了他的话:"蚊子也会搅乱她们的生活……"

伊佐特很称赞库库什金:

"瞧,你看看这个庄稼人吧,他的心肠好!人们不喜欢他,这才没道理呢!当然啰,他是个快嘴,可是谁能没有缺点呢。"

库库什金没有田地,娶了个爱喝酒的女佣人做妻子,这女人个子矮小,但是动作灵活,又有力气,又凶狠。他把自己的小屋租给了一个铁匠,自己住在澡堂里,同时替潘科夫干活。他最喜欢听新闻,要是没什么新鲜事儿,他就自己编造各种趣事逸闻,但是说来说去,思路大体相同。

"米哈伊洛·安东内奇,你听说了没有?京科夫区的警察要辞职去当修士了,他说:'我不愿再干这打骂农民的事啦,到此为止了!'"

霍霍尔严肃地说:

"要真是这样,那所有的官吏全都要从你们这儿溜走了。"

库库什金一边用手捡掉他那蓬乱的浅黄头发里的麦秸、干草和鸡毛,一边在考虑:

"不会是所有的官吏,只有那些有良心的人才会跑呢。他们当官当然会感到难受的。安东内奇,我看得出来,你不相信良心。可是人如果没有良心,再聪明绝顶也活不下去呀!再听我说件事……"

于是他开始讲一个"最聪明的"女地主的故事:

“以前有一个非常凶恶的女人，连省长大人都不顾自己的身份地位，放下架子来到她的府第，对她说：‘太太，为了以防万一您得小心点儿，您做的卑鄙下流的坏事都传到彼得堡去了！’当然她用果子露酒招待他，同时回答说：‘上帝保佑您，您回去吧，我可改不了自己的习性！’过了三年零一个月，她突然把农民召集到一起说：‘我把所有的土地全给你们，再见吧！还请大家饶恕我，我……”

“要去修道院了。”霍霍尔提示说。

库库什金注意地盯着他看，加以肯定：

“对，去当修道院院长啦！就是说，你也听说过她的事？”

“我从未听说过。”

“那你打哪儿知道的？”

“我了解你嘛。”

幻想家摇着头喃喃地说：

“你真是一点儿也不相信人……”

经常是这样：库库什金故事中的坏人恶人一旦把坏事做绝，感到累了，就会“下落不明，杳无音讯”，不过更多的时候，库库什金是把他们送进修道院，就像把垃圾倒进了“垃圾场”。

他时常会突发奇想，忽然皱着眉声称：

“我们真不该打败鞑靼人，鞑靼人比我们好！”

可这时谁也没提到鞑靼人，大家正在谈论关于成立果农劳动组合的事。

罗马西正在谈论西伯利亚，讲那里的富裕农民的情况，而库库什金突然若有所思地嘟囔道：

“要是有两三年不捕捉鲱鱼，它就会繁殖得让海水都漫出海岸，把人都淹掉。真是一种繁殖力极强的鱼呀！”

村里的人都认为库库什金是个空话连篇的废物，他那些故事和奇怪的想法对农民有刺激，常常引起他们的谩骂和讥笑。不过他们总是感兴趣地注意地听他讲述，好像从他杜撰的故事里期待能发现真理似的。

“撒谎大王，”一些老成持重的人这么称呼他，只有爱打扮的潘科夫十分认真地说：

“斯捷潘是个像谜一样琢磨不透的人……”

库库什金是个干活的能手,他会箍桶,砌炉子,懂得养蜂,会教女人饲养家禽,还能干一手很好的木匠活。而且,虽然他干起活来,一副慢吞吞不大乐意的样子,可样样都做得很好。他喜欢猫,他住的那个澡堂里大大小小养了十来只猫,全都喂得又肥又壮。他用乌鸦、慈鸟喂养它们,训练它们捕食家禽,这更加深了人们对他的不满,因为他的猫经常咬死人家的小鸡、母鸡,于是那些女人就想办法捉住他的猫,狠狠地打。在库库什金所住的澡堂附近经常能听到家庭主妇们伤心发怒的尖叫声,可是库库什金并不感到不好意思,他说:

"蠢娘们,猫本来就是一种抓活食吃的畜生嘛,它比狗灵活。我训练它们抓鸟吃,养到几百只,再把它们卖了,到时钱全给你们好了,蠢娘们!"

他以前识字,可是现在全忘了。他也不愿意重新学。他天性聪明,能抓住霍霍尔讲话中的要点,比其他人领会得快。

"是这样,是这样的,"他好像小孩子在吞咽苦药似的皱着眉说,"伊万雷帝对小老百姓并没有害处……"

他、伊佐特和潘科夫晚上常来我们这儿,而且一直坐到半夜,听霍霍尔讲世界的局势,外国的生活情况,人民的革命运动。潘科夫最喜欢法国大革命。

"看,这才是真正的天翻地覆啊,把生活倒了个个儿!"他赞许地说。

潘科夫两年前跟父亲分开过了,他的父亲是个富裕农民,患有大脖子病,一双眼睛可怕地鼓了出来。潘科夫"自由恋爱",娶了伊佐特的侄女,一个孤女,对她管得很严,但是让她穿戴得像个城里人。父亲为儿子的固执任性经常骂他,走过儿子新造的房子时,总要恶狠狠地吐口唾沫。潘科夫把屋子租给罗马西,而且在屋旁添建了个小店铺,这违背了村里富农的意愿,因此他们都憎恨他。潘科夫表面上对富农们平平淡淡,可一谈起他们就露出轻视的神情,跟他们在一起时也很粗鲁,经常嘲笑他们。乡村生活使他感到苦闷。

"要是我有一门手艺,我就住到城里去了……"

他体格匀称,总是穿戴整洁,保持很气派的样子,而且自尊心特别强,心眼多,好猜疑。

"你干这种事是单凭自己的感情,还是出于某种考虑呢?"他常常这样问罗马西。

“你认为是出于什么呢?”

“不,你说吧!”

“照你的看法,怎样更好些?”

“我不知道!依你看呢?”

霍霍尔很顽强,最后还是迫使这个农民说出了他的看法。

“当然,出于理智更好些!有了理智就会有效果,而哪里有效果,哪里的事情就牢靠一些。感情用事会使我们走弯路。要是感情用事,我就会乱来,那可真糟了!我一定会去放火烧掉神父的房子,让他别到处乱钻,多管闲事!”

神父是个凶恶的小老头,长得獐头鼠目,干预过潘科夫父子间的争吵,深深地得罪了他。

起初潘科夫对我不大友好,几乎有点敌视,甚至像主子一样不时地对我吆喝,但这种态度很快就改变了,尽管我感到他对我仍然存有戒心,而我对他也没什么好感。

最使我难忘的是在一间四壁用原木砌成的干干净净的小房间里度过的那些夜晚。窗板关得严严的,屋角里的桌上点着一盏灯,灯前一个前额凸起,头发剪得平平整整,留着大胡子的人正在讲话:

“生活的主要意义在于使人离兽性越来越远……”

三个农民聚精会神地听着,他们眉清目秀,模样都很聪明。伊佐特总是丝毫不动地坐着,仿佛在侧耳倾听远处传来的只有他一个人听得见的某种声音。库库什金却动个不停,好像有蚊子在叮咬他,而潘科夫不时揪揪他那淡黄的小胡子,静静地思索着:

“这就是说,还是得把人民分成几个阶级啰。”

潘科夫对他的雇工库库什金说话时态度从不粗暴生硬,而且还注意地听这个幻想家杜撰各种各样滑稽可笑的故事,这点很合我的心意。

谈话结束之后,我就回到自己的阁楼上去,坐在敞开着的窗户旁边,望着已进入梦乡的村庄和死一般寂静的田野。星星透过黑色夜幕闪闪发亮。这些星星离地面越近的,看起来却离我越远。这寂静的夜使我感到压抑不安,思想漫无边际,难以集中,我仿佛看到成千上万个村庄和我们的村庄一样,全都静默无声地紧伏在辽阔的大地上。夜深人静,万籁俱寂。

温暖浓重的夜雾包围着我,仿佛有无数看不见的水蛭吸吮着我的心,我渐渐感到困倦无力,朦胧中一种模模糊糊惶恐不安的感觉掠过心头。我在这块大地上是如此渺小……

我对眼前的这种乡村生活毫无乐趣。我多次听人说过,在书上也读到过,农村里的人比城里的人生活得更健康、更真诚,可现在,我看到农民整天干着繁重的苦活,他们中间许多人并不健康,身上带有干活时留下的伤痛,而且几乎见不到快快活活的人。城里的手艺人和工人们,干的活也不少,可过得比较快活,不像这些人成天愁眉苦脸,那么无聊,那么令人厌烦地抱怨生活。我觉得农民的生活并不简单,他们需要精心照料田地,十分机智巧妙地处理人际关系。这种缺乏理性的生活并不真诚,看得出来,村里的人全都像盲人一样摸索着过日子,担惊受怕,互相猜忌,身上包含着某种"狼性"。

我很难理解,他们为什么这样固执己见地不喜欢霍霍尔、潘科夫和所有"我们这些人"——希望能够理智地生活的人们。

我清楚地看到城里人的优点,他们渴望幸福,大胆追求真理,有各种各样的目标和任务。在这样的夜晚我常常回想起两个城里人:

> 弗·卡卢金和兹·涅别伊
> 钟表匠,兼修各种仪器,外科医疗
> 器械、缝纫机、八音盒等。

这块招牌挂在一家钟表铺窄小的店门上方,门的两旁是落满灰尘的窗户。一扇窗下坐着弗·卡卢金,发黄的秃顶上长了一个鼓包,一只眼睛上戴着放大镜,圆圆的脸,身体很结实,老是带着微笑用小镊子拨弄钟表的机械,有时还把藏在像一把刷子似的花白胡髭下的嘴张得圆圆的唱着歌儿。另一扇窗下坐的是兹·涅别伊,一头鬈发,黑黑的皮肤,鼻子大大的,有点歪,一对像李子那样的大眼睛和一撮尖尖的小胡子,又瘦又干瘪,像个魔鬼。他在拆修一些精细的小机器,有时出人意料地用男低音哼叫几声:

"特拉——达——达姆——达姆!"

他们背后杂乱无章地堆满了匣子、各种机器、机轮、八音盒和地球仪,货架上到处都是各式各样的金属物品，四周墙上无数挂钟的钟摆来回摆动。我愿意整天在那儿看这两个人工作，但是我高大的身躯挡住他们的光线。他们扮鬼脸吓唬我，挥手赶我走开。我离开的时候，还羡慕地想：

"什么事都会做，那真幸福啊！"

我敬重这些人，相信他们懂得各种机器和工具的奥妙所在，能够修理世界上所有的东西。这才是真正的人！

可我不喜欢乡村，那儿的农民令人费解，女人们老是喜爱抱怨自己的病痛，说她们常常"心里突然感到憋闷"、"胸口憋得慌"，而且经常"肚子里会钻心地疼"。每逢节日，她们坐在自家的屋前或伏尔加河岸上，谈得最多，最喜欢的话题就是这些。她们非常容易生气，动辄互相破口大骂。为了一个只值十二戈比的破瓦罐，三家人家会挥舞棍棒，大打出手，打断了老太婆的手臂，打破了小伙子的头顶。几乎每周都有这类斗殴事件发生。

一些小伙子还公然不要脸地对姑娘们耍无赖，他们在田野里捉住几个姑娘，撩起她们的裙子裹在她们的头上，再用泡过的椴树皮条把裙子下摆牢牢地捆在头顶上，美其名曰："处女开花"。这些腰部以下全裸的姑娘尖声叫喊，咒骂着，可是，这种游戏似乎也使她们感到非常愉快。看得出来，她们没有尽快地把自己的裙子解开，动作慢慢腾腾的。每到教堂做彻夜祈祷的时候，小伙子们就用手去捏姑娘们的屁股，仿佛他们只是为了这个才去教堂的。到了星期天，神父就在讲道台上说：

"畜生！难道你们没有别的地方可以胡闹了吗？"

"看来，在乌克兰人们对宗教比这里的人要富有诗意些，"罗马西说，"我看这里的人信奉上帝仅仅出于恐惧和贪欲，出于这些最低级的本能。要知道，那种对上帝的真挚的爱，对上帝的美德和权力的赞叹在这里人们心中都没有。这也许是好事，因为这样更容易摆脱宗教的束缚。我告诉你们，宗教可是一种最有害的偏见！"

这里的小伙子爱说大话，可是却很胆小。已经三次了，他们夜间在街上遇到我，想动手打我，但是没有得逞。只有一次，我的腿被他们用棍子打了。当然这些小冲突我没有告诉罗马西，不过他发现我走路有点儿跛，就猜到是怎么回事了。

"嗬，您终于得到一份礼物了吧？我早就提醒过您！"

虽然他劝我夜里不要外出散步,但有时我仍然穿过菜地,走到伏尔加河边,坐在岸上的柳树下,借着溶溶月色眺望对岸的草原。伏尔加河庄严地缓缓流淌,苍白的月亮反射出已经隐没了的太阳的光辉,将河面映成一片金色。我不喜欢月亮,觉得月亮里面有某种不吉利的东西,能使我悲从中来,像见了月亮就吠叫的狗一样,直想放声痛哭。后来我才知道月亮本身并不发光,荒凉而无生机。月亮上没有,也不可能有生命存在,这使我很高兴。在这之前,我曾幻想月亮上有铜人居住,他们都由打击乐器三角铁构成,走起路来像两脚规似的摇摇晃晃,发出像大斋戒日的钟声那样吓人的洪亮的声响。月亮上面的一切都是铜的,不论是植物,还是动物全都不断低沉地隆隆作响,威胁着大地,图谋进行反对大地的罪恶勾当。后来当我得知月亮上空空如也,我很愉快,不过仍然希望有一颗巨大的流星落到月亮上面,而且冲击力极大,大得足以把月亮撞得发出火光,使它能用自身的光芒照耀大地。

我望着伏尔加河,流水晃动着,宛如一条锦缎似的光带。那水流在远处的某个地方从黑暗中出现,最后消失在山岩河岸的黑影之中。我感到我的思想变得活跃敏锐一些,脑海里很容易浮现那些难以言传的,同白天感受到的一切迥然不同的念头。流量巨大的伏尔加河静静地淌着,几乎毫无声息。一艘轮船在黑暗宽阔的河道里滑行,如同一头长着火翎毛的怪鸟,船尾传来轻柔的水声,似乎是那怪鸟在抖动沉重的翅膀。长有草地的河岸下面一点火光摇来曳去,在水面上投下一条尖尖的红色光线,这是渔夫夜间在照明下叉鱼。然而可以使人以为,天上那些到处流浪的星星中有一颗陨落在伏尔加河,于是像一朵巨大的火花漂浮在水面上。

以前从书上读到的东西现在发展成种种奇异的幻想,想象力不知疲倦地编织着一幅幅精美绝伦的图画,我仿佛跟随着伏尔加河在柔和的夜空中飘浮。

伊佐特找到了我,他在夜里似乎更高大,更惹人喜爱。

“你又来这儿啦?”他问我,接着在我身旁坐下,沉思不语,望着河水和天空,不时轻轻抚摩着他那纤细如丝的金黄色的胡子。

后来,他幻想着说:

“等我学会了,读了很多很多的书之后,我要走遍所有的江河,到时什么都懂了！我就去教育别人！是的，老弟，跟人谈心真好！就是一些乡下女人，要是你跟她们谈真心话，她们也能理解。前不久有个娘儿们坐在我的船上，还问过我：‘我们死了以后，会怎么样呢？’她说，‘我既不相信有地狱，也不相信有天堂。’你看，老弟，她们也是……”

一下他找不到合适的词，沉默了一下，最后补充说：

“有思想的人呀……”

伊佐特是个夜猫子。他的美感很强，能像一个善于幻想的孩子般轻声细语谈论美。他信奉上帝，但是并不惧怕上帝，他是按照宗教里所描述的那样，把上帝想象成一个高大文雅端庄的老人，仁慈智慧的创世主，上帝之所以没能制止邪恶，只是因为‘他忙不过来呀！世上的人增加得实在太多了。不过，这没关系，他会来得及的，你等着瞧吧！可是对于基督我却无法理解。简直一点都不理解！他对我来说毫无用处。有了上帝也就行了。可这儿又冒出来一个！据说是上帝的儿子。儿子又算得了什么呢？反正上帝又没死……”

不过更多的时候伊佐特总是默默地坐着，思索着什么。只是偶尔叹口气说：

“唔，原来是这样……”

“你说什么？”

“我是在自言自语……”

他望着远处朦胧的夜雾，又叹息着说：

“生活多么美好啊！”

我赞同地说：

“是的，真好啊！”

黑色的河水形成一条像天鹅绒似的长带，水流动得更加强劲有力。一道银色的天河弯弯地笼罩在它的上空，几颗大的星星宛如几只金色的云雀闪闪发光。于是，有关生活奥秘的一些荒诞离奇的想法悄悄地浮上心头。

远方，在草原的上空，从粉红色的云彩中透出了旭日的光芒，接着一轮红日喷薄而出，阳光灿烂，普照大地。

“这太阳真美妙啊！”伊佐特幸福地微笑着喃喃说道。

苹果树开花了，村子笼罩在一片浅绯色的云雾之中，空气里充满了苦涩的香味。到处洋溢着花香,把油烟和大粪的臭味冲淡了。无数棵鲜花盛开的苹果树,披着用粉红色花瓣织成的节日盛装,排列得整整齐齐,一行接一行,一排接一排,从村子一直延伸到田野。每逢月明之夜,清风徐来,花枝摇曳,微微地簌簌作响。村子仿佛淹没在闪着金光的蓝色的重重浪涛之中。夜莺不知疲倦地尽情啼唱。到了白天,椋鸟充满激情地鸣叫着,隐没在高空里的云雀也向大地献艺,不断地传来它们婉转嘹亮的歌声。

每逢节日的夜晚,姑娘和年轻媳妇们都在街上转悠,像小鸟似的张着嘴儿放声歌唱,脸上带着陶然心醉的笑容。伊佐特也像醉汉似的微笑着。他瘦了,双眼下陷,眼圈发黑,面容显得更严峻,更俊美,更圣洁了。他整天睡觉,只是将近黄昏时才心事重重若有所思地出现在街上。库库什金粗鲁而亲热地嘲笑他,他不好意思地笑着说:

“好了,别说了。有什么办法呢?”

接着又赞赏地说:

“啊,生活真美啊!要知道生活可以过得多么甜蜜舒心,那些话儿说得多么贴心可人啊!有的话你是到死也忘不了的,要是死后又复活的话,首先想起的就是这些话!”

“你要当心,她们的丈夫要揍你啦!”霍霍尔也温和地微笑着警告他。

“不过他们打我倒是有理由的。”伊佐特表示同意。

几乎每天夜里,随着夜莺的啼啭,在果园里、田野上和河岸边就飘扬着米贡嘹亮动人的歌声,他把很多好歌唱得惊人地优美,因此农民们甚至对他干的许多坏事都宽恕了。

每逢星期六的晚上,我们的铺子旁边就聚集起越来越多的人,每次必到的是苏斯洛夫老头、巴里诺夫、铁匠克罗托夫和米贡。大家坐着,边思索边交谈。一些人走了,另外一些人又来了,就这样几乎一直谈到半夜。有时几个醉汉跑来吵闹,其中来得最多的是退伍士兵科斯京。他是个独眼龙,左手还少了两个指头。他卷起袖子,挥舞着拳头,像只好斗的公鸡一样走到铺子跟前,声嘶力竭地喊叫:

“霍霍尔,你这个害人的民族,土耳其教!你说,你为什么不上教堂去?说呀?你这个异教徒!捣乱分子!我问你,你是个什么人呀?”

人们逗弄他说:

“米什卡,你为什么开枪打掉自己的手指头呢?是被土耳其兵吓坏了吧?”

他冲过来想要打架,可被抓住了,人们笑着、叫着把他推到山沟里去,他倒栽着从山坡上滚下去,一边死命尖声嚎叫:

“救命啊! 杀人啦! ……”

后来,他从山沟里爬了出来,浑身是泥,向霍霍尔讨钱买一什卡利克伏特加酒喝。

“为什么要给你钱呢?”

“因为我给你们逗乐啦。”科斯京回答说。农民们听了齐声哈哈大笑。

一个节日的早晨,厨娘点燃了炉子里的木柴以后就到院子里去了。我正在铺子里。突然厨房里砰的一声巨响,铺子震颤了一下,货架上装糖果的铁盒子一个个滚了下来,玻璃被震破了,唏哩哗啦直响,不知什么东西扑咚扑咚跌落在地板上。我急忙奔向厨房,门里冒出团团黑烟直往房间里钻,烟雾后面有什么东西在吱啦噼啪地响,霍霍尔一把抓住我的肩膀说:

“站住……”

厨娘在门斗里放声大哭。

“咦,蠢娘儿们……”

罗马西冲进烟雾里,什么东西扑咚一声倒了下来,他狠狠地骂了一句,向门外喊道:

“别哭啦! 拿水来!”

厨房里的地上,大块的劈柴在冒烟,一些小木片还在燃烧,炉砖倒坍了几块,黑洞洞的炉膛里什么也没有,好像被打扫过了似的。我在烟雾中摸到了一桶水,把地上的火泼灭了,然后捡起劈柴扔回炉内。

“当心一点!”霍霍尔对我说,一边拉着厨娘的手把她推到外面的房间里,命令她说:

“把店门锁上! 马克西梅奇,当心一点,可能还会爆炸的……”然后蹲了下来,开始仔细地察看那些圆圆的松木劈柴,又从炉膛里把我扔进去的劈柴也拖了出来。

“您在干什么?”

“来,您瞧!”

他把一块莫名其妙被炸裂了的圆木递给我,我看见圆木里面有个用手摇钻旋成的洞,而且很怪地被熏黑了。

“您明白了没有?他们这些鬼东西在劈柴里装了炸药。笨蛋!一俄磅炸药有什么用?”

他把那块劈柴放在一旁,一边洗手,一边说:

“幸好阿克西尼娅出去了,不然就会伤着她了……”

带一股酸味的烟雾已消散,可以看得清楚了,架子上的器皿全部碎了,所有的窗玻璃都被震破,炉口上的砖也被炸坍。

在这种时候霍霍尔仍然很平静,这种态度我可不喜欢。他那样子好像对这愚蠢的勾当一点也不气愤。街上一群顽皮的男孩却跑来跑去,大声喊叫:

“霍霍尔家失火了!我们村着火啦!”

一个女人数落着大声号哭,从房间里又传来了阿克西尼娅的声音:

“米哈伊洛·安东内奇,有人要朝店里冲啦!”

“嗳,嗳,小声点!”他一边用毛巾擦干他的湿胡子,一边说。

从房间打开了的窗户内露出几张由于恐惧和愤怒而变了形的毛发丛生的脸,眯起了被烟熏痛的眼睛朝里面张望,不知什么人激昂地尖声叫嚷:

“把他们从村里赶出去!他们老是出乱子!是些什么东西呀,我的天哪!”

一个小个子的红头发农民,画着十字,翕动着嘴唇,想从窗口爬进来,但是没能成功;他右手拿着一把斧头,左手哆嗦着抓住窗台,又滑落下去了。

罗马西手里拿着那块劈柴问他:

“你往哪儿钻?”

“老大爷,我是来救火的……”

“可是哪儿也没着火呀……”

这农民惊愕地张开了嘴,就不见了。罗马西走到店铺门前的台阶上,一边把那块劈柴给那群人看,一边对他们说:

“你们中间有人把炸药装在这根圆木里,塞进了我们的柴堆。可是炸药太少了,所以什么也没炸坏……”

我站在霍霍尔的背后,望着人群,听见手里拿着斧头的那个农民胆怯地对别人说：

“他怎么冲着我晃劈柴呀……”

已经喝醉了的退伍兵科斯京在喊叫：

“把他赶走，这个异教徒！送到法院去……”

但是大多数人沉默不语，注视着罗马西，半信半疑地听他讲话：

“要炸毁这所房子需要很多炸药，也许要一普特才够！好啦，大家散了吧……”

有人问：

“村长在哪儿？”

“应该找村警！”

人们不慌不忙，不大乐意地四散走开了，好像有点儿遗憾似的。

我们坐下来喝茶，阿克西尼娅为大家倒茶时显得特别亲切和殷勤，这是过去从未有过的，她同情地看看罗马西说：

“您不去告他们，所以他们敢瞎胡闹啊！”

“您对这事不生气吗？”我问他。

“我没时间为每一桩蠢事生气。”

我心里想：要是所有的人都像他这样镇定自若地干自己的事就好了！

此时，他已经在说，很快他就要去喀山了，问我要带些什么书回来。

有时候我觉得，在这个人的心里，和每只钟表一样，装了一个机器，上一次弦，就可以走一辈子。我爱霍霍尔，非常尊敬他，但是我真希望，有一天他会对我或者别的什么人大发雷霆，跺着脚大骂一顿。然而，他不会生气，或者是不想生气。每当有人以愚蠢或卑鄙的行径把他激怒时，他只是讥讽地眯起那双灰色的眼睛，简短而冷淡地说上几句，一般都是非常普通的毫不客气的话，说过也就算了。

有一次，他问苏斯洛夫：

“您这样上了年纪的人，为什么还干昧良心的事呢？”

这老头儿的那张黄脸一直到额头整个儿涨得通红，好像连他的白胡子的须根也发红了。

“要知道，这对您并没有什么好处，反而会使您丧失威信。”

苏斯洛夫垂下了头，表示同意：

"是的,没有好处!"

后来他对伊佐特说:

"这个人心地纯正,待人诚恳!要能选这样的人做官长就好了……"

罗马西简明扼要地向我交待,他不在家的时候我该做些什么和怎样做,我觉得,他似乎已经忘了,有人企图用爆炸来吓唬他,就像忘了曾被苍蝇叮过一样。

潘科夫来了,他仔细地察看了炉子,皱着眉问:

"你们没吓着吧?"

"哼,有什么可怕的?"

"这是场战争啊!"

"坐下来喝茶吧!"

"妻子在等我呢。"

"你刚才去哪儿啦?"

"捉鱼呢,跟伊佐特在一起。"

他转身走了,经过厨房时又沉思地重复了一句:

"这是场战争啊!"

他与霍霍尔谈话时总是很简短,仿佛对所有重大复杂的问题早就交换过意见了。我记得,有一次听完罗马西讲述的关于伊万雷帝的故事之后,伊佐特说:

"无聊的沙皇!"

"刽子手!"库库什金补充说,可潘科夫却坚决声称:

"看不出他有什么地方特别聪明。哼,他杀了好多王公大臣,可出现了大量的小贵族地主,而且还引来了外国人。在这个问题上一点不聪明。小地主比大地主更坏。苍蝇跟狼不同,用枪也打不死,比狼更坏,更讨厌。"

库库什金提了一桶和好的泥来了,他一边用砖砌炉口,一边说:

"这些鬼东西竟想出这样的坏主意来!他们自己身上的虱子都没本事捉干净,却来杀人啦!你看,真是的!安东内奇,你不要一下子进好多货,最好每次少进一点,多进几次。不然,你看着吧,又会来放火烧你的!现在,你正在搞那种事儿,要预计到会有灾难啊!"

"那种事儿"指的是成立果农劳动组合,村里的富农们对此十分反感。

霍霍尔在潘科夫、苏斯洛夫和其他两三个有头脑的农民的帮助下，已经快把这事办妥了。大多数的家庭主妇对罗马西的态度开始好转，店里的顾客明显增多，甚至连那些“毫无用处”的农民，像巴里诺夫、米贡之类，也尽力想方设法来帮助霍霍尔办事。

我很喜欢米贡，喜欢听他那哀婉动人的歌声。他唱歌的时候，往往闭起眼睛，那张饱经忧患的脸不再抽搐。每逢没有月亮或者天空乌云密布的黑夜，他就显得生气勃勃。经常是到了傍晚，他就轻声对我说：

“你到伏尔加河上来吧。”

在那里，他跨坐在他那条小船的船尾上，把两条黑黑的罗圈腿垂到黑色的河水里，一边修理被禁止使用的捕捉鲟鱼的渔具，一边低声地说：

“地主老爷虐待我，那也罢了，我能忍受。那个狗东西，他有地位，比我见多识广。但是自己的农民弟兄也来欺负我，我怎么能受得了呢？他们跟我有什么两样？只不过他口袋里有几个卢布，我只有几个戈比罢了，就这么点儿差别嘛！”

米贡的脸难看地抽搐起来，眉毛一扬一扬的，手指迅速颤动，检查着鱼网，用锉刀把刺钩锉尖，生气地轻声说道：

“人家说我是小偷，是的，我有罪过！可是你要知道所有的人都像强盗一样过日子呀，全是你抢我夺，互相咬呀，互相啃哪。真的，我们这种人上帝是不爱的，可魔鬼却喜欢！”

黑色的河水从我们身旁缓缓流去，河面上空乌云在移动。黑暗中那长有草地的河岸看不见了，水浪轻轻地拍打着岸边的沙子，冲洗着我的双足，仿佛要让我随着它一齐漂向那无边无际，又似乎在向某处浮动的黑暗中去。

“应该要活下去，对不对？”米贡叹息着问道。

山上一条狗在凄凉地吠叫。我仿佛身处梦中，心里想：

“可为什么你们这些人就该像你米贡那样活着呢？”

河上一片寂静。很黑，让人感到可怕。而且这种暖意融融的黑暗似乎没有尽头。

“霍霍尔会被人打死的。看着吧，你也会被打死的。”米贡喃喃地说，然后突然轻轻地唱了起来。

记得妈妈多爱我！
　　她曾对我这样说：
嘿哟，雅沙，嘿哟，我的宝贝，
　　你要平平静静地生活……

他闭着眼睛，歌声变得更加有力、更加哀婉。他的手指还在检查鱼具上的细绳索，但动作更加缓慢了。

可我没听妈妈的话，
唉，我没听妈妈……

我有一种奇怪的感觉：仿佛这大地已被下面滚滚而来的黑水所冲毁，地塌陷了，于是，我也随之往下滑落，跌入一个永不见天日的黑暗王国。

米贡和刚才开始唱歌时一样，突然停止不唱了。他默默地把小船拖下水，坐了上去，几乎声息全无地消失在黑暗之中。我目送着他远去，心里在想：

"这样的人活着是为了什么呢？"

巴里诺夫也是我的朋友，他是个没有条理，爱吹牛、偷懒，喜欢搬弄是非，哪儿也待不住的流浪汉。他曾经在莫斯科住过，一说起莫斯科就啐唾沫，轻蔑地说：

"这城市真像个地狱！乱七八糟。教堂有一万四千零六座，可人全是骗子手！而且所有的人都跟马一样，身上长着疥疮！不管是商人、军人还是市民全都一边走路，一边搔痒。那里确实有一门'炮王'，真是大极了。是彼得大帝亲自铸造的，专门用来轰打那些暴动的人。有一个贵族女人为了爱情起来造彼得大帝的反。彼得大帝跟她一起过了整整七年，后来把她连同三个孩子一起扔了。她气愤极了，就起来造反啦！于是，我的老弟呀，他的大炮对准造反的人轰地一响，一下子就死了九千三百零八个人！连彼得大帝自己也害怕了，他对东正教的主教菲拉列特说：'不行，应该把炮口堵起来，免得再引逗别的人去放炮！'炮口就被堵住了……"

我对他说，这都是胡说八道，他生气地说：

“我的天哪！你这人的脾气真讨厌！这故事是一个很有学问的人详详细细对我讲的，可你……”

他曾经去基辅“朝圣”，他讲：

“这个城市跟我们村一样，也在山上，还有一条河，不过我已经不记得是什么样的了。反正跟伏尔加河相比，简直是个小水洼！说实话，这城真是乱糟糟的。所有的街道都不直，弯弯曲曲往山上爬。那里的人是乌克兰人，可不像米哈伊洛·安东内奇这样，是半波兰半鞑靼的混血种。他们喜欢胡扯，不好好说话，蓬头散发，邋邋遢遢，还吃青蛙。他们那儿的青蛙一只就有十俄磅重。他们走路骑牛，甚至耕田也用牛。他们那儿的公牛棒极了，最小的也比我们的牛大三倍。一头牛重八十三普特。那儿的修道士有五万七千个，主教有二百七十三……咦，怪人！你怎么能跟我争论呢？这全是我亲眼所见，可你去过那儿吗？没去过。唔，这就对了。老弟，我这个人说话最喜欢准确……”

他喜欢数字，跟我学会了加法和乘法，但对除法可没耐心学了。他热衷于做多位数乘法，经常出错也不在乎，而且还用棍子在沙地上画出长长的一行数字，睁大了一对孩子气的眼睛看着它们，惊奇地说：

“这么长的数字谁也念不出来呀！”

他这人长得很不匀称，头发蓬乱，衣衫褴褛，但他的脸却可说是漂亮的，拳曲俏皮的小胡子，两只蓝眼睛天真地微笑着。在他和库库什金身上有一种共同的东西，也许由于这点，他们两人常常彼此回避。

巴里诺夫曾两次去里海捕鱼，常常念叨着：

“我的老弟，大海啊，什么东西也没法同它相比！你在它面前简直就是只小蚊子！你望着大海就会忘掉自己啦！而且海上的生活别提有多美了。什么样的人都往海上跑，甚至有个修道院的院长也去了，他还不错，也干活儿呢！还有个厨娘也在那儿，她原来是一个检察官的姘头，你说还要怎么样呢？可她还是忍不住，对检察官说，‘检察官，你对我真是挺不错，不过我们还是分手吧！’因为无论是谁，哪怕只见过一次大海，就会对它念念不忘，总想到海上去。那儿自由自在，无拘无束，就像在地上一样！我也要到海上去，再也不回来了。我不喜欢人，就是这么回事。我要能在荒无人烟的地方做个隐士多好，唉，我又不知道哪儿有真正的世外桃源……”

巴里诺夫像无家可归的野狗在村子里到处闲逛,人们都瞧不起他,但是却很乐意听他讲故事,就像听米贡唱歌一样。

“还真会胡编乱造!挺有意思!”

他那些臆造杜撰有时竟使潘科夫这样实际的人也感到困惑,有一次,这个不轻信人的农民对霍霍尔说:

“巴里诺夫有根有据地说,伊万雷帝的事书里并没有写全,有许多事隐瞒掉了。好像他是个会变化的人,常常摇身一变,就成了一只老鹰,于是从那个时候起在钱币上铸了一只鹰,就是为了纪念他的。”

我不知有多少次发现,一切不平常的,幻想出来的,有时甚至明显编造得很拙劣的故事也比那些严肃地讲述生活真理的故事要让人喜爱得多。

可是当我把这个想法告诉霍霍尔时,他却含笑说:

“这种情况会改变的。只要人们学会思考,那他们就会考虑真理。而且巴里诺夫、库库什金这些怪人您也应该理解他们。您要知道,这是些艺术家、作家。大概基督当初也曾经是这样的怪人。您会同意我这么说吧,要知道,他有些东西也瞎编得不错嘛……”

使我感到惊奇的是所有这些人都很少而且也不乐意谈论上帝。只有苏斯洛夫老头经常深信不疑地说:

“一切全是上帝的旨意!”

可我常常听出这句话里有一种无可奈何的含意。我跟这些人在一起相处得很融洽,而且夜里谈话时从他们那儿学到了许多东西。我觉得罗马西所提出的每一个问题,像一棵深深扎根在生活土壤里的大树。在那里,在土壤的深处,大树的根又和另外一棵这样的百年老树的树根结合在一起,于是在大树的每条树枝上都开放出鲜艳的思想花朵,长满了茂密的动听地沙沙作响的语言树叶。我从书本里吸收了富有营养的蜜汁,感到自己在成长,说话也更自信,而且霍霍尔也不止一次微笑着夸奖我说:

“马克西梅奇,您干得很好!”

他说这些话,我是多么感谢啊!

潘科夫偶尔把他的妻子也带来。这是个小个子女人,温柔的脸上长着一对聪明的蓝眼睛,穿着像城里人。她静静地坐在角落里,谦虚地闭拢嘴唇,但是过了一会儿,她的嘴就惊奇地张开了,眼睛也害怕地睁大了。有时她听到了一句有的放矢的妙语，会用手掩住脸不好意思地笑起来。潘科夫就向罗马西使个眼色说：

“她听懂啦！”

时常有些小心谨慎的人从外地来找霍霍尔，他就跟他们一起到我住的阁楼上去，在那儿一坐就是几个小时。

阿克西尼娅给他们端茶送饭，他们就睡在那儿，除了我和厨娘以外，谁也看不到他们。厨娘对罗马西像狗一般忠诚，几乎达到了崇拜的地步。到了夜里，伊佐特和潘科夫就用船把这些人送到过往的轮船上或者洛贝什卡的轮船码头上去。我从山上望着小船在黑色的河面上或者沐浴着月光的银白色河面上时隐时现。为了引起轮船船长的注意，小船的上方悬挂着一盏灯。我望着他们，感到自己也是一个伟大的秘密活动的参加者。

玛丽亚·杰连科娃从城里来了，在她的目光中我已找不到那种使我不好意思的神情了。现在我觉得她的眼睛跟一般的姑娘一样，她因为意识到自己长得漂亮而感到幸福，因为有一个高个儿大胡子男人追求她而高兴。他跟她谈话和跟别人谈话时一样平静，带点嘲笑的神情，只不过用手抚摩胡子的次数多一些，目光显得更温柔些而已。她柔声细气愉快地说着话，穿了一件天蓝色的连衣裙，浅黄的头发上系了条天蓝色的丝带。她那双孩子般的手古怪地动个不停，仿佛在寻找什么东西想把它抓住似的。她几乎不停地用鼻子哼着什么曲子，还用一条小手绢扇着她那粉红色的有点飘飘然的脸儿。她身上有一种新的东西，激起了我的不快和恼怒，我尽量少见到她。

七月中旬，伊佐特失踪了。人们开始议论，说他淹死了。大约过了二天，传说得到了证实：在伏尔加河下游方向离我们村子七俄里的地方发现了他的小船，船靠近长着青草的河岸，船底穿了，船舷碰碎了。对这个不幸事件的发生人们做了这样的解释：大概伊佐特在河上睡着了，他的船被冲到下游方向离村子五俄里处，撞上了停泊在那儿的三条驳船的船头。

这一不幸事件发生时，罗马西正在喀山。晚上，库库什金到我们铺子里来，沮丧地坐在麻袋上，望着自己的两只脚，沉默了一会儿，然后，抽起烟来问我：

“霍霍尔什么时候回来？”

“不知道。”

他开始使劲用手掌擦他那带有伤痕的脸,轻声地骂着脏话,好像喉咙里被一块骨头卡住了似的发着狠,吼着。

“你怎么啦?”

他咬着嘴唇看了我一眼。他的眼睛红了,颌骨哆嗦着。看得出来,他已经讲不出话来了,我不安地等待着悲惨的消息。最后,他朝街上瞥了一眼,结结巴巴十分费力地说:

“我和米贡坐了船去过了。我们看了伊佐特的那条船。船底是被人用斧头砍穿的,你明白吗?这就是说,伊佐特是被人害死的!肯定是这样……”

他一边摇头,一边流利地用一连串的脏话大骂起来,声音又干又哑,痛苦地哽咽着,后来,他沉默了一会儿,又开始画十字。看他这个样子真让人受不了。这农民想哭,可是不能,也不会,只是浑身哆嗦,又恨又悲地喘着气。最后他跳起身来,摇着头走了。

次日傍晚,孩子们在河里洗澡的时候,在伏尔加河往上游方向离村子不远的岸边发现有一条搁浅了的破驳船,伊佐特就躺在船的下面。驳船的底部一半搁在岸边的石头上,另一半浮在水中,就在这一半船尾旁边的破舵板钩住了伊佐特那长长的尸体,他脸朝下,身子平躺着,脑壳被打碎了,里面空空的,河水已把他的脑浆冲走了。这个渔民是被人从后面用斧子砍死的,他的后脑壳被斫平。水流晃动着伊佐特,使他的两条腿和两只胳膊朝岸边摆荡,仿佛他正竭力想往岸上爬去似的。

河岸上站着二十个左右富裕农民,他们脸色阴沉,神情专注,贫苦农民在地里还没回来。那个胆小怕事,鬼祟狡猾的村长,挥舞着手杖,东奔西跑地瞎忙着,鼻子大声抽着气,用粉红色衬衫袖子擦抹着鼻涕。身材粗壮的小杂货铺老板库兹明两腿叉得开开的,挺着个肚子,时而看看我,时而看看库库什金。他阴沉地皱着眉头,但那双灰白色的眼睛也满含泪水,麻脸上似乎也露出了悲惨的神情。

“哎呀,简直是胡作非为!”村长踩着罗圈腿哀叫着,“唉,这些庄稼人,真坏!”

一个粗壮的年轻妇女,村长的儿媳,坐在岩石上,毫无表情地望着河水,用颤抖的双手画着十字,她的嘴唇在翕动,下嘴唇又厚又红,像狗的嘴唇似的令人很不舒服地往下垂着，露出了一口大黄牙。小姑娘和男孩们像彩球似的一个个从山上飞奔而下，浑身是尘土的农民们也急急忙忙赶来了。人群小心翼翼低声议论纷纷：

“是个好招惹是非的庄稼人。”

“怎么会弄成这个结果？”

“这个，喏，就像库库什金那样好惹是生非……”

“平白无故就把人给杀啦……”

“伊佐特生前从不招惹别人……”

“从不招惹别人？”库库什金吼叫起来，朝农民们扑了过去。“那你们为什么把他杀掉，啊？混蛋！说呀？”

突然，有个女人歇斯底里地哈哈大笑起来，这疯狂的笑声就像一根鞭子抽打着人群，农民们开始大声叫喊，互相推挤，不停地咒骂、怒吼、发狠。库库什金跳到小杂货铺老板身旁，对准他那张麻脸使劲打了个耳光：

“给你一巴掌，畜生！”

他挥动拳头，立刻又从那乱哄哄的人群中跳了出来，几乎是非常开心地对我叫道：

“你快走吧，他们要打架啦！”

他已经挨揍了，他吐着被打破的嘴唇上的血，可脸上却显出心满意足的样子，说道：

“我狠狠地揍了库兹明一下，看到了没有？”

巴里诺夫跑到我们跟前来，提心吊胆地回头张望那些聚集在破驳船旁的人群。他们紧紧地挤成一堆，从人群里传来了村长尖细的声音：

“不行，你说，我纵容谁了？你要拿出证据来！”

“我该离开这儿。”巴里诺夫嘟囔着走到山上去了。这是个炎热的傍晚，天闷得使人呼吸不畅，深红色的太阳已经沉没在厚厚的发蓝的云层里，红色反光映照着灌木林，树叶闪闪发亮，不知从什么地方传来了隆隆的雷声。

伊佐特的尸体在我面前微微漂动，碎脑壳上的头发被河水冲直了，仿佛竖立起来。我回想起他用低哑的声音说过的几句非常好的话：

“每个人身上都有孩子那样天真的东西，应当特别看重这点，看重这种孩子般的东西！譬如霍霍尔吧，他好像是个钢铁般的硬汉，可是却有一颗孩子般天真无邪的心！”

库库什金在我旁边走来走去，生气地说：

“他们会对我们所有人都下这样的毒手的……天啊，这是多么愚蠢呀！”

又过了两天，深夜里霍霍尔才回来，显然，他心中有件满意的事情，态度特别和蔼亲切。我开门迎他进屋后，他拍拍我的肩膀说：

“马克西梅奇，您睡得太少啦！”

“伊佐特被人杀了。”

“什——什么？”

他的颧骨忽然像生了个肿瘤似的鼓了起来，胡须开始颤抖，如同一道道细小的水流往胸前淌下。他帽子也没脱，在房间中央站住了，眯起眼睛直摇头。

“那么，还不知道是谁干的？唔，当然……”

他慢慢地走到窗前，伸直了腿坐下。

“我早就对他说过……地方官来过没有？”

“昨天来过了。是县里的警官。”

“唔，有什么结果吗？”他问，接着又自己回答说：“当然，毫无结果！”

我告诉他，警官跟通常一样宿在库兹明家并且下令把库库什金关进看守所，因为他打了那个杂货铺老板一记耳光。

“是这样。嗯，这还有什么可说的呢？”

我到厨房里去烧茶炊了。

喝茶的时候，罗马西说：

“这些人真可怜！他们常常把他们中间特好的人杀死！可以这么认为，是害怕那些特好的人。就像这儿人们常说的，特好的人‘不合他们的脾胃’。我被流放在西伯利亚的那段时间，有个在那儿服苦役的犯人给我讲过这样一件事情：他原本是个贼，他们一伙共有五个人。其中有一个人提议说：弟兄们，咱们洗手不干了吧，反正也没什么好处，我们活得太糟了！就因为这些话同伙们乘他喝醉酒睡着的时候，把他掐死了。讲这件事的犯人在我面前大夸特夸这个被掐死的伙伴。他说，在这之后他还杀了三个人，但对他们一点也不怜悯,可对那个伙伴至今还感到可惜,说他是个很好的伙伴,又聪明,又乐观,心地纯洁。‘那你们干吗还掐死他呢?’我问他,‘是担心他会出卖你们吗?’那犯人生气了,说:‘不,他绝对不会为了金钱出卖我们的,任何东西都收买不了他。只是因为我们跟他不知怎么的变得合不来了,我们这些人全都有罪,可他却好像是个正人君子,让人不好受。”

霍霍尔站了起来,反剪双手开始在房间里来回踱步。他的嘴上衔着烟斗,穿了件长长的一直拖到脚跟的鞑靼式白色睡衣,光着脚稳稳地迈着步子,若有所思地轻声说道:

“我多次遇到这种情况:害怕正派人,害死特好的人。对这些正派人有两种态度:或者是先巧妙地想方设法陷害他,然后不择手段地把他消灭掉;或是像狗一样奴颜卑膝,匍匐在他的面前,看他的眼色行事。后一种态度比较少见。反正他们既不能,也不会向好人学习怎样生活,去仿效他们,也可能是不愿意吧。”

他拿起一杯已经凉了的茶,说:

“可能是不愿意啊!您想想,人们费了好大的劲才给自己安排好某种生活,也习惯了这种生活,可是有个人却起来造反,说:你们这样生活不对!不对吗?可是我们把最宝贵的精力都投到这种生活里去了,见你的鬼去吧!于是‘啪’的就给他,这位教师,正派人一个巴掌!你别来干涉!然而不管怎样,真理还是在他们一边的,在那些敢于说‘这样生活不对’的人一边。他们是正确的。也正是这些人在推动生活向好的方面发展。”

他朝书架挥了挥手,说:

“特别是这些书!唉,要是我能写本书就好啦!可是我不适合干这个,我的思想太迟钝,而且没有条理。”

他在桌旁坐下,双手抱头,胳膊肘支在桌子上说:

“伊佐特多可惜啊!……”

他沉默了良久,然后说:

“唔,我们去睡吧……”

我上了我的阁楼,坐在窗前。田野上方不断出现闪光,照亮了半个天空。每当天上散射出皎洁的微微发红的光亮时,似乎月亮也吓得战栗起来了。狗凄凉地吠叫着,如果没有这吠声,真可以认为自己是生活在一个荒无人烟的孤岛上了。远处传来隆隆的雷声,一股闷热的气流从窗口漫了进来。

我面前又呈现出伊佐特的尸体。他躺在河边的柳丛下,发青的脸朝着天空,可那双玻璃般的眼睛却严峻地凝视着自己的内心,金黄色的胡子粘成了几个带尖角的团块,惊愕地张开了的嘴隐藏在胡子里面。

“马克西梅奇,主要的是善良,亲切!我喜欢复活节,就因为它是个最亲切的节日。”

他那双被伏尔加河水冲洗得干干净净的发青的腿上,紧紧地裹着被烈日晒干了的蓝裤子。一群苍蝇在这个渔人脸上嗡嗡乱飞,尸体散发出一股使人发晕作呕的臭味。

楼梯上响起了沉重的脚步声,罗马西弯下身子,进门来了,他在我的床上坐下,将大胡子一把抓在手中。

“你知道吧,我要结婚了。真的。”

“一个女人来这儿生活会很困难的……”

他目光专注地看看我,仿佛在等待,看我还想说些什么。可我不知道该说什么好。突然闪光照进了房间,满屋子都亮了。

“我要娶玛莎·杰连科娃……”

我不禁微笑了一下:在这之前我从来没想过,可以用玛莎这个亲昵的名字来称呼这个姑娘。真有意思!我也不记得,她的父亲或她的几个兄弟以前称呼她为“玛莎”。

“您笑什么?”

“没什么。”

“您认为,我对她来说年纪太大了,对吗?”

“噢,不是!”

“她告诉我,您以前爱过她。”

“好像是这样。”

“那现在呢?不再爱她了吧?”

“是的,我想是这样。”

他松开手,放下胡子,轻声说:

“在您这样的年纪经常会好像是这样,可到了我这个岁数,就不是好像啦,这简直是把整个的心都抓住了,任何其他的事都不能想,没有力量去想啊!”

接着,他露出坚固的牙齿,带有讥讽意味地笑了笑说:

“安东尼在亚克兴海战中之所以败给罗马皇帝奥古斯都,就是因为当时埃及女王克娄巴特拉吓坏了,临阵脱逃,他也就扔下了自己的舰队,放弃了指挥,驾着自己的战船去追克娄巴特拉。瞧,就有这样的事情!”

罗马西站起来,挺直了身子,仿佛要反抗自己的意志似的,又重复了一遍:

“就这样,不管怎么说,我要结婚了!”

“很快吗?”

“秋天,等收完了苹果。”

他走了,出门的时候不必要地把头弯得特别低。我躺下睡觉,心里想,也许到秋天我离开这儿比较好。他为什么要说安东尼的事呢?这我可不喜欢。

已经到了摘收早熟苹果的时候了。是个大丰收年,枝头硕果累累,苹果树枝不胜重荷,几乎垂弯到地。果园里弥漫着浓郁的香味。孩子们吵吵嚷嚷地在那里捡被虫蛀过的和被风吹落的或黄或红的苹果。

八月初,罗马西从喀山带回了一船货物和一船筐子。有一天,早上八点钟,霍霍尔刚洗过澡,换好衣服,准备喝茶,他愉快地说:

“夜里乘船在河上航行真好啊……”

突然,他使劲用鼻子嗅了嗅,有点担心地问:

“好像有股焦味儿?”

就在这时,从院子里传来了阿克西尼娅的哭喊声:

“着火啦!”

我们奔到外面,靠菜地那头板棚的墙着火了,这个板棚里存放着煤油、柏油和食油。一时间我们不知所措地望着黄色的火舌顺着墙壁利索地卷上了屋顶,在耀眼的阳光下火舌由黄变白。阿克西尼娅提来了一桶水,霍霍尔把它泼到火苗四蹿的墙上,接着他把桶一扔说:

“见鬼!马克西梅奇,快去把油桶滚出来!阿克西尼娅,快到铺子里去!”

我迅速地把一桶柏油滚到院子里,再滚到街上,然后回去滚煤油桶。可是当我一转动油桶,才发现桶塞子被打开着,煤油流到了地上。我忙着找塞子,可火不等人,长长的火舌已经烧穿了板棚的木板门道蹿进棚里来了。屋顶不时轻轻嘲弄人似的噼啪作响,有什么东西烧裂了。我把这桶不满的煤油滚了出来。我看到满街都是从各处跑来的女人和孩子,他们高声尖叫,乱哭乱喊。霍霍尔和阿克西尼娅把货物从铺子里搬出来,放到山沟里。一个黑皮肤白头发的老太婆站在街心,用拳头威胁着,尖声喊叫:

“咦—咦—咦!你们这些恶鬼……”

我重又跑进板棚,看见棚子里已是浓烟滚滚,烟雾中一片噼噼啪啪的响声。从屋顶上垂下几条红色的火带,弯弯曲曲悬空飘动。板棚的墙已烧成赤热的栅栏了。烟熏得我喘不过气来,眼睛也睁不开来,我勉勉强强把油桶滚到板棚的门口,可是桶被门卡住了,出不去,房顶上洒下团团星火,落在我身上,烧伤了皮肤。我大声喊他们帮忙,霍霍尔奔过来,一把抓住我的手,把我拉到了院子里。

“快跑开!马上要爆炸……”

他奔到门斗里,我跟在他身后上了阁楼,那儿放着我的许多书。我把书从窗口扔出去以后,想把一只放帽子的箱子也丢出去,可是窗口比箱子窄。我正想用个半普特重的秤砣把窗框砸破,但是轰隆一响,有什么东西哗啦一声泼溅到房顶上,我明白这是煤油桶爆炸了。我头上的屋顶着火了,噼噼啪啪直响。火势向窗户蔓延,红色的火苗冲进窗口来了,我被烤得难以忍受。我扑向楼梯,一团团浓烟迎面而来,一条条紫红色的火蛇顺着楼梯往上爬行,楼下门斗里什么东西喀嚓喀嚓地裂了,就像谁在用铁牙啃木头。我惊慌失措。烟熏得我睁不开眼,喘不过气来。我一动不动呆呆地站了几秒钟,这几秒钟仿佛长得没有尽头。这时,楼梯上方的天窗口突然闪现一张长着红胡子的黄脸,嘴唇抽搐地扭歪着,转眼又消失了,接着无数血红的火舌穿透了屋顶。

我记得,似乎我的头发也噼啪噼啪地烧了起来,此外我再也听不到别的声音了。我明白,我已经完了,两条腿无法动弹,尽管我用双手捂住了眼睛,可眼睛仍然疼得要命。

求生的本能使我急中生智,想出了唯一的办法:我抱起我的褥子、枕头和一捆菩提树皮,用罗马西的羊皮袄裹住了头,从窗口跳了下去。

我醒过来时,人躺在山沟的边上,罗马西蹲在我的面前喊叫:

“怎么样?好点了吗?”

我站起身来,呆呆地望着我们的房子变成一堆熊熊的烈火,渐渐地化为灰烬。房子前面仿佛伸出了许多鲜红的狗舌头舔着发黑的地面。窗户里冒着黑烟,屋顶上如同开出了朵朵黄花,随风摇曳。

“嗳,好些了吗?”霍霍尔在喊叫。他那满是汗水的脸上被烟灰玷污,连流出来的眼泪也变脏了,一双眼睛惊恐地眨巴着,湿漉漉的胡须上还乱糟糟地粘了些菩提树皮。一阵令人振奋的喜悦的浪潮漫没了我的全身,这是多么巨大,多么强烈的感情啊!后来我感到左脚疼得厉害,就躺了下来,对霍霍尔说:

“我的一只脚脱臼了。”

他抚摩着我的脚,突然猛地将它一拉,我好像被鞭子狠狠地抽了一下,感到一阵剧烈的疼痛,可是几分钟以后,我又乐滋滋地跛着脚把抢救出来的东西搬到我们澡堂那边去了,罗马西嘴里衔着烟斗高兴地说:

“油桶爆炸,煤油喷到房顶上的时候,我以为您肯定被烧死了。一条火龙蹿得老高老高的,接着在空中形成了蘑菇云,整座房子立刻淹没在一片火海之中。我心想,这下子马克西梅奇完了!”

他已经又像平时那样镇定自若,有条不紊地把东西放成一堆,对满脸黑灰,衣衫不整的阿克西尼娅说:

“您坐在这儿,看好东西,别给人偷掉,我去灭火……”

山沟附近的烟雾里飞舞着白色的纸片。

“唉,”罗马西说,“这些书真可惜啊!全是些我心爱的书啊……”

已经有四所房子烧着了。这天没有风,火焰不慌不忙地向左右蔓延开去,灵活地伸出长长的像钩子似的火苗,仿佛不大乐意地将篱笆和屋顶钩住。赤热的屋脊像梳子似的迅速将火引燃了房顶上的茅草,火苗顺着篱笆有节奏地来回闪动,仿佛弯弯的手指在弹奏古斯里琴。烟雾弥漫的空中不时传来熊熊烈火狂热的歌声,唱得那么幸灾乐祸,令人恼怒;渐渐烧成灰烬的木头也低低地发出近似柔和的爆炸声。烟雾里几只金色的火“鸦”飞落到大街上几户人家的院子里。农民们、妇女们无谓地东奔西跑,各人都只顾自己家的财物,不停地哭着,喊叫着。

“水……水!”

水源很远,在山下的伏尔加河里。罗马西抓住一个人的肩膀,拽住另一个人,又推又拉地迅速把农民们聚到一起,然后把他们划分为两组,命令他们分头拆除火烧场两边的篱笆和做厨房、储藏室等杂用的小房子。大家全都顺从地听他指挥,开始一起同那来势汹汹,眼看就要吞噬整排房屋、整条街道的熊熊烈火展开比较有效的斗争。可是他们干起来仍然畏畏缩缩,仿佛在替别人干活,显得没有信心。

我情绪很高,感到自己从未有过的强壮有力。我发现村长和库兹明带领了一帮富裕农民正站在街道的尽头,袖手旁观,只是挥舞手杖,摇着胳膊,大声喊叫。一些农民骑着马从田里疾驰而来,臂肘往上一颠一颠,抬得跟耳朵一般高,女人们哭喊着朝他们奔去,孩子们到处乱跑。

又有一户人家的杂用小屋烧着了。必须尽快拆掉牲畜棚的那堵篱笆墙。这堵篱笆是用很粗的树枝编成的,上面有些像绦带的红色火焰在飘动。农民们动手砍篱笆的木桩,火星和灰烬纷纷落到他们身上,他们立刻跳了开去,用手拂落衬衫上正在冒烟的微小火星。

“别胆小!”霍霍尔喊道。

可是,他的话不起作用。于是他从一个人头上扯下一顶帽子,往我头上一扣,说:

“您从那一头砍,我在这儿砍!”

我砍倒了一根又一根的木桩,篱笆墙开始摇动了。于是我攀上篱笆,抓住它的上部,霍霍尔捉住我的两条腿用劲往后一拉,这道篱笆整个倒了下来,差点盖在我的头上。农民们一齐用力把篱笆拖到街上去了。

“烧伤了没有?”罗马西问。

他的关怀更增加了我的力量,动作也更灵活了。我不由得想在这个我所敬爱的人面前显显身手,因此拼命地干,只要得到他的称赞就心满意足了。浓浓的烟雾里,我们那些书的散页像鸽子般在飞舞。

火势已不能向右面发展,被隔断了。可是大火还在继续向左面蔓延,波及面越来越大,已经烧到第十户人家。罗马西留下一部分农民继续监视像蛇一样狡猾的余火,防止它死灰复燃,同时督促大多数农民赶快转到左边去。当我从那些富裕农民身旁跑过时,听见有人恶毒地叫喊着:

“是他放的火!”

小杂货铺子的老板跟着说:

“应该查看一下他的澡堂!”

这些话很不愉快地深深印在我的脑海里。

众所周知,兴奋,一种令人快乐的兴奋,尤其会使人增添力量,我当时也很兴奋激动,忘我地拼命地干,最后弄得筋疲力尽。记得当时我背靠着一个很烫的东西坐在地上,罗马西用桶往我身上泼水,农民们围住了我们,怀着敬意,低声说:

“这孩子真有力气!”

“这人是可靠的……”

我把头紧紧靠在罗马西的腿上,不顾难为情地哭了起来。他抚摩着我湿淋淋的头说:

“休息一下吧! 真够累的。”

库库什金和巴里诺夫两个人都被黑烟熏得像个鬼似的,他们把我带到山沟里,安慰我说:

“老弟,没关系! 已经没事了。”

“你受惊了吧?”

我还没来得及躺一会儿清醒清醒,就看见有十来个“有钱人”下了山沟,朝我们的澡堂走去,走在最前面的是村长,他后面是两个村警架着罗马西的胳膊,押着他走。罗马西光着头,湿淋淋的衬衫上一只袖子被撕了下来,牙齿紧紧咬住烟斗,脸色阴森可怕。退伍兵科斯京挥动手杖歇斯底里地喊叫:

“把这个异教徒扔到火里去!”

“把澡堂门打开!”

“你们砸锁吧! 钥匙丢了。”罗马西大声说。

我一跃而起,从地上抓了根棍子,站到他的身旁。两个村警退了几步,村长却战战兢兢尖声尖气地说:

“我们正教的人是不允许砸锁的!”

库兹明用手指指我,叫道:

“看,还有这家伙……他是干什么的?”

“马克西梅奇,冷静点!”罗马西说,“他们以为我把货物藏在澡堂里,然后自己放火烧了铺子。”

“是你俩干的!”

“砸开锁!”

“信正教的人们……”

“我们敢做敢当!”

“我们来负责……”

罗马西小声说:

“跟我背靠背站着!防止他们从后面打我们……”

澡堂门上的锁被砸开了,几个人一下子就挤进门去,可是几乎立刻又从里面退了出来。我利用这个时间把我的棍子塞到罗马西手中,自己又从地上捡了一根。

“什么也没有啊……”

“什么也没有吗?”

“嗨,这些鬼东西!”

有个人怯生生地说:

“错怪他们了,庄稼人啊……”

几个人像醉汉一般蛮横地回敬他说:

“什么?错怪啦?”

“把他们扔进火里去!”

“捣乱分子……”

“还想点子组织劳动组合!”

“是贼!他们那伙人全是贼!”

“住嘴!”罗马西大声喊道,“哼!你们都看见了,我没有把货物藏在澡堂里,你们还要干什么呢?东西都烧光了,剩下的全在这儿,你们看见了没有?我要是放火烧自己的财产,对我究竟有什么好处?”

“他保了火险啦!”

于是那十来个人又凶狠地高声喊叫起来:

“干吗还看着他们不动手呀?”

“动手吧!我们已经忍无可忍啦……”

我的双腿哆嗦，眼前发黑。透过微微发红的烟雾，我看见他们那一张张凶残的脸，胡髭扎煞的嘴张得大大的。我气愤极了，差点儿忍不住要冲上去把他们痛打一顿。他们围住我们又跳又叫：

“啊——哈！他们还拿着棍子哪！”

“拿着棍子？！”

“他们会把我的胡子揪掉的。”霍霍尔说，我感到他苦笑了一下。“您也要遭殃了，马克西梅奇，唉！不过要镇静，一定要镇静……”

“你们看！这小子还带了把斧头呢！”

我的裤腰上确实插了把木工用的斧子，我把它给忘了。

“好像他们有点害怕啦，”罗马西猜度着，“不过，要是发生什么……您可千万不能用斧头。”

一个不认识的矮小的跛腿农民，可笑地来回蹦跳着，疯狂地尖声叫喊：

“从远处用砖头砸他们！砸吧，责任我来承担！”

他真的抓起一块碎砖，手一扬，对我的肚子上扔了过来，我还没来得及回敬他，库库什金已经抢在前面，像一只鹰似的从上面跳下来，扑到他身上，于是两人抱成一团扭打着，滚到山沟里去了。紧紧跟在库库什金后面，潘科夫、巴里诺夫、铁匠，还有其他十来个人都跑来了。库兹明见势不妙，立刻故作正经地说：

“米哈伊洛 · 安东内奇，你是个聪明人，你该明白：火灾把庄稼人都吓疯了……”

“马克西梅奇，我们到河边小馆子里去。”罗马西说着，把烟斗从嘴上取了下来，猛地朝裤子口袋里一塞。他拄着木棍，疲乏地慢慢走出山沟。库兹明却上前跟他并排走着，而且还讲了些什么，罗马西看也不看他一眼，回答说：

“滚开，笨蛋！”

在我们杂货铺那块地方还有一堆金黄色的炭火没有熄灭，中间是一个炉子，一缕青烟从保全下来的烟囱里升起，飘入炽热的空中。床架上的铁条烧得通红，一根根地竖立着，就像蜘蛛的腿。大门柱子烧焦了，如同几个黑衣看守人矗立在火堆旁。有根门柱顶端炭火未熄，仿佛戴了顶红帽子，其余部分还在燃烧，那些小火苗看上去就像是大公鸡的羽毛。

“书全烧掉了，”霍霍尔叹了口气说，“真是可惜！”

男孩们用棍子把一块块还在阴燃的大木头像赶小猪似的拨弄到街上的脏水洼里，木头发出咝咝的声音，熄灭了，空气中弥漫着气味难闻的白色烟雾。一个大约四五岁的孩子，浅黄头发，淡蓝眼睛，坐在暖暖的黑水洼里，用棍儿敲打一个撞瘪了的铁桶，全神贯注地欣赏着敲打铁桶发出的响声。遭受火灾的人们愁眉苦脸地走来走去，把保全下来的家具什物归到一处。女人们为了几块烧焦的木块争吵，又哭又骂。火烧场后面的果园里，苹果树纹丝不动，许多叶子都被烤得发黄，满树的红苹果更加醒目。

我们下河洗了个澡，然后来到河边一个小馆子里，默默地喝茶。

“这些吸血鬼在苹果的问题上可是输了。”罗马西说。

潘科夫来了，若有所思的样子，态度比平时显得更为温和。

“老弟，情况怎么样？”霍霍尔问。

“我这所房子是保了火险的。”

大家沉默了一会儿，像陌生人一样古怪地用探索的眼光互相端详着。

“米哈伊尔·安东内奇，你现在打算怎么办呢？”

“我得考虑一下。”

“你应该离开这儿。”

“我看看再说。”

“我有个计划，”潘科夫说，“我们到外面去谈谈吧！”

他们站起来走了。潘科夫走到门口时，回过身来对我说：

“你真有胆量！你可以在这儿住下去，他们会怕你的……”

我也来到河边，躺在灌木丛下，望着河水。

虽然夕阳西下，已近黄昏，但仍很炎热。在这个村子里所经历的一切，好像用彩笔在河面上绘成的大幅画卷，徐徐地舒展在我的眼前。我感到忧伤，可是由于过分疲劳，不久就沉沉入睡了。

“喂，醒醒吧！”我睡得迷迷糊糊，朦胧中感到有人使劲在摇晃我，要拉我到什么地方去，“你睡死了，还是怎么的？快醒醒！”

河对面草原上空，一轮明月刚刚升起，呈血红色，圆圆的如同一个车轮。巴里诺夫俯在我身上，用力摇撼着我。

“快走，霍霍尔在找你，为你担心呢！”

他走在我的后面，嘟囔着说：

“你不该随地躺下就睡！要是有人从山上路过，绊一下，就会掉下一块石头砸在你的身上。也许还有人故意往下面砸石头。我们这个地方可不是闹着玩的。我的兄弟，这儿的人最爱记仇。除了仇恨之外，别的什么都记不住。”

河岸上的灌木林里有人轻轻来回走动，树枝微微摇晃。

“找到了没有?”米贡声音洪亮地问道。

“我把他带来了。”巴里诺夫回答。

大约走了十步之后，他叹口气说：

“米贡又打算偷鱼了。他的日子也不容易啊!”

罗马西一看见我，就生气地责备我说：

“您干吗去瞎逛？想让他们把您痛打一顿吗?”

后来只剩下我们两个人时，他皱着眉低声说道：

“潘科夫提议让您留在他这儿。他想开个铺子，我可不劝您这么做。您听我说，我把烧剩下的东西全卖给他了，我要到维亚特卡去，过一段时间我再写信来邀您上我那儿去。行吗?”

“我考虑一下。”

“您考虑吧!”

他睡在地板上，翻了几个身，就不再作声了。我坐在窗口，眺望伏尔加河。月光映在水中，使我想起失火时的熊熊火光。一艘轮船沿着长满青草的河岸向前行驶，外轮片重重地拍打着河水，发出响声，三盏桅灯在黑暗中浮动，时而似乎与星星擦肩而过，时而又将星星淹没在自己的灯光里。

“您还在生这些庄稼人的气吗?”罗马西睡意朦胧地问道，“不要生气。他们只是愚蠢，凶狠就是愚蠢。”

他的话并未使我释然，也不能稍稍平息我心头强烈的怨恨和怒气。我眼前又出现了那一张张野兽般，胡髭扎煞的嘴脸，他们凶狠地尖声高叫：

“从远处用砖头砸他们!”

那个时候，我对那些其实我并不需要的东西仍然耿耿于怀，无法忘却。虽然我也看到，这些农民，如果单独去看他们当中的一个人，那他身上凶恶的东西并不很多，甚至通常还一点没有。从本质上讲，这是些善良的野人。

他们中间的任何人,你都不难使他露出孩子般天真的笑容,他们中的任何人都会怀着孩子般的信赖听你讲述追求真理和幸福的故事,讲那些伟人所建立的功勋。这些人的思想很奇特,凡是能促使人们幻想按照自己的心愿轻轻松松生活的一切东西,他们都感到珍贵。

可是一旦他们参加村里的集会,或是在河边的小饭馆里没精打采地聚成一堆时,他们身上所有的优秀品质全都不知藏到哪儿去了,却像神父一样披上了虚假和伪善的法衣,开始对有钱有势的人像狗一般地阿谀奉承,看着那副模样真让人厌恶。或者,为了鸡毛蒜皮的小事,他们会突然发起狠来,像野兽般凶相毕露,背毛竖起,咬牙切齿,粗野地对骂吼叫,寻衅争斗,或者真的大打出手。在这种时刻,他们非常可怕,甚至可以捣毁教堂,尽管前一天晚上他们还曾经像绵羊走进羊圈一般温顺地跨进这座教堂。他们中间有诗人和善于讲故事的能手,可是谁也不爱他们。他们成为全村人的笑料,得不到帮助,被人蔑视,受人欺凌。

我不会,也不能生活在这些人中间。我和罗马西分手那天,把这些令人痛苦的想法全告诉了他。

“您的结论下得过早了!”他用责备的口气说。

“可是,我就得出了这么个结论,又有什么办法呢?”

“这是个不正确的结论,没有根据。”

他好言好语地劝我,用了很长时间向我证明,我这种想法不正确,是错误的。

“不要急于谴责人!谴责人再容易不过了,不要钻牛角尖,钻在里面出不来!看任何事情都要冷静些。要记住一点:一切都会过去的,一切都会变得更好的。太慢了,对吗?然而却是牢靠的!您要到处去看看,什么都要亲身体验探索一下,但是不要急于谴责人。我的好朋友,再见吧!”

谁知这一别就是十五年。罗马西由于民权派①一案再次被流放到亚库特边疆省服了十年苦役才归来,此后我们方在谢德利茨重新见面。

罗马西离开克拉斯诺维多沃村以后,我心情沉重,愁闷至极,仿佛有个

---

① 民权派是俄国一小资产阶级政党,一八九三年成立,纲领为推翻沙皇专制统治。一八九四年主要成员被捕。

铅块压在心头。我像条迷了路找不到主人的小狗一样在村里徘徊。我和巴里诺夫一起走村串乡去给富裕农民干活:脱粒、挖土豆、收拾果园,晚上我住在巴里诺夫的澡堂里。

“列克谢·马克西梅奇,一个光杆司令,怎么办呢,哦?”在一个雨天的夜晚他问我:“我们明天到海上去吧,怎么样?真的!在这儿有什么意思呢?这里的人可不喜欢像我们这样的人。情况还可能更糟,说不定会遭到那些醉鬼的毒手……”

巴里诺夫已经不止一次说过这些话了。不知为什么他也变得愁闷起来,两条像猿猴般的长臂无力地垂下,仿佛在森林中迷了路那样,灰心丧气地四下张望。

大雨如注,哗哗地打在澡堂的窗户上,冲刷着它的屋角。水流顺着山沟直往下涌。闪电不时无力地放出惨白的微光。这是今年最后一场大雷雨了。巴里诺夫又低声问我:

“咱们走吧!明天就走,好不好?”

我们动身了。

秋天的夜里航行在伏尔加河上,那种美好的心情简直无法形容。我坐在驳船尾部船舵旁边。舵手是个头发蓬松,长了个大脑袋的丑八怪。他一边掌舵,一边在甲板上沉重地踏着脚,不住发出深沉的喘息:

“噢——呜啵!……噢——啰,啰——呜……”

船后面,乌黑油亮丝绸般光滑的河水一望无际,缓缓地流着,轻轻地拍溅着。一团团秋天的乌云在河的上空翻滚。周围是一片徐徐移动的黑暗,它抹去了河与岸的界线,整个大地仿佛已融化在黑暗之中,变成了烟雾和液体,不断地,无休止地整个在往下流,流向某个不见日月星辰、荒无人烟、万籁俱寂的地方。

前面,在黑沉沉的雾气中:一艘看不见的拖轮沉重地喘息着,十分艰难地往前行驶,仿佛在与拽住它的拉力相抗衡。船的上方有三盏灯,两盏好像浮在水面上,一盏高高飘在半空,伴随着拖轮前进。靠近我这边还有四盏灯,如同几尾金色的鲫鱼在乌云下浮游,其中之一就是我们这条驳船上的桅灯。

我觉得自己好像被禁闭在一个冰冷的油泡里面。这个油泡正顺着一个斜面慢慢下滑,而我像只小蚊虫似的粘在里面。我感到油泡的滑动渐渐放慢,很快就要完全停止了。轮船将不再发出低沉的叫声,蹼轮片也不再击打浓黑的河水,所有的声音即将像树上飘下的片片落叶,像一行行被擦去的粉笔字那样一起消失,于是咄咄逼人地包围着我的将只有死一般的沉寂。

那个身穿破羊皮袄,头戴毛茸茸羊皮帽,正在舵旁走动的大个子也会站住,仿佛中了魔似的永远呆立不动,而且也不再"噢——呜啵!……噢——啰,啰——呜……"地低吼了。

我问他:

"你叫什么名字?"

"你干吗要知道这个?"他哑声哑气地回答。

太阳快落山时,轮船从喀山启程。我看见这个笨拙得像头狗熊的人有一张毛发丛生的脸,眼睛细得只有一条缝,几乎看不见。他站到舵旁,把一瓶伏特加酒倒在一把木勺子里,像喝水那样几口就喝完了,然后又啃苹果。等拖轮牵动驳船时,他抓住舵柄望了望西沉的红日,把脑袋一摆,严肃地说:

"上帝保佑!"

这艘轮船从下诺夫哥罗德的市场拖曳四只驳船去阿斯特拉罕。驳船满载着铁器件、糖桶和一些不知装了什么的沉重的木箱,全是运往波斯的。

巴里诺夫用脚踢了下箱子,又用鼻子嗅了嗅,想了一下说:

"这准是步枪,伊热夫斯克工厂生产的……"

可是掌舵的用拳头对准他的肚子上捶了一下,问道:

"这跟你有什么相干?"

"我是想……"

"你想挨嘴巴子,是不是?"

我们没有钱买轮船客票,人家"发善心"才让我们上了运货的驳船,虽然我们跟其他水手一样也"轮班"干活,可是船上的人还都把我们当叫化子看待。

"你老说人民,人民,"巴里诺夫责备我说,"在这儿简单得很:谁强谁就骑在别人头上……"

漆黑的夜,连驳船也看不见了,只能看到被桅灯照亮的笼罩在烟雾之中的桅尖。烟雾散发出阵阵煤油味。

这个掌舵人阴沉的缄默使我恼火。我被水手长指派来这儿“值班”，给这个野人当下手。他注视着灯光的动向，到了转弯处，低声对我说：

“喂，掌稳了！”

我跳起身来去转动舵杆。

“好了！”他嘟囔着说。

我又重新坐到甲板上。跟这个人没法交谈，他总是反过来问你：

“你问这干什么？”

他在想些什么呢？船正经过卡马河和伏尔加河的汇合处，黄色的卡马河水注入了青钢色的伏尔加河之中，这时他朝北方望了望，嘟囔了一声：

“混蛋！”

“你骂谁？”

他不回答。

茫茫黑夜，无边无际，从远处不知什么地方传来一阵狗吠声，有的叫得还挺凶。使人觉得还没被黑暗压毙的残余生命在垂死挣扎，但似乎十分遥远，显得渺茫而且多余。

“这儿的狗真差劲。”掌舵人出乎意料地说。

“这儿？你指什么地方？”

“到处都是。我们那儿的狗才真凶猛……”

“你是哪儿人？”

“沃洛格达。”

于是就像土豆从破了的麻袋里往外直滚似的，一大串单调乏味，累累赘赘的话从他嘴里吐了出来：

“这个跟你在一起的人是你叔叔吧？照我看，他是个傻瓜。我有个叔叔又精明，又凶狠，很有钱。他在辛比尔斯克管理码头。还开了个馆子，就在河岸上。”

他慢慢地好像很费力地说完了这些话之后，用他那细得几乎看不见的眼睛盯住了轮船的桅灯，注视着这盏像金色蜘蛛在黑暗的罗网里爬动的灯。

“掌稳了，唔……你识字的吧？你知道法律是谁写的吗？”

可没等别人答话，他又继续往下说：

“各人说法不一样:有的人说是沙皇,有的人说是大主教,是元老院。要是我知道是谁写的,我就会去找他,对他说:你应该把法律写成这样,让我连手都不敢扬起来,打人的事连想都不敢想,而不单单是不能真的动手打人啊!法律应该是铁一样的。像一把锁,把我的心锁住,到此为止!那样,我就能担保不去犯法啦!但现在这样,我可不能担保!担保不了!”

他用拳头敲打着舵柄上的木头,喃喃地自言自语,声音越来越低,语句越来越不连贯。

轮船上有人用话筒大声在喊话,可这喑哑的喊声与已经消失在浓重的夜色之中的狗吠声一样,显得是多余的。轮船两舷附近墨黑的水面上映射出盏盏灯光,黄黄的,如同点点油斑漂浮着,融化着,时隐时现,只有一点微弱的反光。在我们的上方像淤泥一样黏稠浓重的乌云缓缓移动。我们越来越深地滑入寂静的黑暗深处。

掌舵人阴沉着脸抱怨说:

“把我弄到了什么地步呀?心都不能跳啦……”

我感到自己对一切都失去了兴趣。冷漠和忧伤涌上心头,不由得想睡觉了。

黎明小心翼翼、费力地穿过乌云悄悄来临,没有太阳,曙色苍白而阴暗。原本漆黑的河水变成了铅灰色,两岸呈现黄色的灌木丛、铁锈色的松树干、暗绿色的树叶、一排排的农舍和石雕像一般的农民的身影。一只水鸥扇动着双翅,拨剌一声从驳船上空飞了过去。

有人来接班,将我和舵手替换下来。我爬到防水帆布下面就睡着了,但是我觉得没过多久,脚步声和喊叫声惊醒了我。我从帆布下面伸出头来,看见三个水手把掌舵人紧紧按在“工作舱”的舱板上,七嘴八舌、声音高低不一地在喊叫:

“彼得鲁哈,别这样!”

“上帝保佑你——不要紧的!”

“你呀,够了,别这样!”

彼得鲁哈两手交叉在胸前,手指紧紧抓住自己的肩膀,一只脚踩着丢在甲板上的一个什么包裹,镇静地站着,挨个对每个人都看了看,然后声音嘶哑地央求说:

"让我走吧,免得我去犯罪呀!"

他赤着脚,光着脑袋,只穿了单衣单裤,翘在头上的黑发乱成一堆,盖住了他那凸出的显得固执的前额。额下是一对充血的像鼹鼠般的小眼睛,惶恐不安哀求地望着大家。

"你会淹死的!"人们对他说。

"我吗?绝对不会。弟兄们,放我走吧!你们要是不放我走,我准会去杀他的!我们一到辛比尔斯克,我就会……"

"可别这么干!"

"唉,弟兄们啊……"

他慢慢伸开双臂,跪了下来,两只手臂贴在"工作舱"的舱板上,仿佛被钉在十字架上,再三恳求地说:

"让我逃走,免得去犯罪吧!"

他的声音发自内心深处,有一种奇怪的震撼人心的东西,那双伸直了的像桨一样长长的手臂颤抖着,手心对着大家。他那满是络腮胡髭的毛茸茸的狗熊脸也在颤抖,几乎看不见的鼹鼠般的小眼睛里两颗小黑眼珠往外瞪着,仿佛有一只无形的手掐住了他的喉咙,要把他闷死似的。

农民们默默地给他让出了一条道,他笨拙地站起身来,捡起包裹说:

"好了,谢谢你们!"

他走到船舷跟前,出人意料轻巧地耸身一跳,就下了河。我赶紧跑到舷旁,看见彼得鲁哈头上像戴帽子似的顶了个包裹,摇晃着脑袋,斜着穿过水流,朝沙岸游去,向他迎面而来的是岸上的灌木林。风把灌木林吹得弯下了枝丫,把枯黄的落叶撒入水中。

农民们说:

"他到底还是把自己管住啦。"

我问道:

"他这是发疯啦?"

"才不是呢!不,他这是为了拯救自己的灵魂……"

彼得鲁哈已经游到了浅水的地方,在齐胸的水里站了起来,举起包裹在头顶上摇晃了一下。

水手们高声喊了起来:

"再——见!"

有人问道:

"没有身份证他可怎么办呢?"

一个红头发罗圈腿的水手很乐意地给我讲了彼得鲁哈的情况:

"他有个叔叔住在辛比尔斯克,对他极坏,还夺走了他的全部家产,因此他就起了杀掉叔叔的念头。可是他又怜惜自己,因此就逃开了,免得去犯罪。这庄稼人看起来很凶狠,但心地善良!他是个好人……"

这个善良的庄稼人已经沿着狭窄的沙滩向上游走去,一转眼就消失在灌木林中了。

原来水手们都是些善良的小伙子,他们全是我的同乡,世世代代居住在伏尔加河流域。到傍晚时我感到在他们中间我已是自家人了,可是到了第二天,我发现他们却皱着眉,以不信任的眼光看待我。我立刻猜到,一定是巴里诺夫鬼迷心窍又多嘴了,这个幻想家不知对水手们讲了些什么。

"你讲了没有?"

他那双女人般温柔的眼睛里露出了笑意,不好意思地用手搔着后脑勺承认说:

"我稍稍讲了一点!"

"哼——我不是请你别说话的吗?"

"要知道我起初什么也没说,可这事太有意思了。大家本来想打牌的,牌又被那个掌舵的带走了——真无聊!于是我就说了那件事……"

在我仔细盘问下,才知道原来是巴里诺夫为了解闷编造了一个非常有趣的故事,在这个故事的结尾处,霍霍尔和我就像古时斯堪的纳维亚的海盗那样,挥舞着斧头跟一群农民厮杀。

跟他生气也无济于事,因为他眼中的真理都是超现实的。有一天,我和他一起去找活干,坐在山谷边的田里休息,他坚定而亲切地开导我说:

"应当选择合乎自己心意的真理嘛!你瞧,山谷那边一群羊在吃草,牧羊狗东奔西跑,牧羊人走来走去。哼,这有什么意思呢?这有什么可以使我们心满意足的呢?亲爱的,你只要睁眼看看,恶人就是真理!那善良的人在哪儿呢?这善良的人嘛,还没有被人家编造出来,就是这么回事!"

到达辛比尔斯克之后,水手们很不客气地让我们离开驳船上岸去。

“你们这样的人在我们这儿不合适。”他们说。

他们用小木船把我们送上了辛比尔斯克码头，我们在河岸上把衣服晒干了，两个人口袋里总共只有三十七戈比。

我们上小馆子去喝茶了。

“我们怎么办呢?”

巴里诺夫挺有把握地说:

“什么怎么办？应当继续往前走。”

我们当了一回不买票坐船的“兔子”，混上客船到达萨马拉。在萨马拉有条驳船雇用了我们。七天之后，我们可算是一路顺风抵达里海岸。到了那儿，我们在卡尔梅克肮脏泥泞的卡班库尔-拜渔场上安下身来，加入一个不大的渔民劳动组合工作了。

经典译林

Yilin Classics

书名	单价	书名	单价
癌症楼	78.00 元	艾青诗集	35.00 元
爱的教育	39.00 元	爱丽丝漫游奇境	29.00 元
安娜·卡列尼娜	65.00 元	安徒生童话选集	42.00 元
傲慢与偏见	36.00 元	奥德赛	92.00 元
八十天环游地球	32.00 元	巴黎圣母院	42.00 元
白洋淀纪事	39.00 元	百万英镑	35.00 元
包法利夫人	38.00 元	悲惨世界（上、下）	98.00 元
背影	28.00 元	被侮辱与被损害的人	39.00 元
边城	36.00 元	变色龙：契诃夫中短篇小说集	39.00 元
变形记 城堡	38.00 元	草叶集：惠特曼诗选	39.00 元
茶馆	32.00 元	茶花女	35.00 元
查拉图斯特拉如是说	38.00 元	沉思录	29.00 元
城南旧事	29.00 元	大卫·科波菲尔（上、下）	79.00 元
当代英雄	45.00 元	稻草人	29.00 元
地心游记	32.00 元	飞鸟集·新月集：泰戈尔诗选	39.00 元
飞向太空港	39.00 元	福尔摩斯探案集	58.00 元
复活	42.00 元	傅雷家书	49.00 元
富兰克林自传	36.00 元	钢铁是怎样炼成的	39.00 元
高老头	39.00 元	格列佛游记	35.00 元
格林童话全集	49.00 元	给青年的十二封信	38.00 元

书名	单价	书名	单价
古希腊悲剧喜剧集（上、下）	118.00 元	海底两万里	38.00 元
红楼梦	69.00 元	红与黑	49.00 元
呼兰河传	35.00 元	呼啸山庄	39.00 元
基督山伯爵（上、下）	108.00 元	纪伯伦散文诗经典	42.00 元
寂静的春天	35.00 元	假如给我三天光明	32.00 元
简·爱	39.00 元	金银岛	35.00 元
经典常谈	29.00 元	荆棘鸟	45.00 元
静静的顿河	128.00 元	镜花缘	49.00 元
局外人·鼠疫	38.00 元	菊与刀	35.00 元
克雷洛夫寓言	32.00 元	宽容	32.00 元
昆虫记	39.00 元	老人与海	32.00 元
理想国	45.00 元	聊斋志异	55.00 元
列那狐的故事	39.00 元	猎人笔记	38.00 元
林肯传	39.00 元	鲁滨逊漂流记	39.00 元
鲁迅杂文选集	36.00 元	绿山墙的安妮	36.00 元
罗马神话	16.80 元	罗生门	39.00 元
骆驼祥子	32.00 元	美丽新世界	35.00 元
名人传	39.00 元	拿破仑传	49.00 元
呐喊	29.00 元	牛虻	38.00 元
欧·亨利短篇小说选	36.00 元	欧也妮·葛朗台	32.00 元
彷徨	32.00 元	培根随笔全集	38.00 元
飘（上、下）	88.00 元	普希金诗选	42.00 元
骑鹅旅行记	36.00 元	乞力马扎罗的雪	39.80 元
热爱生命·海狼	38.00 元	人间草木：汪曾祺散文精选	49.00 元

书名	单价	书名	单价
人类群星闪耀时	36.00 元	人性的弱点	39.00 元
日瓦戈医生	68.00 元	儒林外史	42.00 元
三个火枪手	59.00 元	三国演义	59.00 元
沙乡年鉴	42.00 元	莎士比亚喜剧悲剧集	49.00 元
少年维特的烦恼	28.00 元	神秘岛	48.00 元
神曲（共三册）	128.00 元	十日谈	68.00 元
世说新语（上、下）	89.00 元	双城记	45.00 元
水浒传	69.00 元	四世同堂（上、下）	78.00 元
苔丝	39.00 元	谈美	35.00 元
谈美书简	36.00 元	汤姆·索亚历险记	32.00 元
汤姆叔叔的小屋	45.00 元	唐诗三百首	39.00 元
堂吉诃德	78.00 元	天方夜谭	42.00 元
童年	38.00 元	童年·在人间·我的大学	49.00 元
瓦尔登湖	36.00 元	我是猫	39.00 元
乌合之众	35.00 元	物种起源	42.00 元
雾都孤儿	44.00 元	西顿野生动物故事集	38.00 元
西游记	62.00 元	希腊古典神话	49.00 元
乡土中国	36.00 元	小妇人	45.00 元
小王子	29.00 元	星星离我们有多远	35.00 元
喧哗与骚动	58.00 元	羊脂球	38.00 元
一九八四	36.00 元	一间自己的房间	36.00 元
伊利亚特	82.00 元	伊索寓言：555 则	36.00 元
尤利西斯	58.00 元	约翰·克利斯朵夫（上、下）	98.00 元
月亮和六便士	45.00 元	战争与和平（上、下）	108.00 元

书名	单价	书名	单价
朝花夕拾	22.00 元	中国民间故事	39.00 元
子夜	49.00 元	最后一课	36.00 元
罪与罚	66.00 元